U0621997

龙蛇北洋

《泰晤士报》民初政局观察记

THE TIMES

方 激◎编译

上

重庆出版集团 重庆出版社

图书在版编目（CIP）数据

龙蛇北洋：《泰晤士报》民初政局观察记 / 方激编译. –– 重庆：
重庆出版社，2017.3

ISBN 978-7-229-11709-2

Ⅰ.①龙… Ⅱ.①方… Ⅲ.①新闻报道—作品集—英国—现代
②政治制度史—史料—中国—民国 Ⅳ.①I561.55 ②D693.2

中国版本图书馆CIP数据核字（2016）第254729号

龙蛇北洋：《泰晤士报》民初政局观察记
LONGSHEBEIYANG：TAIWUSHIBAOMINCHUZHENGJUGUANCHAJI

方激　编译

策　　划：华章同人
出版监制：伍　志　徐宪江
责任编辑：黄卫平
责任印制：杨　宁
营销编辑：穆　爽　徐英静
封面设计：蒋宏工作室

重庆出版集团
重庆出版社　出版

（重庆市南岸区南滨路162号1幢）

投稿邮箱：bjhztr@vip.163.com

北京中印联印务有限公司　印刷
重庆出版集团图书发行有限公司　发行
邮购电话：010-85869375/76/77转810
全国新华书店经销

开本：787mm×1092mm　1/16　印张：50.25　字数：800千
2017年3月第1版　2017年3月第1次印刷
定价：88.00元（上、下册）

如有印装质量问题，请致电023-61520678

版权所有，侵权必究

共和的另一种表述（代序）

　　《帝国的回忆——〈泰晤士报〉晚清改革观察记》定稿付梓后不久，我即开始着手选译该报对中国民初时局的新闻报道。当时并未想过要再次成书，相对清末，民初现场更是纷繁芜杂，国运、人物、事件均是盘根错节，仿佛迷宫一般，我自忖无法独立梳理出这些千头万绪。之所以愿意继续埋首故纸堆中，一方面，是自己在编译上一本书时所积聚起来的热情仍维持着某种惯性；更重要的，则是我想从《泰晤士报》的讲述中，对袁世凯最后几年的人生轨迹再作一次较为完整的了解。

　　读者朋友从《帝国的回忆——〈泰晤士报〉晚清改革观察记》的后半部里能看到，在当年的风云变局中，袁世凯的形象与分量逐年清晰。直至武昌起义爆发后，中外焦点几乎全部聚集在他一人身上，不夸张地讲，一时之间，中国的命运似乎系于其一人的手上。这一点，近年来的历史研究其实也早已做出佐证。但囿于对清末"新政"的选材范围所限，《帝国的回忆——〈泰晤士报〉晚清改革观察记》中与袁直接相关的记述其实既不多也不深入；并且，多半内容还都被隐抑在了有关事件里。对这样一位在时局中举足轻重的历史人物而言，这不能不说是一点遗憾。我想，虽然自己对袁世凯的最终命运和历史评价都早已了解，但若能继续借《泰晤士报》的视角去作另一番观望，想必一定会有另一种意想不到的收获。

　　因此之故，这一次，我决定不再在选材的设定上给自己更多的限制。自

1912年清帝退位起至1916年袁世凯去世，其间凡与他本人有关的主要新闻事件，都进入了我的搜索范围。结果，工作一开始，我便立刻发现，《泰晤士报》对中国民初几年的报道，几乎泰半以上就是对袁世凯及其所代表的北洋政府的现场记述。换言之，"民初即北洋、北洋即袁某"，仿佛是《泰晤士报》对当年中国新闻报道的既定路线和宗旨。继而，我又从中领悟了一点，若以主流新闻的报道角度出发，袁世凯与他所代表的北洋政府，似乎才是西方人眼中民初时局的主角。英国的主流报界对这一段历史的记录，为中国的"共和"作了另一种生动而细致的表述。这一发现令我对手中的工作重新建立起了信心，我相信，若是自己能循着这一方向，认真探索《泰晤士报》的文字所记载下的那一段历史轨迹，一定会有更多的收获。

译稿过五万字时，出版社方面再次与我接洽、商谈编译续书的事宜。我知道，这不仅是对自己工作的印证，更出于双方在成书理念上的某种默契。经过一再的沟通、商讨，我们决定在既定的选材理念上，从时间与空间上对选材范围再作进一步的延伸。就时间而言，设定为自1912年初民国肇始至1919年底五四运动以后；至于空间上的延展，则是对这一时段中以北洋政府事件为代表的中国国内及国际形势再作一次更全面、深入的扫描。

一年的编译工作正如一次宝贵的学习与探索。在这一段历史中，我既看到了许多与早已熟悉的近现代史叙事所不尽相同的片断，也更加理解民初十年对中国走上现代化道路的意义与价值。如果说，原先可能会产生于清末的某种社会新局面被一场革命给打破了，但产生这种新局面的肇因，其实并未因为革命取代改良而消失，反而是更深刻地影响着革命所带来的新的年代。朝代可以在转瞬间遽变，国策也可以随当政者政治主张的不同而相左，但历史的进程并不会因此而留下任何断点。今天的结果取决于昨日的诱因，明日的可能又植根于今朝的现实，历史从不会留下哪怕是一天的断层。

回首民初十年，虽然时有波折甚至倒退，但"建设"的主题还是基本明朗的，权力逐步移交给法统、制度逐步取代个人的趋势也都算清晰可见。可以说，这正是晚清"改革"中的积极因素在思想意识与社会潮流上留给民国的宝贵遗产。试想，若是当年身处这一时局中的各路风云人物，能够一以贯之地本着追求和平建设中国的理念，共同促成"制宪"、"成立议会"等大事一一妥善达成，将会更积极地推动中国的现代化建设。若是真的如此，民国中央政府的权力势必会得到空前的稳固，国家的财政税收体系也定会日益完善。而市场经济的发展、中央与地方的关系、国家军队的转型、中国在国际上应有的地位及待遇等问题，原本也都有望朝向日益理想化的方向稳步迈进，民主风潮蔚为盛行则更有势不可当之势。但可惜的是，因为当时领袖人物的思想限制与独裁意识、政治组织的极权化变形，纷争和厮杀很快便取代了合作与团结，历史并没有在那个关键点上给中国留下如此理想化的一页。转型中的新兴共和国，无论在国内事务上，还是在国际关系中，都仿佛是一片荒草丛生、龙蛇混杂的漫漶沼泽，令人在看得眼花缭乱之际，徒留无尽喟叹。

然而，若与此后日益混乱、分裂、对抗的中国社会局面相比，民初的十年依然令今人充满遐想。今天，许多国人遥想民国、畅谈民国，更多的是出自对那个时代的怀念。在那十年中，新兴的共和国并不强大，甚至时见捉襟见肘的尴尬局面，不仅基础薄弱、百废待兴，更是时局诡谲、外强环伺。而它从西方社会临摹来的一切，也多是徒留其表象，却未注重改造表象背后的真正基础。但属于那个时代的价值，却还是清楚地落实在了每一个社会细节中。如果说，"民国范儿"总予人一种难以形容的活泼生动、酣畅淋漓之感，那么，我觉得，最能体现、反映出这种"范儿"的年代，正是它最初的十年。

从这本最终完成的书稿中，读者朋友们不仅能从一个新的角度完整重温1912至1919年的八年间中国所经历过的重大事件以及在其中左右、推动着事件演进的各派系相关人物，更能从许多早已湮没在历史尘埃中的细节里窥探到这些事件的来龙去脉。不仅如此，那些在当年的国际形势中深刻影响着中国时局发展的外交事件，如为北洋政府运作"善后大贷款"的国际借款团、第一次世界大战、日俄两国与中国的外交较量等诸多史实，也都在书中一一涉及。而那个年代里中国社会在经济、文明上艰难的发展与进步，也能从本书中找到佐证。

我自己认为，与《帝国的回忆——〈泰晤士报〉晚清改革观察记》相比，这一本《龙蛇北洋——〈泰晤士报〉民初政局观察记》在选材范围上更为宽泛、广阔、自由。在编译的过程中，我更是对重述新闻事件的全面和完整性有了新的认识。当然，在选编、翻译原新闻稿之余，我也花费了大量的时间、精力，尽自己所能对书中的史实作了认真的考证，并在许多篇章后留下尽可能详尽、客观的注解。此外，在上一本书中因为过度拘泥于原文句式结构而在翻译上造成的某些问题，也在本书编译伊始便得到了自觉的纠正。这一切，都令《龙蛇北洋——〈泰晤士报〉民初政局观察记》一书在条理、脉络上显得更为清晰、流畅，对于历史记录的回顾也更加完整、生动。可以说，在本书中，我尽力所做的一件事，便是将原本零散、片断的《泰晤士报》新闻稿，串成一部以英国人的视角观察、写成的"民初编年史"。

谨以此书回顾并纪念那个特别的年代。更期盼读者朋友们能和我一起，从历史的深远之处瞻望、遥想未来，以探求民族的前行方向。

译者
2016年9月

目　录

1912 1913　1914　1915　1916　1917　1918　1919

●1912　●**1913**　●1914　●1915　●1916　●1917　●1918　●1919

1912

中国的和谈会议

清政府代表请辞　皇宫为其军队而交出财富

（本报记者，北京，1月2日，1912年1月3日刊登）今日，圣上和袁世凯接受了政府和谈代表唐绍仪[1]的请辞，在上海举行的和谈会议中，由于他所表现出的唯唯诺诺的态度，已受到了严重的责难，连他自己也觉察到已不容于这一身份。今后有关暂停双方武力对抗、延长休战协定、国民大会的选举模式以及有关会议的地点和时间等等事项，都将通过袁世凯和伍廷芳[2]之间的直接交涉来决定。

1　唐绍仪（1862-1938），又名绍怡，字昭仪，号少川，广东珠海人，清末民初著名政治活动家、外交家。自幼到上海读书，1874年经官派留学到美国哥伦比亚大学，1881年归国。曾任驻朝鲜汉城领事、驻朝鲜总领事、外务部侍郎、邮传部尚书、奉天巡抚、赴美专使、清末1911年和民国1919年两次南北议和的代表、民国第一任内阁总理等，为中国的主权、外交权益及推进民主共和作出了重要贡献。与孙中山产生政见分歧后，政治上趋于消沉。1937年上海沦陷以后，因与各方暧昧不明，引起多方揣测，置自身于险境。1938年9月30日，蒋介石下令戴笠派特务赵理军将其刺杀于家中。

2　伍廷芳（1842-1922），本名叙，字文爵，号秩庸，笔名观渡庐。清末民初外交家、法学家、书法家。是首位取得外国律师资格的华人，也是香港首名华人大律师、首名华人立法局非官方议员。1882年进入李鸿章幕府出任法律顾问，1896年被清政府任命为驻美国、西班牙、秘鲁公使。辛亥革命爆发后，在上海宣布赞成共和，并致函清廷，劝告清帝退位。上海光复后，与陈其美、张謇等组织"共和统一会"，又被光复各省推举为临时外交代表，除与各国交涉外，并与袁世凯派出的北方代表唐绍仪举行南北议和谈判，达成选袁为大总统的妥协。南京临时政府成立后，出任司法总长。

唐绍仪接受清军后退33英里以至于撤出汉口和汉阳的条件，已经引起了清军统帅们的强烈抗议，但是，假设能够就此赢取更多时间并在维持中立地区的治安问题上取得满意协定的话，就没有任何理由去怀疑，这种撤退将会达到其目的。而在我们这里，因为这一要求将会离间清军可能的善意，迫使他们不得不从自己经过一番鏖战后已经赢回的地区中撤出，从而令其觉得自己"大失脸面"，所以，这一要求被认为极不明智。

今天，袁世凯在皇宫中受到了一次很重要的约见。他再一次表达了自己请辞的意愿，但又在隆裕皇太后表示将从大库中调拨三百万两银子后重新考虑了自己的要求。这笔银子的数目，足够应付军队和其他政府机构长达六周之久。

除了一人之外，每一位满族亲王都接到了十五位重要汉人统帅的强制性要求，亲王们被要求拿出可维持清军花费所需的大笔金银。

北方军队的哗变

（路透社，北京，1月2日，1912年1月3日刊登）驻守滦州兵工厂的700名士兵今天发动了兵变。其中，指挥官本人逃到了开平，在那里，他向位于天津的铁路局发出了电报，声称哗变者们意在中断铁路交通。当时，西伯利亚邮路并未经过滦州。

对满人们的警告

滦州发生兵变，各省处于无政府状态之中

（**本报记者，北京，1月4日，1912年1月5日刊登**）极为引人注目的是，迄今为止一直在强力支持着满人们反对共和的北京报业，今天却敦促朝廷，必须接受不可避免的事实，认识到整个国家的意愿，并尽早宣布逊位。该报业甚至以路易十六和查理一世的命运为例，向他们发出了警告。

刚刚发生在滦州的士兵哗变[1]，地点正处于北方铁路的主干线上，这让朝廷更是陷入了一团糟的境地之中。在那里发生的具有威胁性的骚乱，已经干扰了铁路的正常运行，今天，外国军队的统帅们已经决定以外国兵力占领铁路，以应和签订于1901年的有关条约，该条约保证，在北京和沿海之间，要维持畅通无阻的铁路运行。但是，袁世凯今晚已经通知了各国公使馆，称秩序已经得到了

1　滦州兵变：即"滦州起义"。1911年"武昌首义"之后，新军第二十镇统制张绍曾收到天津兵给司令部副官、同盟会秘密会员彭家珍急电，要张在滦州扣留由彭负责押运的军火。之后，张联名第三十九协协统伍祥祯等人在直隶滦州通电，向清政府提出类似最后通牒的"十二条政纲"，史称滦州兵谏。十一月，兵谏平息后，第二十镇七十九标一营管带王金铭、二营管带施从云和八十标三营管带冯玉祥等人与天津同盟会的革命党组织北方共和会取得联系，秘密筹饷并策动起义。1912年1月，王、施等接受同盟会指示发动起义，1月3日宣布滦州独立，成立"北方革命军政府"，并通电全国。起义后于1月10日被清朝通永镇总兵王怀庆率部镇压。

4

恢复，事态归于平静，一切正常交通将于明天再度启动。

共和派的内阁

　　在南京任命的新的共和派内阁，囊括了几位当今中国最具能力的人物。外交总长王宠惠[1]是一位耶鲁的毕业生，曾将《德国民法典》翻译成英文。他是一位具有罕见造诣的学者。张謇[2]担任农实业总长，也具有非凡的资历。在袁世凯的内阁中，他曾经被授以同样的官职，却遭到他的拒绝。财政部总长陈锦涛[3]，也曾经被囊括在袁世凯的内阁中，而内务总长[4]原先已具有最高省级行政长官的头衔。共和派的内阁目前正面临着在已经宣布起义的省份中维持秩序的重任，在这些省份中，有一些已经进入一种无政府主义的状态，尤其在四川省，英国的总领事和外国公众已经被强行要求离开其省会成都。

　　1　王宠惠（1881-1958），字亮畴。广东东莞人，出生于香港。耶鲁大学法学博士，民国时期著名的法学家、政治家和外交家，近现代中国法学的奠基者之一。王精通日、德、英等语言，著有《宪法评议》《宪法危言》《比较宪法》等法学著作，并曾任国民政府外交部部长、国务总理、中央研究院第一届院士等职，在国民政府里是学者型官僚的代表。王宠惠是中国首位在海牙国际法庭任职的法学家，二战之后，曾陪同蒋介石出席开罗会议。

　　2　张謇（1853-1926），字季直，号啬庵，江苏海门人。清末状元，授翰林院编撰。1909年被推为江苏咨议局议长，1910年发起"国会请愿活动"。1912年为满清政府起草"清帝退位诏书"，并任中华民国临时政府实业总长。中国近代实业家、政治家、教育家，主张"实业救国"。

　　3　陈锦涛（1871-1939），字澜生，广东南海县人。民国时期政治家、经济学家。1906年获耶鲁大学博士学位，9月回国应清廷部试，获法政进士。嗣任大清银行监察、度支部预算案司长、统计局局长、印铸局局长、币值改良委员会会长和资政院资政等多职。民国时期曾任南京临时政府财政总长、审计处总办、内阁财政总长等职。1917年4月因受贿入狱，次年年初获时任大总统的冯国璋特赦。1930年入清华大学法学院任经济系教授。1938年出任汪精卫政府财政部部长等职。著有《均富》等书。

　　4　此处内务总长应指程德全。程德全（1860-1930），字纯如，号雪楼、本良，重庆云阳人，原籍江苏苏州。曾担任清朝奉天巡抚、江苏巡抚，在辛亥革命中成为第一名参加革命的清朝疆吏，后任江苏都督、南京临时政府内务总长等职。1913年3月曾亲赴上海处理宋教仁遇刺一案，在同年7月的"二次革命"中宣布江苏独立。1917年退出政界，1926年在天宁寺受戒。

休战状态

　　原先的休战协定将于明日到期，但是双方都已经同意，除非由两方负责督战的指挥官发布命令，否则，战事将不会再起。同时，清军正从汉口和汉阳撤离。所有迹象表明，虽然双方均表示已预备好随时再度开战，但实际上都期望能避免更多的流血牺牲。

发生在中国的危机

革命的胜利

（本报记者，北京，1月8日，1912年1月9日刊登）在周四，我向领事机关发去电报，报告身居四川省会成都的英国总领事及外国公众因为该省陷入无政府状态而被迫离开的消息。稍晚些时，据同样来源的消息指出，这一声明并不正确。成都的情形确实如所描述的那样，但是，直到12月24日，英国领事馆仍未撤出成都。

日本所报道的有关外国公众撤出重庆的电报，尚未得到英国公使馆方面的任何确认。

（路透社，北京，1月8日）停战协定仍未更新，谈判仍陷于僵局之中。政府希望革命党能够向北再移近一些，因而可以造成双方展开对阵战的机会，由于缺少资金，政府无法派遣一支拥有精兵强将的军队向南进攻赢取胜利。

陕西的叛军以及革命党人都加入了兵力，其总数达到约1万人。他们已经夺回了黄河边上的郑州，目前正向70英里以东的河南腹地挺进。被派到陕西的清军救援纵队在河南的强敌面前败下阵来，但是，增援部队也正在同一时间由北方赶来。

清王朝被推翻

清廷正为其逊位条款进行谈判

（本报记者，北京，1月14日，1912年1月15日刊登）有关皇帝逊位的谈判已经取得了可观的进展，一封由上海商会发给庆亲王、前摄政王以及总理大臣的电报尤其令人侧目。电报敦促说，在华南、华中以及华西的省份里，清王朝的权力已经失效，因此，外国人的生命与安全也就失去了保障；冲突的延续也将毁了在华的外国商人们，导致中国无法履行它对外国所应尽的义务，并会危及那些爱好和平的中国人的生命与财产；对于提议中的国民大会的有关法规，双方存在着截然不同的意见，短时间内，很难就此达成基本共识；因此，除非双方都同意成立某种临时性质的政府，否则，敌意的持续将在所难免；并且，一个可以被双方接受的临时政府，必须是民主的，因此，在此之前，必须先放弃任何独裁特权。

几乎全体亲王都赞成退位的主张，因此，问题本身已经成为如何保障退位者的人身安全及如何确保退位后在优恤金上的支付。

据我的理解，一俟条款拟定，皇室会以皇太后的名义颁布退位诏书，袁世凯的官职会予以保留，以期按照条约中所规定的由共和临时政府所作出的指示，继续以现存的运转体系来维持政府，并与南京临时政府通力合作以成立一个联合的临时政府。该联合政府能够起到恢复秩序的作用，并会取得外国政府的承认，它将持续存在到召开国民大会为止。到那时，便能由此而建立起一个永久性的政府。

困难之处

困难是多方存在的。其一是满人对未来所受到的待遇缺乏信心。很明显，身居全力效忠皇室的袁世凯政府之下，满人们会比身处其他领导者之下更有信心，因为这些领导者对于清王朝都怀着根深蒂固的敌意。出于这一原因，满人必定会倾向于继续由袁世凯出面统领局面，不管他会被称为"总理"还是"总统"，只要袁世凯留任，他就会继续效忠皇室，也才能保证满人们的未来。

另一个问题牵涉到逊位后皇帝的未来居处。虽然共和派们表示愿意在此问题上作出让步，但许多人还是主张，皇帝应该退避到热河一带，而非赋闲在邻近北京的颐和园里，与此相关的准备工作也已经在进行之中。

在第三个问题上，双方若要达成彼此的妥协却至为困难，这就是有关临时政府的所在地。有人建议，临时的中央政府应该定都天津，共和派的各部总长们对于北京都心存戒惧，唯独外交总长一人需留守在北京。

给予朝廷的优厚待遇

目前正在进展之中的谈判为皇太后提供了优厚的待遇，皇太后本人会受到特别的礼遇，而皇帝和各位亲王所得到的优待费也足以维持他们的体面，至于具体数目，目前还在双方的讨论之中。我了解到，如此待遇将在制定宪法时得到充分体现，并将正式照会各列强国家派驻在北京的代表们。优惠待遇也将会给予所有的满洲旗人们，按照所提的条件，所持者将在有生之年全数获取这一笔优待费，但对于其后代，则将不再给予这一优惠条件。即使是现在，虽然中国无法按时支付外国赔款，但每月还是照样将70万两白银花在满人们的聚居地北京、张家口和热河等地的旗人身上。皇室将保留他们的私人财产和宗庙，但是清政府的财产则将归还给国家。但若发生任何不忠事件，则所有的优待费将予以没收，而所有的太监则将被驱逐出宫。

以上这些，即为目前已在安排之中的主要内容。

有人意图暗杀袁世凯

北京发生了炸弹事件　嫌犯已遭逮捕并认罪

（本报记者，北京，1月16日，1912年1月17日刊登）因为爆发了意图暗杀袁世凯的事件，北京今日引发了一阵轩然大波。事件发生在袁世凯结束宫中会议后回转住处的途中。这位内阁总理大臣有幸毫发无伤地得以逃脱，但是有包括保镖、警察和街头小贩在内的20人，却在爆炸中受伤，有些人的情形还相当严重，一位保镖头目还因此丧命。

爆炸事件共启用了三枚炸弹。它们体积很小，不过是炼乳罐头的大小，但其中却藏有威力巨大的炸药。有一枚没有炸开，另外两枚则因投掷失误而在马车后方爆炸。当时，总理大臣正飞车赶回自己的住处。

邻近地区即刻展开了一系列措施，三位投掷炸弹者和其他嫌疑人已被悉数逮捕。三人均坦承自己的罪行。他们承认自己是革命党人，声称他们的目标就是要暗杀仍在与人民为敌的袁世凯。其中有两位是贵州人，另一位是直隶人氏。

他们的尝试波及了不少无辜的人，并差一点置已在阻止对抗继续发生的袁世凯于死地，对于国家目前的危局来说，袁世凯可谓是不可或缺的人物。

皇宫里的拜见

　　昨天，庆亲王和前摄政王探望了袁世凯，并就逊位的最终条款作了长谈。两位亲王均就内阁总理大臣对朝廷的效忠表达了他们的感谢之意。今天一早，袁世凯去皇宫拜见了皇太后，并就宣布逊位的诏书的有关字句与她交换了意见。在这些场合中，袁世凯都表现得如准帝王一般。在从其住处到皇宫的路上，他遍布了满街的士兵，而警察署的庞大警力也遵守执行着他的号令。他是在入宫觐见后于正午时分返回的途中遇上暗杀事件的，幸好，暗杀并未成功。

清皇族宗室在皇宫召开会议

袁世凯将成为临时大总统

（本报记者，北京，1月18日，1912年1月19日刊登）昨天，来自内蒙古的八位蒙古亲王和皇族宗室的亲王们，在皇宫里召开了一次会议，共同讨论有关逊位的程序。除了蒙古的喀喇沁亲王（这位亲王英勇地主张，要将这场不可能会打赢的战争继续进行下去，他因此而获得了一些廉价的赞誉之词）之外，所有人都赞成所提议的方案。因为对人在南京的共和派领袖们有了更为深入的了解，而这些领袖目前所推行的政策也因其合理性而使各方重拾信心，所以该方案目前仍在修订之中，以期达成各方的满意。袁世凯和皇太后均未出席昨天的会议。而明天还会召开另一个会议，皇太后届时将会出席，但袁世凯仍不会现身，他自今日起连续告病三天。

程序

据两派之间达成的共识，目前的安排是，清廷将颁发两份诏书。很明显，第一份将会在袁世凯并不知情的情形下颁布，袁将被授予全权在中国建立共和政府。17省的代表目前在南京集结，并将推举他担任大总统，袁也将会接受这一决定，而目前的临时大总统孙文则会按其本人意愿卸任。然后，袁世凯将接受总统的职位，皇帝也会随即在第二份诏书中宣布逊位。

皇帝逊位之后，孙文将前来北京和袁世凯商讨有关成立新政府的事宜。共和派的领袖们也将允许皇帝在逊位后继续保留满人皇帝（非中国皇帝）的名号。

朝廷的优待费

袁世凯提议为逊位之后的朝廷提供每年500万银两的优待费。对于身为光绪皇帝遗孀的隆裕皇太后还将会有特别的礼遇，因为光绪帝是清国现代皇帝中的第一位改革者。

将所有这些因素汇总来看，我们有理由相信，在目前的困境中，中国还是会达成某一种和平的、令人满意的结果。

北京的炸弹暴行

（路透社，北京，1月18日）三名尝试暗杀袁世凯的人员今晨被行刑官处以绞刑。

中国所面临的新难处

（社论，1912年1月22日刊登）中国的情势在突然之间急转直下。周四时，各派之间似乎已经达成了协议。朝廷方面已经同意逊位；袁世凯也已经被赋予全权以建立共和；南京方面的共和派人士都推选他为总统，而他们所推举的临时大总统孙文，也将会卸任以成全这一安排。从表面上看，一切事情都已安排妥当，剩下的似乎唯有照单执行。谁曾想，两天之后，孙文竟否决了这一安排，所有事情又再度充满了变数。对于外国人而言，理解一场革命运动的发展趋势总是一件难事，而当这样一场运动发生在东方民族之中时，因为其人民的观点和思维习惯对于欧洲人而言几乎深不可测，因此，这种困难更会加倍。

据本报北京记者提及，孙文似乎已经被人说服，袁世凯打算背叛其誓言，并将目标瞄准在夺取独裁权力之上。在发给袁世凯的电文中，孙文明确表明了他对这位政治家的不信任。双方在周四应该都已经予以接受的诏书，确凿无疑地赋予袁世凯至高无上的权力，但是，南京的共和派却只打算默许这位由他们自己同意选为总统的人暂时性地享有这些权力。他们要么是对其信用从未曾怀疑过，要么是将这份怀疑深藏在自己心里，直到袁和朝廷对如此安排作出承诺。在孙发给袁的电报中所提出的另一方案，和双方所接受的北京的那一份相比，简直有着天壤之别，北京方案中那两份本来要颁布的诏书曾在本报记者于周五所发出的消息中描述过。这么一来，袁世凯由清王朝到民国的权力更替之路在各方面都被阻断了。电报中所提出的另一方案明确地提出，那一位中国最有权力的政治家、曾经代表朝廷一手指挥南北和谈的人物，在列强们承认民国之前，都不会在新政府里有份了。他并不能"建立共和政府"，而只是一个被动地看着别人建立共和的见证者。他也不会成为什么总统，而只是一介普通公民。朝廷将直接向集聚在南京的人传达其权力和特权，而毫无疑问的是，孙文还是会继续担任他的"临时大总统"一职，并将继续管理国家大事。

这么看来，本报记者将这一消息描述成是对袁世凯的"羞辱"，便也不足为奇了，我们几乎无法不去假设，这就是摆明了要羞辱他。而这么做似乎既不明智，又冒犯无礼，除非我们真的会认为袁世凯对改革者们并未释放出任何善意。目前，我们还没有什么证据可以支持这样一种观点，但是，除非这一假设成立，否则，南京派系及其领袖们的行为似乎就是无法原谅的。他们将民国紧紧抓在自己的手里，要知道，他们已经同意选举袁世凯作为总统，而这种同意也足以说明，他们已经承认了袁是适合这一职位的人。令我们感到害怕的是，他们正在危胁着和平局面在自己那一方的实现，并因此而将他们的国家从里到外都暴露在最严重的危险状态中。面对着所遭遇的一切，袁世凯在自己新的处境中可能会采取什么样的做法，我们不能去无端臆测。而孙文的这一做法会带来怎样的后果？会不会在因缘际会之下，袁的那些昔日的满人政敌们，在他必须要面对南京态度的改变时，重新启动他们在朝廷上已经酝酿好的阴谋呢？

我们认为，袁是一介强者，他并不太可能会屈服于强加在自己头上的羞辱，无论是在满人中，还是在汉人里，他都有许多拥护者；人们相信，帝国中实力最强大的军队仍然在效忠于他，因为那毕竟是他自己一手成立、训练出来的军队。面对着那些千奇百怪的各色派系从四面八方对他的重重攻击，他可能会屈服，也可能会下了狠心要和南京方面一较高下。无论将会发生何种情形，令人担心的是，中国的人民将注定经历许多苦痛，而国家也一定会不可避免地陷入愈来愈大的危机之中。我们所欣然乐见的是，那些已经因为内乱而背负了灾难性损失并对其深感厌倦的人民，可能仍在坚持着争权夺利的政治对手们会最终达成和解。

清廷发行"爱国债券"

（**本报天津记者，1912年1月23日刊登**）对一个革命中的东方国度来说，财政上的短缺一定是其政府所无法避免的情形。导致革命爆发的根本原因阻碍了自然资源的开采，而国民的信心缺失也导致对内借贷成为不可能的事情。从外界获取资助同样变得非常困难，有谁会信任一个动乱国度的政府呢？在这样的情况下，该政府必定要凭借一些离奇、非常的手段来补足国库。刚刚在北京发生的事情，就因为其原因的简单、效力的表面化及其无法应付形势之需的可怜处境而变得引人注目。

大约在两个月之前，朝廷颁布的一份诏书批准了发行爱国债券的事宜。声明没有引起任何人的注意，政府想要从国家各阶层民众那里得到自发性的财政支援，似乎总是一件不太可能会实现的事情。不管怎样，12月20日，北京由于一份将发行价值为3000万元爱国债券的声明而掀起了一场轩然大波。出售债券的收益将被"完全用于国家的军事及日常花费"，债券利息为6%，将于九年之内付清；此外，"出售债券所得将会由大清政府银行保存，以作为发行银行票据的储备金之用"。诏书规定："所有具备以下资格者有义务购买债券：一、王公大臣及世袭贵族；二、京畿与各省的高官；三、首都与各省的部门、衙门人员；四、公务人员。"这份网罗了一大群人士的名单包括了所有年薪在1500元以上的人士，并具体指出他们必须用于购买此债券的薪资百分比。那些薪资在1500到2000元之间的人士一定要投资其年薪的2.5%，而那些薪资在2万元以上的人士则"有责任"拿出相当于其薪俸15%的钱来购买债券。各级商业和教育机构也受邀加入，购买总数超过1万元以上者，政府将以金牌和皇家手书的匾额相赠。而那些错报个人收入、购买金额不足者会被要求加倍补足；对拒绝购买者，将强迫其成倍贡献并处以罚金。

呼吁官员们为国家报恩

促成颁布此诏书的度支部在陈情书里这样写道："国家正处于危险的边缘，其财政来源已经枯竭。本着不愿徒增人民负担的宗旨，朝廷已经一而再、再而三地自宫中拨出庞大的资金来供应一切所需。本朝所有官员均应效法于此，以彰显其赤胆忠心，奉上自己的盈余，以补国家财力所缺。每一个人都应该尽其卑微所能来分担朝廷的忧虑。我们期待，世受浩荡皇恩的诸位王公贵族，能够尽其所能来购买比要求他们的数额更多的债券，以树立榜样，供他人效仿。"

不幸的是，对于度支部而言，购买场所的那些令人心碎的体系并不真的是用来让官员们对"皇恩浩荡"感恩戴德的，事实是，官员们的薪资都少得可怜，这强迫性的"尽忠"根本于事无补。如果能找到一种更为实际的方法来"榨"出这些官员的油水——这些油水才是构成中国官员们收入的主要部分，那么，才有可能筹到一笔数目非常可观的款项。

国家有一半在帝国政府的控制之外，这一事实一定会阻碍这一募款方式的成功，而更进一步的事实是，就政府所能控制地区的多数官员而言，其薪资大都处于拖欠未付的状态之中，再加上还会有停止给付的可能性，更是让这一"爱国债券"的前景显得一片渺茫。

以下这段短文出现在今早的中国报纸上，它显示了"少年中国"对于靠剥削民脂民膏而暴富者的态度，与此同时，它也显示出想让这些人分出一杯羹的想法有多么不切实际。

袁世凯正看出，想要谈判到一笔外国贷款有多么困难，他手里根本没有钱来供给自己的士兵们。现在，他想出了两个法子。一是要隆裕皇太后交出皇宫里储藏的钱财；二是打发人去查证满人亲王们究竟在外国的银行里存了多少银子。然后，他会要求他们交出其中的八成；如果他们不答应，他就会将其全数没收。

满人们的踌躇犹疑

亲王们与内阁总理大臣的较量　孙文所持的态度

（本报记者，北京，1月23日，1912年1月24日刊登）在铁良[1]不怀好意的鼓动之下，反对袁世凯的满人势力正在武力上持续增强。内阁总理大臣声明，他的处境正变得愈加艰难，并且再度威胁要考虑辞职。昨日，在朝廷的会议中，软弱不堪又踌躇犹疑的满人亲王们做出了一个决定，皇太后同意先不立即逊位，而是先等待朝廷在12月28日的诏书中曾经提及的国民大会的决定。庆亲王未出席会议。亲王们正因此而迈出生死攸关的一步，确凿无疑地试图在下周日休战协定到期之时重启敌意。如果这一切发生的话，满人们将会失去提供给他们的优待费、财产以及袁世凯努力想要使他们得以保障的一切。

如果袁世凯真的像他所威胁的那样辞职了，想必身为1900年义和拳领头人物之一的铁良就会成为满人们的总司令。包括能力卓著、在危机发生的整个过

1　铁良（1863–1938），字宝臣，穆尔察氏，满洲镶白旗人，清末大臣。曾为荣禄的幕僚，后曾任户部、兵部侍郎。1903年赴日本考察军事后任练兵大臣，协助袁世凯创设北洋六镇新军。继任军机大臣。1906年任陆军部尚书，1910年调任江宁将军。辛亥革命后，防守南京，与革命党作战，并与善耆等皇族成员组织宗社党，反对清帝退位。民国建立后，又以"遗老"身份在青岛等地活动，积极参与清帝复辟行动。

程中一直维持着北京秩序的内务总长赵秉钧[1]在内的整个总理内阁，也都将会辞职；山东、山西、河南和直隶等北方四省将会宣布独立；而在满人和汉人军队之间，也一定会产生森严壁垒的分裂。

各国公使馆正以严重的焦虑感关注着新的局势发展。

袁世凯已经收到一份寄自伍廷芳的和解电报，提议将计划中的逊位声明中的某些用字换以其他陈述方式，此举意在消除一些歧义，这些歧义来自正考虑逊位的朝廷可能会向袁世凯传递的有关权力的类别。这显示出，将孙文最近的电文形容为违背其承诺是不公平的。双方在理解上的差异来自某些误解与歧义，看起来，它们应该能够得到合理的解决。

1　赵秉钧（1859-1914），字智庵，河南汝州人，中国清末民初的政治家，袁世凯的心腹。民国初年，在袁世凯担任大总统期间，曾被提拔为第三任国务总理。曾拟订警务章程，创设警务学堂，是中国近现代警察制度的创始人。

上海的绑架事件

（本报记者，上海，1月22日，1912年1月24日刊登）三周前在外国租界内遭到绑架并一直被关押在老城厢牢狱中的一位大清银行原官员，今日在交出23000元的赎金后获释。这起案件已经成为领事馆反复抗议但徒劳无功的话题。临时的共和政府已经公开地谴责了勒索的恶行。但是，有充足的理由可以相信，有人向衙门的衙役们承诺，准许他们从为革命战争募集的款项中抽取一定比例的金额。

一位南京的记者对于这座城市的情形作了负面的报道。官吏们已经越来越管束不了人们，抢匪遍地皆是。孙文的动机是无可指摘的，但是他被一大群学生和民众团团包围着，这些人试图要干预每一个决定，彼此之间也总是争吵不休。

南京临时参议院和孙文

（**本报记者，上海，1月25日，1912年1月27日刊登**）作为国民议会今日会议的结果，南京共和派于今日发布了一份正式的声明，反驳了孙文为支持袁世凯而提议辞去总统任职的说法，并且附加说明，议会一直强烈反对这项提议，称这完全是孙本人提出的方案，并且只有在清楚确认袁世凯首先接受"共和"所代表的所有涵义之后，才会带着极大的勉强之意同意这么做。

看起来，孙文签署了这项声明令人难以置信。他自己早先发给袁世凯的电文在措辞上极尽友善之意，并且是配合了上海的共和派代表们的努力而发出的，为的就是消除议会目前反复重申的局势所产生的影响，试图将谈判拉回南京方面最近做出明确规定以前所达到的状态。今日的声明证实了一些普遍流传的假设，即临时参议院[1]才要对在最后时刻突然向袁世凯大开条件一事负起责任，并且也是在实际上胁迫孙文的一方。

1　此处指的是民国第一次临时参议院。这是正式国会成立前的临时机构，它按照《中华民国临时政府组织大纲》组建，具备临时国会的性质。1912年1月28日在南京成立，2月7日至3月8日制定并通过了《中华民国临时约法》。4月2日，临时参议院决议临时政府迁至北京，4月29日在北京举行开院典礼，1913年4月8日，中华民国首届国会在北京开幕，临时参议院也同时解散。

中国的敌对派系

（社论，1912年1月30日刊登）日本人密切关注着中国革命的动向，他们对于此事的兴趣，可通过昨天自东京传来的一条有关日本国会辩论的消息一窥端倪。很自然，日本外务大臣否定了其政府曾强行要求中国维持君主制的说法，但是，他似乎又承认了驻京的日本公使伊集院彦吉[1]先生确实如声称的那样曾向袁世凯敦促过实行这一政策。其声明如下，人们会记得：伊集院先生曾知会中国的政治家，在任何情况下，日本都不会承认一种中国式的共和。内田康哉[2]子爵已经向日本国会作出解释，伊集院先生不过是表达了他的个人观点罢了。袁世凯看来是误解了他的意思，或许，这一错误不可原谅。

日本国会究竟对这一议题表达了怎样的观点，我们无法陈述。我们所知道的是，在公使们和"开明人士"之间所进行的讨论是如此生动、热烈，人们认为它很适合被用来引导关起门来进行大辩论的双方中的后者。毋庸置疑的是，大多数声名显赫的日本政治家的期望是，中国应该一步步地迈上进步的道路，但更为重要的是，它不应该在突然之间就把一种迥异于其自身的政府形态拉进国门里。中国人具有这种渴望是完全自然的，是合情合理的，也是我们自己所抱

1　伊集院彦吉（1864-1924），日本明治、大正时代的外交官，日本驻华公使，外务大臣，男爵。

2　内田康哉（1865-1936），日本外交官，出生于熊本藩士家庭。曾于1911-1912年、1918-1923年及1932-1933年先后三次出任日本外务大臣，在1921年及1923年并曾短暂代理过日本首相职务。也曾担任过第12任南满洲铁道总裁。

持的。对于那些关心着正被其邻国所瞩目的中国革命的人来说，这场讨论是一个提醒，革命越早落幕，那些邻国就会越高兴。真正关心其国家福祉的有智识的中国人，会尽可能将这样的考量铭记在心里。

自从我们发表上一篇社论以来，中国在其时局的解决办法上并没有什么实质性的进展。但时局中令人高兴的一点是，冲突各方之间的大规模对抗并没有再度发生。和平落幕的前景仍是有希望达成的，但这一前景却暧昧不明，令人无法确定，并且，在每一天中，它都在变化。满人想对袁世凯施行的阴谋，突然之间就宣告失败，正如它在突然间兴起一样。几天前，袁的老对手和政敌铁良看来是要逼着袁辞职，然后自己成为无可争辩的满人领袖。本报北京记者曾指出过义和拳一旦成功后所可能产生的某些连带后果。其中，北方四省有可能会宣布独立，满人和汉人军队之间的分裂会达到极致。但是，铁良的命运无疑在冥冥之中早已注定，或至少说，一直都笼罩在一片愁云惨雾之中，正仿佛其运气在突然之间达到高峰一般。满人们自己将他排挤出局，他们的报纸都在声讨他试图重蹈1900年间曾发生过的暴行。本报记者认定，满人们在态度上的这一剧变，是因为他们害怕袁世凯会真的像他所威胁的那样辞去全部职务，然后将一堆烂摊子丢给满人自己去应付。如果这真的是他们这么做的动机，那还是要对他们的决断表示一些肯定。如果他们害怕会失去袁世凯的效忠，那一定是因为他们知道，对于他们而言，这一效忠是多么不可缺少。

周四时，朝廷发布了宣告皇太后及满人亲王们的意图，也包括南京共和派参议院官方声明的诏书。我们被告知，这份诏书被认为是一个和平的讯号。它确实将逊位的时间推迟到召开国民大会之时，并假设12月28日诏书所提的条件都已经达成并对外作了公布，但是，它以事态轻重缓急的论据证明了采取这一步骤的合理性；并再度声明，朝廷的唯一目标便是确保以和平手段达成最佳的结果；它指出，有关举行国民大会的谈判仍然会继续进行。在能够召集大会之前，还有一大堆事情需要安排妥善，应勉力进行这些谈判，因为和平、治安所带来的利益关系重大。

人们一定记得，在召开国民大会的地点、时间或其组成方式等细节之上，至今尚未达成任何协议。如果诏书是和平的讯号，我们恐怕得说，南京方面所作出的声明很难具备这一特点。更让人感到失望的是，仅仅在一周之前，伍廷芳才给袁世凯发去一封电报，电文所传达的意思似乎是，只要那时尚在考虑之中的逊位诏书在用字上可以调整，便可达成一个解决问题的方案。普遍的理解是，孙文辞去"临时大总统"是深思熟虑中的安排的某一个条件。他会辞职，而袁世凯则会被南京的临时参议院接纳为总统。目前的正式声明却声称，所有这一切都是一个错误。声明断言，参议院一直以来都强烈反对这一安排。它接着又说，孙文本人及参议院都只是勉强同意这么做，而其先决条件则是袁世凯应该首先接受民国"存在"的事实。无论在本质上，还是在腔调上，这份文件都一点也没有和解、商榷的意味。我们担心，它们可能会清楚地证明上海方面的观点：临时参议院才是要对在袁世凯身上强加诸多条件负起责任的那一方。上一周里，在局势似乎能以某种较为公平的方式达成解决方案时，该团体实际上一直都在胁迫着"临时大总统"。如果这个看法是正确的话，朝廷方面的适中与温和并不能将双方的争端引领到和平落幕的终点。若要达成那一种万众期待的结果，至关重要的是，需要对双方都进行一番合理的拿捏与考验。

对孙文所作的采访

临时政府的策略

（本报记者，南京，2月4日，1912年2月6日刊登）我对共和派的临时大总统孙文做了一次长时间的采访。孙文向我保证，一旦袁世凯声明其本人是共和派人士的话；他将会立刻辞职，并将向南京的临时参议院积极倡议选举后者担任总统一职。在回答我对于满人逊位后政府有关安排的询问时，孙文告诉我，他提议，目前的临时政府应该持续一年，之后，他将辞职以让位于由国民代表大会所任命的新政府，这一代表大会也将同时经过选举而产生。他也告诉我，今日，袁世凯又致电请求将休战期延长七天，他也发来电报表示自己已经拥有权力接受革命派的条款。

临时大总统声明，在拥护共和的省份中所发出的恢复社会秩序的命令已经取得了进展。云南已经恢复了平静，南京城的秩序也完好地得以维持，和四川的交通则已再度开启。临时政府期待，在清帝逊位后，该政府可以被正式确认其执政地位，但同时也预备好授权袁世凯来控制北方各省。

满人宣布逊位

将为此发布三道上谕

（本报记者，北京，2月11日，1912年2月12日刊登）昨天，在由内阁代表、两位皇帝监护人和一位亲王代表所出席的朝廷会议上，经过南京共和派内阁修正的有关满人逊位后所受待遇的条款终于接纳。在周三所发出的电文中，我曾经准确地罗列了这些条款，唯一的细小差别是，供给皇室日常所需的数额为400万两白银，这一数目将维持到货币改革为止，之后，这笔款项的数目将是400万元。

会议之后，两位监护人接见了袁世凯，今晨，内阁总理大臣也觐见了皇太后。在最近的谈判过程中，皇太后比任何一位亲王都更展现出政治家的风范和特质，袁世凯向她递交了有关逊位诏书的文本，并获得了皇室的批准。

明天，清廷将会颁布三份诏书，第一份将表示满人对于逊位后所受待遇条款的首肯；第二份则会力劝人民保持冷静、接受号令、对谣言不予理会，并遵从皇室在有关新政体上的意愿；第三份将宣布放弃皇权，宣告认同政府的共和国体，并授权袁世凯与目前的南京临时共和政府共同建立一个临时性的中国共和政府。

通告列强

　　随后，外务部将向所有外国公使馆发出一份宣布新的国家秩序的通告，并且，因为一切通讯都将经过所认可的外交途径来进行，外务部也将会向获得正式承认的外交使节们公布朝廷方面的意愿。袁世凯则希望，列强们能够认可新国体是符合宪法章程的，皇帝是遵循全民族清楚明晰的愿望而自愿逊位的，并且已经作出宣告，其合法继承人也是在遵循全民族意愿的条件下产生的。

南京领袖们的策略

将继续做好武力对抗的准备

（本报记者，南京，2月9日，1912年2月12日刊登）本地的政治圈子就有关临时政府将在逊位问题尘埃落定后迁往北京一事表示感到意外，在天津召开的一次会议将讨论未来的政府结构。南京的临时参议院目前正在起草一份"临时约法"，以用于国家管理，直到整个国家的议会代表制度逐步演变为永久性的宪政制度。革命党宣称，他们不会听从来自北方的命令。他们的动机是完全从和平的角度出发的，他们希望清帝逊位能够使整个事件就此落幕，但他们也定意要将自己的大本营驻扎在本地，并且明白无误地确定要达成发动革命的目标。

基于这一原因，备战之事将会不折不扣地持续下去。目前，有55000名革命军驻扎在南京，45000名革命军驻扎在武昌。此外，更多的援军正在到达，广东的两个师、云南的一个师、江西的一个师和福建的半个师都将在短时间内集结，总数将达到15万人之多。出现在本地的军力将有可能是最为出色的。步兵装备精良、井然有序且组织完善。在军官精益求精的严格要求和指导之下，他们正成长为一支战无不胜的军事力量。

（2月11日）革命党对于清廷延迟颁布逊位诏书一事表达了遗憾之意，并认为，对于临时政府所同意给予的异常慷慨的优待条款，清政府的有意推托实无必要。他们说，清政府立刻接受一切安排是非常必要的，否则，那些对向满人们提供这样奢侈的优待条件持反对意见的革命党人和南京临时参议院的大多数人，可能会更倾向于取消这些优待条款，而以不再那么优渥的条件取而代之。

日本对于满洲备感焦虑

（本报记者，东京，2月11日）满洲事件的近况正在引起日本的焦虑感，他们强烈期望避免卷入中国目前的骚乱之中。

俄国和美国的外交照会

（本报记者，圣彼得堡，2月11日）俄国政府已经收到了寄自华盛顿的外交照会，照会对中国目前的情形表达了美方的观点。中立原则、保持中国领土的完整以及联合行动的必要性等事宜都在其中清楚地加以阐释。俄国的舆论界对于美国回应德国单单向美国发出质问时所采取的方式表示了感谢之意。

清王朝的崛起与覆灭

（**本报记者，1912 年 2 月 12 日刊登**）历世历代以来，"中国"这个名称对于我们大多数人而言，一直都有某种浪漫的意味。对于我们的祖先来说，它代表的神秘国度是一个为上层贵妇所钟爱的丝绸和锦缎的原产地；而在当下，那些稀有的瓷器珍品，那些白色、绿色或其他仿彩的玉石，都从那里穿越过不知名的沙漠远道而来。

直到 13 世纪时，在亚洲巨大沙漠地带的游牧部落里，才突然出现了这么一个神秘的国度，它最终征服了从中国海到喀尔巴阡的所有为人所知晓的地带。俄罗斯帝国成为坐拥中华大地的蒙古大汗的附庸国，匈牙利被孤立，普鲁士的武士们在普里士堡被征服，而巴格达也消亡在灰飞烟灭之间，可汗们和他们那些曾经荣耀无比的统治年代也最终画上了句点。

一场大征服的结果造就了在一位领袖率领之下的大联合，几十年间，这位领袖主宰了自波斯湾和黑海一直延伸到太平洋的大片疆土，有史以来，中国第一次从云遮雾障中露出了脸庞，成为西方世界眼中的一个现实。一路行进到那里的旅行家们仿佛都揣着一支美妙无比的画笔，其中有一位，正是无人可以匹敌的极善于描绘眼中一切的马可·波罗。他在欧洲与"契丹"（当时的西方人所理解的中国）之间来回穿梭，而旅行家的队列也同时交换着东西方的土特产。诸如印刷业、银行业、航海罗盘仪、火药等等的诸多发明，都吸引着他们远道而来；而中国本身，也被如潮涌一般而来的全新概念席卷着，其中尤以来自波斯的为最甚。

中国人

我们并不能说，由此而来的新曙光，就这样驱散了许多环绕着这片朝阳之下美妙土地的浪漫与神秘。我们自己在思想、品味上与那些身着锦衣华袍的美妙男女所存在的距离，再加上那些常常无动于衷的黄色脸孔和斜睨双眼，才使一切似乎显得完整。他们的语言在结构上显得粗野；他们的书写看上去是如此奇特；他们所信奉的几种宗教（一种比一种更加古怪）令人完全摸不着头脑；他们的建筑（尤其是那些宝塔和庙宇），还有他们的船只、他们精美的陶瓷和漆器、他们的家族生活、他们的道德和政治理论，所有一切都像是来自另一个世界的产物。艺术家、剧作家和画匠都在这群奇特而又深具吸引力的人身上挖掘着千奇百怪的故事。

他们和我们是如此不同，这一点并不足以为奇。以日本的例子来说，这样一个文明、开化的人类社会也曾经在千百年来过着与世隔绝的生活。在这一点上，大自然是厚待中国的，只有一点例外，那便是在大海以东，大自然赋予了他们被阻隔开来的国境线；而在西边的西藏，又赐给他们世界上最连绵巍峨的高山。在它的南面，绵延着人口稀少的野蛮国度；而北边又毗连着向着入侵者敞开的大片土地。在这片广袤的"死胡同"里，我们所知道的中国孕育着、生长着。它的人民最早来自何处，我们不得而知，从目前所掌握的证据来看，中国人比其他种族更接近于希腊人口中所称的"土著"。他们在说话上和西藏人有些许相似，从这一点上来说，他们和与他们相邻的蒙古、土耳其、朝鲜、日本其实都相隔甚为遥远。

"百家"

在华南地区的森林和山岭之间，依旧散布着众多的原始部落，其中最主要的一支被汉人称作"苗人"。在长江被汉人占领之前，他们曾毫无疑问地在长江以南的地区形成人口稠密的汉人"遗族"。在长江和所谓的黄河之间的土地，是汉人最初的家园，那里便是所谓的"百家"。无疑，他们在这里发展、壮大，也许是在远古时代经过了一些自然环境的融合，他们已经在强大的生命力、精巧而壮观的艺术以及政治、道德的成长上历经了多次的兴衰盛亡；其间，还交织了几乎如拜占庭帝国停滞时期那般的历史阶段。显然，每一次复兴之后，都伴随着新鲜血液和新鲜主张的大面积嫁接和移植，这些新鲜的事物，都是中国被牵制在自己百姓的双手中并受制于外族时由关外引进的。每一次循环，都是繁荣兴旺到达巅峰后再复归衰败。

在这些外族的征服中，最为著名、或许也是对中国最具影响力的一例，便是上面所提及的长达约一百五十年的蒙古的统治。那些对于"蒙古"这一名称不熟悉的人，应该会记得该朝代的那位著名的、也是非常开明的统治者：忽必烈大汗。在14世纪中叶，蒙古人被逐出了中原，汉人再度恢复了元气。接下来掌权的，是汉人自己的朝代，也就是明朝。这个朝代对于研习中国精美陶瓷和工艺绘画的学生们来说，恐怕是再熟悉不过了。从文学艺术的角度来看，这是一个不啻文艺复兴一般的朝代，今天在世界上所能见到的众多最伟大的、最博采众长的著作，便是在那个时代里诞生的。

明朝一直持续到17世纪的40年代，之后，中国再度被异族所统治。今天，我们对这个称为"满族"的种族，恐怕已经再熟悉不过了。

满族

那么，满族是个什么样的民族呢？在中华帝国北方绵长的边境线上，有三个民族与其毗连。从体格上来看，他们都有某些类似之处，都有黄色的皮肤、稀疏的胡须、斜视的双眼和平坦的脸庞。他们的语言在语汇上虽有很大的不同，但是在语法结构上却颇为相似。然而，从较早的年代起，他们便留下了明显不同的历史，他们之间的亲族关系被轻易地夸大了。这三个分支便是突厥人、蒙古人，还有满族人与他们的近支。东突厥人曾经在长城以北占据过支配地位，但是他们逐渐西移，目前已经以阿尔泰山周边地区为核心形成了一个族类。蒙古人分布在东突厥人地区以东的所谓蒙古沙漠中；而东蒙古一带的地区，也就是我们所说的满洲，便是满族人的故乡。

在征服中国内陆之前，满族人就占据着在那片地带以南的非常富庶的地区。那块土地确实是一片已经开发的、文明化的地带，满族人在那里分布广泛，最远甚至延伸至阿穆尔河以北，包括了贝加尔湖以东俄罗斯的达斡尔省，那里的人则以通古斯民族而闻名。

我们必须记住的是，在征服中国时，满族已并非是一个野蛮人的族群了。他们的国度非常富有，拥有着辽阔、繁荣的村镇，道路畅通，文学上的成就在很大程度上则建立于对汉文典籍的翻译，特别是汉文佛教典籍。这是一个骁勇善战的民族，人民训练有素、全副武装，而其皇族则更是一个备受上天恩宠的家族。汉人虽具有相当程度的自治倾向，但从来不是极其圆滑的统治者。他们那种有时会显得很残酷的严格要求，总会以高傲的姿态出现，因此，在汉人和从属于他们的族群（也就是边境线上的主要进犯者或是邻近区域的居民）之间，也总是存在着许许多多的麻烦。这些从属的族群常常令人忍无可忍，其贪欲也的确令人难以忍受。因此，满族人和他们远在北京的宗主国之间出现了一些令人不悦的状况，这总不是什么好事。满族人会毫无疑问地一直想起自己曾经是中国北方那片土地的主人，只是后来被曾经掌权了一个朝代的蒙古人所征服，而那时的满族被称作金朝。

第一位满人皇帝

边境线上的战争持续发生，最终，满族人的统治者太祖，一个天赋异禀、力量超群的人，注定了要出征中国，而汉人的军队在他精干的士兵面前不堪一击。这些事情都发生在1619年及以后的若干年月中，最终以满人征服汉人帝国、满清王朝取代大明王朝而告终。

第一代征服者的后代们都是些智勇双全的人，其中最值得一提的有两位。长久以来，他们君临天下，为重整中国在兵器上的杰出地位，也为它在艺术、文学、外交方面焕然一新的活力作出了非凡的贡献。当时，整个国家可谓管理有序、繁荣兴盛。这两位伟人即是世人皆知的康熙和乾隆大帝。

清帝国在北方边境线上以及被蒙古人占领的广袤地带里都爆发了激烈的战

争，结果，准噶尔部的势力被彻底压了下去，连皇帝本人也参加了征战。商贸繁荣，也促成较大规模集镇的完善，并鼓励了良性竞争。在北京的耶稣会和其他宣教士们将天文学的知识介绍给了中国，也进行了配备精良的观测。许多世纪以来，中国艺术史上最伟大、最辉煌灿烂的时期，也恰好是在以上提到的两位皇帝的统治时期内。当穿行在邵汀先生或摩根先生的精美瓷器展览馆中时，我们不会忘记，这些无与伦比的珍宝中的绝大多数，都出产于17世纪末到18世纪上半叶，也都标注着康熙或是乾隆年间的字样。在景泰蓝瓷釉和红色漆器的制造工艺上，他们同样保留了明朝流传下来的优良传统。

与此同时，文学上的伟大复兴也发生了。皇帝本人也会作诗，从大英博物馆收藏的一系列玉匾中，我们可以欣赏到其中的一首。大多数的文学作品毫无疑问是翻译过来的，但这种规模宏大、意义广泛的翻译，对于外国学者来说极为有用，他们会因此而更好地了解到，汉语文本的歧义要比满语翻译的歧义少得多。

不久，一项开垦殖民地的壮举发生了。汉人如潮涌一般地进入了满洲的南部区域，也有大批的民众在马六甲地区定居，并在东海群岛的海域里奠定了大规模的贸易基础。

愈发强烈的反应

紧随这一启蒙阶段而来的，则是通常的因果循环。中国的历代王朝一向都是以吞并其主公所拥有的一切作结。这也是满族征服者驻防全国，特别是北方各省和国家首都时所遵循的策略，为的是要控制各地大多具有正宗满洲血统的人士。这些以一系列特殊兵团为单位整合起来的人群，便是我们所熟知的八旗兵。这很自然，因为汉族已经不再是一个像他们那样好战的民族了，满人们很清楚，他们只是凭着刀剑在控制着中国，不过是在这个国家里安营扎寨的外来者。皇室宗亲、众多的王公贵族以及大半的陆海军指挥官、各地的执政者、显要人物和官员都具有满族血统或出身于满人的世家。这一点，无疑会引发汉人愤愤不平的情绪，尤其是当满人们在许多方面都不再把自己视为外来者之后。事实上，满人们几乎已经完全放弃了自己的语言，从说话、穿着到生活起居都成了汉人们的翻版。使这一对立情形变本加厉的，是相传已久的通过科举考试从学校、学院中选拔出类拔萃者的制度，使得皇室和军事阶层的特权尤显低下。当如此多的高官厚位预留给了那些并无才能的特权阶层时，这一现象更是令人难以容忍，而这些特权阶层在治理各地时又总是如此野蛮粗暴。

　　一直以来，与这些现象同时发生的，则是统治者和贵族阶层逐渐积累起巨大财富的事实，他们骄奢淫逸，毫无节制，并且总是免不了一夫多妻。掌握国家实际领导地位的人，早已不是满族人在早期统治时表现得威武雄壮的那一种类型；女人和被宠信者，还有后宫中那些丧失了性别标志的太监们，则越发把持了国家大事的控制权，统治者们变得越来越软弱无力、放荡堕落。特别是，一位非常好胜斗勇、一己独大、贪得无厌又专横跋扈的老妇人成了皇宫和权力机器的绝对主人，并堆积起巨大的金银财富，从此之后，事态变得愈发严重。她在国家每一件至关紧要的大事上都要横加干涉，而她的太监们则忙着将这些危险的论断发送到千里以外。

　　毫无疑问，在这种令人难以忍受的政权统治之下，长期以来，汉人们渐渐变得非常焦躁不安，已经不止一次地孤注一掷，想要通过多次的血腥暴乱试图颠覆这样的政权。他们拥有伟大的传统，全中国没有其他任何一个民族比他们更为古老，他们已经在许多场合之中显示出可以培养具备优秀品质的伟大人物。他们喜好研习，渴望着挣脱那些捆绑着他们生活（无论是公共的，还是私人的）并阻碍他们进取心的束缚而获得自由——而他们最终会摆脱梦魇一般的、窒息着他们每一份努力的束缚。每当想到那些在自己眼中被视为奴役象征的标志，譬如说那根拖在男人脑后的长辫，他们就会备感羞辱。这根辫子曾一度被认为是中国人的一种习俗，但实际上，它却是满人强加给汉人的、要对方向自己屈服的某种记号。

满人王朝的退位诏书

诏书中点明了古代圣贤的教导

（本报记者，北京，2月12日，1912年2月13日刊登）满人的朝代于今日终结，长达两百六十七年的统治就此画下句点。皇帝仍会保留"满人皇帝"的尊号，虽未清楚说明，但还是明确意味着这一称号不再能够世袭。

三份诏书于今天颁布，每一份的开头都沿用了惯例的格式——"奉旨朕钦奉隆裕皇太后懿旨"。

第一份诏书在对席卷全国的、"炸开了锅"一般的革命风潮作了简洁的叙述之后，提到袁世凯受命派遣官员和共和党人讨论召开国民大会以决定未来政府的国体，并说明僵局因而产生，诏书的行文如下：

前因民军起事，各省相应，九夏沸腾，生灵涂炭，特命袁世凯遣员与民军代表讨论大局，议开国会，公决政体。两月以来，尚无确当办法，南北睽隔，彼此相持，商辍于途，士露于野，徒以国体一日不决，故民生一日不安。今全国人民心理，多倾向共和，南中各省既倡议于前，北方各将亦主张于后，人心所向，天命可知，予亦何忍以一姓之尊荣，拂兆民之好恶？是用外观大势，内审舆情，特率皇帝，将统治权归诸全国，定为共和立宪国体，近慰海内厌乱望治之心，远协古圣天下为公之义。袁世凯前经资政院选举为总理大臣，当兹新旧代谢之际，宜有南北统一之方，即由袁世凯以全权组织临时共和政府，与民军协商统一办法，总期人民安堵，海宇乂安，仍合满、汉、蒙、回、藏五族完全领土，为一大中华民国，予与皇帝得以退处宽闲，优游岁月，长受国民之优礼，亲见郅治之告成，岂不懿欤？钦此。

这份重要诏书经袁世凯和六位内阁成员签署生效。

第二份诏书则与共和派人士保证在帝室逊位之后所提供的优待条件有关。在细读过优待条件中具体包含的十九项条款之后，皇室对其皆表示满意。皇室嘱告满人、蒙古人、回人和藏人，劝其消弭彼此间的差异，联合起来维护和平，为世界的繁荣作出贡献，并分享共和政府所给予的祝福。这份诏书引述了十九项条款，其中的主要内容我先前已经来电转引过。

第三份诏书敦促各位官员和人民保持镇静，不要被充满仇恨的一时冲动所牵引，并宣布了皇室公正无私的举动，这些举动只是本着尽快结束无政府状态的愿望而行，以防止发生国家内部的任何冲突，并重启和平之福，顺应天意，满足人民的愿望。

这些诏书于今晚对外界宣布。随着时间的推进，皇室退位和变国体为共和政体已被认为是不可避免之举，所以，发布这些诏书应不致引发任何惊奇之意。

北京城里一派肃静

对三份诏书的回应

（本报记者，北京，2月13日，1912年2月14日刊登）北京城里一派肃静。诏书已经顺利地向民众发布，所有一切都照旧如常，唯有张贴在各城门口通道上的措辞强烈的告示宣告了政府的更替。告示责令民众严守秩序，甚至以对扰乱和平者将处以死刑作为威胁。从上海传来的电报也表示了诏书已顺利发布，语调充满了兴奋之意。在本地，诏书只是被当作将目前的情形合法化的标志，而政府的实际管理并没有因此而有什么改变。自从皇室被真正的掌权者剥夺了权力之后，整座城市已经对此习以为常。

昨晚，所有公使馆均已收到外务部发出的诏书的标准中文文本和一封敦请使馆向各国政府转达诏书的请愿信。所有公使馆也都接到了通知，中国各驻外使臣目前仅担任外交代表一职。外务部通知外国公使馆，前政府所有各部负责执行的业务仍暂维持不变，但是各部已不存在，其负责人员将等待新政府成立之后再行任免。事实上，所有事情都已可预见，而对于袁世凯表现出的睿智、远见和领导能力，众人也都表示了赞扬之意。

今晚出版的官方公报发表了袁世凯的两项声明，他称自己为临时政府机构的全权代表。开篇时，他先是为自己与这一名衔的不相称表示歉意，然后，命令各政府官员应一如既往地履行各自的职责，直到建立起一个新的国民服务机制时为止。接下来，他又责令维持公共秩序，并宣布继续履行警察部门的有关规章制度。旧的统治年号消失了，取而代之的是公元纪年。

所有人都带着浓厚的兴趣静观未来几日内事态的进一步发展。接下来，孙文被认定会履行自己卸任临时大总统的承诺，而袁世凯将被推选为新的总统；一个联合政府的内阁将会出台，取得各国列强认同的申请函也将会拟订。

南京共和政体与列强

弥漫在北京城中的不安感

（本报记者，北京，2月14日，1912年2月15日刊登）外国公使馆今天收到南京临时政府外长王宠惠发来的一份急件，要求各国对南京共和政体予以承认。相似的要求在之前已经被予以忽略，该份急件也将被相同处理。孙文的这一做法引发了不安。人们认为，它显示了中国与各国列强间存在的误解，孙文在未与列强商榷的前提下就提出迁都的想法，他似乎忘记了1901年9月7日的"庚子协定"有关条款以及这一协定的先行条件。

孙文和袁世凯

昨晚，袁世凯收到孙文的电报。孙在电文中对于清朝皇帝的逊位以及袁接受和同意政府的共和政体表示了极大的满意，他并指出，南京临时参议院已经起草了一份"提名袁世凯"的请愿书。据推测，袁应该就是新政府的大总统，只是孙并没有使用这样的字眼。他坚持，在组成政府的共和政体时，不能包括清朝皇帝的代表。并且，令袁世凯备感惊讶的是，孙文请求袁世凯速访南京，在袁离开期间，可提名一位代表代为维持华北的局面，此位官员的选定将会得到南京临时政府的批准。

袁世凯无法同意这一不合情理的要求。其势力范围决定了他只有留在北方的省份中才能维持号令，也因此需要在北京成立临时政府，尤其是鉴于不断增加的财政压力，他更需如此。

袁世凯已经收到了由伍廷芳和其他重要的革命党人以及众多的地方官员所发来的恭贺电文。

中国的第一位总统[1]

袁世凯与政府所在地

（本报记者，北京，2月16日，1912年2月17日刊登）自中国大陆各地、香港、檀香山的华人社团、马六甲海峡殖民地、菲律宾、旧金山、墨西哥以及其他各处发来的贺电，如潮水一般地涌向袁世凯。今天下午，英国驻华公使朱尔典公爵也向当选总统表达了个人的祝贺之意，总统本人也表现出高昂的兴致。自从去年11月13日抵达北京以来，因为要扭转当时异常困难的局势，袁世凯一直表现得忧心忡忡。但是，即便是其政敌或对手，也不得不承认，他以最巧妙的手段掌控了大局。

孙文在一封电文中称，袁世凯是经全体表决通过担任大总统的，与此同时，南京的临时参议院也已经决定，临时政府的所在地应该设在南京，政府将派遣代表前往北京，邀请袁世凯即刻动身前来南京履新，以顺应全民族的期望。

由临时参议院发布的一份相似急件刊登在今日的官方公报上。参议院称，他们发现，在整个世界历史中，唯一的另一份经全体一致表决通过的总统委任状是授予华盛顿的。他们荣幸地表示，袁世凯将会是世界上的第二个华盛顿，也是中华民国的第一个华盛顿。

1　此为报纸原标题。中国历史上第一位总统应为孙中山，而非袁世凯。——编者注

袁世凯谦恭地回应表示愿意接受这一委任，因为这是人民的期盼，人民相信他会完成国家和友邦的重托。他说，他将会等候代表们抵京传达有关政府及政府所在地的事宜；同时，他也意识到，有关政府所在地的问题，他仍需要仔细加以考虑。他指出，如果他离开北京前往南京，将为中国国际关系问题的复杂化增添更多变数。

袁世凯在上奏清廷时对时局的阐述

（一位中国学生，北京，2月6日，1912年2月20日刊登）1月26日，前摄政王醇亲王看望了内阁总理大臣，并转告了皇太后想要授予他二等爵位的美意（在英文中，此爵位通常译为"侯爵"）。这是除了孔夫子的后人所世代承袭以外的唯一爵位，是能够授予中国人的最高位阶的头衔，甚至都极少赐予满族人以外的其他人等。击败太平军叛乱的首脑人物曾国藩、率领"农民军"南征北战收复新疆失地的左宗棠，在生前曾从已故的慈禧皇太后手中获此殊荣；而李鸿章则是在身故之后才由皇太后颁发了这一令人梦寐以求的荣誉。

很显然，在总理大臣与共和派人士交涉和谈的过程中，向他颁发这一殊荣是一件尴尬的事情。同样明显的是，这也是满人策略中的狡猾招数，目的是要中国人确信，袁世凯是戴着满人寡头政治的手套在忙着这一切事情。这是逊位诏书外的另一个戏码，表示皇族想方设法要引诱总理大臣接受这一荣誉，而他又同样决绝地想要予以拒绝，这折射出颇合中国特色的一个有趣画面。1月26日，官方报刊宣布了一条消息，袁世凯已接到了皇太后颁发的诏书，内容如下：

总理大臣袁世凯是一位忠心、爱国的政治家，一直以来尽全力辅佐本朝。自从担当要职以后，他制定国家大计，全力挽救危局。对于大清国而言，他乃是不可或缺的人物。因此，本朝特向其颁赠二等爵位，以此表明我们对其真挚爱戴之意。拒绝接受这一殊荣将是不被允许的事情。

对于诏书的回复

第二天，袁世凯在一份意味深长的上奏中婉拒了这一殊荣。在文中，他回顾了自己自爆发革命风潮以来所做的一切：

> 当卑职跪接委任状时，真的是受宠若惊。卑职莫敢忘怀，自己世代领受皇恩，并一次次地得到圣上的赞许。革命爆发以后，卑职再次被任命为总督，并被委以统帅大军之职。之后，在组建内阁之时，卑职再被授以内阁总理大臣之职。面对重重的困难，卑职为自己无力力挽狂澜而深感痛心疾首。数月转瞬即过，卑职甚至无从建立微小之功。王朝正面临灰飞烟灭之势，万民之景仰爱戴已如破砖烂瓦一般。国家受到如瘟疫来袭般的重创，却无从觅得医治良方。如同明末的最高将领史可法一般，卑职并无丝毫值得传世的功绩，实罪该万死。此刻，请容准卑职向圣上跪述自就任以来的种种纠结困惑。

革命的成功

起初，革命的本质就是军事行动。它波及了官员阶层和其他人等。在一个月之内，十三省就陷落了，而直隶和山东也都呈现出了众叛亲离的迹象。朝廷听见了人民的期盼，也应允了立法院的求告，公布了宪法的基本条款。于是，皇上实际上便被剥夺了每一份权力，已经到了没有什么可以再继续放弃的地步。政府已经成了某些人仍在渴望着的形式，也就是说，成了一种加诸共和政体之上的空有头衔的政权形式。当卑职起初领受圣恩接受任命之时，其实是倾向于君主立宪制的，卑职尚希望君主之位仍可得以保全。在直隶的军队接受了这些提议，而山东也取消了其独立宣言时，我的愿望似乎即将达成。但是，一俟汉口失陷，海军哗变，未几，汉阳又被占领，南京也告沦陷。某列强友邦从中斡旋请求停战，并为了人民的福祉，倡议举行和平会谈。

于是，卑职派遣了一位代表前往上海共商时局。但是，在两个星期的会议之后，仍是毫无结果，共和派丝毫也不愿意在他们成立共和国体的要求上做出些许让步。直隶与河南的省咨议局于是效仿其榜样，内部频起冲突。紧接着，乌尔加、宁远城、海拉尔等地的革命又连续取得了成功。即使连过去几个世纪以来一直效忠于我朝的封疆臣国也因此而离弃了大清。每每念及这迫在眉睫、危及江山社稷的灭顶之灾，卑职的心里便是忧愤交集。卑职迫不得已地将这些实情一一禀明圣上，于是，蒙圣上允准召集王公大臣们前来觐见，所有人都表达了完全一致的意见。于是，圣上下诏召开国民大会以决定未来的国体。这与卑职先前的期望完全相反，但卑职仍旧抱着国民大会可能不会坚持共和国体的可能性，亦或许会因此而拥护君主立宪。但是，无论是有关会议的地点，还是选举的形式，都未能达成任何结论。同时，无论是曾经效忠于朝廷的总督和大臣，还是对国际事务了若指掌的海外使节，甚至是各港口的商会，这些各地区政界要人贤达的电报如潮涌而至，均一致赞成共和。卑职于私下里涕泗横流，禁不住万分疑惑，为何一个国家的好恶会有如此剧烈的转变，而本朝的运势又为何是如此不可逆转。这是卑职为自己所陈述的未善尽职责的第一重原因。

论及军事方面。在卑职自休养中回归朝廷并接任要职之前，卑职已深感湖北之局势正处在紧要关头，故请求朝廷拨给增援兵力及粮饷。直至圣上同意了请求，卑职才答应接受任命。但是筹措兵力、军援都需要时间。圣上一再催促卑职起程的委任令在卑职到达前线之前便已经收到。到任后，卑职为官兵们鼓劲壮胆；局势亦曾一度扭转，盖因汉口陷落之后，武昌曾一度再度收回。但是就在那时，议会的讨论和各阶层人士一致的需求，均在催促尽快实施绥靖策略。结果是，朝廷一再发布诏书，反对双方持进一步的敌对立场，卑职有幸宣告圣上仁慈的指令，下令停止再度开战。当卑职回到北京之后，发现国库已亏空，尤缺战争所急用的粮草、弹药。卑职在贷款上的谈判亦完全失败。当年，乾隆爷在平定五省叛乱后，又继续展开征服新疆和西藏前线之役，前后共花费银两约1亿。五十年前击垮太平军和其他叛乱武装的荣耀之战，则耗费了至少十倍的钱财。而当下，我方甚至不敢预测一个月之后的军需。诚然，圣上以个人的积蓄慷慨解囊，确实暂解了眼下的燃眉之急。但我方缺乏增进兵力、添补粮饷的方法，却是不争的事实。我方不得不竭力以短兵缺粮的部署而战，但顾及了此处，却再无暇顾及他方，这便是我方为何无法援助兵力薄弱的南京、襄阳、青州等地驻防军的原因所在。另一方面，共和派的武装在各地无视国法、煽动暴乱。一旦某城市陷落，便不再能轻易收回，目前尚还平静的地区，不日便有可能引发骚乱。不断成立的共和武装似有星火燎原之势，而我们的军队数目却停滞不前，最近在满洲组织起来的军队于短时间内还无法成事。河南和其他几省不断扩散的骚乱仍然无法立刻平息。以上种种，均影响了我方的军事力量，此乃卑职自认无法胜任职责的第二个原因所在。

国际关系

而正当我方无法在本国的战役中取得决定性胜利之时，我们和外国列强的关系亦有陷入混乱之势。一个最为明显的实例便是以铁路运输军队的问题；还有以海关拨付赔偿本朝外债的麻烦；并且，外国商会一再要求，既然条约不能得到遵守，本朝当尽保护其生命和财产之责等等。一而再、再而三地拖延因循将只会带来新的、危及本朝自身的麻烦，基于陈述缘由或个人情绪的请示并不足以扭转本朝之运势。与此同时，所有政府改革均因战争而被延宕；行政管理依旧被一贯而为的腐败所当道。将从学堂里学来的理论运用到实际中并不是一件轻松的事情，而相对而言，这些还都只是本朝所面对的较小困难而已。

值此之际，卑职之力已日有不逮，实无力回报圣上对卑职委以如此重任之隆恩。卑职之罪责日益加重，而所能为不及片石滴水。卑职以为，尽早自请辞职方为上策，但卑职世受皇恩，亲睹圣上日夜操劳并煎熬焦虑，万不敢轻言弃圣上而去。然而，若卑职接受了此等重誉，实有违圣上赏罚之公允，愧对本国万民。卑职当如何引领公众之舆论？当如何为百官设立一遵循之楷模？故恳请圣上收回先前之委任令，允卑职向世人表达自己之纯全心意，令卑职不再受自责之煎熬。卑职所言至此。

再度委任与最终推辞

但是，皇帝并未接受这一推辞。一月二十八日，第二道诏书颁布如下：

袁世凯诚恳地表达了他的请愿，请求朕取消对他的封号。朕完全理解他真诚的谦虚之意，然时局紧迫危急，他在自己的职位上承当了极大的难处，这一封号实乃朕对他的重托之意。特令其即刻接受朕之委任，切勿再行推却。

袁世凯再次递呈的推辞信里满是历史性的典故，因故，皇帝又发布了另一道诏书：

袁世凯再次表达了他的心情，恳请朕取消对其封赏的爵位。此番，他列举了历史上的一系列先例，以至为诚恳之言语表达了他的见解，然时下的危局为历史上所不见，其危殆之程度亦无与伦比。过去数月以来，袁世凯尽心竭力，承担了艰苦卓绝之重任，此一封赏实为实至名归。他应该遵循朕先前的诏令以接纳封赏。

袁世凯第三次予以回绝。又一封诏令颁布如下：

袁世凯再一次恳请朕收回成命。其言语表达了甚为诚恳之意，然朕以公平之决断对其封赏。着令袁世凯遵从朕一再发布之诏令，不得再行拒绝。

袁世凯第四次予以回绝，宣称"天命原不可违，然其良心之不安却愈显对圣上之崇敬"，这一次，他的请愿被应允了。最终的这份诏书在言辞上明显和缓了。

袁世凯在对朕的上书中称，在朕屡次表达嘉惠之意后，他不敢一再坚持回绝。他请求暂缓接受此一嘉赏，并推迟到在时局明显改善之后。钦此！

南京对袁世凯的期待

袁世凯给孙文的回复

（本报记者，南京，2月22日，1912年2月23日刊登）袁世凯已致电孙文称，在见到昨天自上海启程前往北京的代表们之前，他将暂缓对自己前来南京这一问题进行商讨。这些南京的代表们将向他宣布当选中华民国大总统的消息，并一路护送他前往南京。从这一消息加以推断，并考虑到袁世凯请求列强承认使他被选为大总统的共和政体一事，可以看出，袁想要兑现自己在当选大总统一事上的实质性条件。

在本地的官员阶层中，流传着一种不公开的说法，袁世凯会在两星期之内到任。到了那时，削减军事编制、停止因数度征募新兵而购买武器弹药都不会再是问题了。

由于报道了日本向满洲调遣、部署增援兵力，引发了一些不安之意，但是日本已经正式否认他们增强了兵力。

中国的饥荒问题

（记者专稿，1912年2月27日刊登）本报收到了如下信件。此信呼吁本报读者为缓解中国因饥荒而引发的贫困问题进行资金筹募。

在中国的三个主要地区——苏北和皖北、长江流域的芜湖以及湖北的汉口地区里，250万水深火热中的人民急需在饥荒中得到救援。他们的情形可归结如下：许多家庭分崩离析，淮河流域约500万人口（其中约150万人急需救助）被逐渐淡忘。而去年的严重饥荒、过去五年来的庄稼歉收，致使农耕动物在去年大量被食，商业已陷入停顿，学校关闭，贫弱者沦为乞丐，身强力壮者则变为强盗。在去年的饥荒中，这一地区里的各城镇中有200至400人被处以绞刑或砍头，而典妻卖女者更是层出不穷……

为缓解灾情，上海已成立了一个实力坚强的委员会。成员中有一半是中国人，另一半为外籍人士。他们代表了在中国最为重要的商业利益和传教组织，其中负责财务部分的是国际银行组织的经理。他们的名望都绝对保证了筹募来的资金不会落入腐败的经营管理之中。委员会的宗旨是救人于水火之中，向灾民提供救助而不使其沦为赤贫（某些无法做工者除外），灾民们都将以自身的劳力来换取温饱。一位由美国红十字会派出的技师，指导劳动力们以修复堤坝和灌溉渠来及早预防未来洪灾的发生。如果我们不施以援手的话，成千上万的家庭必定会在下一次丰收之前死去。六个先令足以维持一个家庭的一个月所需，而六十万个家庭正在缺衣少食的景况中艰难度日……

在此信上签名的包括圣奥德丽修道院（St. Audrey's）的威廉·盖思考因·赛瑟尔主教（Rev. Lord William Gascoyne-Cecil）、浸信会传教士公会（Baptist Missionary Society）的 C. E. 威尔逊牧师（Rev. C. E. Wilson）、伦敦传教士公会（London Missionary Society）的 P. 华德劳·汤普逊牧师（Rev. Dr. P. Wardlaw Thompson）、传教士公会（Church Missionary Society）的赫伯特·兰开斯特博士（Dr. Herbert Lankester）、大英帝国及海外圣经公会（British and Foreign Bible Socirty）的 J. H. 瑞特森牧师（Rev. J. H. Ritson）、卫斯理安卫理派传教士公会（Wesleyan Methodist Missionary Society）的 C. W. 安德鲁斯牧师（Rev. C. W. Andrews）、中国内地会（China Inland Mission）的 F. 马克斯·伍德先生（Mr. F. Marcus Wood）以及友人国外传教联盟（Friends' Foreign Mission Association）的亨利·哈里斯先生（Mr. Henry Harris）等，他们每个人都作出了各自的贡献。

南京代表们在北京

袁世凯已接受邀请　国都维持不变

（**本报记者，北京，2月27日，1912年2月28日刊登**）南京临时参议院的两位代表于今天抵达，他们获得了极大的礼遇，迎宾的街道上遍布着卫兵。下午，他们前往袁世凯的官邸，并向他呈上由孙文签署的、南京临时参议院全票通过的选举袁世凯担任中华民国临时大总统的正式公文，同时，代表们也向袁发出礼貌性的邀请，请其前往南京宣誓就职。

代表团的发言人蔡元培为南京内阁的教育总长，是一位曾在国外考察过教育系统的积极的变革者。身为学者，他在各地都受到了尊重。

自当选之后，大总统一直是带着谦虚之意、甚至是谦卑之态向各界回复说，自己并不配领受这样的崇高地位，但是，他也同时表示，自己将不遗余力地维护国家的抉择。对于立即离开北京，他担心可能会造成某些不便，但还是正式地接受了委任状，并正式表示，一旦情形许可，将即刻前往南京参加就职典礼。

袁世凯对于邀请的接受排除了一个很大的困难，也将印证他所有的善意承诺。与此同时，在离京之前，他还将就联合内阁一事与蔡元培进行商讨。从两个已经存在的内阁中挑选总长的困难，会比挑选到人选后再征召他们入阁要少得多。内阁会像法国那样地选出一位总理，许多人都希望唐绍仪本人会接受这一职位。

在参加就职典礼之后，袁世凯将会返回北京。我很确定的是，国都将不会变更。事实上，仅有一小部分人赞成搬迁国都，他们都没有考虑到，如果真的尝试此举，将会引发复杂的问题。在这里，我们尚未考虑现阶段中国在财政上的昂贵花费。

贷款谈判

已经有人建议就外国贷款展开谈判。如果在总统就职大典之前贷款问题就能落实，则有关合约将由袁世凯和孙文共同签署。任何贷款都是国际性的，有六个国家（而非四个）会参与到其中，俄罗斯和日本的银行将会参与到英国、法国、德国和美国的银行之中。这一安排已经得到了上述提及的四国的首肯，也已经经过了唐绍仪的批准，唐代表袁世凯主导了这次的谈判。

许多计划也在盘桓之中。有人提议解散一大部分军队，并将这些兵力用于重建和开垦的工作。今天，某种令人充满希望的感觉使北京变得生机勃勃起来。一切进展都显得非常平顺且令人感到满意。

北京的军队哗变

劫掠事件持续发生，袁世凯为此深感悲痛

（本报记者，北京，3月1日，1912年3月2日刊登）今晚，士兵们又在西城恢复其劫掠的行径[1]；然而，毁损的程度目前还不能确定。一场有相当规模的大火在持续延烧着。但是，国际上目前还没有任何理由需要为此事感到焦虑。

袁世凯为昨晚爆发的这场由深得其信任的第三师及护卫军掀起的哗变而深感愧意，今晚，他已经以英语向所有的在京外国侨民发布了一条声明，为这起始料未及的骚乱事件感到悲痛。他对我们这些身处陌生之地的陌生人表现出了深切的悔恨之意，并向我们确认已部署了所有的预防措施，以防止类似事件再度发生。

哗变的发生有几重因素，最重要的一条正如恶意谣传的那样，是因为害怕

1　1912年2月15日，孙中山辞去临时大总统职务。2月25日，南京临时参议院正式选举袁世凯为临时大总统。27日，南京临时政府派蔡元培为专使，宋教仁、汪精卫为专员，到北京迎接袁世凯南下就职。2月29日，袁世凯与专使团举行了会谈，表示愿意南下就职。就在这一天晚上，北洋军曹锟的第三镇（师）下属军队发生了哗变，史称北京兵变（或京保津兵变）。对于哗变究竟是否由袁世凯一手策划与部署，外界有不同的看法与见解。哗变平息后，京城各界人士吁请袁世凯留京，蔡元培也要求南京临时参议院迅即同意将临时政府地点设在北京。3月6日，南京临时参议院作出决议，允许袁世凯在北京就职。3月10日，袁世凯在北京就任临时大总统。

军队被遣散；军人们一旦被切割而任其自生自灭，其生计也就成了问题。其他的原因则是有关切断供应、延误军饷、因为和平已成形势而克扣原先要颁给殷勤服役者的额外粮饷与配给等等。所有有关人员都无法被控制，连下层官员们也参与到劫掠行径之中。在大半个夜里，劫掠就是一直持续发生的事情，火光和喧嚣意在掀起威吓之势，而非兴起屠戮。

毁损的程度

损坏的程度其实小于昨晚看起来的情形，并且仅限于东城的某些商业区及位于前门外的中国人居住地带里。士兵们特别抢劫的对象都是当铺、钱币交易所的场地以及一些体面的小店店主，而非那些闲富、王公贵族或是官员们。几乎没有太多人命的损失，被杀和受伤的人大多是由流弹所致，死伤估计少于20人，其中并未包括几个在无意间被烧死的人。

外国公使馆则表现出了令人赞赏的果断和速决，其护卫们在进到骚乱地区中解救可能身处危险的同胞的过程中，沿路上并未对民众形成骚扰之势。除了一名日本人受伤之外，没有其他外国人受伤，有一些日本人的财产遭到焚毁，这也是唯一被损毁的外国人的财产。

情形完全失控

情形已完全失控的一个实例是，士兵们实际上已经携带着其掠夺物进入了外务府的大院，这里其实就是大总统本人的居住地，士兵们也进到了军团驻地正北面的主要营房内。然后，他们强行征用运货马车和人力车，将这些劫掠品运到火车站，其中，有1300人扣押了三列火车，于凌晨去了保定府；其余的人今天仍滞留在北京，竟然和他们在昨天打劫过的民众变得熟识起来。

有一件事情很有趣。第一个被打劫的地方居然是一所贵族学校，等待着伴随袁世凯踏上他所应承的汉口与南京之旅的南京代表们，恰巧就在此处下榻。

就在北京爆发劫掠事件的同时，同一师的第十二军团也在靠近北京的丰台交接处一带掀起了哗变。今天，又从保定府的第六师那里传来了同样令人不安的哗变消息。

外国公使馆正带着焦虑的心情密切关注着目前无法预测的事态发展，然而，大多数人似乎都很笃定袁世凯会证明他有能力来控制这一事件，他将会以严厉的手段镇压军队的哗变。

据信，与昨天的劫掠事件直接有关的士兵人数少于3500人。

大总统的计划

整起事件必定会影响到袁世凯在由总理人选唐绍仪和副总统黎元洪的陪同下启程经汉口前往南京的计划，他们原定会在南京宣誓就职后，再返回北京向各列强国正式申请对中华民国的承认。在这一关头，我们有必要说明的是，袁世凯还从未知会列强关于他当选民国大总统的消息，也还从未请求列强对民国予以承认。在由北京发出的电报中，含有这样意思或内容的声明其实都是不正确的。

北京的哗变

北京的秩序在军法威吓之下得以恢复

（本报记者，北京，3月3日，1912年3月4日刊登）星期五晚间在城西和城北地带发生的劫掠事件和星期四晚间所发生的大致相同，然而，火势变小，恶意性的毁损也减少了。没有任何外国人的楼房被波及，也没有外国人受到骚扰。第三师的士兵们再次成了主要的肇事者，而警察和一些无法无天的角色也成了帮凶。

相较之下，昨天的情势被控制得较好。由上了年纪的姜桂题[1]所指挥的旧式地方军队控制了局面。到目前为止，他们证明了自己的忠心，恢复并维持了秩序。犯事的士兵得以逃脱而未受惩处，但是有大约100名据说是汉人抢劫者的从犯人员却被立刻处决。在他们之中，仅有一两名士兵，绝大多数则是身陷极度贫困中的男人和在毁坏过程中捡拾了一些破烂的女人。

昨晚和今晚，在军法管制之下，街道上已经空无一人、鸦雀无声，宛如一

1　姜桂题（1843-1922），字翰卿，安徽亳州人，清末民初军事将领。1895年，姜桂题受袁世凯起用，从事编制建新建陆军的工作。1899年袁世凯署理山东巡抚期间，姜桂题随同驻军在山东省。后在义和团运动中，因讨伐义和团及迎护慈禧、光绪回京而有功。1905年，姜桂题任办理长江防务，1908年任武卫左军总统官，1910年升任直隶提督。民国后，姜桂题署热河都统。他支持袁世凯称帝，袁死后，又投靠皖系。

座死城。

公爵府被焚

意味深长的是，并没有满人的房屋或商铺遭到抢劫，但是承恩公桂祥（即隆裕皇太后的父亲）的府上却被焚烧。在丰台交接处，中国士兵抢劫了火车站，并且，由于害怕这些士兵可能会中断交通运输，英国皇家恩尼斯基伦燧发枪手团今天由天津被调派到此地，以强迫士兵们后撤，而预计他们也会自愿性地撤离。

在保定府，商业地带也遭到了哗变士兵的洗劫，但是，衙门并没有遭到损毁，也没有外国人的人员伤亡或财产损失。有关保定府的军队会搭乘火车向北京进发的谣言传得很凶，这使得袁世凯在昨日仓促下令在中途切断保定府和北京之间的火车线路。这一举动显得很愚笨，今天，有关方面又急急忙忙地要试着恢复交通了。

公使馆护卫措施的加强

昨天，一个由外交团体举行的会议作出决定，在使馆区和大沽的日本巡洋舰艇之间保持无线通讯联系，并从天津增派了1000人作为公使馆的护卫人员，每日调派尽可能多的使馆护卫人员在本城逡巡，这么做，代表了某种动机，一旦情形需要，这些人员就会出面维持秩序。今天下午，700名骑马或步行的男性肩负机械枪，代表了九个公使馆的护卫人员，沿着主要街道绕着皇城行军，这使市民们感到了极大的满足。如果这座城市由外国军队来值勤管制，百姓们应该会兴高采烈。

一位德国医生被杀害

到目前为止，各地尚未表现出丝毫的排外情绪。唯一的例外是，一个警察进行了一次令人遗憾的枪杀，其自身也中弹身亡，被杀者是天津的一个德国人——席瑞尔医生。在天津城被洗劫时，他正试图帮助友人脱离危险。这位博学多识的医生受到中外人士的一致尊崇。他留下了妻子和两个孩子。

当地报纸则向袁世凯发起了无情的攻击，将北京的现状和古罗马军事执政官治理下的罗马进行了对比。曾经为他带出军队而大声欢呼的报纸现在却尖厉地批判他这么做。一份日本报纸说得尤其苛刻，向共和制大发责难，并间接地鼓吹恢复君主政体。

孙文的信心

（路透社，南京，3月3日）今天一早，孙文在他的官宅接见了我，并进行了如下谈话：

"我对北京和天津的事态非常关注……但对袁世凯的良好声望却仍有绝对的信心。尽管看到的报道令人很悲观，但我相信他有能力控制局面。共和派人士会恢复一切秩序并保护外侨的生命与财产。我们将向袁世凯方面提供迅速、有效的援助。目前的情形并不意味着局势将会完全失控，这不过是一个叛军加乱匪为非作歹的问题罢了。南北双方的绝大多数士兵和百姓都是共和政体的忠实拥护者。"

孙文又补充道，如果局势有意想不到的发展，他个人已经预备好入京协助袁世凯。

南京官方则声称，他们无法理解北京需要外国人进行干预的请求，因为事态并没有什么危急性。

华北的无政府状态

（社论，1912年3月5日刊登）华北军队带来的骚乱将已经错综迷离、艰难诡谲的局势变得更加复杂化。袁世凯可能已经预见到会有一些麻烦发生，于1月31日刚刚将其"最为信任的第三师"召回了北京。如今，这些军队都已经不再属于皇室了，而一直以来，他们对于皇帝曾有的效忠也令人感到疑虑重重，因为其中的军人并非满人。今天，本报北京记者指出，这些军队的背叛让满人军队在京城里成了军事主力。一个多星期之前，南京革命派的临时参议院代表们抵达北京。他们受到了礼貌、周到的接待，袁世凯也表了态，表示愿意南下与孙文及其副手们进行商讨。天空里似乎一扫几周来的晦暗、阴郁，变得开阔、明朗起来。但到了周四晚间，"忠诚的"第三师和内阁总理大臣自己的某些保镖却打破了他们异常宽松的军纪约束，开始对北京进行大肆洗劫。在他们的注意力中，第一个目标便是南京代表们的住处。

而在对所爆发的事件似乎仍感到些许困惑的南京，本报驻当地的记者却已经记录下了这样一种印象，那就是，之所以会有这样的事情发生，是因为有"某些反动势力"的介入。但是，直到目前为止，还没有什么证据可以显示，除了穷凶极恶的抢劫欲望之外，此事还存在着什么其他起因。此前，在华北地区，这样的欲望也曾经控制过除中国人以外的其他军队。骚乱迅速沿着铁路线扩展到天津，在那里，也发生了严重的暴乱，一名德国医生因遭遇枪击而身亡。大批的骚乱者拦截下火车，沿着京汉铁路线到达重要城市、直隶省的省会保定府，于是，当地的商业区域也遭到了大肆劫掠，部分地区还被烧毁。目前，在北京和天津两地，社会秩序已经恢复，但是直隶省的其他地区却暂时陷入了无政府状态之中；并且，局势中最为糟糕的部分是，目前报道的发生在直隶的场景，不过是在许多其他省份中已经被目击过的场面的翻版。发生在四川的局势不明但令人绝望的枪战，发生在武昌和汉口、南京、太原府、西安府的屠杀，一大批虽然并不非常严重但绝对同样令人备感唏嘘的事件，全都指向了同样的起因。一个王朝在覆灭之际（无论它会多么快灭亡），一个无人知晓的政府系统在被引进之时，它们所带来的，都远远不是在纸上平静地起草一份宪法那么简单。

袁世凯所面临的困境已经无可估量地增加了，其并不愉快的处境将会博得所有客观公正的外国观察家们的同情。在拒绝皇室贵胄的第二份任命状时，他写给皇帝的那份悲天悯人、庄严高贵的陈情书，至今令人记忆犹新。在发生革命危机的过程中，他都表现出了深谋远虑和熟练圆滑。即使在被他最为信任的军队抛弃之时，他仍然是一个最有资格和能力将中国从无政府状态与分崩离析中拯救出来的人。在孙文持续扩充他在南京的武装力量时，他本人却几乎无从证明能够有效地控制这些军队或平息由革命运动所造成的混乱局面。我们既带着深切的忧虑又不乏兴味地注意到，平津一带所传出的新闻并没有令他感到沮丧。他自己已经准备好要北上京城来协助袁世凯，但对外又宣称，他相信所指派的总统具备控制局势并指挥大多数军队投效共和的能力。本报北京记者已经对外国使馆所采取的预警措施进行了报道。有一大批新部署的军队目前正开拔到北京。1月初，外国军队按照1901年所订立条约的原则，开始占领、指挥京津铁路。同一个月里，一支持有枪支的印度军团被派往广州保护外国侨民。自叛乱爆发之时起，列强的轮船也一直都在长江上保护外国人的财产。还有一支英国步兵的分遣队也在12月的较早之时被派往汉口。英国的战舰在一批通商口岸中处于警惕的备战状态中。再算上最近从孟买派来的两个印度步兵营的兵力，目前在中国（包括香港和威海卫）的英国和印度军队人数一定已经超过了9000人。在有必要时，为了保护外国人，为了捍卫外国的权益和财产，为了重新恢复处于危险状态中的外国人所生活和拥有财产地区的社会秩序，他们一定会执行他们所应该执行的命令。

尽管希望比革命爆发以来的任何时候都更加渺茫，我们还是有可能希望，虽然程度有限，但我们不愿看到列强会被迫卷入任何严重的干预之中。目前的情形已经迥异于排外的义和拳运动爆发之时，叛军对外国人表现出的态度，在革命武装及其对手的身上也同样表现得非常充分。列强们急着要避免干涉中国的内政，这可以从他们过去五个月以来的举动中一窥究竟；在危急关头考虑到外国人利益重要性的人，不会不对列强们至今所表现出（我们相信，他们仍然会一如既往地继续这样表现）的自我克制表示赞赏。对于日本而言，出于地理和经济上的原因，他们的干预程度似乎表现得特别强；在目前的关头，向其尽忠职守的政治家们（尽管他们身陷在此文所描述的难处之中，却仍然遵守了英日同盟的精神和日本对其他列强的承诺）表达敬意，并不会显得不合时宜。干预的危险性和不便之处，或是任何程度上的、没有严格限制于保护外国人生命和外国利益的干预，都表现得如此重大而明显，以至于我们无须在此赘述。

给中国充分的自由去寻找到属于它自己的救赎之道，既对中国自身、也对列强们具有终极性的好处。但是，我们也不能自我欺骗，认为局势可能会沿着某种不切实际的进程并可能迫使列强协调、制定出恢复社会秩序的路线去发展（在这些列强中，大英帝国和日本是最需要立即得到关注的）。还是要指望中国人自己来预防事态的进一步发展，并且，我们仍然盼望，一大群中国人的坚定共识会促使他们恢复国家秩序、维护帝国的联合统一。"巩金瓯，承天帱"[1]，中国新国歌的这第一句歌词大概是对《圣经·传道书》的无意识抄袭。"金瓯"所代表的正是中华的泱泱帝国。我们以诚心的祈愿来回应这样的祷告。

1　这两句歌词出自中国第一首法定的国歌，由清政府在1911年10月4日（清宣统三年八月十三，即武昌起义前六日）正式颁布。作词者为严复，作曲者为爱新觉罗·溥侗。歌词原文是："巩金瓯，承天帱，民物欣凫藻。喜同袍，清时幸遭，真熙皞，帝国苍穹保。天高高，海滔滔。"由于颁布时间与民国创立时间颇近，原文可能误将其作为民国的国歌。

南京方面提出的要求

孙文与总统

（本报记者，南京，3月6日，1912年3月8日刊登）在要求袁世凯前来南京和将南京作为临时政府所在地这两个问题上，内阁已经明显地放松了口吻。然而，已就这些问题关起门来讨论了好几天的议会，在代表们自北京返回之前，拒绝作出任何结论；并且，他们出示了有关北方动乱发生原因的报告。

人们普遍相信，孙文对于总统之位并非野心勃勃，他会很乐意地从自己的临时职任上退下来，对已经产生的许多困难后果，他并不感到高兴。他之所以愿意遵从袁世凯的意愿，或许是受到个人因素的影响。

至于在满人政府宣布逊位时，临时参议院是否已预备好调整自己的强硬态度，目前仍看不出什么迹象。然而，人们相信，作为临时政府北迁北京的一个前提，临时参议院倾向于坚持，在长江一带集结起来的大部军队应该被许可北上，这么做，是为了使军队们确信，革命的目标已经达成。同时，由于国家秩序已经得到恢复的消息令人欣慰，立即部署部队北上的指令也被暂时搁置了；但是，一个包括了12000名士兵的武装却在长江下游50英里开外的镇江一带集结，以作为某种不得已的防备措施，来应对富庶的扬州城里一位违抗军令的将领所有的态度。据称，在扬州以北地区，约有10000名士兵正听从他的指挥调遣。

内阁的决定

（3月7日）今天，内阁和临时参议院决定接受昨天从前往北京的代表们那里收到的有关提议，同意在由南京代表出席的情况下，当选总统在北京举行就职典礼；并且，就目前的混乱局面而言，袁世凯也应该有理由不来南京，因为他需要留在北京以应对紧急的状况。然而，按照规定，他必须任命一位经过南京临时参议院首肯的总理人选，并且前来南京组建一个经过议会批准的临时内阁。之后，有关临时政府所在地的问题将视情形的迫切程度再作决定。

北京和南京方面的这项协议令人尤其感到满意，因为目前亟需建立一个得到全国承认的中央权力机构。迄今为止，临时政府一直在更多地关注着北方的事态发展，较少致力于在革命省份中建立起控制权。随着彼此的不信任感逐渐消失，随之而来的则是北方和南方在重要精神上的日益融合，改组后的临时政府的首要且最本质的任务，就是能够将其精力投入到国家秩序和自信心的恢复之上。

在北京、天津和保定府所发生的一系列事件，也很有可能会在南方发生，这一点绝不能轻易忽视。之所以这么说，是因为在九江发生的劫掠事件恰好支持了这一观点，目前，无政府状态正在那里大行其道。华中、华北地区的贸易中断已经造成了中国和外国商人的灾难性损失，在一个强大的联合政府采取行动保障安全并且不使大批闲杂部队发动任何暴动之前，恢复商业贸易是不可能的事情。

来自列强的贷款资助

（上海，3月7日）四国联合借款团已经向临时政府支付了100万银两。预计在下一周结束之前，700万银两将送达南京和北京当局。合计来看，估计在未来的六个月里，政府将需要每月700万英镑的财力资助，联合借款团正在安排为达此目的而作的一大笔贷款，随后，将会草拟出有关合约。

中国的第一任大总统[1]

袁世凯在北京正式就任　一场令人印象深刻的盛典

（本报记者，北京，3月10日，1912年3月11日刊登）今天下午，在满屋子的国人面前，袁世凯宣誓就任中华民国临时大总统。按照经过事先同意的程序规定，他照着手中的一份手书文件宣读了誓言，然后将其交给南京方面的高级代表，再由其负责转交给南京方面。典礼是在外务部的大厅里举行的，出席的人士中有喇嘛、蒙古亲王、高级民政和军政长官以及一大群外国宾客，乐队则演奏着新国歌。典礼高贵庄严、气势非凡，堪称历史性的一刻。

目前，一个以唐绍仪为总理的内阁将得以成立。之后，会向各外国公使馆发出声明，并将正式递交对民国予以承认的申请书。

此刻，唐绍仪正领导着与外国银行家们的财务谈判。与之相关的，是四国银行于昨天经日俄两国公使馆的批准，向财政部递送了110万上海银圆；之后，该笔款项将被作为第二笔盐税费用的短期英镑国库券取代，随后又将由综合性的善后大借款予以补偿。

1　中国第一任总统应为孙中山，而非袁世凯。此系《泰晤士报》原标题。——编者注

局势有了改善

　　局势比先前有了好转。北京已经恢复了秩序，商业活动也再度启动。而来自长江流域与内陆地带的令人稍感振奋的报道也日渐增加。

中国新上任的总长们

一份令人鼓舞的记录

（本报记者，北京，3月31日，1912年4月1日刊登）中华民国的首任内阁是一个政党联盟的内阁，由南京和北京政府两方面的总长们共同组成。其十位总长公平地由分布于各省的代表们担任，对这些自革命爆发时便以其缔造共和的壮举令世人为之瞩目的先驱来说，这样的结果尤其是一种奖赏。

兼任交通总长与国务总理的唐绍仪是广东人。外交总长陆徵祥[1]是上海人。作为驻圣彼得堡的公使，他一直在致力于主导对1881年的条约进行修改一事。陆在欧洲生活了二十年，谙熟法语和英语。他代表中国出席了两届海牙国际会议，去年因曾在与荷兰谈判有关在荷属东印度设立中国领事一事而赢得口碑。

1　陆徵祥（1871-1949），原籍江苏太仓，民国时期的外交家。早年毕业于上海广方言馆和同文馆俄文科，1912年民国建立后，出任外交总长，同年6月任国务总理，9月辞职。1915年2月至5月，陆作为复任的外交部部长，与外交次长曹汝霖一起同日本谈判"二十一条"。1919年任外交总长，"一战"后曾代表民国率代表团赴巴黎参加和会，最后拒绝签字。晚年隐居于比利时圣安德隐修院，为天主教本笃会修士、神父。

内务总长赵秉钧与总统出身同一省，陆军总长段祺瑞[1]则是安徽人，这两位也都是出色的人选。而司法总长王宠惠可算是全中国最聪颖睿智的人士之一了，这位广东籍人士曾通过了英国的律师资格考试。

海军总长刘冠雄[2]是福州人，曾在英国受训若干年。财政总长熊希龄[3]则在日本学习过，也曾游历过欧洲，他是湖南人，已经在目前的职位上任职多年。他曾在满洲把持着财政方面的最高席位，有多年的盐税管理经验。因此，目前对他的任命保证了计划中的综合性外国贷款将以盐税作为担保一事。教育总长蔡元培是浙江人，几年以来，他曾在德国和其他国家研习过其教育体系，故特别适合于这一任命。农林和工商两部目前已分开运行，两位总长都曾经留学日本，自上海革命以来，工商总长陈其美[4]一直担任着沪军都督一职。

1　段祺瑞（1865-1936），字芝泉，安徽合肥人。民国政治家、皖系军阀首领，袁世凯的亲信，被称为"北洋三杰"之一。1916年至1920年期间的北洋政府实际掌权者，1924年至1926年为民国临时执政。袁世凯死后，一手主导北洋政府的内政外交。1917年至1918年间，段在重任国务总理后，为推行"武力统一"的政策及镇压孙中山的"护法运动"，不惜出卖中国的权益，向日本大举借款。"九·一八"事变之后，虽然日本人多方胁迫他去东北组织傀儡政府，但都被其严词拒绝。后全家出走上海，在当地度过晚年，并公开表明自己的抗日立场。

2　刘冠雄（1861-1927），福建侯官人，民国海军上将。曾因甲午海战中的功绩获袁世凯的赏识。辛亥革命后，刘冠雄投效沪军都督陈其美，南京临时政府成立后任海军部顾问，但不久后又赴烟台投归袁世凯。其后，刘冠雄曾任多届内阁的海军总长，为近代海军制度的整备作出过贡献。

3　熊希龄（1870-1937），湖南凤凰县人，清末民初的政治人物、学者、教育家、实业家、慈善家。1912年出任财政总长，后因与外国银行团交涉借款事宜而遭到抨击而辞职。1913年任热河都统，并曾通电痛斥日本密谋利用"二次革命"分裂中国。同年，熊希龄当选民国第一任民选总理兼财政总长，在任期内曾副署取缔国民党、解散国会等命令。后由于反对袁世凯复辟帝制而被迫辞职。晚年致力于慈善和教育事业。

4　陈其美（1878-1916），字英士，浙江吴兴人。民国早期政治人物，青帮代表人物。在辛亥革命早期，与黄兴同为孙中山的重要助手。武昌起义后，陈其美在上海获举为沪军都督。1912年被任命为工商总长，但并未就任。1913年"二次革命"期间，陈任上海讨袁军总司令，事败后远赴日本，支持孙中山另组"中华革命党"。1915年袁世凯称帝后，陈再回中国反袁，于11月派人刺杀上海镇守使郑汝成，12月策动"肇和舰起义"失败。1916年5月18日，陈在其上海寓所中被刺杀身亡。其侄陈立夫、陈果夫后来都成了主管国民党党务的国民党大员。

湖南人黄兴[1]一般被认为是革命先行者中最为杰出的一位，他将担任参谋总长一职。黄兴曾在日本多年，据推测，在内阁总长们前往北京之后，他则会留守南京，主持协调、整编南方各军。

　　负责属地事务的部门不再作为一个单独的部门而存在，中华五族的各项事务现在已归同一个有关部门掌管。

　　与其前任相比，本届内阁无论是在所接受的训练上，还是在所掌握的知识上，都有更大的提升，在有关日本与欧洲的知识方面尤其如此。十三位高级官员中，唯有总统和内务部长从未留洋。

　　1　黄兴（1874-1916），字克强，湖南长沙人。中国近代民主革命家、民国的开国元勋，著名的革命家。1903年创立"华兴会"，以"驱除鞑虏，复兴中华"为革命口号；1905年结识孙中山，在日本拥护其组成"中国同盟会"；1911年4月23日，黄兴领导了第三次广州起义（即"黄花岗之役"）。武昌起义爆发后，黄兴在南京指挥战事，攻下南京城。袁世凯接任临时大总统后，黄被任命为留守南京的参谋总长，后辞任而退居上海。1912年8月，孙中山、黄兴将"同盟会"扩组为国民党，由黄兴任理事。1913年宋教仁遇刺后，孙兴师讨袁，发动"二次革命"。7月，黄兴由上海至南京强迫江苏都督程德全宣布独立。9月，南京被北洋军攻陷，黄兴流亡日本。1914年7月，孙中山在日本组织"中华革命党"时，黄兴虽因与其意见相左而未参加，但仍以"领袖惟有孙文"来回应外界并拒绝另行组党。1915年12月，袁世凯称帝后，黄兴仍积极策动讨袁，与孙中山呼应。之后的几个月间，他在美国、日本等多地来回奔波，为国内反袁斗争筹款。1916年10月31日因积劳成疾而去世。

孙文辞职

（**本报记者，上海，4月1日，1912年4月2日刊登**）在今天的临时参议院会议上，孙文和临时政府已辞去其职务并交出其印章。

在发表谈话时，孙文说，北方和南方间的协议已经达成，他有责任就此隐退，并将管理国家的重担交托在更有能力的人手中。他希望并且相信，中国会就此产生巨大的进步，并在世界文明国家之林中赢得其重要地位。

在就任临时大总统期间，尽管孙文并未表现出身为政治家的出色才能，但他却一直展现了个人的极大尊严。如今，他功成身退，身为一个男人和一个爱国者，他得到了人们的广泛尊崇。今后，孙文想要将其时间和精力投注在中国的各地旅行之上，并致力于对民众进行共和政府观念与原则的开化与推广。

共和中国

（社论，1912年4月4日刊登）周一和周二发生在南京的两件事情正式确立了新的共和政府已在袁世凯的领导之下于北京成立。周一时，由位于汉人古都的临时参议院原先任命的临时大总统孙文及其政府成员们宣布辞职。周二时，临时参议院又以大多数赞成票同意将临时政府从南京迁至北京。这一步骤将会被历史所铭记，因为对这一结论的确定，曾经存在着非常严重的分歧。即便是南方的共和派在2月中旬一致推举袁世凯出任总统之后，他们还是要求将政府的所在地保留在明代的故都，也就是该朝代开创者的长眠之地。他们甚至坚持，袁世凯应该从北京南下此地并当着他们的面宣誓就任。然而，在这两条要求上，存在着太多的出于实际因素的反对意见。但是，当事实上的总理唐绍仪以及现任教育总长蔡元培随同其他代表前往北京，要将选举袁世凯出任总统的决议面交他本人时，新的临时大总统必须要作出承诺，一旦环境许可，他愿意前往南京就任。即使在这种情况下，本报北京记者仍然有十足把握确信，国都并不会变更。在随后的一两天里，最受袁世凯信任的部队闹出哗变事件并焚烧、劫掠了北京城，借此释放出某种令人无法辩驳的讯号——只要袁一离开北方，当地就会发生严重的骚乱事件。南京代表、随后的内阁和南京方面的临时参议院终于认识到，让袁继续留在北方是一件不容变更的事实。3月10日，袁在北京当着南京代表的面宣了誓，在国民大会召开之前，他将担任临时大总统一职。之后，则将由国民大会在正式大总统和国都的问题上作出定案。

当唐绍仪和蔡元培以南京代表的身份前往北京时，袁世凯曾经向蔡元培（无疑也应该包括唐绍仪）征询过有关新的联合内阁的事宜，南京方面自身也进行了协商。几天之前，联合内阁的成员名单被上交给临时参议院，周一时，本报北京记者向我们提供了一些颇有价值的有关前情和新阁员资格的细节。很自然，这些阁员是从原南京与北京政府中抽选出来的。理应体现了"进步"倾向的总理故籍广东省，在这份名单中占据了相当的地位。但是，任命的成员分布非常广泛，大多数在肇建共和的过程中表现活跃的省份都在这份名单上占了一席之地。本报昨日来自上海的消息，更为国家管理阶层中各方力量的均衡性带来了一丝亮光。我们似乎可以看出，其中四位总长代表了南方或"革命"派，两位被描述为是由袁世凯所任命的人选，还有三位则得到了总统本人和南京临时参议院的一致支持。其他还有一些随手可得的证据，也传达了该内阁迄今为止所代表的成员的实力。明显的是，所有在先前南京政府中担任副职的人手，将会在新的管理阶层中保留其职位。在南方内阁中出任战争总长的黄兴，将留守南京出任联合内阁中的总参谋长。对于他的任命，可能存在着两种解释，以"革命"派的立场而言，无疑将其当作是对北方派系不当优势进行某种持平、均衡的保障。而另一方面，它也可以被解释为是在政府所在地迁往北京后南方军队有可能违反军纪的某种极有必要的警告。陈其美拒绝出任商务总长一事，则被看作是另一个意义模棱两可的事件。这有可能是因为赋予他的职位并不如他目前所把持的那么重要；也有可能是因为革命政府之下的上海都督并未选择和南方军脱离干系。造成这种情况的原因可能是，中国所面临、也必定会在一段时日之内持续面临的主要危险之一，便是两派各自征募的军队。现在，党派自身联合起来成立了一个联合政府，但是它们所供养的，却还是各自为敌的军队，这些军队也已经尝到了烧杀劫掠的甜头。金钱当然是为达此目的而必不可少的因素，而不幸的是，唐绍仪在金融上的操控运作，目前所得到的多是较为负面的评论。

无论这些新总长们的政治倾向究竟是什么，他们却已经展现出旧王朝中各自前任所不具备的优势。他们中的所有人，或几乎所有人，都曾在海外接受过西式的教育，其中几位还曾在西方国家生活过数年。受过如此训练、经过如此历练的人，在现实中很难被管辖与约束，国家也缺少一种能够清醒、理智地对他们作出判断的力量，总理衙门和外务部时代的那些不学无术的蒙昧主义者对于这一切根本是一无所知。他们很可能会在解决摆在他们面前的巨大问题的过程中犯下错误，但是，与其前任所犯的错误相比，他们的错误并非属于同一类。在其祖国的道义和物质资源上，在于短短数年中发展出这种资源的可能性上，他们可能会怀抱着某种远大的信心，甚至可能是一种言过其实的信心。但他们不太可能会有这么一种错觉，认为中国目前已经是一个强大的国家了，强大到能将欧洲轻视为无知的野蛮人并以相应的手段去对待他们。

然而，他们所面临的主要困难并非远在海外，倒反而是在自己的家中，这种困难唯有靠他们自己在等级上的完全协调才有可能会予以克服。他们已经凭借着这样或那样的方式，将西方思潮中的最新观念和世界上最古老的文明调和在了一起，并且说服了一个高度保守民族的四万万国民接受了这种调和。但那些无法仅仅靠着将西方的制度嫁接到中国的土壤中就能达成的一切，诸如国民大会和代表政府、陪审团裁决，甚至喧嚣一时的当红的女权主义运动，都不足以改变一个古老东方民族的观念和感受。对于所有人而言，这个过程都一定会格外艰难和缓慢，至于它到底有多么艰难、多么缓慢，大家可以从本报于今日所发表的有关孙文为庆祝肇建民国而举行的公开活动的生动描述中略窥一二。就在他承认袁世凯为其继任者的第二天，这个由传教士学校培养出来的学生、这个对最"先进"的西方政治思想顶礼膜拜的拥护者，就在一片气派庄严的排场中，在明太祖的墓前大摆祭牲，并且谦恭地诠释了当代中国的宪政思想在其过往朝代精神中的投射和反映。

满人帝国的覆灭

孙文的祭文

（一名中国学生，北京，3月8日，1912年4月4日刊登）距离大明王朝丢了江山已经过去了267年。2月12日，星期一，也就是在南京临时政府成立42天之后，满人皇帝终于宣告逊位，中华民国最终得以诞生。为了庆祝这件大事，即将离职的临时大总统孙文（他已于昨天辞去自己的总统职位，并推举袁世凯接任）于2月15日前往大明王朝的开国皇帝、葬于明代故都南京近郊的明太祖朱元璋的墓园明孝陵，以告祭先帝之灵，宣告汉人子孙已光荣地从异邦王朝的手中收复了中国的万里江山，而有关异族王朝的覆灭，已经被中国人预言了整整九代之久。

当日，孙文走在其内阁的最前方，左右分别是民政和军事官员，并有一名气宇轩昂的护卫守护在侧。

孙文大总统来到明太祖的陵墓前，恭敬地鞠躬行礼。在陵墓的入口处，一行人全都已经下了马，并缓缓走到献祭的台前，在此处，可以完全望见巍峨的墓冢，明朝先帝正长眠于此。孙文按照传统进献了祭品，并宣读了祭文，祭文的行文和意旨足以使其载入中华之经典。

宣读祭文是一种在先祖庙堂前祭拜、公祷的形式，在庙堂里，该朝代的所有重要事件都会被镌刻在朝代奠基者的灵牌上，以遵循孔夫子的教诲，侍奉先人如同其仍在世一般。其形式按照国家的礼仪而精心预备，有其特殊的感染力，以切合该场合中明白清晰的情绪表达，在此重要场合中，祭文的祷诵者表情尤其肃穆、庄严。

孙文的祭文表达了对于外邦侵略者的憎恶和愤慨之情，内容如下：

维有明失祀二百六十有七年，中华民国始建。越四十有二日，清帝退位，共和巩立，民国统一，永无僭乱。越三日，国民公仆、临时大总统孙文，谨率国务卿士、文武将吏祗谒大明太祖高皇帝之陵而祝以文曰：

昔宋政不纲，辽元乘运，扰乱中夏，神人共愤。惟我太祖，奋起草野，攘除奸凶，光复旧物，十有二年，遂定大业，禹域清明，污涤膻绝。盖中夏见制于边境小夷数矣，其驱除光复之勋，未有能及太祖之伟硕者也。后世子孙不肖，不能敬厥武，委政小人，为犹不远，卵翼东胡，坐兹强大，因缘盗乱，入据神京。凭肆淫威，宰割赤县，山川被其瑕秽，人民供其刀俎。虽义士逸民跋涉岭海，冀振冠裳之沉沦，续祚胤于一线，前仆后起，相继不绝。而天未悔祸，人谋无权，徒使历史编末添一伤心旧事而已。自时厥后，法令益严，罪罟益密。嗟我汉人，有重足倾耳、箝口结舌以保性命不给，而又假借名教，盗窃仁义，锢蔽天下，使无异志。帝制之计既周且备，将藉奸术，长保不义。然而张曾画策于私室，林清焱起于京畿，张李倡教于川陇，洪杨发迹于金田：虽义旗不免终蹶，亦足以见人心之所向矣。降及近世，真理昌明，民族民权，盎然人心。加以虏氛不竟，强敌四陵，不宝我土，富以其邻。国人虽不肖，犹是神明之胄，岂能忍此终古，以忝先人之灵乎？于是俊杰之士飙发云起，东南厥始发难，吴樾震以一击，徐锡麟注弹丸于满酋之腹，熊成基举烽燧于大江之涘，以及萍乡之役、镇南关之役，最近北京暗杀之役、羊城起义之役，屡起屡踬，再接再厉，天下为之昭苏，虏廷为之色悸，蕴酿蝉蜕，以成兹盛。武汉首义，天人合同，四方风向，海隅景从，遂定长江，奄有河淮。北方既协，携手归来，虏廷震惧，莫知所为，奉兹大柄，还我汉人，皇汉民族，既寿永昌。呜呼休哉！非我太祖在天之灵，何以及此？昔尝闻之，夷狄之运，不过百年，满清历年，乃倍而三，非天无常，事会则然。共和之制，亚东首出，事兼创造，时异迟速。求仁得仁，焉用怨言。又闻在昔救时之士，尝跻斯丘，黾勉军志，俯仰山川，唏嘘流涕。昔之所悲，今也则乐。郁郁金陵，龙盘虎踞，宅是旧都，海宇无叱。有旆萧萧，有旅振振，我民来斯，言告厥成。乔木高城，后先有辉，长仰先型，以式来昆。伏维尚飨。[1]

1　此祭文原题为《谒明太祖陵文》。1912年，孙中山领导的南京临时政府举行了黄陵祭祀、明陵祭祀、忠烈祭祀、孔子祭祀，此文即为孙中山在明陵祭祀时所宣读的谒文。从该谒文中，我们可以清楚地看出，以孙中山为代表的民国肇建者们将元、清两朝视为中国的亡国年代，这充分体现了他们所具有的强烈的"民族主义"思想。在当时民众尚无法接受民主、共和等概念的情况下，具有清晰"排满"倾向的民族主义无疑是最具号召力和鼓动性的革命口号。但民族主义和民主主义原是既互为帮补、又互有制约的两个概念，过分强调前者，使得当时的民主革命家们无法在思想上与专制主义、民粹主义等划清界线。到了后期，孙中山在其倡导的民族主义的内涵中充实了强烈的反帝国主义的性质，则为中国民主革命提出了一项更为明确的行动纲领。

中国的现状

（社论，1912年4月18日刊登）人们在思考中国的前景时，无法不带着相当程度的忧虑感。在许多令人备感沮丧的迹象中，最新的一个正是上周发生在南京的军队暴动。与最近发生在中国的其他事件相比，这次爆发的事件并不显得那么重要，但它却是不容被忽视的一系列凶兆中的一个。虽然仅有1500名士兵卷入这场暴动，他们却摧毁了南京近郊的一大群村庄。他们掳掠了大批物资，在被消灭之前还进行了凶猛的抵抗。据说，暴动的军队主要来自江西，也有一些来自湖南。3月17日，正是江西的军队对南京的发饷办事处进行过突然袭击，在那一次事件中，他们是按照广东方面所定路线前进的，而广东方面对于革命领袖们又似乎表现得唯命是从。上个月，在上海与广州等地也曾发生过小规模的暴动，长江沿岸的所有军队似乎都陆陆续续地脱离了掌控。仅在3月25日，本报北京记者就报道说，在北方与南方两地，军队"蹂躏各省，抢劫各镇，使原本需要他们保护的手无寸铁的人民忍受了难以言表的痛苦"。本报南京记者日前也曾提及，如果用于军饷的资金仍无着落，"规模比目前的要大上许多"的更多哗变或暴动将会随时发生。我们担心的是，军队中之所以会发生这样无法无天的事情，有一部分原因要比暂时性拖欠发饷深刻得多。人们应该记得，3月初，北京曾见识过民国总统袁世凯被其最为信任的第三师成员弃之不顾的景象，这些人洗劫了首都的部分地区，乘着偷窃来的火车展开了一场四处杀戮的行程。当时，曾有人提议调动长江一带的兵力来维持北京驻军的秩序。现在看来，南方的军队似乎也同样不值得信任。黄兴被留在南京作"总参谋长",其特别用意正是为了防止军队中发生不守纪律的事情,但是他似乎也无法完成这一任务。在这些连续发生的可悲可叹的事件背后,有着远比军饷处资金短缺更为复杂的缘由。无论如何,中国还没有沦落到山穷水尽的地步。但麻烦的是,革命的进程却一直都是毁灭性的,目前所表现出来的一切,并没有什么建设性的迹象。一个尽管事实上羸弱、腐败,但在当时仍拥有巨大声望的政权体系,已经被彻底推翻了。但新的体系到目前为止所能承载的分量还是极其微小,而愈来愈明显的是,它的成员们却已在分裂之中。

我们并不想过分严厉地批判共和中国。我们所一贯坚持的是,哪怕有一点可能,都必须让中国自己去成立一个它想要成立的政府。我们承认,需要尽一切可能来应付转型过程中的特殊困难。特别是袁世凯,在他所遭遇的茫然与困惑中,必须要争取到所有客观、公正的观察家们的同情。但是,对中国以及它那些既有耐心又能吃苦耐劳的人民表达最深切的善意,并不代表我们就能被允许不予理会那些正横亘在我们面前的危险。在中国,某些掌握了权力的人士并没有以一种使人感到有信心的方式在行使这些权力。上海本地的都督陈其美最近以来的表现即是一例。他不愿意接受商业总长一职,是因为他认为这一职位并不具备足够的重要性。而与此同时,尽管他对自己的安全也日日担惊受怕,每晚都要寻求租界给予保护,却还是忙着将欧租界里的那些富裕的中国人引诱到自己的管辖范围里。无论在等级上,还是在排列顺序上,不合法的贪欲显然都不是中国军队的专利。时局中有某个更为严重的特点,在北方和南方的领袖们所表现出的彼此互不信任中展露得一览无余。北京发生的军队哗变,实际上就是对南京代表发动的一次袭击。南京临时参议院的代表们自己都承认,除非自己带着军队严加保护,否则他们都害怕北上。只要存在着这种相互间的恐惧和担忧,就不可能产生一种联合起来的力量,使中国重获新生。

当我们带着与日俱增的焦虑感关注着中国局势的时候,也不得不补充一点,在某种程度上,在京的列强所表现出的态度也需要对以上谈论的现实问题负上一些责任。当然,现在并不是分摊责难的时候,但是,假如我们能少听到一些在预期贷款的分配和条款上存在的差异,多看到一些同心协力促使中国权力阶层稳定其时局的努力,总应该会感到更满意吧。中国有着急迫的财政需求,外国的机构与组织可以在合适的条件下适当地给予其合理的援助,这一点是毋庸置疑的。但是，目前看来，在民国的稳定上更具决定性的证据，应该优先于我们到处听闻的许多非正式协议做出的安排。列强们不能冒着风险，鼓动一个无法成长、壮大的政府大肆兴起财政运作的风险，这个政府已经被其广大的地理和种族差异给拆解得四分五裂了，任何时刻都可能会沉沦在一场新暴动的危险之下。在这个年代里，一个掠夺成性的军队成了这片土地上最为突出的特点，列强们若是毫不吝惜地忙着将钱倒进中国那深不见底的裙裾之中，会显得多么不合时宜。

　　毫无疑问，帮着一支沸反盈天的军队来支付它庞大的需求、应付它所有的急迫之需，不能说一定不可以。但是，我们还是更倾向于认为，应该要向中国发出一声告诫，在它从村野到城镇全面平息无政府状态之前，在它展现出新的政府格局有可能会取得有益的影响力之前，它不能再指望得到本来应该用于国家发展的巨额援助。如果这么做了，我们应该很快就能看出，目前如此明显的不和态势是否能被平息下来？民国是否能坚定地构筑起它的根基？毫无疑问的是，中国需要大笔金融援助的时代已经到来了，如果有一个和平安定的局面，有一个有条不紊的政府，那么，中国得不到这样的援助是毫无道理的。但是，只要中国的权力阶层仍因为受到鼓动而相信他们能够靠着拿到外国人的钱来满足自己的利益，仍不愿意去解决、平息自己的内部问题，那么，我们将永远无法在这片中古王国中看到它曙光乍现的一刻。列强们一定要将这些考虑告知中国政府，与此同时，如果我们能在财政问题上少听到一些国际上的不同意见（这些意见上的不同仅仅受限于村庄被烧、农民遭抢之类的眼界），那么，情况就会更好了。

中国的新秩序

参议院举行开幕仪式 总统致辞

（**本报记者，北京，4月29日，1912年4月30日刊登**）北京临时参议院（待完全成立后，将包括来自中国内地各省及蒙古、西藏、青海等地的代表）于今日宣告成立，袁世凯出席了开幕式。总理、内阁总长、次长以及大批特邀观者列席。72位代表在林森[1]（福建籍人士，是1839年曾因销毁鸦片而引发鸦片战争的那位著名的两广总督的后人）的主持之下出席会议。在这些代表中，有许多曾在日本接受过教育，还有几位毕业于美国的大学，他们大多都身着西装。

在原国民大会的场地举行的典礼简单、宁静，充满了庄严与高贵之感。那些面容诚恳、受过良好教育、渴望将其祖国的地位提升到高度发达的西方国家水平的人们，与过去那些治国无方的反动老顽固们形成了鲜明的对比。凡是见过他们的人，都不会将他们和在共和诞生不过三个月之久便将其诅咒为毫无指

1　林森（1868－1943），字子超，福建闽侯县人，民国政治家。林森于1905年加入同盟会，辛亥革命后任江西九江军政府民政长官。南京临时政府成立后任临时参议院议长。1913年4月当选为民国首届国会全院委员长。"二次革命"失败后，林森流亡日本并加入"中华革命党"。1917年随孙中山南下广州。1921年任广州国会非常会议议长。后分别担任过国民政府常务委员、立法院副院长等职。1931年起，接替蒋介石担任国民政府主席一职，长达十二年之久。1943年8月因车祸在重庆去世。

望的欧洲批评家们的悲观情绪联系在一起。当然，因为政府的变更和军队的目无法纪，内陆地区许多省份的形势确实很糟糕，但是，我们并没有理由一味害怕这样的形势会变得无药可救。局势已经慢慢得到了控制，军队趋向于联合的态势要远胜于那些造成分裂的因素。

在开幕式的致辞中，袁世凯的用词可谓字斟句酌、明智练达，他回顾了中国当前的形势，概述了为了国家的福祉而需要改革的迫切性。针对中国的负债压力以及无法偿还外债的现实，总统敦促了与外国加强友好关系的必要性，也强调了必须改革地税、修正矿产开采的规定、改革币制、引进统一的度量衡、提升教育、法律程序以及通讯手段，还建议在金融、农业及林业改革中雇请外国专家。总统甚至提及要与列强进行谈判以提高海关关税，并有必要降低出口税、废止厘金制度等等。

总统的这番致辞深深地打动了听者的心。在中国，还从未有过一个有责任心的政治家发表这样的致辞。

中国的煤炭资源——抚顺煤矿的财富

（记者专稿，1912年5月17日刊登）过去六年以来，中华民族已经有了极大的觉醒，而革命不过是一个新纪元的开端。十年之前，很少有人在中国人对人才和能力的真诚期盼上给予关注。大革命之前，中国曾经产生过一种影响力，试图将其差异极大的人民团结、凝聚在一起。西方国家至今为止仍无法理解中国人，人们或许可以这么说，外国人只不过是和南方的中国人有过一些近距离的接触，而对体格上更具典型性的北方中国人却了解甚少。其实，从任何层面而言，中国潜在的财富都是如此巨大，其人民又是如此勤劳，如果给予他们良好的教育，使他们拥有一个崭新的政府，全新的观念就会在各阶层的人民中得以扩展，中国也必将成为世界经济体系中的一个重要元素。

身为商界人士、技术工人或是劳动力，中国人能够很快学会一技之长并成为各行业中的高手。如同在日本一样，中国也有数以百万计的小伙子、年轻人要感谢崭新的教育体系和体格训练，使他们正成长为一种人类所可能企及的最优良的人种。并且，这个民族很快就会将其举世瞩目的国土上那些众所周知的矿产财富和其他资源向着全世界开放。在中国，蕴藏量特别丰富的是各种煤炭和无烟煤的储备。远东地区一定会很快开发出将足以使欧美市场陷入困顿的煤炭储量，这方面的竞争一定在所难免。考虑到他们各自的需求和生活花费，现代的矿工们也绝不会受到不公正的待遇，在其市场不断提升、扩展之时，他们的情形也会不断地得到改善。

情形、产量和利润

不仅是劳动力资源优良、稳妥并富足，已经勘探出的煤炭、钢铁资源也有着得天独厚的优势。它们在地理位置上相距甚近，或靠近便利的海港，或与内陆的大面积水路网相连；更令人感到兴奋的是，这个地区正在引进电力设施和节省劳力的设备。我可以在靠近汉口的煤矿、在靠近天津的直隶省的更大矿区、在河南省巨大的无烟煤地层或在安徽省优良的燃料煤地带写下更多专稿，但是，在此文中，我只会对如今已名闻遐迩、正由位于东北抚顺附近的南满铁路公司施工建设中的煤矿作一个简要的介绍。

许多年以前，这一煤田似乎就已广为人知，也已由一些远古的和非蒙古系的人种通过较为科学的手段进行了开采。等到这一地区归于中国人后，在为数众多的俄国人得到此地的特许使用权之前，中国人出于因迷信而产生的恐惧感，倒反而一直不敢触碰它。而后，这里又连同铁路一起归日本人所有。在这片地区的地表以下800英尺到1000英尺处，遍布着厚度自120英尺至175英尺不等的、几乎是完全坚硬的丰富矿床。据了解，除了少量无价值的断层和分裂地带之外，这一矿床延伸达十平方英里之远。地下的工程管线就像是一条巨大的铁路隧道或宽阔的马路一般，向各方向伸展的支线都被电灯光照得灯火通明，五组电力吊运车无声而快捷地将矿斗送至各矿井处。地下的空气清爽而冷冽，通风装置几乎是异常完美。沼气的情况尚未得到确认，但所有矿工都佩戴着安全灯。在这里，我要很高兴地强调一点，大多数的泵送装置和其他器械都是由英国制造的。地下水没有造成什么麻烦，其情形一直都在妥善的控制之中。

去年一年，这里每天都能输出5000至6000吨优质煤。在运出地面后的几分钟之内，这些煤就会很快地由机械装置进行归类、筛选，并分成不同的等级。美国产的重型机车拖拉着卡车，每一辆卡车都装着50吨的煤，分送至当地的集市或准备外销出口。据估计，单是这一煤矿矿床，若是以每天5000吨的产量推算，也需要花上500年的时间才能完成全部开采工作。在它之下，还有其他不算太厚、质量相同的矿层，但这些矿层目前还未进行任何开采。

下面，我们对煤的成分作一些分析，实际上，它也就是一份煤的质量鉴定

表：其中，水占7%；无定性物质占40%；固定碳占48%；灰烬占4%；硫磺占8%；比重则为1.28；发热量为6.80。

矿工及其助手们均为中国人。以中国的普遍薪资情形来看，他们都有很好的收入，得到的照顾也很妥当，这些人员对于一切都似乎表现得很满意、很愉快。工头、监管者以及办事人员则都是受过良好教育、高薪延聘的日本人。

仅在东北地区，就有巨大的煤炭和无烟煤资源等待着开采。靠近抚顺煤矿一带，还有一种特别的、几乎是完全纯净的、类似于焦炭的无烟煤资源，它们在巨大的压力下经过烘烤，然后又散发了蒸汽。这一资源是在古老的火山地区发现的，岩层已经碎裂，但矿层却难以开采。这种无烟煤不会产生烟，并且，在强烈的通风气流之下，还蕴藏着巨大的热量。

在朝鲜境内靠近一处海港的某地，也埋藏着丰富的矿床，矿床蕴藏着非常坚硬、光泽明亮、几乎完全无烟的煤炭资源。在库页岛的内陆地带，特别是在割让给日本的地带里，也有煤田和油田。而在整个华中地区的长江南北，也都蕴含着为人所知的丰富的煤炭资源。

中国与外国银行一笔国内贷款遭到拒绝

（**本报记者，北京，6月5日，1912年6月6日刊登**）外国银行与中国政府间就中国紧急要求取得以解其燃眉之急的一笔预付款的谈判已经陷入了僵局。在昨天的会议上，财政总长熊希龄通知各银行，先前已经同意仅对准备支付预付款的有关银行进行监管的参议院，已经重新考虑了他们的同意，并要求对有关监管的条款作出修正。今天，银行在回复中拒绝同意对先前双方已经取得一致意见的条款作任何更动。

英国的各家报纸在对与贷款有关的英国和联合银行及英国政府所作的攻击中，宣称他们"正试图以金融上的征服来摧毁中国的自由、繁荣与独立"，这一说法在中国本国的报纸上被再度刊登出来，并正在引起一种可能会造成麻烦、引发排外行动的反英情绪。根本不可能硬要将钱塞给中国的各外国银行，已经对借钱一事表现出了极大的勉强之意。自民国成立以来，总共借出的钱已经高达610万银两。

目前，中国人自己正在努力筹措一笔来自中国国内的贷款。在昨天的会议上，外国银行家中的元老级人物希利尔先生（Mr. Hillier）在对财政总长的致辞中，表达了所有有意愿看到中国重新建立起其信用的外国人所共有的愿望。这一愿望是：中国的这一尝试能够成功，人民自身能够对现政府靠自己筹措资金而不靠来自外国的金融援助展现出足够的信心。在一份由本国各家报纸所转载的电文中，熊希龄自己反驳了有关外国政府或外国银行要将钱硬塞给中国的说法。他引述了美国公使有关敦促中国进行经济实践、不要对外举债的话，而朱尔典[1]公爵也曾对他说："有鉴于反对中国人大借外债的事实，中国为什么不能自己来筹钱，这样不就能避免向别人借了吗？"

　　某些英国报纸所宣扬的有关"在英国政府的授权之下，英国银行与其合伙人向中国大力施加外债压力"的说法纯属胡言乱语，这一说法会对英国的良好声誉造成损害。

　　1　朱尔典（John Newell Jordan，1852-1925），英国外交家，生于爱尔兰。1876年来华，先在北京领事馆任见习翻译员，曾于各口岸学习领事业务，对中国的官场相当了解。1888年升为北京公使馆馆员，1891年成为中文书记长，1896年出任汉城总领事，1898年升为驻华代理公使，1901年成为办理公使，1906年成为驻华特命全权公使。1920年退休之后，曾出席华盛顿会议。

中国总理已打算引退

（北京，6月17日，1912年6月18日刊登）尽管袁世凯派其秘书梁士诒[1]在周六乘专车赴天津催促总理速返，但唐绍仪至今仍未返京。在今天的内阁会议作出结论之后，梁士诒为了类似的目的被再次派至天津。总统与其他内阁成员们认为，总理的秘密出走实在令人费解，但是，唐绍仪似乎是确定不想返回了。其中的原委似乎和广东的权力人士向中央政府所预测的有关广东将宣布独立的事情有关。

驻扎在颐和园的满人军队，昨晚已动身开拔到京城，并提出了自己在军饷上的要求。袁世凯的军队将他们拦截了下来，平息了一触即发的事件，并且逮捕了领头人物。

自山西、陕西和山东所发回的报告都指出，除非给士兵们发饷，否则，这些省份所存在的不安定因素都会有可能酿成大事件的爆发。尽管被这些令人不安的事情缠身，袁世凯的威信和权力还是在提升之中，国家的情形总的来说也在不断改善；此外，唐绍仪的永久性引退也可能意味着政府权力的巩固化。

1　梁士诒（1869—1933），字翼夫，广东三水县人。清光绪进士。清末民初中国政坛的重要人物，交通系的为首人物，曾任民国国务总理。民国后，曾任交通银行总经理，并与周自齐、朱启钤等形成旧交通系的政治集团。1913年5月，署理财政部次长兼代理部务。袁世凯成为大总统后，梁曾权倾一时，并为袁世凯称帝组织请愿活动。1921年12月，在奉系张作霖的支持下，梁士诒出任国务总理，但不过两个月，其内阁即倒台。

据稍晚一些的消息称，唐绍仪已经声明了他有引退的打算，原因是他已经对外国人和自己的旧党派失去了信心。目前，政府方面仍尽力希望唐能够改变自己的决定。

中国总理的辞呈，及无政府主义者言过其实的报道

（**本报记者，北京，6月28日，1912年6月29日刊登**）总统已经接受了唐绍仪称病请辞的申请，目前正努力劝说这位前总理接受总统主要顾问的任命状，但饱受精力衰竭之苦的唐绍仪，目前正考虑去国外作一次旅行。若是没有权力之争，预期被提名为其继任者的将是目前的外交总长陆徵祥，他是一个友善亲切的官员，受到了许多人的敬重，但是，此人身体较为虚弱，并且，他对于欧洲的熟悉程度甚至超过对中国的了解。

在欧洲报纸上随意刊登的有关中国内陆地区无政府状态的报道多半有严重的夸大其词。在中国进行贸易活动仍然呈现出良好的势头。海关的收益正在超出预期，几乎每一个省份的收成状况都是异乎寻常地好，华北与华中两地的铁路营运正赢得迄今所知的最好收益。之前，张勋[1]将军已在津浦铁路线上归还了除一台引擎、三节列车车厢和六节货车之外的所有机车车辆，而所保留的东西

　　1　张勋（1854-1923），字少轩，江西奉新人，清末民初的军阀。民国成立后，张勋为表示忠于清廷，本人及所部均留发辫，人称其"辫帅"，而所部定武军则被称作"辫子军"。"二次革命"中，张勋奉袁世凯之命，率部往南京镇压讨袁军，期间到处烧杀抢掠，屠杀民众数千人。之后，袁世凯授其为定武上将军，派其任江苏督军。调任徐州，转任长江巡阅使，移驻徐州。1917年6月，张勋趁总统黎元洪与国务总理段祺瑞之间发生"府院之争"，以调解为名率军入京，解散国会，赶走黎元洪，拥立溥仪复辟，史称"张勋复辟"。在段祺瑞发动讨逆军将其击败后，张勋逃入荷兰驻华公使馆，继而又逃往天津德租界。1918年3月，袁世凯称帝和张勋复辟等事件的案犯被北洋政府以"时事多艰，人才难得"为由而特赦。

也都是为其军队的特殊之需。目前，他的手下有8000人归其指挥。这些军人纪律严明，也有不错的薪俸。据袁世凯自己说，张勋与他的关系可被描述为"令人满意"。在这条重要铁路线上的正常交通也已经全面恢复。

广东人

传送给欧洲方面的有关南北之间可能会发生冲突以及广东省可能将宣布独立的消息虽令人寝食难安，但在北京却并没有带来太多的可信度。总统本人虽完全承认中央政府面临着在地方上确立其权威地位的困难，但也对上述两件"可能的不测事件"极尽揶揄之意。广东人太爱国，在华中与华北地区也有太大的影响力，与香港的联系又太过紧密，但香港现在已经和广东脱离，并竭力破坏他们曾勉力肇建的共和。而我所认识的每一个广东人都会对这种脱离的念头嗤之以鼻。此地的广东人都不把广州地区被遣散的海盗扬言要发起攻击的传言当成一回事。

在许多中心地区，对军队的遣散工作也正在持续进行之中。外国银行家们目前已经被说服，唐绍仪对于武装士兵人数的估计是被夸大了的。许多传教士正陆续返回他们在中国内地的各个分会中，这些分会多位于那些动荡不定的省份之中。在某种程度上，北京财政紧缩的局面，也已经因为各省顾及中央政府的花费、增加上缴金额而有了改善。

鸦片协定

外交部已经收到了英国政府的一份信函，此信就各省持续破坏鸦片协定而可能产生的后果向中国提出了警告。印度鸦片的销售因为这样的破坏而受到干扰，印度鸦片交易商的利益也因此被损害。中国人向来不会认真对待这一类的警告，当被问及时，他们都相信英国政府不可能会因此而推迟对民国的承认，理由是共和党人反对印度鸦片的贸易。

中国的总统及其将军们

一个可能会成为现实的独裁政府

（**本报记者，1912年8月1日刊登**）政府已处于共和政体之下，但中国国情的发展却并不令人乐观。其主要特点是，与这种政体相抗衡的反作用力正在不断地加强，这一点在北方尤为明显；而在军事元素上所占的不断强化的优势，也导致了几个省份已处于半独立的状态；在南方，分裂的局势也在日渐恶化。从革命运动刚刚取得胜利时开始，这些事情就已经被冷静的观察家们预见到了。依照近年来的历史发展趋势来看，中国动乱根源中的社会和经济因素，不可能靠有实际执行权的权力阶层表面化的符号或名称得到补救，实际上，这一切都无从避免。

半个多世纪以来，大清帝国的行政管理都顽固地停留在真龙天子的传统威望之上，这种威望虽然在日渐式微，但仍然是统治阶层的一种真切的原动力。革命摧毁了这种威望，却又并未建立起一种可以提供等同效力的、具有建设性又不可或缺的创造力。在上海和其他民主政治活动的中心地带所发生的事情都显示出，在主导顾问机构和地方议会政策的小规模政治派系之外，"少年中国"目前所能发挥的影响力其实非常微小，也无多少实权可言。他们在国库、财政与行政管理上表现出的浮躁与鲁莽，已经完全疏落了士绅和工商阶层的信心；

而仅仅是依靠这个生产力极高的中产阶级，其实就有挽救时局的希望。在第一批共和先锋领头人急匆匆的自我背叛上，在同盟会和共和党彼此的猜忌与不间断的互相反控中，在很明显是野心勃勃、扬言要图谋控制国家大事的那些军事指挥官的态度上，局势已经得到了明晰的反映。"少年中国"（尤其是"少年中国"中的广东籍人士）恰恰再次证明了赫伯特·斯宾塞[1]的名言，那就是"在比例上，一个社会的成员们在其本性上总是富于攻击性的，唯有靠着比例对等的、对统治者具备毫无理由的尊崇的强烈感受，他们才能被团结在一起。……而一旦这些成员们愿意服从的情绪变得淡薄了，一旦他们没有获取同等强度的自我约束力，那么，社会分崩离析的危险性就会上升"。在最后几代满人皇帝的统治之下，全国性的效率低下所产生的残酷循环愈加扩大化，而这一情形依然未被打破，甚至因为由革命所引发的违法行为而更加恶化；至今还在烦扰着这个饱受折磨的民族的问题是，如果将希望寄托在一个仍在不断证明自己在政治、道德上冥顽不化的上层身上，一个强健的新中国何以能够创立？

困境和危险

无疑，目前局势中最为显著的特点，要么隐藏在分散各省的各路军事武装指挥官们所代表的政治力量的主张和行动之上，要么隐藏在过去八个月中某几位明显没有坚守纪律或未使其个人所好臣服于共和国利益的典型人物身上。历史会记住，在革命初期，这些武装中的某一支——滦州先遣军曾指定了十九条要求朝廷和国民大会在十一月忍辱含羞予以接纳的宪章条款。从那时起，这支军队就一直都很忙碌，但他们并不是在忙着保卫生命和财产，也不是忙着以统一的原则重整自己的行装和部署，而是在忙着为特权与军饷而争吵，忙着牢牢抓紧自己的战利品。今天，因为政府没有从外国列强那里获得认可或贷款，他们原本希望领取固定军饷的念想因此落了空；他们当中的多数首领都明显地倾向于支持袁世凯，因为一旦支持了他，便能指望靠他来改善局面（毕竟，北方军

---

1 赫伯特·斯宾塞（Herbert Spencer, 1820-1903），英国哲学家，人称"社会达尔文主义之父"，其学说中最重要的观点是将进化论理论中的"适者生存"用于社会学的范畴，尤其是教育和阶级斗争之上。

队的大批人马仍然在享受着传统的尊荣）。这些首领的态度无疑是来自聪明的自我利益，而非出于爱国情操或公益精神，但是这种态度却依然耐人寻味。它意味着，中国在事实上已逐渐演变成一根军事化的藤蔓，虽然它和当下正试图支配其政府的土耳其军事力量颇为类似，但却缺乏了后者的爱国情操和内部纪律，而这些却正是迄今为止使奥斯曼军队出类拔萃的重要因素。

身为大总统，袁世凯的处境正变得愈加困难和危险；他在6月24日向黎元洪将军和其他各省都督所颁布的告示，很明显地说明他自己也已经察觉到这一事实。在一篇非常值得引起注意的报道中，记者曾对因为对帝制的忠贞不贰而在六个月前引来全民仰慕的共和总统有过如下的描述：

> 人到中年，他愈发坚定地确信，美国和法国的宪章符合中华贤哲的思想……在两千年的专制统治之后，共和主义已经得以建立，完成了他期待已久的愿望。因此，他宣誓效忠共和，从那时起，不让国王或皇帝来统治国家便成了他的责任。最近，开始流传起他不忠的谣言，谣传他想要变成另一个拿破仑；他指出，这些完全是出于误解，或是某些人企图借此达到其个人的某种目的。

不用回头看1898年戊戌政变中发生的事件，也有充足、确实的证据可说明，袁根深蒂固的两面政策，不论是在满人退位前还是退位后，都一直使其表露出某种很难不引人注意或不使其政敌起疑窦的态度。他那谨守天朝权术之道的策略，透着一种狡诈的本能，令人无法弄清楚其真正的意图。他在宣布共和之前对孙文的主动示好、他和张勋将军的关系、他对于北南双方间不可调和的差异所作的公开表态，以及他和唐绍仪以及同盟会之间公然的关系破裂，所有这些都是人所共知的事情，并且在中国的上上下下被人反复议论。另一方面，对于他在外国列强出乎其意料的中立态度下所不得不勉强推行的许多行政措施，以及列强们没有提供给他的、一旦他成为君主制首脑人物后有千万个理由所亟须得到的财政支援，他也理所当然地有资格做出一些带着同理之心和仁慈之意的判断。对于中国的政治家们来说，从来就不需要严格遵守政策上的一致性，也无须忠诚于目标和理念，所以，不论袁世凯选择君主制还是共和制来作为救国之道，我们都有理由将拯救中国于水火的功劳归于他。如果他能提防同盟会的刺客们和其他"激进的"政治人物，如果他在各项条件上能够保证向黎元洪、黄兴和其他深具影响力的指挥官们伸出一双稳定可靠的援手，他或许能够从时下的乱局中理出头绪来，并为当局恢复有益的威望与声誉；少了这些威望与声誉，中国的政府将无以为继。有许多中国人声称，他们确信袁实际上渴望成为一个新朝代的创立者，无论是真是假，这都是另一回事了，并且，这也不会是一件太过于困扰中国人的事情。

军权和财力

但是，假如袁想要确立其实权并得到军事指挥官们的支持的话，他军队的忠诚程度无疑将带着条件性，并取决于他是否能维持其特权并按时发放军饷。为了确保这些事情，袁必须要立于某种地位上来统领外国贷款的事宜。而若要达此目的，他必须使外国投资者以及他们身后实际操控资金保证的列强们感到满意，也必须为了这个生死攸关的问题而在难以驾驭的地方环境中强行推行其权力。这实际上便会渐渐演化成一种或长或短的独裁统治，并取决于军队对他的效忠程度，还必须假定北南之间的差异能够得到调整，而各省在财政问题上向当地自治团体的诉求也能够得到满足。很明显，对于那些将其地方利益看得比国家主义更重的军队来说，这存在着相当严重的困难。然而，大体来说，从中国人民终极福祉的立场来考虑问题，由像袁世凯这样一位惯于掌控军队的能干的管理者把握着的独裁统治，对处于复苏阶段和重整初期的中国来说，似乎会提供更好的希望。

在中国，有产阶级所持的观点具备相当的普遍性，那就是列强们的兴趣和所宣称的期望在于提高中国的国家效能并保持其领土完整，这一观点可能会在向袁所提的条件上得到道德与财政的支持，以期尽可能避免漫长的无政府状态。若不是通商口岸的外国商贸团体（尤其是位于上海的大英商行）所提出的反对意见，这一切在去年十二月就可能已经做到了，而这也早已不过是一个公开的秘密。害怕因为支持催生君主制而导致其财产遭到共和党人的破坏，害怕它会进而导致欧洲人在内陆地区遭到屠戮并引发贸易上的全面停顿，都是很自然的事情，也会影响到反对袁世凯和君主制；它的分量已经足以决定列强虽有善意但却徒劳无功的中立立场的政策了。在最后的关键时刻，为了回绝向袁提供应该在去年十二月将皇室从危亡境地中拯救出来的资金，列强们对于无疑是由大英帝国领头的四国列强贷款协商产生了兴趣，在北京的外交团体差不多将主要的责任都丢给了英国公使。或早或晚，我们都要再一次去面对这样一种责任，而我们同样需要面对的，还有因为无条件支持一个防范着"少年中国"不安定因素的权力中心而给自己带来的风险。

需要一双坚实的大手

若想要继续以外国资金的预付款来支付军饷，或是用它来赎回那些"军中白条"，可能是一种自杀行径。因为它并不能减少使这些团伙为非作歹的诱因，也不会刺激政府为了税收的目的而着手进行内部税制的重整。目前，在监控贷款资金、发布强有力的政策来收拢国家金融以求与地方上一样透明等事项上，商贸阶层已经被普遍说服了。他们也意识到，隐藏在地方和各省贷款中的危险，近来也被不负责任的当权者们或多或少的作为给压缩了。大部分的人民则无权过问这些事情，他们再次证明了自己出自本能的驯良温顺，无论当权者被归为哪一类人，在普遍给予的保护之下，在"少年中国"对全国各地的外国人的生命和财产的命令之下，人们都表现出了对当权者的尊重。在这样一种连带关系中，我们应该奉行的则是，如果时下有某些跟从孙文和黄兴的政治煽动者们掀起另一场排外运动（这是有可能的）的话，我们应该毫不犹豫、毫不拖延地将这场运动所产生后果的责任绝对聚焦在那些为了自我目的而鼓动人民兴起暴力的人身上。如果革命无法达成其他目的，它至少可以证明一点，平民百姓可以很容易地受到管制而不去袭击外国人，这一点是可以一直维持下去的，而那些外国人又恰好是除了外交官以外最常住在中国的人士。

隐藏在所有"少年中国"的行动以及参议院各党派间冲突之下的，无非是利益分配和外国资本使用的问题，这总是一件充满了个人目标和自我利益的卑鄙之事。它能够靠着独裁手段或是合理的妥协来解决，但是唯有靠着使"少年中国"觉得坐立不安的坚定不变的强硬态度才能办到。受制于政策上的决绝和武力上的储备，学生阶层那股虚张声势的劲头和幼稚可笑的逞强可能很快就会被平息下来。无疑，这可能会导致一定数量的流血事件发生，但是若和允许目前的情形继续下去两相比较的话，它所流的血还是会少得多。让我们再一次搞清楚一点，袁（或是其他的合适人选）所把持的权力核心，能够仰赖于最为相关的列强在道德与财力上所给予的支援；而"少年中国"们的那些破坏性倾向，则不会再赢得欧洲人的同情心。中国大地上和平远景的实现，也将因为这一现实而在实质上得以向前推展。

孙文与总统

发生在北京的一场处决行动

（本报记者，上海，8月18日，1912年8月19日刊登）尽管同盟会已经做出了警告，友人们也在施加压力，孙文还是离开上海前往北京。原本被安排与其同行的黄兴将军则留在了上海，他以电报的方式，抗议北京方面对方维[1]和张振武[2]两位将军的处决行动。这两人在革命初期曾经相当引人注目，也都是同盟会的会员。对总统的做法严重关注的本地共和派人士，昨晚则举行了一个抗议性的集会。

1　方维（1887-1912），湖北随县人，清末及民国的军事将领。在武昌起义和随后的战斗中，方维都表现得很勇敢。后任湖北军政府军务部调查员，不久升任参议。在张振武策划另组北伐军时，拟任命方担任副司令。南北议和后的裁军期间，方维奉张振武的命令，任将校团团长，负责收容编余的官佐。1912年8月，方维随张振武到北京，8月16日凌晨被捕后遭处决。此前，黎元洪在给袁世凯的密电中称方维同张振武"同恶相济"。但方维被处决后，黎元洪仍为其举行了葬礼。

2　张振武（1877-1912），湖北罗田县人，武昌首义者之一，被尊为共和元勋。张振武于1904年赴日本早稻田大学学习法律、政治。1905年加入同盟会。1909年又参加共进会并负责财务。武昌起义成功后，革命军处于群龙无首的状态，张振武与其他军人共推黎元洪为都督。史料显示，自此开始，张与黎数次结下仇怨。1912年8月16日凌晨，张振武与方维在北京被黎元洪、袁世凯以"贪污"罪名处决。案发后的第三天，国会参议院开会，主要意见认为，副总统黎元洪以非罪要求杀人、大总统袁世凯以命令擅改法律，均违背了约法。

（路透社，北京，8月17日）在逮捕张振武和方维之后，北京方面立即整理出了一份鼓鼓囊囊的法庭材料，囚犯也旋即遭到处决。两人均是汉口的军事指挥官，据称，他们都和最近试图鼓吹第二次革命的活动有着关联。

两人的罪名并未被质疑，但对他们采取的做法却遭到许多诟病。反对政府的人士认为，随着汉口的军事管辖被解除，民事程序成为必需。这项提议已被提请至议会，可能将会成为一起检验袁世凯实权的事件。

袁世凯和激进派人士

我们可能已经解释过，同盟会是国会成员所属的三大派党之一。孙文和拒绝陪伴其进京的黄兴将军都是同盟会的会员。这一党派可被视作是一个激进的南方人（或说是广东人）的组织，尽管其100万名追随者实际上散布在全国各地。

另外两个组织中，较为温和的统一共和党代表了长江各省（或说是华中地区）的势力，而黎元洪可能是该党派最为重要的成员。而保守的共和党则是袁世凯本人和北方的一群人物所属的党派。潜藏在北南双方之间的敌对情绪，在最近与内阁重组相关的冲突中频频展现，而重组内阁则是由于唐绍仪以及政府中其他的同盟会会员选择引退而成为必然。内阁的这一危机最后以所谓袁世凯的胜利而告终。

中国的前景

袁世凯在其地位上所显示出的实力，汉口方面的感受

（本报记者，汉口，8月20日，1912年8月21日刊登）本地舆论对有关处决张振武的消息表现平静，一般认为，张振武就是一个爱惹麻烦的无赖人物，命该如此。等到对他的指控被人理解后，北京因他而迸发出的愤慨情绪也会渐渐平息下来。一般认为，该事件强化了黎元洪将军与袁世凯的关系中令人满意的部分，正是黎要求袁执行了这一处决行动。

收成好，交易更是不错

在我于6月8日发送了急件之后，此地的贸易也一直持续繁荣着。过去四个月的出口指数以相当可观的百分比超越了先前的纪录。今天，苏南地区解除了稻米的贸易禁止令，这将会引发外国船运的进一步扩大化，最近以来，这方面已经比从前任何时候都更加活跃了。长江流域一带全面的粮食丰收，加上除了棉花以外的其他良好收成，将会弥补革命引起的贸易停滞所造成的损失。

不断增强的信心

尽管偶尔会有对社会现实不满的人士爆出一些无足挂齿的小事件，但黎元洪将军仍然在令人满意地维持着一切号令。在湖南一带，情形也是如此，该省都督在对时局的掌控中表现出了自己的能力。这两位均受到所有政治派系的高度敬重，他们的成功也势必对重建华中地区的信心影响深远。黎元洪对袁世凯的忠心在极大程度上促进了新政府的稳定。深具责任心的中国人遍布在全国各地，无论在哪一省都是如此，他们极为满意地意识到了繁荣兴旺的势头，这股势头正借着高额的薪俸、对大批无业人员的吸纳（单单因为良好的收成）等事情而得以彰显。

官员们则依旧是国家形势中的一种危险因素，而不负责任的学生们则只会吹毛求疵地无端抱怨，全然不顾政府已经竭尽全力来应付问题。几乎全体民众都迫切渴求社会安宁。虽然有许多人担心袁世凯的影响力，但他仍然被认为是在当今的特定历史关头中唯一可行的政府首脑，人们相信，目前的全面形势好过于革命爆发以来的任何时候。

遣散军队

在长江流域，继续进行着遣散军队的行动。好几千人正离开武昌，而接下来的几个星期内，会有更多人经过此地踏上返乡的路途。由于目前汉口的劳动力严重短缺，政府已经意识到，时局正让他们处于一个更为强劲、稳固的地位上。

处决两位将军

（路透社，北京，8月20日，1912年8月21日刊登）有关张振武和方维两人的证据，参议院已经对政府作出的进一步解释进行了考虑，据称，两人均是与最近试图鼓吹二次革命事件有关的官员，并因此而立即遭到处决。国务委员会对这些解释并不满意，已经发出急件，要求总理和陆军总长务必于明日到会。

面对指向他们的强烈敌意，政府方面却显得出奇的超然，但他们也预备好去承受可能会被强加在自己身上的强硬做法。他们的支持者们仍然坚持，政府握有被处决者以及由其他几个相关涉事高官所组成的秘密团体意图颠覆政府的犯罪证据。据称，他们的计划正是汉口阴谋的某种延续，张振武与他的同僚们被简单地描述为决绝的革命分子，他们威胁到身负重任的行政长官们的生命。

与此同时，无论隶属中外的南方报纸均刊出了考虑不周的社论，在北方煽动起党派争斗的火苗。

袁世凯的麻烦

（社论，1912年8月21日刊登）最近对两位中国将军（均为革命初期的重要领导人物）的逮捕与处决，看起来很可能会在袁世凯和他在参议院的政敌之间引发进一步的、也是更为关键的角力。昨天，参议院已经做出决定，认为政府根据他们的请求而对此事作出的解释并没有令人感到满意，参议院向总理和战争总长发出了传讯令，要求他们于今天亲自到会说明。事态将如何发展会很有趣，也令人期待，因为很多的后续事件将取决于此。政府（其实所指的就是袁世凯）显然对此并不在意，并且已经做好准备，若有需要，将祭出强有力的对策。根据过去的经验，他们的决定可能会极力避免任何使用武力的情形，也可能会导致参议院放弃对总统的抵抗，正如在几个星期前的一次冲突中，他们最终放弃的那样。为了中国的利益，争论的结果是可取的，但是参议院的行动，就像我们所更为熟知的其他代表团体那样，并非是受绝对地或一成不变地由某种为了国家的福祉而一心一意的热情支配的。共和政体下的第一次大选已经定在十月间，总统和各派人士都在为了一席之位而"厉兵秣马"，这场争斗会赋予胜利者一个权力，即是对这个国家中除总统以外的其他人士的任命权。选举当然需要"进行"，所有政治家也都在急着成全自身。这一考量完全解释了最近将要在京城展开的一场大行动，它也可能会刺激反对派们急着要和袁世凯达成结论，而全然不顾其中所冒的风险。

在中国人的生活中，秘密结社是一种自古即有的特色，组成参议院的三个党派便很像是这样的结社。其中的分歧很容易就能让人记住，因为它们曾经是地域性的，也是政治性的。南方是激进派，或者说是革命党；中部的较为温和；而北方的则为保守派，或者说具有保守倾向。同盟会是南方的团体，统一共和党为中部的组织，那么，共和党就是属于北方的派别了。孙文和前任总理唐绍仪属于同盟会一派，袁世凯则是北方派系的一员，至于几天之前被当即起诉并执行枪决的、被控犯有阴谋颠覆政府罪的两位将军，则都是汉口体系的人，但是又都属于南方的派别。这无疑是他们的死成为参议院立刻找到时机来挑战总统的原因。至于他们究竟是无辜还是有罪，我们没有证据去做裁决，但是从我们在汉口当地获得的资讯可以看出，当地民意认为两人中有一位正是爱惹麻烦的无赖并命该归西。

大家应该都记得，总统与各党派之间近来的明争暗斗已经在不断升级，并最终以总统的同盟会对手的不悦而告终。属于同盟会派系的六位内阁成员已经辞职，所提名的继任者姓名也已上交给内阁，同盟会则劝说中间派人士与他们一起来回绝总统提名的人选。于是，各种各样的压力便纷至沓来地加在内阁的头上，有来自总统的，也有来自总统友人的，还有来自地方上的，有人以电文告诫内阁成员们，为了谋求国家的福祉，务必置派系之差异于一旁。这些方法对于中间派人士来说确实有效。有些人甚至走得更远，他们完全掉过头来，抛弃了南方的派系，并且帮助总统的北方阵营向他们宣战。他们的行动似乎是一种衡量的手段，在议会政府中，中国各政党的政治家们目前具备多少水准和资质，可以借此一窥究竟。在被他们拒绝或批准的候选人之间，其实没有什么可选择的余地。所有候选人或许同样都值每月五十块大洋的薪俸，在中国，智慧的价值最近总算爬升到政府雇员收入的最高端。决定政治家们所作所为的，究竟是出于惧怕，还是出于想要规整政治原则，或是两者皆有，总之，对新共和政体下代表机构的工作都不能抱什么指望。近来，从"青年土耳其党"和"少年波斯"的左右摇摆中，我们注意到了极其相似的情形。对那些笃信"最新酿制的新民主主义之酒可以灌入最古老的东方体系的瓶中并且可以取得令人满意的成效"的热心人士来说，它们都是一种有益的提醒和启示。这些古风尚存的群体其实和别处一样，最为紧要的并非是名称，而是其实质，而其中的某些实质却决定了，它们终究还是会顽固地拒绝哪怕只有一点点的宪政洗礼。

在中国，从整体上来讲，大量的实质性内容都展现出，许多事物都还维持在一以贯之的状态中。就算把所有的党派放在一起，就算它们在不断地大声喧嚣，却也不过是民众中极不足为道的一小部分罢了。人民已经受够了革命，他们发现，革命的代价太过昂贵。到目前为止，正如外国人能够判断的那样，他们当前最大的渴望，不过就是太太平平地去做自己的老本行、小买卖，或是有地可耕、有田可种。任何一个政府若能够满足他们的这一份渴望，就会得到其支持和赞成，不管这个政府叫什么名字、有什么样的结构或是由谁来掌权。我们在汉口所报道的新闻将当地和首都的情形作了对比并十分看好当地的成就，这便是一个不错的预兆。富庶的长江沿岸各省正享受着某种商业上的"蓬勃发展"，一般而言，经过了一阵子的动荡之后，这是很自然的现象。居民们的心态已经转变了，不是转向政治和薪酬，而是对准了流通和商贸中所得的利润。工业的复苏势必吸纳士兵们成为劳动力，而这些人正是最为显著的会对政府稳定和国家福祉造成危害的危险因素。他们会构成一种真正的危害，无论袁世凯是否要去全力应对这一局面，情形仍旧未改变。

到目前为止，袁世凯个人已经展现出解决这一任务所必需的素质，而在他的身后，也有一支武装军队的支援。虽然我们并不知道，假如南方真的爆发一场动乱的话，这支武力究竟能否将其扫平，但令人高兴的是，此刻，我们并不需要去考虑这一可能性。几乎所有的革命领袖们现在都正忙着在首都遍寻面包和鱼肉，这个事实的好处就是，他们在其栖身之处终究是无暇再制造什么大麻烦了。

袁世凯和参议院

进展令人满意

（路透社，北京，8月21日，1912年8月22日刊登）袁世凯的秘书今天向参议院递送了一份急件，对于参议院要求总理和陆军总长到会进一步解释处决张振武和方维的原因，总统礼貌而又坚定地予以回绝。袁世凯紧接着作出建议，取而代之的做法是，参议院中的湖北代表应该对他进行一次造访。

少数代表强烈谴责了这次沟通的主旨，而参议院的其他代表们则选择了冷漠以对。参议院已经下定决心要闭门召开一次会议来筹划弹劾政府的方式，但与此同时，它也相信，弹劾并不会左右相关的讨论。最终的决定是，湖北的代表们应当接受袁世凯的邀请，对他进行一次造访。今天的稍晚时候，湖北代表们已经见过了总统，而总统也友善地向他们解释了政府的态度。造访者们自愿劝阻参议院不要对政府进行弹劾。所以，除非参议院对此事还会有什么进一步的反应，否则，看起来，一场危机已经过去了。

对悲观者的回复 —— 莫理循[1]博士致《泰晤士报》编辑的信函

（社论，1912年8月23日刊登）尊敬的阁下，在一本由某位身为"林肯饭店"大律师、最近刚结束一段杰出职业生涯回国的中国人士所发表的题为"一封承认中华民国的请愿信"的小册子里，他以这样的字句作为开场白："中华民国已是一个既定的事实。在结束了一场迅猛、和平、在世界漫长历史中可谓独特而又充满现代意识的革命之后，地球上的古老君主政体已经成为最年轻的共和国。"

但是，在他们之中，曾目睹了自爆发革命、缔造共和以来在中国发生巨大变革的少数人，以及见证了各方拉扯为建立更好政府而努力的人们，现在可以对这一断言的正确性展开一场大辩论了。在英国国内，评论家们仍然以最阴郁的悲观情绪在谈论着中国的事件，他们预测着外国的介入和世界范围内的无政府主义状态，预测着中国将分裂为战火频仍的诸侯列国，到处都是喧嚣杂乱，

1　莫理循（George Ernest Morrison，1862-1920），出生于澳大利亚的苏格兰人，他与近代中国关系密切，曾亲历近代中国从戊戌变法到巴黎和会的历史进程，是中国清末民初历史转型期的见证人。1887年毕业于爱丁堡大学医学系。1894年甲午战争爆发前夕来到中国，经长江到达中国西南内陆，后循陆路到达仰光，为时半年。甲午战争后，莫理循被《泰晤士报》聘请为记者，直至1912年。1911年武昌起义爆发后，莫理循是第一个以"革命"这个词汇向外部世界报道该事件的西方记者。1912年，莫理循接受中国政府的邀请，出任袁世凯的政治顾问，一直到第四任总统徐世昌时期。1919年，莫理循还以中国政府代表团顾问身份出席了巴黎和会。之后，莫理循因身体不适，辞职回到英国。1920年5月病逝。

国家金融崩溃破产，外国债券持有人的生意经也会因此被彻底搞砸。

在过去几天内，英国的报纸上充满了来自中国的富有警告意味的报道，对南北双方一触即发的内战和中国无法避免的分崩离析大加预测。这些报道要求我们相信该国的命运正竭力挣扎在生死线上。在这片猛烈的、不负责任的耸人听闻的报道之中，贵报在汉口的消息灵通的记者所传来的用词得体的电文，却令人感受到一派欢欣鼓舞。在被别处描绘成是动荡中心的地方，他报道了商贸的繁荣发展。文中的一切和内陆地带所报道的无政府主义状态截然相反。

总统、孙文和黎元洪

两周前的星期二，我离开北京，在仓促间赶往伦敦。临行前的一夜，总统设晚宴招待了我，同桌的还有深得其信任的中国事务专家们及其秘书处的重要成员们。当时，总统的兴致显得很高昂。他说到，各地的情形都在改善之中。"一旦社会秩序得以恢复就辞职"的黄兴将军人在南京，他曾于4月14日当选为南方军的总司令，目前已从其职位上引退，可见社会秩序已经得到了恢复。在上海主掌大局、握有对15000名士兵的号令权，并在艰困处境中频繁介入中央政府事务的陈其美将军，也已引退，其统率权已归南京的军政长官，而这位长官是一个经验丰富的四川籍人士。总统正满怀喜悦地期待着孙文的到来，他正预备尽一切礼仪来欢迎这位贵客。堪称北京最华美建筑的外交部办公室是总统本人在大选后住了几个月的地方，这一次也将被预备用来款待宾客。一位高级海军官员被派至上海，以护送孙文搭乘一艘中国巡洋舰抵达大沽。而对于打响共和第一枪的副总统黎元洪，袁世凯对其曾礼遇有加，我相信，现在的情形依然如此。总统从未错过任何一次机会在公众场合对黎睿智的政治家风范及爱国精神大加赞赏。

当下，我们被迫相信总统正盘算着要让副总统下台，也就是说，要让那个堪称是他中流砥柱的人下台。还会有什么事比这一桩更让人觉得匪夷所思吗？对两位官员的判决（其中一位在去年十月所爆发的大事件中曾是极其重要的一员）被认为是促使危机严重化的导火索，中国的命运因此而被再一次描绘成有如在钢索上行走一般。副总统向总统出示了无可辩驳的证据，以证明这两个串通一气的阴谋者确实有密谋颠覆政府的打算。这两个人在军队里竭力散播纷争与不和的种子，并已在他们与黎元洪所居住的武昌一带纠集了许多跟从者。如果依据军法将二人在当地处决，黎元洪的困境势必会更加严重。这也就是湖北的军事法庭决定要将二人在北京处决的缘由。黎发给总统的有关二人的罪证是不容置疑的，证明了政府下令警察遵照指示去拘捕并处决二人是完全正当的事情。这一举动怎么可能会导致南北间的内战爆发呢？双方分裂的底线到底在哪里呢？要知道，他们都是平等的共和主义者，而帝制已经消亡了。那些攻击袁世凯、断言其要搞独裁统治的人，正是忽略了其政治生涯中的这些事实。而先前，对他横加指责的人所强加给他的主要过错是他过于宽容、只会安抚和调和，他们责怪他在"血腥中无从建立起确定的根基"的理念上走得太远了。

内阁中的党派

在英国，人们被迫相信，组成政府内阁的三个不同党派都是互为敌对的阵营，他们彼此之间的争吵结怨严重威胁着共和政体的存在。其实，没有什么比这种说词更能误导人了。这些党派在他们的计划和方案上确有不同，正如所有国家的政治党派一样，但是，三者均为共和主义者。其中势力最为壮大的同盟会，倡导了一个相对于联合政府的党派内阁，其政治理念的基础是改革行政管理、发展地方政府、提倡两性平等、致力教育普及、发展拓殖建设、实施兵力征募。同盟会囊括了某些在中国最为杰出的人物，诸如王宠惠、蔡元培等，他们都是些全心全意的爱国人士，其夙愿就是要看到中国崛起于世界强国之林。为了实现这一目标，这个党派"把自己的武装引入内战以造成国家的分崩离析"便自然是荒谬至极的可笑之词了。你们会被迫相信，这是一个属于南方的政党，某些哗众取宠的报纸称，他们将会率领自己在南方的兵力，发动一场"迫在眉睫的内战"来攻打北方。但是，这个党派的诸多成员却都身在北京，他们受雇于总统，也受到总统本人的信任。而我非常确信的是，虽然在政策问题上彼此相左，但总统没有比民国首任总理、也是该党派最重要成员唐绍仪更为热络的友人了。这一点让我想起应该提醒你一下有关总理在6月15日离京的事情上所遭受的攻击。就在昨天，我还在一份英文报纸上读到有关唐绍仪"潜逃"离京的报道。他意料之外的天津之行被习惯性地描述成是"逃到天津的外国人租界里寻求庇护"。还有什么事情会比这更不公平吗？天津距离北京不过是八十英里的铁路线之遥。那个星期五晚上，唐先生确实和总统有过一次有关任命天津军政长官的争论。其中的原委不过是，唐先生考虑到总统有责任来任命某一位官员；而总统的考量是他并没有这种责任。第二天一早，唐先生搭乘了一列我们所有人在旅行时都会搭乘的火车去了天津。差不多所有中国人和在京的外国人都知道他在天津置了产，妻子儿女都住在那里，每逢周末，他总是沿着同一条路回家与他们团聚。他先前每一次回家从未引起过任何争议，但是这一回，这些善于贩卖耸动新闻的商贩们却嗅出了某种商机，以不甚光彩的言辞去描述他的行程。

在我于8月6日离开中国时，各处的情形都有了改善。海关的回报率更是决定性地证明了这一点。值得大书一笔的是，今年的海关收入必将创下历史最高纪录。虽然几个省份的洪涝灾情惨重，但贸易的复苏也是全面的。由海关作保的所有贷款在利息和偿债基金上均如期还款；在本国关税上，还有一笔数目相当可观的剩余款，累计的金额已经达到了庚子赔款所需的花费，而这笔赔款自去年十月起就中断了。所有的铁路贷款给付也都业已完成。全国范围内的每一条铁路均运行良好，盈利超出了以往的任何年份。我所接触到的来自中国内地的每一份传教士和领事官员的报告，都谈及中国的改善和进步。这些事实又如何与内战将会不可避免、一触即发的论调相一致呢？

新人们

一批缺乏经验的新人目前活跃在中国的政府阶层中，这被认为是一件令人蒙羞并有危险性的事情。在旧政权中，在腐败亲王和无耻太监们的掌权下，接受过西学训练和现代文化熏陶的人们却得不到什么受重用的机会。倘若这些人能够在政府中大声疾呼的话，中国怎么可能会丢了普里莫尔斯克（Primorsk）？满洲的局面怎会落到今天这般光景？倘若如此，中国可能会卷入义和拳之乱中吗？相比于外国人在铺天盖地的革命中所受到的礼遇，相比于他们的生命与财产如今在全国二十二个省份中都受到了尊重，他们在被义和拳包围下的中国曾受到的遭遇何其可怜，那时，就连君主都会盲目下令，只要谁提着外国人（无论男女老幼）的脑袋来见，必有重赏。内阁和国务院的某些成员或许是些没有经验的人，但是，从那些先前在中国掌权的人中，难道能找出几个能和他们在智力、训练及教育上相抗衡的人吗？

久居英国的人很难意识到，中国在行政管理上已经开始发生翻天覆地的变化。在旧政权之下时，没有人能在其出生的省份做官。现在，却奉行着相反的原则，各省的官员多在其家乡任职，这样一来，该省肯定会比在旧系统时得到更大的利益。从前，每当官员们被派遣到那些没有血缘牵连的省份时，他们最要紧的为官之道，便是在最短的时日内积聚起最大的财富，为北京腐败的满洲政府和任命他们做官的人，去榨干该省的福利。现在，开天辟地头一回，纳税人可以开口要求为官者如何支配自己所缴纳的税款。

这些改变已经包含了政府整个内在运作机制的更新。并且，这些改变已经以相对顺利的进展开始生效，它应该能够唤起人们对这个国家未来的期望，也应该能够使观察家们意识到，那些歇斯底里、哗众取宠的对所谓内战和分裂的预测，是多么站不住脚！

G. E. 莫理循
8月22日于炮兵宅邸

莫理循博士对中国局势的见解

（社论，1912年8月23日刊登）今天上午，莫理循博士就最近以来对中国局势的夸张报道提供了一份有用的更正。几天前，他回到伦敦，在就任中华民国大总统的政治顾问前享受了片刻闲暇。如同他所说，他发现英文撰稿者在讨论中国的事务时，都会"以一种最阴暗的悲观思想，来预测外国的干预和普遍性的无政府状态"，他们认为"中国会分裂为彼此交战、敌对的王国，到处是混乱、破产的景象，对于外国的债券持有人而言，这一切不啻为一种毁灭性的灾难"。为了逆转这种舆论倾向，莫理循博士进行了一番强烈的抗议。他对中国未来的信心变得更为坚定，在本报于今日所发表的一份积极果断、饶有兴味的信件中，他解释了自己有如此信心的依据。在以《泰晤士报》北京记者的身份服务的许多年间，他以中国事务第一权威的身份，为自己赢得了世界级的声誉；并且，虽然目前他即将离开本报进入中国政府服务，但其意见以及使中方深感信任的论点却必将使其继续赢得敬重。

在其信函中，莫理循博士提到了总统与黎元洪、孙文之间的友好关系，提到了贸易的复苏以及物资繁荣程度的不断递增，提到了目前掌控政府的人员的优良素质，也提到了已经在行政体系中初见成效的改革措施。莫理循博士将国务委员会中的意见分歧与存在于各国政治派系中的差异作了比较，对"同盟会想要将自己的观点强加于其他派系之上"的说法嗤之以鼻。新闻机构在发送有关处决两名官员的电文时，很明显地错将他们描述成"将军"。在他的眼中，处决这两人是一件相对而言并不重要的事情，这两位军人是在无可怀疑的证据之下才受到军事法庭裁决的，总统下令对他们执行处决被证明是完全正当的。而对于唐绍仪的"外逃"，莫理循博士也将其描述成是一件普通事件，不过是这位前总理在正巧与总统发生过一番争执后，如他先前常做的那样，回到天津自己的家中与老婆孩子逗留了一阵子，但外部世界却被知会成他是"潜逃在外"。

莫理循博士所谈论的很多事情，都证实了本报于周三所发表的汉口特派记者所传来的电文中的内容。毋庸置疑的是，最近以来的许多事件及其后续发展都在报道中被夸大和扭曲了，我们欣然收到他的这封信，因为此信可以使许多事情恢复本来的面目。但是，话说回来，对于时局，我们依然无法像莫理循博士那样表现出全然的乐观态度，并且担心，中国的麻烦还远远没有结束。对我们心存的顾虑，本报已经在此专栏中作过多次解释，这里并不需要再作重复。如果这些事件终将被证明是徒然而无须担心的，那么，我们会像莫理循博士那样毫无保留地为之感到欢欣鼓舞，因为我们与他一样，也由衷期盼新政权的成功及中国的统一与巩固。

孙文在北京——与总统的见解和观点完全一致

（**路透社，北京，8月24日，1912年8月26日刊登**）孙文于今日抵京，款待他的盛宴隆重豪华，与袁世凯于去年十一月革命期间抵达此地时所受到的礼遇堪有一比。

由于会员出席人数很少，参议院仍未举行会议，对政府的弹劾也因此暂时遭到了搁置。

（**路透社，8月25日**）昨晚，孙文和袁世凯共进晚宴。晚宴后，双方进行了一次长时间的交谈。袁世凯和孙文均对路透社记者表示，双方在所有重要问题上的看法和见解完全一致。

孙文相信，处决张振武和方维的事情将会毫无困难地被一带而过，从此以后，北南双方将会以更加一致的态度共事。他同时也认为，袁世凯完全胜任其总统职位，他也毫无疑问是一个值得众人支持的伟大人物。

孙文到访的一大特色是，北方的人民对其展现出极大的敬重之意。

昨晚发生在龙桥一带的骚乱和裁减军队有关。过程中有劫掠事件发生，几座建筑遭到焚毁。但是，在天亮之前，秩序已经得到恢复。

中国及其未来

（社论，1912年9月24日刊登）在有关贷款的诸多讨论中，我们认为，许多读者会很乐意看到针对中国时局的某种更一般性的、有远见的探询。在本报于今日所发表的饶有趣味、富有哲理的文章中，一位记者对最近发生在远东的事件的真实性进行了调查，并对中国未来的无数种可能性进行了推测。

其实，他的主要论点都已经包含在本报无可辩驳的看法中了。他所极力主张的是，最近在报纸上被渲染得极其可怕的动乱其实只是水面之上的微澜而已。一个朝代消失了，一个新的、尚未成型的政府取代了该朝代的位置，但是，中国的本质却依旧未变。中国曾是一个帝国，现在，它称自己为"民国"了，但是，"一场革命并不能撼动得了许多个世纪以来所打下的根基"。对于这一说法，我们并不需要更多强调什么。一切都应该很明确，即便对最没有思想的人而言也是如此，一个令西方的现代王国几乎连做梦也不会想到的、其社会结构已经变得僵硬无比的种族，绝不可能在一夜之间就改变了它的形态。军事暴动和遮遮掩掩的独裁统治的出现，都无从改变普罗大众的本质特点。在国民生活中，并没有快捷、堂皇的路可以通向复兴。中国的理想、中国人的习性和思维，并不会因为一群真诚的梦想家所作的宣言而被改换一新，在这一点上，这一类的宣言并不会比皇家的诏令更有用。那些听说靠着当权者大笔一挥就能将鸦片种植在中国彻底根除的人，若是对此还抱着审慎的怀疑态度，可能已经发现，假如满人王朝还在北京统治的话，他们也会有同样的理由去怀疑。今天，在中国的大地上，罂粟花开得正烈，而假如中国人保留了一个皇帝和一个摄政王的话，完全有可能也是这般光景。诏书的真诚动机完全不是问题，但其是否具有永久性的功效，却似乎一直令人怀疑。同理可证，我们也会怀疑，中国式共和的存在会否在实质上改变中国式发展的必然进程。"共和"不过是一个外来的名称，我们还没有被说服，它是否代表了国家性质和目标的本质性改变。尽管如此，它还是会产生直接的后果。法国大革命的回声今天依然还在西方世界回荡，其程度甚至超过了本报记者所愿意承认的地步。尽管革命在中国的爆发较缺少根本性，但它不可能让中国的一切事物仍然和先前完全一样。只是，它并非，也不会是，某种令千百万人完全抛弃他们自古就有的生活方式与思维方式的信号。

原因是足够清楚明白的，本报记者也已经细心地将其指点了出来。中国过去已经是个民主政体，一直以来都是如此。但要注意的是，这个"民主"并非是西方人字面通用意义上的"民主"，而是东方意识中的"民主"。大体说来，东方一直以来都要比西方民主得多。其王国代表了两类人，统治者与被统治者，却没有那些常见于欧洲国家的介于其间的数不尽的等级。在中国、印度和波斯（而非特别是中国），生来地位低下者可能总是会渴望着爬到仅次于皇位的最高地位。在欧洲，我们并没有经历过某种相类似的发展阶段，尽管目前我们正慢慢向其靠拢。并且，东方的统治者很少是不受束缚的独裁者，是西方凭着想象力喜欢将他们设想成那种样子。东方人宽容、隐忍，却在一直支配、操练其能力来改变、驯化那些不公义的当权者。阿克巴[1]知晓治理印度的秘密，寻求以他温和却有效的统治方式来安抚所有的种族和信条。他的继任者奥朗则布[2]却不断地扰乱着印度人的心，并且正因如此而最终给莫卧儿人带来了厄运。贾尔斯教授（Professor Giles）说，中国的哲学家孟子在衡量民族的比重时，将人排在首位，神明列在第二位，再将君王放在第三位上；他还补充说，"中国人最不能容忍的

1　阿克巴（1542-1605），帖木儿的后代，印度次大陆莫卧儿帝国的第三位统治者（1556-1605年在位）。阿克巴被认为是莫卧儿帝国的真正奠基人和最伟大的皇帝。其最为人称道之处在于，在其统治时期，他能够平等与自由地看待所有信仰。与他之前的君主相比，帝国的文化和艺术也在其统治时期达到顶峰。

2　奥朗则布（1618-1707），莫卧儿帝国的第六位皇帝，也是王朝中最重要且最具争议性的皇帝。他放弃了阿克巴时代的宗教宽容政策，加强了伊斯兰教的宗教地位，企图使印度完全伊斯兰化。同时，由于奥朗则布力图消灭其政治对手，莫卧儿帝国的疆域在其当权时扩张到最大限度。在他去世后，莫卧儿帝国被称为"后期莫卧儿"。

就是不公正"。整个东方世界在背叛、变节上都有一种本能，动乱是东方式民主的自然出口，这相当于西方会寻求正常的宪法方式来作类似的表达。与其他任何东方国度相比，中国尤其如此，它是叛乱的大本营。倾覆满人王朝在其性质上只不过是重演了中国历史上曾经重复过许多次的事件。推翻一个王朝并不意味着在国民生活中产生任何根本性的改变。或许，中国过去的历史记录可以为中国式共和将来的稳定性作出最佳的预测。中国人莫大的泰然自若或许会使他们接纳一个总统，就像他们接纳了一个又一个王朝。为了很大一部分人类的福祉，我们希望如此。但是，从一开始，我们也已足够认识到，这样一种"共和"，将永远无法承载它在西方世界中的同样涵义。

在电文结尾处，本报记者的警告是针对我们即将面临的"中国父权原则与体系在西方商业与生产中的应用"而提出的。在中国，真正的变革正在酝酿之中。正如我们经常指出的那样，真实的"黄祸"其实隐藏在工业之中。它并不意味着有一大群人会涌入欧洲。中国人的精神并不体现在好斗或激进上，就算曾经是，在历经了几个世纪之后，也已经不可能再如此了。但是，当中国的巨大自然资源完全应用于工业时，欧洲可能会在中立的市场中感到隐隐刺痛。当然，那样的时刻距离当下还相当遥远，因为中国最大的自然资源是其源源不断的廉价劳动力，而这种有力的武器在长时间内必定仍会受到极大的限制。廉价劳动力很少意味着廉价产品，东方世界中的欧洲人雇主知道其代价。在中国能够于世界市场中争得一席之地之前，其人口在教育和生活方式上必定要有极大的提升。一个包含了无数个为生存而苦苦挣扎者的民族，在商业与工业上永远无法接近至高无上的地位。中国人在获得物质上的拯救之前，还有相当长的一段路要走。即使等到他们的工业完善了，他们仍将需要几十年的时间去吸纳对自我市场的供应。他们所拥有的最具价值的财产不是人数，而是西方正在失去的不屈不挠的工业机能。如果对他们加以训练管教，施以辅助指导，中国人在工业上的满意程度可能会达到令人震惊的地步，但这一点在我们的时代中还无法达成。共和到底能够维系、承受得住这一切吗？摆在中国未来面前的道路，一定也同时被各种磨难和忧患左右夹击。结果毫无疑问是肯定的，但其过程却将漫长而遥远。

诞生一年后的中华民国

（**记者专稿，1912 年 9 月 30 日刊登**）目前，远东地区的报界（除了那些因为政治目的而得到额外资助的）对于"少年中国"治理国家的能力都普遍表现出忧虑，并对其诚实性表示严重的怀疑。今天，在革命爆发了将近十二个月之后，全国各地的观察家们，特别是传教士们，已经意识到，虽然"少年中国"在外在表现和教育水准上与旧统治者不同，但其种族特性在未来的年日里一定会一脉相承，这种特性使代议制政府不可能成为现实，所谓"共和"不过是旧专制政府的一个新名字而已。观察家们发现，从那群溢美之词响彻报界的"全心全意的爱国者"中，居然无法在重要席位上找出六个人，不管他们是"少年中国"还是"古老中国"，都不能令人放心地将掌管公共基金的事情交给他们。照此推测，中国形势的主要发展特征便是：一方面，是无法调和的排他主义的快速繁衍；另一方面，则是袁世凯依靠某种军事独裁的方式强行实行中央集权。

各省与北京

因为爆发了一场废除帝制并打算也要废除孔孟之道的大革命，朝向地方自治的潜在趋势不太可能不快速递进，因为中华帝国正是靠着这些纽带才被紧密联结成为一体的。一般而言，"少年中国"的政府在历史知识上是一片空白，对这方面的教导也是漠然置之。他们做的一连串事情，已经导致不少省份对北京树立起对立情绪或漠不关心的态度，甚至和满人统治时相比，也是有过之而无不及。这种态度在政治事件和经济问题上所揭示的本质有所不同，而非仅仅是一些有关为政之道的讨论。它最值得注意的结果之一，是在禁止鸦片的问题上，中央政府的权威性和履行条约的义务都被视作乌有。《北华捷报》[1]在8月9日的一篇《目空一切的湖南》的社论中，这样写道：

> 共和政府的声望又一次遭到了当头棒喝，北京政府将要在政治权威性上推行其旨意的时间点再次被无限期地推延。根据昨天刊登的本报北京记者的电文，不只是在湖南境内再度大力推广罂粟……北京权力阶层的无能因为此事而在各省愈演愈烈的傲慢中显得越发明晰……尽管政府有履行条约的义务，尽管它对各省也作出了指示，但目前来说，罂粟的种植范围已经遍及贵州、山西、四川、浙江、江苏、福建以及云南。

共和政府最先设立的"改革措施"之一，便是扭转了长久以来"官员不能在其本乡为官"的老规矩。全力扭转这一项满人屡试不爽的政治信条，标志着共和政府在地方自治的方向上已大大跨前了一步，如果一直贯彻下去，无疑将会妨碍到建立一个强大的中央政府的所有可能性。即便不会导致内战的爆发，它也一定会不可避免地造成行政管理上的混乱局面，因为由各省自己选举出来的官员，一定会身不由己地将地方上的好处放在国家利益之前。

袁世凯的政策

那些尝试要预测袁世凯政策的人都无法回避一个事实，就是他的人生经历总是和东方式的机会主义联系在一起，同时，又伴随着某种极端敏锐的才智以

---

1 《北华捷报》(*North China Herald*)，由英国商人奚安门 (Henry Shearman) 于1850年8月3日创办于上海，是当年在中国出版历史最久并最具影响力的英文周刊报纸，主要读者为在华的各国外交官员、西方传教士和商人。1864年7月之后并入《字林西报》(*North China Daily News*)，成为该报的周日副刊。

及国人对他的良好评判。同盟会的不满和个别人的密谋，对那些还记得袁早年生涯、他在1898年的事件中所扮演的角色以及他在革命爆发的最初阶段里和共和派领袖们所玩花招的人来说，都不算是一件会让人太吃惊的事情。在他被摄政王重新召回宫之前，甚至在他出任帝制下的内阁总理大臣时，人们就知道袁不仅和孙文私下里有着联络，同时也和随后一直被人坚持要任命为南方军大元帅的黄兴将军有联系，而黄兴至今为止都还有可能保持着某种充满危险性的不满情绪。

一位在上海的"少年中国"的重要成员曾经大声疾呼，其党派渴望得到列强对共和的普遍认同，他在最近的一份对于新政权长处的阐述中，有如下观察："在漫长的世界历史中，经历了以某种迅疾、和平、温和作为标志的革命之后，地球上最古老的君主专制已经成为最年轻的共和政体。"革命的"迅疾"或许可以被认可，但它不过是强调了一种事实，老百姓在政治观念上仍旧处于不清醒的状态。至于"温和"，《字林西报》的广州记者在8月2日的报道中这样写道："不管中国其他地方究竟发生了些什么事情，在广东，被处死的男女数目却颇为惊人。"在另一个省会杭州，同一份报纸的驻当地记者在同一天也观察到："对于听闻新都督们将要做些什么，我们已经感到厌倦了。到目前为止，他们什么也没有做成。只看到破坏的事情不断发生，情形正变得愈来愈糟。"

经济因素的重要性

局势中还是有着光明的一面，事实是，大多数省份的收成都非常好。据报道，稻米和棉花的产量远远超出了平均值，这可看作是上帝的一份恩泽，对于中国的老百姓来说，这是比政治家们的所作所为更关乎自己生计的大事情。这次好收成的一大直接效应便是将一定数量的所谓军队拉回到诚信至上、有利可图、以付出劳力为代价的营生中。另一个效应则是，在汉口和其他重要中心地区里，出口贸易有了一些令人深感满意的反弹；而在上海和天津的进口市场上，也充斥着明显是正面的论调。在较为平和的工业与商业领域里，所有情形都频繁地令观察家们感到惊奇。太平军造反时的那一段历史和义和拳爆发期间的事件都显示出，对战争的恐惧无法长时间地阻断中国人的生意。然而，在一般性商贸的实际状况中，还没有什么证据可以对过度的乐观主义做出评断。

截止于6月30日的海关季度回收额显示，与上一年相比，税收有百分之十以上的减少。英国商业部在同一天的回收数据也显示出，今年运输到中国的英国货品价值也跌落了35万英镑，上海的市场将这一结果归因于政治形势全面的不确定。海关税收的减少则主要是因为在鸦片进口上的限制。行文至此，笔者也再一次意识到，这或许也是造成地方自治和国家分裂局面的一个因素。当中央政府被剥夺了原先由进口印度鸦片而获取的收入之后，各省从建立国产鸦片的垄断局面、从组织独立于北京并无惧外国干预的贸易中派生出了巨大的利润。英国在鸦片事宜上所释放出的善意，看来似乎是增加了使中国分裂的因素，也对英国在华政策的基本目标造成了偏见。

目前来说，还是要感谢这巨大的丰收，政局上的困境与危险在某种程度上因此得以缓解；但是所有公正无私的观察家们，无论中外，他们在当下的意见却很相似，都显示出对未来抱着巨大恐惧的迹象。一个强大的、以有效的权力阶层作为自我营垒的中央政府，被认为是能够恢复政治平稳和管理秩序的唯一答案；而取得成效的意见似乎就是在这方向上迈出走向独裁的第一步。将至高无上的权力集中在袁世凯的手中，也因此为保证中国有一段康复与和平的时间提供了最大的希望。

中国的革命

北京的国庆纪念日

（**本报记者，北京，10月10日，1912年10月26日刊登**）今天，在纪念革命爆发周年的场合里，在京的外国人都得到了一个颇能增长见识的机会。悲观主义者预见到了麻烦，但是到目前为止，首都对这一国家历史上重要日子的庆祝，还是在平静中完成了。总统的致辞，也就是在《晨报》中向我们所作的问候，着重于和帝王政权相比较，对包含在共和概念中的政府进行了更为正确的阐释。后者是以人民的福祉为目的，而前者却只是为王朝牟利。致辞记录了人民从脾性和外观上所表现出的极为重要的变化，他们生活在国家的目标和政策之下，也生活在赢得世界列强同情与关注的希望之中。一句听来颇具雄心的句子，承认了列强在这些具有纪念意义的日子里对中国的友好态度，以及在中国面临财政紧迫的困境下所施的援手，后一句更可被视为对暂停分期偿还赔款所表达的感激之意，因为自革命以来，列强曾延缓多项中国无法按期偿付的赔款和预付款，譬如六国银行的那一笔；或者，它也可以被解读为对于克里斯普贷款本金上的慷慨、对于保障北方军目前所需的担保人以及为今天的庆祝所需而提供的资金所献上的间接的谢意。

军情的回顾

这一天的重头戏包括总统的一场盛宴以及由约13000驻防军组成的游行队列。外国人均受邀参与这些环节，许多人也都享受了这一特权，但是使馆人员却并未出席。以单列行进、一个多小时后才从我们眼前走完的士兵们，多数都属于前帝王禁卫军的旧部，除了许多主要的满人官员已经由汉人继任，其组织和构成实际上并未改变。然而，军部的成员多数还是满人。因此，看着这些士兵们佩戴上银质勋章，并由总统亲自颁授便成了一件很有意思的事情。这些勋章上刻有共和的交叉旗帜，另有一些人还佩戴着另外两枚勋章，分别是孙文和黄兴将军为表彰他们的护卫之责而赠送的礼物。说军队给所有旁观者留下深刻印象并不为过，训练中的些许懒散之气也由其军械的齐整得到补偿，某些微不足道的批评并未影响众人的共识，无论是身板还是体格，这些军人都可和欧洲的军队等量齐观。但是，他们所缺乏的却是卓有能力和智慧的指挥官。在中国的军队中，其实有不少颇具男儿气概的官员，多数都出自旧式的学校，但也有一些曾接受过某些现代技术的教育。然而，这些人在军队的庞大需求中显得太不成比例，并且，由于所处环境的关联性，这一数目也不可能在两代人之内得到显著的增加。这是中国社会系统的一大弊病，是其"万事只求太平"的人生哲学所造成的某种后果，正因如此，中国奇缺那一类适合担任领军人物的男子汉。

总统的性格

"少年中国"是宴会上强势的代表人物，第一眼看去，他们因为身着西式服装而给人留下缺少自我风采的印象。一群对于当官有着远大抱负的人，急着穿上礼服大衣并戴上高帽，以这样的方式去理解他们多少有些可悲。他们原本希望穿上旧中国那种材质良好、品味出众的高贵服饰。在宾客中，还有一位远自蒙古内陆某地而来的活佛，其别致的造型、古色古香的座椅、尚未完全开化的扈从，都为在某种程度上显得平淡无奇的人群增添了一抹色彩；但作为全中国核心形象的一个部分，它更激起了那些感兴趣的人的想象力。总统要前来欢迎宾客的消息，在点心台前激起了一阵热潮，以至于其随从副官们很难为其开出一条道来。袁世凯或许完全符合那些诋毁他的人所做的描述——见风使舵、背叛变节、自我利益者等等，但他拥有着一颗敢于冒险犯难的灵魂，正因如此，今天，在四万万国人的面前，他才能出人头地。很显然，他为自己所受到的热情欢迎而感到高兴，到处以其惯有的幽默感面带着微笑。但是，他那双圆睁的眼睛却总是注视着远处，令人十分费解。此前某日，我坐在离他三英尺的地方与他交谈，时间长达四十五分钟，在翻译对话的缓慢过程中，我一直在观察着他脸上和嘴边的表情。人们会说他是一个随和、天性温良的男人，但是他那双眼睛，却永远在凝视着远方。这双眼睛是正在规划国家发展路线、描绘民族命运的灵魂之窗吗？还是说，从这双眼睛中投出的深不可测的一瞥只是他用身体所玩的一种鬼花招？或者，这个男人其实只是一个比普通人略具天分的平凡人？北京有一些数年以来和袁世凯交往甚为密切的人士，即便是他们，也说不出袁世凯究竟是一个在革命的混乱阶段中一步步巧妙地引领中国前行的伟大智者，或者不过是一个时势所造的英雄，懂得以最机智的谋略来顺应局势、调转方向。唯有时间才能给出答案了。与此同时，先是勉力捍卫满人王朝，接着又温和地将其推开以让位给共和的袁世凯，领导了共和，也是一个共和派人士，他吸引着主要的革命派人士向自己靠拢，仿佛他们不过是一堆铁屑而已。这就是整件事情给人的印象。在袁世凯与共和派人士的想法以及共和主义的原则之间，究竟存在着一个怎样的转圜空间，这就是一个典型的中国式谜团了，面对此谜团，外国人不过是雾里看花，没有人能指望搞清楚其中的所以然。

1913

中国拖欠还款 —— 庚子赔款被拖欠

（**本报记者，北京，1912年12月31日，1913年1月1日刊登**）中国开始了又一个拖欠的年头，但列强们尚未回复它所提出的在庚子赔款的分期付款上予以延期的要求。由克里斯普组织安排先期付款的机会已经得到了先前错失的许可，但与六国列强组织之间的谈判则仍在拖延之中，无论如何，六国组织不会考虑以此为目的来提供资金。因此，钱并不会唾手可得，明天就要到期的庚子赔款谅必不可能支付得出去。

俄国方面反对再给中国任何面子，据了解，他们正威胁要取消某些财政岁入的赎回权，譬如在满洲地区，债务可能就要面对被变卖的局面了。法国也在这一使中国破产的政策上支持俄国，其余的列强则很显然地并未积极反对这一做法。在中国有主要利益的六国列强的金融政策是为挽救中国不致破产而制定的，然而，以破产为主要特点的情形还是被允许发生的。六国组织的一笔贷款可能会缓解有关情形，但是，无法与各家银行达成共识，就意味着要在中国的一个接一个的债务上翻跟斗，并营造出混乱的金融局面，迫使外国进行干预，并引发出令人百思不得其解的政治后果。

确实，若是外国在远处进行干涉，其模糊性会变得更大，但是，在目前推动中的计划满足六国组织的需求之前，在国家金融的调整安排有一个公平的试行阶段之前，进行干预的需要并非那么迫切，并且，列强们也完全没有预备好制定出一些一致的手段来应付目前存在的不满和不幸的情形。在这样的情势之下，当一个列强伙伴取消了一笔数目相对微不足道的赎回权时，其他列强国家若只是以旁观者的立场来促成事情发生，无异是破坏了自己的政策。现在已经是在中国有商业利益的列强国领头的时候了，或是阻止俄国采取行动，或是向中国提供它所需的一百五十万英镑预付金来满足俄国与法国所提出的要求。

如果俄国在此刻真的实行其公然表明的在满洲收回自我利益的话，那么，已经柔弱无力、危机重重的中国现政府可能会完全崩溃。

共和之下的广州

海盗、军队和都督

（本报记者，北京，1912年11月9日，1913年1月2日刊登）发生在东方世界的一场革命，引发出了奇妙而精彩的局势。在中国，除旧布新的事情都做得相当有成果，很有一些喜歌剧的意味，却又饱含着纯粹、完全的悲剧色彩。成千上万的有钱人变得一贫如洗，数之不尽的人更是因为一些并不至于被定死罪的过失而断送了性命。今天的广东，实际上便是透过一幕幕戏剧化的、如幻似真的场景，展现了这样一幅幅悲喜交集的景象。

整整十二个月之前，当广州城在革命浪潮中打了一场滚时，领导这场运动的秘密组织早就先行了一步，将当地的海盗征募到自己的队伍里来，人数远不止几十或几百，而是多达4万人。这一招被人视为极其高明的"上上之策"，既为支援共和预备了一支骁勇善战的队伍，同时也使一个富庶丰饶、人口众多的省份从被一大群贼匪和强盗肆意掳掠的痛苦中得以解脱。众所周知，广东的海盗并不像民谣和故事里所流传的其他沿海地区的盗匪那般嗜杀成性，但对于国家而言，他们毕竟还是一大负担。在珠江三角洲约一万平方英里面积的土地上，散布着数不尽的海港运河，海盗们在其间出没无常，向每一条路过、驶离的客轮或货船征讨通行费。这种大规模的敲诈勒索渐渐转化成一种专门性的"技术"，众多非法机构借此向公众企业横征暴敛，大收未经许可的各项税款。而敲诈勒索者的身上都带着武器，随时预备好在他们的要求遭到拒绝时向对方痛下杀手。

广东并没有花太久的时间便意识到，在由海盗们拼凑起来的军队中，总会有作法自毙者应运而生。各省大都是风平浪静地经历了革命的变迁，这些海盗兵团很快便不再被人需要，广东唯一想要做的便是如何摆脱他们。所以，这些军队先是靠着军饷在实力上有所增强，然后便被送往长江沿岸地区，为新生的共和国打仗。所有正派、体面的民众此刻都有一个热切的期盼，期盼这些"军人"全都遭遇船难，或是死于瘟疫，要么便是被北洋军的刺刀杀得片甲不留。但是这些愿望都落空了，来自广东的军队从未遇上需要大打硬仗的敌人，他们个个身强体壮，冒险犯难之后，每个人都活得好好的。他们回到了当初的出发之地，满心期待着大啖美食、升官晋爵、被人捧为凯旋的英雄。

一支昂贵的军队

除了海盗军团之外，广东的权力阶层也明白，自己还必须为4万人左右的一支正规军负责，在革命紧承着一场场流行化运动爆发开来时，这支军队服服帖帖地服从着以自我利益为中心的命令。因此，过去几个月以来，广东的问题就因裁减这支不断侵吞全省收入的大军而产生。每一名士兵每个月领取十块大洋，此外还配发口粮和军服，渐渐地，他们被养成了不得在分发粮饷上稍有拖欠的脾气。在全城的花销上，广州不得不做到自给自足（并且，它也还做得到）。拜粮食丰收和商业繁荣所赐，3万名海盗被成功地遣散了，他们预备等稻谷都收进谷仓后再重操自己的老营生。军队里还留了约5万人，这些人都不那么值得信任，因此全被留在了城里，以免一旦散落到全省各地，他们又会被引诱着去干一些破坏社会秩序的勾当。而对那3万名被遣散的、即将要重操他们罪恶旧业的海盗，广东省各地却毫无防备。结果，各村落、乡镇、协会以及富裕的商人们便只得自己花钱招募守卫来保护身家性命。因此，纵观全省，居然是没有政府做主，秩序大乱，安全尽失，整个社会局面唯有"无政府状态"才可形容。请注意，上述提到的这些现象，并非发生在遥远的山区，而是在一个沿海的、人口甚至超过英格兰的省份里，而该省的智力水平与开明程度，都在全中国名列前茅。

都督的职位

这种世外桃源般的情景，是由该省的都督一手控制的。一年前，这位仁兄还不过是一名默默无闻的记者，他是如何得到这一地位显赫的官职的，至今还是一个谜，但是我们可以认为，他就是革命委员会的一名候选人，而这个委员会则是一个神秘的组织，其组成和结构至今仍不为人知。他已经正式得到总统的赏识，并在当地被"选入"了省议会，这并非是因为总统或省议会真的想要他，而是因为他有一股他们都无从控制的影响力作为依靠。对于那些素来是一手捧着请愿书、一手提着炸弹提出要求的人来说，他在省议会中的职位可不是一个挂名的闲差。一时之间，官方的宴会因而变得危机四伏，如果不先脱衣让人检查身上有无暗藏武器，没有人可以被允许进场；而随后，出席者们又要站在巨大会场的某个墙角里，被迫大喊欢迎并请愿或提出要求。

官员和财务

都督得到了两位统管军队（分管全省的财务来源）的将军和警察署长的支持。自革命爆发以来，他们已经向中央政府汇款达150万元，尽管在常规情形下，该省的上缴配额应达十倍之多。海外的广东籍人士为该省的爱国基金募款达600万元，而香港也向该基金捐输达250万元，所有这些款项全因情势的需要而被吸纳。此外，还有一笔以打着自愿贡献的幌子征募而来的巨额款项。向全社会征收的税额也很沉重。去年一年来，全部收入料想会非常丰厚，因为远征军的调遣和军队的日常维护必定是侵吞了大笔金钱，而一大笔数目的利润也需用在当地的管理和这个异想天开、荒唐可笑的政府首领们的报酬之上。顺便提一句，该省还有相当数量的派系集团在不停地争战，数以千计的人已经为此丢了性命。而自从建立新政权以来，因为政治和其他原因被处决的人数也多达每月数百人。奇怪的是，充足的商贸活动却并没有受到影响，海关的岁入也维持正常。出口依然继续，在很大程度上，这是因为庞大的丝绸工业受控于那些强有力的、能够保障商业活动持续进行的同业公会的手中。进口额也因为大丰收、海外金钱涌入以及在实际上暂停向北京上缴款项这三个原因而没有被削弱。

政治前景

谈到未来，人们尚未对其危险性有充分的理解。完全有可能发生的是，目前的主政集团会遭到反革命的彻底颠覆。而不太可能发生的反而是军队中的哗变，因为到目前为止，全社会都知道他们得到了怎样的待遇。士兵们只会效忠于那些给他们发饷的人，才不会管什么政治倾向呢。纵观全省，看不出有什么想要建立一个独立共和国的愿望。说得实际一些，省里所有那些涉及革命的共和派人士，此刻都已经云集在北京了，当他们收拢双手，静观政府改变的结果以及各自在重组后的行政管理体系中会拥有一片怎样的天空时，不必期待会有什么意义重大的政治活动发生。很有可能的是，如果在中央政府中忽略了某一位重要的广东人，那么，他就会折返故里，而广东省和首都之间的紧张关系也会因此造成。但是，袁世凯在他的周围安插了那么多广东人，他太精明了，绝对不会忽略那些可能会对局势造成不利影响的人。

目前的麻烦是，广东省只是在自顾自地行动着，当向它提出政治需求时，它只会向北京瞪起呆滞、木然、漠不关心的眼睛。至于中央政府何时才能够厉行控制权，并从广东省获得如当年满人统治时所上缴的那么多岁入，则无人能够作出预测了。然而，还是可以放心地说一句，等待广东省重上轨道还需假以时日。与此同时，广州城自身的秩序倒还是相当完善的，一切都交由一位意志坚定、极有魄力的警察局主管人员负责，该主管人员则以最严格的戒严令手段来维持社会秩序。在此，顺便提一下，有关共和派货币的问题还是相当严肃的。这些纸币已经发行了达到百万元的面值，却还没有一盎司的银子可用来作其储备。纸币已经折价35%，这已经是一个地方权力阶层可以插手干预以使其迅速恢复到常态的极限点了。事实上，广东还是笼罩在恐怖统治的氛围之中，据说，其情形可以这样来形容：如果说法国大革命使被践踏、受奴役的人得到了自由，那么，广东的一场革命则为自由人戴上了捆绑的枷锁。

中国的形势

（社论，1913年1月6日刊登，节译）在新年当天发出的一封电文中，本报北京记者将中国政府描述成"没有骨气简直到了危险的地步"。我们担心，这一声明在某种程度上有着足够的准确性；同时，我们也不能不被一个政府持续处在"没有骨气到了危险的地步"这样一种状态中而感到震惊。有几个预兆可说明北京行政管理当局正慢慢获得各省更为顺从的认可。南方处在无法无天的状态中，从海盗中征募而来的"士兵们"正对乡村地带造成胁迫的态势。而贸易倒是持续性地处于繁荣的状态中，海关收益之丰厚超出预期，中央的权力阶层也仍在持续地收取充足的资金。事实似乎是，中国的贸易本能更强于其不利的内部状况。在农作物全面丰收的前提下，老百姓的购买力会提升，而商家们也会在某种程度上满足他们的需要。中国是一个不需要一直有心脏跳动着的巨大有机体，在其疆界内的四万万老百姓需要生活、需要被喂养。他们组成了一个实际上是坚不可摧的政治实体。只要还能够每天继续自己的营生，他们甚至还会接纳一个外来的统治者，就像是清王朝那样。就在当下，中国的大片地区正处于有些类似黑暗世纪的欧洲那样的光景中，当生命和财产无法确保安全时，渺小的族群必须站出来捍卫自己。然而，田地终究是得以耕种了，人的希望也得以存留并超越了一切不幸。

不过，我们还是倾向于坚持在三个月前所表述的观点——即便是一个孱弱的政府，只要能在北京撑得够久，它也就会变得越来越强大。对于外界来说，不知道还会有什么人可以取代袁世凯来做总统，满人王朝也已明显失去了重掌权柄的所有机会。在这一特殊关头中，贸易上的稳定、海关官员们的忠心工作都成了不可估量的财产。无法清偿义和拳赔款的分期付款额并不会让我们觉得受到太大的干扰，这一类事情以前也发生过，却并没有对中国的信用问题造成什么严重的影响。若有人威胁在满洲地区采取明确行动来保障中国政府尽速偿还义和拳赔款的拖欠金额，那是肯定不会得到大英帝国支持的。到目前为止，威胁并未转化为实际行动，甚至都不具备什么正式的官方效应，我们不需要将它视为一种令人不安的元素。但是，无论如何，将所有情形归总起来看，并不容易证明义和拳赔款的重要性有多么合理，偿还金额的拖欠部分也很难为可能对中国造成新危机的行动带来某种冠冕堂皇的借口。

六国财团对中国政府是否能挺过任何风暴的能力保持着信心，有关一项巨额贷款的谈判工作仍在进行当中。这一类的谈判从未失败过，而双方在具体条款上绝对已经达到了彼此认同的程度，仅凭这样的事实，就足以抵挡有关义和拳赔款被拖欠所带来的过度压力。直到公布全部细节之前，不应该在为了使贷款被节省使用而想出的防卫措施的特点上再发表什么意见。有必要注意的一点是，假如贷款被安排妥当，当今中国管理阶层的存活几率将会得到明显的增加。

鸦片问题

中国的条约义务

（**本报记者，北京，12月24日，1913年1月24日刊登，节译**）自从革命爆发以来，北京的英国公使馆已经被淹没在一片违约的抱怨声中，抱怨的主题是有关进口鸦片及其在中国的贸易情形。合约是一纸简单文件，它说明的是从印度进口到中国的鸦片在数量上连续性逐年递减百分之十的规定。在1907年所制定的那份较早的合约中，三成的进口数量已经被挪去。稍晚些的合约则说明，鸦片贸易将在七年之内完全终止；附带条件则是，印度鸦片应该被禁止进入那些已经停止栽种的、本国鸦片制品也已被有效禁止的省份。如果中国可以提出完全不存在本国鸦片制品的证据，那么，鸦片进口就应该在一段规定的时期之内完全终结。为了酬谢大英帝国对原先的条约（曾规定了英国有无限度进口印度鸦片到中国的权利）所作的牺牲，中国方面答应，除了取消大幅提升的进口关税（这是此合约的另一特色）之外，也将立即撤销地方当局在印度鸦片的批发贸易上所作的限制及批发贸易中的所有税项。

然而，正如我在上周传来的电文中所指出的，中国方面完全没有坚持他们在此协议中所应持的立场。他们在运输途中没收并销毁了受到合法文件保护的印度鸦片，又以设立官方的垄断权和其他方式来干预这一贸易。过去数年间由公使馆向在京政府提出的抗议完全归于无效。我们所发出的抱怨声，已经被中国方面推托或是完全忽视了。偶尔，中央政府会向地方政府作一下意见陈述，但在地方政府的管辖权之下，毁约的事情却已经发生了。然而，或是出于这些陈述三心二意的特点，或是因为地方上对于北京的命令本来就漠不关心，这些情形从未有过任何改善。革命的爆发自然会导致法律和秩序的暂时中断，对此中央政府基本上也无法承担任何责任。但是，随着联合政府在北京的成立，对遵守合约提出要求也就成了必然的事情。此后，中央政府无力控制各省就成了无法强制其遵守合约的含蓄借口。毁约事件屡屡发生，也同时出现在不同的事项上。最终，长江流域各省都投入了一种联合对抗印度鸦片运输和销售的努力之中。地方上施加的压力所透露出的讯息是，各省其实受到了北京方面所作的鼓励；地方当局声称，他们实际上是愿意遵守首都在这一议题上所发出的任何命令的。于是，公使馆又提出要求，中央应该发出指令，命令地方遵守合约中的条款。

人们会意识到，此举也并未达成任何满意的结果。于是，在鸦片问题上，又出现了一个新的、决定性的阶段，据指出，英国公使此刻终于向中国政府发出了警告，如果与鸦片有关的那些牢骚不能立即摆平的话，他将会转告其政府——仅凭外交手段并不能达到遵守我们条约权利的目的。

发生在安庆的案例

关于违约，有一个值得注意的例子，也就是发生在安庆的案例。七箱印度鸦片在长江沿岸的安庆被当地官员没收并销毁，英国驻上海总领事弗雷泽爵士接到指令去调查这一案例，他搭乘英王"花神"号到达了安庆。原本不过是搭了一艘小型巡洋舰，他却被人夸大成带领炮艇前往；然而，英国方面根本没有任何以武力示威的意图，"花神"号不过就是寻常用来供有一定地位、阶层的官员使用的船只。当弗雷泽爵士前往一处没有派驻领事、也没有住所可供外国来访者住宿的地方进行调查时，这艘船也可以方便他的日常起居。很快，弗雷泽爵士得出了这样一个结论：在销毁鸦片的事情上，当地政府和官员并没有什么正当的理由可作依凭，英方应该持有的文件一应俱全。公使馆称，这次销毁使英方损失高达25000两白银。直到弗雷泽爵士前来北京并无可辩驳地出示了所有相关文件、陈述了事实经过之前，中方还在此问题上争执不休；即便是在此之后，中方仍然拒绝支付英方的损失，其理由是，英国公使馆无权在中国国民所遭受的损失上得到好处。

另外一个例子则是刚刚发生的事情。由上海运往汉口的二十箱鸦片被汉口港拒绝接收，并因此而不得不重新寄发回上海。

在上述两例中，每箱350两的关税都已经预先支付给了中国政府，运输、递送的合法性也是建立在开具运输通行证的基础上，这些都是按照《芝罘合约》的附加条款去执行的，有关条款也都明确地包含在1911年的合约之中。显然，运输通行证是为保证货品不再被课税或受到其他阻挠而设计的，如果中方刻意忽略，他们便是置鸦片条约于不顾。如果运输通行证是为了使在中国境内的运输畅通无阻的，那么，按照条约，中国就必须尊重这些通行证的效力，否则就要偿付毁损货品的代价。如果运输通行证不受尊重，就没有中国人会冒着风险来购买印度鸦片了，那么，一笔交易也就因此而作罢。对此作出明确规定的条约，则应该在将来的一段时日里维持不变。

袁世凯的专政

张勋将军所提出的建议

（本报记者，上海，1月19日，1913年2月6日刊登）南京的名人张勋将军以电报的方式向内阁、各省都督以及指挥官发出了一份引人注目的文件。此刻，这份文件的内容已经传到了我的手中。电报是在12月底时传出去的，但是尚未印成文字。鉴于中国目前的情形，这份文件中所暗示的内容无疑有着显著的意义，值得人们的关注。

在强调了因为蒙古的脱离而在中国酿成的愤慨之情后，张将军指出："（中国）在这件事情上的失利不完全是出于外交上的原因，而确实是来自内部管理的疏失。"在共和建立不过一年的时间里，内阁经历了三次组阁与倒阁。中央政府的命令一经发布，引来的便只有抗议和争论。不信守原则的人凭着个人所好而进入政界，有能力的人却被冷落在一边。

政府里尽是腐败的官僚，成天过着骄奢淫逸的日子，各机关中也都充满了为自己筹算的人，目的只是沽名钓誉……在这样的混乱状态下，根本没有指望谈论联合。

张将军接着说："财政上的困境已经达到了顶点，人民的艰苦命运毫无改善。"这里顺便提一句，可以说，有很多证据可表明，这样的描述似乎并不过分。

张将军接着指出："除非我们放弃抵抗俄国的争抢，否则就必须开始改善内部的管理体制。"在这一意义显著的建议之后，他又接着说道：

> 我们的大总统袁先生具备伟大的人格和才干。他对中国和海外的贡献可谓世人皆知。他为人民所景仰，为世界所称美。但自从当政以来，他却没有取得过任何成就。这难道是因为他原先天资优越，如今却归于平庸吗？他是受到了时局事态的阻挠、繁文缛节的局限。总统府不过是一个空泛的名称，为什么还要保留这件多余之物呢？我们该做的事情，就是赋予袁大总统以全部的权力与重要的权柄……唯其如此……管理上才有可能获得切实的调整。本国同道中人应捐弃各自的观点，致力于解救危险的时局……以此来巩固国家的基础，并以爱国之心精诚团结，摒弃派系的感情，以挽救几近无望的局势。

在谈到蒙古远征军时，张将军说，这是军人的天职。他自己虽是"一介武夫"，也愿意担当起领导该远征军的责任。

然而，最能说服人的，还是张将军在蒙古局势一事上所作的煽动，其实不过是掩饰了他的真实意图，也就是说，如果袁世凯能够独揽大权，可能就会听到更多有关远征蒙古的说法。张勋将军目前驻扎在山东南部的兖州府，就是在津浦铁路靠右侧之处。他掌握着一支优异的武装，估计手中握有3万名精良兵力，这些兵力均受过很好的训练，也都有优良的装备。张将军手下的士兵也都纪律严明，和平地掌管着鲁南一带，与不过一线之隔的苏北地区极不稳定的局势恰成鲜明对比。虽然号称是共和军，据说，张将军个人却仍然是一个公开的帝制主义者。上文中所引述的他的电文忠告可能还是会无疾而终，但是在今年年底之前，我们可能会听到更多关于他的事情。

在"少年中国"控制下的报界——中国报纸的品质和缺陷

（**本报记者，北京，1月15日，1913年2月8日刊登**）新的中国有一个很重要的元素，这就是报界。北京据称有七十余种刊物，其他地方的报纸数量也在激增。即便是在国家的偏远地区 ⋯⋯ 只有很少几个城市还没有出版日报或周报。他们的报纸都在⋯⋯⋯⋯⋯就是持续不断地鼓吹美德和品性，以至圣先贤的⋯⋯⋯⋯⋯⋯⋯的生活不断迈进。对当局或大或小的批判、对官⋯⋯⋯⋯⋯⋯斩的弹劾，都构成了它们无休止的说教。看起来，⋯⋯⋯⋯⋯⋯自讲坛上的训责那般被平静地接受了。作为民意⋯⋯⋯⋯⋯⋯德准则、崇尚正确行为的人民中，中国的报界无⋯⋯⋯⋯⋯⋯之于众，以各种形态、方式褒扬美德。作为一种社⋯⋯⋯⋯⋯极的。它无疑唤醒了人民对于政治的关心，刺激⋯⋯⋯国家大事上的热望。它不断地帮助人民让政府聆听到其呼声，这是一个令全世界都为之向往的目标。

尽管如此，中国的报界还是犯下了一个很大的过失。它欠缺信息的精准度和严密性，所发布的新闻经常是荒谬得简直不着边际，而对于外国事务的见解又几乎无一不是漏洞百出。鉴于编辑此类报纸的"少年中国"派对外国事务表现出的关心程度，若是看到他们没有在处理外国问题时表现出一大堆偏见，那简直就是令人大感诧异的事情了。在某一份报纸的某一版面上，或许可以找到某篇高声赞美英国制度和英国人优良特点的文章；但在同一份报纸的另一版面上，大英帝国又被侮辱成是窃贼和强盗；它把英国的表现描述得并不比俄国好到哪里去，而这可能是时下最糟糕不过的类比了；而因为对俄国的怒气冲天，于是又将日本所犯下的嫌疑暂时抛在了脑后。如此苦心经营却都是基于最令人感到惊诧的谎言，因为需要对排外情绪的滋长起到推波助澜的刺激作用，所以，如果不能起到令人坐立不安的效果，那么，这些文章就变得难以形容的荒唐可笑。不管那些一直出现在本国报纸上的荒诞言论是不是滚雪球的起因，从不动大脑思考的观察开始，故事就渐渐被编得有模有样，直到填充了足够的细节，足以让某些思维敏捷的记者嗅出其中的价值；或者，也不知道它们是否出于那些心里装满酸涩和妒意的年轻人充满恶意的动机（这个我们可不好说）。无论如何，因为这些错误的声明而引起了对外国人的不信任、挑起了对外国人的仇视的事实却是客观存在的，这些就是每天的报纸供其读者消费的谈资。

"一份秘密协定"

作为这一类声明的后果，只要是在中国各地对外事存在意见与看法的圈子里，都流行着一种普遍信念，那就是大英帝国意图并吞西藏。更有甚者，我们还被设想成应该和俄国串通好了计划，将会各自在西藏和蒙古同时采取行动，以使中国垮台。为了证明这种观点，北京的一家报纸在前几天还一本正经地刊登了一份"英俄秘密签订之合约"的文本，列出了如下八项条款：

（1）俄国承认，西藏全境在英国的影响力之下；

（2）大英帝国承认俄国在蒙古自由行动的权力；

（3）若未来在西藏出现使情况复杂化的因素，俄国将对大英帝国予以支持；

（4）在蒙古出现类似情形时，大英帝国也将出兵援助俄国；

（5）俄英两国将联合在任一地区勘探金矿；

（6）英国协助俄国使西伯利亚铁路延伸至蒙古境内；

（7）如果中国修建一条藏蒙铁路，两国都会要求参与；

（8）若有别国试图对英俄两国在西藏和蒙古的权益进行干涉，两国将进行联合性的防御。

这份"精彩"的文件在接下来的数日之内被多家报纸竞相援引，可谓赚足了面子，并且激发起了数不尽的冒犯性评论。而这样一份"合约"声明，简直连半点的事实基础都不存在，但在接下来的一段时间里，它却仍然会"恰如其分"地在全国范围内不断重复制造对有关大英帝国贪婪与邪恶的抨击和谴责。另一份报纸则在不久之前作出声明，驻伦敦的中国公使向其政府发去电报称，即使已经在拉萨驻有四个步兵兵团和三个骑兵部队，但大英帝国还是在向西藏增派兵力。几天前发出的声明还声称，鉴于最近以来所发生的事件，由于进入西藏困难重重，故政府提议将达赖喇嘛以颁赐勋章为理由召来北京。读来真是令人啼笑皆非。

如果将事情看得严重一点，或许可以认为中国的报界都存在着危险倾向，很可能会制造出某种排外的情绪，其导致的不祥结果很可能会类似于庚子年间对外国人的凶暴残杀。"革命并不会伴随着对外国人的妨害与干扰"只是"少年中国"所开的一张空头支票，事实已经经过正确的评价而得到了公认。但是，假如报界对外国问题采取某种较为明智、稳健的看法，而不是系统性地对外国人横加诅咒的话，"少年中国"所声称的友好观点的真诚性可能会更具说服力。

关于蒙古的说法

另一方面，对那些更能轻描淡写地看待生活的人而言，中国的报纸倒不啻为一种固定不变的喜乐之源。作者们改变不了的对谣言的轻信令人伤感，但这也反映出，中国读者还是能够咽得下这一类货色，并且还会索要更多，结果便是出现了这一连串对外国人而言极具娱乐效果的"声明"。在这一点上，对蒙古问题的"见解"特别富有创意。一家中国报纸援引了一份从乌尔加发来的电文，报道说活佛已经组织了一个由术士、巫师组成的间谍小组，目前正在中国活动。地方当局得到有关命令，一旦抓获这些人便会当即问斩。另一份报纸宣称，在一场重要的革命事件中，曾经组织过某一个国家性机构来专为蒙古服丧。据说，一个在乌尔加的中国间谍在报道中称，俄国已经将5万名移民安插进了乌尔加，并且给每个人发了一块地皮。同一个间谍又说，在蒙古，到处布满了日夜都在训练的俄国步兵、骑兵、炮兵分队。北京的一家报纸负责详细"报道"俄国与法国的公使们在一家当地旅馆中的对话，不用我们细述其内容，这一看就是完全凭空想象出来的东西。报道将法国公使描述成循循善诱的长者，就俄国的傻念头向其俄国同僚作了一番谆谆不诲的告诫。他说，一个既贫穷又面临太多国内问题的国家，总想要冒险去钓另一个既富裕又强大的邻国上钩，就像中国人，肯定会想要对抗、分裂俄国。俄国公使则因他的这一席话而大受感动，应允会向其政府警告这一危险。

在承认国体的问题上，据说，奥地利皇帝已经向袁世凯发了话，一旦与俄国的麻烦过去，他的国家便会承认民国。奥匈帝国国会的大多数议员都已经投票赞成这一主张。在成立一家"女子储蓄银行"的提议上，某报纸评论说，中国的妇女仅仅在自己的家里"工作"，令人疑惑的是，她们怎么可能会有钱存进银行？想必在该报的编辑群中，一定有人长于幽默。在有关汉口的某一绑匪击倒另一个上了年纪的人、抢走他大把铜钱后再如黄鹤一般消逝在地平线上的报道中，也透着同样不可思议的意趣。

俄国和中国贷款 —— 贷款所需的担保

（**本报记者，圣彼得堡，2月9日，1913年2月10日刊登**）中国贷款谈判的破裂，并没有使那些考虑到俄国已经在尽力坚持的人感到吃惊。本报在1912年12月25日刊登的圣彼得堡通讯中，已经对假设中国将任何取得的财政便利应用于推动军事冒险政策的情形作了提醒。在1月5日，本报记者也曾指出，俄国急于在尽可能广泛的范围内与列强进行合作，而在控制他国的事情上，俄国也是一个强硬的拥护者。在北京，法国公使于午时时分所提出的反对意见，已经得到其俄国伙伴的支持。这一行动出于对一般原则的考虑，也有1896年俄中两国所签定的非正式协议作为基础，在那一份非正式协议中，俄国要求，每当中国的行政管理允许受到国外控制时，俄方便会要求得到同等的待遇。

除了这些基本原则之外，还有一个问题，就是在新条约协定中指定的三位外国顾问是否具备所需资格的问题。从某些角度考虑，在各种具有掌控实力的职位上，任命一位德国人、一位意大利人和一位丹麦人的提议，可被视为是一个建立某种系统性控制的尝试。但是，俄国政府主张，这一控制权不应由三个外国代表来操控，而是应该由不少于四个具备最重要在华利益的列强来执行。从中国、列强和俄国的利益角度来看，如果不能坚持像这样更为全面的控制权，将是一件遗憾的事情。俄国想要的，无非是一个保证，即保证所给予中国的外国贷款，不会被用于在武器装备上的支出。袁世凯的素质是受到承认的，而中国政府的财政需要以及政治困境（尤其是来自南方的）也同样是公认的。但是，俄国没有理由在中国政府这一部分上推动一个冒险的政策，只是为了减轻国内动荡局势所带来的压力。

俄国已经和蒙古建立起了某种关系，这种关系包括，如果蒙古受到中国的攻击，俄国就会出面进行干预。俄国不太可能会尊重中国成功地从张家口穿越戈壁沙漠向前移进到乌尔加的机会，也不会提议帮助外国军火商在中国开发新市场。如果中国诚实地尝试善后工作并提出足够的保证，就会得到它所需要的所有的钱。俄国的意见是，提供一小部分钱的策略，是一种投机的行为，最终既帮不了中国也帮不了列强的忙。对这种权宜之计，俄国就像对所提议的贷款协定的具体条款一样感到不满意。而在等待最终结论期间，中国将会继续得到对其所做过的承诺。

隆裕皇太后之死

一段充满了阴谋的人生

（本报记者，北京，2月22日，1913年2月24日刊登）今晨两点，隆裕皇太后突然死于中风。她身染微疾已经有好几天了，但这些疾病并没有使人过多忧虑会产生什么严重的后遗症。

星期六一早病逝于北京的中国前朝皇太后隆裕是已故光绪皇帝的配偶，也是慈禧皇太后的侄女。其父桂祥是慈禧的三弟，也是慈禧众位兄弟中最受其钟爱的一位。

奉"老佛爷"之命，隆裕于1889年2月嫁给光绪皇帝为后，但却从未得到这位不幸君王的宠幸；事实上，从一开始，她的角色就不算是一个纯粹的皇后，而更像是当时正退隐幕后并在颐和园蛰居着的专横老太后的一个密探。1898年，当光绪皇帝亲自参与康有为和激进的广东派人士所倡导的改革运动时，她曾公开反对光绪的行动，并在最终导致宫廷政变以及慈禧重掌执政大权的阴谋中扮演了不算次要的角色。

隆裕性情粗蛮，很缺乏同情心，性格也不具备什么魅力，反而时时会流露出爱控制别人的女主人派头，可谓继承了她那位威严姑母的做派。但她很聪明，天生就有着机敏和胆量，只是因为她所受过的教育毕竟有限，虽然其资质不算庸常，脑中却被灌输了传统和帝皇宗室的思想观念。就这样，她成了一位本能的极端保守者和一个强硬的死忠分子，任何时候都准备好了为了捍卫叶赫那拉家族的特权和地位而举兵出战。

世人都还记得，慈禧临终前发布诏书，任命醇亲王（即光绪帝的弟弟）为摄政王，拥有管理政府的全权并辅佐他年幼的儿子为帝；然而，由于不甘于放手叶赫那拉家族即将逝去的特权，慈禧是以如下意味深长的附文来为这篇诏书作结的："然而，若有任何极其重要的问题产生，务以征询皇太后的有关见解和看法为要，摄政王需亲自前往请示其旨意，并照之办理。"事实上，慈禧的临终遗诏就是要为帝皇宗室和摄政王一派间播下冲突的种子，这种冲突会严重损害摄政王的权威性，并导致他的许多善意之举遭受了挫折。对于这个在使不幸的光绪皇帝横遭羞辱的过程中扮演了背信者角色的女人，摄政王与其兄弟们没有理由会喜欢她。

慈禧死后，情形并没有改观，摄政王的妻子（荣禄之女、儿皇帝的母亲）公开反对承认新皇太后的权威性。派系之间第一次严重的权力较量发生在1909年11月"老佛爷"的葬礼上，结果是以隆裕标志性的胜利作结。她成功地将摄政王的追随者端方从直隶总督的任上除去，理由是端方没有在威严尊贵的逝者纪念仪式上表现出足够的尊重，他允许摄影者们扛着三脚架和照相机出没，因此亵渎了帝王陵寝的庄重场所。

此后，宫廷各派系间的明争暗斗变得连绵不绝、阴森可怖。满人之间的这些不和，在很大程度上导致了1911年10月武昌首义爆发时满人政权极不光彩的崩溃，也无法保全北方军的忠心。摄政王与其兄弟们对袁世凯（在1898年曾背叛光绪帝）的敌意，也是使隆裕一方的权力得以巩固的一个重要因素。朝廷秘藏的珍宝更是另一个长期存在的冲突因素。紫禁城内这场派系之争的本质和结果，清晰地反映在1911年11月满人王朝的土崩瓦解之中，也反映在摄政王匆匆忙忙的辞职之上，更投射在袁世凯身为内阁总理大臣后所祭出的策略里。1911年12月初，在隆裕"礼貌、大度地同意了摄政王谦恭请准辞去其摄政之职"后，她有意重新取得了对政府的控制大权，并任命袁世凯为内阁总理大臣，许多观察家早已预见到这一和"老佛爷"前例完全吻合的结局。袁本人确实忠实地尽其所能，但他时运不济；唐绍仪在上海南北和谈中的背叛以及北京公使馆保持"善意中立"的政策正中了革命党人的下怀。随着满人王朝大势已去，隆裕与其儿皇帝最终成了在共和政体中靠领取优抚金度日的人。

对于隆裕而言，如同其前任慈禧一样，宫里太监对她的影响力可谓甚大，太监们在皇室宗亲和摄政王一派间挑起阴谋，造成双方交恶，他们将这种影响力发挥到了极致。1911年3月，在臭名昭著的大太监李莲英死后，隆裕将自己权力中的相当一部分交给李莲英的继任者——深得她信任的太监张元福，而这位太监毫无廉耻的腐败、傲慢行径，很快也就成了首都的某种象征。在这件事上，隆裕的所作所为也加速了满人王朝的垮台。这位上流官府的红人明目张胆所做的一切，还有他严重逾越朝廷不成文规矩的"罪状"，都大大地"排挤"了摄政王及其友人，触怒了他们的尊严，使满人们不仅在"少年中国"面前，也当着北京和各省不少原先支持他们的人，"将一张老脸丢到了家"。实际上，隆裕还是秉持着朝廷的一贯风气，以她的见解把玩着一些满人朝廷阴谋诡计的老伎俩，只是，她玩得不够精细、手段不够高明，既没有慈禧那样天赋异禀的权谋，也没有慈禧那般化敌为友的雅量。

按照流传甚广的说法，隆裕对她的侄子，也就是那个被废黜了的儿皇帝，其实并没有多少兴趣，她几乎整天都把小皇帝丢给太监们去照应。隆裕其实只是这个宗族的一名女成员，满人王朝的最后一代皇帝也并没有叶赫那拉氏的血缘。然而，随着隆裕的谢世，这位被罢黜的小皇帝跟先前相比成了一个更可怜兮兮的人物。

在中国历史的记录中，真的没有什么还会比这个王权下的残存者更令人感伤了，毕竟，这是一个涌现过世人皆知的"康乾盛世"的朝代啊！小皇帝的官方监护人（是在其父摄政王辞职时由隆裕颁诏任命的）是东三省的前任总督徐世昌[1]，这是一位在旧政体中厚道友善的汉人长者。但是，重重危机时刻围绕在那个无助孩子的四周，实际上，并没有任何一个官方监护人能够保护得了他。只要共和持续下去，他的存在意义就不过是一种过时和落伍的象征、一种对新兴国度的冲击力、一种危险阴谋的源头。而一旦有恢复帝制之类的事情发生，也会有其他更具实力的索取者冲着皇帝的宝座而去。要知道，在紫禁城残酷无情的传统中，从来不乏精通于此道者。

1　徐世昌（1855—1939），字卜五，号菊人。直隶省天津府（今天津市）人，生于河南卫辉府。清末民初北洋政府官僚，是清末出洋考察的五大臣之一。1907年，东北改设行省，徐被任命为钦差大臣、东三省总督。1911年5月，清廷设皇族内阁，徐为仅有的四名汉人内阁成员之一，任协理大臣。民国时期任第二任大总统。虽与袁世凯关系密切，但他并不赞同袁称帝；同时，他也惯于以元老身份和居间调和者的身份，对北洋各派系的局面因势操纵。晚年曾拒绝参加日军组建的华北傀儡政府。

中国的禁烟大会

（路透社，北京，3月9日，1913年3月10日刊登）国家禁烟代表大会的最后一次会议讨论了鸦片库存的问题。

大会采纳了这样一种观点，既然中国人已经推行了使其国家摆脱吸烟恶习的政策，并已营造出要改变在中国盛行一时的状况的环境，所以按照条约的规定，应该有人为这些已经运到中国的鸦片存货"埋单"，也就是说，将这些存货的销售价格支付给鸦片商人们。大会认为，虽然鸦片的交易伤害了中国，但外国鸦片商人们在作有关生意时曾经是合法的；然而，因为中国无法再买下这些存货，那就应该找到其他对策，以达到缓解中国免遭这一使本国遭殃的祸患、对商人们予以偿还以及放弃由银行为这些存货支付预付款等三重目的。

大会已经下决心要向"青年基督徒协会"和一个传教士组织发出呼吁，希望各国能够予以认捐，以筹得一笔资金来偿付这些存货的销售价格，然后将囤积的鸦片当众焚毁，这一行动将尽可能涵盖目前存放在所有贸易港口的鸦片存货。

孙文访问日本

（路透社，东京，3月2日，1913年3月22日刊登）看起来，孙文对日本的访问将对远东地区的商业和政治形势产生深远的影响。官方的说法是，他此行是为了对日本人民在中国的革命阶段中所给予的援助表达谢意；但在非正式的谈论中，人们却认为他是来和日本人建立商业和政治上的友好关系的。在访日期间，孙文以贵宾的身份出席了众多的餐会、午宴和招待会，每天都与资本家、商人以及政要、官员们商谈。在各种场合的发言中，他都把日本称作是自己的第二祖国，而中国人与日本人之间的差异是如此微小、几可忽略。对于日本而言，天意已经确定了它在远东地区和平事业中的监护者地位。日本和中国有着共同的利益，中国对日本援助的倚重程度，超过其他任何一个国家，而这种援助，对于巩固共和、维护国家领土完整以及发展工商业都必不可少。

没有任何理由可以怀疑，尽管孙文的任务并非正式，但他仍然是以袁世凯代表的身份前来日本的，他试图要开启两个亚洲国家之间真正的友好关系。特派员胡瑛目前已经在日本停留了数月之久，他提前到达的目的正是为了试探风声，为孙文的访问铺平道路。而孙文此行的目的则是要获取一些实质性的成果。在共和被承认之前，在政治上得到理解的努力一定会被推延。或许，此刻他所负的使命中最为重要的部分，就是向日本商人们提供一些有价值的优惠条件，尤其是在铁路建设和中国商贸、海事的善后整顿等方面，以换取对方在政治事件中善意表达的中立立场。日本的政治家们一定会高瞻远瞩，认识到对于他们的国家来说，来自中国的友谊最终将是一件必不可少的东西，而中日之间的友好关系也将可能在很大程度上解决本土的武力扩张问题。

孙文此行所收获的第一个实际成果是，中日两国的企业将成立一个联合性的组织。

中国的总统大选

（社论，1913年3月25日刊登）中国的新国会不日将在北京再度开幕，如果按照先前的安排，则将立即进行民国总统的选举。开始时，国会的开幕典礼是定在4月1日的，但是，我们目前听到的消息却是，这一典礼可能会有所延迟。

目前，袁世凯仅仅是临时大总统，并且是在酬薪极其微薄的"临时参议院"名义上的辅佐下治理着国家。袁世凯是所知道的唯一竞选大总统的人选，如果他有任何竞争对手，则那些名字到目前为止都还未公布。对于旁观者而言，看起来，并没有其他任何一位中国政治家能够把握得住中国目前的复杂局势。一般的看法是，袁将会合法地当选，但是对于他是否能够确立其权威，则不是那么确定。

在中国，南北双方之间存在着愈来愈明显的分裂趋势。在无条件地服从于北京这件事情上，南方的领袖们正表现出一种越发勉强的态度，并对从首都向全国衍射的、从某种程度而言并无太大效能的权力十分嫉妒。这一情形因为前农林总长宋教仁[1]可悲的被刺事件而变得愈加复杂化了（宋是于周四晚间在上海

1　宋教仁（1882–1913），字钝初，湖南桃源县人，中国近代的民主革命家。曾留学日本法政大学、早稻田大学，于1903年和1905年与其他革命志士共同筹建过"华兴会"和"同盟会"，并担任其主要领导人。1912年1月民国成立后，宋被任命为法制院院长；4月27日，出任民国临时政府唐绍仪内阁的农林部总长；7月，因不满袁世凯破坏《临时约法》而辞职。宋教仁是民国初期第一位倡导责任内阁制的政治家，他为推广宪政理念而不遗余力，其要旨是产生纯粹的政党政治，由国会多数党领袖任内阁总理，负起政治责任，组成责任内阁，再由此制宪并依法选举总统。1913年3月20日，时任国民党代理理事长的宋教仁在上海火车站遭枪击，3月22日不治身亡。

火车站遇刺的，当时他正要启程前往北京）。近来，政治暗杀在中国已经变得极其频繁，令人感到非常不悦。值得注意的是，过去一段时日以来，其他一些重要政治家都小心翼翼地躲避在相对安全的藏身处。暗杀宋教仁一事具有特别的重要性，因为他被认为是"国民党人"的领袖，而这些人据信又是新国会中数目可观的大多数。有人预料他们会利用自己的人数来限制中央权力机构的影响力，并努力提升地方行政官和地方议会的地位。简短地说，他们的目标就是要强令总统与其顾问们服从，而不是认同总统的愿望。失去其领袖是否会威吓到国民党人，目前还是一个没有结论的问题。

中国的政治局面虽然纷纷扰扰，但它所表现出的问题实质却颇为清晰。南方各省对于北京的动机疑虑重重，公然希望借采纳严格的宪政政府体制来捍卫自己。他们的目的似乎是值得嘉许的，但还有一点却没有同样明确地表现出来，南方的那些当权者的最终愿望是要在大多数事情上我行我素。依照他们的政策判断，在中国根本就不可能形成一个具有强大凝聚力的政府。另一方面，袁世凯却准确地意识到，中国目前最需要强有力的集权化控制。如果这是行得通的方式，他已经准备好要通过宪政的途径来实现这种控制。但是，他也明显地感觉到，如果按照这样的途径去做了，那么他所能行使的权力就不再具备首要的重要意义。但毕竟，能够行使权力是一件好事，因此，他的直接目标便是稳固自己目前已经掌握的总统职位。

即使在他当选之后，袁世凯还是会面临着极其困难的任务。某些省份传来的消息令人感到非常不安。身为江西省首脑人物的年轻共和派人士[1]最近拒绝履行总统的命令，从最近的消息中可以看出，如果有必要，他已经准备好要进行武装抵抗。山西省则一直面临着一些严重的麻烦，某些人一直在抗拒接受共和。一份广州的官方声明则非常坦白地披露了武装匪徒在广东省的盛行。至于四川

1　此处应指江西都督李烈钧。李烈钧（1882–1946），字协和，江西南昌人，清末及民国军事将领、政治家，同盟会会员及国民党党员。1911年武昌起义后，先后被推举为九江军政分府总参谋长、九江海陆军总司令、安徽都督等。1912年，江西省议会选举李烈钧为江西都督，1913年6月，因联名湖南都督谭延闿、安徽都督柏文蔚、广东都督胡汉民致电袁世凯反对善后大借款而被袁世凯下令免职。同年，同孙中山策划发动二次革命，失败后逃往日本。之后，加入中华革命党，参与筹划了护国战争。1917年孙中山在广州成立中华民国军政府之后，李烈钧任大元帅府总参谋长。1922年北伐战争开始后，又任北伐军第一路总司令等职。抗战期间，他的立场由先前的反蒋变为支持蒋介石领导抗日。1937年2月，他还与宋庆龄、冯玉祥等联名提出同中国共产党合作、共同抗日的主张。

和云南，则屡有军事暴动的报道传出。这些事件不需要被看得过度严重，因为在中国，最令人沮丧的情形也会有在突然之间完成自我调整的方式。但它们的明显效应却揭示出政府在控制力上的普遍薄弱以及地方公然藐视中央政府的倾向，这一点将无法完全得到克服。中国在名义上已是一个共和的国家，但是，除非尽快采取强有力的措施，否则我们会看到的状态是，它将像一个由许多半自治的小国家所组成的危机四伏的联合体。有一个令人略感宽慰的因素是，尽管各方消息危言耸听，袁大总统目前所要面对的来自外部的困难却很少。他必须使自己安于接受西藏和蒙古发生的骚乱，我们并不认为他有动机或机会尝试扭转这些地区中最近以来所发生的改变，他最好是能够泰然处之地将其接受。关于预备向蒙古开战的报道并没有什么真凭实据，这些消息在圣彼得堡一带传个不停，但从北京方面所发出的各类急件中，却无从找出任何可以确认此消息的依据。

袁世凯的最大需要就是钱。如果他能筹得到足够多的钱，大概便能合理地巩固自己的地位。在导致满人王朝垮台的那一个关键时刻，当权者正是因为无法筹措到足够的金钱才落得一败涂地的局面。如果袁世凯现在失败了，背后的原因也将非常相似；并且，袁的谢幕会将中国拖入一个比以往更糟糕的困境之中。与此同时，我们必须承认，对中国的贷款问题正逐月变得愈发不简单。一方面，民国在最初为了向国外市场寻求贷款而给出的理由已经不再完全有效了。我们曾被告知，中国急需钱来遣散军队，但这已经是一年前的事情了。目前，在某些消息灵通的地区，当时提及的多数军队都已经被遣散。另一方面，中国正在逐渐累积起更大的财政开支需要偿付。沉重的外国债务正逐笔到期，政府坦承无法偿付这些巨额债务。连已经考虑、商讨了这么久的一笔巨额贷款，都不再能够恢复财务上的平衡了。下一年，中国还需要申请另一笔大贷款，其财政状况的前景将愈发令人担忧。中国的当权者对目前所提供的条件予以接受的勉强程度，倒不是一件多么需要引发揣测的事情。他们的态度可能主要是源于想要等待即将到来的总统大选的结果而已。但是，与此同时，正在就中国贷款进行谈判的六国组织间又爆发出新的令人感到困惑的因素。美国政府已经表示，它并不愿意为这一笔贷款提供官方上的支持，作为其结果，美国方面已经正式表示将退出该项目。本报华盛顿记者已经对威尔逊总统在稍早时作出的声明进行了润饰。他说，威尔逊总统的真正目的是为了避免其政府就此被绑住手脚，因此，假如因为外国政府的贷款而获得的影响力被过度使用的话，他可能会遵循自己的见解，去灵活自由地改变、运用这样的政策。威尔逊总统所介入的成分确实已足够清晰明了，我们不会试图去质询他，但是却有必要指出，其可能带来的结果将会进一步推迟中国所急需得到的帮助。声明所体现出的原意在传递到中国的过程中似乎并没有失去什么，它将会被袁大总统的敌人当作攻击他的武器。在任何情况下，尽管美国的退出并不一定会令整个计划全面崩盘，但这还是会危及谈判的结论。

虽然从我们的调查中不难看出，与过去一阵子以来相比，中国的事态将会变得愈加不明朗，但它在贸易上的活力还是给人带来对更好前景的憧憬和盼望。这是中华民族生命力的反映，经历了前所未有的冲击之后，这种生命力更是被得以证明。

中国的财政状况 —— 前景一片黯淡

（**本报记者，北京，3月11日，1913年4月1日刊登**）可能有人会认为，即便中国暂时还存在着某种相对混乱的财政状况，但向这样一个富庶国家投放的某一笔贷款，凭借六个强有力政府的实力，如果有需要，强制性地要求对方还款还是有充分保障的。事实上，近几年来，大多数贷款之所以被投向中国，也正是以此作考量的基础。人们相信这个国家的资源，对贷款国家政府的强制还款能力也有信心。但是，中国的丰饶在多数情况下是潜在的。此外，过去那个能在岁入上发号施令的政府也已经不复存在了；而假设外国列强能够希望避免某一件事情的发生，那件事一定是为了债务复苏或其他任何原因而在中国进行的积极干预。

因此，对法国民众在投资的健全性上特别有责任感的法国政府，由于巴黎证券交易所接纳股票正式报价所必须具备的保证，会觉得自己一定要特别在安全性上采取最大可能的预防措施。中国总的财政状况其实还是很清晰的。现政府只从各省抽取原先上缴给北京的岁入的一部分。那一部分也许根本就是零，只有政府的内部决策人能够知道。然而，在夏天，有几个月的时间，据我们所知岁入甚至低于过去的十分之一。中国报纸在昨天发表的一则声明或许并不十分精准，但有趣的是，它显示了对有关财政状况的一种流行见解。政府自从去年3月开始直到目前的花费，据称是9000万大洋，但是将各种收入累加后所显示的却只有8000万大洋。令人侧目的是，据称组成这笔收入的款项还包括比利时贷款100万英镑、六国组织的预付款180万英镑、克里斯普贷款500万英镑，再加上海外华人的捐赠、四条铁路线的利润以及其他税款共计1000万英镑等。

各省的上缴金额

即使这份声明只提供了一个大约的概念，它还是指出了某种比最悲观的外国人所假定的情况还要糟糕的情形。实际上，可以假定，政府确实正从一些省份中收取重要的岁入。然而，岁入的大部分却因为多重原因而一直没有归并入政府资产。其中最主要的原因可能是，革命军仍然在许多省份中大肆侵吞民脂民膏。此外，还基于一个事实，即旧有的管理方式已经被摧毁，而在许多方面，取代它们的新兴方式却还未出现。或者，也因为被任命的那些年轻而毫无经验的官员们既无影响力也无权力来继续政府的运作。在海外，还有一种非常普遍的感觉，就是满人的倒台意味着今后在课税上的自由。一个敏锐的观察家在过去十二个月内遍访了十三个不同的省份，他在一两天之前曾表达过这样的看法：即使是在最乐观的情形之下，也还是必须要花上相当长的一段时间，中央政府才能指望收回某些权力，诸如从各省中收取全数的上缴金额。

因此，人们要被迫来检验政府的财政实力。假设借贷2500万英镑，其中除去200万英镑用于重新调整盐税，剩余款项将全数地、无法再创利润地用在归还尚未偿付的外债、解散军队、发行强化地方共和制的纸币以及赔偿革命期间外国人的损失等等之上。整笔贷款将很快被鲸吞完毕。以没有金银储备的纸币发行作为其外在形式的革命的副产品、在弥补损失上的对内赔偿等都还是会保留，该年政府的一般性预算将会产生一笔巨大的赤字。而看起来，这一年里借更多的外债也就无从避免。到了1914年，同样的前景会再次出现——依旧是一个外债如雪球般越滚越大、依旧只能从各省收取部分岁入的中央政府。而几乎可以肯定的是，更加繁重的借贷在所难免，那么，到下一年度的年底时，中国的外债可能会增加到4000万至5000万英镑之巨。而当这一状况发生时，实际上并没有一块钱是花在影响深远的改革之上的，但这样的改革却是新政权既定的目标，若不花费巨资，改革举措根本无从启动。假如有什么可以用来正确地评估未来的话（这一评估至少是出自许多在中国的合格的观察家们），对当下和未来的贷款而言，究竟应该在某一个健全的根基之上建立多少保障？并以最有效益的方式来重新制定？

自助的问题

未来寄托在中国人自助的能力之上。如果政府强大、管理有效，国家或许很容易承担起四倍于目前外债金额的数字。满人的统治当然软弱无能，但是却比目前存在的那一套要有效率得多。新政权包括旧政权的许多失策之处，某些地方在程度上可能更严重，而它对国家的控制权却少得多。问题是，在一个合理的阶段之内，究竟能够重新确立多少控制权？从这一点上看，中国的未来显得尤其黯淡。正因如此，所有领头的政治人物都选举袁世凯做总统，他们同时将全部注意力放在尽可能剪除其羽翼这件事上。换句话说，他们希望将袁世凯当作一个有用的傀儡人物，而其实力和主动权却受到他们的严格限制。在实际意义上主要是由各省的政治操纵者所提名的国民大会，却想要统治这个国家。这意味着，地方上的意愿将会压倒国家性的利益，而中央政府的实力将被削减。管理上的善后整顿也将因此受到牵制和束缚。

不需要预期袁世凯会轻松地放弃他在过去十五个月间靠着显而易见的耐心与技巧才能勉强维持的地位。未来几年中，一场他和各省间争夺主控地位的较量势必在所难免。他会统领北方，但是到了长江以南，他极有可能要面对反对者的势力。中国人最终想要达成的妥协或许能防止现实中的武装冲突；但是冲突的可能性却不可能同时被排除。袁世凯会在北方拥有其军队，但是南方各省也会有自己的武装力量。在名义上，这些武装力量归中央政府控制；但实际上，却预备好要遵从秘密的革命委员会或在革命中引人注目的军事指挥官的命令。进一步的交战可能导致国家的倒退，妥协则意味着分裂和在善后整顿上的拖延，而善后整顿之事对于外国的利益来说实在是必不可少的。像中国这样的国家，人民勤劳睿智，物产充沛丰饶，其未来不可能是全然黯淡的；但是，在目前来说，未来确实还显得晦暗朦胧。对那些想要在中国投资的人来说，如果想要避免灾难发生，就有充分的理由去认真地关注投资所必需的保障。

北京的国会——"少年中国"与总统

（本报记者，北京，4月7日，1913年4月8日刊登）国会的开幕典礼将于明日举行。鉴于宋先生在上海遇刺而在革命派人士的圈子中引发的感受，总统的顾问们认为，出于权宜之策，总统最好不要前往出席。不容忽视的是，生怕会有什么麻烦发生的恐慌心理正在四处蔓延。很显然，在革命者们和现政府之间，很快就能看到一场实力上的较量，但是，还是有充分理由推断，双方间的冲突会循着宪政的路子来解决，因为现政府在北京部署了一批具有压倒性的军事力量；而南方的政治家们，则显然无法在一个他们毫无希望积聚起优势的地方令危机于无形间突然降临。

目前，北方派系认为袁世凯似乎掌握着一个坚不可摧的职位，唯有他的派系突然展现出衰败的气息，或是有人成功地取其性命，似乎才有可能引发任何局势上的剧变。但是，说到南方各省，如果国民党派系中充满了革命进取精神的严词谴责被采信了，那么，情势就会变得截然不同。我们已经得到警告，5万名经过精挑细选的兵丁已经预备好要立刻上阵开战。但中国人脾性中那种在情绪爆发时常常会有的不确定性，却表明最终什么都不会发生。不过，恰好几百名各省代表齐聚首都准备召开国会，他们可被当成是一大群安抚事态的人质；在现阶段里，任何商定好的反政府行动似乎都不太可能会真的爆发。当然，日复一日的推延也可能是件好事，会让群情慢慢地冷却下去。

我们目前所卷入的危机，是被一起尚无法证明政府应当受到谴责的事件而引发的；但是，"少年中国"派实际上已经准备好要匆匆忙忙地下结论了，一旦政府被认定有罪，那就说明了袁世凯也脱不了干系，这实际上正是他们长期积聚起来的一种不信任政府的表现。毫无疑问，在担心目前的困境时，一种平息事态的休战意愿正在酝酿之中；但是，某一时刻显然也正在不断迫近，袁世凯要么能强有力地说服别人以维护自我，要么就必须从他无法继续有效维系的职位上宣布引退。

中华民国的内忧外患

（记者专稿，1913年4月9日刊登）今年伊始，正当公众的注意力主要被吸引在巴尔干半岛各国及它们的战后问题上时，远东地区的事件却在短暂的时日内以一种饶有兴味的方式在该地区里发展着。首先，北京发生的所有事件，都向着袁世凯在不久的将来要发动政变的可能性、甚至是必需性的方向演进。

"少年中国"的政治家们所设想的应急之策，也就是在宪政共和的形式下成立代议制政府的大纲，已经宣告失败，这当然是无从避免的事情。由于选举尚在待定之中，以咨询委员会主导的政府已经被默认了；袁作为共和国的临时大总统，一直在领导着国家的大事，到目前为止，这些大事还都在他的权力范围之内，运作的方针其实和旧政权之下的满人传统并无大相径庭之处。在中心地带里，贸易也一直表现出其惯有的、恢复中的活力。但是，这个国家的普遍情形，无论在财政方面还是政治方面，都持续性地表现出令人严重焦虑的倾向。在多数省份中，正如当地官员和士绅们所诠释的那样，共和主义不过是意味着某种危机四伏的、近似于独立的地方自治罢了，地方上的岁入很少会或甚至根本没有上缴给中央政府。几位督军公然无视北京方面的权威，尤其是江西的那一位督军，尽管已正式经过总统授权而被替换，他却仍拒绝从其职位上退下来。他们的军事力量很明显地带着地方性，在很大程度上由掠夺成性者组成；另一个明显之处是，那些受到国民党直接影响的人，在任何时候都倾向于仓促抛却其效忠中央政府的态度。在甘肃和云南，回民人口尤其难以驾驭；在两广，在陕西与河南，农民们受到了土匪盗贼的不断骚扰，而土匪盗贼的人数与胆量更是在不断壮大之中。贵州实际上处于云南的军事控制之下；山东倒是还存留着张勋将军的仁慈之心。地方议会持续性地受控于当地的政治派系，极度缺乏具有全民族高度的理想和具有建设性的政治才干。因此，在全国各地，"强人们"正在成为实质意义上的独裁者，每个人都在为自我目的而忙碌。与此同时，首都的政治情势也在持续性地展现出分裂的态势，在南北双方之间，在"少年中国"和旧政权官僚之间，在为地方自治不断张目的国民党和忙于中央集权化的袁世凯之间，无一不是如此。

最近发生的暗杀宋教仁事件中，遇难者是一位公认的国民党领袖。这一事件和去年试图刺袁的事件一样意义重大，所表现出的危险情形是，中国的政治一贯置遵循西方路线的代议制政府于不顾，而总是会尝试与其古老的结构形式相叠加。我们有充分理由可以预见，国会召集和总统选举将会加速产生新的危机，特别是，假如调查报告能够确证目前被人广为评论的有关宋教仁遇刺一案。很显然，在共和理念传播并遍及中华大地之前，"承认中华民国"一事在海外还难以被人接受。如果暗杀反对党领袖的行径被当作政党的呐喊之声并导致南北双方产生分裂的话，即使是来自外国列强的承认，也无从避免中国所势必发生的、经年累月的政治动荡和经济摇摆。

随着中国的财政状况陷入一片混乱，国库管理已濒临瓦解，而其国内政治更是呈现出一派毫无希望的困惑混沌的景象。中国的那些松散、零落的属地，尤其是富饶的蒙古和满洲地区，将会不可避免地暴露在新的经济和政治引力之下。这些危险性与其直接后果，在去年夏天桂太郎[1]与俄国政府在圣彼得堡举行的"会谈"中曾经被清楚、明确地提到过；而在六国贷款谈判中，俄国与日本的代表们也曾经要求拥有有关长城以外"特殊利益"地区的权利。从政治角度而言，这些结果正如土耳其因为目前几乎被剥夺了在欧洲的大部分领土而卷入的战争一样无法避免。桂太郎的策略明白无误地提出了要分割这一部分中国领土，而北京政府已经不再能够对这些地区施行保护权甚或控制权。身为首相，桂太郎一直秉持的想法，也引导着日本的外交政策，俄日之间的"友好关系"，一定

---

1 桂太郎（1848-1913），日本政治家，山县有朋的弟子。曾任日本统治台湾时期的第二任总督，于1901-1906年、1908-1911年和1912-1913年三度出任日本内阁总理大臣，是日本有史以来任职时间最长的首相、元老之一。任内缔结英日同盟，进行日俄战争，并策划吞并朝鲜。

会导致中国领土在其强大邻国互惠合约的左右夹击之下迅速缩减。

中日关系

但是，命运之星有可能还是会垂青于中国一方，使它再一次得以从其政治无能中规避掉本来是合乎常情的惩罚。最近在东京爆发的、导致桂太郎和西园寺公望[1]辞职的政治危机，自2月5日开始猛烈攻击着首相的外交政策，其中特别提及首相忽略解释政府在中国问题上的态度一事。而山本权兵卫[2]继任首相并另组联合内阁一事，则意味着寡头政治的传统在日本的日渐式微以及政界元老的失势。民众于2月10日和12日在东京、大阪等地大肆破坏执政党议员的报社及当地警视厅时所爆发出的脾气，已经和官僚们亲俄政策的目的与行动完全背道而驰了。立宪政友会与立宪国民党既在日本国会中结盟，也和街头暴民打成一片，透过这一切所清楚展现的首都地区的民意，原先的用意也是为了反对延续由桂太郎发起的独裁体制；但是它也同时反映出（并具备同样正确的意义）对政府的对华政策和对提升日本在华商业、政治利益的欲望的普遍不满，因为与圣彼得堡"会谈"时所预测的相比，这些方式和途径已经大相径庭。这种广泛散播在商业领域中的情绪，从中国革命爆发伊始便找到了宣泄的出口，并且立刻引发对政府支持满人王朝政策的强烈反对。一般而言，立宪政友会在中国和日本均公开对孙文及广东开明人士的民主抱负表示同情。在财政和商业圈子内，则普遍能感觉到，日本工业在未来的繁荣兴旺必定会极大地依赖于中国的善意，若是坚持桂太郎的策略，这一点一定会不可避免地受到损害。换句话说，日本政界及金融界的许多人士都得出了与已故伊藤博文伯爵的理念相悖的结论，并已准备好将他们的钱挂在共和主义者的马背上了。

日本官方世界和普通民众给予孙文的隆重欢迎，和东京的宪政危机交相呼应。他前来的时机显然对他作非正式的商讨极为有利；但同样具有重要意义的，

1　西园寺公望（1849—1940），日本政治家，伊藤博文的弟子。日本内阁总理大臣，明治到大正时期、战前的政治元老。大正时期的首相均由他一手推荐。他是日本民主最后的守护者。

2　山本权兵卫（1852—1933），日本政治家。日本海军大臣、海军事务局长、内阁总理大臣。萨摩藩士出身。甲午战争、日俄战争中均官居高位。战后，以功授伯爵。1913年组阁，任内阁总理大臣。

则是"少年中国"的领袖基于中日之间的互惠利益，前来建立两国间的友好关系。中国所需要的东西，尤其是有关保持领土完整的要求以及得到各国对共和的认可，是显而易见的；而同样明显的，则是日本也需要在一个潜藏着巨大资源的国度中推销其金融和政治的稳定性，在这一点上，日本已经开始依赖于它在中国的、占其所有海外贸易四分之一的额度了。

从新闻报道中可以普遍看出，孙文向日本政界及金融界人士所提的动议，都被影影绰绰地打上了不负责任和目空一切的印记，其实，在他的政治言论和乌托邦理念的细节中，也有同样的特点。在没有参议院授权委任的情况下，他承诺以铁路和其他特许使用权作为对政治支持的回报，如何判断这种承诺的有效性，是一件令人费解的事情。同样让人费尽思量的，还有一个疑问，我们不清楚孙文在其"非正式"行程中所说的一切，究竟是替总统还是替国民党中开明的民族主义者发声。在北京总统大选的时机到来时，这些事情毫无疑问会自有分晓；与此同时，有一点也是毫无疑问的，中国的社会党领袖出现在日本，在该国的宪政危机中，这一出访并不会完全不产生任何效应，因此，此事对于中华民国的命运也会有间接的影响。

中国国会的开幕仪式——北京所表现出的热忱

（**路透社，北京，4月8日，1913年4月9日刊登**）新的中华民国国会两院于今天开幕。十点钟，参众两院的联合开幕典礼在底层会议厅举行，与此同时，101门礼炮在邻近的城墙外齐声鸣响。总数为596人中的500名众议员代表及总数为274人中的177名参议员代表齐聚在会议厅内。几乎所有人都身穿正式的礼服，似乎全然明了他们所肩负的职责。

议会的旁听席几乎被中外来宾挤得水泄不通。十一点钟时，当众议院的资深委员代表两院正式宣布国会开幕以后，乐队演奏了国歌，而全体会员也都肃然而立。随后的一幕幕充满了高涨的热情。两院要直到星期六才会最终休会。整个议程虽然简单却令人印象深刻，会议秩序井然。

由于其总统任职尚属临时性质，袁世凯并未当众宣读致辞。他对国会的开幕典礼表示了全心的祝贺，并殷切期望中华民国万代永存。

美国的临时代办已经通知中国，一旦任命了国会官员并宣布了其最低法定人数（可能会在星期五进行，最低法定人数将指定为50%），中华民国就将得到美国的认同。巴西和墨西哥也已经决定将与美国同时表示认同。

中国国会的策略

总统与派系

（**本报记者，北京，4月20日，1913年4月21日刊登**）自国会举行开幕典礼之后，已经过去了十二天，在组织参议院和众议院投入工作的事情上却仍然没有任何进展。虽然已经进行了几次所谓的预备性座谈会来讨论议长的选举问题，但由于三个支持总统的派系所祭出的阻挠性策略，这些座谈都被证明是毫无成效的。与国民党相比，这些派系不过是不起眼的小兵。座谈会的一大特色便是幼稚可笑的脾气和无理取闹的态度，最终的结果通常是，由于阻挠的一方暂且退避，座谈会以陷入僵局而告终。

目前的棘手问题是，总统到底应该在宪法预备完成前还是完成后选出。政府很自然地想要先任命总统，所描述的策略确定的目标是：划定一个时间表，当其路线被中国广泛理解时，支持政府策略的人便会转为大多数。但与此同时，中外各国的观察家们却都带着疑虑在关注着事态的发展，对于中国国会机构的前景，他们从未有过稳固的信心，现在更是如此。

对刺宋案的被告进行初审时，检方掌握了一些证据，虽然这些证据更倾向于将政府的高官们牵扯进此案而非替他们开罪，但北京方面因为上海的暗杀事件而曾经引起的激动情绪，却似乎已经完全平静了下来。

政府突然表现出某种明确的意愿，想要在情形适合时缔结"善后大借款"[1]。跳过国会的批准手续，表示政府想要以某种更为强硬的立场来对抗外界指责的动机。但是，以这种方式完成贷款的事宜，注定要在国会中掀起一场轩然大波，因为在抛弃目前仍属临时性的政府、增强袁世凯在未来对地方上加以控制的争斗中，这笔贷款将会增加战争的筹码。

在进行了长达两年的商讨之后，政府和外国公使终于在芝罘的防波堤问题上达成了共识。有关的基金将从船运公司的所得和政府每年的拨款中拨出。由包括两名外国人、两名中国人和海关专员所组成的委员会将对此作出有关安排。在计划经过批准之后，这一极有价值的、被设计来使重要的商业中心免于朽烂的公共事业，就会对外进行投标。

1　1912年3月，袁世凯出任民国临时大总统。上任伊始，他就立刻面对着几大困难——整顿北京的统治机构，加强政治、军事等各方面的统治力量，偿还积欠的外债与赔款，履行对逊清皇室的优待条件。因国库已亏空，为了应付这些状况，民国政府策划将美、英、德、法四国银行与清政府签订的用于改革币制和振兴实业的贷款合同改为给予现政府的善后大借款。至6月初，四国银行团中又加入日本与俄国，并以六国银行团的名义向中国提出，善后大借款必须以监督中国财政为必要条件。8月，借款谈判因财政总长熊希龄的请辞而中断。9月至11月，新任财政总长周学熙重新开始与六国银行团商议借款条件。1913年3月，六国驻京公使团重申，借款的前提是监督中国的财政状况，但美国随后又以这样的前提并不妥当为由宣布退出银行团。因此，善后大借款后来也被称为五国借款。1913年4月26日至27日，北洋政府与五国借款团就善后借款合同作了最后的谈判。合同内容大致包括：借款总额为2500万英镑，年息5厘，期限47年；债券9折出售，八四实收，扣除6%的佣金后，净收入2100万英镑。借款指定用途在扣除各项赔款、外债、遣散军队、政府行政开销之后，仅剩760万英镑，但到期归还本息却高达6789万英镑。借款以中国盐税、海关税及直隶、山东、河南、江苏四省所指定的中央政府税项为担保，并将盐务交给外人办理。未经五国银行团同意，地方各省不得自行借款。在进入国会审议的过程中，善后大借款的条款章程立刻遭到强烈反对，其中，尤以来自国民党人的反对声浪最为强烈，国民党认为袁世凯的借款目的是为了扩张其北洋军队，而未经国会批准，签署贷款属非法行为。到了6月，北洋政府与国民党之争愈演愈烈，袁世凯因此而免去通电反对贷款的江西都督李烈钧、广东都督胡汉民、安徽都督柏文蔚三人之职。借款案与同年3月宋教仁被刺案直接导致了"二次革命"的爆发。"二次革命"后，善后大借款才终于强行通过，此项借款后来由国民政府偿还到1939年，因对日抗战艰苦卓绝而无力还债，才终止清偿。

改变政策的缘由

（记者专稿，1913年4月26日刊登）中国政府请求为基督教会祈祷，是最近以来中国官方对传教士以及其皈依者改变态度的诸多明证中的最新一例。长期以来，无论是中央政府还是地方政府，只要是来自官方的有关政策，对基督教几乎都透露着毫无掩饰的敌意。他们对传教士们的容忍主要是出于后者在协定中所规定的权利，因为一旦干预了这些传教士的行动，可能会导致中国与列强们的关系复杂化。然而，出自官方的观点其实在八十年前抵制郭士立[1]的声明中已经表达得很清楚了——"基督教是对道德与人心的戕害"。

比其他人更有心胸的袁世凯，是新的论调与新的态度的开启者。还在他身为山东巡抚时，就曾经掩护传教士们免遭义和拳的攻击。在之后的几年间，思想上受到改革潮流影响的一些高级官员，以袁世凯领头，利用各种机会向基督徒教师们展现出他们的友好态度。他们向基督教慈善机构认捐，设立医院，并对由传教士们管理的学校大加鼓励。等到袁世凯就任大总统之后，更是不失时机地立刻发表咨文，向教会在慈善和教育事业上取得的成功表示祝贺。"因为致力于此二者，他们赢得了社会各界的高度赞扬。"他写道，"基督徒传教团体的

1　郭士立（Karl Friedrich August Gützlaff，1803-1851），亦译作郭实腊，生于波美拉尼亚，是由普鲁士来华的基督教路德会传教士。其身份既是汉学家、传教者，又是鸦片商人、英军翻译。曾七次航行中国沿海口岸，会多国语言，常翻译并散发宗教书刊。鸦片战争期间，曾随英军到定海、宁波、上海、镇江等地进行侵略活动。

声誉与日俱增，对他们的偏见与误解日渐消除。"随后，袁世凯还带着嘉许之意，会见了医疗传教团体和基督教青年会的代表们。

对基督教的友善并不仅仅限于言语上的表达。法庭上和公共服务设施中曾经有损于基督徒的各种限制条款正被迅速地解除。直到两年前，基督徒还是被尽可能地排斥在公众生活所共享的范围之外。而今天，一个年轻人如果接受过西方教育并且是一个基督徒的话，会是他被遴选升官的主要原因。在第一届国会中，人数占据相当比例的少数派，包括议长和副议长，都是基督徒。基督教的盛行反映在众多方面，某些省的政府部门甚至还会举行主日礼拜的仪式，基督教的观念和实践正逐渐传播开来。

在一般人中，尤其是在西部的省份里，很大程度上，基督教得以传播的起因，其实得益于人们对其信仰与反抗满人专制的暴动的普遍混淆。许多革命领袖都是基督徒，许多并非基督徒的革命者在起义前的几个月里也都开始去教堂，并且把那里当作传播他们思想和理念的地方。传教士们尽可能地制止了这种做法，但是这一场运动对他们来说确实太过强悍了。年轻一代的教会成员，思想受到西方思潮的影响，渐渐被同化为骚乱活动的领袖。长期以来被拒之于每一家官府门外的他们，现在为自己找到了新的机会。他们的领袖地位所带来的结果，便是使基督教的信仰产生出巨大的声望。

我们很容易就会贬损共和领袖们在他们现今的亲基督徒政策中投入的真诚态度，在此政策中，治国的需要无疑占了很大一部分比例。这些领袖都非常聪明，很重视求助西方的宗教和道德情怀所带出的力量。即使想当然地认为这一切的背后只有冷冰冰的精明算计，但它还是给社会带来了改变。这个二十年前还视基督教信仰为洪水猛兽，动辄想以烈火刀剑来驱走它的国度，现在已经对它大表欢迎。不久前还在自己和欧洲之间努力堆砌起一道坚固屏障的中国人，现在却张开了自己的双臂。他们不仅欢迎西方的防卫性武器和西方的建设方针，也同样欢迎传播西方宗教思想的传教士们。

早年间传教士们的艰难处境

在上一世纪即将结束时，中国在信仰上几乎还是一个无望的民族。教会虽派出他们的传教士，但常常是因为他们笃信这是自己应尽的职责，并不期待会因此产生良好的结果。第一位新教传教士马礼逊[1]于1807年到达香港。在35年间，他和他的继任者们所能做的，只不过比勘测帝国疆界、学习中国语言及翻译书籍略多一点而已。1842年，《南京条约》为外国人打开了五口通商的大门，若干社团也随之进入中国。在许多年内，他们几乎一无所获，传教士们忙了十年，却并未带领一个人信主。影响了太平军领袖们的那些消化不良的基督教思想，让官方人士眼中的基督教教义毁于一旦。常常会有这样的情形出现，几个好不容易出现的皈依者都不过是最为穷困的苦力，他们围在传教士们的身边，不过是为了讨口饭吃，"讨饭基督徒"已经成了众所周知的事情。摆在白人面前的传教工作，似乎成了"不可能的任务"，他们一点都不能胜任。在他们之中，有一些人只具备相当一般的教育程度，之所以被挑选出来，更多是凭着一股热忱，而非才智上的过人之处。他们一开始并不懂中文，在他们和白人官员以及通商口岸的商贸团体之间，有一道巨大的屏障，这道屏障花了许多年的时间才得以拆除。与他们作对的，除了政府，还有对他们充满敌意或仇视的人。知识阶层则对他们充满了鄙夷和不屑，受过教育的欧洲人团体甚至认为，类似这样的工作交给一个黑奴营地的传道人即可。这些白人传教士承受着荒谬的谣言和卑劣的指控，似乎连强盗都比他们更加可信。

品格的效应

然而，即使一开始是如此不容乐观，但今天我们还是看到，中国的基督徒人数已经超过了150万，除此以外，还有一大批活跃程度不同的慕道者。我们也看到，在今天的共和国里，基督教的教义已经在每一个省份中或多或少地影响着人们的生活。这一变化是如何发生的呢？简单地回答，就是一种品格上的胜

1　马礼逊（Robert Morrison，1782-1834），英格兰出生的苏格兰传教士。1807年受差遣来华传教，到达广州，是外国来华的第一个基督教传教士。他是近代中文报纸的创始人，他和英国传教士米怜创办的《察世俗每月统计传》被认为是中国近代报纸的肇始。他也是第一位将《圣经》全文译成中文并予以出版的人，独自编撰了中国第一部《华英字典》，并编写了《中国一览》《广东省土语字汇》等近代早期中西文化交流方面的重要作品。在华期间，马礼逊还协助创办过书院、医馆，是开创近代中西文化交流的先驱。1834年，马礼逊病逝于广州，后葬于澳门。

利。虽然传教士们并非人人都胜任自己的工作，但在他们中间，还是有相当数量的人具备卓越的领导才能。他们了解自己身上的不利之处，尽可能地努力改善。这些传教士找到了两种可以成为自己助力的媒介——教育和医药。他们广泛地使用印刷，学习汉字以示对中国人的尊重。他们在玩一个危险的游戏，并且也深知这一点。对于传教士来说，冒险涉足无人问津的新地界、被狂暴的匪徒用石头砸死或遭到驱赶等都是家常便饭；而他们那些来自本国的帮手，则更会面临被抓捕、掠夺、鞭打甚至投入牢狱的危险。每时每刻，更黑暗的悲剧都在不断发生着，正如"天津教案"中，就有22人被屠杀。但是这些传教士支撑下来了。在霍乱大流行时，一位大夫进入到迄今为止无外人愿意涉足的某城市中救助病人，正因如此，他以自己的服务赢得了人民的心，基督徒们就是这样开始受到世人欢迎的。还有一位在某城市当局和一支入侵军队间不断斡旋的调停者，因为他的付出，当地人才免于遭到屠杀。在许多地方，传教士医生们凭着高超的医术和仁慈的心怀，转变了人们对于西方的态度。少数私下了解中国内地的人士，会否定传教士们去那里工作，然而，虽然这些工作常会引发暂时性的骚乱，却比其他因素更能在当地人和我们之间的鸿沟上架起一座桥梁。在某一处，一次成功的手术赢得了某位道台的善意；在另一地，一个平民的心也因此而被赢回。经过一段时间的努力，有人被西方的精神所感动，也有官员们的家庭因为出洋游历而接触了基督教信仰，更有将儿子送到美国求学的商人们、为了祖国的前途而深深忧虑的爱国者们，看到了传教士们富有同情心的友爱和善意。传教士们的事迹被到处传诵，"他的故事一定是真实的，"在中国的北方某地，一个中国人在一位传教士离世时，曾这样说，"他来到这里，除了一座坟茔外，竟一无所得。"

义和拳乱

　　义和拳带来的暴乱最终中断了传教士的工作。妄想将西方的影响力逐出这片土地的拳民们，将传教士们视为自己攻击的第一个目标。不少人因此被杀害，伴随而来的，还有说不出的恐惧感。而本国的基督徒们，则必须要在放弃信仰或以身赴死之间选择其一，数以千计的基督徒选择了赴死。但是，义和拳乱也给基督教运动带来了一个真正的推动力，并兴起所有与之相关的改革动力，这一动力直到现在都没有减弱。当中国从它的过激行为中回过神来，向西方展现出自己的另一种外观时，便给传教士们带来了时机。中华民族在近代的屈辱历程，由清日战争始，至联军占领北京终，这其实也为西方传教士们铺平了道路。

没有人会认为当前摆在中国基督教会面前的任务是简单的。普遍的恨意已经蜕变为感谢；人民渴望听到福音；学堂里挤满了学童；每一个常规性的基督教机构，譬如基督教青年联合会，几乎排满了各项工作；而在西方接受过教育的年轻人，也正对我们的宗教意识抱以非同寻常的关注。在公众的心目中，基督教信仰已经和教育、改革、妇女应该获得的更大自由、良好的医疗服务以及社会的普遍进步变得不可分割。这种认知态度上的骤变大概没有必要特别提及，而它也带来了某种危险性。中国的教会正营造出某种迈向自治和废弃西方在宗教上的差异性的思潮。从日本经历过的事件中可以看出，这不仅无法避免，而且在许多方面正是人们所渴望得到的结果。但是，在当下，即使是最鼓噪的独立主义倡导者，也明白他们一定要从欧美国家去寻找教师和领袖。这一需要正是白人们的机会所在。

中国的贷款协议未经国会许可签署完毕，孙文党派对此表示抗议

（**本报记者，北京，4月27日，1913年4月28日刊登**）由在中国具有国家利益的列强们所拟定的财政策略，经过证明取得了成功。中国政府在与其他国家广泛接触而未取得任何成果之后，最终接受了联合借款团提出的条款，并且缔结了一项"善后贷款"协议。星期六午夜过后不久，五国银行的代表们及代表中方的总理、外交总长、财政总长等联合签署了合约。条款正如已经公布的那样，唯一的变动是将利息改为五厘。发行价格定为90元，而中国人将收取84元，发行前的预付款仅为200万英镑，对这一部分资金，将会尽早作出安排。

有关贷款即将签字生效的新闻在国民党党员中引发了极大的回响，语调激昂的抗议声浪已经传到了总统和银行家那里，抗议指出，未经国会许可便缔结合约是违宪的事情。总统的秘书接见了抗议的领袖，结果更使事件的紧急程度升级。他指出，贷款已经经过了参议院的批准，而由国会再作进一步的考虑，只会造成不必要的延迟。然而，参考参议院方面的有关记录，却发现有关六国贷款的问题仅以秘密程序讨论过一次，连促使决议生效的法定最低人数也未作规定。有关这一情形，正如我在去年9月17日的电文中所解释的那样，参议院批准了谈判，却也明确要求，若未提交参议院，谈判不应该作出任何结论。银行家们则从他们的角度对警告作出回应，未经国会许可即完成贷款，可能会在国家中掀起一场风暴，他们声明，他们正直接和国家政府共同处理此事，不会

受政党企望的影响。

　　除了牵扯到的宪政观点，贷款的反对方还就另一起事件发表了辛辣的看法，政府在过去几个月间曾就抵抗俄国侵犯蒙古一事恳求地方上予以支持，但袁世凯出于其当下的政治目的，却促使一项交易生效，其中牵扯到对一位俄国官员的任命，而该官员的事务将会有损于蒙古军事行动上的经费开支。

　　孙文已正式警告上海领事馆，未向国会提及便结束贷款程序，会在北南双方之间造成裂痕，此事就是革命党的情绪强烈的最好佐证。有理由相信，革命派已经发起了某些初步的军事行动，其带来的威胁绝不可忽视。最后，还有一件令时局火上浇油的事情，便是迄今为止尚支持袁世凯的江苏都督发表声明电告全国，经过对上海暗杀事件的调查，已经证明该事件是由北京方面唆使的。

　　若对时局加以评论，我只能重复自己在4月7日的电报中就上海暗杀事件已经作出的观察意见。目前，局势已经因为贷款问题而严重恶化，虽然还是很难相信一切将诉诸武力，但不可忽视的是，中国距离另一次内战的边缘又靠近了许多；或者说，独夫统治因有外国财力的支持而实力大增，中国臣服其下的机会增加了许多。

中国的总统与其政敌 —— 首都的权术之争

（记者专稿，1913年4月29日刊登）北京的所有局势都指出在袁世凯的手中明确重建独裁政权的可能性；并且，在热诚的国民党国家主义者和京畿地区势力强大的保守派之间，也可能会爆发分崩离析的局面。4月16日下议院的有关选举议长的议题之争（这是党派之间在选举实力上的第一次公开检验），使国民党人得到了总票数47票中明显奏效的大多数。这使得他们目前暂时拥有了自由支配选举的可能性。只要那些因为拥戴袁世凯而被激怒的支持者一旦意识到他们确保秘密投票的尝试失败了，就会自议院中全体出走。

然而，国民党人的胜利只是短暂而缺乏效用的，因为在北京的游说活动，相对于那些在欧美的来说，是一种可能更原始却又一定更有说服力的举动。忧惧、赞同、喜爱，这些词汇都可以适时地形容大权在握的"大人"，也都是对那些宣称代表南方或中部省份的大多数年轻代表们的强有力的抗辩。正如许多欧洲人已经觉察出的那样，首都的空气中弥漫着某种导向一致性和默认性的元素。因此，当了解到大多数国民党人在过去数日内如雪落沙漠般地出现离心现象便不足为奇了。他们那股炽热的能量已经逐渐透出了清晰的懈怠迹象，而与此同时，袁在贷款谈判和任命外国顾问等事情中所表明的，不仅是要以永久有效的手段来巩固首都权力核心的意愿，更是在此事上的能力，相对而言，他不想走经议会和民众投票批准这样感情用事的、令人疑虑不安的途径。

对国民党人的一个警告

据最近来自北京和上海的报道指出，目前局势中的一种最显著的特征是，在由国民党领袖宋教仁被暗杀所引发的第一波狂热的政治骚动之后，局势已趋于平静。在上海和北京，人们普遍认为，从被指控怂恿此项罪行并雇用杀手行刺的某人家里，搜出并查封了一些文件，这些文件都证明此人和总理以及内务部之间曾有过非常紧密的联络。

在那些竭力主张各省实行地方自治、反对总统大权独揽的呼声中，宋的声音无疑最具效力，也可能是最为真诚的。宋不及孙文那般圆滑、柔韧，他是一位最笃信宪政共和主义效应的拥护者；在试图使北京在选举总统和强化权力核心等事情上平稳"过渡"的过程中，宋成了一个最具危险性的障碍。他的死其实是对公然反对集权化的国民党党派的一个无情警告，正如对武昌那两名将领的处决一样，这种警告已经以对本能地尊重权力执行（无管这种执行有多么专横，它毕竟认可了既成事实的有效性）采取奇怪的、消极抵抗的方式而被接受了。

诚然，宋已经被追认为一名为了纯洁的共和信仰而牺牲的烈士；而工商总长也已被派往上海，以适当的让步去安抚其冤魂，国民党（新式"少年中国"官员）中的几个最为火爆的幽灵已经开始谴责总统是这个罪行中的共犯了。他们偏安于上海的一隅，似乎更乐于挑战总统的权威；但是一大批身在北京的国民党代表们在仓促间的背叛之举，以及五国贷款由一位不情愿的财政总长签署的方式，却都强调了中国共和政体中的经济因素，并预示着社会主义和民主主义之梦的终结，而这一梦想被那些深信孙文及其追随者表达出了广大民众之渴望的人误以为是现实。

现在，我们可以安全地预测，只要袁世凯能够保护自己免遭南方派系的政治狂热者们的暗杀，那么，北京的局势便会得到稳定而技巧性的转圜。首先，该事件会引出对北方军队的整顿；再者，在北京和各省之间旧有的固定捐贡路线上会重建明确的财政和金融关系。一旦从外国贷款中获取了战争所需的主要资源，袁便能指望确立起他的权威地位，与此同时，也可将从旧时代起无论是"少年中国"还是老派人物中的那些最为可用的人选招至其麾下。其策略中最为引人注目、也是最能令人确信其勇气的，还是他目前在北京所作的有关即将任命梁启超出任总理一职的声明。梁是中国杰出的学者，是在1898年戊戌政变后为躲避慈禧的报复而出逃日本的宪政改革派人士，他也因为坚持"君主规范是中国人在国民生活中最必不可缺的基础"这一论调而引来了共和派的愤怒。其实，他的论点正是袁世凯在1911年11月为抵制共和党派系的要求而已经提出的意见和争论之所在。若袁被任命为大总统，掌控着武昌战略地位的黎元洪（受其提携者）被任命为副总统，而梁启超又能当选总理的话，共和派的闹剧恐怕很快就只能在华北的空屋子里上演了。

袁世凯的策略

我们也能笃定地预测，无论袁的政府今后会以何种名目或方法被识别，他都将确定无疑地设法提升自己的个人威信，并争取到广东派人士的同情。他不仅会向广东派人士提供相当的政治席位和经济所需，在有关对外政策的事情上，他也会采纳目前看来很有可能被应用的"恢复权利"的方案。对于"少年中国"来说，他已经拥有了资本，毕竟，他是旧政权之下第一位直接鼓励发展"西学"并对掌握有关技能者委以重用的总督。今天，在他的开明政策中，即便我们不提他对中国基督教教会和社团的谦恭礼让，但起码要说，他已经更加清楚无疑地向这一群体释放出了同情心。这种态度显然是为平息"少年中国"和广东籍政治家们的怒气而精心筹算的，他们中的许多人，譬如孙文，已经将基督教的教义采纳为现代进步党人智力装备的一部分。它同样也是为了让同一群人对列强迅速认同"事实政府"一事重燃希望而筹算的。在未来，它还会有助于废止外国人在中国的"治外法权"以及促使大英帝国和美国撤回其各自的"排华法案"。对于广东籍的爱国人士来说，这些都是长久以来让他们忧心如焚、痛心疾首的事情，自尊心使他们为自己所受到的"低人一等"的待遇而愤愤不平。在他们公开宣告的夙愿中，既包括完全由中国人自己来控制海关关税，也包括废除对外国贷款的开支进行各种形式的监督。中国本土的报界已经在信心满满地谈论着盎格鲁撒克逊人的同情态度了，事情源起于北京的内阁希望基督教教会为其祷告的请求，内阁正期盼着早日摒弃那些令中国的爱国者们恼怒至今的、令人倍感屈辱的无能举动。他们期待着基督徒们的同情心能转化成某种切实可行的形式，使得中国在文明之邦的大家庭中能找到自己理所应当的地位，也能在贸易和移民的问题上使其人民得到平等的待遇。至少在一段时间内，对这些福祉的希冀和期盼，会使袁善意的专制君主身份更容易被南方人士所接纳。

认可的问题

时下，很显然，列强对袁世凯政府的正式认同是一种令人感到满意的权衡，它对外国的贸易和中国人民的利益都有相似的好处。列强的认同将会立刻增加袁的声望，而因此带来的前景又将缓和银根紧缩的问题，能更加有效地巩固中央政府的威信，并且在北京和各省之间恢复传统性的平衡。对于脱离实际的共和政体来说，袁的政府或许并不理想，它对权力的紧抓不放或许也会遭人诟病，但是就目前的情形看，它是使中国免于陷入常年内战泥沼的唯一希望。在有别于内阁或朝廷的国家政治中，袁本人无疑是进步、开明的；因此，在其领导之下，国家的财政和政治机构很有可能会逐步适应已经改变和正在改变的环境，而不会损害到中国古代文明生机勃勃的传统和种族间的齐心协力。这是一项足以使最有睿智、最为勇敢的人都感到胆怯、气馁的任务，而所有的一切都指向了袁，只因为他是唯一能够在危急关头掌控局势的领袖。革命开始时，列强犯了优柔寡断、无知短视的错误，没有给予他财政和道德上的支援；而从那时开始，他却能凭借其高明、完美的耐心与技巧，设法扶正了中央政府那幢摇摇欲坠的大厦，并且慢慢地使国家机器得以运转起来，并使其权威和公信力再次缓缓地伸展到各省的衙门。他公平地出价索价，只要他活着，就能英明地对时局运筹帷幄；然而，在此紧要关头，列强的认同对于帮助袁世凯巩固其领导地位也是完全必要的。

国民党对中国贷款的抗议

（本报记者，上海，4月29日，1913年4月30日刊登）上海的国民党似乎是被迫在玩一个"等等看"的游戏，从某种程度而言，这个游戏缓和了一些紧张的气氛。最近，他们向商业共同体发出了资金援助的紧急呼吁，结果却遭遇到断然的拒绝。据信，国民党的领袖们正依赖于孙文在海外的声望，求助于欧洲报界，以取得对方对此事的看法，来促使贷款之事陷入尴尬的僵局，却全然不顾贷款是由中国政府而非任何特殊党派或个人所签署的事实。与此同时，上海国民党报界的暴力行径已经导致中国的商业共同体向市政当局发出了求助信号，以期平息长江一带的贸易竞争给人带来的不安。

人们饶有兴趣地注意到，按照一位消息灵通的长沙记者的说法，在湖南的国民党中已经出现了分化趋势，其中较为团结的一部分倾向于支持袁世凯。在此地，当人们注目着袁世凯目前所赢得的实权时，又开始期望先前的焦虑不安最终将会烟消云散。

选举议会成员

（路透社，北京，5月1日，1913年5月2日刊登）美国将于明天正式承认中华民国。庆典活动将以在北海盛宴款待公使馆全体成员为标志，仪式之后更设有午宴。

众议院于今日组成，541名成员到会出席。支持政府的汤化龙[1]以279票当选为主席，而其他的248票则投给了另一位候选者。另一个政府的支持者则被选为副主席。

在一份发送给各省都督的急件中，袁世凯重申了贷款的情况，并对国民党或南方派系的反对声浪予以措辞强烈的反击。国民党在众议院中意图误导欧洲，并使中国人民误以为投票选出的政党就一定代表了全民族的声音。

总理召聚了都督们，并明确解释了与上海暗杀事件相关的信件和电文。总理公允地对被引证来指责他的详尽证据一一作出说明，并表示，被认为是唆使人的当事者，先前曾致力于收集和宋教仁有关的在日本伪造银行汇票的证据。

国民党人则相信，他们的反对声浪会使得贷款一事夭折，与之相关的预付金也会因为无法达到所允诺的次要的技术细节而不能到位。

1　汤化龙（1874-1918），字济武，湖北浠水人。清末民初的政治家、法学家，中国民主共和的推动者。日本法政大学毕业。辛亥革命前后曾历任湖北省谘议局议长、湖北省军政府民政总长、南京临时政府陆军部秘书处长、北京临时参议院副议长、众议院议长、教育总长兼学术委员会会长。汤化龙是民初著名的立宪派头面人物。1918年，汤化龙在加拿大维多利亚遇刺身亡。

袁大总统的处境——遭到孙文的公开谴责

（1913年5月3日刊登）我们自坎特利博士（Dr. Cantlie）处收到一封孙文发给迪奥西先生（Mr. Diosy）的电文的副本，电文指责中国政府秘密卷入国民党领袖宋教仁的暗杀事件，并且不顾全国代表的抗议而缔结了五国贷款协议，属违宪行为。孙文并呼吁文明世界应对袁世凯总统表示拒绝，对将被用于对抗人民的战争的政府基金表示拒绝。在电文中，孙文就上海暗杀事件说了以下这段话：

> 人民极度愤慨，局势已变得如此严峻，全民族已处在迄今所经历过的最为严重、最为危急的关头。政府即使在意识到自己的过失以及所犯罪行的严重程度后，即使在领悟到愤怒浪潮的威力横扫全国后……不顾目前集聚在北京的全国代表们发出的强烈抗议，仍旧极其突然并违宪地和五国代表缔结了一份2500万英镑的贷款协议。政府的这种翻手云覆手雨并且是违宪的行径，立即加剧了因为无耻地暗杀宋教仁而引发的强烈愤慨，时下，人民的怒气已经到达了白热化的程度，看起来，一场可怕的动乱已经在所难免……

> 自民国诞生之日起，我便一直为统一、和平、和睦与繁荣而奋斗不息。我推荐袁世凯担任大总统，是因为似乎有理由相信，这么做可能会加速促进民族团结，尽早迎接一个和平、繁荣时代的到来。从那时开始，我便尽自己所能，致力于推动和平、秩序，致力于建立一个能够带领中国摆脱因

革命而陷入的混乱局面的政府。我真诚地期盼在共和国中维护和平，但是，如果金融家们将为北京政府提供金钱，而这笔金钱或许极有可能会被用于和人民为敌的战争的话，那么，我的努力最终会毫无成效……如果人民现在要被迫置身于一场捍卫共和的生死之战中，它不仅将会使民众陷入可怕的苦难之中，而且会不可避免地与所有在华利益相违背。

孙文的电文总结如下：

以在文明世界中被视为神圣的人道的名义，也为了人道的缘故，我请求你们发挥自己的影响力，阻止银行家们向北京政府提供资金。在此紧要关头，这一笔资金势必会被用于掀起一场战争。我请求所有将人类的幸福视为自身追求目标的人在这一时刻给予我支持，我需要他们在道德上的援助，以避免不必要的流血，并捍卫我的同胞们不至沦入他们所绝对不应承受的厄运之中。

袁世凯向中国南方的革命党人发出警告

袁世凯所面临的挑战

（本报记者，北京，5月4日，1913年5月5日刊登）袁世凯终于出面向南方顽固的革命党人发出暗示——他决意要统治这个国家。

今天早晨发表的一份声明令人非常关注，声明描述了这片土地上因革命而造成的苦难以及因内战而引发的痛苦与悲惨状况。声明继续提到，总统每晚都会忧心如焚、泪流满面地为这些景况而焦虑。因为如此国情，他也承受了蔑视与辱骂，但仍然试图通过和解的方式来努力安抚那些密谋反对政府的人士。

然而，他现在才大吃一惊地意识到，南方正受到"二次革命"的威胁。在仍然对消息的真实性心存怀疑时，他宣布道，身为一国总统，他肩负着保卫中国国土和人民的责任；他并且意图严格执行法纪，以镇压暴力性的宗派之争。各省权力阶层也得到指示，逮捕那些意图挑起内战的不法分子，对他们的行径将严惩不贷。

这等于是向过去几周以来一直在谈论着枪炮和弹药的孙文及其追随者们发起了火力攻击。幸运的是，在中国，言辞和行动之间并不一定有切实的关系，否则，这个国家在很久以前便会陷入连绵的战火中了。革命党人看起来当然是充满了殷切之意，但是妥协的性格一贯阻碍了所有中国人的作为；与此同时，仍然可以期待某种和平解决争端的方式会应运而生。

袁世凯和南方派系——为达成和解而采取的活动

（**本报记者，上海，5月7日，1913年5月8日刊登**）一场由国民党的主要成员起头的活动正在酝酿之中，意图以此和北京方面达成和解。发起人中有原南京政府财政总长陈锦涛及其他几位人士，他们不像总爱挑起事端的孙文和黄兴那般惹人注目。他们建议，袁世凯应在其总统职位上任满五年，但他应该同意不会在任何条件之下再次参选总统。与此同时，应针对政府的所有花费制定一项合宜的审计制度；并且，袁世凯必须从各党派中遴选最好的人选来组成管理阶层，而不是像目前一样仅从一个党派中挑选。

陈锦涛曾在欧洲的不同国家中学习过会计学中的审计系统，正因如此，由于确定无法在北京建立起一套类似的系统，他拒绝继续出任总长一职。负责此项活动的人士承认，袁世凯是目前关头中唯一能够引导中国命运的人选；并且，因为急于要提防在永久性的个人统治状态下发生任何不测，他们真诚地期望能尽快终止目前令人难以忍受的争端。

对中华民国的承认

（社论，1913年5月16日刊登）在袁世凯对国民党如脱缰野马般的行径进行了坦率的警告之后，五国组织对"善后大借款"协定的最终接纳或许可被视为某种令人满意的证据——中国的新政府具备了稳定和有效行使权力的元素。

总统于本月4日发布的号令颇为引人注目，它已经清楚、明确地向中国人民宣布了总统在维护法律、秩序上的个人职责，并且暗示了他今后将严厉对抗那些目无法纪的派系的决心。自从发布了这篇号令之后，以位于上海的"贸易行业协会"和"中国商会"为代表的贸易团体，已经对总统的态度表示了一致的同情，并敦促政府采取步骤以杜绝职业政客们肆无忌惮的挑衅行为，因为他们的举动已经严重损害了国家的商业活动。主导者似乎将一切都定了调，也已经对鼓吹者支付了佣金，因此，他便有资格要求别人按照这种调门高唱了。这时候，没有其他任何东西能比这两个协会流露出更意味深长的情绪，同时更受到关注与欢迎；在这一关头，也没有其他任何事情，会比这一件对中国的未来更显示出充满希望的预兆。"贸易行业协会"的态度不啻对国民党中年轻一代的不满者所大力张扬的行径进行了喝止，并对袁世凯的中央集权化政策强化了推动力。它所产生的效应，已经通过国民党中更有责任感的领袖与北京方面所达成协议的行动得以表现。正如本报上海记者在最近发来的电文中所指出的那样，他们已经预备好接受袁担任一届总统，所希望达成的共识是，在任满之后，他将不会寻求连任；与此同时，袁应该成立一个囊括所有智者但没有党派之分的政府部门。

袁世凯的个人履历，尤其是他担任直隶总督期间的表现，在表明了他会自发性地采纳这一方针的确定性。广东派的人士不应该忘记，在1898年的宫廷政变之后，正是袁世凯，领先于所有让慈禧信赖有加的顾问，对接受西学教育的南方人士所表现出的进步倾向予以同情，袁承认他们的领导才干，并将他们推向服务国家的各个层面。广东派人士也不能忘记，袁比其他任何一位君主制下的政治家都更加一贯推崇引进教育和管理上的先进模式。他一再证明了自己的决心，想要在旧有的基础上逐步建立起一种新的代表政府结构、并以此方式来改革中国的政治制度。如果说有别于孙文及其追随者的话，不是因为他缺乏爱国热情或自由主义，而是他坚定地相信，国家的幸福、安康，只能依靠连续不断的充满生命力的传统来维系。在这一信念上，普罗大众中天性保守的一群人将会毫无疑问地支持他，也是由于这个原因，"贸易行业协会"的行动最恰当适时地制止了反传统者们的暴行。很清楚，大多数国民都应该知道，国家的贸易者们是认同袁的政策的，因为这一政策蕴含了对外恢复民族声望、对内又促进国家繁荣的最大希望。

我们深感满意的是，从外交部次长于某日所作的声明中可以知道，英国政府并不希望拖延对中国新政府的承认，列强之间在这一议题上也并没有什么无法统一的意见。大英帝国在远东的每一份利益，都和中国在法令和秩序上的维护紧密相关，因此，我们必然会对北京中央政府在加强其权力上所作的每一份努力都深表同情。列强对于共和的正式认同，在今天所包括的，不会超越对于如下事实的认同，那就是，"中国人民在事实上接受袁世凯当选为大总统"必须被视为一定要实现的事情。在所有的实际意义上，共和已经因为在贷款合约的缔结中所一直牵涉的利害关系而被认同了，在列强承认与同意的前提下，这笔贷款将提供2500万英镑作为民国政府在财政和管理上的善后之用。在这一关头，对中华民国予以正式承认，将极大地促进那些自贷款谈判开始时列强便不断注目着的方方面面。它一定会增进袁世凯在其国人眼中的威望，制止那些职业政治煽动者实质性的胡搅蛮缠，并终结因为目前模棱两可的局势在不断延续中而自然形成的动荡局面。阿克兰先生在下议院中已经提出，英王陛下的政府已经预备好，一旦得到"正式且经官方认可的"确认，确保我们和其他国家"在中国"能享受到"符合条约与惯例"的权利，英国就将立即承认中华民国。

我们明白，究竟何时才是承认中华民国的恰当时机，这一选择权已经留给了在北京的英国公使，当然，公使与其日本同行正随时保持紧密联络。请大家记住过去六十年间（特别是过去十年间）我们在中国的条约权历史，我们倾向于渐渐看轻通过官方渠道对这些权利予以正式确认的重要性，而更加看重另一个事实，那就是目前实际负责中国内政事务与外交政策的政治家不太会否决或武断削减这些权利。

我们对于中国的未来和英国在华利益所抱的期望，很大程度上并非建立在条约的缔结或字句之上，迄今为止，基本上来说，这一切都被证明对于发展贸易，甚至保护贸易都没有什么成效。我们更属意于将这一切建立在对人民循序渐进的教育之上，以明智、稳定的教导来引领他们，在中国能够在完全平等的基础上迈入各国间的礼让、和谐之前，它必须要先使金融、社会和行政改革初见成效。中国的当务之急是结束一切内乱，在北京和各省之间建立起一种财政上的权宜关系。这些事情都必须要在对代表政府的原则进行全国性教育之前完成。我们相信，列强立即承认袁世凯的政府，将会有助于稳固其领导，并将缓和仍然包含着许多危险和不安定因素的局势。

中国的财政情形——已近在咫尺的贷款

（**本报记者，北京，5月6日，1913年5月20日刊登**）在本报登载于4月1日的有关中国财政状况的回顾中，我们对上达到中央政府的地方财政收入进行了讨论。北京流行的看法一直是，尽管报纸上时不时地会出现类似于不同省份对政府税收至关重要的说法，但实际上，各省对首都的贡献却极其微小。另一方面，如果政府要设法继续维持下去的话，那么，人们似乎可以很合理地假设，正因为具备了某种不断增加的流动收入，中国政府才能够做到这一点。这一种假设现在已经不成立了，因为对政府的财政状况作最为悲观的判断，应该没有人会比财政部更具权威性了。当为一个明确的目标而奋斗时，财政总长不一定会是完全可靠的消息来源，而他所作的声明也不需要逐字逐句去解读。与此同时，观察中国事件的外国观察家们被授权从字面上来解释官方声明，并以他们自己对情势的估计来使用这些声明。

贷款与宪法

在五国贷款协定上的签字掀起了一场风暴，理由是政府未依照宪法，在没有提交到议会的情况下，便缔结了这样一种交易。当事人已经试了几次，试图要为这样一个步骤辩解，并显示这一贷款已经由最近解散的参议院批准。但是，在后一方面，政府并没有能够做出证明，大体上来说，就是参议院在并未实际了解任何细节的情况下便批准了这一贷款，而自从向参议院呈递申请后，某些条款在实质上也已作了改动。从宪法的角度来看，政府并没有一个站得住脚的依据。但是，应当明白并没有一条宪法可作为决定这一情形的根据；并且，从宪法的角度看，如果所有公共商务的经营实际上都不能算是正规的话，政府是有可能为程序上的漏洞找出正当理由的。如果涉及这一点，则不难看出，对声称其动机被刻意忽视的多数议会成员而言，他们被选出来的过程也经不起推敲，从宪法的角度来看，他们其实也不具备成为议员的资格。因此，当财政总长在回应批评时，并未表明重组贷款已经取得了议会的批准，当解释为何政府发觉接受由外国银行家们强加的硬性条款更为方便之时，他其实站在更有把握的立场之上。

中国的所需

这些原因可以用一个词"所需"来总结——艰难、紧迫、无法不去理会。在一份发给地方上的拐弯抹角的电文中，总长为政府进行辩护时表明，尚未偿付的外债总额已经超过了1200万英镑。在这些偿款责任中，有一些已经令政府不堪重负，避免绝对破产的唯一办法便是签署贷款。总长正是对此作了清楚明白的声明，不仅地方上未向中央政府作出任何贡献以满足所需，中央政府还要被迫向各省提供资金。在他一段冗长的咨文中，两次提及各省对中央政府毫无帮助的事实，它们甚至自顾不暇。那么，有些问题就应运而生了，中国在海外的信用是如何得以维系的？中国有没有获得资金以整顿盐税的必要性？有没有必要做些什么来检验本土发行的纸币是否贬值？此类问题林林总总，不一而足。事实上，财政总长非常清楚地表明了一点，除了和唯一有融资能力的银行财团缔结一项贷款协定外，政府已别无选择。

暗杀事件

以上所谈的还都是些已经浮出水面的事情。但是，人们还会记得，两个月之前，中国政府曾因为某些条款令人无法接受而拒绝过一项贷款。在某些方面，这件事可以被归因为他们无法忍受审计部门中的俄国顾问，尽管北京的俄国顾问有来自官方的信心喊话，声辩这并不是他们被拒绝的缘由。曾有人在其他场合透露，政府不敢未经议会的批准而缔结这样一项包含着严苛条款的贷款。无论如何，俄国顾问现在已经被一股脑儿地吞了下去，贷款与其条款未提交议会便被同意了。

探寻这些事情的本质并非是不可能的事。上个月发生在上海的暗杀事件猛烈地搅动着南方政治家们的心，并且危及袁世凯当选大总统。目前为止，检方还无从证明这一犯罪活动是否由北京方面挑起，但是已经提出了足够的、牵连到政府官员们的证据，要政府自己来证明是清白无辜的。在这样的情况下，假如袁世凯不采取任何影响事态发展的措施，很显然会有其他人当选总统。同样明显的是，在暗杀事件发生之前，南方派系试图正式通过一条宪法以规定总统从属于议会，而袁世凯与其追随者们想要得到的，却是一个能够使其掌握相对独立于议会的权力的总统席位。因此，在议会刚刚于北京"开张营业"的关头，对影响力的需要便显得双倍重要，而袁世凯采取了唯一的实际步骤来获得这一份影响力，那便是，他在突然之间忽略了所有障碍，仓促缔结了贷款条约，因为在中国，金钱具有至高无上的消融能力。

贷款和政治

但是，主要集结在南方的革命党人，已经为他们想要在新政府中树立起的总理人选被暗杀而满腔怨愤；在袁世凯的这一突然决定中，他们能够看到的，仅仅是袁世凯意图挫败他们的政策。在袁世凯的部署之下，随着战争实力的增强，他的地位会变得超越一切，而假设他就算在实际上无法掌控参选总统以及宪法特质这一类的事情，那么，照着他自己的如意算盘，至少能够公然挑战南方派系，并想当然地行使独裁者的权力。至于对中国来说，这是否是一件最好的事情，那又要另当别论了。这一刻，参议院和议会都断然否定了自己对于贷款的责任，而孙文已经公开宣称，假设贷款未经议会同意，南方派系就会脱离北方派系。事实上，如果议会的权力没有被承认的话，内战的威胁是存在的。然而，真正的问题并不在相对来说不算重要的那一点（即一笔财政交易是否需要经过议会的批准）之上，而是在临时大总统是否可被允许利用外国金融援助这样的机会来为自己的利益服务（假设袁世凯是利用这一机会来巩固自己的地位）。这是目前在中国驱动着政治圈的问题，在这些对于时局的观察出现在印刷物上之前，或许事情已经被和平地平息了下去；结果也可能刚好相反（尽管可能性不大）。

与此同时，有利益牵扯的列强已经把它们的钱砸在了袁世凯的身上。从北京发给《泰晤士报》的通讯稿建议，在袁世凯还能够证明自己能将中国当前极为普遍的乱局扭转回正规之时，除了对他予以支持外别无他法。他能够凝聚起一股核心力量，如果善加发展，这股力量会扩展至无穷。他或许能治理中国，能够挽救其免于分崩离析的威胁。

贷款的不完善之处

然而，外国的投资者们将会想要看到中国的实际情形，而不是为了英国利益的缘故所希望看到的。因此，财政总长有关政府自革命以来一直未能从各省收取岁入的声明便不容忽视。价值2500万英镑的债券眼看就要在欧洲付诸实施了，从这笔债券中，中国人会收入2100万英镑的现金。在这笔数字中，1200万英镑以上会立即被未偿付的外债所吸纳；另外，会拨出200万英镑用于整顿盐税。至于留下的，则是700万英镑，说它们不过是沧海一粟，或许会显得有些夸张，但它们完全不够使这个国家在财政上得以自立，却是一个不争的事实。假如中央政府非但无法从地方上收取岁入，反过来还要替地方上埋单（这的确是财政总长的解释），那么，很明显，进一步的借款将很快又会在所难免，不仅为了偿还外债，还要以此来维持国内的财政平衡。

整个问题集中在政府从地方上收取本应有的岁入以及额外用以支付新外债利息的能力上。靠着某种有效的行政管理，这是可以做到的。但是，这一任务如爬坡一般艰难，因为实际上无从着手做起，而半数省份还有着反叛的威胁。投资者们应该认识到，在目前的情形之下，作为一种担保，盐税实际上一文不名，唯一可保证他们金钱安全的，还是其各自政府在中国政府违约拖欠的情形下强制对方偿付的力量。如果运行在商业轨道上的话，中国本身还算足够富裕，也还是有偿付能力的。

令人感到较为乐观的中国前景

总统的处境　新贷款及其稳妥性

（**本报记者，北京，5月20日，1913年5月21日刊登**）在五国列强贷款签署的前夕，很值得就中国的国情作一些记录，意在表明，中国的改善之处是清晰、确定的。政坛上的激烈局面已经大部分自我化解了，舆论普遍认为，就目前来看，爆发危机的风险已经过去。同样不容忽视的是，最近的一系列事件已经使南北双方的关系充满了怨恨、愤懑，虽和解之态已初露端倪，但这不过是权宜之计，而并不是因为双方意见分歧的起因已被消除或得以解释清楚。任何不顺遂的小插曲都可能会使双方的情绪一触即发。

大体上说来，袁世凯在长江以北还是安全无虞的。摆在他面前的是上海、苏州、南京的驻军以及由目前正斗志高昂的江西都督所领导的军队。名义上，黎元洪替政府掌握着武汉的局面，但是，还是极有可能，他所指挥的大军无法确定一定会效忠于他。在长江以南的几乎所有地方，假如总统力图要过度地强迫局势发展，则革命党的影响力很可能会立刻表露无遗。在全国各地，每一位在这个国家里拥有着利害关系的人士都不愿意爆发更进一步的冲突和斗争，这一点正是对于未来的最佳保障。但是，不容忽视的是，只要革命党的领袖们做出选择，他们还是会再一次掀起某些曾使革命取得成功的武装暴力。

就贷款一事而言，其担保的价值成了大问题。对于盐税的整顿很可能会证明，这可能是一个外国人在一个东方国度中所能碰到的最艰巨的任务了，中央政府若想要收取完整的岁入，一定还需要等待不少年份。而远在那一天到来之前，可能不得不去面对的，却是一连串的财政危机。中国如何能经受得住这一切，我们将拭目以待。然而，投资中国国债的投资者们并不需要过多关注其内部的情形，他们的钱实际上已经由五国政府作了担保。在有需要时，这些政府会确保，中国的外债会由该国的那些虽未经开发却辽阔、丰厚的资源来作为抵偿。

袁世凯和南方派系

黎元洪的见解

（**本报记者，汉口，5月6日，1913年5月24日刊登**）几天前在上海曾与我有过两次长谈的孙文，在两个场合中都向我保证，国民党（也就是南方的革命党）已经决定，一定要让袁世凯下台，即使付上内战的代价也在所不惜。昨天，我对黎元洪将军作了一次访谈，这次谈话的结果，是我能够引述他明确的观点和看法，这是他本人对南北两派的见解。黎将军统帅5万名训练有素的士兵，在当前的关头，这支军事力量足以强大到使他的意见具备相当重要的分量。黎将军的观点表达得清晰、明确，在访谈中，他也毫无任何回避或遁词。

当我询问他是否对国民党的态度抱以同情时，他回答道：

> 我远远谈不上对他们有任何同情。我认为他们的举动既错误又愚蠢。说他们错，是因为袁在宋被谋杀一案中的同谋身份至今未得到证明；说他们蠢，是因为即使袁真的是同谋，他们凭借自己的武力也没有办法赶他出局。

他继续对军事情况作了一个概述，然后将话题停在他自己统帅的四个师（即第一、第二、第三与第六师）的事实之上。同时，他也向我保证，假设由暗杀事件和贷款签字所引起的内战爆发了，他会毫不犹豫地站在袁世凯的一边。他还作了一个同样重要的声明，假设广东派军北上，该省将会立即遭受到龙济光将军来自广西的攻击；而在1912年的大半时间里，在维持广东形势正常化一事上，龙济光比其他任何人都显得更为重要。

有一份叫《中华民报》的中国报纸最近断言，尽管表面上相安无事，但黎将军和袁世凯之间却彼此暗藏敌意。该报甚至漫无边际地透露，最近想要取走黎将军性命和职位的阴谋，正是由北京方面挑起来的。当我提及这件事情时，黎元洪回复道：

> 当袁不再需要我服务的时候，我完全可以马上走人。我不关心政治，我只是被动地卷入其中。但只要还能有所作为，我就会在政治圈中停留下去。而另一方面，我并不惧怕袁世凯。就我所能了解到的是，这份报纸的声明是错误的。从我这一方来说，我们在所有事情上都是最好的朋友——况且（说到这里，他大笑起来），我还有五万兵力呢。

利用记笔记的时间，我继续追问另一个问题。我告诉他，孙文和其他在上海的国民党领袖们将宋案当成是挫败共和、使中国政府沦为专制、独大的巨大阴谋的一部分。"您相信这种说法吗？"我问，"或者说，如果您相信，您的态度会怎样？"在整个访谈过程中，他第一次显得犹豫起来。静默了几秒钟之后，他开了口：

> 我不相信这一说法。袁认为，成立议会政府暂时还是一件不可能的事情。因此，他已经决定不会采取议会制了。但是，这只是他的一时之策。他并没有视成为独裁者为自己的目标（在描述"成为独裁者"时，黎元洪实际所用的一个短语是"当皇上"）。如果我最终搞清楚这是他的目的，那么，我是不会支持他的。

外国人和中国人对于黎元洪都寄托了一种相似的信心，这是一件意义重大的事情。在他的身上，的确散发着一些会令人激发起信任感的特质。对他进行一番描述，或许会让那些关注中国大事的人饶有兴味。那么，就让我们来打量一下他吧。他有一副粗壮结实的体格，身穿卡其布的制服，脚蹬黑色高筒靴子；从宽厚的肩头一直延伸到粗短颈项上的，是裁切合宜的短穗；他的前额狭窄，棕黑色的双目透着愉悦，眼角处却布满了细纹；鼻头宽阔，鼻梁却略为挺直，上唇掩藏在一圈比一般中国人都更为浓密的胡须中，而下唇却饱满又突出。从某个侧视的角度去打量他，最令人印象深刻的还是他那厚重、方阔又略显凹陷的下颏。

中国西部的贸易——状况与前景

（记者专稿，四川成都，4月22日，1913年5月31日刊登）或许可以说，中国西部（我在此特别要提及的是富庶且人口众多的四川省）的贸易因为两个最大的不利因素而受到了负面影响，其一是与外部世界缺少迅速、安全的交通往来；其二则是其不良的交易状况。第一个障碍是一直存在的，并且迄今为止都被认为是无法解决的问题。但是，困难最终还是有了可以被克服的转机：第一，依靠长江上游的河道航行；第二，依靠与汉口相连接的铁路运输。第二个障碍则不过是一时的问题罢了，它是由于禁烟以及政府随后全面禁止白银自该省出口所引发的贸易逆差而引起的。

在长江下游的各通商口岸与全中国最为富庶的省份之间缺少便利、迅捷的交通手段，是自久远年代前就阻滞四川发展的一大障碍，与汉口和上海的各大市场之间所进行的任何商业往来，都必须依托当地平底船运送的方式来完成。在湍急的河流与峡谷间的漩涡中，这些船都要以人力来拖拽行进，这在生命与财产上都造成了难以估量的损失。然而，到了1897年，立德[1]先生乘坐一条名为"丽川"号的木船，自宜昌至重庆勘探了第一条河道，在1900年又经过调查发现，尽管风险巨大，但按照自然法则，在长江上游乘坐蒸汽船航行还是可行的。

1　立德（Mr. Archibald Little），英国人，于1859年来华经商，1860年赴苏州访问李秀成，此后又到四川边界和云南等地活动，1907年返回英国。其妻立德夫人曾于1902年发起组织清国妇女天足会，并帮助整理、出版了丈夫的《旅华五十年拾遗》等多部著作。

河道交通

　　三年之前，"四川蒸汽船航运公司"以中国资金、广东人管理的方式成立，一条体积狭小但功效强大的汽船"疏通"号由大英帝国提供部件并在上海组装完成，在急流上航行的专家所提供的服务，确保了它航行的安全。目前，"疏通"号已经在将近三年的时间里，于每年的4月至11月间在此河道上航行。冒险的航运事业在商业上证明了其成功，于是，该公司又向大英帝国订购了第二艘装载量翻倍的汽船，预计将于明年春天投入服务。中国公司的首创精神正在开创着一个先例，于是，各种其他的本国项目目前也都进入了严肃的评估阶段。

　　不过，一个月前，一艘属于重庆布匹协会的汽船却遭到了上海河道管理部门的扣押。原因是，由于该船没有具备合法资格的官员负责，其航行就成了一件危险的事情。与此同时，外国利益却并未闲置下来，据已经公开化的"商业秘密"提及，一个有权势的日本人提议于明年投资两艘汽船来跑宜昌至重庆的这一段路程；一家顶级的英国蒸汽船公司则已在重庆敲定了某个地点和水域。类似的汽船投资，最大的问题就是缺乏合适、安全的停泊地点，另一个难处则是缺少训练有素、对河道的知识有必要了解的官员。

　　从整体而言，我们似乎将会看到，远在规划完整的铁路为这种情形带来改观之前，会先开始一整串正规的蒸汽船服务。在四川当地，通常有一个"四十年铁路"的说法，在未来十年中，将货物通过铁路运输从宜昌运到成都，看起来是一件极不可能实现的事情。尽管近来热衷于修建铁路的民意沸腾，但在工程技术上需要克服的难处太大了。一旦本钱的问题得到解决，工程规划也正式到手的话，可能会加速展开铁轨铺设的工作，但四川的商人们还是将他们化解负担的希望更多地寄托在汽船航运而非铁路运输之上。

鸦片与贸易平衡

　　话题转到中国西部和沿海地带间货运自由往来的第二个巨大障碍上，现在，我们必须面对面地来看禁烟的棘手话题了。四川基本上是自给自足的省份,但有一个很可观的例外,出产在其周边地区的棉花不仅需要供应其5000万人口,并且一直还有巨大的盈余可供出口,超过了从其他省份以及海外的对等进口量;其次还要感谢的是在鸦片、药品和皮革上的大规模运输。绝对禁止鸦片运输波及了每年高达1000万两白银的巨额收入,已经造成了贸易上的暂时性逆差,使该省的交易对本省产生了不利的影响。1912年,高达200万两的现成白银被输出作为调节进口平衡之用,当地方政府在突然间决定,鉴于货币紧缩而要禁止白银自由出口时,商人们之间便产生了严重的惊恐心态。

上海与重庆之间的交易同价是952,也就是说,上海的1000两白银等于重庆的952两;但是,在夏季的月份间,当河流泛滥,交通变成大难题时,上海的一张1000两白银的汇票,在重庆只能被当作880两白银的价值使用,这一交易利润经常是进口商在出售其货物之后所能赚取的唯一报酬。目前的比率则是1060,但曾经高达1100,因此,不仅商人们在他们的上海进口货物(其中90%为兰开郡的棉花制品)上的利润被削减了,并且他们一直被迫购买出口品(尤其是因为他们可随身携带而不得不买下中药材五倍子)再将它们运到上海出售,这常常是一笔亏本生意,只为了要借此换取必要的资金来还清自己的债务。

现金上的难处

本地洪姓商人还面临着一个更可怕的梦魇,那就是省里所颁发的法令。政府的战时票据可以以30%纸币加70%上好白银的比例来偿付,商人们必须要接受这样的比例,尽管事实上,票据一直在10%至15%间的折扣浮动着。然而,纸币的问题目前正引起成都当局的注意。

与中国其他省份相比,四川的通货似乎还是处于较为满意的状态。在成都铸造的银圆目前随处可见,尽管有人说最近发行的银圆因为原料缺乏而轻了4%。71两白银可固定兑换成100元的硬币,这样的比率是公认的。墨西哥银圆完全不在通行的状态中,湖北的银圆则仅以折扣流通。旧时的铜钱串似乎已经让位于在成都铸造的新的十钱硬币(铜币)。这些硬币在成都的兑换比率为118对1元。1897年时,我发现四川的平均兑换率为1220钱对1块银圆。今天,这个比率已经是1800钱了，也就是说，在十五年间，持有白银的人手中的通货已经贬值了15%。毫无疑问，这便是生活开销猛涨的主要原因。著名的德国旅行家冯·里希特霍芬男爵（Baron von Richthofen）曾在1872年提到过，按日雇佣背行李的苦力的开销是250钱。时至今日，有人若是能以500钱确定雇到一个看起来瘦弱不堪的苦力，就算是一件幸运的事情了，体格强壮一些的男人通常都被拉去参了军。

尽管提到了这些不便之处，但在四川做生意，无论是对于外国人还是本国人而言，都还是一件好事。本地的世家洪姓商人承认说，到2月5日为止，在一年之内，他们赚足了利润来弥补革命期间所遭受到的损失，他们满怀信心地盼望着能在1913年获取令人更为满意的成果。

中国本土报界的过分行径——来自上海工部局的警告

（记者专稿，1913年6月3日刊登）现阶段的中国形势里有不少很有趣的特点，这是一个保守派和由孙文引进国内的社会共和主义互相抗衡的阶段，但是，没有什么会比为了外国租界而设立的上海工部局[1]近来被限制接纳本土报界的态度更令人侧目了。作为在中国司法权权限之外的租界区域里负责维护法律、秩序的一个实体，工部局目前已经被迫承认了一个事实，即"少年中国"里的激进分子正极度危险地缺乏自律和自控的精神，而这种缺乏，无疑会使报界与公共演讲所拥有的自由退化成为所欲为的行径和对叛乱的煽动。

从早年间的反满改革运动开始，"少年中国"在本土控制的报馆便一直享受着上海租界的庇护和公众的同情心。直到革命爆发，报馆的职能受到引导和影响，整体来说，这种影响还具备智慧和明智的约束力，而其影响力也在不容置疑地递进。

1903年，北京的权力阶层受到了这种影响力成长的警告，它以最重要的几份报纸过于口无遮拦地讨论政治议题为借口，力图通过联合法庭中中国地方法官的席位，获得对报界的控制，并加紧对一份惹出麻烦的报纸《苏报》的编辑人

1　工部局是清末民初在中国重要城市的租界里设置的一种行使行政权的机构。1853年9月，小刀会攻占了上海县城，清政府失去了对外侨居留地的控制。1854年7月11日，上海租界组成自治的行政机构——工部局，开始形成自己的警察、法庭、监狱等一套类似于政府的体系，进行市政建设、治安管理、征收赋税等行政管理活动。其后开辟的租界都仿照上海租界的制度。后来的部分租界（如天津）甚至有常规外国军队入驻。工部局在实质上担任了租界政府的角色。

员进行引渡。然而，工部局立场坚定地持守着原则，正是有赖于这种原则，租界的繁荣才得以成就。在租界范围内，除非直到在联合法庭的公开审判中被判决有罪，否则，凡是纳税的居民都不会因为中国官员的要求而遭到递解。在联合法庭的初审中，领事部门的代表们是作为陪审官列席参加的。以这种联合法庭进行审讯的"苏报案"[1]，最后的结果证明了这种原则的正确性。与此同时，抓几个被告人关押在工部局监狱里，对于"少年中国"来说也是种有益的暗示，此事可以告诫他们，凡事都有底线，即便在东方国度里，即便在讨论政治和社会议题的时候，也是如此。

报人与革命

革命所掀起的骚乱在突然之间搅乱了天朝的整个格局，由政界元老所组成的政府靠山临时取代了政府的功能，这些事情被"少年中国"中的报人们披露出来。于是，正如在军队中所发生的那样，到处是一派缺乏纪律约束的精神和造成动乱局面的元素，只有靠着权力阶层强有力的手腕才能在东方人中间将它们压制下来。正如当局预期的那样，在开启一个新时代的时候，他们发现儒家思想中的社会和道德规范已经在自己身上全然失却了具有约束力的美德。许多直到那时都还算是在清醒书写的人士，在紧承着满人逊位后有关地位和权力的争夺中却变成了自由撰稿人，身为官吏和党人，他们无所顾忌地大写特写。作为一个阶层，他们很自然地被视为和国民党、学生派系属于同一体。随着正统的保守主义逐渐重整旗鼓，并聚集在袁世凯的指挥之下，这些撰稿人的字眼变得越来越暴力和极端。在孙文党派的计划遭到挫败、袁世凯夺取最高权力之后，他们的书写更是经常会煽动起叛乱和暴力犯罪的情绪。渐渐地，对于安分守己

1　苏报案：1903年，上海的《苏报》发表了邹容《革命军》和章士钊驳斥康有为改良主义政见的论文，并由此成为国内反清革命舆论动员的重要阵地。章太炎在《苏报》上发表了《驳康有为论革命书》之后，清廷批《苏报》"悖谬横肆、为患不小"，要求将该报报馆查封，并抓捕了章炳麟、邹容、陈仲彝等人。"苏报案"共审讯三次，虽然清廷想要重判涉案人员，但英国驻沪领事馆以"判决执行权在租界"为由，坚决反对清廷重判。十个月后，除邹容、章炳麟各自被判监禁两年、三年之外，其余涉案人士均交保或开释。"苏报案"的积极意义在于推动了资产阶级革命、张扬了言论自由的思想，带给后人关于近代司法主权、新闻与政治关系、言论自由与法律等多方面的思考。

的商界人士和外国租界当局而言，有一点已经变得越来越明确，在国外接受过教育的学生阶层在中国危机中所掀起的政治活动，和英国政府不得不在印度成天应付的那些事情都属于同一种，也正是由于北京缺乏将其压制下去的势力，这些活动在不断壮大。"少年中国"中的宪政温和派对于极端分子所暴露出的在政治道德上的极度败坏也感到惊惶，常将他们同这个国家中激进的女权运动相提并论；而即便是来自南方商界的意见，也对一个明显缺乏建设性纲领首要元素的党派所使出的招数表示出迅捷而坚定的反对态度。

工部局的行动

最近，上海的华人商会以明确的清晰度和一致性将这一意见表达了出来，它坦率地对狂热、偏激的共和党人的图谋表示了哀叹和痛惜之意，并且表示了对袁世凯的支持，也对恢复唯一能遏制混乱和犯罪的专制政权表示了支持。曾经严重警告过一部分本土报馆采取暴力论调的上海本地行业协会，已经向总统发去电文，谴责国民党的做法，电文中说："他们的声音并不能得到商会和上海人民的回应。"在这样的情形之下，负责维护租界良好秩序的工部局的确应该采取步骤来强调、实施安分守己的大多数人的愿望，也的确应该向搞分裂的少数人作出清楚明确的警示——采取自治政策的租界所提供的庇护权，不应该再被那些煽动叛乱和政治暗杀的人所滥用。

工部局的做法既正确又合宜，所采取的行动也清楚反映出，它在以极大的热情欢迎共和初创之后随之而来的强烈反感与醒悟，它在其公共告示中所使用的字句也意味深长。首先，它提及某些在租界内出版的报刊以过分的言辞"对公众人物进行煽动性的攻击和充满暴力的毁谤，而这已经成为一种搅乱公众心绪的常态，或许也因此而可以证明，它可能会颠覆和平与良好的国家秩序"，紧接着，工部局又继续发出一般性的警告："在所有编辑、记者、印刷行和出版商中，若有人直接或间接地冒险发行具有这种特点的文字或图片，一经查实，将立即被逮捕入狱，而有关当局将会随后作出决定，以触犯规条的严重程度对其论处。对可能造成的最严重后果，我们无法清楚预知。愿我们所有人谨守勿犯。"

告示是在5月1日发出的。警告来得既及时又意味深长，同一天，"人民公众社"的会议在本地城区的一间戏院里举行，在那里，有关要对袁世凯行刺的事情被人拿出来公开议论，地方完全自治的议题也得到了拥护。工部局警示所产生的效应在几个为首的触规者表示悔过自新的声明中立即得到了体现。这些悔过者所流露的难过之意多于愤慨之情，并且已经认识到，盎格鲁撒克逊的所谓言论自由的思想并不能被扭曲来当作允许他们继续使用外国租界作为阴谋策划中心的借口。公告发出后，已经听不到类似于"杀了专制魔王"这样的公然叫嚣了。对于工部局行动最为不满的批评者也表示满意，该报以社论的语气表示，该公告是受到袁世凯政策的启发，和在北京的列强们在财政上的操作并无关联。孙文与其追随者们也在事实上意识到，他们失却了来自商界的同情，而令袁世凯的政府从那些提供战争资源的人身上博取了支持。他们滥用了友人们的好客之意，因为自己被误导的谋略，使得外国社团不得不确立起对本国报界大加控制的权力，这一点在帝制之下，是永远没有必要去强行实施的，每一位真正的爱国人士都必然会对此深感遗憾。

中国的政治麻烦

总统和议会

（**本报记者，北京，6月30日，1913年7月1日刊登**）尽管袁世凯最近采取了坚定而成功的手段来对付桀骜不驯的都督们，我们还是再次感觉到，一场政治危机在悄悄迫近。下议院中的所有党派已经决定对政府缔结奥地利贷款合约一事进行弹劾，而这一贷款本身也受到了普遍的谴责。

如果坚持下去，这一程序必定会导致一个新内阁的任命，或是袁世凯在权力上的进一步坚持。有几位总长缺席了此会，他们或是生病，或是心情沉闷，或是已经提出了辞呈，行政部门呈现出了一派异常的混乱状态，已经到了非得任命一个能够运作的政府的时刻了。而麻烦的是，在国家的未来充满如此众多的不明确之时，它那些最优秀的人才却拒绝走马上任。

中国的外债情形

英国政府与投资者们

（记者专稿，1913年7月11日刊登）随着五国贷款协定的签字成交，中国已经从愈来愈难以承受的财政困境中得到了暂时缓上一口气的机会，袁世凯手中握着的现金，已足以让他重新建立起中央政府的威望（如果先前它在地方上没有实权的话）。到目前为止，一切似乎都还不错。通过北京银行家们的拒绝而刺激了国民党派系在缔结贷款协定时的抗议，由此事所反映出的列强的政策，最终使事件本身消弭在对于袁世凯独立权威性的认可与支持之上，也为中国的重大事件恢复其良好状况提供了最好的希望；这种结果没有进一步提及宪法程序和政府的共和理论。在中国的商业和政治上均有利可图的列强碰到了一个让他们无从选择的情形。要么这个国家被政党纷争弄得土崩瓦解、纷乱搅扰，必须面对破产和分裂；要么变得非常类似于古老的专制政权，而它的直隶省必须要靠钱来堆积——在中国，金钱就像是油污一般，一旦注入肆意横流的恶水，就总会让它停止流动。破产和分裂的前景是可以依靠付上任何代价而得以避免的一种情形，因此，对在中国的外国人团体、中国的商贸阶层和所有一般政治家们来说，列强支持袁世凯的举动总是一种充满热忱的肯定。

中央政府的境地

不带任何感情色彩地对中国近代历史作一番思考，会发现自一片混乱中恢复秩序的机会似乎是少得可怜。在清偿了未偿付的债务之后，袁世凯以重建、巩固政府为目的而可以使用的现金的实际数目，据估计大约是700万先令，与之相比，国家的债务却增加了2500万先令。为了恢复金融的稳定，为了排除因为无所收益的未来而需借贷更多外债的必要性，中央政府必须加快速度来完成几件大事，而这些大事均包含了行使权力以有效开拓共和最远疆域的意味。首先，它必须能够在各省中强制征收一致性的税款，以足以支付政府的正常开销和清偿到期的债务；再者，它必须能够劝阻或预防地方上的权力机构订立本地贷款或以自己的名义发行纸币现钞。最后，它必须愿意并且能够控制盐税整顿和其他金融改革等措施。袁的意图无疑是好的，其爱国热情也是毋庸置疑的，但是，在历史上，或是在国家目前的状况之下，还无从证明其个人权力足以使对手缴械并使地方惰性得以消弭。

若干年前，在反满运动日趋严重之时，赫德[1]爵士就曾经提出过一条意见，任何中国贷款的安全性或许可以被理解为"中国政府的信用、名誉及收入是以批准贷款的帝国诏书作为保证的；在某一种特定收入上的分配只是一个细节问题，其价值是第二位的；从某种意义而言，也是无关紧要的。"已故总税务司尝试要操控在地方行政区中分派的、作为1898年贷款担保的地方厘金却遭受挫败的个人经验，完全证明了这一意见。因此，未来的中国债券投资者所有的担保，将不是取决于以贷款计划书的名义所征收的地方税收的实际或申报的数目，而是取决于中央政府控制它们的能力，也取决于征收的乐意程度以及外国列强关心强制偿付，并在拖欠偿付的情况下接管税收管理的能力。事实上，从债券持有人的角度来看，担保的终极因素逐渐演变为另一个问题——即中国实际的和

1　赫德（Robert Hart，1835–1911），英国人，曾于1861至1911年间担任晚清海关总税务司长达半世纪之久。在任内，他恪尽职守，创建了税收、统计、浚港、检疫等一整套严格的海关管理制度，新建了沿海港口的灯塔、气象站，为北京政府开辟了一个稳定、有保障并逐年增长的新的税收来源，在他的治理下，当时的中国海关堪称全球最清廉的海关。此外，他还创建了中国的现代邮政系统，并著有多部中国问题专著。

潜在的可征税资源能够抵押它目前的多少债务？并能证明它还有多少进一步的贷款能力？在北京的实际情形中，或是在财政部最近的金融运转中，还没有什么能让我们在这些问题上给出一个乐观的答案。连中央政府自己都承认，目前，它还无从强制各省向北京上缴它们通常应予缴纳的款项。平均来说，在革命爆发之前，若以银锭和谷物来计，这些款项均达到了每年5000万银两的数目。而据报道，在上一年度里，实际上缴的数目甚至不足200万银两。另一方面，地方上反过来还期望北京能拨款裁撤当地的军队并清偿由革命领袖们发行的、在当前的流通中不断严重贬值的巨额纸钞。很显然，还需要等待相当长的一段时间，才谈得上财政和金融秩序的恢复；与此同时，因为重建工作的艰辛，中央政府可能会更想要实施一种能够简单地获取新贷款的权宜之计。

外交部的策略

格雷[1]爵士有关向参与五国贷款的英国金融家提供独一声援的政策，或许可以在恢复北京的政治稳定性和有效权威性上达到它立刻的目标。正如他最近在外交部表决的辩论会上所解释的那样，在当前的关头，人们最不愿意看到的是，在北京委派了代表的不同国家之间出现一场政治竞争。很显然，世界性金融体系在它对袁世凯的支援中所体现出的凝聚力，已经成为使中国避免受到最近以来破产危机频频干扰的强有力因素；否则，这种危机必定会因为地方上的财政自治以及欧洲金融家之间的混乱争抢而爆发。用格雷爵士自己的话来说就是，"到目前为止，就当前的时机和环境而言"，两种最有可能的替代选项都被用在这句话里了。

然而，善后贷款只是一种政治上的而非金融上的权宜之计，它确实只能对根深蒂固的病根子起到一些临时性的缓解效用，能够使中国从日积月累的负债中暂时得以解脱，让袁世凯的手中可以握有一些润滑剂，使政府机器那吱嘎作

1　格雷（Edward Grey, 1st Viscount Grey of Fallodon, 1862-1933），以格雷第一子爵著称，英国自由党政治家。他于1905至1916年间担任英国外交大臣，是任期最长的一位。1919至1920年间，他还曾担任过英国驻美大使，在1923至1924年间担任自由党上议院领袖。此外，他还是一位鸟类专家。

响的车轮还能动得起来。但是，它无法在国家金融即刻性的规范管理上提供任何安全保障；商人和债券持有人的利益会毫无疑问地被搁置在国际政治的利益之下。请格雷爵士务必原谅我的话，贷款合约中并没有任何东西可以保证达到英国外交部所公开宣称的目标，没有任何东西可以保证"借出去的钱应该要花在对中国确实有益的事情上"，它也并没有对"贷款的安全性将不会消失"这一说辞给出什么合宜的安排。其中所决定的以国际专家来控制花费的有关规定，就像1908年益格鲁撒克逊的铁路贷款协议中的类似规定一样虚无缥缈。没有了马匹、步兵和火炮，丁恩[1]爵士也不会再比朗普贷款部门的诚实管理更能保证控制盐税所得。一位以有效措施进行投资监控的苏格兰会计师，可能会比一打不负责任的专家更为有效。

北京的局势清楚无疑地决定了它需要孤注一掷的解药。这一需要现在已经予以实施，但是在英国外交部着手批准为中国进一步筹资之前，很明显，英国贸易和英国投资者的利益将需要被重新考虑，这是独立于中国的困境所酿成的国际政治问题以外的事情。一切均指向了在不久的将来进一步的大笔借贷，因此，也就指向了英国政府在鼓励将英国资金投入于中国的有关政策和责任上的确定的声明。

格雷爵士对在京的不同国家投资者代表之间允许尔虞我诈的不明智之举施加了压力。然而，鉴于俄国和日本这两个五国贷款合作国家并没有资本可供借贷，而第三个国家（德国）若少了伦敦与巴黎市场的合作也不可能在中国进行投资，若仔细审视，它们失去了不少国际借贷团体的组织者所给予的分量。而独立金融家们之间的竞争在一时之间可能会向中国的官员们提供对中国来说几乎是无利可图的小额借贷；尽管官方的国际借贷团体就在身边，但这种竞争目前仍然存在。然而，大英帝国和法国之间有关中国借贷问题所采纳的明确协议（诸如1909年在两国联合备忘录中所记录下的但随后又被中止使用的文件）——一项主要考虑了如何保护贸易者和投资者的政策——可能比随后受政治考量所支配的、进一步延续的国际贷款政策还要更加注重对这些操作的检验。展望未来，

1　丁恩（Sir Richard Morris Dane，1854-1940），英国殖民地长官、盐税专家。丁恩出生于都柏林，长期在英属殖民地服务，先后担任过北印度盐税专员、印度政府首任国产税和盐政督察长。1913年袁世凯政府与五国银行团缔结善后大借款后，丁恩出任财务部盐务稽核总所会办，成为当时中国盐政的掌管者。在任期间，他主导了中国盐务官制、盐税征榷管理制度、食盐运销制度、盐业生产方式等诸项改革措施。1918年回国。

很明显，只要英国外交部批准了给予中国政府的、提供独特有利条件的贷款（债券持有人可得到5.5%以上的红利），并且能为中国官员们提供现款，投资的公众就会认为无须担心担保的问题，就会在以后的年月中向英国政府寻求对其权利的保护。在这样的条件之下，借贷的处理速度看起来就会加快；但是，每一份这样的贷款都必然会将中国带入更加没有希望的破产与不可避免的债务抵赖的情形之中。

中国南方的动荡局势——需要采取强势的对策

（**本报记者，北京，7月14日，1913年7月15日刊登**）最近被免职的都督李烈钧将军已经回到了江西。同时，当地武装与政府军之间也发生了冲突，这些事情都在本地引发了许多关注。政府军包括一支步兵旅和一些炮队，而江西省方面可供支配的兵力人数约在1万人以上。骚乱似乎是在北方军进入该省后开始的。这些冲突已经报道过，但一直没有定论，加上目前电报通讯也已中断，更是无从知晓其中的可靠细节。

据本地普遍的看法认为，孙文及其最为亲近的副手们并未掀起这场冲突，目前，他们并无意发动这样的严重事件。但从另一方面说，也没有理由忽视长江以南各省中发生的许多骚乱事件。最近有人试图在武昌发起果决的起义，便证明了革命元素所具备的能量和活力。一场由江西军队所取得的引人注目的胜利，势必要唤醒整个南方。他们在没有遭到任何确定的失利的情况下便退出内陆地带，可能会让政府陷入某种尴尬的处境。想要在炎炎酷暑中、在极度艰险的乡间对江西的军队穷追不舍，若是不能完全确定南京和武昌的军队会绝对效忠，这一任务可能根本无法完成。

有一种意见是，一旦维持和平局面的责任被打破了，外国人会欢迎这个国家中的任何人采取任何一种决定性的行动，反正时局已经在如此危险的形势中动荡好几个月了。

华南地区的动荡局势——江西战火连绵

（**路透社，北京，7月16日，1913年7月17日刊登**）北方的许多部队已经向战火连绵不断的江西进发，局势明显难以确定。日本炮船在交火区域内的停泊，已经导致民国副总统黎元洪将军为此发出抗议。南方派系的人士公然声明，他们已经得到了确定的消息，日本人会对其作出声援。

位于南京的德国领事馆已经被反叛者包围。很明显，这是因为德国人最近允许将两名中国革命党人士从汉口租界引渡出来所引起的。

（**路透社消息，上海，7月16日**）本地人士对长江流域所发生的反叛事件深表忧虑，而这一事件无疑在持续扩展之中。今天，上海断断续续发布的革命公告对此事件作出了解释，因为原教育总长宋教仁在3月20日于本市火车站遭到暗杀，一场针对袁世凯、要向其讨回公道的征讨战已在进行之中。向袁发起征讨的另一个缘由则是他违反了宪法，并承诺向外国人提供保护。类似的公告也已在南昌和南京发布。在南京，黄兴将军奉命指挥一项向浦口运输军队的任务。而真正在南京推动局势发展的则是原两广总督岑春煊[1]。战斗正沿着津浦铁路线展

1　岑春煊（1861-1933），字云阶，广西西林人，清末民初中国政治家，曾任山西巡抚、四川总督、两广总督、云贵总督、邮传部尚书等职。1904年至1906年，他先后上书请求立宪、废科举。1913年"二次革命"初起时，岑春煊在上海联名致电袁世凯，要求"和平解决南北冲突"，为袁所拒绝。7月，他被革命党人推举为大元帅，失败后逃亡南洋。1915年护国战争开始后，岑春煊回国，在广东参与了护国军政府的成立，并被推为都司令。1920年军政府解散后，岑通电辞职、隐居上海。

开。而在距离苏州府以北约20英里处，铁路线已经被切断了。

上海的商贸已经陷入完全停顿的状态，布匹拍卖也依照顾客的需求而停止。正如革命爆发时那样，货币币值的价格也正在快速提升之中。

中国的另一场危机

（社论，1913 年 7 月 19 日刊登）去年，孙文在祭奠明太祖的仪式上曾这样
致辞："四处太平安宁，人民休养生息。"今天，在中华民国建国后的第二年，我
们不禁要对他所说的产生一丝疑惑。酝酿已久的风暴终于爆发，北方与南方之
间的分歧也终于扩大成为内战。南方的革命党人否认袁世凯的权威，并任命岑
春煊为其首脑人物。本报北京记者相信，岑只是被当作一个叛军的总司令而已，
但是其他的报导则假设他已经被提名为总统，并且，一个临时的政权已经在南
方成立。在一些地方，令人惶惑的战事很明确地不断升级，袁大总统要么当机
立断粉碎对手的策略，要么只能坐等其政权被倾覆，看着中国堕入无政府的状
态之中。他目前的情形不无危险，虽然昨天深夜来自北京的新闻还发散着某种
较有希望的声调。他的两万北方军兵力分散在长江沿岸一带，其主力则集中在
武昌，而能力颇强的民国副总统黎元洪仍然坚守着对政府的忠诚。南京显然已
落入叛军的手中，叛军同样还盘踞着上海入海口的吴淞炮台[1]。黄兴将军已经从上

1　吴淞要塞位于上海市区北部黄浦江与长江的汇流处。它东距长江口三十余公里，北与崇明
岛、东与长兴岛相望，扼守长江主航道翼侧，故历来是兵家必争之地。1911 年 11 月 3 日，上海起义
军占领吴淞要塞，守卫军警遂响应易帜。1912 年，改编淞防营为掩护团，江苏都督程德全委任姜国
梁担任吴淞要塞司令兼团长。1913 年 8 月，北洋海军陆战队混成旅驻防吴淞要塞，掩护团遂解散。
1914 年，又在此地设淞路要塞司令部。吴淞要塞的核心地带便是吴淞炮台，计有西炮台、东炮台、
北炮台、狮子林炮台与南炮台五座。吴淞炮台历经战火，在第一次鸦片战争、1932 年与 1937 年的两
次淞沪会战及吴淞战役中都发挥过极其重要的作用。

海的隐蔽状态中露面了，从南京越到了长江的北岸，正沿着津浦铁路线率领着一支叛军北上。总统方面则已受到了牵制，因为他极不明智地在蒙古一带大量屯兵，以作为对俄国近来所发生事件的一种含混的回应。在各方的较量中，真正的仲裁者似乎是张勋将军，过去几个月以来，我们曾不断提及他那令人好奇的态度。在满清王朝被推翻时，他曾是帝国在江苏武装的指挥官。他在南京孤注一掷地奋力抵抗，直到南京城落入革命者手中的那一刻，才得以逃脱。之后，他在山东南部建立了自己的据点，匆匆在津浦铁路线上拉起了一支人马，将一列火车改造成自己的军营，很快便集结起一支新的军队。自此之后，他便一直停留在那里，直到如今，已经演练出某种完全的独立性。在袁世凯宣布投身共和后，张勋表示自己将效忠袁，但实际上仍保留着自己新拉起的队伍，从未靠近北京半步。据报道称，他与总统之间从未真正理解、明白过彼此的心意。本报北京记者在今天发布的一则重要消息中称，相信张勋会继续坚守自己的誓约。

尽管袁大总统遭遇了严重的威胁，但仍然不能说，他已经落入绝望的困境。情形依然取决于目前尚有待检验的不确定因素。张勋会为北方而战吗？如果会，他所处的位置恰好与黄兴率部北上的路线正面交锋。黎元洪所率领的位于武昌和长江流域其他地方的军队会依然效忠吗？看起来，更大的可能性是：他们将最终与看来有可能取胜的一方发生冲突。几个中部省份依然没有什么大事发生，在作出最终的宣告之前，他们仍然在观望着接下来会发生些什么。在欧洲，类似的局势很快就会明朗化，但是在中国，形势却可能会缓慢地演变成混乱的局面。这不是多数有耐心、沉得住气的人们的举动，只是一些嫉妒、贪婪的政客所策划的一场叛乱。不管是身为一个篡位的总统，还是一个有着强烈抱负的叛军总司令，岑春煊都无疑是和袁世凯势不两立的死敌。在满清王朝还在孤注一掷地垂死挣扎时，这两个人都曾从隐退的状态中被再度召回，但是他们相互之间的不和却从未平息。用稍稍夸张一点的话来说，黄兴一直被说成是中国的"命定之人"，并且很有可能取代袁的位置，但最近以来，黄却忍受了袁的许多藐视与怠慢。在这些难以应付的叛军将领面前，江西的那个脾气暴躁、爱寻衅滋事的年轻都督（正是因为他被解职且随后又加以反抗，才酿成了这一场暴动）真可谓是小巫见大巫了。还有更严重的事件正营造出中国目前的危机。

这场暴动应该会决定一个方向——中国究竟是臣服于坚定的中央控制之下，还是各省各自为政；究竟是北京还是广东人主导着共和的命运；究竟应该采纳明确的（尽管毫无疑问不可能是非常温和的）方针来振兴中国，还是要让"少年中国"派那狂热且不切实际的梦想大行其道；究竟应该让一个具备足够实力和决心的人将民国拉在一起，还是任凭一群心高气盛的空想家为争权夺利而大打出手。我们已经说过，这些事情会在这一场骚乱中自见分晓；但是，也很有可能，这场骚乱也不会决定什么，不会改变南北双方无力合作找到一个挽救国家的对策的事实。

　　叛军将领们自然不是能振臂一呼来对抗暴政的爱国者，他们过去的经历已经点明了每一个人各自的人生轨迹。袁大总统在朝鲜时的确曾是一个毫无怜悯之心的年轻人，然而，岑春煊在平息广西的反叛时，也曾经对对手毫不留情，而黄兴所倡导的战术更是臭名昭著。靠着他们，中国无法重获稳定的局面。袁大总统近来在处理地方政府的事情上表现得粗暴了一些；在对待广东人时或许也不甚谨慎；在和南方打交道时，又或许表现出了骄傲自大，但是对于旁观者而言，在当下这一刻，很明显，他仍然是能够阻止中华民国四分五裂的唯一人选。目前，虽然他仍是临时总统，还未得到那些只会投票表决自己要拿到每年六百元薪俸的参议员们的最终认可，但这些顾虑不会阻止我们表达出心中的某种希望，那就是希望他能摆脱困境，最终取得成功。鉴于中国这一场危机进展的速度，本报在星期三以及今日所发表的有关禁烟的问题就变得不再那么重要了，尽管需要摆平这一问题的急迫程度也同样不差分毫。我们担心，通商口岸的印度鸦片囤积问题，将不会如蒙太古先生（Mr. Montagu）在5月份时希望下议院所相信的那样得到稳妥的解决。

中国的危机——动乱局面快速扩散，袁世凯的处境

（记者专稿，1913年7月19日刊登）中国的动乱局面已经从起初的小规模迅速发展到目前的严重地步，一切都发端于江西都督的行动。这位前任都督是一名因为公然违抗袁世凯的权威而被解职的年轻将军，他拿起武器对抗北京政府，总统也采取行动来对付他。在军队采取行动之前，一场铺天盖地的叛乱就已经在长江流域的一些省份中壮大了起来，目前，局势已经明朗化，内战一触即发。南北之间的对抗是双方争战的主要动因，但是，还有一重缘由，则是因总统尽力想要推翻地方政权而产生的仇恨心理。那些对总统充满了怨忿心态的敌人，如今联合起来反对他。

本报北京记者昨天发来电报，叛军已经提名由原两广总督岑春煊出任其军队的将军。而与总统不和的黄兴将军，也已出现在由军队变身为叛逆的大本营——南京。此刻，他正率领一支部队从浦口沿铁路线北上。而在山东南部掌握着一支强大部队的张勋将军，相信仍效忠于北京政府，也被期待会挥兵南下迎战黄兴。总统在长江流域拥有2万名北方军，大多数归民国副总统黎元洪在武昌调度，但是他们对总统和政府的效忠程度还令人存疑。而军队最近在蒙古的集中兵力部署则削弱了政府的实力。

昨天，在北京，随着稍早时候的悲观情绪而来的，则是一些令人能看到希望的感受。但是，如果总统想要维持其权威地位，他必须要尽一切可能尽快粉碎动乱。至于他是否能够做到这一点，目前还无法确定。与此同时，令人感到害怕的是，某些目前尚摇摆不定的省份也有可能会加入这场新的运动。

南方各省的动荡

（**本报记者，北京，7月18日**）两天之内，局势飞速发展，在我们的视线所及之处，一场规模浩大的危机眼看就要降临。革命党已经提名原两广总督岑春煊担任南方军的总指挥，他是一个性格暴烈、性情冷酷的人物。而南京方面的军队（江苏）已经代表南方发出了宣告。津浦铁路中的英国辖区正在南方派系的掌握之中；而由黄兴率领的南京部队，据报道正向距离长江以北200英里处的徐州府靠近。江西和江苏两省都公开宣布了它们的行动目标是攻打袁世凯并要将他赶下台。而从南方发来的官方报道，则指出广东、福建、浙江、安徽、四川和湖南各省预期都会毫不犹豫地加入这场运动。在江西和江苏境内成功对抗北方军的胜利，理所当然地会将其他各省卷入乱局。但是，在更多的重要省份清楚声明反对袁世凯之前，还不能说这场危机已经达到高潮。

攸关局势变化的重要元素是湖北武昌的黎元洪部队以及山东南部兖州府的张勋部队的态度。袁世凯有2万名北方军兵力，部署于江西和武昌之间，他们出现在长江一带，必然会在武昌对南方的军队产生一股遏制的力量，毕竟，南方的运动只会被想成是南方士兵们的一场全面性动乱。有关张勋动机的流言漫天飞，在某种程度上，对于满人的同情心应该会促使他对袁世凯抱有敌意，正是因为袁的争权夺利，才使张勋丢了原先的官衔。然而，到目前为止，还没有找到什么证据可以质疑他对现政府的忠诚。因此，在南方各省和这两支军队分别表明自己的态度之前，对未来妄加揣测是缺乏根据的。

因为在蒙古大量部署兵力，官场中因此而弥漫着巨大的惊骇。蒙古的局势极其严峻，中国政府发现，如果不在那些具备争夺价值的重要战略要点减少驻军，长江流域的兵力部署就会变得非常困难。一般认为，北方军在各方面的实力都优于南方军。与此同时，也无法肯定全部北方军都会继续效忠袁世凯。因此，听说袁世凯将于今晚接见南方派系的代表就并不令人感到惊奇了，据推测，这次会晤是为了商讨和解的方案——而"和解"也算是中国大事永恒的特色了吧。南方派系的要求是，袁世凯应该从他仅仅是暂时性拥有的大总统席位上退下来，革命先驱们已经不想再继续留着他了。而袁若是拒绝辞职，先驱们就会宣称，他会为了一己私利而使整个国家陷入战火之中，从这一点，便可证明他根本就不是一位爱国者。自革命以来，若是想批评袁世凯对时局的把握，当然是挑得出刺来的，但是，在我们的视野里，毕竟还找不出一个更合适的人能在当下的危局中统领全中国。

目前可以判断的是，眼下的这场运动主要限于军事和政治的层面，还没有证据可以说明，人民有着广泛意义上的更替政府的要求。

中国的禁烟运动

鸦片存货堆积

（**本报记者，北京，6月17日，1913年7月19日刊登**）若论业绩，中国政府再也找不出比异常成功地抑制鸦片种植更好的范例了。今年早春时节，广东、福建、浙江、贵州、云南、四川和甘肃各省种植了大批鸦片，而据报道，湖南、江苏、河南、山西、陕西、安徽、湖北和山东等省的鸦片种植也蔚为壮观。所以，直到1月份时，就其总效应而言，政府在削减鸦片种植上所采取的措施一般都可以忽略不计，尽管如此，事实上，政府在某些特定地区中也算是取得了非凡的成功。

1月末，寄自中国的两篇商讨这一主题的文章登载在本报上；紧接着，又出现了一篇重要文稿，其结论是"全面违反最新的（鸦片）合约，比其他任何事情都更能使大英帝国的舆论确信，北京的中央政府瘫痪了，这一发现只会有害于袁世凯和他的各部总长们"。一份该文的摘要借着电报被传送到远东地区，在对鸦片问题感兴趣的圈子中掀起了一阵可观的热潮。政府也因为其声望受到影响的暗示而从一片漠然中惊醒过来。紧接着的，是一场由少数外国人掀起的、一定令中国政府感到窘迫万分的大运动，这些外国人刺激了中国人的神经，使他们在禁烟政策上产生了更积极的谨慎意识。在前文指出的许多地方，在栽种鸦片的过程中，政府接到了许多热心人士的警告，如果不立刻将所提及的这些广袤无垠、枝繁叶茂的罂粟斩草除根，全世界都会觉得中国完全没有一个可以做主的政府。

权力阶层和鸦片种植

于是，政府四处张贴公告，地方上的权力阶层也受到了莫大的刺激，暗自下定决心要将这丢人现眼的耻辱从土地上连根拔去。他们到处雇佣士兵来拔除正在生长的罂粟。在福建兴化，超过3万英亩的罂粟眼看着就要成熟了，结果，军队和村民间为此产生了严重的争斗。村民中有几个帮派花了钱找来匪徒做后台。据报道，军队目前已成功地拔除了当地的大部分罂粟。但是，在该省的南方，那里生长的罂粟却依然足够生产出价值为2500万元（合250万英镑）的鸦片。让人非常好奇的是，实际上，那里看不到有人在进行任何类似的根除工作。另一个省份安徽的情形则是，在英国特派专员前来调查之前，当局已经雇了一整个旅的兵力来支持国民官员的决定。在专员访问过的许多地方，都可看到田里的罂粟刚刚被拔除的景象。在湖南，两名英国的特派专员也有类似的经验。专员们报告说，这两个省份以及山东的罂粟田已几乎被清光，它们因此而被加入准予豁免进口印度鸦片的省份名单中。贵州在早春时节里曾栽种了大片的罂粟，当地居民还曾经嘲笑过政府所颁的公告。结果，该省也是被军队说时迟、那时快地一扫而过，大部分的罂粟田已经被清光。在四川境内可以到达的地区，限制罂粟栽种的工作总的来说也是成功的，但是在某些山区，特别是青城山一带，一大片广袤无垠的罂粟田却得以安全地收割了。在浙江和广东，只有一部分罂粟田逃过了当局的眼目。在甘肃省，据了解，数量相当于历史记录翻倍的罂粟会在当局的首肯之下被收割，当局或许是无力摧毁这片罂粟田，也可能，在特殊情形之下，当局并不认为这么做是一条权宜之计。在一个因为缺乏统计数据而变得更令人匪夷所思的国度里，我们大胆、冒险地给出一些数字显得过于轻率，但是从整体上来看，推测中国有大约一半的罂粟田被摧毁，可能还是正确的。

以西方人的思维来看，为了取得这一成果所花费的代价简直是到了可怕的地步。几天前从陕西发来的一份报告这样描述，该省都督安排了2000名士兵搜索整片乡村，到处捣毁鸦片田并对栽种者斩首处罚。在全省各处，只要是还在耕种的地方，几乎都会有不计其数的有关寻衅斗殴的报告，许多村民为此而丢了他们的性命。在有关鸦片栽种区的文件里，关于处决、鞭打、巨额罚金等严厉处罚的报告随处可见。士兵们也正好利用这些时机谋杀、强奸、抢劫并勒索贿赂，以作为免除顶罪的代价。在某些地区里，罂粟种植没有受到什么影响，但当地的执法官们也没有得到如上所述的种种好处。除了实际上的残忍暴行之外，强加在人民头上的损失也令人惊骇。在那些耕种者完全依靠罂粟的收成养家糊口的地区，眼看着罂粟就要收割了，整片田地却被扫荡一空，结果，当地村民们唯有忍饥挨饿地艰难度日。

印度鸦片的问题

冬令时节里，中国政府对于全国罂粟栽种的数量居然一无所知，令人感觉相当怪异。英国政府在12月被要求将湖南列在终止印度鸦片进口的省份清单上，但几乎是同一天，该省禁烟局发行的一份小册子却大发悲叹，称尽管已经付上了巨大的代价，禁烟措施却只有六七成的成功率。尽管如此，中央政府还是宣布该省已经根除了鸦片隐患。在中国，大家心里其实都很清楚，上月7日，英国的反鸦片机构想要在下议院中发出动议，敦促政府同意立即中止印度的鸦片贸易。北京的政府也在同一时间受到来自中国的反鸦片人士的压力，发出了类似的请求，因此，英国政府不能说，中国政府没有在这一让步行为上提出要求。然而，5月7日被故意错过了，唯有等到公使馆被牵扯进此事后，下议院才开始为此起了争辩。在过去的几个月间，如最为热心的利他主义者所能够期望的那样，中国政府积极地投身于禁烟活动。尽管如此，有一个事实是，在距离北京不过一百英里之内的直隶省，仍存在着两片罂粟正生长茂盛的地区。但正如我们可能已经提过的那样，直隶最近也宣布了对鸦片的根除，并且也上了被豁免的名册。

在中国的外国反鸦片人士目前正力促中国政府向英国提出要求，即堆积在上海和香港的鸦片不应该被允许运入内地。大英帝国的宽宏大量正是在停止出口印度鸦片的决定上体现出来的，而在过去几天内，中国却对英国的仁慈施加了进一步的压力，要求将价值预估为700万英镑的鸦片存货重新运回印度，或是运到中国以外的某一港口。中国人并不吝啬地主动提出愿意给付运费，但是不愿意对因此而引发的货品折旧、贬值作任何赔偿，而这一损失也会有好几百万英镑。今年的头四个月间，5568箱存货已经被中国吸纳；到5月1日，尚有25410箱积压货品，其中包括2760箱虽然早就卖给中国并有单据注明却尚未从孟买寄出的存货，这些印度鸦片可能会在条约公认的过境许可的保护下被运进中国。但是，事实上，过境许可只能在运输过程中对鸦片起到保护作用，一旦到达目的地，它便失去了效用。从去年1月发生在汉口的一次意外，我们就能知晓可能会有什么事情发生。当时，20箱已经付了7000银两税金的鸦片抵达汉口并送达收货人。货品已经过了海关，对权力阶层来说，它的出现是已经清楚明了的事情，但结果是，收货人在压力之下最终因为不敢抗拒命令而将货物重新寄回上海。目前所发生的事情就是，在上海或是香港已经支付了税金的鸦片被非法地运进内地，或是被走私，或是被拿去向官员行贿，它们的出现并不是因为在货物交付过程中出现了遗漏。

英国政府的立场

事实上，鉴于中国政府最近公布的刑法条例，栽种、买卖及吸食鸦片都会受罚，除非经走私渠道，印度鸦片不会进入中国。因此，如果存货被中国吸纳，它们也只能在通商口岸经外国市政当局的保护而被使用，或是必须非常规地被偷偷带入某个需要依法检查所携带物品和消费品的国家中。换句话说，英国政府成了某个系统的同伙人，而该系统唯有在其居民违犯了当地法律时才能成功地运作。

反鸦片者可能会凭借它发布的摧毁鸦片的法令而解决其当下的难题。但是，我们不能在没有得到巨额补偿的情况下就摧毁外国银行（甚至是英国银行）手中的鸦片。我们能在同样的形势下购买鸦片，但是在这样的情势中，它们却可能出现在新加坡或马来半岛上飘扬的英国国旗下，或是被强加给不幸的中国人和美利坚合众国的堕落者们。在任何一种情形下，将它们重新运往别处，都只会以缩减对印度产品直接需求的方式，使印度政府蒙受损失。

中国的骚乱——袁世凯已初步取得胜利，南方派人士逃出北京

（记者专稿，1913年7月21日刊登）据中国发来的最新电文报道，袁世凯在对抗南方革命党人反对其总统任职之战的最初几个回合中可能取得了最好的战果。局势之所以开始向目前的方向发展，有两个重要的因素。其一是张勋将军的态度，他在山东拥有一支实力强大的部队，并且以一列火车作为自己的军事指挥所。迄今为止，他仍然效忠于民国，与袁世凯仅隔一臂之距。其二则是武昌的总统军队对袁世凯的效忠。目前的报道称，张勋将军和南京的革命军是对立的，并且在双方最初的交战中已经取得了成功。现在，他在前往北京的路途上设置了障碍。到目前为止，武昌的军队也还保持着忠勇之姿。令人怀疑可能会宣布拥护南方的省份包括广东、福建、浙江、安徽、四川和湖南，其中，广东、安徽和福建有迹象会投靠革命党人。在北京，目前仍然弥漫着不安的气氛；并且，在没有成功地和袁世凯达成媾和的情况下，南方派系的政治家们也正争先恐后地逃出北京城。

（本报记者，北京，7月19日）张勋已经被升为上将军，据报道，他正在山东边界整合其军队。张勋对于总统袁世凯的效忠，从他和南京的军队在双方最初的交火中所取得的胜利便可以看出。江西省内的政府军战况也似乎一直顺利。据报道称，武昌一片沉寂，各省也没有急着要加入革命党的阵营。另一方面，

上海海军的六条军舰相信已宣布投靠南方，如果有效运用，这些军舰应该能在实质上牵制政府在长江上的军事部署。芜湖的军事指挥官被人暗杀，这一点似乎预示了安徽省将投向南方的派系。而传言中的广州军队正加紧北上一事，也标志着广东省对于南方革命党人的同情。

现在预言一切还为时过早，能够说的所有事情便是袁世凯自开战以来首战告捷，但是官场中却仍然被此搅得心神不宁。从昨晚的非正式会议似乎可以看出，出台一项使袁世凯保留其总统席位的和解方案似乎不是什么问题。南方的政治家们正飞快地自北京城向外四散，议会也很可能将要休会。在南方的阵营中有一种说法，会将议会成员召集到南京或其他地方复会。参议院的议长也积极地投身于南方的运动。

（7月20日）最新的讯息确认了政府军在发生交战的两处地方均取得成功的消息。然而，还不能就此断言，目前有任何决定性因素存在。同时，南方派系正暴露出自己手中的阵局。广东省议会全体一致地决心加入反对袁世凯的战争。最近得到袁世凯提名的都督被任命指挥广东军，15000名士兵也将于本周内开拔至南方。福建省已经宣布支持南方的主张。据说，上海也已经反戈。

因此，长江地区的政府军仅仅增援了从北方调遣而来的2000兵力。然而，本周之内，政府想要调遣四个旅共12000兵力到浦口的铁路线上。这一军事行动将由直隶都督冯国璋指挥，他曾在革命期间指挥帝国的军队夺回汉口。张勋将军的军队则持续在山东的边界线上和南京的军队交火。

中国的骚乱——一场关于权力和区域的缠斗

（记者专稿，1913年7月22日刊登）中国的重要事件正随着其人民的性格、状况以及历史既定的正常进程而发展。以它自有史可考时就不断循环往复的古老传统为基础，中华民族已经经历了漫长的、无从避免的冲突与杀戮的阶段。而同时发生的，则是已经耗尽天命的王朝所必经的衰败与没落。或者，我们换句话说，这证明历代君王无法靠着治国才能或军事力量来统治国家。内战以其无法形容的残忍、牺牲而与此危机相融合，成为令人遗憾的体制和天朝命定的一部分，就如洪涝、瘟疫或饥荒一样无从规避。在一般情形下，欧洲人对于灾难仅有一点淡薄的概念，而从1911年10月的革命开始，全国各地那些手无寸铁的农民却一直要忍受着这样的灾难，统治阶层任凭他们被乌合的士兵、海盗和土匪们无情地掠夺，这些日子以来，盗匪们的猖獗横行更如鬼使神差一般。"少年中国"的新闻记者们将建立与稳定发展共和的文字四处散播并复制在西方世界的出版物上，却丝毫不提这幅画卷上阴森、无情的一面，很少有外国人亲眼目睹过横扫这片土地的荒废和残破。但是，还是有人见证了它们，举例说吧，凯提先生（Mr. Keyte）的《巨龙飞掠而过》（*Passing of the Dragon*）一文，就让我们领略了山西、陕西与河南等地在建立共和之后的败坏与可憎，虽是惊鸿一瞥，却令人无法忘怀。

只有那些满怀热忱地抱着"凭借政治制度的重新排序，一个种族可以在突然间便完全、彻底地改变其结构性质"这样偏执错觉的理论家们，才可能会真诚地相信孙文及其追随者们所声明的"美丽而平和"是推翻满人政权、宣告共和诞生所带来的永久性结果。每一个严肃、认真地研习历史和政治经济学的中国学生，都会知道，通过造反或起义的成功来推翻统治王朝，总是会不可避免地带来权力阶层在道德约束上的松懈，总是会放任那些随时随地虎视眈眈的无赖和罪犯去掠夺国家的财富与产业。中国的那些沉沦在底层的十分之一人口，是一群被饥饿驱使着的绝望族群，只有靠着公认的权威者那双强有力的手腕，才能将他们制服。

每一位在共和元年中用一只手掂量过"少年中国"所采纳的财政措施、再以另一只手掂量过北京保守派实力的人士，都不可能不意识到，一个有关时局的初期定论、一个从临时政府向正式政府平稳过渡的过程，不会比在保证生命和财产安全的正常情况下尽快恢复贸易和农事更令人期待。从一开始，革命便将大批沉迷于疯狂掠夺赃物的海盗和从地方上征募来的遣散士兵吸引到共和的旗帜之下，这些人不过是一群手中握有武器的乌合之众，总的来说，他们比满人的治国不当对国家更具危害；但是，人们完全没有意识到，或甚至完全没有人提出主张的，却是更需要为支付与补给他们而做出财政安排。

两个政党

目前已经尖锐化并且在南北双方之间以政治分歧的名义开始运转的危机，实际上和政治理想或原则并没有多少（甚至完全没有）关系。至少在某种程度上，北方代表了中华民族根深蒂固的、本能性的保守主义；但是南方却并不能佯装代表民意或任何由民众所支持的、明确的政治理念。坦白地讲，目前在双方之间正一发而不可收拾的冲突，正是广州的新官僚和北京的旧官僚之间在权力和场地上的较量。在这一过程中，领袖人物们忙于满足自己的个人野心，而从他们花钱雇来的那些军队身上，根本就看不出什么有凝聚力的效忠之意，他们在意的，唯有腰上挂着的大钱囊。即使是袁自己精心挑选的第三师军队，也是臭名昭著得无从取信。张勋在山东边界的军队目前正待价而沽，而黎元洪对自己驻扎于武昌的军队的权威，也不过是靠着一次次的发饷在维持。在这种情形下，且不论是从内部还是外部，在某个更为有效、更为正规的权威阶层通过某个被民众所认可的强者得以建立起来之前，每当中国面对禁卫军同伙们的暴政、短命政治冒险家们的专制主义以及因为管理混乱而招致的所有弊端时，一定还会继续感觉到无能为力。过往朝代的历史很清楚地显明，对中国人民来说，统治者的更替总是意味着经年累月的混乱和流血，在国家大范围的人口锐减以及争夺霸权的派系完全消亡之前，和平与繁荣的复苏几乎不可能实现。

南方派系的领袖

相对于任何根深蒂固的政治分歧而言，个人的野心与宿怨对当前的争斗和冲突起了更大的推进作用，这一点从南方党推选前两广总督岑春煊担任总司令和候任大总统一事得以清楚地表明。作为满人王朝中的高官以及深得慈禧皇太后欢心的红人，岑对于"少年中国"派的政治活动当然不会表现出任何同情的态度。1907年5月，身为邮传部尚书的他以敦促圣上严厉制裁在浙江掀起动荡风潮的学生和士绅而出人头地，那时，他自己却已经公然违抗了政府的铁路集权化政策。1911年9月，当同样纯粹的财政问题所引发的焦虑不安导致四川发生暴乱时，身为铁血无情的暴动镇压者，岑被匆匆忙忙地派往成都。在政治上，他一直保持着正统的专制保守，如果此刻他投入集结武力以对付袁世凯的事件中，首先便是因为他就是广西人，如果他拒绝这么做，其家人和财产就会面临危险的处境；再者，还出于他个人长期以来对袁的积怨。岑春煊是一个勇气可嘉、才智超群的人物，在其国人中享有良好的声誉，由他领导对抗北京的运动，一定会颇有分量。

袁世凯的处境

说到不久后的将来，特别是谈到形势恢复正常的可能性，所有一切似乎都取决于袁世凯是否具备直面风暴并立意要将其平息的勇气；还有一点，也要看他是否有运气躲得过一场暗杀。总的说来，形势对于其目标还是有利的。单单从中部省份的商人和士绅们身上，袁就可筹得资金，这些人一直明白无误地倾向于支持他的政策，他们对于政治斗争深感厌倦，很明显地不愿意再继续掏钱资助"少年中国"的军事开销。最近的国际贷款使袁暂时置身在一种可博得军队拥戴的地位上，在这些军人的考量中，开明自由和固定薪俸的前景绝对占了上风。在体格、装备以及士气上，主要集结在山东和河南的北方军都大大优越于南方的士兵，并且，他们也有更为出色的指挥和调度。最后还有一点，全国上下都注意到了一个事实，那便是外国列强都把钱投在了袁的身上。正因如此，若是出于保护外国利益而不得不进行干预或调停时，外国人也不太会对革命运动表现出太多的同情，因为到目前为止，这些运动都一再证明了一点：革命派人士们令人备感失望地缺乏建设性的智慧。

如果袁有勇气面对加在他身上的罪名，并且能够在危急关头压倒那种颇能迎合官场思维的妥协趋势，如果他也能劝服北京和地方上的同僚与支持者们同心协力地定夺镇压这一叛乱的决策，可能会证明，目前的危机可能并非坏事，它将有益于中国的最佳利益，引领中国走上修复法律和秩序的道路，并使中央政府的权威在地方上重新赢得认可。假设有了一两个回合的初战告捷，我们可以很放心地预言，叛军会在顷刻之间灰飞烟灭。目前，这一存在于中部各省之间的舆论倾向正明显受到动摇，各省害怕公然宣称自己支持任何一方，担心会因此受到可能性的报复和勒索。假如北京愿意并且能够为建立其威信而战，假如袁能够说服黎元洪和张勋有绝对的胜算把握，那么，镇压叛军不过是一件轻而易举的事情。在一场被东方原则牵着鼻子走、一切都可能被灭绝的无情战争中，北方的胜利将意味着以孙文、黄兴及其追随者们为代表的"少年中国"派的行动会在一段时间后宣告终结。但是，如果（无论是出于选择还是事出必然）袁必须要低头接纳广东派系提出的要求时，中国就会面临一种不停歇的内部倾轧的前景，独立的省份会彼此交战，贸易和工业受到长期恶政的拖累而濒临瘫痪，财政会陷入混乱不堪的局面，最终，一切都将分崩离析。

一百年前，中国或许已经面临过这样一种局面，正如更早前它也曾面对过的那样，但最终，它还是挣脱了一切，迎来安宁、繁荣的新阶段。只要"中央王国"那辉煌、灿烂的与世隔绝的状态还能够维持下去，只要它还能够坚守在永远不变的理性文明和道德哲学的原则之上，它便会在这些循环往复的周期阵痛和社会系统的器官失调中生存下去。但是，时至今日，西方物质文明所带来的压力，已经为这一问题注入了新的元素，为古圣先贤的正典准则安插了不可预知的障碍。除了中央政府取得迅捷、确实的巨大胜利之外，再也没有什么可以将"中央王国"从政治破产的劫数中扭转回来。

北京颁布戒严令——南京军队撤退，
向江南制造总局发动袭击

（**本报记者，北京，7月23日，1913年7月24日刊登**）有关南方各省进一步行动或政府军是否变节的确切消息，目前都无法获悉，但还是有一些影响时局发展的事件可资记录。今日的焦点主要集中在对江南制造总局的争夺和占领之上，南方军在这一役中处于下风。在防御战中，北方军有军舰的协助。南方军的战败以及军舰效忠北方，势必会对南方所要争取的目标产生不利的影响。

而南京的军队向南后撤一百英里并占领淮河一带显然是个不错的策略，尽管他们放弃自己在山东边界线上较为靠前地带的做法可能会有损自己的声望。另一方面，7000名湖南士兵到达靠近江西边界的岳州，对于至今尚未表态将投效哪一方的湖南省来说，这是一件意义重大的事情。浙江也积极地对革命党人表示了同情，虽然该省迄今为止还在竭力克制着不愿公开表态会投向南方。

孙文的宣告所起的作用被上海的商人们对当前运动的非难完全抵消了。在数不尽的谣言中，被人到处散播的一则是黄兴将军已在南京遇刺，我们在此无法对此事进行求证。

皇家卫队的一支主要由满人士兵组成的分遣部队，目前正待命即将开赴汉口，但是，也有人对此表示怀疑，他们质疑这些人是否真的会听从规劝。

北京方面正式公布了戒严令，尽管自革命以来，它在无形中一直都存在着。

今天一早，官方的报纸上发表了总统对有关时局所作的一长串指示和命令。

其中有一条非常明确地声称政府有彻底粉碎南方派系叛乱的决心。假如南方的运动不再继续发展并超出目前的界线，或许政府会很容易取得成功。在运动继续扩大化之前，局势并没有什么危险；即使它有所扩大化，南方派系在匆忙间组织起来的装备简陋破败的军队是否能够击败北方军，也还有待观察。

综合所有消息分析，目前局势对政府来说更为有利，这并非是因为北方已经取得了重要的或决定性的胜利，而是因为南方一直都没有抓紧最初所拥有的有利条件，而这些有利条件对于他们想要成功达成目标来说，却是至为重要的因素。

对中国来说，真正严峻的事情是国家再一次陷入混乱之中，商业信心正被击垮，无论当前危局的结果如何，在全国范围内建立起一个备受国人尊重并愿意服从其领导的政府却几乎是一件毫无指望的事情。迄今为止，除了仍然身居要位之外，在占据国家最重要的政治席位这件事情上，袁世凯几乎还没有做出过任何事情来证明其合理性。而革命党一方的所有知名领袖人物，也都证明了他们无法胜任这一席位。

对江南制造总局再度发起进攻

（**本报记者，上海，7月23日，1913年7月25日刊登**）尽管在今晨已经遭受了严重的挫败，南方党人今晚再度回归，并以极大的决心向江南制造总局再度发起进攻。直至发送电文为止，还不可能对详细情形做出任何描述，但是，进攻似乎只是指向某一处而已，并不像前一次袭击那样向三处同时发起进攻。而因为最近的雨势，南方党人在遍是沼泽的地面上前进时，也遭受到了极大的阻碍。一般的预期是，北方派系会把守住他们自己的一切。尽管其兵力仅有其对手的一半，却都是些经验丰富的士兵，并拥有非常出色的工兵团，他们的防御措施也是经过绝佳安排的。南方兵力的优势则是拥有一些素质良好的官员，但从实质上来说，他们的士兵大多持冷漠和满不在乎的态度。尤其是，海军因其机动性而成为北方的一支生力军，再加上江南制造总局内部的守备队伍拥有常人不能匹敌的实力。倘若海军的军火弹药能够有充分补给，结果似乎是毋庸置疑的。

在上海的外国人普遍产生了极大的愤慨情绪，因为外国租界的庇护权一直被当成是挑起反叛的借口，人们普遍要求将孙文和其他公然宣称自己与叛乱有关的人士驱逐出境。

对江南制造总局的攻击遭到挫败，
政府发出轰炸郊区的警告

（路透社，上海，7月25日，1913年7月25日刊登）在过去的二十四小时内，江南制造总局又遭遇到了一系列袭击，尽管有不少士兵因为开小差而逃离，叛军还是展现出了旺盛的士气。今晚，政府军因为自己的持续性胜利而受到极大的激励，已经在酝酿主动发起攻势，并迫使叛军撤回到中国人聚居地的南郊——南岛一带。

政府的海军上将已经正式警告南岛商会，除非叛军四散而逃，否则他将于明天轰炸这一地区。

宣告中立

（**本报记者，上海，7月27日**）昨夜，民众五天以来终于在没有寻常枪炮轰鸣声惊扰的情况下度过了一夜。星期五晚间的事件似乎使得叛军暂时放弃了进一步的进攻。海军的炮火尤其奏效。海军上将将整个郊县分为不同区域，炮手们在精准的范围内能够从头至尾以炮火覆盖各自的区域。若是没有海军的协助，江南制造总局一定已经陷落于敌手。因此，更令人难以置信的是，在如此紧要关头，所有船员居然都未及时地领取到薪俸。政府唯有在最后一刻，通过临时性的外国审计部门，以五国贷款组织在上海的银行所支付的预付金垫底，才能给他们发饷。

在过去的两三天里，叛军持续后撤到租界以北的闸北一带，将上海暴露在令人唯恐避之不及的两军交火区域中。在这样的紧急情况下，领事机构授权工部局宣布上海与闸北中立，并接管了闸北地区的治安管理。有鉴于此，今天一早，警卫局的督察队长布鲁斯上校（Colonel Bruce）和万国商团[1]的指挥官巴恩斯中校（Lieutenant-Colonel Barnes），率领商团的兵力前往陈其美的总部。结果，陈将军已经起程前往吴淞，但还是留了十二名官员、300名士兵以及六门野战

1　万国商团（Shanghai Volunteer Corps），又称上海义勇队，上海公共租界内的一个准军事组织。成立于1853年，最初是为了防御太平军的侵入而由英美领事组织外国侨民组成的一支民兵武装。1854年的"泥城之战"是万国商团成立后首次参与的战役，此后在四明公所事件、武昌起义后的上海光复、五卅运动、"一·二八"事件、淞沪会战等重大历史事件中，万国商团都曾殷勤地予以协助。1942年，日军在进驻上海公共租界后，通过受其控制的上海公共租界工部局下令将该团体解散。

炮。双方在一两分钟的紧张对峙后，工部局的兵力成功地解除了对方的武装，在这一过程中，叛军还试图继续进行抵抗。工部局所作的进一步宣告使得孙文也不可能继续留在上海了。目前，他的行踪不明。

英国、日本、意大利和法国的蓝衣队员们今天已登陆保卫租界地带。继星期五宣布效忠中央政府之后，迫于国民党特使向下级官员们所施加的压力，吴淞炮台已经转向投靠叛军。陈将军以及他的随员们已经逃走。官员们宣称，除非遭到攻击，否则他们不会再战，但是，考虑到两支由四艘巡洋舰护卫的北方增援部队已由芝罘向此地逼近，一般人都相信，吴淞叛军发起行动将是在所难免的事情。

至于周末的交战间歇，一部分原因是出于媾和上的讨价还价，然而，政府的海军上将并没有权力缔结此协约。假如没有来自外界的影响力，北方军的胜利似乎是确定的事情，而商界与乡民们也均对反叛行动持反对的看法。

军事行动的进展

（**本报记者，北京，7月28日**）官场对军事行动的进展表示了极大满意，舆论满怀信心地表示，革命党人已经受到了无可救药的重创。根据昨日和今日一早郑重出版的官方报告指出，江西的南方军自从撤出虎口堡后，已经受到了北方军的攻击。张勋将军将部队推进到淮河一带的计划，因为铁路桥被毁损而延后。此外，据报道，他的部队缺少军火弹药，并且还尚未达到某种可以制约南方军的程度。在当前的关头，青岛的权力阶层正将他们所储存的一半数量的毛瑟短枪暂借给中国政府使用，但是德国领事馆已经否认了这一说法的真实性。

从南方有关渠道传来的消息则指出，扬州一带的部队已经和革命党人连成了一体。如果这一说法属实，将使得南方党人在淮河一带面临的情势变得不再那么严峻。

那些被假设会参加反袁运动的省份已经渐次发表声明，宣誓会效忠于自己的长官和城市。这些声明可能是真实的，也可能是因为在交战发生之初受到了革命党人失败的影响。目前，还不知道是否有南方的增援部队已经离开广州。

据今晚从汉口发来的电文报告，在支持革命党人的湖北汉江上兴起了一小股起事的部队。然而，武昌仍维持固若金汤的局势，似乎可以这么说，唯有某些完全意外的局势发展，才能阻止政府军提早完全取得最终的胜利。

袁世凯的胜利——来自南方的效忠声明

（记者专稿，1913年7月29日刊登）目前，北京有关南方革命党人叛乱的官方舆论充满了绝对乐观的情绪，预计将尽早决定性地粉碎叛乱活动。局势进展的一项指标通过各省的报告可以看出端倪，一些被假定会加入南方派系活动的省份，目前正作出声明，宣誓将效忠于由袁世凯担任总统的现政权。在湖北的汉江上，曾有小股力量起事，但是重要的武昌军队仍然忠诚于北方。

由于海军的效忠，袁世凯的胜利来得更容易了些。然而，如果五国贷款不能及时向这位大佬提供预付金，这一份效忠可能会濒临崩溃。

中国叛军[1]的失利——南方传来更多的独立消息

（**本报记者，北京，7月29日，1913年7月30日刊登**）上星期五，湖南省宣布独立。迈出这一步并非是以加入反袁战争为目标，而只不过是为了保护自己不会受到外来者的干扰。一支据估计为1500至8000名不等的兵力，携16门野战炮和16挺固定式机关枪，部署在岳州以防御进攻。

在我于昨晚发送的急件中提及的湖北起事，发生在安陆一带，当地的驻防军宣布投效于南方。一般预期，黎元洪的武昌军将能不费吹灰之力地摆平这一骚乱，并抑制由湖南向长江一带推进的任何进犯行动。因为靠近长江口的江宁要塞失守，同时对属于政府一方的扬州部队和镇江驻军的防卫逐渐失效，南方军的处境变得更加糟糕。目前正在淮河一带的南京军队，受到了镇江后方可能来自九江的军事威胁，而在其左翼，也驻有本部设在安徽西北部颍州府的、由倪嗣冲[2]率领的大批旧式部队。

局势中最为显著的特征是，自从冲突爆发以来，南方党人未取得过任何胜

1　为真实全面地反映《泰晤士报》当时的政治立场，译文尽量遵从原文的叙述方式。后同。——编者注

2　倪嗣冲（1868-1924），字丹忱，安徽阜南县人，清末民初高级军事将领，曾任黑龙江民政使、河南布政使、安徽布政使等职。袁世凯称帝期间，倪嗣冲和其他十四名北洋系军人均表拥戴。1916年4月，任长江巡阅副使兼署安徽省长。1916年6月袁去世后，倪嗣冲成为段祺瑞为首的皖系军阀的中心人物之一；张勋复辟失败之后，倪担任长江巡阅使兼安徽督军，仍为皖系的中心，直至1920年直皖战争中皖系落败为止。其后，倪嗣冲隐居在天津租界，直至去世。

利，也未在蓄意组织对政府造成严重军事威胁之上有任何突破。在各方消息灵通人士均充满自信地预见到袁世凯将会取得胜利之时，还是要记住一个事实：对政府的所谓效忠如果只是出于财政上的考量，那么，革命党的某一次取胜或对效忠对象的某一次重要转变，都可能会快速改变局势的发展方向。

（**本报记者，上海，7月29日**）居住在和闸北毗邻地区的外国侨民已经接到了警告，要他们转移到更靠近租界中心地带的地区。本地的旅馆以及膳宿房里，已经挤满了来自租界边界地带的居民们。

中国南方的叛乱行动

南京脱离北方的宣告已经取消

（本报记者，北京，7月30日，1913年7月31日刊登）从南方传来的消息暗示革命党行动的失败正呈一发而不可收之势。这些消息中有很大一部分还有待确认，不过，目前已经几乎可以确信，此次骚乱在军事层面上已告终结。

（本报记者，上海，7月30日）南京的商会和其他民间组织已经向上海总商会、其他公共机构以及官员们发去电报，告知先前由黄兴将军所宣告的独立已被取消，黄兴将军本人也已离开南京，顺水路南下。南京所有悬挂着的反叛旗帜也已悉数降下。

在随后发生的事件中，有一件是在此地发现了一辆从某家外国商号购买的汽艇，木匠们将其改装为一艘在船头上悬吊着击发式水雷的鱼雷船。如此改装的用意在于，只要设定了船舵，便能将小船急速射向海军上将的巡洋舰。但是，中国船员们出于良心，将小船拖上了岸并且报废了它，因此，该计谋最终并未得逞。

本地的对抗和敌意暂时中止。包围江南制造总局的叛军或因为开小差，或因为吴淞炮台令人难以摸清底细的炮火攻击而人数锐减。叛军将领黄兴是一个湖南人，据说，他收到了一封寄自某官方消息来源的信件，劝说他鉴于叛军实力的彻底逆转而放弃抵抗。但是，那些了解他的人却说，他是一个信心果决的人，一定会奋战到底。

上海之战进入平息期

（7月29日）有鉴于租界各处均散落了大量的弹壳，领事馆在今天向政府和海军将领们发出了严正的抗议。港口中的各国海军舰队的指挥官们打算向双方都作出警告，如果租界再次经历类似的危险情况，他们将会被迫采取相应的行动，因为他们以生命与财产的安全为首要考量。

今天，由于叛军及其装备在最近白热化的交战中遭受了惨重的损失，战火终于平息了下来。眼下，每个小时吴淞炮台的每处重要岗点都会传出炮击声。一整天，中国人都在趋之若鹜地涌入上海，想要躲避枪林弹雨。星期六驶离芝罘的北方军运输船和巡洋舰于今天抵达长江口岸，在黄浦江口下游约二十英里处，人们看到自船上登陆的部队和枪支马匹。

今天一早，闸北一带则发生了一件令人不快的事情。当地警察受到鼓动者的影响，对工部局愈发傲慢无礼。锡克警察局的主管人巴瑞特上尉（Captain E.I.M. Barrett）在走访一处闸北警局时，遭到了一伙人的射击。幸运的是，他并未受伤。日本的海军上将同意派遣船员前来这一地区，120名英国蓝衣队队员以及万国商团的大批先遣队负责在闸北一带巡逻，以威吓那些寻衅滋事者。

各处传来的消息都显示出，浙江省将会坚定地站在袁世凯的一边。在很大程度上，这是因为在杭州的浙江都督立下了强硬的规矩。而各地对银钱和纸币的需求量都很大。

总的来说，上海的情形可以被描述为比"告急"更令人不自在一些。从军舰登陆的蓝衣队、万国商团的团员以及警察们在处理随时可能发生的紧急状况时都非常胜任，然而，纵使间歇发射炮火的情形已让人感到幸运，但持续不断的炮火夹击和在头顶上飞掠而过的枪林弹雨，还是让人的神经紧绷。商业上的完全停顿也使得局势更令人不安。

中国的新总理——一位财政界的权威人士

（**本报记者，北京，7月30日，1913年7月31日刊登**）总统提名由热河都统熊希龄出任总理一职，日前已经得到了两院的批准。

在首届中华民国的内阁中，熊希龄是财政总长，并负责克里斯普贷款的预备工作。在满人时代的政府中，他也曾在地方上和财政司中身兼数职，对于盐税管理颇有经验。最近他向政府呈递了一份有关蒙古议题的陈情书，其中对时局颇注重实际的理解令人激赏。人们希望，在未来处理这一问题时，他能带入改革性的思路和做法。

上海的叛乱分子——关于吴淞炮台的谈判

（**本报记者，上海，7月31日，1913年8月1日刊登**）尽管政府的增援部队正逐渐穿过乡村地带向江南制造总局开拔，但本地区的敌对状态已经完全中止了。经过仔细的调查，驻守在上海老城厢和龙华宝塔之间的叛军人数不会超过1600人，并且，他们对于进一步的开战都表现得意兴阑珊。实际上，有关交出吴淞炮台的谈判将是情理之中的事情。

自从反袁运动爆发以来，来自中国的电报不断地反映出日本人在南方运动中的共谋关系。据本报北京记者报道，在日本于中国革命期间应该向中方提供了援助这一事情上，中国一直予以否认并表达出愤慨之意。他接着又说，北京和东京双方对此所作的官方性否认几乎是毫无价值的。然而，这些否认一直都具备一种非常明确的特点，甚至比至今所公布的任何指控都还要明确。毋庸置疑，日本对于南方的同情具有很大的分量，在中国，有许多日本人以不同程度的忠告在援助着革命党人。这场运动也得到了一部分日本报界的支持。但是，日本政府却想要严守其中立立场。过去一段时间以来，日本驻中国领事一直得到其政府的指示，告诫在中国的日本侨民切勿参与任何程度的革命运动，并拒绝对那些为叛军提供援助的日本国民作出任何保护，领事甚至指出，一旦发现这一类的日本侨民，就会将其驱逐出境。

中国内战结束——叛军领袖失踪，吴淞遭到所谓的"炮轰"

（记者专稿，1913年8月4日刊登）大约三周之前，因为原江西都督拿起武器和北京政府对抗而引发的一场中国"骚乱"，已经如预料的那样进入尾声。本报北京记者提到，这场意图"讨袁"的战争，实际上是在一片惨败中落幕的。江西省的地方部队被逼入了内陆，而政府军应该已开拔到距离南昌仅咫尺之遥之地。革命军的领袖们已经不知所踪，可能去了广东一带。按照孙文的说法，一场新的反袁运动将再度在那里兴起。

目前无法预测下一个阶段会有什么事情发生，但是本报北京记者评论道，局势的进一步发展，将会是引入新元素和建立一种新的军事行动基础的结果。如同7月21日本报某篇文章所观察的那样，正是最近的贷款，将袁暂时性地推上某种尽享军队拥戴的地位。

（本报记者，北京，8月3日）作为当前局势中一项主要的军事元素，南京和以南京为基地并试图推翻政府的军队，已经被消灭了。在上海的南方党人很明显想要守住吴淞口的要塞，但是他们的束手就擒也不过是指日可待的事情。在江西省，当地的部队被一路追赶，已经进入很难被包抄歼灭的内陆地带；但是，在那里，他们也很难指望卷土重来。政府军则应该已经到达距离江西省省会南昌咫尺之遥的地方。最近宣布独立的湖南，所指望的也不过是保住其独立的状态，而广东对这场运动也无法提供任何军事支援。因此，一场"讨袁"运动实际上最终以惨败收场。如果未来局势有进一步进展，那将是引入新元素和建立起一种新的军事行动基础的结果。

革命军的领袖们早已不知所踪，悬赏他们人头的赏金也已经公之于世。一般认为，他们正逃往长期盛行无政府主义的广东一带。孙文声称，南方的反袁运动将再度从那里兴起。

很难相信，将时下形势搞得一团糟的革命党领袖们，会有能力再度兴起一场能撼动政府的运动。然而，有一点还是可信的，他们总能在广东一带找到藏身之地，并且，也总能在那里继续骚扰国家。

（**本报记者，上海，8月3日**）正如我在上一份电文中所预计的那样，吴淞炮台在星期五和昨晚的两次炮击都不过是示威而已。"海圻"号巡洋舰向前推进了约四英里，与炮台对射了几发炮弹。两边都未造成任何损伤。在这之后，巡洋舰撤退，来自上海地区的大批叛军则成群地涌入吴淞。十分清楚，政府军舰队司令们的用意就是要将他们包抄在某一个角落里，在巡洋舰沿途监守长江的情形下，他们插翅难逃。

目前还无法推测，叛军究竟会抵抗还是会投降，但是据守在炮台的陈其美将军，却并不是那种不经抵抗就愿意束手就擒的人物。

今天，本地的整个局势产生了极大的变化。在江南制造总局附近的地区里，有一些大胆的游客实际上已经被允许进入到防御地区的外围线之内了。而在浦口线上，全部叛军武装似乎都正沿着浦口的方向一路后撤。

中国南方的反叛行动

广州的立场

（**本报记者，北京，8月8日，1913年8月9日刊登**）南方的麻烦迟迟不见落幕，极有中国特色的"拖延术"延误了将其尽快终结的进程。据推测，南方和政府大唱反调的立场并没有什么改变，但是有必要在此提及的是，近来发生的几起事件有可能会造成局势的复杂化。

广州的立场还是一片混沌，但想要在那里酝酿出一场攻击性的行动，却已经是不可能的事情了，当地是否会投效于中央政府，目前还不能确定。四川的重庆驻军已经宣布独立，但是，这一"独立"究竟是对省会还是对中央政府而言，却无法确定。电报通讯已经被切断，所以没有消息传出。而湖南的活动却比预期的更为激进，有一支部队甚至已经跨过了岳州东北部和湖北接壤的边界线。这究竟只是一步没有什么重要意义的战术小策略，还是一个会进犯到武昌的积极大动作，尚有待观察。而在湖北，几股叛乱势力也在该省的外围地带蠢蠢欲动，据报道，所有这些势力都已经被黎元洪将军的部队成功地压制下去了。

与此同时，议会两院仍继续在一片有气无力的氛围中行使着他们的功能，和先前发出的那些气势高昂、令人印象深刻的论调相比，他们此刻的发言实在是乏善可陈。今天，下议院的议员们投票表决，要将自己的薪资上调至360英镑，与本国的实际情形相比，这个数目实在是不相称。而全部将由袁世凯政权之下的官员所组成的新内阁也将在近期内宣布提名。

政府军向吴淞炮台推进

（本报记者，上海，8月8日）海军将领郑汝成[1]司令官将于明天开始率部向吴淞口推进。由于外国海军司令官所持的中立立场，借用苏州河和闸北的许可已遭驳回，但这并不会严重阻碍政府经由陆路向前推进，而目前停靠在江南制造总局前的巡洋舰将与长江里的舰艇配合，使炮台陷于三重夹击之中。炮台的指挥官们从农民、未成年男子以及强征入伍的男性中征募临时军人。

日本人在骚乱事件中的角色

（本报记者，东京，8月8日）日本人在中国叛乱活动中的共谋和勾结关系，以及经同意后在某些个人活动中投入赞助基金等行径已经遭到了全面的指责。毋庸置疑，日本人所流行的观点和见解一直都倾向于南方，而众多拥护中国南方派系的人士也在日本国内颇具知名度。然而，当局及所有对国际形势明察秋毫的观察家们都已经认识到这场暴动的愚昧，也一直在寻求阻挠"少年中国"的领袖们进行这场骚乱的所谓计划。他们也一直反对日本人在事件中的胡乱干预，并且极尽可能对其采取严厉的警告措施，以防止这一类事情的发生。

我了解到，孙文正在本地期待着能够不受任何阻碍地前往美利坚合众国。

1　郑汝成（1862-1915），字子敬，直隶静海县人，晚清民初的海军将领。1913年被袁世凯任命为大总统府高等侍卫武官、上海镇守使，率陆军第七旅、第十九旅驻上海。在"二次革命"中，因成功防守江南制造总局，击退了陈其美等革命党的进攻，被任命为上海警备地域司令官、江南制造总局总办等职，授海军上将，控制上海的军政大权。1915年11月10日，郑汝成在上海外白渡桥被陈其美派去的刺客投弹炸死。

政府军向吴淞炮台推进，280名叛军分子被重重包围

（本报记者，上海，8月11日，1913年8月13日刊登）政府军的指挥官们正在完成他们进攻吴淞炮台的计划，外国的船舶已经接到警告要小心回避。从江南制造总局来的六艘中国战舰将全面掩护政府军穿越乡村地带逼近吴淞。一位政府军指挥官在淞沪铁路上的一列火车里指挥战斗，切入一个由1500名精壮士兵组成并在江湾一带试图阻止其推进的叛军组织。280名叛军官兵被包围，官军向他们所提的条件是：只要放下武器，他们便能保全性命。

由广州传来的消息称，叛军溃逃给人带来的喜悦感甚至超过了满人逊位之时。军队为这一消息而兴高采烈，有关独立的公告也已经被撤销。

孙文对总统的劝告

（记者专稿，1913年8月13日刊登）我们已经自坎特利博士处收到了孙文于7月2日发给袁世凯总统电文的翻译件。兹从中摘取几个较为重要的段落刊登于此。

文于去年北上，与公握手言欢，闻公谆谆以国家与人民为念，以一日在职为苦。文谓国民属望于公，不仅在临时政府而已，十年以内，大总统非公莫属。此言非仅对公言之，且对国民言之。自是以来，虽激昂之士，于公时有责言，文之初衷未尝少易。何图宋案发生以来，证据宣布，愕然出诸意外，不料公言与行违，至于如此，既愤且憋。而公更违法借款，以作战费，无故调兵，以速战祸，异己既去，兵衅仍挑，以致东南民军，荷戈而起，众口一辞，集于公之一身。

意公此时，必以平乱为言，故无论东南军民，未叛国家，未扰秩序，不得云乱；即使曰乱，而酿乱者谁？公于天下后世亦无以自解。公之左右陷公于不义，致有今日，此时必且劝公乘此一逞，树威雪愤。此但自为计，固未为国民计，为公计也。清帝辞位，公举其谋，清帝不忍人民涂炭，公宁忍之？公果欲一战成事，宜用于效忠清帝之时，不宜用于此时也。说者谓公虽欲引退，而部下牵掣，终不能决，然人各有所难，文当日辞职，推荐公于国民，固有人责言，谓文知徇北军之意，而不知顾十七省人民之付托，文于彼时，屹不为动。

人之进退，绰有余裕，若谓为人牵掣，不能自由，苟非托辞，即为自表无能，公必不尔也。为公仆者，受国民反对，犹当引退，况于国民以死相拼！杀一无辜以得天下，犹不可为，况流天下之血以从一己之欲！公今日舍辞职外，决无他策；昔日为任天下之重而来，今日为息天下之祸而去，出处光明，于公何憾！公能行此，文必力劝东南军民，易恶感为善意，不使公怀骑虎之虑；若公必欲残民以逞，善言不入，文不忍东南人民久困兵革，必以前此反对君主之决心，反对公之一人，义无反顾。

谨为最后之忠告，惟裁鉴之！

北京与反袁行动

缺乏政府所提的倡议

（**本报记者，北京，8月13日，1913年8月14日刊登**）两个星期以前，南方派系的运动宣告爆发。时至今日，局势仍不能令人感到满意。吴淞炮台已于今天早上陷落，而这并非是由于英勇的守军被击败，却是因为他们自己的四散逃逸。几天前，据确切的消息透露，南京已再度宣布投效政府，但如今，该城市又一次宣布独立。镇江落在南方军的手中，他们为是否愿意投降而讨价还价。这两处都在目前身在扬州的张勋将军和徐"老虎"联合部队的胁迫之下，同时，浦口铁路线上的北方军也对它们虎视眈眈。在江西，那位掀起这场运动的桀骜不驯的都督已经心灰意冷地逃到了内陆地带；但是，有一个甘愿冒险的下属军官却已接任了南方军的指挥重任，并且意图发动一场勇猛的防御战。南昌以及长江流域的其他地方仍然在散布着可能宣布独立的威胁信息。

北方军的那种难以形容的缓慢和笨拙，实际上已经引发了地方上对中央政府似有若无的蔑视感。而在通讯中断的情况下，谁也说不清目前四川的局势究竟如何。湖南的士气则表现得十分旺盛，25000名士兵可能已经盘踞在东北边缘的前沿阵地或正在向当地挺进的途中。除了一小部分之外，这支部队其实是一群临时雇来、未受训练、没有组织、缺少装备并且一部分人连武器装备都没有的乌合之众。他们缺乏武器弹药，几乎称不上是一支军队，但是其士气可能会让黎元洪手下的武昌守军如感芒刺在背。政府已经下令第三师自蒙古撤军，并将调遣该部队再加上各部增援兵力前往汉口对抗湖南的部队。广州在几日前还宣布效忠政府，但是今天又和忠于政府的广西军队开战。而据报道称，广西的军队也不值得信任。

南方所爆发的挑衅性的反袁运动无疑已经宣告失败，但是因为政府没有在最初取得胜利时乘胜追击，已经鼓励了新一波的骚乱发生，并形成了某种"毫无秩序"的局面，而假如不以某种比目前更具目的性的手段去对付这一局面，这种无秩序的混乱将会进入长期的、慢性的状态。

叛军放弃吴淞，已连夜向外逃窜

（**本报记者，上海，8月13日，1913年8月15日刊登**）在与骚乱有关的全部事件中，没有什么会比放弃吴淞炮台更令人称奇的了。取得吴淞炮台的战斗竟然在今晨未发一枪一弹而宣告结束。

在叛军于星期一向江湾的政府军所在的方位发起猛烈攻击之后，有一小段时间，忠于政府的军队几乎完全陷入混乱之中，叛军很有可能会战胜较缺乏战斗经验的政府军。所有人都预测，驻守吴淞的叛军可能会造成极其顽强的抵抗局面。而事实上，这一进攻其实也就是整个战役的终结点。据红十字会的调查显示，叛军的损伤也许比之前的任何一场交战都更为惨重，昨夜，他们一路从炮台落荒而逃。而政府军的指挥官们则放弃了他们原先想要向长江一带散开左翼部队的方案，也因此给叛军留下了一道向西北方逃逸的口子。叛军选择了此方向撤离，和他们一起撤走的，还有陈其美将军及率领过最激烈的攻击江南制造总局一役的纽永建[1]将军。

到了今晨8点钟，政府的旗帜再一次飘扬在炮台的上空，一位信使奉命向在

1　钮永建（1870-1965），字惕生，上海人，民国政治人物。1905年加入中国同盟会，1911年10月在上海加入陈其美的组织，负责中国同盟会、光复会、上海商团的联络工作。上海光复后，成立了沪军都督府，钮永建任军务部长，支援各地的革命派起义。同年12月，钮被任命为江苏都督府参谋次长。1913年"二次革命"失败后，钮永建逃往日本。1927年4月，南京国民政府成立，钮永建被任命为国民政府秘书长，后调任江苏省政务委员会委员兼民政厅长，之后又出任过第一任江苏省政府主席。国共内战后，钮永建逃往台湾，此后继续在国民党中央评议会任职。

黄浦江上指挥海军武装的郑将军手下的李指挥官宣布归降，而李指挥官对对手投降一事却一无所知，仍在江湾全力向前推进。没过多久，似乎有人察觉到了动静，因为尚未到正午时分，居然已经有一群政府军的士兵胆敢向炮台靠近了。在那里，这些士兵发现有300名竭诚欢迎他们到来的叛军，叛军士兵领着他们前往排炮点，大炮上的后膛锁已被人事先揭去了。

对手的投降提振了所有人的精神。整片宝山地区的荒废古城、吴淞要塞三英里外以及环绕黄浦至江南制造总局和龙华古塔的全部范围，都完全受制于政府之手。而有人希望，政府所取得的胜利能在各处产生效应，鼓励效忠者尽快终结这场乱局。另一方面，也必须诚实地说，因为对最近以来所有有枪械在身的叛军下落缺乏精准的了解，整个时局一直令人局促不安。在容许可能会有所夸大的情况下进行推算，这一地区的叛军武装人数一时之间不可能会远少于7000人，而实际上，其中只有约1500人被勉强计算在内。那么，在其他人身上究竟发生了什么事情，便成了一个谜。事实是，大多数人很可能根本没有意识到他们在和谁应战，这使得他们更难应付眼前的局面。

纵观发生在江苏的整个战役，从未有一场果断的行动。叛军一直在推进，但是面对政府军的步步逼近，最终仍不过再次落得土崩瓦解的结局。

广州的战斗

（8月14日）最近才刚刚在广州恢复的和平景象，昨天却因为粤军第一师和龙济光[1]将军之间的战斗而被无情地打破了。龙济光是袁世凯提名担任都督的人选，最近戏剧性地由广西开拔到了广州。第一师坚持认为龙将军应该立即离开本城，并指称他手下的军人不过是些海盗。其实，这不过是"五十步笑百步"罢了，事实上，第一师的指挥官 Chang Wao-Kin 也是国民党的重要成员。在战斗的过程中，巡抚衙门被烧，一些店家也遭到打劫。目前，和香港的联络也被切断了，所以，无法知晓进一步的情况。

而在上海附近，四处都已笼罩在宁静之中。政府军已经在休整当中，过去几天以来，在准备向前推进攻击江宁炮台时，这里到处都弥漫着一片可怕的硝烟。

1　龙济光（1868-1925），哈尼族，云南蒙自县人，出身土司。清末民初军事将领、陆军上将，曾任广西提督、广东安抚使、都督兼署民政长、两广巡阅使等职。

中国政治中的金钱因素

　　（记者专稿，1913年8月15日刊登）预料中的事情真的发生了。被"少年中国"派轻松宣称以"讨袁"为目的的远征行动，在发生在前哨基地的几场小规模战斗后便宣告瓦解。那些花钱雇来的军队最终还是臣服于腰上系着长长钱袋的当权者。不仅是海军，还有许多叛军部队，尤其是那些在南京的，堂而皇之地将自己搁在待价而沽的天平之上。南方的派系手上没有现金，唯有靠许下空头支票，然后在那些如今已不常发生劫掠之事的地方趁火打劫方可支付。在被中央政府支付了丰厚佣金的政府支持者面前，南方派系的那些衣衫不整、装备短缺的军团急速地消亡。按照早就已经彼此心照不宣的、有关哗变失败后应予遵守的规矩和先例，毫无疑问，袁悬赏重金要买下的几颗头颅会从一些人的脖颈上搬家，那些曾经积极策划要取了总统老命的人知道，唯有流亡在外，才可保全自己的性命。但是，像岑春煊和孙文这样的人，很快就会找到一条回头的路，即使官方的文件上没有写着"欢迎"的字样，也会安排好一些其他的措辞。在中国人所玩弄的权术中，这一直是一条基本的原则，胜利者会收买那些有影响力的落败对手，使他们能向自己释放出善意。

　　要感谢外国银行在这一紧要关头所提供的现金储蓄发挥效力，也要感谢"五国贷款合约"中有差不多一千五百万元被预先指定用于支付军队的需要，袁世凯目前还是处于优先的地位，还是那只长长钱袋的支配者和利益上的施予人。长江流域各省的敌军指挥官们，不管是实质上的，还是口中号称的，看起来不太会忽视总统将要按照自我意愿去支配以"遣散"为目的的差不多六百万银两的事实。我们也许可以相信，袁会以"自行决定权"来使用这笔钱犒赏朋友和安抚危险的反对者。到目前为止，一切看起来都还不错；做得晚总好过不去做，五国列强的政治性金援达到了它最直接的目的，中国现在可以指望能松上一口气了。在开满鲜花的国度里，此刻也正是丰收的时节，到处都是一派和平的景象。

然而，很明显，袁继续在国家局势及和平进程机会上的主导地位，却并不主要取决于他的个人影响力与政治谋略，反而是决定于他以后是否还有能力继续向军队支付薪饷。同样明显的是，如果外国贷款将要用于支付军饷或解散全国范围内非正规武装的念头一旦变得根深蒂固，正规军人这个职业便会有可能在普罗大众中变得异常具有号召力。事实上，整个中国都可能会坚持从军。宣称解散非正规武装的想法其实很容易，但是，直到英法两国的民众拒绝再将他们的资金投注在中国政府的简单保证时，浮动贷款的金融家们才有可能会把有关北京军事花费的细节仔细研究。有鉴于此，可以放心地预测，对于中国那些掠夺成性的阶层来说，既然他们有理由相信列强会协助中央政府收买那些实际的或有潜在可能的革命党人，那么，和打仗有关的职业就会继续对他们保持吸引力。

然而，中国的借贷能力正在迅速衰减，原因很简单，走在英法等国大街上的人们正在开始意识到，所谓的"共和运动"，只不过是社会动荡与解体的许多根深蒂固的症状之一罢了；因此，直到有一个卓有成效的权力核心再度在这片土地上施展其强有力的手腕，中国的政治所意味的，不过是从某一类政治冒险家向另一类政治冒险家过渡的专制与暴政。即便是海外的中国人团体，一开始，他们以火热的热情支援"少年中国"的革命，现在，他们也已经不再愿意为其军事费用捐输款项，并且拒绝再为再生性工业以外的其他任何目标投注金钱。而对于美国来说，不管它是多么一厢情愿地倾向于鼓励共和运动，也没有表示会以现金来支援中国。

在这样的情况下，袁世凯有多少机会能建立起一个具备偿付能力的、稳定的政府，绝对要取决于他和支持他的那些头脑清醒的保守派人士是否具备在十八行省中恢复原先管理体制和财政体系的能力；并且，在这些体制和体系存在着过失与缺陷的情况下，他们是否能够认识到中央政府的义务和职责，并对较为正常的财政收入拥有控制和处理权。

南京的防御战

北方军未采取任何动作

（本报记者，北京，8月24日，1913年8月25日刊登）政府军无精打采的表现，已经在长江流域一带引发了某种令人好奇的局面。吴淞炮台陷落不过一日之后，约2000名南方军还在持续向胜利者公然挑战。在上海，谣言漫天横飞，有人甚至预测江南制造总局会遭遇另一波攻击。靠近长江口的江阴要塞虽宣誓效忠，但是他们的真实态度却令人起疑，因为那些曾迫不及待想要攻下南京的战舰，居然不敢冒险从它们近旁驶过。一大群在上星期已经预备好要为了两万块大洋而投降的南方军，目前仍在继续把守着镇江的要塞，即使一路北上要攻打南京的张勋和徐"老虎"的部队正从他们近旁穿过此地。尽管南京的内部存在着激烈的纷争与不和，却仍在英勇地抵抗三股政府军的进攻。从南京传出的消息一般都会有几天的延迟，所陈述事态的准确性也有待确认。然而，一位中国朋友这样向我解释，很明显，南方军在防御战中正在损耗着大量的武器弹药，只要哪里有枪炮声响，北方军便不敢向哪个方向前进。

很明显，顺江而上的芜湖与安庆目前仍操控在南方军的手中。江西的省会南昌目前则被政府军所占据，但是，一些仍由李烈钧指挥的南方军武装却已经一路向南撤退，仅有一小部分宣布投降。武昌仍然保持着攻不可破之姿，尽管湖北省的其他地方不时传出骚乱的迹象。湖南的都督在长沙取消了有关独立的宣告，并声明继续效忠于政府。尽管如此，一支由2万人混杂而成的本省军队，仍然驻守在以瑶州为基地的战场上，而其先遣部队则已经越过了湖北的边界。目前来看，似乎还没有对这支部队采取任何军事行动。在浙江的一些地方，对政府效忠与否却绝对无法得到确定。和四川的联络则仍处于不稳定的状态，在官方报告表现得一派乐观之时，本省行政管理上常见的软弱无力却鼓动着针对权力阶层而起的零星起事。

造成事态混乱局面的，主要是北方军的武装忽略了向叛军投以致命的一击并立即采取后续的行动。钱袋的分量一直被默许来补足刀剑的力度，因此，胜利者在名义上的确是取得了胜利，但失利者却被允许毫发无伤地消失无踪。以这些原则为主导的战争可以永远僵持下去。

据推测，长江的整个下游地带都在观望南京战事的结果。令人难以想象，政府军在恰如其分地全力部署了兵力之后，居然还能够在攻城的战事上失利，因为这本来应该是很久前就该完成的事情，却因为难以解释的拖延而被耽误了。有关攻克南京的新闻，如果是紧跟着对政府军事实力的展示而来，应该就能一举终结南方派系的活动。而另一方面，一场被拖延了的南京防守战，只不过是在其他地方鼓动了骚乱的发生，却不会对袁世凯的安全构成什么威胁。毋庸置疑，目前的局势并不是经过协调努力后的结果，而是对于称不上是权威阶层的个别挑衅所造成的。

财政上的困难

实际情形远远称不上鼓舞人心。在长江流域各省以及蒙古所耗费的巨额军事开支，严重地加剧了政府的财政困境。在一些省份中，大股的抢匪威吓着当地居民，而这一切只有靠昂贵的军事行动才能够压制下去。长江上的巨额贸易当然陷入了一片停滞，国家也被淹没在货币贬值之中。但是最根本的，还是政府的治国方略受到了这些问题的重创，以至于它毫无必要地让借钱帮助自己度过当前危机的外国政府把一肚子不快撒在了自己身上。盐税的整顿和五国贷款的安全性都不断地受到阻挠，并且就要变成那些很在乎此事的公使馆们提出强烈抗议的缘由。

与此同时，在特许权上的你争我抢似乎已经再度开始了，只要顶着预付金或定金的悦耳头衔，任何拿出一点小钱的人都能敲定铁路合约、战争物资订单和其他类似的好处。理所当然，英国的企业却在吃着苦头，符合受到英国政府支持资格的直截了当的提案未能取得任何进展，原因只是我们必须遵从某项联合政策。在所有小心翼翼关注着局势发展的列强当中，唯有我们英国还独自恪守着这种精神。

中国政府急于让世人知道，自己从未开过悬赏捉拿南方派系领袖（死活不限）的价位，只不过会对于抓捕他们归案者施行奖励而已。在其他文明国家中，这也算是合乎惯例的事情。不过，会让人记住的是，以袁世凯之名在上海负责执行任务的海军上将所发布的公告却含有"悬赏"的意思，并且，这份公告并没有被允许在外国租界内张贴。

政府军围攻南京的进展

（**本报记者，上海，8月24日，1913年8月25日刊登**）过去三天以来，叛军虽使出浑身解数，均难以撼动张勋的军队。目前，张勋的军队已经攻下了紫金山，然而，尽管整个进攻的局面因此而有了实质性的进展，但南京依然攻不可破。昨天，有五艘巡洋舰沿江而上经过镇江。这条消息之所以重要，不仅是因为这些巡洋舰将协助迄今一直被狮子山炮火围困着的冯国璋部队跨过长江，更证明了江阴炮台是效忠于政府的（这一点一直令人疑虑重重）。与此同时，从几乎与外界完全隔绝的南京传出来的消息既稀少又经过了长时间的延误。然而，收到的零星消息还是足以证明，两边的交火都是孤注一掷的，令人感到害怕的是，城里人一直在战火中苦熬着。

上海的商业活动持续陷于完全停滞的状态。从重庆传来的消息，则指出四川督军熊锦帆[1]已经竖起了反叛的大旗，重庆已陷入一片混乱之中。作为四川的门户之地，重庆吸纳了来自上海的大量贸易，对于本地的商户来说，重庆具有居于首位的重要性。幸运的是，成都对政府的忠诚似乎毋庸置疑。

---

1 熊锦帆（1885-1970），即熊克武，字锦帆，湖南麻阳县人，生于四川省，中国民主革命家、民国军事将领，川军的主要领导人之一。1905年加入同盟会，后参加过讨袁的"护国运动"、"护法运动"。1918至1924年间，熊克武是四川省的实际统治者。后曾与陈炯明一起号召过联省自治。抗战期间，熊克武抵制过蒋介石的反共政策，1949年与刘文辉等策动了川西起义。1949年后，熊克武曾担任过西南军政委员会副主席、政协委员、人大常委会委员等职。

北方军在南京——市内展开了激战

（本报记者，上海，9月1日，1913年9月2日刊登）一场狂暴的轰炸之后，停火警报已在今晨响起。一支侦察太平门的先行部队发现这里早已空无一人，连忙升起了张勋将军的旗帜并进入城里。城门早已因为枪林弹雨而变得脆弱不堪，叛军已逃之夭夭，许多人是从南门一带逃走的。

然而，不愿达成和解的抵抗者们依然把持着城里的下关一带和狮子山，他们从那里向政府的军舰展开炮轰。北方军已经把持了远至鼓楼的整座城市。某些街道上的零星巷战仍在持续之中。

南京陷落——政府在南方取得胜利，
上海的情势得以缓和

（记者专稿，1913年9月3日刊登）目前，袁世凯的部队已经无可争辩地控制住了南京，并且，随着六朝古都失守，从某种程度上说，长江流域各省的叛乱武装都已经被各个击破。前天，北方军从太平门的一道入口攻城而入，但是，正如本报上海记者在报道中描述的那样，叛军仍然据守着城镇的某些区域，无法被完全攻破，最后，政府武装威胁要切断他们的退路才迫其就范。

与攻克南京同样值得庆贺的，则是上海因此而得以解围，而北京的满意度自然也达到顶峰。北方将领们在防守上的固执态度及其拖延因循的策略，已经开始引发众人的焦虑感。人们害怕，假如南京城撑过了这一波的攻击，叛军可能会再度振作、信心大增，而北方军的胜利所产生的效应也会随之烟消云散。

六个星期之前，当叛乱刚刚发生之时，总统曾欲投入极大的精力与其交手。在任何尝试推进战线之处，南方军都遭到了阻截，似乎无须一枪一炮，叛乱便会烟消云散。8月13日放弃吴淞炮台，被认为是叛军坚决与北京当局为敌的终结。人们期待，南京在数日之内便可被攻下。但是，随着时间的流逝，北方军并未展现出乘胜追击的气势和能力，局势也因此开始变得不太明朗。

在本报于8月25日所发布的电文中，北京记者描述中国的中部陷入一片混乱之中。他说，长江下游的整个地区都在等待着攻破南京的那一刻。现在，既然南京城已经被攻陷，假如政府军乘胜追击的话，应该是全面结束南方叛乱活动的时候了。

（本报记者，上海，9月2日）目前，南京已经全面落入了政府军的手中。昨晚，冯国璋将军带领大队人马匆匆跨过长江，在那里，当叛军看到其退路已被切断，便急匆匆地自狮子山撤退。有些人从南门逃走，约有200个人被杀，据报道，更多人被俘。下关郊外已经因为反炮击而遭到了长达数周的破坏，但是在市内，损坏的规模和程度较小，铁路也完好无损。张勋将军的部队充分证明了自己卓越的信誉。在被封城围攻的日子里，南京饱受盗匪和打劫者的肆虐，如今，大批的武装部队受到了严格的管制。由此造成的结果是，老百姓并不会对北方军的进驻感到遗憾。

攻克南京提升了所有人的士气，在围攻上屡屡拖延正在形成人们严重的恐慌心理，人们害怕其他地区的叛军会因此受到鼓舞而尝试新一波的起事。目前，政府已经强有力地控制了武昌、九江、南昌、安庆、芜湖、南京、杭州直到黄埔、广州等地。政府现在已经在准备席卷全国以终结整个乱局。

至于六个月之后会发生什么，目前还无法预测。局势主要取决于政府会否得到金钱上的支持，但是，叛乱至少已经起到了这样的正面效应，它展现了一个新兴权力的存在和一种迄今尚未可知的明确政策。

南京遭到洗劫

北方军的过度行径

（本报记者，北京，9月5日，1913年9月6日刊登）据来自南京的报道，该城市已经遭到了北方军的大面积损毁。在其长官们的默许下，士兵们的破坏可谓无所不用其极。几周以来，居民们一直在供养着守军，花费了大量钱财以确保他们撤至城外并向政府投降，但结果却令人生怜，看来应该是向居民提供保护的政府军却展现了他们的破坏力。除了三名日本人被杀之外，外国人的生命还算是受到尊重；尽管江边的租界地带遭到了炮火的大面积摧毁，但外国人的财产却只有极少一部分受到劫掠。这一收场让北方军的声誉大打折扣，也损坏了袁世凯政府的威信，特别是政府已经将极高的赞誉甚至该省的督军之权都授予了张勋将军，但其军队却在对南京城遭到洗劫一事上负有极大责任，其信誓旦旦要保卫该城的承诺被证明了只是一派谎言。

随着南京城陷落，南方派系的活动也可被认为已告终结，政府在战争中获胜给人带来的欢欣也正烟消云散。北方所取得的胜利在很大程度上是拜花钱所赐，而非武力取胜，引发骚乱的因素也只是被暂时压制下去，而非彻底消灭。在未来的一段时日里，要重新掀起一场严重的反对政府的起事已经是不可能的事情了，但是，造反的精神仍旧存在。在不久的将来，因为南北双方政见相左，这一精神一定还会表露无遗。人们普遍认为，它将会有害于政府的有效管理。

议会与袁世凯

对于是否有可能通过宪法中有关总统选举的部分，还有不必等待完成全部草案即可进行选举的问题，议会目前正在激烈的论辩之中。两院将于下周合并讨论这些问题。与此同时，还有一件很有趣的事情，尽管双方偶尔都会有一些明显的疏失，但对于宪法的条理性，双方却都给予了密切的注意。上一届内阁于昨日请辞，新内阁可能会在星期一上报议会请准通过。

财政前景比以往任何时候都显得黯淡，军事开支使财政部陷入严重的亏空，贸易中断也使国家的收入锐减，最近以来，因为损毁外国人的财产而作出赔偿也时有发生。作为外国贷款保证金的盐税已经激增，中国人对于自己的所需是如此盲目，在自我重建的工作上总是捉襟见肘。因此，即使有奇迹发生，也无法扭转中国在不远的将来要面临的尖锐的财政危机。

（本报记者，上海，9月5日）南京的局势虽然已经沉静下来，但这却是个不祥之兆。三股势力都在争夺着领导权，冯国璋已经被召回到北方，以免他和张勋的敌对态度会导致两方军队间爆发一场冲突。有流言称，冯已经召集了一群流氓以预备好冲突发生。5000名政府军士兵正向芜湖方向追赶着叛军第八师。

在叛乱期间流落至上海的难民丢失了大约500名儿童，这些孩子都被诱拐到了南方的奴隶市场。

日本受到了刺激

（本报记者，东京，9月5日）因为三名日本人在南京被北方军杀害，日本国内受到了不小的刺激，反对派的政治评论员们正在利用这一事件，将苗头对准政府对华政策中被称作是踌躇不定和软弱动摇的道德部分。甚至连大隈重信[1]伯爵也对这些批评和敦促施以援手，假设他的话被正确引述，某几个中国人的聚居场所已经被日方占领，以作为要得到满意答复的筹码。

政府会循着正常的途径，要求得到金钱上的赔偿，并对犯罪人加以惩罚；但是，还有一种普遍的意向，则认为应该同时确保坚决抵制北京当局持有的反日情绪，以避免此类事件的反复发生。无论如何，这一事件将不可能促进政府与北方派系和南方派系同时保持友好关系的棘手策略，而这种策略总是会恶化为试图两面讨好的手段。

日本人对南方派系的同情心

本报东京记者在8月14日的评述中这样写道：

没有一个国家会像日本那样对中国的发展投注了那么大的兴趣。几个世纪以来，这两个国度以宗教、艺术以及语言作为纽带而联合在一起，大和民族始终弥漫着对天朝的强烈的崇尚之情。这一历史关系因为过去五十年来的诸多事件而被一直强化，然而，令人感到好奇的是，两者的态度现在却颠倒了过来。曾几何时，日本习惯于坐在中国的脚旁，而中国则是日本的瞳仁。除此以外，还有出于贸易的原因所产生的影响力。如同其政府一样，日本的商人和制造业者从未有一刻忘记过邻国向他们提供的获利可能性。但是，如果认为贸易因素为有关"中国所发生的事件总会在这里被效仿，不仅政府和商界人士如此，连学者、学生甚至普通人均是如此"的思维提供了主要的解释，那就很有可能出错了。对日本来说，中国问题差不多就是一个国内问题。

---

1 大隈重信（1838-1922），日本明治时期的政治家、财政改革家。肥前藩蕃武士出身。他是日本早稻田大学的创始人，曾任日本第八任及第十七任内阁总理大臣。他主导的改革成功使日本建立起近代工业，巩固了财政的根基，不仅挽救了当时刚成立不久的明治政府，还为日本未来的发展打下了坚实的基础。

报界的影响

在满人王朝开始崩溃之时，这种日本式的关注变得强烈起来。有关"少年中国"的领袖、等级和文件，在这里被个别人所熟知，"少年中国"的大多数人也是在这里接受了教育。因此，他们和日本人之间有一种个人化的联系。在数以千计来到日本求学的中国人中，有大多数是到私立大学求学，而日本的报界也正是从这些大学中挖掘记者的人选，因此，这些报纸目标明确地对"少年中国"表示大加赞赏也就不足为奇了。报界在日本有着巨大的影响力，因为在一个国家中，那是唯一一种可以日复一日地讨论政治议题的公众喉舌。根据宪法的条例，议会在一年中的聚集时间不足四分之一，其辩论的水准也还停留在初级的阶段。因此，民众普遍对"少年中国"的宏伟抱负大加赞赏的原因也就显而易见了。思想保守、观点持中以及确实见多识广的人和政府官员们全都意识到横亘在实现这些抱负的道路上的种种障碍，或许，他们也害怕"少年中国"会对自己的国家产生影响。但是，不可否认也令人感到好奇的是，孙文及其追随者们的那些激进派社会主义者的思想，很快在普罗大众，尤其是年轻的一代中赢得了同情。更何况，因为袁世凯在其生涯中留下了某些"污点"，也不可能成为一个备受推崇的人物。

在革命期间，政府自身因为软弱、胆怯等理由一直受到外界的攻击。备受争议的是，政府不应该随从其他列强，而应当认定想要看出"金钱在中国最有话语权，而日本却几乎腾不出什么钱来"的事实明显是不合实际的。包括日本在内的列强所给予袁的支援，在某种程度上惹恼了民众，也在某种程度上扰乱了商界，他们害怕南方不被欢迎，而这一点对他们来说至关重要。结果是，一直有非官方的代表被派往上海、汉口等地方。革命党发现，在日本搞定武器弹药非常容易，即使不是，搞到贷款也并不难。所有这些都让政府多多少少感到窘迫，因而誓言要保持绝对中立，在任何情形下，都将自己和其同盟国以及其他强国紧紧绑在一起。因此，在恢复和平的过程中，他们一点也没有感到轻松。

孙文的来访

　　之后，孙文来访日本。他受到了各界友好人士以及政府最高层官员的盛情款待，这一切都机不可失地向日本人民表明，"少年中国"无惧于在任何地方受到冒犯；对于众人来说，这位南方党的领袖在那时俨然是袁世凯的一位坚定的友人，他为了所有人的福祉而放下了武器。在那些经济结盟的场合，双方进行了许多的交谈，（日本）政府和商人们所在意的，是从中国巨大的发展和扩张中分得最大的一杯羹，在那一刻到来之前，中国的发展情形似乎确实令人印象深刻。但是，和先前一样，在那一刻，他们对于孙文个人还是怀着极大的同情心。因此，日本为他所预备的款待，既显示出自己的友善之心，也体现了自己的商业头脑；既显示出一种诚挚的钦佩之情，也体现了不折不扣的商业策略；既显示出各种重要的考虑和动机，也体现了个人化的倾向与意念。

中国向日本致歉　袁世凯组成新内阁

（记者专稿，1913年9月9日刊登）中国政府已指示驻东京临时代办对三名日本人在南京被北方军所杀害一事表示了遗憾，并且下令对整起事件进行全面的调查和汇报。本报在下文中所刊载的，是这件事情的日本官方版本，相比本报驻北京记者于昨日发来的电文而言，这一版本中凝聚了更多的严肃情绪。中国的道歉和对于调查的承诺是否会让日本满意，目前尚未可知。尽管本报驻东京记者并不认为发生在星期日晚间的民众在外务省门外集结抗议一事有非常重大的意义，但是，东京的民众抵制中国政府的情绪却异常强烈。

与此同时，袁世凯已经组成了他的新内阁。其中包括三位与著名的改革派人士康有为有关的成员，很明显，这一内阁会赢得两院的支持。然而，本报驻北京记者仍然向我们作出了警告——总统所可能采取的任何巩固其席位的手段，势必会激起反对的声浪。

日本人向政府请求对中国采取军事行动

（**本报记者，东京，9月8日**）昨晚，在外务省和外务大臣住所的门前，发生了令人好奇的一幕。一群狂热分子发表了长达数小时的演说，要求日本对中国采取军事行动。两处的集结者均未受到警察的任何干扰；在外务省门前，一位请愿代表被允许入内向外务大臣的秘书详细陈情。

集结的人群大多数由对煽动者的热情感到新奇的旁观者所组成，这些煽动者的行为并不需要和太严重的内容相联结。当局则因为得体地处理了这一起可能会诱发危险因素的事件而受到了各界的赞扬。

（**路透社，北京，9月8日**）中国政府已指示驻东京临时代办对三名日本人在南京被杀害一事表达了遗憾之意，并且下令对整起事件进行全面的调查和汇报。中国政府正在采取一种安抚的态度，却让人感到日本的呐喊抗议超出了情理之外，需要指出的是，日本的士兵们也曾协助叛军防守南京。

日本的官方报道

以下是伦敦日本大使馆从东京收到的有关南京事件正式声明的译文：

南京于9月1日宣布投降，北方军随即进驻。他们四处横行、抢劫财物、骚扰妇女、肆意杀人。在逃出的日本侨民中并未发生财物被盗的事件。一列肩扛日本国旗、正前往领事馆的日本人被张勋部下的士兵所拦截，尽管他们一再解释自己是日本人，其中一人还是被击毙，第二人被刺刀刺死，第三人则中弹而亡。

"康有为内阁"——似乎有某种和袁世凯唱对台戏的感觉

（**本报记者，北京，9月8日，1913年9月9日刊登**）今天，参议院批准了由总理提名的六位新内阁成员。熊希龄自己将暂时兼任财政总长。其他总长则分别是：

孙宝琦[1]：外交总长；

朱启钤[2]：内务总长；

梁启超：司法总长；

汪大燮[3]：教育总长；

张謇：工商总长；

1　孙宝琦（1867-1931），字慕韩，浙江余杭县人。清末民初政治人物。晚清时期，曾任清直隶道员、出使法国大臣、出使德国大臣、帮办津浦铁路大臣、山东巡抚等。民国时期，曾任袁世凯北京政府外交总长、代国务总理、审计院长、财务总长、招商局董事会会长等。

2　朱启钤（1871-1964），字桂莘，祖籍贵州开阳县，生于河南信阳。政治家、实业家、古建筑学家。1912年7月起，他历任陆徵祥内阁、赵秉钧内阁的交通总长，并曾代理国务总理，在政治上属于梁士诒的交通系。后任熊希龄内阁的内务总长。晚年寓居上海。

3　汪大燮（1860-1929），原名尧俞，字伯唐，祖籍安徽黟县，出生于浙江杭州。清末举人。1905年任驻英公使，民国时期曾历任教育总长、外交总长、代理国务总理、国务总理等职。晚年创办了北京平民大学，任校长兼董事长，并致力于红十字会等慈善事业。编有《英国宪政丛书》《分类编辑不平等条约》等。

周自齐[1]：交通总长。

中国人将这一届新内阁称为"康有为内阁"，原因是其中三位都与这位著名的改革派人士有关。从实际的角度看，这一届新内阁与其前任相比，既没有更坏，也没有更好。它几乎是赢得了两院的一致性支持，因为总理本人曾经公开表明，自己将致力于内阁集权并责令内阁向议会负责的政策。因此，与总统发生冲突的基本可能性从一开始就存在了，但是，只要内阁和议会能合理地约束自己，而总统的秘密顾问团也能够接受在影响力上稍有损失的话，一种相互妥协的状态还是可以在二者间存在的。

两院于星期五进行了联合会议，以决定在宪法草案完成之前宪法中有关总统选举的部分是否能先得到议会的批准。如果决定是乐观的，也许很快就会举行总统大选，但是，总理已经表达了他的个人意见，在整部宪法得到议会的批准之前，他反对总统选举。

感觉上，这像是在和总统唱对台戏，而总统虽然在近来的事件中一再经受着磨炼，却仍然是一如既往，只要牵涉到任何巩固其总统席位的路线与方针，听到反对之声总是预料之中。

1　周自齐（1869-1923），字子廙，祖籍山东单县，清末民初外交家、政治家、教育家、经济学家、实业家。1912至1915年间，周自齐曾任山东都督兼民政长、交通总长、代理陆军总长、税务部督办兼中国银行总裁、农商总长等职。周自齐也属交通系，曾支持袁世凯称帝。1918年后，曾任参议院副议长、总统府高等顾问、北京政府财政总长等职。1921年，曾以中国代表团顾问的身份出席华盛顿会议。

中国的骚乱以及后续事件

（社论，1913年9月9日刊登）在中国目前活跃而有组织的反叛活动中，中日之间于最近所爆发的令人不快的困境，可能会被暂时修正为某种令人满意的结果。在东京所引发的民怨，只是相对而言较为严重，一个有着贫弱政府的大国在滑入内战漩涡时，生活在那里的外国人所要承担的风险一定也会很大。

一个月之前，一个名叫西村（Nishimura）的年轻陆军中尉，在靠近汉口的地方受到了中国士兵粗暴甚至是野蛮的欺侮。对他的虐待是没有借口可寻的，但是看起来，直到事情过去之后，才有更高一级的中国官员发现此事。三名日本人在南京被杀，则使情形变得对中国更加不利。中国政府已经表达了遗憾之意，答应全面调查此事，但是令人感到怀疑的是，这么做究竟又能在多大程度上安抚日本人的情绪呢？本报北京记者在昨天报道说，受害人为了保护其财产而不明智地离开了日本领事馆的安全区域。但本报在今天发表的日本官方说法则是，这三名日本公民是在和他人一起前往领事馆的路上，被人拦下、袭击后才被杀害的。当我们了解到，直到对抗的最后一刻，日本国旗还是可以任意在南京城里使用，有关这群日本人因为携带日本国旗而遇害的说法便不再有说服力了。然而，不管怎样，暴行的后续发展还是令人极不愉快，在双方的说法中都提到，这些不幸者并未进行任何抵抗，实际上就是被冷血地残杀了。有人说，中国军队并不是在意外中向日本国旗开火的，即使是中国一方的版本，也承认他们被日本公民对叛军所表现出的同情心而激怒了。据说，他们的愤怒事出有因。日本政府的态度一贯都是正确的，日本民众中思想较为自由的一些人则极力支持骚乱，更有人指出，连某些日本官员也在积极地从旁协助。

这些谴责一直被来回地、频繁地重复着，看起来，并不完全像是空穴来风，东京沸腾的民意也对此作了佐证。在日本外务部负责对华事务的安倍先生于周五晚间在东京被暗杀，有人暗示，他的被杀与其反对日本政府对华采取克制政策有关。对我们而言，他的死似乎比发生在南京的暴行更令人悲痛，原因是，如果假定该事件的动机属实，那就意味着，日本过去五十年来的克制态度正在消退，民众的狂热比明治时代更难控制。过去几天以来，东京所展现出的激动情绪也导向了同样的结论。我们并不是说，日本对中国的愤怒缺少正当的理由，但是，看起来，它已经达到了令人极度遗憾的程度。

从本报于今日所发表的东京专电中可以看出，如果说民众的情绪仍然如现在这般高涨，那么，日本政府的头脑还是冷静的，它的反应是受到我们欢迎的。毕竟，日本在中国所遭遇到的问题和其他列强所面对的几乎完全相同。每一个和中国有着广泛的商业和金融关系的国家，所关心的主要问题都是如何协助民国尽快建立起一个强大而又稳定的政府。依据共识（尽管近来出现了一些不妙的趋势），最有资格在中国逐步建立起新秩序的人便是袁世凯。但唯有借助外来的支持，他才能达成其目的。在这一关头，一支日本海军向中国发起示威，紧接着又占领了中国的领土，这些都有可能让大总统从他战胜叛军的胜利中败下阵来。我们相信，修复两国关系的要求将会以某种较少暴力色彩的形式被提出。与此同时，必须承认，袁世凯在挑选手下时并不那么走运，他的属下们最近以来所做的事情已经大大地削弱了他的地位。他们在平息叛乱时缺乏灵活机动的表现，这让中国久久地沉溺于战事，终致大祸临头。张勋将军在南京陷落后的所作所为，则更是一个令人痛心疾首的错误。他似乎根本就没有试图阻止其军队四处行凶，很明显，在某种程度上，他是将这些暴行当作对自己两年前在南京遭到覆灭的报复。如今，南京已经遭到了一遍又一遍的洗劫，那些不幸的居民一定会痛苦地追忆在帝王统治的年代里相对平静的日子。尽管叛军将领们已经四下逃逸，中国的前景仍然不容乐观。叛军是被冲散了，但是由军队变身而成的匪徒们却继续横行乡里、鱼肉百姓。造反的事件极有可能会卷土重来。很明显，政府的将领们和他们的军队只会在拿得到足够饷银时，才会效忠政府。

南京遭到洗劫的事件告诉我们，强取豪夺的事情并非革命党人的专利，政府在这一类事情上也自有它的表现方式，反而在秩序化的国家管理上毫无进展可言。一份上海的报纸说得极好，目前在中国，"枪杆子所到之处，便是法律和权威奏效的范围"。

我们仍然坚持自己一贯的观点，选择支持袁大总统和北京政府，此刻，列强不应该做任何事情来损害中国作出自己的选择。然而，还是很有必要补充一点，此决定所依据的期望还完全没有实现。正处于极大困境中的大总统，一直都成功地确立了他自己的权威，但是他所用的方式不能被重复使用。金钱是他最主要的武器，结果却是，中国人从中得到了教训，反叛是可以用来盈利的。令人吃惊的是，在明确得出"他的利器便是腰上所挂的钱袋子"的结论时，袁大总统自己却正贯彻着会使其断了财路的路线。或许，很难分辨是民国元首还是其大权在握的下属做了些什么，但很清楚的是，中国政府对于财政问题的态度却变得可疑。以五大国贷款的名义所预支的预付款已经很快被花光了，但是在达成贷款的条件上却没有进行什么努力。政府必须要为预料之外的内战而留出一些零用钱，但即使是长江流域上的内战麻烦，也不足以解释丁恩爵士在整顿盐税管理时所遭遇到的种种阻挠。中国人更不能容忍回归倒在任何地区中、任何条件下进行小额贷款谈判的旧政策。中国形势中最令人感到沮丧的特点是，导致实现五国贷款谈判的最大希望比以往任何时候都显得更为遥远了。除非中国政府很快作出努力来承认其新的义务并履行其允诺，否则，这样的时刻终将到来，到时候，即便是对袁世凯加以支持的政策也会被视为失败。如果这个时刻来到，很难能预见到中国的命运将会是什么。

目前来说，我们很满意地承认，叛乱已经被粉碎。但是，在这一成功之后，需要紧接着整顿国家并采纳更为稳健的金融策略，唯其如此，人们才能真正重拾信心。

南京暴行后，日本指出对北京方面所提的要求必须立刻得到履行

（**本报记者，北京，9月11日，1913年9月12日刊登**）日本公使馆遵照来自东京方面的指示，于今天下午派遣代表前往中国政府，就有关南京和其他事件进行会谈。日本向中央政府和当地有关权力机构所提的要求，包括要对方公开致歉并对生命和财物损失予以赔偿，并严惩疏于保护日本人的负责官员。

这些要求中并未涉及领土以及任何形式的武力威胁，这一点被认为是令人感到满意的，它证明了日本人并没有想要借事件来谋取利益。向南京的日本领事馆致以个人的歉意，对张勋这位战功卓著的军官来说，将是一剂难以下咽的苦口之药，人们拭目以待，他究竟会不会为了表示效忠袁世凯而抛开自己的面子。日本所提的条款已经是最低限度了，所以北京方面必须立刻予以接受。其中所明确暗示的意思，便是如果未遵守执行，将会导致严重的后果。

总之，日本所提的要求被认为是合情合理的，尽管其中包含了严重的、令人感觉丢脸的细节，会有损于袁世凯政府的威信。与此同时，人们认为，其中最重要的意义还在于，对一个老式的东方国度来说，条约中所规定的外国人应享有的特殊地位应该得到普遍的认可，以免中国人在义和拳及义和拳之前的那些日子里对外国人的态度又会不幸地死灰复燃。因此，外国舆论普遍支持日本人，只要现在所提的要求不再被继续加码，中国政府也就不必去做那些他们显然是办不到的事情。

今天，参议院中的大多数成员都同意了对六位新内阁成员的提名。

日本所提的要求，中国已全盘接受

（**本报记者，北京，9月14日，1913年9月15日刊登**）昨天，中国政府以十分受用的口头表达形式通知日本公使馆，对于日本所提出的与最近发生在南京、汉口和兖州府的事件有关的要求，中方将全部予以接受。日方的要求包括惩戒、赔偿和道歉，其中主要有：张勋将军个人向南京总领事表示悔意，其军队也需要为此而进行一场阅兵仪式。

除了提出要求，日本方面还提出了两项请求。一是，总统颁发政令表示遗憾之意；二是，解除张勋将军的江苏省都督一职。第一项请求立即得到允准，但是第二条则将政府置于一个尴尬的境地，因为它的前提是，任命张勋正是出于他在最近发生的危机中所表现出的忠诚。

尽管如此，中国政府还是不得不仔细考虑给予张勋另一项任命的可行性，而这一任命又应该契合他的特殊资质，江苏拥有着如此众多的通商口岸，外国的重大利益在该省中也是如此集中，身为这样一个省份的行政官员，张勋至少算是一个落伍者。外国人都有一种倾向，当某项任命透过最近所发生的事件反映出它的不合理时，他们会以取消该项任命的迅捷程度和本事来衡量现政府的实际权力。

一旦论及有低估了"日本人单单等着抓住某个机会来夺取中国领土"这一看法的倾向，整起事件便变得饶有趣味。日本目前的对华政策被假定为并不具备任何攻击性，并且，日本也承认其利益将会通过维护中国的和平（而不是使其贸易受到阻碍的混乱时局）而得到最好的保障。虽然有许多日本人，不管是官方的还是其他人，最近都在支持革命派系，但这并不一定就意味着日本想要促成中国崩溃、分裂的局面。

北京的新内阁：一个势均力敌的组合

（记者专稿，1913年9月20日刊登）总的来说，由临时大总统提名，并最终经参议院批准的新内阁人选，反映了袁世凯交际手腕中带着圆滑的坚持以及他在灵活性的妥协上具备的非凡能力。如果说慈禧皇太后凭借传统之道大显其治国才能，那么，袁世凯正是其忠实的追随者，他笃信"中庸之道"的教条以及"狗咬狗"（无论是对本国人还是对外国人均是如此）的策略。在最新一届内阁的提名之上，他很明显地遵守着这些策略。本届内阁巧妙地融合了开明派和保守派政策的元素，并且，一般说来，在其各自派系中，这些阁员均是"盟友多于政敌"的"聪明人"。

值得注意的是，现任内阁中的两名成员张謇与梁启超（分别担任工商总长与司法总长），同样是摄政王在1911年11月16日下诏委任的人选。当时，袁正以任何可能的妥协手段努力安抚着广东派系中激进的共和分子，以使自己在北京保全有限的帝制统治。之所以要挑选这两位开明派人士（事先并未征求他们的意见），很明显，这是他向上海的共和派施行的小小贿赂；但是他真正需要做的，还是想要在带着孙文标签的、自国外接受教育的反传统者以及传统政权下的开明人士之间划下一条清楚的界线，以期望在此派系中营造出意见不合的契机，而这一目标很快就会达成了。对于宪政体系中的温和派改革人士，他总是会表现出同情心。

袁从不避讳自己不喜欢某些人，也非常害怕狂暴激烈的美国式学生所代表的"少年中国"会砸了中华文明中庄严高贵的庙堂，并在片刻之间，以他们狂热的路线、方针，粗制滥造地搭起自己的戏台子。将张謇和梁启超拉进他所提名的、以君主政体为目标的新内阁中，正是他从整体上向文人们（特别是曾在1898年间出过头的改革派人士）所做的一种强有力的吁求。张謇是南京共和议会的第一任实业总长，也是一位著名的学者（来自江苏的科举状元），而梁启超则堪称是中国最为杰出的执笔者之一。这两个人都展现出一种具有创造力的进步力量。张对于东三省殖民地化的务实方案，还有梁在宪政改革上所做的、最终导致1898年宫廷政变的规划以及他在新闻界所进行的明智、稳妥的工作，说明了一切问题。在行政和立法的事宜上，这两位也都是头脑清醒的稳健派。如同袁本人一样，梁公开表达过自己的信念，他认为政府的共和政体并不适合中国目前的情况和需要。他和张两人都未在君主政体中接受过委任状，但张受制于共和党，对袁还怀有个人的敌意；而梁则有充分的理由相信，如果他选择留在日本而不是回到北京，可能会活得更愉快、更安全一些。如果这两位现在都决定接受现任内阁中的席位，他们至少可以为这一届内阁增添一些非同凡响的学术色彩，而这一点也一定会派上大用场。

财政考量的首要人物

熊希龄是本届内阁总理兼财政总长，他是湖南人，也是一位温和、稳健的革新派人士。年轻时，他曾负笈日本，之后又游学欧洲。在君主政体下时，他曾经担任过东三省总督的财政监理官，也曾经在盐税管理部门中服务过几年。在办理公务的态度和方法上，他和独树一帜的袁颇有些相似之处，其见风使舵和善于权宜之举的特点，与传统满人政权下的为官之道并无太大不同。很明显，他是个缺乏勇气的人，眼界也不够开阔，无法在中国政治和财政的紧迫危境中游刃有余。

交通总长周自齐则出身于一个世居广州的山东人家庭。他精通英文，曾两次在华盛顿出任驻美公使馆代办，也在外务部服务过好几年。1911年，他作为载振亲王的随从人员，代表清帝国参加了乔治国王的加冕典礼。民国成立后，他出任过代理财政总长，在其任上时，曾于1912年3月14日参与谈判、缔结了比利时贷款协定，随即引发大英帝国、法国、德国以及美国等国政府的抗议。周自齐所犯下的，无可否认是失信之过，但若追究起来，他却毫无疑问是听从了唐绍仪、甚至有可能是袁世凯本人的命令而行事的。在比利时贷款被取消之后，他因为"代人受过"之功而得到补偿，在其原籍山东省出任了都督一职。在到达济南府上任时，他恰巧目睹了本省军队严重的暴乱和抢劫事件，只好向天主教教堂寻求庇护。除了这些，有关他的其他事情就乏善可陈了。据他的同僚们说，他是一个和蔼可亲、值得尊敬的庸常之人。

内阁中的这些积极或被动的开明派之间的比重，因为两位传统型的政界要员孙宝琦和汪大燮的出现而有效地得到了平衡。这两位都曾在帝制下担任过要职，开始时是外交公使，后来又参与了铁路贷款协定的谈判，但在这两个席位上，他们都没有获得过任何功绩或学习到任何新的想法。在帝制时期，孙宝琦是皇太后的坚定拥戴者，他在1902年曾先后出使法国和德国，在两个国家中都曾取得过有关营造独特都市风格的宝贵意见，东方式的谦恭礼仪之花只结出了粗劣微薄的果实。孙宝琦不是勇猛敢斗的类型，坦白地说，他的眼光也一直都非常短浅。在辛亥革命爆发时，他正担任着山东省巡抚一职，当时，别人已经主动提供给他担任"都督"一职的机会，他却无法看出以自己的"巡抚"头衔作这一交换究竟意义何在，那时，还有一条路可走，便是以身殉国，因为一大批学生已经理所当然地决定了山东局势的走向。

汪大燮是浙江人，本质上也是一个性情平和、容易满足的人。在帝制时期担任官职时，他曾经承担过几件难搞的事情（最主要的便是出任英国公使，特别是受委派要作有关英国宪法的报告时，他其实对这个国家、甚至是英文都还一无所知），但是并没有惹上什么个人风险。在清国政府就上海—杭州—宁波铁路进行谈判时，汪作为谈判者之一，受皇帝之令，需要竭力安抚他那些大声反对承认英国特许使用权的同乡。他那颇具说服力并受到了本报北京记者从旁指点的说辞，最终却引发自家祖坟在1907年十一月遭到"少年中国"亵渎与侮辱的悲剧，"少年中国"的这一恶行将他导向了对改革运动的严肃思考。我们可以十分放心地预测，在孙宝琦和汪大燮的主理之下，外务部和教育部这两个部门不太会做出什么孤注一掷的举动来；换句话说，就整体而言，内阁的注意力会继续聚焦在国库和财政之上。

传统的存留

概括地讲，新内阁代表了大多数温和改革派中的天才人物，与他们并行不悖的，乃是旧政权下的大多数传统。作为政府机器，假如仅仅认为它没有网罗那些吸鸦片的烟鬼、说话含混不清的老朽以及在太监当道的满人朝廷中一贯占据要位的顽固寄生虫，它无疑要比帝制下的直隶总督署来得更优越。和孙文的国民党可能参与的任何一届内阁相比，它也具备优越性，因为在这群人当中，并没有什么夸夸其谈、蛊惑民心的煽动家，也没有什么自吹自擂、头脑发热的意气用事者。拥有了梁启超和张謇两人的内阁，只要他们本人愿意，应该会极大地协助袁世凯制定出解决中国最紧要问题的方针和策略，当务之急当然是地方上的财政整顿问题，如果这一问题不能得以解决，则成立有关的国际委员会就会在所难免。不管是就个人而言，还是以整体来说，本届内阁究竟会不会以一种爱国主义精神的共同努力，来直达它所面临的困境的高度，减弱派系争斗和私人动机，我们还需要拭目以待。

作为结语，有一点很值得大家的注意。自革命以来，在开始实施并引导袁世凯的政策之上，有一个人具备着最强大的影响力，他就是常面带微笑、深不可测的广东人梁士诒，但直到目前而言，他都还是审慎地隐身在幕后。可是，如果一般性报道都是正确的话，他应该是那一个既强势又灵活、会牵动着北京政治主旋律的人物。那一群跟着他的音乐节拍而翩翩起舞的人，将会左右中国数以百万计人的命运。而他所弹奏的乐章，其实不过是对袁世凯总统指令的回应罢了。在与时俱进的许多细微变迁之中，永恒飘扬着的，依旧是儒家传统的庄严节奏。

日本对中国的最后通牒——威胁要在
长江流域采取军事行动

（**本报记者，北京，9月26日，1913年9月27日刊登**）昨天，日本公使提请中国政府注意，尽管中方承诺会服从日方就南京事件所提出的要求，但两个星期过去了，中方仍旧疏于对这些条件予以回应。公使指出，假设三天之内仍不能得到满意的答复，日本可能会考虑自由地采取他们所认为适合的步骤。

张勋在准备作出必要性道歉一事上得到了不少嘉许，但是，要他的军队为了相同的目的在日本驻南京领事的面前列队而过，据说很难令其就范。与此同时，挤在海上的十艘日本军舰正等着要在靠近南京城的长江上挑起事端。若是对日方的要求不予服从，势必会给中国带来灾难，因为这暗示着袁世凯治军无方，而这些军队又正要为最近发生在南方的事件负责，日本海军可能会因此而展现出其毁灭一切的实力。

说到刚刚提及的这一意外，大英帝国将会详细盘查日本具有特殊利益目的的行动，也就是说，在它同意日本对一起冒犯与损害程度都不是那么严重的事件要求得到补偿的同时，英国也决不会祭出任何政策允许日方染指长江流域。

中国向日方致歉，英国在平息事态中的影响

（本报记者，北京，9月28日，1913年9月29日刊登）今天一早，张勋将军按照日方的要求向南京的日本领事馆公开致歉，只是，随后他又紧接着访问了其他各国领事馆，狡猾地减轻了原本应有的效应。他保证，今天下午，会有一大群人在领事馆前游行，并展示他们的武器以示悔过。进行这一仪式应该就意味着这起事件已宣告落幕。然而，日本方面仍在非常得体地催促要张勋从都督的职位上下台的事情。

（本报记者，上海，9月28日）今天早晨九点钟左右，在30名官员和一位翻译的陪同下，张勋将军前往日本领事馆，为在南京发生的暴行正式道歉。六小时之后，张勋部队的一个约800人左右的军团在一支外国乐队的引领下，打着民国的国旗，在日本领事馆前方的空地上集合，在指挥官向着日本领事和200名立正着的日本士兵敬礼的同时，军团也展示了自己手中的武器。

正如即将看出的那样，整个活动都是在某种妥协性的状态下进行的，之所以能够达到这一效果，英国领事馆的影响力不容小觑。直到昨天晚上，日本领事还坚持张勋必须亲自率领其军团列队而过。对于这一点，张勋明确表示拒绝照办。按照中国人的正常原则，无论在何处冒犯了别人，不管冒犯者实际上多么情有可原，必须要有悔过自新的表态，这一点使张勋可以在某些条件下"不失脸面"地致歉，但是，对日本人所提的条件，他则拒绝接受。根据《字林西报》

记者的描述，最终，由驻南京的英国领事清楚、明确地转告其日本同行，日本领事不应当为了如此微不足道的小事而影响了该城市的和平与贸易，于是，双方之间最终达成了如上所述的某种协议。

这一消息使人们普遍感到满意，因为连日来的紧张局势已经日趋缓和。不少人为张勋具有实质性的爱国精神而喝彩，毕竟，他愿意以大局为重，跨出了在任何情况下都一定会令他感到非常不悦的那一步。

中国与列强间的财务政策 —— 中国并就最近发生在南京的事件向日本致歉

（记者专稿，1913年9月29日刊登）今天，本报北京记者公布了两则饶有趣味的事件。因为向日本驻南京领事馆奉上对方所期望得到的致歉，张勋将军避免了一场严重的危机；同时，列强之间达成共识，终止各自与中国政府在财政问题上所达成的协定。所谓的三方与四方协定已经被消解，五国协定则被修改，而在有关铁路或其他特许使用权上的洽谈，则给各自政府留下支持五国中任何一个国家的余地。

有关这一修改的必要性，已经在星期五的《泰晤士报》上解释过了。它指出，这些协定在妨碍了英国财政和工业企业的同时，并没有如所期望的那样，阻止国际间对中国的特许使用权的争抢，因此，该协定已经失去了它的目标。在星期五同时刊载的另一份特稿里，对五国协定，还有从与中国各有利益牵扯的英德两国金融家们在1895年的协议演化而来的所谓财团的措施与手段作了说明。

据本报北京记者的电文描述，中国人对英国政府的这一政策改变表示高兴，中国政府曾将此协定视为打开毫无节制的外国竞争之门的开端。他们希望，在将来，这一转变会使他们避开在金钱开销的安全与控管上的繁琐乏味的情形。然而，本报记者在星期五的头条中却表达了他的意见，他认为，中国政府目前的情形会对和中国有生意往来的外国银行家们起到某种有益的限制效应。财团的消解并不意味着列强们在全然不问其国人所提方案是否有价值的情况下就一定要予以支持。当然，目前来说，正如英国政府所在意的那样，没有一个企业想要获得无法给中国提供合理收益并使英国投资者得到安全保证的所谓支持。

南京的事件

本报上海记者描述了昨天在南京所发生的一幕，正是张勋将军为其军队向日本侨民施暴一事向日本领事馆致歉。致歉来得正是时候，因而避免了日本的进一步干预；在星期四的时候，驻北京的日本公使已经警告了中国政府，如果三日之内无法得到令人满意的答复，日本将认为，它可以自由采取自己所认为合适的措施。很显然，日本已预备好要在长江沿岸有所行动。

就算不是先前已经存在，起码从南方发生叛乱开始，中国与日本的关系就已变得非常紧张。在日本国内，民众的同情心普遍都投向了南方一边。日本的官员们被谴责偏袒叛乱分子，而北方军向日本侨民所施的暴行更是激起日本人对袁世凯政府的厌恶。

南京在9月1日从叛军手中被收复之后，紧接着便发生了劫掠事件。三名日本人被杀害，日本国旗被羞辱。这一事件导致东京民众爆发了极大的愤慨，群众集会抗议日本政府的所谓懒散对策，坚决要求政府颁布某种更激烈的政策。日本外务省外交政策局的主任安倍先生被暗杀，并且他的谋杀也被归罪于煽动者。日本政府拒绝被导入任何暴力路线之中，南京的暴行发生几天之后，日本政府正式发出赔款的要求，普遍认为，这一要求并不算过分。在拖延了一阵子之后，中国同意了日本的要求。日本所坚持的要点是张勋的当众致歉。中国政府接受了这一要求，但是显然难以让张勋将军遵守命令。两个星期过去了，日本政府并没有接到他的道歉，于是，要求被诉诸武力威胁，最终达到了它想要的结果。

除了这一"要求"之外，日本方面也提出请求，要中国政府免除张勋将军的军职，这一点可能被证明会造成新的困难。

中国的总统大选，列强是否认同的问题随之出现

（本报记者，北京，9月30日，1913年10月1日刊登）在官方的圈子里，人们普遍期望总统大选可以如期举行，以便当选总统可以在中华民国的成立纪念日——10月10日完成其就职典礼。在加速敦促议会通过执行某些与总统大选有关的宪法条款的情况下，这一期望可能会实现，而宪法本身却仍然尚未起草甚至未被加以考虑。有关新总统的权力将受制于临时宪法的意图，目前还有待于在有关的永久性文件中提出；并且，如果这一从根本上来说就是中国式"试探"的先例能够满足这个国家的四万万人民，那它就不是为少数外国人的吹毛求疵而预备的。

与此同时，有关承认民国的问题便很明显地随之出现了，今天，本地外交使团的一次会议还就这个议题进行了讨论。在重要的强国间，有一种普遍的感受，觉得现在已到了他们要承认中国政府的时候；那么，他们唯有先在最近的危机中对袁世凯出手相助，使他能够战胜对手，承认其政府才会合乎逻辑。与此同时，当各国政府还在为那么多问题争论不休时，又让人觉得还不应该给予中国如此显著的外交考量。坦率地说，自从建立民国以后，中国将自己的外交关系搞得一团糟，通常情况下，只有在对方施加压力时，才会有令人满意的举动。现在，它得到了修正的机会。在袁世凯当选总统的就职典礼上，如果可以得到一帮外国政府对民国的承认，无疑会大大提升他在全国上下的威信，有助于他巩固自己的地位。如果他能确保对所有尚未解决的外交问题立刻予以重视，并给出合理的解决办法，他或许是可以赢得这些承认的。

中国保守势力的影响

商业上的因素

（驻宁远府记者专稿，1913年10月6日刊登）凡是称职的观察家几乎都会众口一词地断言，对于新的民国政府，尤其是在中国西部的政府来说，令人感到最忧虑的情形，莫过于老百姓对官员权威的完全漠视。已经有太多的例子可以说明，在当局和某些地区的既得利益相抵触时，当局的意愿总会受到当地人明目张胆的反对，而在这些例证中，法律的力量无法强大到保障对当局制定的法规予以尊重。这一情形如果发生在中国人以外的其他人种身上，会因被灌输的强烈的平等与正当理由的观念，而必然导致全社会公开的无政府状态与暴民统治。

然而，目前的革命已经深深地消除了通过商会进行运作的贸易团体所具有的影响力和稳定性。在构成中国社会这一复杂有机体的所有成分中，商业元素曾经是最健全和最保守的一种。贸易者的利益与他们对法律、规范以及不受阻拦的商品互换原则的遵守紧密相连，在全国范围内，任何可能会令其合法生意造成哪怕是暂时性脱节的变动，都会遭到他们强烈的反抗。随着满人王朝的垮台及随之而来的所有权力阶层的暂时性中断，在几个月之间，中国几乎每个城市的政府差不多都要靠着商会和与其相关的行会才能得以维持。

在上海新旧政府权力更替的过渡期中，自道台外逃到新的外务局就职的这一段时期内，领事部门和本地的商会合作紧密，任命了一位令两派均能接受的华人地方行政官，并制定实施了一系列联合法庭、维护法令和司法公正的相关规定。

商会与官员

新的政府系统已经在十八行省中逐渐开始运作了，但这股暂时可以行使的力量却看不出有任何放松的势头，商业实体对新任官员们进行着最为审慎的督察。在这些官员中，有很多是完全没有经验的，许多在名义上归他们管理的百姓，在有需要时却完全无法联络到他们。即便是在商贸利益相对来说并无什么紧要性的中国边远角落里，地方官的不公平治理也遭到频频投诉，宁远府的商会曾经在四个不同的场合中迫使地方官改变其决定，为此，不惜要挟要将整件事情上报给成都的省政府。

对于和税收有关的问题，商团的意见和劝告一般都会得到自由的采纳。迄今为止，贸易在国家和地方的税收上所占的份额完全不成比例，在腐败贪婪的官吏的勒索与阻碍下，贸易面临着种种难处。有充足的证据可以证明，这种不公平的状况正在得到治理。在成都，省当局和商会正在就运送途中货品所有课税的相关规定进行谈判，并计划编列出某种永久性的关税，以消除先前存在的拖延与敲诈勒索的状况。应当支付的厘金数额已经被固定为从价的百分之二，在全省范围内，一次性付费就能涵盖货品的所有税款。入市税、落地税、起程税、折损税等等在过去极具破坏性的苛捐杂税正被逐一去除。计划中的由每一个团体在每一年支付一次税额的原则正在考虑之中，而且所支付的金额取决于在统计后取得的、团体注册人也能够负担得起的程度，在实际意义上，这一统计数据也将是可获得的、与中国庞大的内部商贸有关的唯一真实数据。

对于共和的态度

当前的管理阶层其实并没有完全认识到，在抑制无政府状态、发挥它们在促进政府的某种具有健全、持久基础的影响力上，商业机构究竟应该做些什么。值得注意的是，杰出商人中的绝大多数都属于共和党，它在目前的两个政党中是较为保守的一个，几乎全体一致地支持袁世凯总统。

如果政府当前的共和政体能够在摆在它面前的、几乎是无法克服的困难中生存下来，政府的政治远见或新任官员的诚实、正直，就不可能是采纳外来政治民主或沿袭本国陈规陋习的结果。看起来，这些特质永远都无法在中国的土壤中繁茂，相反，它依靠了与生俱来的常识以及中国人的稳定性，特别是在商人中的这种特质，正是这些特质在过去扶助他们安全度过民族的巨大危机，如今，或许也能指望这些特质帮助他们经受当前的政治风暴。

一群以忍耐和理智为口号、在每日生活中都需要与生存的严峻现实较劲的人，永远都不会愿意被在国外接受教育的学生所凭空阐述的任何肤浅教条所辖制。他们对于外国政治系统缺陷的熟悉程度，甚至超过了自己国家那一套的长处。

中华民国总统今日选出

地方上动荡不断，外国顾问的立场

（本报记者，北京，10月6日，1913年10月7日刊登）袁世凯今天当选为中华民国大总统。这一结果是预料之中的必然结局，在全中国范围内，听闻这一消息的人都不会带着太多的热忱，因为对它感兴趣的，只是民众中数量极其微小的一群，他们关注国家的政治，自认为是新总统的私交，也意识到自己国家正处于严峻的困境之中。袁世凯之所以能够当选总统，有一部分原因是除他之外再无其他合适人选，但是主要原因还在于他身处某个能对集结于北京的、名义上的代表大会发号施令的位置上。外国人对他的当选表示欢迎，因为放眼望去，外国人看不到另一个醒目的代替者，在这个政府中，他毕竟是一个首要形象。

这次总统大选以及接下来外国对中国共和的承认，将会使中央政府恢复自革命以来所失去的某些声望，也必将巩固其政治地位。然而，这一地位依然无法令人感到满意。许多省份仍在持续性地满足于到处搜寻盗匪帮派，这些帮派公然对抗一切权力阶层，并且残忍地骚扰着居民。尽管从本质上而言，中国的老百姓都有着遵纪守法的性格，但混乱的局面还是笼罩了大半个中国。

重建社会秩序、确保人财安全、建立民众信心都是政府所面临的任务，坦白地说，在熟知中国国情的外国人中，鲜少有人相信中国人能够在不依靠外国人出手帮助的情况下达成这些目标。虽然许多外国专家已经致力于此，但还没有人能够产生真正有益处的影响力，其中部分原因是中国人的保守思想，也有一部分原因则是，良好的建言无法被那些受腐败动机左右的人所接受。在波斯人的失信和无能中，有一种最令人难以置信的因素，在中国，这种因素可以同样找到他们的对等物。除非用上一剂唯一可能起作用的良药，否则，曾经压倒波斯的分裂和瓦解，也将不可避免地压倒中国，这剂良药便是将外国的效率和直接全面引入公共事务的实施和执行之中。

中国与列强

（社论，1913年10月10日刊登）今天，北京将会见证一场袁世凯当选中华民国首任大选总统后的就职典礼，列强都会出席这场庄严、隆重的典礼。按照进程，一旦总统大选按时完成，承认民国也就成了势在必行的事情。大选的形势被把握住了，袁暂时性的权威地位也得到了确认，这些都让选票多了几分保全面子以外的正式感。它显得如此自然，也如此合宜，以至于列强应该将这种正式感作为某种不可或缺的东西。在某种程度上确立了被视为权威的地位，再加上某些稳定的因素，这是至关重要的事情，除非民国只是被视为政治冒险家们的某一聚会处而已。

最近被镇压下去的这场骚乱，也就是由孙文领导的国民党所发起的"讨袁"行动，本身就证明了日本和欧洲的列强在推迟承认民国一事上的明智。他们希望，直到中央政府的权威得以建立，并且得到那些聚集在北京的名义上的代表的正式承认之后，才对民国予以认可。自1911年10月10日以来，一切事情都驳斥了孙文及其追随者们满怀信心要倡导的理想——譬如中国人民一心要实现公民的自由、譬如已经预备好开始代表制度、譬如能够实现自治等等。显然，列强目前所承认的民国只是一个名义上的民国，是由时势的力量所造就的。其中的缘由很简单，随着饱受惊吓的满人王朝的谢幕，在我们看得见的范围内，根本不存在任何一个有效力的权威机构已经准备好并且也有能力来征收税款或指挥帝国组织不善的武装力量。西方的巨大影响力加上中国历史周期性的经济、社会因素，在天朝的大门上留下了一个新的名字和新的外观。然而，在大门之后，生活还是以旧有的方式运作着。人们的灵魂浸透了家长制的保守思想，泰然自若地游离在政治宗派的争斗之外。人民只求在他们活着的时候太平无事，只求有权利安全地享受自己的劳动所得。对于这样一个无动于衷的中国而言，不管他们新的统治者袁世凯自称是总统也好，是皇帝也罢，人民都只会表现出漠不关心的态度。在他们的眼中，他反正是成了天子，成了至圣先贤的正典所指定的社会系统的带领者。

自从武昌革命爆发之后，时光荏苒，已经过去了两年之久，在组建由人民做主或甚至是为人民谋福祉的新型政府所必需的条件上，"少年中国"却并未展现出任何特质。国家议会和省议会的早期工作从未有过任何成效，北京国会最近的记录已深深地伤透了那些寄望从"少年中国"的身上看到效率和无私爱国精神的人们的心。从他们身上，人们只是纯粹地看到了为了地位和权力而缠斗不已的派系之争，看到一份靠着暗杀锤炼出来的卑鄙诡计的记录。这个国会甚至尚未成功地起草一份宪法，以至于今天袁世凯登上民国总统席位，是在没有共和法律及前例的条件下完成的，他可以自由地借助经久不衰、仁慈专制的权宜之计和钱袋子的力量来统治万方。等到一切都说过、做过了，共和便成了在中国人进化的现阶段中最受理解与尊重的政体。但是，总统所部署的权力和资金是否能确保、维持中央政府在地方上的权威，目前还有待观察。没有必要细究袁世凯紧紧把握住时局的方针与策略，但是，若忽略了他正是靠着欧洲列强所提供的财政支援才胜过国民党军事与政治力量的事实，可能也显得太不明智了。如果少了这样的支援，袁应该永远无法确保海军在关键时刻对政府的拥戴，也买不来张勋的土匪军队对他的效忠。这样的情形无疑埋藏着某种元素，不久之后，从这一元素中就可能会爆发出可怕的危险。正如本报北京记者在几天前所观察到的，大半个中国仍笼罩在一片令人绝望的混乱之中，在许多省份里，盗匪横行并肆意抢掠那些毫无反击能力的农人。这可能是因为，总统既然有了各省省会的候选人的支持，也因为法律和秩序而得到了老百姓出于本能的爱戴，那么，他的所谓权力就应该在恢复必要的平衡性上取得成效——在中国历史上，权力总是在类似的呼喊中取得成效。

就目前而言，列强的利益已经因为中国政府正式承认其前任政权的条约责任而得到了满足。在不久的将来，所有事情首先都取决于袁世凯是否能够保护自己不被人暗杀；再者，也决定于中央政府限制各省签订独立贷款的本事。目标在保全中国成为一个独立国家的列强，能够尽可能地借助于在外国贷款这一关键事情上坚定支持袁世凯的权威，来协助中国克服一切困难。至于其他，譬如对那些困难所表现出的明智的同情态度，就一定需要在国会改革、承认西方世界的政治万灵药尚不适用于中国等事情上表现出它循循善诱的耐心。在许多省份中（尤其是在广东省），正流露出具有复古倾向的、反对西学及其拥护者的强烈讯号，在公众的心目中，这些鼓吹者很自然地会被打上盛行的、无法无天的记号。这种无法避免的反应，可能会很自然地被期待成是向儒家思想回转的方向，而它和君主制的原则又不可分割。袁世凯的政策以及政府的路线都非常清楚地显示出，袁认同这种倒退的存在性和作用力，从其经历中也可得出一种结论，那就是他会引导这种作用力来服务于自己所理解的中国所需的一切。尽管他的路线可能会和西方的许多仁慈观点、概念背道而驰，但迄今为止，这些路线仍始终如一地按照东方传统中的治国之道被贯彻、引领，而其目标则是朝向对法律和秩序的维护，并且也留下了某种还算是开明的精神印记。因为这一原因，终止目前骚乱局面的最大希望，其实取决于列强所要共同贯彻的某种联合政策——支持袁世凯政府的权威，并且反对任何可能会在地方上削弱这种权威的措施与手段。

袁世凯当选总统，今日将举行就职大典

（记者专稿，1913年10月10日刊登）袁世凯就任中华民国总统的就职大典于今天在北京举行。外国公使们将会出席典礼，据估计，在总统的就职演说中，他将会正式声明，民国将会对所有由前清政府和外国政府、外国国民所签订的条约以及其他履行义务予以接受。因为已事先对外国人作出过这一承诺，并且，它在事实上也是列强承认中华民国的一大前提，所以，袁在星期一胜选之后，大英帝国以及几乎所有欧洲国家都已经表态承认中华民国。

事实上，美国和墨西哥早已在5月末便认可中华民国，但其他的列强国家则属意于等到总统的席位经正式选举而得以合法化之后再一致采取行动。在这些国家中，日本在事实上第一个对中国政府传递了有关承认中国国体的讯息。

袁世凯已经向英王乔治和其他元首们发去了表达感谢的电文，在回电中，他们都对其当选总统表达了恭贺之意。中国公使馆今天将设宴庆祝总统的就职以及各国对于中华民国的正式承认。

在本报今天发行的通讯稿中，本报北京记者描述了中国自从两年前爆发革命之后所经历过的种种困境，也探讨了仍在威胁着共和国的某些危险。

麻烦不断的两年

（本报北京记者专稿，1913年10月10日刊登）因为一个幸运的意外事件，武昌的革命在1911年10月10日得以爆发，这场革命最终取得了成功，也导致满人退出了历史舞台。之后，民国肇建，其政府融合了新旧各半的元素，而总统则仍是袁世凯——一个回炉的官场人物。但是，行政管理却就此被翻了个底朝天，后来者根本不知从何下手。这群后来者很快就让人一目了然，在自己曾经推翻过旧政权的地基上，他们根本没有能力重建起一个新的天地。财政上的困难和外国人的问题也阻挠着新政府。旧政权所遗留下来的陈年旧账则引出了有关西藏和蒙古的问题。政治上的错觉让国家所面临的真正问题变得含糊、隐晦了。在民国成立十八个月之后，政府在管理上的软弱尤其令人失望，所有国际问题也因为政府愚蠢的应对和处理方式而愈演愈烈。

与此同时，政府却没有做成任何事情，没有制定出任何改革措施，也没有进行任何尝试来修复管理体系；或者说，就算是进行了一些尝试，却还是受到临时参议院（或六个月前将之取代的议会）的阻挠。在新旧元素之间，无声的较量和冲突屡屡出现。旧的想要推动过时的国家机器再次运转，而新的既没有法子让它动起来，也创造不出一套新的国家机器。因为各省武装力量纷纷蚕食了从老百姓那里搜刮而来的财政收入，国情因而变得更加复杂。如果说有任何事情曾经受到过影响，那就是无能的年轻元素必须要被否决，而老朽们却获得机会使国家这条大船再度航行在老的路线上。袁世凯逐渐将"少年中国"派挤出了政府阶层，将统管政府各部的大权统统揽在自己的手中。凡事若想要取得进展，则议会必然要被忽略，许多事情虽然未曾和旧的帝王路线挂钩，但实际上却是照着其形态在"颁布诏令"。"少年中国"受到排挤，毫无能力推进任何实际工作，他们满怀怒气地瞅着袁世凯逐渐夺取权力，瞅着他将目标设定为让自己成为一个独裁者甚至皇帝，正如他们已预先假设的那样。两桩有失慎重的死刑执行和一起政治暗杀据说都是受到北京方面的唆使，"五国贷款"在不合宪法程序的前提下缔结则极大地巩固了袁世凯的政治地位，这些事情结合在一起，使最初发动革命的领袖们相信，他们所发起的一场巨大的政治变革，结果仅仅是将专制的权力从一只手转移到另一只手之上。"少年中国"想要统管全局，却发现他们已经被踢出了牌局。他们没有意识到自己在获取掌控政府权力上的失败是出于自己的无能，而是将一切都归因于袁世凯的阴谋策划。因此，他们发动了一场"讨袁"战争。几个同情革命的都督受到罢黜，更将他们激到了引爆点，最近令各方都甚感不悦的大暴动正是其必然结果。骚乱的失败起于同样的原因，这一原因导致"少年中国"派无法成为新政府的中坚力量，说到底，一切还是出于他们的无能。

"少年中国"的不满

当下，袁世凯确实赢了，然而催生反叛运动的元素依旧存在，并且必然会无限度地存在下去。一知半解的学生们构成了"少年中国"的绝大多数，无论他们的人数究竟是超过还是不足13万人，但毕竟散布于全国各省之中，特别是在南方地区，而这些地区对于受到北京控制有一种永久性的反感情绪。他们中的许多领袖现在身在北京，成了议会中的成员，却对最近的运动置身事外。连原先在辛亥年参与过革命的很多人也是如此。但是，我们心里很清楚，如果"讨袁战争"的开场不像现在这般充满了凶兆，这些人中的绝大多数是会选择靠那边站的。毫无疑问，许多人痛心地哀叹，暴动既无必要，对中国未来的独立自主又有危险。但是，当绝大多数人被晾在一边时，却只知道或只在意袁世凯与其老牌的提名人选兼有地位、权势的清楚事实。

因此，虽然"讨袁战争"失败了，但实际上，中国的全部革命分子都对袁世凯心存着长久的不满。组成这些族群的人大多居住于南方，对北方有嫉妒之意，受到北京过度干涉的那些省份也总是遭到他们的憎恨。因此，这一基本立场很容易招致未来的煽动性言论或行为。的确，百分之九十九的中国人在政治上并无什么倾向性，也愿意国家处于和平和安宁的光景之中。但是，总有一些（包括孙文在内）长于口才的人因为加入到最近的运动之中而变得失望，他们宣称，广东省将会成为继续致力于推翻袁世凯运动的大本营。这些运动会卷入武装兵力，还是仅仅在秘密筹划之中，将取决于各种实际情形。而真正要紧的是，这些运动必将继续损害政府重建、整顿管理机制的各项努力。

政府的弱点

如果政府足够强大，便可以以镇静的心态对未来从长计议。但是，在中国，这样的统治方式只有通过总统的衙门才能得以进行，而官方的政府只不过是一个名号罢了。有几个机敏的秘书从旁相助，总统一个人便能对国家大事运筹帷幄，于是，在某些情形下，不可避免地，会出现国家大事被引入歧途的时候。就如他自己曾在可怜兮兮的指令中所说的那样，袁世凯的一大成就便是耐着性子坐在办公室里，忍受着不断落在自己头上的毁谤和侮辱。而一直在承受这些，就是他对于自己国家所做的重大贡献，因为一旦他犹豫不决或是干脆请辞不干了，后果将会不堪设想。

的确，巨大的困难一直横亘在袁世凯的面前。他也一直在以勇气和自豪面对着它们，能够如此，主要还是因为其政敌的愚蠢。在某种程度上，他的得胜清除了空中的阴霾，也使其置身于一个更有利于未来行动的制高点上。他的地位或许会在某些场合中得以抬升，但过去十八个月以来，其从政记录却对他殊为不利。

自革命以来，国家陷于破产的境地，虽然外国政府劝谏袁要直面国情、以综合考量为出发点来进行借贷，但是他却没有表现出什么政治智慧，既消磨了时间，又丢失了获取最佳借贷的信用值。而没有借到优良贷款可能带来的唯一好处，便是这些钱不会在缺乏监督、管理的前提下被胡乱糟蹋了。

袁世凯当选民国总统

中国的特有策略

（本报记者，北京，10月14日，1913年11月3日刊登）袁世凯已经当选并安全地正式就任共和总统，民国也得到了世界列强的承认。从宪政的角度来看，有关选举所做的安排并不算正规，尽管并不存在一条宪法界定他的职位属性，但新总统是永久任命的，也就是说，袁已经不再是一个临时大总统了。但是，举国上下为他的任命而焦虑，也就意味着他本人以及他内部的顾问圈子需要为他的职位打下更加坚实的基础。使议会通过未来宪法中几项条款的困难算是克服了，这几项条款是有关于总统选举的，而所选举出的总统在这些孱弱、纤细的根基上所拥有的权力与属性，应该会在这些等待着永久化的临时宪法中作出限定。

这种在一片黑暗中的大幅跳跃动作，在像中国这样的国家中总是能完成得很好，在这里，出于权宜之计的命令与支配不太能被立宪主义的主张所牵制。列强很高兴将自己置身于有助于一切事情明了化的虚构之言中，他们希望，自己对于共和中国的承认能够赋予其最高长官在某种程度上的特权，这种特权在政府成功运作的表现中显得至关重要。

而从总统钦慕者的角度来看，选举并非全然令人满意。在首轮投票中，袁世凯仅得759票中的471票。第二轮投票使他多赢了26票，但这还不是一个能够确保其成功当选的安全数目。在两位候选人的最后一轮较量中，袁世凯赢得507票，而黎元洪得179票。如果我们相信中国人对"事前策略"的叙述，总统的支持者们一定是撒了大把的银子来确保选举取胜。传统的中国高手们确信，在这样的场合中，银子是决定选举结果的主要因素。就我个人而言，我只能说，一个我没有理由怀疑其真诚和正直的中国友人，在大选的前一天给我看了一张2000元（合200英镑）的单据，他声明，这是根据一份按照指示用于投票的礼物开列的。我见到他时，他正陷于一片愁云惨雾之中，因为他刚听说，这2000元根本不够用，他必须要为自己所张罗来的那些选票准备至少5000元。

总统的政敌

毋庸讳言，在国都，袁世凯是有政敌存在的。投票的票数为诸如孙文、黄兴、陈其美等标志性人物以及那些大约只会坚持按照所谓前贤所给意见来投票的人留下了记录，前贤们可能认为，如果袁世凯死了，可能会更有利于共和。因此，在就任的场合中，当局采取了大量的预警措施来保护总统。只有区区几百人被允许参加典礼，而在中国人当中，紧张和局促感可谓不言自明。在任用议会成员时，不公平的待遇屡屡可见，许多能干者都被排斥在外。阴谋无处不在，从一个重要警员的案例中就可略见一斑，该警员因为一直要求得到许可在总统参加庆典时必定要经过的路段附近某处值勤而令人起了疑心。这个人在突然之间被逮捕，他的家里也接受了严密的搜查。结果，炸弹和相关的罪证都被搜出，在这些罪证中，还有一封由黄兴寄来的信。嫌犯对自己试图暗杀总统的动机供认不讳，随后即被处死。

就任大典被一场大雨给搅得一团糟，它阻止了许多公众的兴致，使一股郁闷之气蕴积在整个过程中。总统花了不少时间才念完了他那篇长长的演说词，在庆典结束前一直显得倦容满面。在东方，从这一类场合中通常是看不出什么热忱的，仅仅听得到几声按照典礼规定而事先安排好的欢呼声。随后，总统接见了外交团体，也通过翻译之口与各国公使进行了友好的交谈。整个活动以当值军队接受检阅的分列式作结。当天夜里，在外交部举行了一场盛大的晚宴，各国驻京公使及其夫人们均出席了宴会。

三海宫殿的游乐会

然而，到目前为止，依照人的兴趣而言，整个一周来的功用还是集中在三海宫殿的花园聚会上。总统的夫人由一长排兴高采烈的小女儿们陪同着，接见了众位宾客，并和他们握手致意。到了下午，总统本人也露面了，他绕着硕大的凉亭漫步，并和被介绍给他认识的外国女宾们一一握手。

随后，宾客们云集在宫里美丽的假山旁。在这里，站立着的军乐团演奏着乐曲，曲声却多多少少被树荫遮挡的石窟和四处蜿蜒的运河所投射出的旧时代的神秘氛围化解了。但是，什么都无法取代那倒映着晴朗天空的湖泊。沿着枝杈半掩的走道徐徐而行，可见庙宇、宝塔闪耀着明亮的红黄蓝绿等各种色调，浸润在光线中，全都展露出明亮的色泽。从一处大理石堆砌的栈桥开始，我们就在这使人沉醉的画面中搭乘渡船走了半英里路。景色奇巧瑰丽，水面延伸至无尽的远方，我们似乎徜徉在一大片开阔的街道上。魁伟的金黄色高墙将宫殿和环绕四周的城镇切断开来，又几乎完全被掩映在一整排大树之中。虽然此处与京城不过咫尺之距，我们却觉得相隔千里之遥。袁世凯在京城最完美的角落里选定了他的住处，世上所有城市里的一切庸常事物，或许都在此处被消解得一干二净。

袁世凯及其政敌

袁的政令所带来的影响

（本报记者，北京，11月5日，1913年11月6日刊登）国会成员们被专横、武断地剥夺了他们300个会员席位的总统政令给惊呆了。事实上，反对国民党的行动所造成的效应曾预计会在几天后才有所表现，但现在已经出现了一些端倪。

当然，总统所采取的步骤是完全违宪的。阴谋串通最近的叛乱活动是反对国民党的行动的公开理由，但是，受到指控者未经审讯就被指控有罪，还没有争取到一个自我辩护的机会，就被宣判了刑责。毋庸置疑，他们当中的确有一些人参与了叛乱分子的叛国行径，但是，还是有许多人是无辜的，很明显，总统这一出乎意料的行动并非是用来惩处过去的犯罪分子，而是为了消除那些反对他设想的、使他能掌握全部大权的宪法条例的异己者。国民党曾集中了国会的权力，如今，最有可能使他们濒临灭绝的借口已经被找到了。

从外国人的观点来看，袁世凯是这一乱局中唯一实际而明确的元素，他想要做的，无非是批准他认为有助于巩固政府的任何步骤。有鉴于国会和"少年中国"派所普遍表现出的令人失望的无能，他所期望能够得到的权力是合理的，在政府的管理运作上也实属必要。但是，在同意他应该以自己的方式行事的重要性时，外国人也对他达成自我目的的手段深表忧虑。

对他而言，做一个北方的拿破仑非常简单，因为他在北方具备着超然的地位。但是，想要在他被普遍憎恶的南方各省中建立起控制大权，却注定是一件艰难的事情。现在，他又在自己的艰难处境中新增了300个不共戴天的政敌，这么做，使他疏远了南方革命元素的全部影响力，也使南方的猜忌者们普遍下定结论——他永远不会以宪政的方式来治理这个国家。

国会有待于通过召集由选举方案所提供的储备成员而得到强化，毫无疑问，等到重新起草宪法以达到总统的满意程度时，将会有足够数目的成员出现在制定法规的场合。这六七百个更具才智的中国人究竟是否会完全投身于总统的竞选计划尚有待观察。许多预备好要赋予他大权的人，一定会对他干预国会的自由并倒退到专制、独裁的路线深感憎恶。

北京的铁腕人物

（社论，1913年11月7日刊登）中国的独裁总统袁世凯已经清洗了他的国会。一纸指令透着毫无遮掩的专制色彩，如同曾由朱砂御笔签署的诏书一般，袁世凯凭着这一指令废除了作为一个政治制度而存在的国民党，将其所有成员驱逐出两院和国会，如此一来，他至少铲除了三分之一的名义上的人民代表。本报北京记者昨天说道，发动这一激烈的"宫廷政变"，其目的并非是要惩戒对手在过去的冒犯之举，而是"为了铲除国民党中与其意志相左的异己，为了迎接一个可以令他大权在握的宪政制度"。在对因而营造出的局势发表评论时，记者注意到，鉴于国会和"少年中国"的成员们所普遍表现出的无可救药的无能，袁世凯所想要争取的权力既合理，对于他实施管理也显然有着必要性。由此看来，在北京的外国人似乎都赞同这样的观点，若要达成国家的最佳利益，权力就必须集中在一个人的手中，而这个人也已经证明，他有能力让国家秩序逐渐摆脱乱局。

但是，按照本报记者的说法，在京的外国人们还是会在袁达成这一切的手段上抱着很深切的不安之感。将袁世凯所采纳的路线汇总起来评估，我们会看到，无论对袁本人，还是对国家而言，建立起一个专制政权显然都充满了危险性，但是，正是对付恶疾，才需要下猛药。在目前这一关头，承认独裁统治的必要性，似乎就会引申出个人英雄主义的必要性。过去两年间，国民党已经让我们得出了决定性的结论，目前，在中国，建立宪政政府还是一个无法达成目标的理想。在它具有建设性的行动中，除了投票要求不受限制地提高自己的薪

310

俸之外，就再也无法取得其他任何成就了。而其倡导者的那种毁灭性的能量却在一直不断地累积着，并且已经在国家对外、对内政策的每一条重要路线上威胁到一国之首及其顾问们。这批人退出政治舞台，也就为北京代表制度看得见的前景画上了句号，但是，在首都和各省都有证据显示，中国人已经厌倦了政治冒险，袁世凯确定掌握了有效的独裁大权，无论这一点有多么不符合宪政的原则，都将会最终得到普遍性的认可。

在扫除其政治异己时，袁世凯沿袭了中国历代统治者们的传统，他尽力向全国解释并证明，国民党在叛乱与有组织地阴谋颠覆北京政府的事情上负有罪责。他刚刚投下的这重重一击绝非是预料之外的事情。在他于10月10日所发表的就职宣言中（本报今日发表了其中一部分饶有趣味的内容），大总统已经向中国的观察者们透露了一些东西，他明白无误地表明，要在明确的路线上指向保守、复古的方向，并且会强制性地严格控制好战、激进的"少年中国"。他在这些事情上所发表的言论的确意味深长。按照他的意见和动机，想要制定法律和确立公共秩序，只有在这样的基础上才能进行，"若是时机、情势许可，或许会将人民共同引导到进步的道路上来"。在此，我们显然是回归到了他在1906年所倡导的、与张之洞不谋而合的政策上，这一政策为随后由大总统所公布、又被"少年中国"毫无耐心地予以回绝的十年宪政方案作了铺垫。袁世凯在那时就相信（如今更是确信无疑），在将国会制度交给人民之前，先要将一些自治原则的概念灌输、教导给他们。因此，在就任大总统之前，袁就已经坦率地强调过保守政策的优点以及维系古代传统延续性的必要性。事实上，袁的政治态度总会不由得让人回忆起伊东亲王和日本政治元老们的方略。在行政事务上，他表达出同样的坦率，决心要终止"制约其权威性的一切束缚"，紧承着这一宣告，他又向参议院建议，对"临时约法"进行某些极端性的补充、修正，以期缓解国会在制定条约、宣战或是任命内阁总长、公使时的更多顾虑。总而言之，大总统正大胆地重新实施起很久前就已经由皇帝赋予他的特权。

放眼不远的将来，我们完全有理由确信，袁世凯，一个具有胆识又精明、谨慎的政治家，不太可能会冒着风险以他所不确定的、来自身后的民意定夺国家当前的进程。他所坚持的是，在整个国家经历了儒家思想的巨大复兴时，将国家政府建立在古圣先贤所规范的正统基础上，将是一件何等重要意义的事情。纪念孔子诞辰的热潮已经开始蔓延到全国各地，尤其是蔓延到了广州，这为当地全面反对"少年中国"革命教条的复古热潮提供了依据，也为总统回归到人民在目前演化阶段中所能理解的政府的独一原则及方针提供了道德依据。袁世凯的个人生涯、他所令人熟知的对中庸哲学的身体力行，都显明了一种希望，在他的指引下，国家倒退的动力会得到明智的控制。如果他免于遭到任何伤害，我们或许可以期待他像波费里奥·迪亚斯统治墨西哥那样统治中国。无论其政治理想如何，他所公开宣称的要不惜一切代价捍卫法律与秩序的目标，是文明世界必须给予同情的，因为目无法纪会给那些毫无招架之力的百姓带来数不尽的、无法言喻的痛苦。在中国，共和主义从未成为过现实，直到今日，它都不过是一个梦中的影子而已。独裁总统目前正一再重申的父权体系，还是最适合于一个将尊荣过去作为某种根深蒂固的本能的种族。最有资格成为"人民父母"的袁世凯不过是表达了这样一种信念——只要统治者追随已经确立的先例，符合民众的普遍观点和要求，无论统治者所掌握的专制权力在属性上是仁慈还是残忍，从本能、传统的角度而言，国人都会接受它的统治。

袁世凯的政治理想——袁就职民国大总统的演说词

（记者专稿，1913年11月7日刊登）我们从北京方面获取了袁世凯于10月10日就任中华民国大总统时的就职演说翻译稿。这份演说是以他坦承自己的政治信仰为开场白的，他表明了自己对于这个国家古老传统的忠贞信念。

　　余不才，忝居政界数十年，向持稳健主义，以为立国大本，在修明法度，整饬纪纲，而后应时势之所宜，合人群而进化。故历办革新诸政，凡足以开风气者，必一一图之。但余取渐进而不取急进，以国家人民之重，未可作孤注之一掷，而四千年先民之教泽，尤不可使斩丧无余地！

紧接着，袁世凯又进一步阐述了四年前他是如何切断与公众生活的所有联络并归隐于乡间的故居。然而，在武昌爆发了革命之后，他迫于情势，在风暴中承付起最严峻的使命，为了他的祖国和国民的安危，尽力寻求一条能够减轻其危难、不幸的救国之道。

　　后清帝逊位，共和告成，以五大族之不弃，推为临时大总统。此种政体，吾国四千年前已有雏形，本无足异；乃事权牵掣，无可进行，夙夜彷徨，难安寝馈。然且忍之又忍，希望和平。

七月之乱

七月，南方的革命行动爆发，民国的命运危在旦夕。以武力恢复秩序遂即成了临时大总统"责无旁贷之使命"，感谢军队的效力，这一使命在两个月间即宣告完成。袁世凯随即欲再度归隐还乡，但是，国民大会却选举他成为正式大总统。

> 西儒恒言，立宪国重法律，共和国重道德，顾道德为体，而法律为用。今将使吾民一跃而进为共和国民，不得不借法律以辅道德之用。余历访法美各国学问家，而得共和定义。共和政体者，采大众意思，制定完全法律，而大众严守之；若法律外之自由，则共耻之。此种守法习惯，必积久养成，如起居之有时，饮食之有节，而后为法治国。吾国民性最驯，惟薄于守法之习惯。余望国民共守本国法律，习之既久，则道德日高，而不自知矣。

总统随后对那些在革命运动中遭受苦难的人深表其同情之意。使百姓匡复其应有的繁荣昌盛，是他恒久不变的期望。为了达此目标，他决心投注自己的全部心力：

> 欲国之长治久安，必使人人皆有生计。而欲达此目的，则必趋重于农工商。余闻文明国头等人物，往往愿为实业家。吾国天时地利，不让诸强，徒以垦牧不讲，工艺不良，矿产林渔，弃货于地，无凭贸易，出口日减，譬诸富人藏窖，而日日忧贫。余愿全国人民，注意实业，以期利用厚生，根本自固。
>
> 虽然，实业之不发达，厥有二因：一在教育之幼稚；一在资本之缺少。无论何项实业，皆与科学相关，理化之不知，汽电之不讲，人方以学战、以商战，我则墨守旧法，迷信空谈。余愿国民输入外国文明教育，即政治、法律等学，亦皆有实际而无空言。余对于教育之观念如是。

314

需要外国资金

然而，工业依赖于资金，而为了获取资金，中国必须要求助于其邻国：

> 夫输入外国文明与其资本，是国家主义，而实世界主义。世界文明之极，无非以己之有余济人之不足，使社会各得其所，几无国界可言。孔子喜言大同，吾国现行共和，则闭关时代之旧思想，必当扫除净绝。凡我国民，既守本国自定之法律，尤须知万国共同之法律。与各国往来，事事文明对待，万不可有歧视外人之意见，致生障碍，而背公理。

总统感谢各国列强对于中国的态度秉承着"和平、公正"的原则。

> 凡我国民，务当深明此义，以开诚布公，巩固邦交为重。本大总统声明：所有前清政府及中华民国临时政府与各外国政府所订条约、公约，必应恪守，及前政府与外国公司人民所订之正当契约，亦当恪守。又各外国人民，在中国按国际契约及国内法律并各项成案成例已享之权利并特权豁免各事，亦切实承认，以联交谊，而保和平。凡我国民，当知此为国际上当然之理；盖我有真心和好之证据，乃能以礼往来也。

"四种品性"

> 余之所以告国民者，此其大略也，而又重言以申明者，仍不外道德二字。道德范围广大，圣贤千万语而不能尽其词。余所能领会者，约言之，则忠信笃敬而已。

在定义了"忠"乃是忠于国家而非仅是忠于个人之后，总统又接着对"信"进行了定义：

孔子云："民无信不立。"文明各国，有以诈欺行为诮人者，其受辱若挞之于市朝。华盛顿幼时，受其父教，即不作诳语。吾国向重信义，近来人心不古，习为诪张，立身且难，何况立国？前清曾国藩云"立身以不妄语为本"，故无论对内对外，必当以信。

何谓笃？文明各国各存国粹，虽一名一物，惟恐或失，不害其进化之速也。吾国向以名教为大防，经四千年之胚胎变化，自有不可磨灭者存；乃或偏于理想，毁弃一切，不做实事，专说大话，未得外国之一长，先抛本国之所有，天性硗薄，传染成风，本之不存，叶将焉附？故救之以笃。

何谓敬？有恒心然后有恒业，人而无恒，则有事时犯一乱字，无事时犯一偷字，职业所在，惰气乘之，万事败坏于悠忽之中，而无人负责，徒为旁观嘲讽之语，而己之分内事，转漠然不察，始外古人敬事二字，有昧乎其言之也！故去傲去惰，必以敬。

以上忠信笃敬四字，余矢与国民共勉之！日诵于心，勿去于口。盖是非善恶，为立国之大方针，民之好恶，虽不尽同，而是非善恶，必有标准，大致奉公守法者则为是为善，越礼犯义者则为非为恶。余愿国人有辨别心。人亦有言，文明日进，则由俭入奢，是已，若以贫弱不堪之国，不学他人之文明，而惟学其奢华，是以病夫与壮士斗也！

最后，总统对奢侈作出了一番警告：

近岁以来，国民生活程度日高，而富力降而愈下。国奢示俭，古人言之，余愿国民于道德中尤注意于俭德。

袁世凯演说词的结语如下：

故余以最诚挚亲爱之意申告于国民曰：余一日在职，必一日负责！顾中华民国者，四万万人民之中华民国也，兄弟睦则家和；全国之人同心同德，则国必兴。余以此祝我中华民国焉！

外国军队在中国——俄国提出撤军的建议

（本报记者，北京，12月12日，1913年12月13日刊登）今天下午，在外交使团所举行的一次会议上，产生了小小的轰动效应。起因是，俄国公使提议，鉴于中国目前已经确立了社会秩序，中国政府也能够保护外国侨民，所以，目前驻扎在华北一带的外国驻军应该撤走。库朋斯齐暗示说，不管其他列强可能会采取何种措施，他的政府接下来想要撤走俄国的军队。

有关外国军队在此刻撤军的事情，此前从未被假设过，尽管所有公使都将此事报告给了各自的政府，但看起来，可能除了法国以外，没有其他任何一个国家会效仿俄国的先例。

我们只需要回顾一下去年2月在北京和天津所爆发的危险的军事行动，便能说服自己，尽管发生类似事件的可能性很小，但列强们若是从华北的主要外国人社区中撤走其保护措施，将会是一件多么愚蠢的事情。在革命爆发期间及其后的时间里，外国人的人身和财产安全都得到了小心翼翼的尊重，我们并不想要减损中国军队几乎是一贯的对外国人表现出的善意。外国军队存在于华北地区以及其他众多的战舰之上，也会使外国人较为独立在中国人的保护之外，这一事实是不容忽视的。

除了汉口那些不受俄国政府决策影响的部分之外，京津地区以及那些守卫京奉铁路的俄国军队总数约在1100人左右。这么一个小数目能够轻而易举地被俄国以临时命令所取代，撤走他们并不需要影响到其他列强的兵力部署，但是，中国人将会对俄国的这一宽宏之举所起的表率作用感到非常满意，接下来，牵涉到蒙古——其中包括如何妥善处置某些困难问题的相关谈判，无疑会顺理成章地变得顺利许多。

中国铁路的发展

各国间的竞争

（**本报记者**，北京，12月15日，1913年12月16日刊登）随着鲍林先生的铁路合约签字生效的日子临近，我们被迫要将注意力放在一个事实上，那就是，中国正在进入一个铁路发展的时代。对一个人口稠密、资源丰厚的泱泱大国而言，这样相应的发展规模具有重要的意义。在中国，无论国家是否处于平静的状态之中，经济发展都是不可避免的事情，因为外国的利益需要这样的发展，在这一点上，就连那些目光最短浅的中国政治家都注意到了其中必然的趋势。

而这一发展中的主要因素一定是铁路，在这一方面以及同类型的元素中，最主要的一点是制定一项属于英国的政策。几个国家的代表目前正忙着和中国政府商讨营建铁路的计划，预计地图上将会满满地覆盖由计划中的线路连成的网络，这些线路的施工任务将要用去整整十年的时间，但是对这些任务的分派可能在几个月之内就会改善我们的劣势。在这些计划中，大英帝国曾声明过拥有其优先机会的某些地区出现了问题，这问题便是，值此关键时刻，在没有要求为英国企业预留任何特别地带的情况下，大英帝国是否会对承认某些国家在他们各自的地带中所提出的特殊要求感到满意。

浦口的重要性

举例而言，法国人最近签了合同要提供资金在浦口修建港口，浦口这个地方注定会是长江流域中最为重要的商业中心之一。两条英国铁路在浦口交汇，第三条也已在建设之中。与其他国家相比，如果说中国有任何一个英国利益更占据优势地点的话，必是浦口无疑。德国费尽心机想要拿下这个合同，但最近已经被成功地推翻了，只是，尽管已经得到会卷入英国利益的清楚暗示，中国人还是把合同给了别的国家。顺便在此提一句，中国人很喜欢挑起国际上的相互嫉妒，他们似乎很少在伦敦和巴黎的关系上保持诚挚的态度，法国政府应该会利用中国人的这一习性，支持其国民到处侵占、窃取我们在中国的特权。与浦口的发展极其相关的一点是，似乎没有英国公司在努力争取这一合同，尽管其中的经费将会高于100万英镑。如果这一个用英国的钱作投资、由英国工程师规划执行、并且将英国在华铁路系统补足得浑然天成的重要工程项目，最终经由他人之手完成，那真的是够引人注目的了。

公使馆与英国企业

在英国的商业圈子中，有一点不可能广为人知，自从五国列强最近修改了有关工业企业的政策之后，任何精心筹划以利于英国贸易并且不会损害中国利益的审慎、明确的方案，都有资格得到位于英国驻京公使馆的支持（并且也必将得到这种支持）。这样的确信无论到何时都极有价值，但它仍旧会给英国的企业留下一些不便之处，这些不便之处仅限于在中国的某些地区。其他国家则要求在某些范围内拥有绝对权力，在其他任何地方都要和英国享有完全同等的待遇。

有关张勋将军的一则消息

（本报记者，上海，12月16日，1913年12月17日刊登）南京的局势仍然处于极度紧绷的状态之中，但是在上海，中国的官员们宣称，张勋将军对于袁世凯的效忠是完全可以信赖的。目前有谣言称，张勋将军将接受南京的总督之职，并将放弃其军事权，但是，这种妥协势必会对张勋的3万名非正规军队的未来造成非常严重的问题，也就是说，整个问题的症结还是没有消除。

我很遗憾，由于一封来自南京的电报中出现的电文错误，我在昨晚提到张勋将军已经离开了南京。事实上，离开的仅仅是将军的宠妾而已。

（北京，12月16日）政府已经颁布了一道任命张勋担任长江巡阅使的命令。冯国璋将军将接替他担任江苏都督一职。

广州城的海盗问题——需要一支强有力的武装来应对

（本报记者，北京，11月26日，1913年12月18日刊登）若要在去年此时解释广州城的情形，一定得配上一幅奇异荒诞的图画。时下，我们却必须承认，这幅画面已经有了些许改观，而其中的差异，竟然是因为共和信徒、革命派都督和其取代者以及他在中央政府的强有力武装中所代表事物的销声匿迹。或许，那不是一支非常强大的武装，但还是足够强有力了，因为整个局势暂时还可以把握得住服从北京的态度。

变化主要是出于一个事实——广东省已经厌倦了由革命所引发的管理体制。缺乏安全性、恐怖手段、无政府状态等等都是它的主要特征。在这样的局面下，当叛军最近在长江上爆发冲突时，所有体面的广东人在心态上都会陷入一片混乱之中。刚由袁世凯委任的新都督，论个性简直和其前任一个样，他当然也同样把这场战争的性质定义为"讨袁"，省议会在胁迫之下只好宣布独立。三个师的部队曾计划由沿海线路向长江进发，加入黄兴的军队，并且有可能已经出航。但是，出于中央政府已经及时购下船队的事实，运送广州军人的事情看来已变得不太可能了。然后，又有人提出让这些部队行军到广西，并参加在那里的战役。但是，就在那个时候，二次革命的战火还未完全点燃便已熄灭；于是，军队只好在原地待命。接着，邻省广西又出现了一个帝制时期的将军，他带着云南和广西的军队一起，为了北京的利益而向叛军猛烈开火。龙济光栖身于广州以西50英里的西河河谷里，一时之间，除了威胁一下城里的革命军之外便没有意愿再做其他事情。但是，随着政府军在别处节节得胜，他也变得越发大胆起来，最终没有遭遇到什么严重的反抗便进入广州城内。小规模的叛军在三心二意地抵挡了一阵子之后，便自行解散了。

几天前，都督便意识到自己在局势上看走了眼，于是，他用船运走了金库里的大部分存款，一路航行到新加坡。那里的一家华人报纸极其引人注目地称他变成了百万富翁。在他之后，又来了两位昙花一现般的继任者，也都各自在其任上待了三十六个小时后，双手挟裹了他们能带走的所有东西不知所踪。

中央政府

一年前，广州城里被6万名革命党士兵围得水泄不通，其中有2万人是征募来的海盗。今天，中央政府很明显地以广西和云南的12000名兵力控制住了这一情形，他们的首领正是该省的都督，他和他那位身为民政长官的同事成功地进行了合作。革命军疏散了，以北京方面所提供的一百万银两（约合15万英镑）资金解散了武装，这笔钱本来就是从以整顿为目的的贷款中拨出来的。正如所表明的那样，中央政府之所以能轻易取得成功，是因为在拥有革命政权的省份中，体面人士表达了他们的强烈不满。有钱有势的人不会做任何事情来支持叛乱，他们为过去十八个月以来混乱和暴政任何程度的改善而拍手称快，即使这是在由北京一手操控事态发展、自己同乡又会丢了乌纱帽的假定条件下所取得的。

然而，海盗的出现，使得无政府状态还是在全省的大部分地区中蔚为盛行，这些海盗靠着天生遗传、实地演练和自己的信念，一直投身于冒险和投机事业。西河一带的严格盘查极大地减轻了他们对该地区的蹂躏，但是北河与东河的情形却依旧很糟糕。在广东省的东南部，发生在交通干道上的打劫事件也同样普遍。在有可能依靠炮船向他们发起攻击的地点，海盗们确实已经被镇压了下去，但他们在重整旗鼓之后，又化整为零地出现在其他地方。正因如此，镇压海盗和土匪将会是广东在未来行政管理上的棘手问题。一旦我们意识到，在革命爆发之初，该省曾征募过4万名海盗成为士兵，那么，有关该省人口中有多大比例是海盗的问题也就有了答案。

这些人现在全部退了伍，除了以残酷的武力对其进行无情的镇压，政府再也找不出其他办法来阻止他们重操旧业。

省里的权利和义务

因此，在一段可观的时日之内，广东必须要装备并维持一支足以对付这些人的武装力量。乡间的游击队出没于水路航道，彼此常是咫尺之隔，相比于正规军，他们拥有着巨大的优势，想要抑制、阻止他们的行动，可谓既费时又耗资。原先，广东每年向中央政府贡献差不多150万英镑的收入。但自从革命爆发以来，该省从北京方面所获取的反而比上缴的更多。海盗问题如果能够得到有效处理的话，广东似乎很可能会因此而吸纳该省岁入中的更多盈余，在一个管理不善的省份中，其省政府是能够设法榨取到这笔钱的。因此，近期之内，北京无法指望从广东得到更多的财力支援。这个省份还有其他问题要等着解决，而其财政本来就不容乐观。自革命以来，广东发行了大量的纸币，却没有相应的白银储备。算上那些相信是由个人偷偷发行的数额，再加一大笔伪币的数目，总数估计有3000万元之巨。这些纸币的价值常在其面值和面值58%的价值间来回浮动，目前的价位大约在其面值84%左右。目前的价位在很大程度上是人为造就的，其价格被强制保持为目前的状态。而这些纸币的清偿则同样是一件亟待解决的问题。

广东省似乎不会去争辩由中央政府统辖的权力。这种统治的性质究竟应该如何，人们对此都抱着自己的想法。几乎在所有事情上，广东人都想要以自己的方式去做，除了强权之外，根本没有其他办法能够阻止他们。即使在当下，广州的报界又突然在石灰岩出口解禁这样鸡毛蒜皮的小事上掀起了一场反政府的大作战，政府的原意是有意要搞砸一家位于香港的英国公司，这家公司先前正和广州的一家官办水泥公司展开激烈竞争。一场反对受到政府支配的运动已经展开，该运动所诉求的是，不允许属于省一级的人员以官方职位在省里服务。此外，还有一场反对废除省级行政部门提议的运动，并要求立即展开另一次选举，以便广东的人民可以在决定国家的大事上发表自己的意见，同时，他们也要求参与摆平执政团体与国会间的差异。

作为改革运动的发祥地，广东尤其不信任袁世凯，虽然袁的政府因为有武力支援而最终将被广东人接受，但反对这个政府的运动很可能会连绵不绝。极有可能，在局势紧绷而搞得广东人不爽时（譬如说，在向北京汇款的事情上）；或者，等到远在海外的、极易轻信道听途说的那些移民们在别人的鼓动之下掏腰包支援时，这里又会爆发一场叛乱活动。

中国的金融与政治状况

对最近以来要闻的总结（节译）

（记者专稿，1913年12月19日刊登）伦敦所收到的可靠消息指出，自革命以来，就整体而言，中国的前景好过以往任何时候。如果袁世凯能够长久地维持其统治地位，中国将会有明显的改善机会。

本报北京记者已经在11月18日对中国的财政状况作了出色的总结，自此之后，有关方面并没有什么大的更新。由丁恩爵士主持的盐税征收工作进展顺利，据判断，结果有希望比预期更好。中国的两个最大地区至今尚未上缴任何收入，而这些收入通常会占到所有盐税的一半。

暂停国会

袁世凯总统已经以召集国务委员会的方式暂时取代了国会，国务委员会也可能会增补或取代国民大会。而在袁世凯的动机仍然显得晦暗不明时，人们相信，黎元洪还是倾向于保持国会的权力和地位。袁世凯和黎元洪两人的地位都决定于他们各自的军队实力，他们当然不会想要将自家的军队解散。总统或许想要解散武昌军，再以北方军来取代。对此，武昌军则以"医生先生，还是先回去看一下您自己的毛病吧"来作回应，意思是，如果袁世凯想要节省开支，就让他去解散自己的几支军队吧。而南方派系也不想看到北京方面过于强大以至于将他们"踢出局外"。因为这一原因，暂时而言，假如必须从国会和以武力作后盾的总统之间二选一的话，他们更有兴趣继续维持国会的权力。

人们希望总统会多少给代表政府保留一些空间，即便他必须以自己的方式亦步亦趋地在它后面盯着梢。袁世凯相当了解他的国人们，但问题是，不知道他对实用主义政治到底有没有概念。心思缜密的人都会同意，袁是中国所拥有的最能干的人物，对国家来说，将他撵出政坛可能会酿成一场大灾难。但是，人们不信任他，他也无法给国人以思想启迪。有相当一部分追随者对他很忠心，但他对军队的影响力却很有限。

虽然俄国在名义上已经和中国就蒙古的问题达成了协议，但还有一大堆问题需要在恰克图的三方会议上落实。与此同时，蒙古人仍然手握武器，最近才刚刚重创了一次中国人。据报告，他们就驻扎在距离张家口不远的地方。

令人胆寒的南京将军——政府将其调离南京的代价

（本报记者，上海，12月21日，1913年12月22日刊登）对于张勋将军即将离开南京的事情，似乎已经不存在什么合理的疑虑了。有关任命他出任长江巡阅使的公告已经在两三天前张榜公布。

目前，我在南京的记者同事这样写道，政府已经调用了特别军列运送将军及其部队赴他曾任职的徐州府，目前来说，至少那里还有一些令他感到稍许舒服的工作在等待着他，需要他去剿灭在苏北一带异常猖獗的匪帮。张勋对于要将自己的地盘交给新任都督冯国璋一事感到愤愤不平，两人之间的紧张关系已经在南京造成了恐慌。张勋的部下起誓，若是其主子被迫离开，他们将强行施行可怕的复仇行动，据报道，局面因此而更加紧张。问题最终以"花钱摆平"这样的寻常之道而得以解决。张勋要求对方向其部队支付30万元军饷，对于这笔钱，冯国璋同意支付其中的三分之二，而南京的商会则愿意负责另外的三分之一，他们的原则是，自己花钱总好过遭人抢。这件事情已经安排妥当，张勋也已经发出声明，拐弯抹角地提及自己即将离开此地以及承诺会向当地提供保护。

根据一项细致的调查得出，张勋所部的人数其实仅为6000到7000人，远比普遍认为的人数少得多。人们相信，冯国璋倒是在浦口驻扎了8000人，民政官则在市区里安置了2000名警察。身旁有6000名忠勇者随时效忠，张勋一直都被认定是个不好对付的人，他离开南京以后，时局将毫无疑问地证明，整个江苏省都会因此而大大地松了一口气。但他的性格在很多方面都被不恰当地抹黑了。

对于他所服务的人，他可谓是效忠到底，慈禧皇太后与袁世凯便是两例，他之所以得到性格凶残的名声，主要是因为人们将他归于如今已经过气的一帮中国将军之中，而相对软弱的后一代人常会以惊恐万状的眼神去注视他们。其实，相较于太平军，张勋可谓是慈善人性的楷模了。然而，不论是以心智衡量，还是以受过的训练作为标准，他毕竟还是不太适合在中国最富裕、最开明的省份中担任都督一职。他早已恶名在外，以至于全省的老百姓整日都为之提心吊胆，直到他最终转过身离开南京。

1914

中国的财政前景——地方票据问题重重

（**本报记者，北京，12月31日，1914年1月1日刊登**）若从财政的角度来看，中国在年关的前景真可谓是一片黯淡。中央政府仍然无法从地方上获得稳定的金融支援。行政上的花费靠着发放国库券和签订灾难性的短期贷款契约而勉强维持平衡。

地方票据的问题很快就变得尖锐起来，除非在某种程度上很快加以解决，否则，它将会严重威胁到政府的稳定。在广东，当地的票据已经打了30%至40%的折扣，之所以还能维持在目前这个水平，也是靠着当局强制性的公文号令。地方上所能收集到的税收，大部分都是以贬值的票据支付的，军队再轮番强迫人民购买，因而造成了一种恶性循环。若要使人们对国内外政府的信心不至于完全崩溃，获得一笔外国贷款来缓解票据的情形、支付到期的国库券、清算大笔未偿付的短期预付金就变得至关重要。

另一方面，在政府没有收入可抵押时，由银行家组成的国际借款团也无法考虑大笔贷款的问题。为了避免财政上的崩溃，用于立即所需的小笔贷款可能会应运而生，但是，政府在聚拢税收上的能力，一定要在缔结另一笔善后借款前完成。与此同时，也需要提供正常组织的外国贷款。海关上超过50万英镑的增收，几乎缓解了作为赔偿债务之用的盐税所承负的压力。在盐余收入上的突然提升并没有能够完全持续下去，一个月前所作的乐观估计有一部分并未实现。事实上，如同其他地方税收一样，在管理上仍陷入一片混乱时，盐余对于政府来说也并不能完全加以利用。但与此同时，盐余还是维持财政状况的最大希望，仍然会毫无疑问地被证明是一种最有价值的担保物。

从政治的角度看，情形已经有了明确的改善。张勋似乎已经成功地被赶出了南京，而在武昌的大马蜂窝那边，随着黎元洪的欣然荣退，局势也已经被控制在一位北方将领的手下，支持他的军事力量想必是足够了。裁军还在进行之中，但主要还是鉴于武装匪徒如潮涌般席卷全国、骚扰居民的事实。顺便提一句，新军队的征募几乎和旧部队的裁撤一样迅捷，在一些省份里，遍布着大规模、有系统的抢劫案。然而，袁世凯的人马还是掌管着全国上下，反叛者变得静默无声。

迄今为止，政府在建设能力上仍是乏善可陈；但是，相对来说，人们今后不会再仅限于关注政治性议题，所以，政府至少还有一次机会可以补救其声誉。

袁世凯的政治信条

对新任国务委员会的讲话

（记者专稿，1914年1月10日刊登）袁世凯于1913年10月6日被选为中华民国大总统，四天之后，他正式就任，民国也随即得到了列强的承认。在完全见识了被送到北京组建共和国会的一班政治家们那种令人失望透顶的低效率之后，袁世凯在就任不久便从实质上废除了国会，随即任命代表各省、九个部委、内阁、总统本人以及蒙古和西藏的、由71位经选举产生的成员组成国务委员会。该委员会目前将开始运作，"直至国会完成重组或是能够重新有效地议事"。

总统在第一次对该委员会作重要讲话时，便坦白地表达了他的意见，也披露了他的政策。

共和已经存在两年了，在这一阶段里，道义和法规都被弃之尘土，道德准则、自律和公义都已被人遗忘。这个世界上的某些国家在军事效能上取得长足进步，还有一些国家则在贸易和工业上有巨大发展；但我们将目光转向中国时，却发现它和蛮荒、原始的部落相差无几。我们怎能期待一个堕落到如此地步的民族能够逃脱在别人手中分崩离析的命运呢？因此，我们应当停止追逐那些高调、空泛的口号，从头开始进行最有实效的建设工作。

时下，一个叫作"平等"的名词挂在每一个人的嘴边，但是，平等仅仅意味着在法律的范畴内人人平等。它并不是指等级的差别会被消除，每个人都可以成为自己想要作的主宰而否定法律……"自由"是另一个美丽的时尚名词，但它也是受法律束缚的，在这个范围之内，才谈得上人人皆有自由。所以，根本就没有不受限制的"自由"这么一回事儿……还有，"共和"听起来也是一种雅致的表达方式，但是外国人对它在字义上的理解并非是……整个国家都一定需要干预政府的作为。这种干预所产生的最可怕的混乱局面会形成怎样的后果呢？至于术语"民权"，除了选举总统的终极权利之外，它还包含了代表权和投票权，但决不能被理解成也包括行政行为。

这些日子以来，人们总会高谈阔论爱国主义，但是这个词汇也有它自己的重要含义。它并非指一个爱国者就一定具备治理国家的能力；同样也不是说，他一定要具备这样的素质。如果我们放心地将政府交给一个人，就只是简单地出于他的爱国热忱，而不去深究他的才干，那么，整个国家都几乎要不可避免地承受一团糟的后果。

"少年中国"的空想家们

袁世凯对于以共和美德的名义大肆侵吞国家的"空想家们"提出了尖锐、严苛的批判，其中的要点是：

……共和只不过是政府形式的一种。历史书中确实曾如此记载，"天听自我民听，天视自我民视。"书中也这样写道，"民维邦本。"孟子也曾说，"民为重。"若无人民，君主也无法存在。但是，最近的叛乱分子们却用这样的说辞来欺哄国家；他们成天将"公意"或"民意"挂在嘴上，但是，"公意"这个术语只有在代表了大多数奉公守法的公民的意志时才具备价值。守法公民的一个愿望，就是在和平与安宁中追求他们各自的目标。我可以绝对肯定地说，对于那些骚动不安、只想要以恶作剧来自寻其乐的少数空想家们，人民是不会抱以同情、恻隐之心的。"民意"也是如此，只有广泛地建立在奉公守法的大多数人的观点之上，所谓"民意"才值得去深究。对于一小撮只会大叫大嚷、粗野无礼的狂乱空想家们的发号施令，谁会因此而改变方针和路线呢？这些人利用"民主"或是什么二次、三次革命之类的口号，以卑劣低级的做法为自己的利益而夺取他人的财富。在这个过程中，他们在海外以侵吞的资产修复自己的实力，在外国人的荫庇之下寻求保护。这些人除了祸害他人之外别无所长，和盗匪与窃贼并无二致。他们口中的"人民政府"便意味着恶者的政府。试问，一个由恶人统治的国家如何能在今日之世界中立足？

最近以来，没有一个省份会像江西那样屡屡听到有关共和主义的口号，也没有一个地方会比广州听到更多的"自由"与"平等"；事实上，恰恰正是这两个省份，已经几乎成了叛逆者实践他们实验性理论的活动场所。我很疑惑，这些省份里的国人们会如何"享受"被这样当成实验品？我完全确定，所有人都会祈求诅咒和憎恶降临在华而不实的恶棍、敲诈勒索的骗子头上，这些人连一丁点儿的财富都要敲诈勒索，然后再裹挟着赃物落荒而逃！

理论与实践

目前，学者们制造了太多的空洞理论，也都倾向于期待看到一蹴而就的结果。在赢得公众的信任之前，你永远都无法让人与你对视。没有一个国家会像英国那样如此深刻地受到宪政潮流的灌输，但在统治印度的过程中，它却并未强迫印度人摘掉他们头上那块象征其传统的缠头巾。同样，日本在改革的热忱上也一时无两，但他们的大多数民众也还是继续脚踏着受到外人讥笑的木屐。他们和我们一样深知这些木屐显得如此不合时宜，却拒绝丢弃它们，其原因就是，这是他们自古留存的风俗和传统，他们也深知，无法一蹴而就地改变一切事实。

所谓的"司法独立"与这一点颇为类似，在现阶段来说，它是一件很不实际的事情。在立宪国中，行政、立法和司法是完全独立的，但是，中国在过去两年中司法独立的经验却导致劫掠和犯罪丛生，人民已经不幸沦落到最悲惨的境地。与此同时，法律上的漏洞所提供的所谓"保护"，却被作恶者和犯法者们不断地钻了漏洞。

一段时间以来，我不断目睹着这样的情形，但是，由于政府被"临时约法"绑住了双手，这样的情形无法得到改善。一方面，这种机制上的缺陷剥夺了政府采取行动的全部自由；另一方面，国会完全无法和行政部门合作来推动公共福利。其结果便是管理上的完全混乱和给人民带来的愈发严重的损害。

改革实验和总统的一声警告

总统并说到了自己在前朝的亲身经历，坦承自己当年便是一位改革派人士；但是，他也发现，人力与金钱永远都比理论来得更为重要。他说道：

> 长久以来，我一直致力于推动改革：是我废除了科举考试，也是我创设了新式学院。在担任直隶总督期间，我以自己的全副精力推动了司法上的独立；如果说，这方面没有取得成功，那是因为国家缺乏能干的人才，也由于资金上的短缺。除非在人力和金钱上能够满足你的需要，否则在任何方面肯定都不能指望取得成功。因为这一原因，我无法不对目前的局势抱以最深刻的悲观态度。以我们的财政状况为例，我们欠了外国逾一千五百万元的债款，最近的兵变又花了我们三百万元。用不了多久，我们就要濒临破产了。我们在政府里也绝望到几乎入不敷出的局面，并且已经为此尽了自己最大的努力；与此同时，立法机关却以奢华的法律条文，对我们的所作所为极尽反对之能事，已达到了近乎荒谬的境地……

总统以坦率的警告作结，他说，若中国不重新回到正轨上来，其命运会是这样一番景象：

> 等到我们的金融完全受到外国的控制，等到我们的地界被势力范围所瓜分，安南和朝鲜的命运就会同样降临到我们的头上，等到那时再后悔就

为时已晚了。因此，"临时约法"在任何方面都阻碍着我们，使我们陷于难堪、尴尬的境地之中。当政府从南京迁来北方后，我们提议在这一机制上进行修正，但是得到的结果却是，我们被一场铺天盖地的"二次革命"所诅咒。一开始，我并没有去揣测事态会发展到一个怎样的地步，但是时至今日，我才意识到，叛乱所带来的惩戒，可能会导致最严重的后果……

最后，我要再次强调，学校里学来的那一套理论，不足以成为国家繁荣的根基；只有结合了人力与金钱，才有可能会达成结果。诸位同仁，国家就指望你们凭着自己的爱国热忱，还有挽救国家于水火的热情，来推动其发展和进步了。中国的未来正落在你们的身上！

一场发生在上海的政治暗杀——暗杀带来的不安感

（**本报记者，上海，1月11日，1914年1月12日刊登**）一场引起社会轰动的暗杀事件，昨晚六时发生于空旷的街道上。"商务印书馆"经理夏瑞芳[1]先生在步入其马车之时遭到枪击身亡，而案发现场距离中央警察局仅有咫尺之遥。杀手跟在他的身后，本来可以混杂在人群中逃逸，却不走运地中了中国治安警官的枪弹。杀手无疑是受到政治动机的影响，去年7月，夏先生作为领头人，邀请工部局参与控制闸北的局势，以防止郊区这一地带成为叛军行动的大本营。应该记住，这一事件给中国某些地区带来了不容小觑的感受，最后几乎要以和外国志愿者交火来收场。

夏先生具备难能可贵的个人品格。他从一个小印刷工做起，逐渐建立起一个庞大的印刷企业。每一年，他都会主持出版上千本外国的教育专著和课本，这些书籍均翻译精美又价格低廉。作为一个纯粹的中国责任有限公司，"商务印书馆"可谓一个异数，其他以中国的法则来运营的公司多半都是以惨败收场，它却拥有着亚洲规模最大、技术最新的印刷工厂，并拥有众多分散于各地的分厂。夏先生是一名基督徒，也是一位最慷慨仁慈的雇主。

这起事件是近三个月来发生在上海的第十一次暗杀行动，这还没有包括众

---

1 夏瑞芳（1871-1914），字粹芳，上海青浦人。近代印刷出版业人士、商务印书馆创办人之一。夏自幼在多家报馆当排字工人，1897年与他人合伙创办商务印书馆，夏瑞芳任经理。1914年1月10日，夏瑞芳因反对沪军都督陈其美驻兵闸北，在上海遇刺身亡，年仅43岁。

多手持武器的抢匪在内。犯罪阶层的趋势是以自动手枪来武装自己，歹徒们冷漠铁血，常公然在空旷的街道上行凶杀人，并且深信中国人胆小怕事，所以行凶后便公然隐匿在人群中，给当局造成了严重的焦虑感。

中国的财政状况

债务急剧增加

（本报记者，北京，1913年12月11日，1914年1月20日刊登）随着又一年的年终将至，同时也考虑到新贷款的谈判，现在正是再一次检验中国财政状况的合适时机。中国的一般性财政情形其实也很容易说清楚。

革命爆发前夕，满人政府已经到了入不敷出的地步。他们尽了全力来准时偿付外国债务，有时候甚至会让外国人感到吃惊，因为外国人得到的消息总使得他们预计满人政府会再次拖欠。义和拳事件的一系列后果又为满人政府增加了每年300万英镑的外债，其欠债总额已经达到中央政府从各省收取的总岁入的四分之一到一半。为了还债，现存的财政安排都被打乱了。各省当然不得不承担起更大比例的新负担。于是，在爆发革命的那一刻，中国或许可以被视为正处在各地对政府的财政需求发出抗议的阶段。而今天的情形同样如此，政府对国家的需求仍旧停留在革命前夕的水平，此外还需要加上能够补足革命以来每年在资本支出上所花费的金额。此前，中国已经发现自己很难支付每年在义和拳赔款上的300万英镑分期付款。而现在，中国还需要支付由另一场动乱所引起的额外花销。

在债务上的加增

革命所带来的花销永远也无法精确估计。但是，我们还是能够粗略地计算一下政府每年必须筹得多少钱来分期偿还革命所带来的债务后果。第一笔，也是最重要的一笔，便是2500万英镑的善后贷款。接下来的一笔是"非正式"发行的纸币，最早估计总数为2000万英镑。6月，财政部发布了一份未偿付的国内及国际的短期贷款清单，总数高达1200万英镑。还有一笔则是总数为500万英镑的克里斯普贷款。此外，可能还需要一笔高达1000万英镑的款项，来支付奥地利贷款和有关两笔比利时铁路特许使用权的预付款，购买战争物质，并抵偿自公布上述所列清单以来的短期国内贷款和替代支付外国债务现金的多种短期国库券。这些花费的总额高达7200万英镑，其中的每一分钱都是政府的直接债务。这笔总额中的大部分是由常规贷款所构成的，必须要逐步还清。发行的纸币则需要抵偿或以其他方式来做储备。短期贷款则一定要在短期之内付清或续期。无论如何，其直接后果是，中国被强加了另外7000万英镑的债务，从今以后，每一年在利息和分期偿还上所需承付的金额将高达近500万英镑。

削弱中的经济效率

接下来，便产生了国家支付额外债务的能力问题。已经发生的这些事会使中国在突然之间就能背负得起新的负担吗？这一负担要比促成革命时还要沉重许多。在管理上有没有任何改革措施呢？有没有进行新资源的开采？对经济成长至关重要的政府信心有没有增强？

在这些问题上，回答一定都是负面的。管理机制在许多节点上发生了瘫痪，从某种程度而言，甚至遭到了损害，而中国在反对外国进行资源开采上所做的努力倒是和革命前一样强大，中国人对他们自己政府的信心是如此薄弱，以至于他们几乎完全拒绝投资工业和其他实业，他们守着自己原本可以在贸易中自由运用的资本，为了安全的缘故而将其中的大部分绑在外国的银行里。

另一方面，还要考虑一些其他因素。铁路的行驶和水路的航运在不断增加，创造了新的或扩大了已经存在的贸易机会。一年以来的海关收入将会创下纪录。这一事实被乐观主义者拿来证明，在一个健全的中国里，一切都安好无事。事实的确是非凡的，但是它基于一条限定性条件，即所谓的海关收入几乎完全来自在通商口岸进行并受到外国人保护的商贸活动。与海关收入相关联的一个有趣特点是，人们期待，今年它可以基本上满足义和拳赔偿金全年分期付款的所需，从而使得盐税在实际上不必再用于支付赤字，而这笔支付赤字的钱通常每年会高达上百万英镑之巨。

即使所有自海外进口或打算出口的商品贸易在不同程度上享受着不断增加的海外保护这一点属实，同时也不可否认的是，纯粹本地的及跨省的商业活动却在不断减少。缺少信心限制了银行业的活动，并在更大程度上影响了贸易；发生在许多省份的抢劫和海盗行径实际上阻碍了商品的安全运输。几乎所有省份都笼罩在一片乌云之下，唯有时间和一连串的大丰收才能将乌云驱散。

物资上的损失与破坏

从实际的意义上来说，革命破坏了数以百万计英镑的财产。汉口古城遭到大火焚毁，成千上万的人流离失所。南京连续三次遭到洗劫，人口大量流失。当袁世凯"自己"的军队在2月间摆脱束缚、大举行动之时，北京、天津和保定府的损失则高达1000万英镑。物资损失高达成百上千英镑的地区可以列举出十几处。事实是，中国损失了庞大的实际财产，导致众多的人口陷入贫穷之境。在全中国达到由贸易和资产所衍生收入的正常数额之前，一定需要一段日子的复原和补救期。与此同时，外国贸易可能会取得空前繁荣，但是，在那一方面所收获的，势必会在一段时间内抵消在国内贸易的相对减少中。

因此，除了政治稳定的问题外，便是中国的财政处境了。整个国家因为革命而在经济上被严重削弱，为它已经不堪重负的外债又增添了500万英镑新的金融负担；而与此相对应的却是，除了一笔额外来自外国贸易的百万英镑款项以及来自铁路回报的些许增收之外，其他便没有什么收入可以用来抵账了。

中国进步的标志

（社论，1914年2月3日刊登）本报在周六发表了北京记者的来电，对中国政府授权美国红十字会筹措400万英镑贷款用于淮河地区的资源保护工作作了解释，这一工作的实际意义要比它在表面上传递的事实大得多。这意味着，在目前可能是世界上最为不幸的国家——中国的一个小角落里，确实正进行着某种将广大人民从贫困、痛苦和缺乏的光景中拯救出来的尝试。因为中国当局本身并未进行这一工作，所以他们的对外宣布似乎并不意味着什么，但是，我们从中还是可以了解到，中国政府正承诺要给予积极的支援并担保其所需的费用，而不是一味以愤懑的被动心态暗作盘算。要知道，在中国，总有太多的事情会落入到这样的光景。

淮河地区位于江苏和安徽两省境内，常年受到洪涝灾害之苦，部分地区还覆盖着沼泽地与低洼湖，如果五年内平均能够有两次收成，当地的农民就会谢天谢地了。几年来，乡民们一直都碰上糟糕的季节，大约一年之前，他们不得不再次面对造成可悲结局的一场大饥荒。整个地区从半文明陷入一种混乱野蛮的状态之中，人民成了四处行乞的流浪者和盗贼。有一份报告对当地作了这样的描述——"商业停滞、学校关门、弱者行乞、强者为盗"。尽管也有某些心烦意乱的官员靠着杀盗匪的头在断断续续地试图恢复社会秩序，但多数当权者则几乎变得销声匿迹。男人靠着卖妻鬻女勉强维持自己的日子，在五百万人口中，有一百五十万不得不忍饥挨饿，死亡率节节蹿升。相似的情形在印度遭遇饥馑的年代里也曾普遍发生过。今天，在中国的饥荒地区，这些现象仍在一成不变地出现着。这似乎成了一个公理，在中国和印度的某些地方，几乎每年都会因为庄稼歉收而出现萧条的景象。受灾的地区有时可能只有几个英国乡镇的大小，但有时又可能会有半个欧洲那么大，但是，政府所付出的所有努力，尽管能够减轻其造成的后果，但仍不能预防地区性的匮乏和萧条。

淮河地区有一个特点——外界所看到的饥荒其实都是可以预防的。虽然国家没法控制雨量，但是它可以制止泛滥；淮河边的人们忍饥挨饿，正是因为受到大水的肆虐。当值得钦佩的美国红十字会派遣男女义工带着丰裕的资金前来缓解灾情时，义工代表发现，若是施以恰当的预防措施，其实，这里的人民根本不需要忍饥挨饿。一位能干的工程师詹姆森先生设计出一套防护性的排水措施，靠着它，可预计在两片面积分别为一万七千平方英里和一百万英亩的地带中永久性地安全耕种。红十字会主动提出，如果允许他们任命自己的工程师并签订自己的合同，再加上中国政府能够保证供给开销的话，他们可以承担这一工程。令众人都有些吃惊的是，袁世凯总统和他的顾问们已经首肯了这些条件。我们并不需要在他们潜在的动机上问出个所以然，他们可能想要得到一些类似的有根有据的凭证，用来让别人看见他们想要为中国谋福利的意愿，而这正是美国政府一直坚持不懈想要让他们做到的。事实上，这一宏大、无价的改造计划目前已经获得了批准，等到竣工时，它会向全中国昭示一个足可借鉴的讯号，那就是，若是在公共事业上推行明智的政策，将会为人民的福利起到何等的保护作用。如果从这片经过改造的土地上收得的税收被诚实征募、善加管理的话，淮河上的工程将会得到自我补偿。迄今为止，中国人的兴趣都太过专一地停驻在宏大的铁路方案上，孙文提出的野心勃勃的铁路网计划，弄得连他那些最善于思想的国人都迷失其中。事实上，中国还有其他更为迫切的事情需要去做，它需要修复那些长久以来一直被忽视的皇家大道并使其投入使用，它需要保护好大运河，也需要时刻警惕黄河上那些总令人意想不到的事情发生，那里时不时地就会酿出巨大的灾祸，连全世界都会为之战栗。中国的确需要更多的铁路，在合适的时机到来时，中国自然会毫无疑问地拥有它们，但是，这个国家在经济上的自救，却不是仅仅靠着铁路就能得到的。

在过去的一两年间，中国的现政府听闻了很多硬话，在某些场合中，我们也觉得好像被迫要加入这些批判的大阵仗中。但与此同时，我们还是要坚持自己一贯表述的观点，袁世凯总统及其支持者们代表了这个国家最稳定、最有希望的元素。有时候，总统的方针会让那些只会以西方的宪政原则来思考中国的人感到震惊，但是，袁大总统了解他的人民和他自己的难处，他有资格要求以自己的方式找到解决问题的方法。不久之前，人们还在提及，"匪徒、纸币和军队过剩是中国面临的三大主要问题"。但在所有这些方面（事实上，也是所有的重要方面），我们必须要说，相比一年之前，中国的情形已经好上许多了。尽管"白狼"和蜂拥在他身后的追随者们仍在引发着人们的焦虑感，仍在不断地制造着暴行，但在全中国范围内，尤其是在西江三角洲和广州的邻近地区内，匪帮们正受到严厉的镇压。有武装在身的军人数量在一直递减，勉强奉命的将军们一个个地都要接受这一现实。虽然进展缓慢，但中央政府的权威却在这些反叛的省份中确定无疑地建立起来，从外观上看，中国再一次成为一个有着凝聚力的整体。

财政状况在中国也仍然是一个尖锐的问题，中国政府可能不得不向西方的货币市场寻求进一步的援助，但即使在这一方面，前景也仍是更有希望的。去年，中国的对外贸易达到了最高纪录，海关收入也相应增加；地方上开始将一部分的合理岁入上缴给北京，丁恩爵士凭借其成功的努力，将盐税收入保障在一个满人王朝想都未曾想过的高度。或许，中国距离恢复完全的稳定尚需年日，但是，我们现在已足以知道，在某种程度上，它在各方面的平衡都已在复原之中。

中国人在过去两到三年中的经历，对欧洲而言不啻为一个教训。当前的这一刻，每个欧洲国家都弥漫在一片深深的不安感中，从中国所经历的一切中，我们会得到这样一种提醒，一个秩序井然、稳定规范的地区和一种弱肉强食、你争我夺的无政府状态之间，原是隔着一道何等狭窄的分界线。在中国，因为推翻宪政权力而带来的是比内战更为严重的后果，它使法律的执行停滞，损害了生命和财产的安全，使大城市成为废地，更使数不尽的家园趋于荒芜。在一个短暂的时间内，中国陷入了一个正常管理被迫停顿、无法无天的强盗横行乡里的境地。在欧洲，我们已经太习惯于认为，建立了秩序的事物便是不可动摇、永远长存的，但我们并没有意识到在彼此之间那些连绵不断的运动之下所深藏着的威胁，我们之中的某些人甚至还带着暧昧不明的好奇心在打量着它。中国最近以来所经历的那些事件，应该会给我们提供一个深刻的警醒。

中国盐税整顿的进展

身为盐税管理负责人的丁恩爵士

（**本报记者，北京，2月22日，1914年2月23日刊登**）在盐税事宜上对列强及外国专家们作出界定的有关规章刚刚公布，这标志着，盐税整顿已经迈出了重要的一步。

几个月来，中国政府一直在逃避在一个令各大银行及各国使馆均感到满意的立足点上处理有关盐税事宜的责任，僵局最终由一个外国公使代表团所提出的访问袁世凯的要求而被打破，在访问中，代表团坚持，"善后贷款协议"的有关条款必须要得到有效执行。这语调强硬的一步取得了令人满意的结果。所有涉及外国代表们的规定现在都已公布，这些规定向外国人保证了一个指引盐税管理和实施改革措施的机会。

在记录这一令人满意的成果时，可能要提及盐税管理的负责人丁恩爵士，鉴于中国方面的阻挠，他曾经一直在考虑辞职的事情。本地舆论一致认为，丁恩爵士是屈尊来承担盐税整顿一事的，大家的感觉都是，如果连像他这样的一名具备特殊资格的官员都不能从中国政府那里获得必要的权力，那么，就没有其他外国人还可能在这件事上取得成功。他的请辞是对中国经济信誉的沉重一击，如果他被迫退休，那么，以盐业收入作为担保的进一步贷款也就要化为泡影了。

预估的收入

丁恩爵士曾在2月4日估计，若谈到对1914年的期望，假设政府的管理稳定，在盐产地进行课税的政策能够得以实施，并且，政府又能够有效实施有关规定的话，那么，盐业收入将会净得2400万元。然而，他又指出，尽管中国政府在运输方案和以政府账户进行销售这两件事情上一直都以惨败收场，但就是一直紧抓着它们不放，在此过程中，贷款协议的条款却并未在任何程度上得以实施，从其他方面的一些事情中也可看出，中国的官员们总是在阻挠改革。

这一预估使另外一项巨额贷款的前景看起来变得不太妙，虽然他预测，除了现存的债务之外，还将会有一笔可观的盈余，但是，政府一贯秉持着阻挠的风气，人民对政府的执法力度也心存怀疑，这种种迹象都让人放不下心。另一方面，丁恩爵士的预估一般都被认为趋于保守，接下来对于有关规定的宣传和普及或许对全国范围内的盐业官员会起到有益的作用，并且有可能会将整个事态引向更好的结果。

政治报复——前国务总理之死

（**本报记者，北京，2月27日，1914年2月28日刊登**）今天清晨，直隶都督赵秉钧在天津身亡的消息引发了轰动，有关他中毒身亡的揣测正不断升级。

去年春天，宋教仁在上海遇刺时，赵秉钧正担任着国务总理一职，并与所公布的有关证据有牵连。宋教仁事件的直接唆使者最近刚被谋杀，他又紧接着传出死亡的消息，不禁引起了许多揣测。

赵秉钧是对袁世凯极其忠心的一小群追随者之一，在袁世凯于1902年至1905年间担任直隶总督期间，这群人在行政管理上全力辅佐他推动了多项具有实际意义的改革措施。在担任巡警局总督时，他与其他后来都相继升官加爵的官员们并肩共事，赢得了极佳的口碑与成就。1909年1月，在他的主子倒台之时，他也紧随主子告病还乡。后来，又因为摄政王的一纸命令，他又随着袁世凯的官复原职而重新回到了幕前。他个人还是受到欢迎的，在官场上也一直有着不错的名声，所以，在1912年9月时，他以69票赞成、2票反对被选为国务总理。

他的猝死很清楚地指向了国民党因为宋教仁于去年3月22日在上海遭到暗杀而寻求报复的可能。由宋家和上海报界在宋案的主要嫌疑人应桂馨[1]受审前后所炮制的有关文件，都明白无误地指出，即使不是总理本人指使，他也曾在这

1　应桂馨（？-1914），字夑丞，浙江鄞县人。清末民初军政人物，辛亥革命元勋，青帮大佬，曾任江苏巡查总长。应桂馨是陈其美的亲信，也是宋教仁遇刺案的主嫌之一。

起可悲可叹的暗杀事件中担任了共谋者的角色。国民党因为无法确保在上海的法庭中对其量刑（因赵秉钧拒绝出庭），发誓要向所有宋案涉案者报仇。从那时开始，一场政治暗杀的战争便开始时疾时徐地在北京和革命活动的中心地带不断展开。

　　应桂馨无疑是一个恶名在外的政府特工，几周前，他几乎是公开地死在了北京。而赵秉钧之死又如此迅疾地随后发生，并且依照情形研判，他是中毒而死。这一切都说明，尽管我们已经尽一切可能发出警告，但今天，中国领导人的生命还是那样没有保障。

"白狼"[1]军队蹂躏四方

政府的对策

（**本报记者，北京，2月16日，1914年3月7日刊登**）中国革命的后果之一正是盗匪的四处横行、鱼肉乡里。在任何时候，中国都经受着土匪的蹂躏，而其情形则视该地区的经济状况而起落。粮食丰收通常会让骚动、杂乱的社会因素湮没在体面的雇佣关系之下，但歉收则会带来四处的掠夺。目前，中国的盗匪行径比最近以来的任何时候都更加糟糕，主要就是因为革命导致了权力阶层的瓦解，还有部分原因是，在许多地区里，革命瘫痪了经济贸易，也阻碍了农业发展。华中地带的大片地区，包括河南南部与安徽西部，目前都是一片非同

1　白朗（1873-1914），字明心，河南宝丰县人，民国初年反对袁世凯的民变领袖，因本名谐音而被《泰晤士报》蔑称为"白狼"。清末时，白朗曾在陆军第六镇统制吴禄贞手下充当参谋军官。辛亥革命后，吴被暗杀，白靠着二十余名士兵和一支步枪起义。1912年后，白的手下已集结了五百余人，出没在豫西一带。白四处劫掠官家士绅，鼓动穷人造反。1913年5月，白朗开始公然反对袁世凯政权，袁调集了鄂、豫、陕三省联军围剿白朗，未料陕军王生岐部哗变投靠了白朗，使其军力与装备大为改善。1914年后，白朗的军队已在河南、安徽、湖北、陕西、甘肃等省留下踪迹，鼎盛时期全军有二万余人，袁世凯派段祺瑞率北洋精锐四处追击。该年6月，因西北地区的粮食与弹药补给不足，白朗的军队只得返回河南，途中损失惨重，被袁军各个击破。8月，白朗战败阵亡，其军队也彻底被瓦解。

寻常的、政府军四处出没的景象，4万名以上的士兵被部署来全力围剿"白狼"盗匪团伙，人们相信这一团伙有5000至6000名成员。

白朗的生涯

依据中国报纸的说法，白朗毕业于日本的士官学校，革命爆发时，曾在陆军第六镇统制吴禄贞[1]将军的手下担任过参谋军官一职。吴将军由于被怀疑同情革命，稍早时遭到满人骑兵的暗杀。而其忠实追随者白朗便成了如今名贯中国的"白狼"，当时，他应该是在河南发起了一次革命袭击，当听说主子的死讯后，他虽在理论上成了一个革命者，但实际上却变成横行乡里的土匪。直到去年春天以前，他在豫西南地区的掠夺和破坏行径仍尚未引起太多人的注意，但自那时开始，其"狼群"在占领大城镇、抢劫居民、毫无节制地杀戮与强暴时，都会公然宣布自己领头人的姓名。被派去对抗他们的地方军队曾在报告中称己方大获全胜、消灭"白狼"、全歼其团伙，因为战功卓越，军官们还得到了总统的褒奖与赞赏。但是，新一轮的烧杀掳掠显示出，"白狼"与其所部遭到摧毁完全是一套为了欺蒙北京而虚构的中国式谎言。

抢匪和军队

去年夏天，跟从"白狼"的人数有了很大的增加，使其团伙更显粗勇。他们开始袭击更大的城镇，对地方当局视若无睹。在某个城市里，"白狼"发现了十几个外国传教士，于是将他们监禁了好几个星期，使其友人们大为恐慌。在这些传教士们得以逃脱之前，有几位经历了相当可怕、危险的处境。外国公使馆为此怨声载道，迫使中央政府采取行动，于是，在接下来的几个月间，一支

1　吴禄贞（1880-1911），字绶卿，湖北云梦县人。清末军事将领，近代资产阶级革命者。1898年入日本士官学校学习陆军，与张绍曾、蓝天蔚被称为"士官三杰"。武昌起义爆发后，在滦州鼓动张绍曾发动兵变以作策应。1911年11月7日，在山西被其部下马步周杀害，年仅31岁。民国成立后，孙中山特颁发第一号抚恤令，追封为大将军。

颇具实力的部队便不断追逐这些劫匪。但是，情形很快就变成匪徒们和士兵们沆瀣一气，部队不仅在部署进攻前先向匪帮发出预警，还向他们提供武器弹药。河南的军政官目前已经因为疏于镇压"白狼"而被免职，还有一位官员也因为"白狼"所犯下的罪孽而上了军事法庭。匪帮所面临的压力也在程度上有所增加，到了上个月，他们或多或少地被迫开始找寻新的栖居之地。"白狼"所部开始分散为两股势力，其中一股仍盘踞在豫西南地区，而另一股则归"白狼"自己领导，他们向东突围，跨过京汉铁路，从豫西南的城市一路取胜，到达了皖西地区的六安州，实质上，他们所行的路线正是计划中的新兖州至浦口的铁路线。从此处开始，匪帮再以更小股的势力向四面八方辐射，其中一股进入距津浦铁路20英里的范围之内，而此地距离他们最早的突围地点已有近300英里之遥。

在六安州，匪帮犯了错误，他们杀了一个法国传教士，由此引起几个公使馆向北京方面发出了愤怒的抗议信。很明显，政府必须采取无所不用其极的手段来击溃"白狼"，为达此目的，军队已经由四个省份集中到备受"白狼"折磨的地区之内，人数也已达到4万人，归陆军总长、袁世凯最为器重的下属段祺瑞直接指挥。据由私人信件所写成的独立新闻报道，政府军在围剿过程中遭遇了好几次挫败。但在北京出版的官方报道却否认了这种说法，宣称政府军取得了节节胜利。但是，我们已碰过很多由官方所捏造的军事胜利的实例，在目睹败寇陈尸在众人眼前之前，本地并没有人会相信政府会取胜。北京的军事官员们承认，他们预计要花上两个月的时间才能消灭"白狼"。而有关这一主题的最新消息则是，依照中国人对付凶猛匪寇的惯例，政府军正全力逼迫"白狼"同意接受军队的最高命令。

"白狼"的追随者们

似乎不容置疑的是，"白狼"是一个被打上了鲜明记号的恶棍，因为他只是单纯地为抢劫而存在，以杀人如麻、贪得无厌、残暴成性为己业，毫无顾忌。政府想要把他和革命党挂上钩，声称他是受到黄兴的唆使才这么做的。一位国会中的国民党成员被认为以符合孙文利益的社会主义口号来煽动河南与安徽的民众，在去年夏天的那场叛乱中，几个在地位上略逊一筹的领袖人物也被说成是实际上在暗中援助了"白狼"。但这些说法却并没有说明，革命者是否愿意以没完没了的骚扰、将难言之苦加诸国人头上的无赖行径来达成自己的目标。

"白狼"的武装主要由被解散的士兵和逃兵所组成，也包括职业土匪和许多因为遭劫而沦入困境的穷人。被解散的士兵和逃兵带着自己的枪支，许多来福枪还是从正规军那儿缴获来的，他们还拥有一些大炮。据说，"白狼"的密探正在上海招募新人、购买武器。看起来，政府军一定会无可避免地尽快解决"白狼"的问题，然而，中国普遍的官僚主义所造成的无能，还有军队那令人瞠目的低效率，都很可能会轻易地拉长一场令国家难以招架的大规模游击战事。

南京的城墙——拆除城墙的请示已得到批准

（**本报记者，上海，3月9日，1914年3月10日刊登**）政府接受了江苏都督冯国璋和民政长官韩国钧[1]的请示，要拆除南京沿江古色古香的旧城墙，这一新闻一定会让不少人感到深深的遗憾。这一请求在很大程度上是由商人们所发起的，他们为此争辩的理由是，只要城墙存在，南京城就总会被当作叛军的总部，而进一步说，商业也会因为拆除城墙而受益。这些争辩似乎都还没有最终落实，因为作为政府控制长江流域的坚强前哨，南京的功用可谓不言而喻。而南京的商业功能反而无足轻重，城墙拆除与否，看起来都不太可能对它有太大的影响。

这些旧城墙是明朝的创立者、可能是中国曾出现过的最伟大的历史人物之一洪武皇帝在1390年下令完成的。它们构成了一道中国最尊贵的建筑奇迹，即使与规模远远超过它的北京著名城墙相比，仍不失其贵气与厚重感。这些城墙的周长超过了20英里，在不同地点，高度从60到80英尺不等，在其相对较宽大的广阔外缘，可容得下两辆马车在城头上轻轻松松地并驾齐驱。拆除的工程一旦开始，便无人知晓何时才会收场。我们真诚地希望，在中国已经丧失了那么多壮观、华丽的遗迹之时，这些旧城墙或许可以被侥幸存留下来。

1　韩国钧（1857-1942），字紫石，江苏泰州人，民国政治人物。清末中举后，曾任各地知县、河北矿务局总办、陆军参谋处及矿政调查局总办、奉天交涉局局长、吉林民政司司长等职。民国后，曾任江苏省民政长、安徽省民政长及巡按使、江苏省省长等职。南京国民政府成立后，不再从政，而是专心从事制盐业、水利事业等，后历任江苏省政府禁烟委员会、农民银行委员会、赈灾委员会的委员。晚年时，汪精卫政权曾强迫其出任公职，遭其拒绝。

中国与标准石油公司

油田开采正成为新的特许使用权，其他利益均被排除在外

（本报记者，北京，2月27日，1914年3月14日刊登）有关中国政府与标准石油公司就开发陕西和直隶两省油田的报道，已在2月16日《泰晤士报》所发表的本人电文中简略提及。而在有关细节上的安排，目前已经成型。

看来，一批专家将被派往油田作调查研究，其费用则由有关单位共同承担。如果报告获得好评，就会成立一个中美联合公司来共同勘探油田，所有工作将在勘查结束后的六个月内开始。55%股份归标准石油公司所有，37.5%股份则归中国政府所有并作为特许使用权的价格，而中国政府也有权在两年之内追加剩余的7.5%股份，使其所持股份的总计值达到45%。中国的股份不可以卖给外国人。董事会将由中美两国人士按照所持股份的比例组成，资金的数目则会在勘查结束后决定。

权力的界限

联合公司将对陕西延长油田和直隶彰德府的油田持有六十年的专享权，假如

这些油田被证明无法盈利，合同将可应用于这些省份的其他地区，而具体地点则由专家们选择。（目前尚不清楚，这些在同样省份中另择地点的权利，究竟可应用于六十年中的任何一个阶段，还是仅仅限制在一年之内？）此外，还进一步规定，在合同签定日期（1914年2月10日）的一年之内，石油开采的独享权将不允许转让给在中国任何地区的其他外国人。很明显，设立这一条款的目的，是在两个已经选定的油田情形被证明不容乐观时，联合公司还可以有选择其他油田的机会。

中国政府允诺将保护油田并供应所有的必需设备，包括铺设输油管道与修筑铁路。需要提及的是，美国人对此的官方看法是，这一条款并不会在其他列强已经提出铁路修筑权的地区内提供另筑铁路的权利。土地所有者、出租人以及所用工人的所有权将由中国政府买断，费用则由公司承担。政府将在开采时收取原油的5%作为采矿使用费。在勘查油田后，合同将由标准石油公司决定是否批准。如果决定了要在美国进行浮动贷款，则标准石油公司将会对中国政府提供支援，这一条想必是在针对中国能够追加额外的7.5%股份的情况下提出的。合同的英文文本正在制作当中。

在国家利益上的效应

在签订合同的过程中，我们观察到了不少秘密，普遍认为，对中国而言，该合同可能是很糟糕的一个。然而，合同本身并未透露出有任何不合理的条款，到目前为止，正如表面上所呈现出的那样，中国在不需要任何资本开支的情况下，将会得到37.5%的开发利润，并且可以以购买的方式将其所持股份追加到全部股份的将近一半。除了直接的利润之外，对中国更为有利的地方还在于机械运输所带来的经济发展、石油的后续产品、输油管道与轻型铁路的施工、油田劳动力的雇佣、消耗本地资源而非国外产品等等。为垄断两省油田而支付的价格看起来也很公平，这里要考虑到的是，以中国目前的信用值来说，它是无法借贷到资本来进行油田勘查的。在一年之内将中国所有地区的外国人排除在合同许可范围之外，则并不是一件值得特别认真追究的事情，因为在那一年当中，当美国的选择权已经失效时，并没有什么办法可以阻止其他国家那些紧抓住特许使用权不放的人去勘探其他油田。其他也对石油感兴趣的国家，尤其是日本，当然会对被美国抢到先机而深感失望，据报道，日本人最近已经向中国政府开了一个有相似特权的牢靠的报价。

油田的开发

在本地，有不少人相信，除了已经在合同中开好的价格之外，标准石油公司还承诺了要向中国政府投入一笔大贷款，或是额外支付一笔钱。然而，中国的油田到底有多少实用价值，根本就是一件不清不楚的事情，开发油田的权利到底值不值得投入这么一大笔资金或贷款，也没有人知道。当然，很难想象，中国的政治家们在其个人价值还未得到公司以通常方式作出的认可之前，就已经和像标准石油公司这样精明、老道的机构签订了合约。另一种看法则是，标准石油公司其实根本就没有意愿认真地开发油田，只是想趁机插上一脚来堵住其他国家的路。合同的条款规定，只要对油田所作的勘探报告具有有利的结果，开发工作就将很快展开，但是，合同中并没有强行规定要对油田进行适当的开采，也没有规定，假如专家们声明（他们是有可能这么做的）油田若不值得开采的话，其特许使用权便会失效。

地方上的态度

从中国的角度来看，陕西人的态度值得认真考虑。在过去，由中央政府在地方上授权（特别是和授予开采权相关的那些地方）的财团总是会有一番可怕的经验，即遭到来自地方上的强烈反对。陕西省的地方当局一直在花钱勘探他们自己的石油资源，本地的企业已经在那里忙乎了好几年了，就在最近，一家当地的公司还正要开始提炼原油。中国人从来都不会信任他们的政府会支付补偿金。因此，陕西省很有可能会将这笔交易简单地看作是为了北京的利益而牺牲了地方权益。最近以来，北京已经做了太多这样的事，以破坏地方独立来实行中央集权，于是，已经开始了的在特许使用权上的焦虑感，无疑会给"现政府的许多举措都广受全国欢迎"这样的说法增添反驳的声浪。

袁世凯和祭天仪式

一次皇家的盛典，总统颁布政令

（北京记者专稿，1914年3月14日刊登）总统实际上已经宣告，他是一位独裁的统治者，他不对国家负责，而只对至高者尽上自己的责任。在就任总统时，他曾发誓要遵守临时约法，但随后，他未经立法院批准便解散了国会，打破了自己的誓言。不过几天之后，总统又发布了一条政令，宣布解散临时议会，内阁系统也遭到废止，总统提出要一个人行使统治权，虽然在名义上，由国务委员会进行辅助，但实际上，国务委员会只是他身边的一个温驯的附属品罢了。但是，在袁世凯的所有举动里，没有一项如这一回那般经过了蓄意的策划，他最近要在首都南郊的天坛举行祭天仪式的决定震撼了全国人的心，因为这样的祭拜与"神子乃是全能者"的概念有关（"神子"常常被不够精确地表达为"天子"）。对于大多数人而言，他身为这一祭典的执行者，也就意味着已经成为中国的最高统治者。这一举动具有非凡的意义，对政府而言，它恢复了宗教的约束力，自从革命以来，这一点在文人中似乎尤为匮乏。

一个两千年来的惯例

在国务委员会对有关恢复这一仪式的争论中，确实对这一祭典原先是否具备共和精神有过争辩。因为大禹（公元前2200年）是因其卓越的功绩而由舜帝禅让帝位给他的，可能也是因此，那个时代被说成是一个最早的共和政体。中国学者特别喜欢针对每一项欧洲制度从他们自己的历史中寻找先例来作对应，但是在这件事上，争辩纯粹是站不住脚的，因为大禹的身份还是统治者，并且他因此而创立了自己的朝代，统治中国长达几个世纪之久。或许，在某些国务委员的认知中，总统和大禹之间具备着明显的平行性，也就是说，袁应该将其被提名为全权代表的结果归功于在前满人政权上建立起来的共和，他并且可以因此而以前朝的授权令来要求统治权，这一事实正如禹是因为舜的政令而做了统治者，就像在历史正典中所记载的那样："天命所归，皇权所系。"在某种程度上，恢复祭天大典的目的是为了美化袁世凯，在他所要执行的祭拜仪式中，还有一部分是焚烧前一年所发生大事的有关记录，其中甚至还有在国务委员会的辩论中所陈述过的最近所作预算的统计数字，目的可能是要让老天爷对中国财政的窘况感到震撼。此外，总统还将遵循两千多年以来诸位先皇的前例，焚烧一份在去年十二个月之内遭到处决的人员名册。如果将政治犯也算入的话（据推测很有可能会这么做），那么，这卷名册的篇幅将会很长。

国务委员会与祭天大典

在讨论有关典礼上所穿礼服的问题时，有一小部分国务委员敦促总统应该戴上"冕"，这种"冕"在周朝时曾经使用过，有些类似于学术帽，只是流苏和穗带拖得更长，并且还装饰了玉石和挂饰。有些人也倡议采纳"衮"（即"龙袍"），但是大多数人觉得，这两个建议都太具"帝王"色彩，最好还是将穿戴服饰的选择交给总统自己去斟酌决定。

总统有关使祭典通行化的命令是为了使这一活动摆脱过多的帝王色彩，但是传统无法仅仅凭着大笔一挥便能消解殆尽。这一仪式一直被视为具有皇家的功能，以中国人的思维特点来看，若要妄称其他，便无异于诡辩或曲解。

祭孔

总统在其后的政令中又宣布了他想要以个人身份在每一季中都举行祭孔仪式的念头，而祭孔也曾经是皇家的仪式之一。因为生怕这一向至圣先师奉上的敬意会在佛教徒、道教徒、穆斯林与基督徒之间引起轩然大波，他又颁布了另一条政令，解释自己并非是想要建立起一种国家性的宗教，而只是为了继续保持对"临时约法"中宣布的有关宗教自由原则的敬重。其实，袁除了已在客观事实上违反了那部法律文书的多数规定以外，他的这一辩称也令人无从判断是否有效。随着重新确立祭天和祭孔等仪式，他其实已经打算要确立一套国家性的宗教形式，而这一决定无疑会受到严重的指责。事实是，正如在中国所常见的，复古、倒退反而被视为是至高无上的事情，甚至会比之前的改革运动来得更加迅猛。总统最近的做法是对政府在去年代表年轻的共和国向全世界的基督教会寻求仲裁与调解的一个重要注脚。

有关汉冶萍公司的交易

中国抵押矿产资源，汉冶萍正在成为日本的企业

（本报记者，北京，3月6日，1914年3月24日刊登）外国观察家们对中国无法成功地经营大规模商业化企业的事实一直都有评论。中国在这方面的无能，可通过长江流域上的汉冶萍煤铁厂矿有限公司的一个显著实例而说明，而说起来，对它的担心与不安其实也已经存在好几个年头了。汉冶萍矿业是由著名的湖广总督张之洞所创建的，他以总值为500万银两（合625000英镑）的当地资金起家，逐步将其发展为一家具有1300万元（合130万英镑）资产的公司，其中，政府所持的股份价值为125000英镑。

在成立十五年后，公司负债总值已达到250万英镑，它在煤炭、铁矿石、生铁上的产量，完全无法支撑在债务和资金的沉重负担下的利息支出。该公司非常幸运地拥有着丰富的煤炭和铁矿资源，而它与其位于汉口的加工厂之间的路程距离也在合理的范围之内。外国专家们曾经将这一切视为极其宝贵的先天条件，德国和英国都一直准备对其投入大笔资金，因为他们相信，只要运用普通的经营方式，就可以在此收获令人高度满意的成果。然而，随着事态的发展，该公司却毫无希望地濒临破产的境地，它被迫与其日本债权方签下协议，在事实上损害了其独立性，并被迫将其资产让渡给外国人，而这些资产本应该成为

极富价值的国有资产。

日本人的干预

由于本国缺乏铁矿资源，日本工业遭遇了重重阻碍，很久以来，他们一直在觊觎汉冶萍的控制权。向该公司所提供的许多贷款都是由横滨正金银行经手的，而付还方式则是向日本的一家由政府经营的铁矿企业定期供应铁矿石与生铁。几年间，与合同规定相比，供货已经短缺了许多，结果是，到了1913年年底，银行已经被拖欠了将近200万英镑。汉冶萍公司不得不进一步从中国的某些资金来源处以5%至13%的利息比率借得50万英镑的贷款，又从法国和俄国的银行借得小额的贷款。最近以来，为了保证公司的运营，一直由日本人在支付工资。显然，公司的运营措施必须由日本人掌握，以保护他们的利益，并保证未来对其繁荣至关重要的铁矿供应。于是，在去年十二月，横滨正金银行与汉冶萍公司缔结了一系列协议，目的无非是为了帮助后者能立稳脚跟。银行同意借贷90万英镑的资金，付清背负着巨额利息以及向外国银行借来的贷款，并付讫所欠日本的交易额。另外，还将借贷一笔总额为60万英镑的钱，目的是为了安装可以提高生铁产量的机器。

等到这些措施安排妥当，汉冶萍公司所欠横滨正金银行的款项便超过了250万英镑。为了偿还这笔贷款，公司的所有资产都抵押给了银行，直至以交付铁矿石、生铁和以现金分期付款来偿清所有欠债，为时将长达四十年。在头五年中，利息设定为7%，之后将逐年另定，但不会少于6%。为了日本的利益，公司将雇佣日本的财会师和技术专家来监督管理流程。依照规定，日本人的利益将不会被从外国借来的钱买断，如果更多的借贷势在必行的话，日本人将拥有提供资金的优先权。

中国的反对徒然无功

这一安排已经引起了许多的指责。汉冶萍公司被谴责向外国人出卖国有资源，政府一直受到取消这些协议的压力。为了回应公众的愤慨，中国政府已经告知汉冶萍公司，这些协议全部无效，理由是它们违反了去年所颁布的"未经官方许可，禁止私自向外国人转让矿产资源"的政府号令。然而，日本方面并未对这一效应作出任何官方的示意，并不把这些反对意见当回事，因为汉冶萍公司的资产在号令发布之前就已经抵押给了他们。此外，有些事情（譬如袁世凯允诺会遵守与外国人的关系）也渐渐变成了一种习俗，使他们可以为了公司开采设备的安全而借钱。至于中国政府是否有理由来反对这样的交易，真的并不是那么重要，因为日本人曾经直截了当地暗示过，对汉冶萍公司的控制权是他们在华政策的根本要点。

在当地，日本人曾经被指控在价格上对中国人进行诈欺行为，但有关这一点，又似乎找不到什么根据。在长江流域上的大冶铁矿，矿石以每吨6元的船上交货价格成交，而汉口的生铁船上交货价格则是每吨54元。运往日本的货物大约是每吨9元，考虑到这一点的话，就将上述提及的矿石和生铁价格拉回到在英国较为普遍的水平。在新的协议中，价格还是会比照目前的行市来决定，并且会在每一年中敲定两年后的价格。

交易的教训

从所有实际目的考虑，这些宝贵的资产已经被不可挽回地抵押了。虽然日本的控制权尚未完全成为纸上的公文，但是很明显，日本政府想要抵押它们的意图是明确的，并且已经在实际上拥有了这些资产的所有权。在铁矿和煤矿附近，都盘踞着日本军的特遣部队，用意是保护日本的工作人员，此外，在汉口也驻有800名日本士兵。今后，这些矿产将会依次被开采，它们将首先造福日本，然后才会给中国带来次等的好处。

从英国的角度而言，这一结果是不理想的，虽然看到在其企业上的成功联盟是令人感到满意的事情，但是，当看到这些企业被排挤到我们一直以来都被灌输要将英国利益放在其首位的地区中时，就不能令人感到愉悦了。有关汉冶萍公司的事情，值得英国政府仔细消化一番，正如对一株纤细的植物而言，细心呵护以保持其健康成长才是最重要的事情。

张勋将军其人其事——一个幸运的
中国军人，其手段极富个性

（本报记者，北京，2月3日，1914年3月26日刊登）张勋的生涯是一段漫长的传奇故事。身为一介公众人物，有关其出身、发迹的传说广为流传。最普遍被人接受的一则是，他曾经是个马夫——如同印度车夫一般的身份，就是在这样一种卑微的身份中，他赢得了慈禧皇太后的喜爱。我们有充足的理由说，他并无任何学识，可谓目不识丁，但是在1911年爆发革命之时，他已在军中拥有了将军的头衔。在中国，不管是准将、少校，还是中尉、将军，都是不值一提的军衔，一个军人成功的关键不在于他的军衔，而是促其成功的可能因素。在长江流域面临重重麻烦之时，出于当地高层权力核心的优柔寡断，张勋迅速地在南京找到了由其控制局势的机会，由此成为满人王朝在南方唯一的中流砥柱。据说，他几乎已经准备好要放弃自己的军权，以此换取巨额银两。但是，革命党人拒绝向其付款，因为他们以为自己能够将他赶出城去。后来，他确实被赶出了城，但并非完全是因为其军力，而是他缺乏北京方面所提供的必需支援。北京政府之所以没有提供这一支持，是出于要逼满人退位的深谋远虑所需，张勋被当成了一盘棋中的一粒棋子，而这一策略在很大程度上导致了满人王朝的覆灭。

来自国内的牢骚

　　1912年春，张勋到山东兖州府就职，他率领的还是从南京带出来的几千兵力，另有几千人，则是从当地征召入伍的。此刻，他已经被民国所雇用，并从袁世凯那里为自己的军队领取军饷。他还必须要随身携带一路北上的，则是津浦铁路上英国段的运输工具，他和自己的士兵就居住在这些运输工具之中。他对于南京所发的怨言便是从此时开始的。在他被退役一事搞得摸不着头脑时，他最宠幸的小妾被扣在了南京，随即又被迅速带到上海卖身为奴。张勋花了好大一笔银子才将她赎回来，更有甚者，当这位女士被允许搭乘他赖以运筹帷幄的两节宝贵车厢沿铁路线回到他身边之前，张勋还必须先将钱送到南京最偏远的地带。

　　张勋的立场正体现了形势的某种反常之处。他从不隐瞒自己效忠帝王的政治倾向，并且在不少场合直言不讳地说，他之所以要维持自己的部队，目的正是要看到满人们得到新政府的公平礼遇。在兖州府，他在南北两派间选择不偏不倚的立场，口中依然不忘对小皇帝的效忠之意，手里却拿着共和政府的钱。1912年，有关满人要如何密谋起事、恢复江山后又将如何了断一切的谣言不绝于耳。如果他们真的可能重整旗鼓、卷土重来的话，似乎不可避免地将会绕着张勋而行。到了1913年，有关满人造反的风声平息了下来，取而代之的，又是对南方正在酝酿一场大麻烦的揣测。革命党人对袁世凯的不满之意越来越强烈，毫无疑问，他们又下定决心想要得到张勋在反对中央政府的立场上的支持。等到事态真的一触即发时，尽管人们直到最后一刻都还在怀疑张勋是否会真的效忠于袁世凯，但他还是带兵进攻南京，并最终征服了它。

惩罚南京

　　毫无疑问，张勋曾被允诺将担任江苏都督一职，也就意味着他将会驻扎在其省城南京，他野心勃勃地想要得到这一职位，究竟是为了想要伺机报复对其宠妾的侮辱，还是只想在自己于将近两年前被驱逐出城的地盘上再度安营扎寨，有关这一点，并无材料可供澄清。他以这个不幸的城市永难忘怀的方式，在此确立了自己的地位。对袁世凯统治下的这一段历史的黑暗篇章，我们需要花费大量笔墨才能解释清楚。除了张勋的部队，另有一支由袁部一位将军所率领的正规军，受调遣南下来到了这一地区，专为对付革命党人酿出的事变。在张勋独立对付南京时，这支军队却按兵不动，不作任何回应。南京久攻不下，看起来，张勋胜算的机会越来越小，但是，冯国璋的部队却还是驻扎在长江对岸，没有任何动静。最终，南京被攻陷，张勋所部被允许有三天时间可对南京进行一番收缴。那真是一场残酷的浩劫，导致南京几度在绝望的边缘线上挣扎。

一项新的任命

然而，严惩的时刻就在眼前。因为杀了几个日本人，日本人要求对张勋施以羞辱之举，并要求解除他的都督之职，这件事需要政府小心处理，但是最终，张勋还是做了政府需要他去做的事情。之后，他被任命为长江巡阅使。这一任命因为巡洋舰和炮艇的增添、在职者尊严的提升而被吹捧和美化。我们不清楚张勋是否接受了这一切，但了解到的情形是，张勋退到了长江以北200英里处的徐州府，自己建立起46营的士兵，人数多达约12000人。当他的部队离开南京时，他们在市民和冯国璋部队的眼皮底下，带上那些从市民家里掠夺来的数不尽的物品，乘着政府的火车，不花一分钱，朝着新的就职地扬长而去。

对付"白狼"的行动

在过去几天内，事态发生了一些微妙的发展。张勋应总统之邀，承担起在邻近省份中对付著名的"白狼"土匪的军事行动。对此，他表示同意并号令队伍开拔，以图一举歼灭恶毒的"白狼军"。他会允许别人调遣自己来派上特殊的用场，这一点很有趣，特别是这项任务很艰巨，看起来还有不小的危险。但是更让人有兴趣知道的，还是袁世凯究竟会更乐意看到哪一边的部队被打得落花流水——到底是"白狼"，还是张勋？

新的中国铁路贷款

伦敦提出了800万英镑贷款的方案

（本报记者，北京，3月31日，1914年4月1日刊登）在中国所缔结的铁路贷款合约中堪称最为重要的一份，今天晚间在中国政府与英中公司之间签字成交。

合约包括沪宁铁路线经南昌向萍乡的延伸，并包括在已经完成施工的萍乡至株洲线内，这样，就通过那些向西和向东修筑的支线，使其完成了与广州至汉口铁路支线的连接，主干线完成施工后，可到达杭州。贷款的数额是800万英镑，持续时长为45年，利息则为5%，以铁路和中国政府的保证作为担保。铁路施工的一项保全措施便是任命英国籍的主任工程师、主任会计师与交通管理人员。

对路线的调查

这笔贷款将是在伦敦付诸实施的最大的一笔中国铁路贷款。已经因此而完成了一次匆促的沿线调查，报告中所提及的最为有利的一点，便是铺设该铁路的沿线地带都是富庶且人口密集的乡村，主要从事茶叶栽种的行业，并且没有什么昂贵的建设项目。在论及上述合约时，有必要知道，英中公司最近以一份旧合约接管了已经完成施工的沪杭铁路，短期之内并将获得修筑到宁波的一条重要支线。等到沪甬线完成施工并从杭州与新的南京至株洲线相连，全部系统（包括支线在内）将包括总长将近1000英里的铁路，这些铁路由英国工程师负责施工，材料主要来自英国，并以英国的钱来融资，也由英国官员总负责。

中国将因此而获得巨大的经济增长，而这一建设系统也将会为英国在长江盆地所号称的商业优势的现实带来很大说服力。这一英国企业所获得的有趣的成功，应该可以向英国工业界的领军人物们证明一点，中国幅员广阔，中国人也完全预备好了来接纳英国的计划和提案。正如经常在《泰晤士报》的专栏中所强调的那样，自从最近修改了有关工业贷款的政策以来，英国公使馆已经预备好向在中国运营的英国公司提供最全面的支持。

中国宪法的修正案——一个独裁总统由此产生

　　（路透社，北京，4月2日，1914年4月3日刊登）"临时约法"的修正案会议全体一致地采纳了由袁世凯总统所递交的修正方案，包括删除"临时约法"中提及"国民大会"的第33款、第34款、第35款及第40款，并取消第41款。

　　一份由修正案会议所起草的新宪法在实质上给予总统独裁的权力。宪法预期会再次确认满人逊位的有关条款，人们害怕，如果不这样做，袁世凯的继任者们将会忽略这些条款。

东京正成为一处危及民国的地方，
东京的留学生们面临困境

（寄给《泰晤士报》编辑的信函，1914年4月16日刊登）阁下：

时下，东京已经成为一个对中国的未来而言至关重要的地点。其原因是，现在有5000名中国学生聚集在此地，而他们集聚在此地，远非是为了个人的志趣。这不仅是因为，在新成立的中华民国中，占据主导和支配地位的都是在海外接受过教育的年轻人；正是出于这一原因，其中大多数人由其所在省份的政府派送到此地学习。对于这一情形，中国官方已经有所意识，并且在学生之外也布置了不少间谍。这一情况引起政府的焦虑委实事出有因，一般而言，学生组织在各地都很容易成为革命活动的中心，除此以外，在东京以及邻近地区，目前还有大约为数700人的政治难民，这些人都对中国的时局怀着程度不同的不满。

在这些学生组织中，每个人都比一般的本土学生（譬如日本或俄国的学生）更有本事，因为从某一方面而言，他们大多数都是精挑细选出来的人物，有些人还具备极高的资质。在政治上，他们代表了三个阶层：支持与赞同现政府和袁世凯的一帮人；对他们心存敌意的革命党；以及一大群身处这两个极端之间的中间分子，这些中间分子虽然赞同现政府，却不满于袁目前的行动。不幸的是，一项针对这群学生本身的政策如果再继续发展下去的话，将有可能产生灾难性的效应，有可能将这一大群中间分子转化成积极对抗政府的、充满敌意的反对派，如此一来，将会有害于时局的稳定，也使这些人丧失了在新的中华民国中原本极为有用的功能。

在这一政策下，这些学生中有不少人被召回国内。而在四十个于去年被召回国的学生中，有三个在回去后即遭到枪杀或砍头，当然，这可能事出有因（其中一个年轻人寄给其友人的轻率信函可能是出事的原因），但以如此方式来对付学生，并无助于这里的气氛。目前，又有一群为数250人的团体，在他们为期三个月的供给结束后，也要面临被召回国的命运。在目前的中国财政条件下，人们可能会很容易联想到，这么做是出于政府的财政窘境。但是，这一联想却经不起进一步的推敲，因为那些不太受到嫌疑的中国省份仍在继续向此地输送学生；并且，那些被归在受怀疑一类的省份的政治辨识力也大多显得太过平淡，以至于很难在学生的头脑中留下什么可疑的东西。如果没有危险地影响到一个学生的政治理念的话，不可能会毁了他的前途，甚至断了他的日常供应。但不幸的是，这就是在我们这些身居东京的人眼皮底下所发生的事情，一群又一群既明事理又受到深刻影响的中国学生，在革命后被送来日本，但是，袁世凯手下的那些管辖者，多数出于自己极不明智的利益考量，现在又要叫他们忍饥挨饿或干脆将他们召回。这种危言耸听的政策并不能消除学生阶层的不满情绪，也并不能对东京这样一个好比是他们温床的地方进行消毒。这么做，只会将原先的中立派或甚至对中国政府有好感的人变成反政府的革命党。

鉴于中国的稳定、团结关系到英国的政治利益，并且，我们可以假定，对于贵报读者来说，中国挑选年轻人留洋也是一件事关人类共同利益的事情，我希望借用贵报一角，呼吁大家来关注寻求补救措施的事宜。我这么做，并非因为此事与我个人有关，或是我有兴趣要这么去做，而是以人在东京、又与中国学生团体有一些接触、并因此而观察与报告此事的旁观者身份，向你们发出呼吁。

"白狼"的声明——承诺会带来和平与繁荣

（**本报记者，上海，4月20日，1914年4月21日刊登**）上海的本地报纸以显著的版面刊载了"白狼"言辞浮夸的声明，他自称是"民国的伟大都督和救赎者"。声明中还包括了对"逆贼袁世凯"的惯常谴责，预言要夺下西安府，并向所有人承诺了和平、安定与繁荣的前景。

对比起来，最后几句话的语气却显得很奇怪，令人联想起"白狼"在形迹遍及之处所留下的蹂躏和屠戮的可怕场景。尽管言辞浮夸，但对嗅觉灵敏、消息灵通的中国商人来说，这份声明无疑还是留下了更多的希望。它说明，过去一个月来，"白狼"虽一直在围攻西安府，却无法对其施以致命一击，而与此同时，政府军却从四面八方包抄上来。

与此相反，必须承认，"白狼"在各省中都掀起了骚乱之势。总的来说，官方目前的表现还算颇有气势，但是，那些隐蔽性的秘密计划仍持续在各地展开。有关这一点，可从上周同时在汉口与上海所揭穿的重大阴谋中窥见一斑。

中国铁路的问题

一桩中国国内管理不善的实例　英国的权利得到承认

（**本报记者，上海，4月3日，1914年4月30日刊登**）在英国与中国的公司（英中公司）于3月31日所签订的南京至长沙铁路的修建协定中，有一个颇为有趣的部分，就是公司最终也恢复了它对江苏至浙江铁路线（上海至杭州至宁波铁路）的最终控制权。这条著名铁路线的发展历程可谓充满了变数，整件事情的经过值得我们来回顾一下，不仅是因为英国股东有兴趣将投资份额增加到150万英镑，还因为它说明了目前中国铁路建造的阶段。

1908年3月6日，帝国政府与英中公司签署了一份价值为150万英镑、利息为5%的合约，来修建一条自上海经杭州至宁波的铁路。整个工程预计于三年内完工。建造材料通过投标方式来获得，属意于由大英帝国以相同的价格和质量来提供。由帝国政府授予施工和控制权，但是其中有一位来自英国的总工程师，负责任命所有技术人员的咨询工作。

这一合约当即在江苏和浙江的本地商号中引发了惊人的喧嚣声，其缘由是，在一阵散漫的方式之后，两年的时间就花在这样一个项目上。他们的阻挠有一部分是基于对旧有"统治权"的呐喊，还有一部分是要在丢了老本的本国投资人面前做戏一番。

政府和本国商号

地方上的反对声浪是如此强烈，以至于一年之后，帝国政府干脆就以认输了结。在当局和国民之间，当然不可能再缔结出一种比大总统目前所同意的更为离奇的安排。简单说来，江苏和浙江的公司要铺建铁路线，如果本地商号要求，肯定无法逃避英中公司贷款协议的政府愿意以比付给英中公司多半厘的利息借钱给他们。这里可以提一下，这笔钱一直都没有被碰过，所以中国政府在五年内要支付它不能用的钱的利息。虽然安排了一个英国的总工程师，但是公司不被允许对线路的管理作任何干预。外国的原料则是依据原合约来购买。

商号很快就表现出他们的脾气。英国的工程师从未被允许靠近过铁路。上海一端的站台被安排在距离外国租界尽可能远的地方，对任何商业设施来说，那里都是一个极不方便之处。购买原料的条件被明目张胆地弃之一边，运输工具的私人订购也交给除了英国制造商以外的其他任何人。即使在这些商号之间，也很难达成意见上的一致，在可见的相当长的一段时间内，乘客们必须在江苏和浙江的两省边界线上换车，原因只是因为铁道在此处没有合轨。

至于施工，在1909年3月9日的《泰晤士报》上，驻京记者曾对铺放错误、稳定度又很差的软枕木进行了批评。此外，本地所产的铁轨很不牢靠地与枕木钉在一起，火车经过的路桥摇晃不稳，运输工具也是拼拼凑凑而成。其后，商号们花了一番功夫来证明这些指控都不正确，但是，时间还是充分说明了一切的合理性。今天还存留的铁路线（杭州与宁波之间仍然未连接起来）便是中国人在商号管理上不能胜任的明证。说不出已经丢了多少钱在铁路上，但是若将时间拨回到两省的商号和北京讨价还价的时候，就已经浪费了80万英镑，那时候，在全部长度为238英里的路线上，除了江苏一端非常糟糕地铺设了71英里铁轨外便乏善可陈，而在这段铺设了铁轨的路线上运行的列车也相当少，至于在杭州，则完全是一片空白。

持股人的决定

还有一点，根本也无必要再提了，那就是持股人从未收到过一文钱的分红。因此，他们非常乐意将自己的财产卖给政府。江苏的路段（上海至枫泾）经过负责沪宁铁路（目前已经成为枫泾延伸线的主任工程师）的克里尔先生（Mr. A.C. Clear）的严格评估后，再被政府以215万银两（大约合40万英镑）的价格收购，并立即从先前的150万英镑的贷款中拨付。去年3月1日，浙江的持股人在杭州的一次会议上以9757赞成票对1428反对票决定将铁路卖给政府，却拒绝由外国人对其价值做出评估。然而，实际上，他们也没有什么能力来控制局面了，既然江苏的路段已经卖出，摆平浙江这一边也应该是轻而易举的事。

从理论上说，克里尔先生自4月1日起就已经开始掌握上海至枫泾路段的控制权。但实际上，到目前为止，他还没有办法真的开始掌握实权。然而，归根结底，英国似乎最终取得了最主要的控制权。

迈出这一步后，中国在长江以南目前已经拥有六条主要的铁路干线（支线则不计算在内）。这六条干线中，有四条掌握在英国管理者的手中，而第五条则是由大英帝国与法国、德国和美国共同掌握，然而，英国在其中还是握有最主要的利益。

中国的独裁者——袁世凯废弃国会和参议院，独享绝对权力

（**本报记者，北京，4月30日，1914年5月1日刊登**）被任命进行"临时约法"修正案的委员会已经完成了他们的任务，有关文件预计将于明日予以公布。袁世凯将被委以更广泛的权力，但是这一切并不值得人们深虑，因为从解散国会的那一刻起，他已经在行使独裁者的权力了。修正过的宪法不具备什么重要性，因为只要政府觉得有必要时，它就会被撕毁或被无休止地修订下去。中国政治情势的根本特点是完全不会改变的——也就是说，袁世凯就是一个独裁者。

然而，修正案还是作了某些不无意趣的正式修改。国会和总理不见了，很明显，参议院也消失无踪。自修正案生效之日起，各部总长将直接向总统报告，而为总统服务的人，则由总理换成了国务卿。政府将设立政事堂[1]，以作为总统在对付国会时可以仰赖的工具。修正案也预备了某种形式的经选举所产生的议会，但是，由于宪法将是由政府所提名的一群人酝酿而出的，所以，这些议会的权力看起来也不会太广泛，或者说，其性质无法真正代表人民的意志。而如同即将制定出永久宪法的修正案委员会那样，政事堂也会理所当然地经提名产生。

袁世凯在实质上湮灭了"少年中国"在国家大事上的一切声浪，这种做法是

1　1914年5月，袁世凯为加强自身权力，将原国务院改为政事堂，成为总统府的办事机构，设国务卿、左右丞各一人、参议七人、各局局长五人、所长一人。政事堂向大总统直接负责。1916年5月，袁世凯称帝失败，政事堂又被迫改回国务院，而国务卿之名在袁世凯死后也被废止。

否明智，目前还有待观察。修正后的宪法与两年前在南京草拟的宪章相比，几乎没有丝毫相似之处，这将理所当然地激发起全体革命党反对总统的愿望，或许用不了多久，它又会引发一场规模更大、范围更广的叛乱。袁世凯只能凭借自己在未来成功地使用其特权，来证明自己在权力上为所欲为、僭越自大的合理性。

袁世凯的内阁——总统与守旧

（**本报记者，北京，5月3日，1914年5月4日刊登**）伴随着修正宪法的公布，曾经的内阁总长们的人员分布也有了一些并不重要的改变，这些总长现在都改称为部长了。

汤化龙被任命为教育部部长，其参议院议长和原南京议会副议长的职位则在最近被取消，他被革命党说成是堕落者。其他所有的任命，无论是再度确认，还是新近委派，都被曾是旧政权官员的要人们占据了。此间所普遍表达的意见是，这些任命的共同趋势便是极端保守，但是，作为一个共有的内阁，这个经过修正的内阁是否会比其任何一届前任都更加糟糕，还是一个未知数。这件事情的根源是，这些人都是总统提名的人选，都是靠着他的偏爱才能继续保持其职位。所有人都必须看他们雇主的脸色行事。至于袁世凯，不管其本性是如何守旧，在面对外国的影响力和时代的大趋势时，他还是会非常机智，不至于局限在守旧的观念中。他可能会在某种特定程度上表现得守旧，其目的无非是利用陈旧的手段和方法，作为一种最简便的方式，重建过去出了问题的政府机构。然而，一旦国家的巨轮驶离了暗礁四伏的水域，他无疑又会摇身一变，成为改革的先锋。

拟议中的中国贷款由伯利恒钢铁信托公司
提供　雄心勃勃的海军计划

（本报记者，上海，5月17日，1914年5月18日刊登）由美国伯利恒钢铁信托公司（Bethlehem Steel Trust）提供的拟议中的3000万元中国贷款，具有非常重要的利益。它将由中国政府用于在福州兴建海军船坞，其码头上并将装备重型海岸线防卫枪炮，这件事目前正在海军上将刘冠雄和北京的福建海军派系的积极推动中。1909年，载洵[1]郡王曾以帝国筹办海军大臣的名义，进行了一次颇为夸饰的考察之旅，这笔贷款原本正是他在当时为了海军发展的策略而遍访欧美造船厂所商谈来的结果，毕竟，发展海军是满人政府在当时所极力鼓吹的大事情。贷款合约在当时是否已实际签订未知究竟，但是彼此之间确实交换了承诺。这份拟议中的协约后来落到了民国政府的头上，以作为它由逊清政府那儿继承下来的尚未兑现的保证之一。

合约的内容先前从未公布于世，大致如下：利息为5%，贷款的浮动折扣为8%。担保条件为现存的福州码头以及所有设备。全部贷款在35年内还清。全部工程将仅启用美国的工程师并使用美国的原材料。然而，特别引人注目的地方还在于此份合约的但书，规定了全部贷款的三分之一将在签字后的三个月之

1　载洵（1885-1949），爱新觉罗氏，醇亲王奕譞第六子，即光绪帝之弟、宣统帝之叔。1909年任筹办海军大臣，并赴欧美考察海军。1911年任庆亲王内阁的海军部大臣。辛亥革命后，闲居京津两地。

内如数支付给中国政府。很明显，无论从何角度来看，这一点都是投人所好的，它意味着美国只需要再专门拨出其余三分之二的钱来供应船坞的建造。

毫无疑问，袁世凯是不会批准此项贷款的。因为它不仅会损害中国的信用（任何一种具备这样属性的交易均是如此）；更重要的是，从中国海军目前的状况来看，在福州兴建这样一个巨型码头完全是一种浪费，甚至还会危及中国，因为会构成挑衅他国的可能性。与此同时，似乎也无须怀疑，中国所立下的承诺还是有保障的，虽然这项贷款只是用于某一派系的某项工程，但刘上将和福建帮在海军中的影响力毕竟相当强大。后者所欣然接纳的，不仅只是载洵商谈来的贷款，还有他浮华的海军建设蓝图。

在这样的情况下，任命海军上将萨镇冰[1]出任北京的陆海军大元帅一职便显得特别有趣了。萨上将是在英国海军受训的，他支持在海岸线上设定炮船以镇压内陆水路上猖獗海盗的政策，并赞同对中国的年轻海军军官进行实地训练，因为他们的知识多半还只是停留在理论水平上。这些政策得到所有睿智敏锐、有深谋远见的中国人的支持，其中，海军将领郑汝成曾在去年夏天为政府拯救过上海，也是大总统身边最有能力、最值得信赖的军事将领。

很明显，伯利恒钢铁信托公司的这笔贷款还需要在协议上作若干修改，假如贷款能够转化为实际的方案，变成总统所精心安排的部署，应该还是会取得某些良好的效应。无论如何，很难想象迄今尚无太多交易常识的美国政府会同意支持这样一个由刘冠雄上将着手进行却有损于中国实际利益的方案。

1　萨镇冰（1859–1952），字鼎铭，福建福州人，中国海军名将。出身于著名的福州色目人萨氏家族，福州船政学堂毕业。中日甲午战争中曾率兵守卫炮台，奋勇抵抗日军。1896年，出任吴淞炮台总台官。1905年，升任南北洋水师兼广东水师提督。民国后，曾先后任海军部长、北洋政府代理国务总理、福建省省长等职。1949年8月，萨镇冰拒绝前往台湾，并发文拥护中国共产党。

中国侦探闹出的笑话　带来更为严重的压制情形

　　（本报记者，上海，5月2日，1914年5月23日刊登）最近，有一件事情引起了我的注意。遍及中国的政府侦探们在搜寻谋反者的过程中，对很多人进行了极不公正的迫害，这些侦探们因此而成为此种方式所成就的真正危及国家安全的因素。此处可引述两个例证，它们并不是发生在遥远的中国内地，而是在上海外租界的联合法庭上，一位外籍襄审官和中国的地方治安官们就在该法庭上并肩审案。而两起案件都发生在过去十天之内。

　　在第一起案例中，一个叫孔谭苏的人应安徽都督的请求而被捕，因为其面容与一位在去年的反叛浪潮中曾恶名昭著、被称作是柏文蔚[1]（反叛的安徽都督，也是第一个在安庆树起"讨袁"大旗的人）左右手的名叫 Chung Tsung-bang[2]的人很相像。在起初的听证会上，一个政府侦探和另一个中国人断言，他们非常确定，被告正是安徽当局想要抓捕的人。然而，后来的情况却是，上

　　1　柏文蔚（1876-1947），字烈武，安徽寿县人，清末民初军事将领、政治家。1906年加入中国同盟会。南京临时政府成立后，授其陆军左将军加大将军衔。1912年4月，率军入安徽省，署理安徽都督兼民政长。1913年5月，柏文蔚和湖南都督谭延闿、江西都督李烈钧、广东都督胡汉民联名通电，反对袁世凯的善后大借款。6月，四人中除谭延闿外，均遭袁的罢免。7月，柏文蔚发表反袁派都督各省独立宣言，二次革命随之爆发，失败后，柏流亡日本。1918年护法战争中，柏在孙中山手下历任各重要军职。1927年，因发表声明反对蒋介石清党，柏文蔚遭罢免并被国民党除名，直到1931年才恢复党籍。抗战期间，他和冯玉祥曾主张国共合作对日抗战。

　　2　经多方查证，无从确定其中文对应名称，故此处直接以原英文称谓代之。——译者注

海镇守使郑汝成上将的几位更有责任心的侦探们再度走访了被告，并将他和叛将 chung 的照片仔细比对。一周前，原告及其律师方面承认，在这起案件中，有人的身份被错认了，因此，孔不会受到先前的指控，但原告方面却又要求，仍可将被告还押并以另一个捏造的罪名再度指控。无论被告确实如其所言只是一个无辜的学者或者是一个铤而走险的亡命徒，在这样的政策之前，他只能是一个无关紧要的普通人。与此同时，由于地方治安官反对将其释放，孔只能在交保后暂时出狱。

第二起案例就发生在昨日。一个名叫潘宽的人于两个星期前被捕，他被指控卷入了安徽的反叛活动。结果，同样的事情再度发生，控方辩护人进到法庭内说，他希望撤销原先的起诉（显然，是因为缺乏证据），换以侵吞公款再起诉他，据称，被告曾卷入到一起未经政府允准的铁路贷款合约中，并挪用了公款。而据说是被侵吞的公款的具体数目则没有特别指明。

在这起案例中，我们要再度强调的是，当一项指控不能成立时，另一条又会接踵而来，于是，被告又被要求发回重审。被告的辩护人并未对新指控的对错抱有任何成见，但在他所说的话中却包含了许多事实，为了铲除一个人过去的政治观点（且不论此人现在的观点如何），当中国的当权者们无法以直接的方式达到自己的目的时，就会试着绕着弯去做，正如目前他们想要除去那些反对安徽的当权者时所做的那样。

这一类案件所反映的本质，不仅有损于政府的信誉，也让那些令阴谋论滋生的不满与不安的气氛挥散不去。

袁世凯主宰局势——以政事堂取代国会

（**本报记者，北京，5月27日，1914年5月28日刊登**）恢复旧有的地方行政管理系统很快便引起政事堂委员们的附议。政事堂是一个为大总统出谋划策的行政组织，但是并不具备立法的权力，其成员都是袁世凯所倚重的人选，他们中的很多人都是从逊清时代的各级官员中仔细挑选出的，囊括了原先的内阁总理大臣、总督以及驻外公使等等，而在权位上能与这些人分庭抗礼的，则是自肇建民国起便为袁世凯服务的现代保守派人物，诸如都督、民政官、总理、内阁总长以及几位最近的国会成员。

这一组织无疑是严格具有保守倾向的，尽管一位高级官员在今天严正指出，总统向旧秩序寻求帮助的唯一目的，是为了借此催生出改革的成果，但政事堂在某种程度上依旧被视作是一个守旧团体。等到立法院成立时，将会包括那些预计会忠实支持大总统的人选，而不去计较他们是经过何种方式得以入选。

某些措施，诸如废除地方军政官、将军队归置于负责战争总署的官员之下等正在实施之中。假如袁世凯的守旧、倒退不会一直严重到使民众转而支持"少年中国"派的那些鼓动骚乱者们（他们当然一直都还很活跃）的话，那么，这一善后措施应该会使袁世凯成为完全掌握中国局势的主人。

中国面临的麻烦

财政复苏的迹象与总统的方针

（**本报记者，北京，5月22日，1914年6月10日刊登**）过去几周以来，驻京的外国舆论界人士对于中国的局势分析有了一些很明显的变化。

准确地说，在两到三个月之前，在全首都范围内消息最灵通的观察家们在前瞻中国局势时，都有一种明确的悲观情绪，其中更不乏预测会发生这一情况的人士，认为外国有必要对中国进行某种形式的干预。那时的财政前景也很明显是一片黯淡。据丁恩爵士预测，盐税所带来的收入顺差，可能会少到连五国银行都不会愿意签署一份足够应付国情所需的贷款协议。"白狼"已经逃脱了政府军费了九牛二虎之力才布下的包围圈，并且已经在新的猎场中不受任何束缚地横冲直撞，中国军队凭着薄弱之力，根本没有办法抓得住他。在很多地方，都有人相信"白狼"是受了革命党的影响，甚至连行动也曾经勾结串通过，其最终目标就是要颠覆政府。革命党也被认为只是在静观事态发展，以等待合适的时机在广东省和长江沿岸各地扯起造反的大旗。与此同时，各省上缴给首都的税收很稀少，一俟收进国库，便马上要花费在追捕"白狼"的行动上。外国的债主们一直在大声嚷嚷着要政府清还拖欠已久的债务，并威胁因为收不到中国政府手中握着的大把钞票而要在欧洲宣布他们"破产"的消息。因为地方货币的相继贬值以及反政府的气氛，全国范围内的贸易状况受到了严重的阻滞，政府在这方面无力采取措施来保护贸易团体，被认为是相当危险的事情。

革命党

　　然而，从一定程度上看，政府所面对的困难如今已经不再那么严重了，有些时候，甚至会让人期望好日子已经为时不远。"白狼"已调头远离了四川，那里毕竟是极易煽起反政府烈焰的地方；而进入到甘肃的沙漠地带后，他所带来的破坏也减轻了。革命党似乎已经接受了总统布下的独裁设想。几次微不足道的起事被消灭在萌芽的阶段，毫无证据显示最近会有任何大规模的、经过周密计划的大行动。在财政方面，也有了决定性的改善。在保留一百万英镑以支付未来的负债后，盐税上的收入还是达到了足以证明丁恩爵士理论的标准，有足够的顺差存入银行的账户。除了来自盐业的收入之外，政府最终声称正从各省收进相当可观的岁入。此外，政府在对付各省钱币的问题上也迈出了重要的一步。为了回应盐业顺差所带来的财政放宽，五国银行也定下了以缓解钱币问题为目的的将近700万元（合70万英镑）贷款，并且同意允许将用于盐税的、在善后大借款中提供的200万英镑中的100万运用在同样的目的上。

　　这些令人鼓舞的迹象所带来的结果，便是让中国人重拾起外国人并没有对他们怨恨有加的乐观心情，但是他们所深信的一切，却并不会减少仍然在阻挠着国家进步的重重困难，并且，这些困难还将在一段相当长的时日内继续阻挠着他们。袁世凯目前已经断了自己使"少年中国"疑虑重重的后路，他在去年中断了国会，在主导国家事务方面承担起全部职责。今年，他又重新打造了南京的"临时约法"，几乎是剥夺了别人在政府中"分一杯羹"的可能性，将实际上是完全独裁的权力统统揽在自己手中。更有甚者，他把政府设立在北京，借此将"少年中国"摒弃出局，并垂青于逊清王朝的旧官员。他也尽可能迅捷地在地方上将"少年中国"赶出政局，并且同样以旧式官僚取而代之。实际上，"少年中国"也验证了他们自己实在没有掌握权力的本事，没有几个人会大胆辩称自己配得上如此权力。但是，毕竟是"少年中国"发动了革命，他们当然会对自己被摒弃出局、被取消了为之奋斗流血的国民权利而感到愤愤不平。因此，很难相信"少年中国"不会一直都是袁世凯身旁的一丛芒刺，即使他们不再积极造反来推翻袁世凯的政府，也会尽可能地败坏其政府的名声。防范他们阴谋诡计的武力警觉必须要一直不断地维持下去。

货币的问题

地方向中央缴纳的岁入之所以会有所增加，主要是由于一两个省份征收了所有权凭证的登记税，当然，这笔收入不是循环性的。盐税顺差保证了未来国家税收的客观前景，但是，钱涌向北京的事实也同时意味着各省被剥夺了他们原先可以自己掌握的某些收入，他们向北京的一般性账户提交资金的能力也因此被削弱了。专门用以强化地方货币的1700万元资金，已经被应用在广东和湖南两省，其他诸多省份则连摸一下的份儿都没有。无担保货币的全部问题，在于恢复民众对流通中的、总数约为20亿元贷款的信心，在这笔钱中，1700万元起不了太大作用。开始着手对付这个问题所取得的进展是令人满意的，但这仅是一个开端，问题还有待解决。此外，中央政府直截了当地解决货币问题所付出的努力也还存在着一些危险，还是有可能会受到地方上更多问题所带来的阻挠。"白狼"还活着，对国家来说也还是一种潜在的危险，尽管他发现避开公众的注意、藏身于千里之外的甘肃边陲可能是一种权宜之计。

但是，总的来说，国家的整体前景已经有了明显的改善，其首要原因是，没有任何党派或省份似乎为急着要争辩中央政府的至高地位。事实上，这正是因为政府已经开始在全国范围内得到认同。中央政府想要全面控制各省事务一定还需要很长的时间，但是，北京发出的声音已经被当作一回事了，而在不久之前，它的声势还远比目前小很多。鉴于已经得到改善的财政状况，中国人现在正谈论着将新的贷款限制在750万英镑，这些钱将仅够付清短期贷款，而诸如全面性货币清偿和货币改革的问题则将留待未来再作考虑。有人怀疑，他们想要少借一些钱（他们原先计划借贷2500万英镑）的主要目的是将盐税收入的顺差留给自己，而不用抵押给银行。到目前为止，由于顺差获利不少，不会造成什么危害，在货币市场紧绷的情形下，银行当然会为不用承担大笔中国贷款货币浮动的责任而感到高兴，而在华的工矿企业对金融的需求是如此巨大。

莫理循博士谈中国

袁大总统的目标　莫理循的官方见解

（记者专稿，1914年6月25日刊登）中华民国大总统的政治顾问莫理循博士于周二抵达伦敦开始休假。在谈话中，他对最近以来中国局势的发展以及变局的和平结果表达了自己的极大信心。

对我而言，中国在我离京时的情形似乎比我经历过的任何时刻都更好。政令得以良好维持，匪徒"白狼"的残部所威胁到的地区也已经在挽救之中。在中国境内，不论东西南北，每一个重要城市都洋溢着和平与安宁的氛围。许多参加过首次革命的领袖人物目前都在政府中静悄悄地工作着。革命者的人数正在减少，他们也缺乏金钱上的支持。整个局势都在很好的掌控之中——在这一点上，完全没有问题。

将中国的现政府描述成是一个反动的专制政府是不公平的。"少年中国"派的人士们在这一点上的要求太过分了，他们想要一步便从最远古的专制体制跨入到世界上最先进的代表制政府。他们的急躁和冲动虽然本意很好，却误入歧途，逼着大总统不得不进行干预。

否认倒退

莫理循博士完全否认了袁世凯已经将自己和"少年中国"派进行了完全切割（或者说，袁正以建立家族王朝作为自己的从政目标）的说法。袁一直试图从各党派中吸纳其顾问和帮手。那些在满人王朝中曾服务朝廷、之后因为清室逊位而辞职的好官员们，被再度请回政坛。而许多在国外求学、受教育的年轻一代的中国人，也还是担任着总统直接要员的角色，分布于政府的各个部门中。莫理循博士继续说道：

在总统身边的要员中至少有40人曾在英美学习，六十多人曾在日本学习。他也在高级职位上任命了不少能干的广东人。他极力选择那些最胜任其职位的人士，为此还主动接近曾经被说成是他头号敌人的人。参政院的70名成员都竭力支持大总统，目前正在考虑制定符合中国各方面民意的永久宪法。

目前，没有设总理一职，却有像美国一样的国务卿和一群内阁成员。"少年中国"派希望强化立法机构，但中国目前最大的需要是良好的施政管理和在行政功能上的强化，这是目前已经完成的工作。国务卿的人选是公认为中国政坛上最具能力的官员之一、首任东三省总督徐世昌。而外交总长孙宝琦则出使过巴黎和柏林，说得一口流利的法语，也曾在赢得普遍赞同的路线上引导过中国的外交事务。司法总长章宗祥[1]曾在日本多年，也是一位受过良好训练的学生。至于财政总长周自齐，我想，他在美国待了有十二年，曾经六次造访英国，英文说得就像你我一样好。交通总长梁敦彦[2]

1　章宗祥（1879—1962），字仲和，浙江湖州人。辛亥革命爆发后，曾作为唐绍仪的随从参加南北议和。1919年"五四运动"中，由于对日采取让步态度，章宗祥与曹汝霖、陆宗舆受到中国舆论的谴责，6月，三人被罢免官职。此后，章宗祥转入实业界。1942年，受王揖唐之邀，任汪精卫政府华北政务委员会的咨询委员，抗战后被国民政府逮捕。1949年后，章宗祥寓居上海直至去世。

2　梁敦彦（1857—1924），广东顺德县人，字崧生。1873年作为清政府首批留美幼童之一，进入耶鲁大学学习国际法。回国后，历任汉阳海关道、天津海关道、外务部尚书、外务部大臣等职。民国成立后，任北京政府交通总长。曾于1917年参与张勋复辟，失败后遭到通缉。直到1918年北京政府下令赦免，才恢复自由。

是耶鲁大学的毕业生。唐绍仪的一位女婿[1]、哥伦比亚大学的毕业生，是外交部中最卓越的常任官员。伍廷芳的儿子[2]、林肯律师学院的大律师，则是大总统身边的私人秘书。说这样一群人是倒退和反动的派系，岂非是一件荒谬可笑的事情？

财政前景

当话题转到中国财政事务上时，莫理循博士声明，最近以来对中国财政状况的攻击并不符合事实。在丁恩爵士颇显能力的指引下，盐税收入正显示出超出预期的盈余。在为外国银行留存了足以支付未来六个月还贷所用的资金之后，尚存大笔的岁入盈余可归还给中国政府。丁恩爵士曾预估第一年会积聚到2400万元资金，结果在征收工作开始之初曾有些拖延，但在当年剩下的七个月时间里，还是向外国银行支付了高达3400万元的款项。

每个月都有大笔的税收涌入中央政府。单单在5月份，总统就从各省征收了700万元，甚至超出了盐税的收入顺差。目前为止，接受中国英商联盟的提议，中国应该会争取到长达五年的延期偿付权，在此期间，中国不需要偿付庚子赔款，而大总统已经授权发出声明，中国在支付这些款项上并无困难，故不必延期赔款，因为他们想要尽快还清债务。

1　此处应指顾维钧。顾维钧（1888-1985），字少川，上海嘉定人，民国外交家，被誉为中国近现代史上最卓越的外交家之一。1919年，顾维钧在巴黎和会上就山东问题的演讲震撼了欧美代表，扭转了舆论形势，在他的主持下，中国代表团拒绝在凡尔赛和约上签字。唐绍仪的女儿唐宝玥系顾维钧的第二任妻子，两人于1914年结婚。婚后，顾维钧出任驻美公使，唐宝玥同行陪伴，夫妻感情甚笃。1918年，唐宝玥不幸染上流行病，客死美国。

2　此处应指伍朝枢。伍朝枢（1887-1934），字梯云，祖籍广东新会，生于天津。伍廷芳之子，民国外交官、政治家、书法家。1912年任湖北都督府外交司长，1915年任国务院参议兼外交部参事，1917年护法运动中，伍朝枢南下广州，在孙中山的广州军政府里与父亲伍廷芳同时担任外交部部长及次长。同年12月，与王正廷共同作为南方政府代表出席巴黎和会。此后，伍朝枢还就任过广州国民政府委员、南京国民政府外交部部长等职。1931年从政界引退，1934年病逝于香港。

中国的独裁者

袁世凯的至高地位，一个新成立的军事委员会

（**本报记者，北京，7月1日，1914年7月2日刊登**）今天，总统颁令宣布撤销各省都督（或称军政官）之职，并设立一个名称为将军府[1]的机构，各省的每一位军事指挥官均为其成员。袁世凯希望借此将原先分散在一帮军事官员中的权力集中于陆军总长的手中。

这是总统在获取军队控制权的策略上的一次重大进展。如果他能保证以既忠心又有能力的军官来掌管各省的军队，便能在化解威胁中央权力阶层的危险上取得长足的进展。

1　将军府是袁世凯在成为民国大总统后为消弭战事、统一军权而设立的机构。1914年6月30日，袁世凯颁令撤销全国各省的都督，在北京设立将军府，为民国军事的最高顾问机构，直属于大总统管理。将军府统一授予将军称号，凡在一省作过都督而被解职来京者，其将军称号冠以"威"字；凡在地方依旧管理军事者，其将军称号冠以"武"字。1925年1月，政府明令废止再任将军衔，以往任命者仍有效。1926年6月复行任命。1927年6月，将军府被明令裁撤，其前后共授将军约500人。

传统的胜利

（6月6日）袁世凯总统借宣布新的"临时约法"之机，将至高无上的治国大权完全掌握在自己手中，没有在行使自我权力上损失片刻时间。他所做的第一件事便是纠正地方上无视首都愿望、忽略中央政府财政需要的习惯。而将民政事务与军政事务进行切割，也是他希望立即完成的事情，为了达成这一目的，总统于5月23日颁布政令，在事实上恢复了存在于满人政权时代的地方管理体系。在新的体系下，民政官将管辖民事，对财政和法律事务具有管辖权。新的财政部门被设立在北京的直接控制之下，目的是保证岁入稳定地归入国库。如果这些能够顺利完成，袁世凯将会克服他所面临的一个主要困难，并会为他展开对全国的控制权铺平道路。

每一个省都将被划分为"道"和"县"以简化管理，负责管辖这些行政区划的官员们都在省级行政官的管控之下。而对所有这些省级官员的管辖权又将归于总统。目前，已有许多逊清时代的老部下发现，无论是在地方上，还是在京城的圈子里，他们都正在回归到自己所熟悉的位置上。

新的参政院

5月24日，总统颁令宣布了参政院[1]的章程与规定，参政院是与立法院有关的、被设为有如政事堂形式的一个机构，类似于上议院或参议院。其成员将由总统提名，而他们的职责将是"参与总统的问询，并共同讨论行政事务"。

主席与副主席特别由总统任命，成员人数在50人至70人之间，也将由总统任命，而备选者必须具备以下资格：为国家作出过卓越的贡献；在法律和政治上具备专业素养和学识；具备行政管理的经验；具有深厚学养，其专著为民间

1　参政院是依据1914年5月1日公布的《中华民国约法》而设立的临时立法机构。5月26日，参政院在北京正式开幕，全体参政均由大总统袁世凯任命。6月29日，袁世凯又命令由参政院代行立法院的职权。但直到袁世凯去世，立法院都未能成立。1916年6月29日，参政院被裁撤。

所通用的作者；在工业上经验丰富、学识渊博的人。

该组织完全是总统的一个喉舌。5月26日，"政府公报"刊出了候选人的名单，起首的便是副总统、共和英雄黎元洪，他将担任参政院主席一职。名单上共有70个名字，全是过往年代里的风云人物，仿佛是袁世凯老部下的一次大集合。其中并未出现任何隶属于"少年中国"派系的人士。

许多委员所具备的人所共知的性格特点，引起了某些报纸的围观嘲笑，虽然某些铁腕曾将这些报纸强压下去一阵子，却不能就此抑制他们的冷嘲热讽。《京津时报》以一篇挖苦、尖刻的文章作结，恳求参政院委员们不要"让那些拥护、捍卫古风的人士大失所望"。《顺天时报》则评论道，很明显，前朝官员们已经开始在四处搜寻那些僵化、陈旧的珍奇小玩意儿了。

该机构的第一单买卖可谓颇合时宜，他们将会讨论恢复官员在离世后得赏封号的可行性，也要讨论是否应该高举儒家的经典教条以留存国粹和传统。后者可能是对安徽都督有关倡议极端保守的一封陈情书所做的结论，这位都督敦促说，新学不会改善、提升国家的传统，只会加速其衰落、消亡，他将最近以来连绵不绝的反叛活动归因于在圣贤经典教导上的疏忽。按照这位官员的意见，八股文会盛产出比现代教育系统优异太多的结果。

立法院

有关立法院的规章尚未由总统宣布，但是某一份规章的草案却显示，其成员将部分经过选举、部分经过任命而产生。每一个区域将选出10名代表，这些代表们将由地方行政官从本地区的人士中提名，其中的五名是该地区中最为富裕的人士，而另外五人则从诸如拥有长期管理经验者、法律人士、学者、大规模地产拥有者这样的阶层中提名产生。这十位候选人会在地区的城市中会合，大家再从中公推一位选举人，此人将前往省城，和其他经过相同手续推举出的人士一起，再以十取一的比例选举出立法院委员。其中，每一个省的行政官员都有资格从这些候选人中提名两位委员。蒙古、西藏和青海等地区则将按照特别规章选举出代表，选举出的立法委员总人数约为300人。

这些规章包含了充足的预防措施，以预防任何令人困扰或令人不快的元素对该机构产生负面影响。当然，之所以如此设计，也是为了把"少年中国"挡在大门的外面，如果该方案能够实现，总统将会拥有一个受其控制的所谓的"代表喉舌"，这个"喉舌"只会去做那些总统希望去做的事情，却不会酿成先前发生在国会那样的不得体的冲突。

中国的药品交易

改革所带来的缺陷，中国对麻醉性镇痛药的急切需求

（本报记者，上海，6月10日，1914年7月10日刊登）商业活动在中国的全面停滞，已经成了许多人关切询问的焦点。人们将它归咎于诸多不同的原因——匪徒在各省的猖獗、纸币贬值、本土银行崩溃而导致的信用缺失以及琐碎却连绵不绝的阴谋等，所有这些都造成了普遍性的社会动荡与信心缺失。但这些解释其实都不是很符合实际情况。如果说有匪徒横行，实际上，自从慈禧太后归天之后，今天政府对各省的支配力变得更强了；如果说有阴谋泛滥，与过去两年间所见相比，所谓的阴谋其实也已式微；如果说信用机制缺失，中国人出了名的在任何状况下都可以进行交易的习性，也应该能克服这样的不利。

有一种解释，目前却尚未公之于世。与其他因素所占的比重相比，造成以上局面的根本性起因很可能是对栽种鸦片的禁止。鸦片是中国农人的天然资产，是他们可以用来购买外国奢侈品的财富保证，但是现在，他们却被禁止继续种植了。有十四个省份已经对印度鸦片关闭了大门，也就意味着它们已正式告别了鸦片的本土种植。四川就列名在这些省份之中，它曾是本土鸦片的最大种植省份，也是上海外国批发商的最大客户。

在1882年至1901年的海关十年一度报告中，重庆的海关专员对这一问题进

行了特别的研究，其计算的方式是，四川每年可生产15万担（一担约有133磅）鸦片。"在这些鸦片中，大约有55%在征收了厘金之后越过省界，进入到其他省份供当地消费，有大约12%经过了海关，还剩下33%在本地消费。"

我们必须记住的是，鸦片可能是最容易栽种的作物了。几乎在任何地方、任何时间，它都可以成长，根本不需要施肥或栽培。因此，它的栽种极好地填充了春种与秋收之间的时间。当罂粟开花时，女人们在田里四处游走并在荚膜上划下刻痕，到了第二天，再拿着碗收集起过去二十四小时之内渗出的汁液。这就是天然的鸦片，可以卖给临近村庄的成品店，换回许多银子。只有一种风险，就是在荚膜渗出汁液时，若是恰好下了一场大雨，就会毁了鸦片的汁液，但是，收集的过程很快便能完成，所以，风险并不大。

禁止鸦片栽种所带来的效应

我不会触及屡屡遭人非议的鸦片问题，因为在这个话题之上，并没有什么事实和数据，会给那些激进的改革者们留下哪怕是最模糊的印象。我只想附带性地提一下，可卡因和吗啡在中国的使用程度正在迅速提升。

农人们被告诫要种植棉花和小麦。但是，棉花只能在某些条件下成长，小麦分量沉重，其价格在距离原产地不出40英里之外便会翻倍。这两者的种植相对而言都比较困难，也都要付上很大代价。

间接地说，几乎不必怀疑，禁止本土鸦片的贸易，对于使整个国家都备感苦恼的纸币问题是要负起责任的，当鸦片失效以后，便发明了纸币来作现金交易。它对于大量"无业人口"（可能会成为或已经是匪徒的那些人）的形成也要负起责任，这也是毋庸置疑的。那么容易就能长得起来的鸦片，真的是可以让他们的生活在饥饿和生存之间产生天壤之别。

只是为了种鸦片的缘故，人们就应该冒着罚款、坐牢和枪毙的危险，这似乎是一件奇怪的事情。但是，穷困缺乏和自给自足之间差异明显的事实，已经给出了足够的解释。一句话，禁止本土鸦片的种植已经扰乱了中国的整体性经济体制。这一机制将要花上多长的时间才能得以自我修复呢？

对于药品的需求

（6月15日）自从禁止鸦片栽种之后，中国的吗啡量走私屡屡上升，已经到了告急的程度，这一情况可以通过本周在本地联合法庭上审理的一起案件得以说明。有必要提及，甚至在禁烟运动开始之前，吗啡进口到中国就已经是非法的事情了，但是，这一禁令的效应最近因为总统的一纸强硬公告而更加增强，海关官员们被三令五申要特别警惕吗啡、可卡因、海洛因以及这一类的东西。与气味强烈的鸦片相比，这一类东西的走私会更加容易，所得的盈利也会让这一行业变得具有高度的吸引力。

在庭上作证时，海关验货专员沃尔夫（Wolfe）说，过去两个月之内，仅上海一地的海关关员就已经扣押、没收了大约200磅的吗啡，这些吗啡有时被藏在大宗船货中，有时被夹带在旅客的行李里。主要的犯案人员是服务生、仆佣、水手等等；走私者因为携带这些药品入境，每磅可获利5到20元不等，据证人的描述，这一类药品可以卖出比鸦片或金子更高的价钱。证人说，这一类的吗啡大部分都来自日本。

几乎没有必要补充的是，无论吸食鸦片有多么危害，那些使用吗啡和可卡因的例子却在迅猛增长之中。除了吗啡之外，大规模的鸦片走私也是毫无疑问的事情。据最近披露的资料，在西伯利亚铁路上走私波斯的鸦片，已经成为一种正常的交易；在陕西和贵州两省，根据所得到的可靠证据，同样获利颇丰但风险极高的生意正吸引着大批亡命徒。诚如格言中所言，东方国度一旦离了麻醉品便不知所向了。

青岛的德国武装 —— 中国对日本感到畏惧

（**本报记者，北京，7月31日，1914年8月1日刊登**）德国的海军和陆军武装正在青岛集结。

旷日持久的内阁会议正持续召开，考虑着使国家能够得以摆脱因为欧洲局势而恶化的财政困境的方法。除非能够筹到国内的贷款，否则，令人害怕的是，将无法控制已经萌生叛意的军队。所有中国人都担心日本会做出不友善的举动，但日本代办却宣称，日本将不会趁危机之便对中国落井下石，它只会在发生排外起事这样的事件时，才会采取行动。欧洲人则在积极地预备着可能最终将要发生的事件。

中国正紧缩开支

（**本报记者，北京，8月6日，1914年8月7日刊登**）中国刚宣布了延期偿付以及想要裁减所有薪俸、实施严格的开支紧缩等事项，其中主要涉及因为受到革命的威胁而在军队中付出的大笔开支。

政府希望，能够从很快就要实施的本国六厘贷款中获得足够的资金，以运用于国家管理。

日本宣战——准备向胶州湾发动进攻，战争区域已划分清楚

（记者专稿，1914年8月24日刊登）日本已经向德国宣战。目前，尚未收到它于8月15日所发出的最后通牒的回复，因此，日本又宣布了自从昨天中午（日本时间）开始的日德交战的状况。

以下是日本对德国宣战的公告文本：

世受上天与万代永存的日本天皇的浩荡恩德，我们在此特向本国忠诚、勇敢的国民作如下宣告：

我们向德国宣战，将命令本国陆军、海军以全副精神投入战斗，我们也命令本国所有胜任的官员们竭力完成其各自职责，以在国家法律权限之内达成全国的目标。

自从本次战争于欧洲爆发以来，灾难性效应一直引发着我们的关注，我们持守着严格中立的立场，满怀着维护远东地区和平的希望。但是，德国的行动最终逼迫我们的同盟国——大英帝国必须公然与其对抗，德国在其位于中国的租借地带胶州湾忙着进行作战的准备，其巡视东海海域的武装战舰正严重威胁着本国和同盟国的商业贸易。远东地区的和平因而已危在旦夕。

因此，在经过完整、坦率的交流之后，本国与英国政府同意采取对保

400

护联盟协定中一般性利益而言实属必要的行动。对我们而言，我们渴望以和平手段达成目的，故命令本国政府以真诚的态度向德国政府提出有关建议。然而，直到我们指定的日期为止，本国政府仍未收到任何接受这些建议的回复。

尽管竭力致力于和平，但我们仍怀着深切的遗憾之意被迫宣战，尤其是在我们统治的这一早期阶段里。

我们真诚地祈愿，凭着本国忠实国民的忠诚与英勇，和平局面会尽快恢复，而帝国的荣耀也能大大地得以彰显。

日本的最后通牒是在8月15日发出的，按照英日协定[1]的有关条款，要求德国从其向中国租借的胶州湾撤兵，在日本和中国水域停靠的德国战舰则应驶离当地或拆除其战争装备。

对于日本的干预，美国起先感到焦虑，但是，这种焦虑似乎已经随着日本保证要将胶州湾归还给中国而消散[2]。

1　英国在19世纪晚期采用过"光荣孤立"的政策，但在布尔战争之后，英国感受到了自己在国际上的孤立地位。1902年，英国决定开始寻求自己的盟友，日本便是它在尝试与德国结盟失败后的第二个争取对象。英国之所以想要与日本结为同盟，是想利用它来钳制俄国与德国在远东地区的扩张和发展，是为了维护两国各自在中国与朝鲜的利益。日本在与英国结盟后不久，日俄战争即爆发，战争期间，英日同盟使俄国的盟邦法国不敢参战助俄。1902年1月、1905年8月和1911年7月，英国三度与日本签订盟约，它一直是日本对亚洲大陆进行扩张的国际工具。第一次世界大战之后，英日同盟的继续存在，已经威胁到美国在远东及太平洋地区的扩张。在1922年的华盛顿会议上，美国一再向英国与日本两国施压，1923年8月，英日同盟宣告终止。

2　胶州湾租借地是德国向清政府获取的租借地带，包含山东半岛胶州湾的周边地区，总面积为552平方公里，行政中心设在青岛。1897年，两名德国传教士在山东巨野县被杀，酿成巨野教案。1897年11月14日，德国以此为由，出兵占领了胶州湾地区。1898年3月，德国与清政府签订了《胶澳租界条约》，租期99年。1914年8月，中国政府废除了该条约，此后，胶州湾被日本占领。

青岛陷落——德国出乎预料的投降，
东京为胜利而欣喜若狂

（**本报记者，东京，11月7日，1914年11月9日刊登**）今天上午宣布的有关青岛陷落的消息，对于民众而言实为一大惊喜。按照预期，本月底前原不会有消息传出，但是，不出正午，英国和日本的国旗已经在到处飘扬。今夜，主要街道都将会灯火通明，到时，会有一场盛大的狂欢。

（**路透社，东京，11月7日，1914年11月9日刊登**）德国人于今早7时在天文台上升起了白旗。两列步兵和一对工兵于午夜时分攻下了主要防御线的中心炮台，并获得200名战俘。此次进攻由山田将军（General Yoshimi Yamada）指挥。

海军副大臣铃木男爵（Baron Suzuki）在谈及青岛的未来时说："战争期间，青岛将由日本管理。等到战争结束时，日本将与中国开启谈判。"

据一份官方的报告指出，在攻下中心炮台后，进攻武装的左翼力量继续向前行进，并于昨天早上5点10分占领了湛山。湛山构成了德国防线右翼的基地。与此同时，另一支部队攻陷了刺刀点的前排炮台以及连接炮台的危险的防御工事。另有一支部队向前行进到伊尔提斯（Iltis）、比斯马洛克（Bismarok）和莫尔克（Moltke）炮台。突然之间，投降的白旗便在微风之中升起在矗立于山顶的天文台上。

青岛及其重要性

（社论，1914年11月9日刊登）德国人在青岛投降是远东历史上极具重要意义的大事件。我们衷心祝贺日本盟军取得了他们自1898年普鲁士海因里希亲王（Prince Henry of Prussia）访华之后便一直心有所属的目标，也为英国和印度军队与其并肩作战取得胜利而感到自豪。日本天皇在他仁慈、礼貌的致辞中，承认军队之所以能够并肩作战，是因为"战争的一大目标"正是摧垮德国的堡垒。他的言辞之间，充分说明了这次胜利对于日本的重大意义。

本报战地记者对于围攻中的主要事件作了总结性的叙述，这一围攻以将德国人驱逐出远东地区而告终。从这些事件中可以看出，尽管从未有人怀疑最终的结果，但守军确实也进行了大量的防御战。盟军以相对较小的代价，终结了德国人十七年的策划和努力。以青岛为中心点的胶州湾，是德国密谋临时占领据点的最早实例，它是德国向中国提出的必须对两名被杀的德国传教士作出赔偿以修复两国关系的手段。赔偿虽已进行，占领却一直没有中止。相反，德国从中国那里取得了对此地的长期租借权，并在这个"阳光照耀之地"舒舒服服地安顿了下来。德国对它的影响力远远超出了其租借区域的地界，并将其势力范围野心勃勃地向山东省全境延伸。为此，德国在它新的占领地上花了大笔的钱，据说，数目已达2000万英镑之巨，仅去年的开销就有八十七万七千英镑，其中的一部分是由德国的纳税人支付的。

胶州湾的良港是由竖立后长度达近三英里的巨型防波堤发展起来的，后来又逐步在此地修建起了突堤、船舶和栈桥，直到其便利程度远超位于大连的俄国港口。城里盖起了政府的办公楼、营房、医院、学校和自来水厂，还维持着一支规模可观的卫戍部队，其工事里有不少于六百挺不同口径的克房伯枪支。所有一切都显示出，德国来到此地就再也不想走了，他们想要把胶州湾变成自己未来远东王国的中心和探险的大本营。

但他们最终还是被赶走了，他们被驱逐出此地，不仅动摇了他们在北京的威信，也削弱了他们在整个亚洲地区的竞争力。在远远越过中国国境以外的地方，在印度，甚至可能在埃及和土耳其，他们所遭受的打击比起在欧洲所经历的要更迅速、更深切地影响到人们的思想。德国人"丢了面子"，对任何国家在东方世界的"信誉"而言，这一损失都可谓惨重，更何况对于一个长期盘踞此地的列强大国。对我们的盟国日本而言，攻下青岛可谓是正当其时。他们一直关注着这座德国堡垒的建立，这个由德国海军部直接管辖的军事阵营，对他们而言总是一种威胁。他们从来就没有错估过德国巨大的野心，也从未忘记德国是怎样作为一个主要对手在骗取他们于1905年在中国获胜后所取得的合理的胜利果实。

随着财富、贸易和实力的不断增强，胶州湾逐年变成了一个愈发可怕的威胁。但是，不仅日本人有特殊的原因为德国在远东地区规划的蓝图遭到挫败而高兴，俄国人远在德国以其传教士被杀作为借口而施行外交手腕将其强取豪夺之前就已经发现了胶州湾的优势，他们无论如何也无法忘怀自己是如何上了德国人的当。我们也有自己的理由为海因里希亲王探险所得的果实遭到摧毁而感到满意。回顾这一切发生时的情势令人深感遗憾。当年，在海因里希亲王自基尔启航时，正如他告诉其兄长和皇帝的，他要远行他乡去"宣告陛下之神圣者的福音"。他带着两艘旧船出发去实践自己的崇高使命，在航行途中，两艘船一直发生着最悲惨的故障。正如我们曾经指出的那样，皇帝想要为自己增强舰队，他的臣民却不想支付这种额外的开销。结果，两艘船靠着不体面的苦况却达成了其尊贵的目标，德国人在皇帝的面前扬起了"武力威胁"，而以这些令人不满的手腕所换取的纯粹的实际结果，便是他们巧妙地以它作为不容置辩的理由，建立起了一支杰出的德国海军。胶州湾得手的那一年，实际上才是德国海军开始茁壮成长的起点。1898年的"海军法案"孕育出了许多丰硕成果，催生出了当前的德国海军。所有的协约国（实际上是所有和中国有生意往来的中立国家）都

404

会心满意足地希望从在德国港口中成长起来的广袤商机中分一杯羹。无论是从出口还是进口的角度来看，胶州湾似乎都远远超越了德国的其他属地，1912年，胶州湾一地的交易值为二百七十四万六千英镑，而其他属地的所有交易值总和才不过四百零一万五千英镑。中国一定会为终于摆脱这个特别贪婪、又特别可憎的穷奢极欲的承租者而感到高兴，战争过后，中国一定会以其大大改善的国力状况，来拥抱其再度繁荣的美好前景。

摩登北京

一座大型公园对外开放，此地是昔日皇帝的去处

（记者专稿，1914年12月30日刊登）若是对如今来访北京的客人们稍稍作一番访问，便会让那些在记忆中还存留着不过是几年前北京模样的人大吃一惊。《泰晤士报》的读者们会想起瓦伦丁·奇洛尔爵士（Sir Valentine Chirol）对他在1894或1895年初访北京时所作的生动描述：尼古拉斯·奥康纳爵士（Sir Nicholas O'Connor）必须要在日落之后用力顶住城门，好让旅客们在一两分钟内可以进入城里的情景；旅人们跟在一个手持灯笼的苦力身后蹒跚而行的样子；还有城里昏暗、弯曲的城墙和街道正对应着居民们那沉闷、冷淡的面容。

如今，这里有奢华的旅馆、电灯照明的宽敞马路、汽车，城里所有的风景都像是要迫不及待地展现在从前那些"野蛮人"的面前。

可能除了颐和园之外，袁大总统最近已经将昔日皇帝所驻足的所有美丽去处都囊括在了这道属于市民的风景线里。甚至连北海，最近也以极低的票价向公众开放了，门票收入一部分用于维护上的花费，另一部分则归清皇室所有。从某种程度上说，北海的地位比著名的颐和园还要优越，在庚子年间，它所受到的破坏没有那么严重。过去的中国园艺工匠们在他们运用大理石桥、湖水、雕梁画栋、宝塔时所展示的技艺可谓无与伦比，但是，他们在设计北海时所展

现出的天才，与别处相比却是更胜一筹。北海是1661年至1795年间统治中国的清朝皇帝康熙和乾隆所钟爱的休闲去处。然而，乾隆皇帝在可以俯瞰大半个北京的宝塔上所题写的题词中，却提到此园是在统治中国北方的金朝年间开始施工兴建的，当时，中国的南方正受到南宋的统治。这里的许多参天古树已经有几个世纪的树龄，某些亭台楼阁完全是由一种来自四川的叫作楠木的名贵木材搭建起来的，这些楠木也是在几百年前被运到北京来的。此园重维修，碧绿的阴凉处和被苔藓覆盖的迂回小道一直在吐露着某种属于旧世界的魅力和庄严，那种感觉，仿佛唯有济慈才能以其笔墨描绘。

古树和宝塔

走入园中，首先映入眼帘的是由康熙皇帝竖立的两座巨大的塔碑，两处之间以一座精致的、全北京最优美的大理石桥相连，再沿100级石阶拾步而上。在这些石阶的顶端，就矗立着永安塔，此塔也是在康熙年间为来自西藏和蒙古的喇嘛们修建而成的。在此塔的正前方，是佛教的神龛，布满了黄铜制的佛像，令人倍感好奇的是，在这些佛像中，有不少都长着一副女性的脸庞；矗立在西侧的，则是在前文中已经提及的白塔，有两百英尺高，比例恰如其分。围绕着它的，则是古树丛，在其正中可以看到精巧的凉亭，上面印刻的那些唯有从古画中才可看到的、令人难以置信的仕女们所散发出的笑容，至今仍令人充满了遐想。在一间凉亭旁，站立着一尊手持"承露盘"的黄铜雕像。人们相信，只要喝了盘中承接的露水，皇帝便可万寿无疆。

往远处走，是一大片宽阔的湖面，湖的对岸则是静心斋，那里可能是全北京最美的庭院了，木制的回纹装饰、雕刻、花饰窗格，都出自中国最为杰出的木匠之手，堪称世上绝无仅有。前朝的太监们在这里向游客们兜售着点心，如今，此地已经无从找到可以惩戒给中国历世历代带来厄运的"鼠狐之辈"的手段了。环顾已经故去的皇帝们所留下的褪了色的卷轴与诗文，这些用来装点庭院的门面可能会让太监们不无苦涩地想起谋略、自负和如今带给他们羞辱的政治阴谋。

无家可归的珍宝

如果说，北京获得了物质上的舒适，但它无疑在同时丢失了一些具有宏大的威严感和神秘的独特性的特色，这些特色曾使得它在世界所有的城市中别具一格。到北海走上一圈，非但不能减轻这种感觉，反而更加深了这种对比。应该要好好谢一谢袁大总统开放它供我们视察，但是，感谢之余，我们也想要提一些建议。过去一阵子以来，有人一直在谈论着在北京找到了一间专门收藏古代珍稀艺术品的博物馆。人们的良知被这些珍宝如何在中国遭到毁损而挑动起来，有关这一主题的文章最近也登上了《泰晤士报》，但迄今为止没有唤起人们的一点兴趣，没得到任何建议。很久以前皇帝们在热河与奉天所留下的艺术品，最近已经被运送回了北京，虽然其中已有很多流散到了国外，但余下的仍足够构成博物馆最具价值的核心部分。为什么不把这些艺术品收藏在北海呢？这里可以恰当地设置严密的看守护卫，而从那些急切想要一睹为快的人那里，也可回收一些收入。这里已经有非常完美的建筑可以被设置成博物馆，也有极其适合的氛围与格调。大概再也找不到一处地方，会比一个令已故皇帝宠爱万分的所在，更适合用来贮藏他们所遗留的珍宝了吧。

龙蛇北洋

《泰晤士报》民初政局观察记

THE TIMES

方激◎编译

下

重庆出版集团 重庆出版社

目　录

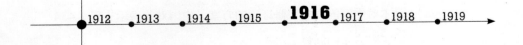

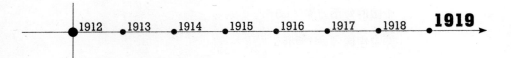

1915

中国的岁入状况——战争所引发的效应

（本报记者，北京，1月4日，1915年1月5日刊登）与1913年的记录相比，中国在1914年的海关收入少了500万银两。北方的港口显示出增长，上海也增长了不到200万银两，但是，南方的港口却普遍出现减少的趋势。战争是造成减少的主因，然而，海盗猖獗、地方混乱也影响了南方的财政税收。

除了在岁入上下降之外，中国还必须面对不利的交易所造成的进一步的严重损失，与去年相比，必须多预备15%的白银来支付以海关岁入作为担保金的负债。幸运的是，这一令人失望的结果被盐业岁余的持续性大幅增长所抵消，1914年，盐业岁余实际上超出海关税收达100万银两之多。因此，还有足够富余的资金可以偿付因为外债而造成的所有费用。从内部来看，财政状况也没有太多的改善，然而，值得注意的是，政府应该是成功地付诸实施了超过200万英镑的国内贷款，以84厘的价格发行，并生出6厘利息。这一收益毫无疑问地对保证政治上的稳定大有助益，而实际上，这种稳定性目前已经在全国各地大为盛行。尽管有大笔的短期贷款已经预付，国库券的清偿却仍然尚未兑现，这大大损害了国家的信用度。在找到进入欧洲货币市场的可能性之前，还看不出清偿的可能。

总的来说，虽然还不能说中国已经取得了长足的进步，但还是有些事情值得被记录下来，以证明在面临国际压力的时刻，中国并没有倒退。事实上，中国已经被逼着要倒退了，但它经受住考验的程度却超过了人们的预期。

410

中国的政治动荡

人们惧怕满人的复辟阴谋，军队意识觉醒

（**本报北京记者，1915年1月22日刊登**）目前，中国的情势还算平静。因为流传着"三次革命"的谣言，某些省份弥漫着些许不安的气氛。特别是在广东，人们都在风传着这一类的事情，这是因为最近以来，毫无疑问有叛军撑腰的盗匪曾试图发起过一次攻击，想要一举以武力夺下佛山。而在长江地区，也有相当程度的政治动荡。各省的官员们都正发起迅猛的行动来平定叛军武装、逮捕嫌疑犯，也已经为此处决了很多人。政府似乎很有信心会抵挡得住任何暴动，或至少是能够迅速镇压任何可能的突发事件。

几周之前，人们的心情因为大量散播的有关满人企图推翻共和的阴谋的谣言而起伏不定。其实，根本没有理由去担心什么，谣言几乎是毫无根据的。这要归罪于某几位已经垂垂老矣的学者，是他们写了几篇文章，表达了自己想要让满人重掌政权的意愿，但他们的做法不过是一纸空谈罢了，实质上根本不存在这样一种阴谋。有几个人遭到逮捕，而这便引发了迅速席卷首都和各省的传言。事实上，没有任何理由为此担心、恐惧，也没有任何理由发布阴谋论或相信有一场酝酿中的分布广泛的运动。

一支新式军队

近来，全国最为重要的进展，便是一场唤醒藏在人民心中的军队意识的运动。总统已经发布了一道公文，命令全国为汉朝和宋朝的两位大将军祭牲，负责庆典的部门则已被授权随后将预备一场盛典。一支新式军队也已在召集之中。总统为首，而官阶和档案中将会包括"各位学者"。即使是正规军中的官员们，在这支现代化的队列中也只算是列兵。在我看来，这一场刻意安排的、意在激发人民焕发或接纳尚武精神的努力，是建立民国以来所发生的最为重要的一场运动。

总统觉得，因为地方上可能会大加反对，所以不能按照英国所希望的去安排一切。他认为，如果从茶马古道[1]撤军，哪怕只是后撤几英里，也会大大地丢了脸面。这个问题暂时被搁置起来了。恰克图会谈的进展则相当缓慢。而在蒙古人和中国人之间，虽然俄国人已经在向中国政府施加压力，但似乎仍有一些沟通上的障碍。外交总长已经作出担保，将会按照使俄国满意的标准去做有关调整。

财政问题

谈到财政问题，政府声称要从地方上获得足够资金来应对国家管理之需。地方报纸上如灵光乍现一般的文章，则以所掌握的相当可观的各种手段来为政府加分。尽管如此，政府还是在继续悄悄地支付着拖欠已久的各种短期贷款。与此相类似的是，政府也同时在竭尽全力继续从国外（特别是美国）借钱。到目

1　茶马古道是世界上地势最高的一条商贸通道。它蜿蜒盘旋在中国西南横断山脉的高山峡谷中，是西南民族政治、经济、文化交流的走廊，其历史地位不在丝绸之路之下。茶马古道源于古代西南边疆的茶马互市，之所以得其名，是因为其贸易的代表性商品是茶叶和马匹（另有药材、盐巴、布匹和毛皮等），它兴于唐宋，盛于明清，由以骡马为主要交通工具的马帮负责押运。茶马古道通常分为川藏、滇藏两路，主要包括了五条大的路线，由中国四川、云南、西藏经过澜沧江，延伸入不丹、尼泊尔、印度、缅甸、老挝等国境内。

前为止，这些努力都还没有取得成功。莫理循博士正尽其所能劝阻中国政府还清短期贷款，同时，在确保搜集未偿付贷款上所取得的成功也必须要归功于他，这些账目现在基本上已经很准确了。到目前为止，政府还没有列出一张所有负债的清单；也没有任何一个官员意识到小额债务上的所有未偿付金额。

战争给贸易造成了严重的后果。铁路上的收入也受到了影响，资金短缺阻碍了铁路的施工。然而，南京—南昌—萍乡线却已在勘察之中，但与穿越贵州的宝林铁路线有关的工程技术人员们却被召回了英国。湖广线（英国部分）的工程则在继续进行中。美国人正在抗议没有在投标书上得到公平待遇，他们已经向交通总长发出了抱怨，指控的对象是英国工程师考克斯先生（Mr. Cox），他被指责为对美国人存在歧视的态度。这是竞争时常用的老把戏了。法国和比利时的活动实际上已经暂时中止了。至于如何牵制住德国贸易，很大的需要来源于组织和体系，还有英国公司中负责任的代表们所拥有的代表权，这些代表们是能够报价和接受订购的人。这些事情都已经有所涉及，但是迄今为止还未见明显的成效。德国人还是在跟大英帝国抗衡。中国的文件受到了特别优待，两个外国的文件目前几乎是受控于此。两国都声称，在中国的利益上，受制于某一平等对待外国问题的政策。

袁大总统成为大祭司

在天坛举行祭天仪式

（**记者专稿，1915年2月9日刊登**）（1914年）12月23日的一大早，自满人逊位以来，北京天坛高高耸立的祭坛上第一次举行了冬至祭天大典。这是中国历史上正统国教的第一次，当然也是自汉朝传统复兴以来的第一次，汉人成为祭坛上的代表，而他却并无皇帝的名分。这一意义重大的事件吸引了欧洲人，却并未在欧洲引来太多关注，欧洲人已经被自己那些严峻、沉重的事件吸引了太多的注意力。在中国，这一类的事情也不会成为公众的谈资，但若是我们就此得出结论，认为袁世凯以大祭司的职分现身并亲自主持这一原本属于天子特权的古老祭典并不会在其国人的心目中留下深远印象的话，那么，我们未免有失明智了。

大多数中国人，尤其是农民阶层，都会毫不怀疑地将立志要在受到先帝遗灵庇佑的圣地行使其统治权的人视为事实上的皇帝或摄政王。他们所被灌输的观念是，要将帝王以威严纯朴之道敬拜上天视为举国上下最崇高的祭祖方式。因为其天性中极度迷信的一面，中国的老百姓肯定会从这一项在天坛死灰复燃又深具象征意义的典礼中获得某种满足感，他们并不会在意担任祭司角色的那个人有着些什么新的、奇怪的名衔。由于内部意见的分歧，真龙天子的宝座如今还空在那里，但假以时日，这些事情最终会自己尘埃落定的。倒是这三年以来，冬至祭典的神圣礼仪一定被国家的实权领袖给疏忽了，因此，人们害怕会触犯天怒，更怕会因此而种下大灾祸的种子。

钟摆正摆荡而回

"少年中国"仍随时随地地以抗议的声调大声宣告——就算没有奉行这些祭典，天也并没有塌下来。更为确切地说，假如"少年中国"能够忍耐到其政治梦想中的新天地最终到来的那一天，他们必定会凭着自己在继承传统上的"宝贵品味"，将这些祭典场所一扫而光，将它们丢入被蔑视、遗忘的无底深渊中。我们难道忘了他们以"破除迷信"的冲动提议将庙堂之地夷平改造成实验农场的事情了吗？但是，那段日子已经过去了，时下，钟摆正摆荡而回，并迅速摆回正统传承的方向，正仿佛三年之前，它向着从未经历过考验的西方制度摆过去一样。

今天，最重要的问题是，这一摆荡又会将袁世凯带到多远的地方？在这一问题上，初到北京的人，既不会为最近"徒然想要复辟帝制的阴谋"所引发的悲喜剧，也不会为共和总统在此事中扮演的角色而留下太深的印象。解读时代所留下的印记，再将它和这次在天坛重新上演的祭典联系在一起，文人和官员们似乎将帝妃召那桐回京看得太像是那么一回事儿了，精于玩弄政治把戏的那桐很可能是要继承年迈的徐世昌来出任年幼皇帝的监护人，也因此而成为清廷与共和政府间的主要中间人。同样引人注目的，还有有关贝子载泽和其他满清王公即将要重新开始官场生活以"抚慰满人之心"的报道。换句话说，袁世凯以"大祭司长"的角色出现可以被解读为，共和主义的实质已经几乎要荡然无存了，它徒留一个空泛的名号，并随着时间的流逝而渐渐淡去。

总统在每一天里的恐惧

但是，不管政治家们或是普通百姓会如何思考总统主持天坛祭典的动机，冬至祭典的庄重礼仪一定是大大惊扰了那些游荡于九泉之下的庄严的帝王之灵，也一定是大大触动了向来威严无比的已故慈禧太后的怒气。祭典雍容华贵的派头和繁文缛节的精准原是历世历代不容亵渎的传统所规范好的，如今却令人痛心地被袁世凯损害了，这应该是他本人害怕遭到暗算的最显要的原因。

最令总统备感压抑的，还是他担心着"少年中国"的复仇方式与途径。如今，他恰好也居住在慈禧当年依靠着他的帮助才囚禁住光绪皇帝的深宫之内，他把那里布置得警卫森严，几乎像与世隔绝一般，与当年那个不幸君主的周遭环境并无二致。袁出宫的次数少得可怜，并且每一次都是行色匆匆，还要以藏得严严实实又排得密密麻麻的刺刀来严加防备，为了保护自己不致遭其政敌毫无预警的阴谋暗算，袁世凯可谓是煞费苦心。他为此舍弃了自己美好回忆中的轿舆和骡车，乘坐了一辆戒备森严的轿车前往天坛。乾隆帝和历代圣贤的风范已荡然无存！在最靠近圣地的区域里几乎已看得见白色祭坛的地方，简明而宏伟的场景象征了中国古代文明中最庄严的、最具哲学式的高贵。共和国的统治者率领着我们一路前往此处，仿佛是进入战场一般。

穿过密集排列、荷枪实弹的人群，沿着从皇宫穿过前门直达天坛大门的宽敞大道，他安静无声而又迅速敏捷地向目的地而去，如同晨曦升起照亮全城般的迅捷。他的护卫们骑着马在其前后奔跑，在他路过时，护卫甚至不许市民们向街道多张望一眼。

在斋戒大殿里彻夜守望，按说应该是一条不能被打破的规矩，但这条规矩却并没有强加在袁世凯的身上。还有缓步慢行的规条以及在祭天大典前的几天里应该遵行的一连串繁冗礼仪，也都没有出现。总统于七点过后不久离开皇宫，而在八点半时，便在守卫们的重重保护下安全返回。分发祭祀所用的、焚烧后的黑色阉牛以及礼仪应该讲究的其他细节一并被予以缩减。

这一场合原本该有的庄严肃穆，就这样被仓促和匆忙地破坏了。从四面八方包围着庄严祭典的，除了对"少年中国"谋划行刺的忧虑，便是唯恐死亡不期而至的情绪所投射的长长阴影。

日本向中国提出的要求——日本所敦促的特许权以及日本作此行动的动机

（**本报特约记者，东京，2月10日，1915年2月12日刊登**）最近以来，日本突发奇招，向中国政府提出了一系列有关铁路特许使用权、采矿权、开工权以及其他经过精心筹算的、会大幅提升日本在中国股份的要求，这些要求已经在中国产生了极大的回响[1]。日本责成中国人保守秘密，更使这些要求平添了不少稀

1　1915年1月，日本趁欧美各国无暇东顾之际，派驻华公使日置益秘密地向袁世凯提出了五号共计二十一款的无理要求（简称"二十一条"），其中部分要求是以孙中山早前提出的若干出让中国主权的条款为底本，譬如有关汉冶萍公司的条款及孙中山与森恪之间达成的以租借满洲给日本为条件的秘密借款案。日本还逼迫袁世凯政府承认日本取代德国在华的一切特权，进一步扩大日本在满洲与蒙古的权益。日本的要求等于使中国沦为其保护国。1915年1月至4月间，袁世凯一面命令北洋政府外交部（中方代表为外交部部长陆徵祥与次长曹汝霖）与日本谈判，一面暗中逐步将条约的部分内容向报界泄露，希望得到英美两国的支持以抗衡日本。谈判过程异常艰辛，中方代表多次拒绝"二十一条"中的部分内容，并向社会各界透露日方的无理要求，以期国际社会和舆论界的干涉能迫使日本作出让步。日本虽最终删去了对中国最为不利的第五号要求，但在5月7日向袁世凯政府发出了最后通牒，并摆出了兵临城下的强硬姿态。在英国驻华公使朱尔典、美国驻华公使芮恩施的劝告下，已无讨价还价余地的袁世凯在5月8日宣布接受"二十一条"的部分要求。5月25日，北洋政府在无外援的情况下，与日方签署了13件换文，总称《中日民四条约》，与"二十一条"原案相比，中国所蒙受的损失已尽可能减小。之后，袁世凯下令全国省教育会联合会要求各校以每年5月9日为国耻纪念日。在1919年的巴黎和会上，作为第一次世界大战战胜国之一的中国提出了取消"二十一条"等要求，但遭到列强的拒绝，酿成"五四运动"的爆发。在1922年的华盛顿会议上，其中部分条款被废除。此后，"民四条约"的内容被不断改写，直到1945年日本在第二次世界大战中失败后才彻底废除。

奇古怪的版本。德国明白无误的曲意奉承则使这些要求的重要性被更进一步地放大了。与此同时，或许它真的没有影响中国的领土完整，但中国还是有理由作出警告，由于其自身的薄弱并受到治外法权的管制，这一切都为外界的干预创造了许多条件，因此，中国认为，它无法以平静的心态来认真思考已经确立的外国利益该有怎样的扩展（譬如可能与全盘接受日本主张有关的方方面面）。

日本地方上的政治活动对于日本目前采取的行动负有一部分责任。最近在日本国会上落败而面临选举与严重财政问题的现政府，觉察到自己被迫要采取一种主动积极的外交政策，以期与沸腾的民意相符合。因此，鉴于中国目前正束手无措，而其他与其命运有利益牵扯的列强也正忙着其他事情，对日本而言，当下正是一个恰当的时机，而迫于持续增长的内需，日本也必须采取某些行动。

其他国家的利益紧密地受到日本所提要求的影响，特别是英国，因为任何一个企业领域中的竞争者都必然会限制其对手的机会。但是，当着眼于我们与日本的关系时，特别是看到日本最近向我们所提供的（并且仍在持续提供中的）卓有价值的航运支援时，如果英国对日本追求在中国的合理抱负上施加障碍，就太失礼了。英国一向认为，如果中国接受了这些要求，并不一定会损害其领土完整，并不一定会破坏各方之间平等的贸易机会，也并不一定会在某些无法预见的方式上干扰英国已经确立的地位。

日本向中国所提要求的概要

（**本报记者，北京，2月11日，1915年2月12日刊登**）日本向中国所提的在特许使用权上的要求，目前尚未正式公布于世，但是，据报道，这些要求包括如下要点：

基本上，日本要求中国的海岸或离海岸的岛屿不得有任何部分割让或租赁给外国列强。

以下特权则是按照地域名称所提的要求：

东蒙古：日本需拥有专有的采矿权；未经日本同意，不得修筑任何铁路；日本需被赋予定居、农牧、贸易和购买土地的权利。

南满洲：租赁旅顺口，并将已租赁地区的期限延长为99年；日本需被赋予定居、农牧、贸易和购买土地的权利。

山东：中国需将先前由德国享有的采矿和铁路特权如数转让给日本，需同意日本人在芝罘或龙口与潍县之间修筑铁路。

福建：即使在需要外资的情况下，中国不能在未经日本同意的情况下赋予其他列强任何有关采矿或修筑铁路、码头的权利。

长江流域：日本将与中国联合控制日本拥有大笔金融利益的汉阳铁厂，此外，还有大冶铁矿以及萍乡煤矿。中国需承担起不得赋予其他国家任何会损害这些企业的采矿权。

对于日本在目前已提的要求，中日之间只举行了两次会谈。在第二次会议上，日本公使提出，其政府可能会撤销其中的若干条。但是，三天之后，他又声称，东京方面已指示他应当坚持所有原先提出的要求。

我们明白，日本已经在上个月就向中国所提的要求与英国外交部进行过沟通，俄国、法国与美国政府也都已经被知会。日本政府有关将其和中国的关系建立在明确定义的基础上的愿望，似乎已经在战争开始时中国政府在德国影响力之下所采取态度的第一回合里就已经被激发起来了。在日本向中国所提要求的详细、精确的内容问世之前，我们必须暂时停止对其范围和性质作出判断。

日本向中国提出要求

（社论，1915年2月13日刊登）本报驻北京和东京的记者们发来的电文，已经于昨日刊载在《泰晤士报》上。电文公布了一件大事，即日本向中国政府提出了一系列要求。我们得到的消息是，此事已经在北京掀起了一场轩然大波。这一点其实根本不足为奇，无论是真是假，"轩然大波"一词总是适用于描述中国当权者们在处理时事后所引起的普遍结果。如果日本的行动真的让他们大吃一惊，他们一定是对发生在自己国家海岸线上的事情松懈到比平时更为严重的地步了。

日本人在将德国人赶出胶州湾的军事行动中大获全胜，显而易见，他们已在远东地区创造了一种新的形势。日本极有可能利用这一得胜的天赐良机，就一系列尚未得到满足的要求向邻国索要明确的答案。对于每个人来说，这都是一个明显存在的事实，或许，唯有对中国的政治家们而言才并非如此。现在，日本已经踏出了要锁定这些答案的第一步了，但是，很重要的一点是，我们必须记住，我们所获取的细目并不是正式的，并且，这些细目唯独来自北京方面。来自中国的消息总是令人存疑，而在目前这一关头，我们尤其有特别原因要带着极为审慎的态度来接纳这些无论通过何种渠道传到欧洲的消息。

从战争爆发时开始，德国人就不屈不挠地要尽力雇佣中国人来作为他们与协约国对抗的工具。中国的胆怯确实阻挠了别国诱迫它向协约国提出任何直接挑衅的尝试，但是，中国现在已经预备好要接受德国提出的建议了，也就是说，因为日本与俄国已经卷入另一场纠纷之中，中国既不需要对此表现出毫无道理的挂虑，也不需要急着去兑现它和列强之间的那些协定。在完成这一策略的过程中，德国人收买了中国的报纸或取得了对其利益的控制权，再使用这些喉舌来进行系统性的捏造和宣传，在胆大妄为的设想和厚颜无耻的断言上，可谓无人能出其右。我们必须要预计到，在接下来的几天里，"奴颜婢膝的报界"在东方社会的这一个纯粹仿造品，一定会使出其浑身解数，只为了要让日本所提要求的歪曲版本淹没欧洲和美国，并以中德出版商所可能想得到的、最能在协约国之间无事生非的方式，来为这些版本大加批注。从那一地区来的所有新闻和所有观点，在发源地就已经被玷污了。等到日本要求的全部文本呈现在他们面前时，协约国自然会有足够的时间来提出他们自己的观点。

即使从我们于昨天登报的北京版本看来，从原则上说，这些条款也不见得有多么严酷或不合理。到目前为止，我们所能作出的决断是，这些要求似乎并未远超中国基于"朴次茅斯和约"[1]而需执行的合约条款，它们正是基于"朴次茅斯和约"的精神所拟定的，只是因为后续事件给日本带来的可行性，而使日本做了一些对自己有利的修改。这些要求并未在任何方式上危及中国的领土完整，也似乎并未违背其他列强至今为止都接受的"机会均等"和"门户开放"的信条。它们确实赋予了日本在特定省份与地区中的某些有关铁路、采矿权和炼铁厂的特权，但是，一眼看去，与赋予其他省份和地区的特权相比，这些特权并没有太明显的差异。

日本要中国接受的第一份和约，直截了当地说明要保持中国的领土完整不受到损害，并会促进远东地区的安定。它紧密地延续了在1808年与英国签订的扬子江和约以及后来与法国和其他国家所订立和约的前例，向中国保证，不会割让或租赁某一块领土给任何外国列强。而日本在此所提及的领土正是中国的海岸与离岛。对日本而言，这显然是一种至关重要的利益，它需要保证，这块版图上任何靠近自己海岸的地方不会在未来被转移到任何列强的名下。在赶走

1　1905年9月5日，日本与俄国在美国总统西奥多·罗斯福的调停下，在美国缅因州与新罕布什尔州的朴次茅斯海军基地签署了《朴次茅斯和约》，和约生效即标志着日俄战争的结束。该和约的签订标志着日本和俄国对中国东北与朝鲜半岛的重新瓜分。条约签订后，日本于1905年11月派外务大臣小村寿太郎与清政府全权大臣奕劻、外务部尚书瞿鸿禨、直隶总督袁世凯交涉东三省善后事宜，12月22日正式签订条约，次年1月23日在北京换约。通过东三省事宜条约，日本迫使清政府承认《朴次茅斯和约》中给予日本的各项权利，实际上将中国的东三省南部纳入其势力范围。

了德国人以后，日本很自然会感到紧张，不想再有其他国家成为威胁其和平的对手。日本要求，中国需要将先前给德国的有关山东的权利让渡给它，对得胜的日本而言，这一点似乎是很自然的结果。说到租赁，日本想要延长以此为名义所掌控的有关旅顺口地区的权利，也想要延长影响到奉（天）安（东）铁路线以及到哈尔滨和吉林的主干线的铁路合约，这些也都是长期以来再清楚不过的事情了。租赁的期限还有九年，若要让日本准备好将旅顺口归还给中国，或是说中国到那时应该拥有某种地位能支付得了转让、归还这些地区的总费用，那真是一件令人难以想象的事情。日本人在南满洲里地区安置、购买土地的特许使用权，也是日本在该省已经取得的特权地位的自然延续。

在没有获得更完整、更确定的消息之前，我们只能说，对我们而言，日本所提要求的大范围还是合情合理的，也与我们和其他列强已经与中国所缔结的和约精神相一致。当然，其中可能还是会有一些特别之处留待别国的批判或反对，但是，所有协约国，特别是英国自身，在目前还是可以作出值得信赖的保证，若是可以证明日本所提的要求违背了英国在远东地区政策的基本原则，日本是不会对其一味坚持的，我们几乎不用再细说，那些原则正涵盖了维护中国的领土完整以及"机会均等""门户开放"等方面。和我们一样，日本一直以来都忠实地坚守着这些原则，在该国的政治家中，也没有哪一位比现任外务大臣加藤高明更忠实、更一贯地维护它们。

加藤所在的内阁最近在议院中遭到挫败，大选又即将到来。与政府在民意调查中重新获胜恰好相反，主张"积极"外交政策的说法在某一群日本政治家中可谓甚嚣尘上，他们不可能不坚持认为，在对付自己既软弱又令人懊恼的邻国时，日本应该采取一种更加沙文主义的态度。和其他政府一样，大隈政府必须要重视民意的不同潮流，不能忽视对中国所采取的欺骗、搪塞态度已经失去耐心的普遍民意，但是，我们相信大隈政府真诚地期望利用目前的时机来达成目标，那是日本政治家中最睿智、最有远见的一批人一直都在关注的目标。英国所期望的，也和日本一样真诚——明确地厘清整个形势，并在远东地区建立起一种更加稳固、更加持久的普遍和平。

北京的僵局

（**本报记者，北京，2月21日，1915年2月22日刊登**）周四，中国政府通知日本公使，已经预备好重新开启有关日本政府所提的12条要求的谈判。公使回复说，他正在等候东京方面发来的指示。在周六，来自东京的回复经日本人的传递到达外相的手中，日本坚持要谈判有关要求的全部内容。

袁世凯总统仍维持其决定，不会在任何损害中国主权和其他列强国家条约权利的条款上进行谈判。

日本向中国施加压力 —— 日方的要求晦涩难解以及各方对引发危机的恐惧心理

（**本报记者，北京，3月11日，1915年3月12日刊登**）日本近来在其所提的要求上正给中国带来愈来愈大的压力，也在外国人的圈子里制造了一些不安。中国人的情绪被完全激发了起来，坚持全盘接受日本的提案，可能会在中国引发危机，并将严重损害现政府。包括日本在内的有利害关系的外国列强都在持续不断地支持着袁世凯，如果袁费尽心力、耐着极大性子并靠着列强相助才到手的控制权现在受到了某种外来势力的影响，对列强而言，很可能是一种不幸。

总的来说，外国人承认日本所提许多要求的合理性，同时相信，他们若对这些要求表示赞同、接受，也并不一定会对中国造成伤害。同时，在某些要求中，也存在着一些含混不清的东西，其中至少有一项无法被中国人认同，它牵涉某条铁路线在接轨后的特许使用权，这和去年某家英国公司碰到的情形几乎完全一样。

如果日本人所提的要求可以划定得更清楚、对其要求范围也可以稍作解释的话，中国人当然会跟日本人面对面地商谈。外国人若是能够确定，日本并不想要中国勉强接受自己算计好的想要削弱其主权的目的，也不想以此阻挠在英日联盟主要目标上机会均等的优惠条件，大概都会松上一口气吧。

日本对中国的要求：有关日本在满洲地区的贸易权利

（**本报记者，北京，3月17日，1915年3月19日刊登**）在中日代表于昨天所举行的会谈上，有关满洲的要求又一次在讨论中被提出。

中国人同意，在打算借贷外债时，会给予日本某种提供资金的选择；在聘雇外国专家或警察督办时，也会优先考虑由日本人担任。作为日本要求取得在南满、东蒙、内蒙一带取得定居、贸易和旅行要求的替代选项，中国人提出将开放一批新的贸易港口。日本人接受了这一提议，但是仍继续在要求中国接纳原先提议的事情上施压。

然而，由于中国所解释的有关治外法权的操作问题，这些提议可能会使外国人免予缴纳各种税项，也无须运用当地的法律，如果接受了，结果只会是一片混乱。日本所渴望的在这些地区中的自由，在最惠国的条款下，可能会必然地延伸到其他外国人身上，也可能会带来大外国共同体的成长。作为结果，可能会产生众多的独立于土地法的地主以及四处游走的贸易商，这些人对管理上所需的花费都没有什么贡献。

在弥合北满与南满的界限时，一个更大的困难产生了，除了"朴次茅斯和约"之外，这种随意性的区分在哪里都找不到，在中国的省级管理中也不曾存在过。从评论中还可看出，日本在内蒙的利益是极其微小的，日本之所以要求在那里取得某种特殊地位，仅仅是因为那里和日本拥有其利益的另一地区彼此相邻。

由于不慎从马上摔下，日本驻华公使日置益[1]看来必须要待在家中长达十天之久，在这段时间里，谈判想必会暂时中断。

———————

　　1　日置益（1861-1926），日本明治、大正时期的外交官。1889至1923年间，日置益曾先后在俄国、朝鲜、清帝国、德国、智利、中华民国、瑞典、德国任驻外外交官。1915年，在他出任驻中华民国公使期间，因负责同中方交涉"二十一条"而在中国获得恶名。1925年，他还作为全权代表，参加了北京的关税特别会议。

日本对中国的要求：有关治外法权

（**本报记者，北京，3月31日，1915年4月2日刊登**）昨天的床头会议并未取得任何成果，日本驻华公使日置益已经向其政府作出提示，在他看来，在有关满洲和汉冶萍的要求上，已经讨论得够多了。

至于满洲租界的问题，日本坚持要为本国在当地居留的国民保留治外法权，然而，日本也同意，在当地的警察法规与征税尺度取得日本的同意之后，其国民也应受制于中国的警察裁判权，并负有缴纳当地税款的义务。中国承认了治外法权，但是未能够同意在其治理中受到以上条款所引发的干预。

至于汉阳铁厂、大冶铁矿以及萍乡煤矿，中国在原则上同意给予日本在这些公司上的联合控制权，却拒绝了另一个要求，即日方所提出的"不将任何经估算发现可能会损害这些企业的采矿权赋予其他国家"。这一要求在文字上显得语焉不详，它所要求的特许使用权，可能会在今后被解读为暗指整个长江流域的采矿垄断权。从目前已经存在的文字形式上来看，所有外国人都认为日本的这一要求破坏了"机会均等"的原则。

日本对有关佛教传播企业和建立教堂、学校以及类似机构的两点要求也施加了压力。然而，中国反对将日本的僧人当作教育家看待，也反对他们可以受到治外法权的保护以及在全国范围内设立这些机构。这些僧人可能会因此而成为政治影响力的焦点，会有被收买来暗中破坏中国政府权力的倾向。

日本向中国提供武器的要求遭到反抗

（**本报记者，北京，4月1日，1915年4月3日刊登**）今天的会议提出了有关满洲租界的问题，日本原先提出的要求将有可能得到中国的勉强承认，只是将会受制于"土地问题将在中国人的法庭上解决"以及"日本人需遵守中国的警察法规和当地税则"这两项条款。因为中国人已经同意在满洲雇佣日本专家，这些要求保证了以上规定在操作时不会对日本人有什么不利。

中国人在原则上也同意承认日本在满洲当地设立学校、医院和类似机构的权利。佛教传播组织的问题则没有讨论。

有关由日本方面向中国提供所需武器装备的一半的要求，则引起了热烈的讨论。日置益先生指出了向中国军队提供无限制种类的武器弹药的不利之处，并倡导采纳日本的标准，各国的武器可借此能够互换和取替。中国人强烈维护他们在保证其最新军备不会因为遵从某列强国的标准而受到阻碍的权利，因为在目前这一时刻，该列强国可能并不一定会一直站在友好的一方，可以想得到的情形正是基于以下这一事实：中国储备的军需若与日本的武器相匹配，可能会被证明将对中国造成一场灾难。

青岛已在日本人的手中

商人们的满腹牢骚

（**本报记者，东京，2月7日，1915年4月6日刊登**）自从事关青岛的最后通牒期满之后，日本在山东的行动以及取得青岛后在当地的所作所为，都已经在中国的外国人团体中引起了许多的诟病。因为英国在远东地区的所有外国租界中占据了很大一部分，我们必须承认，这些诟病的大部分所指都与英国有关，因此，它们主要也是从某个与日本结盟、其政府又与日本政府保持着特别亲密与友好关系的列强国家的公民那里散播出来的。

这一在某种程度上显得有些反常的情形其实并不难解释。在同时发生的中国对外贸易的扩大化中，日本人逐年取得愈来愈大的份额，这样便使得英国企业所得的份额愈来愈小。因此，当英国政府在寻求某种全球化策略（这是一个严肃认真者不会提出质疑的权宜之计）时，便将自己和日本联合在一起，给予它必要的支援，完全承认它扩张的自然权利。在华的英国商人发现，在日本扩张所带来的每一次冲击中，他们也都受到了冲撞，因为日本所采取的动作，他们的机会开始锐减。英国商人是足够精明的，他们明白促成英国与日本结盟的起因，也知道他们今天在中国沿海地区的贸易可能会落入恶劣的处境之中，但这些都是为了让日本的军舰加入在太平洋中对德国巡洋舰的追击行动。可是，他们明白了这些，却又改变不了自己的记忆，曾经向他们开放的朝鲜，如今被日本的关税高墙阻挡住了。在签署了《朴次茅斯和约》很久之后，日本人关闭了英国在满洲的贸易大门，即使直到如今，日本人还在图谋以关税优惠的方式来仅使自己在贸易中得利。

山东之役

在青岛的争夺战中，日本人采用了从山东的北海岸迫近其目标的作战计划，其中包括一条长达150英里的路线，尽管在将火炮拉入作战现场时，他们采用了从崂山湾上岸的策略，从青岛算起，减少了约四分之一的路程。这些行动方案让人们认为，日本人对于山东省是有谋划的，正如对胶州湾一带的德国区域有谋划一样。日本人接下来占领了至山东省会济南府的德国铁路。等到攻下了青岛后，他们又宣布，青岛港口对外国的贸易和船运一律关闭，却随即允许他们自己的一些满载货物的船只与人数约为1万人的本国公民使用该港口。此外，他们还要求得到征用中国海关服务的权利，因为此项服务的负责人是英国人，所以英国在其中有特殊的地位，而一群日本人则在青岛管理着海关所建立的机构。日本人想要在这项服务中获得更多的代表地位，其合理性是大家公认的，但是，当他们要求让一群来自外界的人跨入一个管理极佳的部门的高级席位时，所表现出的却是愤怒的情绪。

不利的情势

正是日本人自己成了招致诟病的一部分原因；还有一部分原因，则是由他们无法控制的情势之下的牺牲者所引起的。举例而言，他们将从山东极北地区出发说成是出于策略与战术上的考虑。而有关海关任命的事情，则是他们被中国人的举动所激发出来的。中国人在所有对外交涉中，均表现出缺乏转圜技巧。当时，中国人在军事占领下对青岛下达了委任令，却没有向地位永远不可被忽视的日本人征询意见。有关开放港口用于贸易的问题，则是基于海港入口处被三艘由德国人击沉的舰船所堵塞的事实。而进入港口的日本船只因为体型狭小，才利用了已经被军事需要占据了的小港口所能提供的非常有限的便利条件。在主要海港可供使用之前，这里还无法提供不受限的船运和设施；但与此同时，日本人也已经同意，每月之内，可允许四艘英国船只进入这个小港口。

蜂拥到青岛的日本人已经证明了并没有给当局带来任何好处，因为在他们中，有不少人是性格不佳的不良分子，在缺乏警力时，这些人会无拘无束地四处打劫，从总体上降低了日本人遵纪守序的好名声。他们中有不少人已经回到了日本，而警察也在当地逐渐建立起安全的环境。

军事因素

战争刚刚爆发的时候，停泊在中国海岸的所有德国船只便沿着最短距离到达青岛，并在码头上卸下了它们的货物。在这些船货中，有些寄自欧洲，由英国商人委托德国人寄存，或是相反的情形，由英国的银行投资。或者，是一些由德国人寄给英国商人（也有英国寄到德国）的货物，可能也是由英国银行进行投资的。其排列组合可谓层出不穷。在丢在青岛的所有东西中，由英国的进出口商所指认或是由英国银行抵押（并通过有关文件洽谈费用）的物品，其重量约为1万吨左右，价值则在50万英镑上下。

关于这一大堆货品，日本人只在一件事情上表现出确定的态度，即不会放弃任何属于德国公司的东西。在他们所处的境地中，必须要面对某些严重的问题，其中所遇到的难处，或许主要可以回溯到这样一个事实，即军事当局在负责商业事项，这不一定是日本人自己的意愿，他们不一定想妨碍那些非本国国民的利益。目前，他们正展现出自己良好意愿的凭据，可以拿来批评他们的最糟糕的实例，就是日本政府没有直接委派一个由民事官员组成的委员会，来应对出现在青岛的这些事情，而这些事情明显是在该省军事人员的职权范围之外的，这确实是一个遗憾。但是，即使只将罪咎归于这件事情，也似乎有欠公允，因为日本军事当局在他们能够履行的功能上总会有自己的判断，他们可能并不欢迎本国的任何一个其他部门介入。

日本对中国的要求：有关铁路的特许使用权

（ **本报记者，北京，4月14日，1915年4月16日刊登** ）昨天的会谈再度讨论了满洲租界的有关细节，但是，仍然没有就此达成任何结论。中国反对日本所提议的要使中国的警察制度与税则范畴受制于日本批准的提议，认为这样的规定有碍其主权。

日置益博士让中国人大吃了一惊，他再一次催促有关铁路权利的特许使用权，而这一特许使用权已经给了或承诺了要给英国的公司。在上一次会谈中，中国人曾对此事表示过反对，原因是他们不可能将已经与其他列强签署的明确合约中的对象再次让渡。而在那一场合中，日本公使曾指出，日本在若干年之前已经就提及的铁路线之一询问过中国，但是被拒绝了。而在那之后，这一特许使用权才给了英国，因此，中国在此事上对日本表现出了漠视的态度，并且不恰当地倾向于大英帝国。正因如此，日置益博士才坚持他的要求，认为中国必须给予日本这一特许使用权，在这之后，日本和大英帝国之间可以就这一特许使用权的开发问题再行安排。据信，中国人重申了之前的回答。

日本政府的某些成员一直被指控对英国有着偏爱，为了遵从英国人的意愿而忽略了目前在中国的这一无与伦比的天赐良机。日本目前对于英国在华铁路利益的官方态度，开始变得令人难以捉摸，可能是想要以此在日本国内赌上一把声望，倒不是真的想要对英国的地位进行明确的挑战。

日本对中国的要求：修订后的方案，中国对此表示失望

（本报记者，北京，4月26日，1915年4月28日刊登）日本驻华公使日置益博士于今日向外交总长呈上了一份修订过的清单，其中包括24条要求，他要求中国政府对此予以考虑，据他的描述，这是日本预备接受的最低限度的文件了，但是，日本不会限定中国答复的时间。会谈没有进行任何讨论。

到目前为止，我们还没有时间对这一份新的清单进行仔细的分析，但是，除了如下所列举的这些以外，这份清单似乎和原先呈上的那份要求是相同的。有关满洲的要求仍然停留在会谈酝酿的阶段，某些与蒙古有关的条款也依然保留。有关汉冶萍的要求中那些语焉不详的部分，也就是倾向于今后要将采矿的垄断权交给日本的那部分解释，已经从新版本中删除了。与此类似的，还有有关在南满、东蒙、内蒙地区雇佣日本籍警察专家的部分。这一点尤其令中国人感到不快。

应该在南满地区聘雇日本军事、政治与金融专家的要求，是在另一份表格中提出的，这一要求还与福建有关。原先的提议是，如果中国需要外国资金，在未经日本同意的情况下，不应该授予其他列强采矿、铁路或其他施工权。

在所提的要求中，再次包括了铁路特许使用权，大致上说，日本人要求得到与英国相同的使用权，假如日本和有关的列强国能够就此达成某种协议，中国则需要同意允许日本分享这一特权。中国还需要进一步同意的是，如果日本与其他有利益牵涉的列强仍在讨论之中且尚未达成结论的话，中国不得将这些铁路特许

使用权授予第三国。需要引起注意的是，与牵涉英国利益的铁路相关联的第二条要求，是假设中国人不愿意承认第一条要求时的备用条款。

中国人对这些要求的修订版本感到非常失望，他们正一直被大隈伯爵向东京报业机构所作的最新声明牵动着神经，期待会有更重要的修正。

中国对日本的回复

对日本所提的重要特许使用权的要求予以回绝，北京陷入僵局

中国政府于周六对日本呈上的修订后的要求进行了答复。中国愿意将山东、满洲及蒙古的相当可观的特许使用权给予日本，但是对日本所提的有关长江地区以及陆军、海军机构的要求予以回绝。鉴于日本的要求很明显是设计为或全盘皆赢或全盘皆输的格局，日本驻华公使已经撤回了他所提出的修复胶州湾的提议，并且，在表示了北京会谈不应该终止的希望的同时，他也暗示道，中国的回复是不会使其政府感到满意的。

（本报记者，北京，5月2日，1915年5月4日刊登）在昨天中日代表的会谈上，中国政府就日本修订后的要求作出了答复。以下便是中国对所提各项答复的要旨。

山东：假如以下各点成立，则中国同意日本的所有要求：

（1）必须同意由中国代表出席日本与德国之间有关决定德国在山东权利命运的会谈；

（2）赔偿中国于交战期间在胶州湾的损失；

（3）恢复战前的现状，铁路、电报、邮局等设施均须解除军事控制。

满洲：除了那些有关租界权利以及包含额外属地的特权之外，这一标题之下的所有要求均已经完成了草签。中国人承认殖民权，但是希望日本修改有关法律程序的提案。

蒙古：中国同意开放贸易集市，并在铁路施工基金的筹措以及以地方税则担保贷款的事情上给予日本优先权。在这一地域之内，日本并未要求殖民权。

汉冶萍公司：中国承认修订后的日本要求，要求中规定，中国政府不应将公司重建为一个国家级的企业，不应没收公司的财产，也不应为了公司的目的引进其他外国资金。

沿海地区的非转让要求——中国同意作出自发性的声明，保证将不会让渡任何港口、港湾或岛屿。

一般性要求：对于第五部分中原先并未与有利益牵涉的列强商谈过的一般性要求，中国同意今后会讨论日本在修订后的要求。日本要求中国不允许任何外国列强在其位于福建省的海军或陆军基地设立任何设施，也不会为达此目的自己引进外国资金。

中国已经拒绝承认在这一标题下的所有其他要求，也就是雇请日本专家、设立学校和医院的权利、派遣一名军事顾问前往日本与日本军事权力人士谈判有关购买武器和在中国建立兵工厂等事宜。

中国外交总长也拒绝承认日本所要求的对长江流域铁路的权利，原因是，如果这么做了，可能会妨害到对其他列强所作的承诺。

胶州湾，日置益博士接着说，既然中国没有整体性地承认日本在修订后的要求，他必须要撤回自己在上一次会谈中所作的有条件限制的许诺，也就是有关修复胶州湾的事情。这一许诺已经被保留为日本的重要特权。

最后，日置益博士询问中国外交总长这是否已经是中国可能承认的最大限度，在得到确定性的回答后，他指出，如果会谈就此破裂并不再安排进一步会议的话，日本政府将会大为失望。

外国的疑虑

鉴于日本舆论对中国的论调以及报界就是否应该诉诸武力而展开的论战，此间存在着一些忧虑，担心日本政府会因为中国拒绝整体性地承认日本所提的要求而可能被迫采取进一步的行动。近6万名日本士兵出现在中国的边境线上，很自然增添了紧张的气氛。

但考虑到中国已经做出相当程度的让步，在外国人中还是传递出一些希望，希望日本可以控制住从目前的时机中渔利的冲动，并且可以找到一种对其软弱的邻国而言更仁慈的策略。如果中国拒绝了日本的一些要求，那是因为它在自愿性地牺牲其行动的独立性上总有一些程度的界限，或是它无法在违反其他国家达成协议的事情上做出让步。

从英国的角度来看，这一谈判过程已经暴露了日本的心思。日本正急不可耐地想要染指长江流域，并分享大英帝国已在当地享受到的优惠国待遇。

日本给中国的最后通牒——由日本天皇亲自批准，
希望在十一个小时之内可以解决问题

（路透社，东京，5月6日，1915年5月7日刊登）天皇已经批准了给中国的最后通牒。"政府公报"刊登了一则批准在满洲铁路以南的关东半岛上实施军法以及军事征用法的申请。

（5月5日）昨晚的内阁会议一直延迟到今晨1点才告结束，各部大臣于今天下午再次会集。依据从日本权威渠道所透露出的消息，日本的元老政治家们一致同意内阁的要求，认为中国的"反要求"并不合乎情理，中国政府可能永远都不会相信这些要求是可能被接纳的，这迫使日本出手。据消息指出，内阁很有信心地认为，将同时发送给列强的有关谈判细节的声明，连同在最后通牒条款上的交流，都将会完全维护日本的地位。

在消息灵通的日本人圈子中，目前正流传着一份报告，政府可能会推迟将最后通牒送达中国的时间，这取决于究竟还要付出多少外交上的努力。所有情况都将于明天举行的会谈中陈列在天皇的面前。据解释，某几位元老和内阁成员都急于指出，日本应该表明，它正在尽其最大的耐心以寻求避免战争。在这些场合中，人们普遍相信，只要中国意识到日本对其"反要求"而表现出的态度，就会收回反对，而两国之间的其他差异也并不是无法解决的。

据进一步消息，日本可能会派遣一位全权公使前往北京。

日本要求中国限时答复

（**路透社，纽约，5月6日，1915年5月7日刊登**）一份从东京发出的美联社电文指出，据信，日本给中国的最后通牒坚持要中国在本月9日下午6时之前对日本提出的要求予以接受。

日本所提要求的性质

（**路透社，1915年5月7日刊登**）路透社从一个日本的权威性渠道获悉，以下内容为向在北京的日本公使所作指示的主要内容。提议的文本无法发表，因为目前它仍属于保密性的内容。

为了调节目前战争所引发的各类事件，也为了确保远东地区的和平稳定，日本政府决定与中国谈判以下提及的四个问题：

（1）山东问题。

（2）南满、东内蒙：日本在这两个地区的特殊地位已是一个普遍性的常识，但是，在有关尚未明确规定的中日两国的地位上，则有几点必须说明。这些事件的状况一直都是频繁造成彼此不必要的误解和嫌疑的起因，其结果就是给两国人民的感受带来了不幸的影响。因此，一方面，为了对日本在南满、东内蒙已经确立的地位作出明确的规定；另一方面，也为了消除任何可能造成嫌疑的起因，大日本帝国政府决定利用此次机会，在这些地区中明确表述其地域性的公正无私。特别提出的是，在被恶意误导的地区中经常谈论的对满洲的"兼并"或"分割"，已经在两国间造成了不幸的反应。

（3）这一问题要商讨的是有关汉冶萍煤矿与铁厂。在这一点上，日本希望与中国达成某些明确的协议，这事关多年来日本资本家与公司之间已经形成的非常紧密的关系。

（4）这一组问题商讨的是不予让渡位于中国海岸的港口、港湾以及内岛、离岛。在这一点上，日本除了要重申中国领土完整的原则之外并无他意，对这一点加以维护，便构成了日本远东政策的核心目标。

日本认为，在这四点提议上的领悟，对于巩固东方普遍的局势平稳是很有必要的。

除了这四点提议之外，还有一些相对独立的事项，有些存在已久，并影响到中国和日本的实质性利益，而为了有利于两国友谊的发展，日本急于在此时加以解决。这些包括专家任命、日本学校及医院的土地所有权、武器与铁路问题、日本公民的宗教传播权（并非一定指佛教）等方面。

麻烦的根源

（**路透社，1915年5月7日刊登**）以下声明由路透社援引"一家日本权威性渠道"的资料撰写而成。

和中国之间的麻烦的真正根源在于这样的事实，中国仍然鄙视日本，无法将自己与微小的邻国等同视之，将其与列强大国相比，则认为相差更多。中国对其他国家答应的事情，对日本就接受得极为勉强。日本提议的目的便在于，这种态度需要改变，在中国的眼里，日本必须和其他列强被等同视之。

至于日本为何要在此时提出其建议，我们必须记住，日本先前有许多复杂难懂的问题，除了其他具有普通外交特点的问题之外，还有诸如与满洲和蒙古有关的、与中国之间悬而未决的问题，等等。胶州湾之战以及其后由日本取代德国的地位，更使问题复杂化，也使得已经采取的行动变得必需。

日本丝毫无意损害中国的主权，或者是要对中国行使控制权，也不想折中中国已经和其他国家签订的既成和约。然而，日本坚持要中国承认其地位，这在谈判议题的五点要求中已经清楚列明。日本从未希望支配中国，并且也做好了妥协的思想准备，正如它已经对几条提议所做的那样。它甚至一路提议会修复胶州湾，那是它作出流血牺牲后从自己的和其协约国的共同敌人手中所夺回的土地。

在日本的提议中，有一点被担心会与英国的利益互相冲突，日本已经修改了自己在此事上的立场。一旦注意到这一点，它便立即采取了行动，只为了允许和大英帝国之间进行友好的调整。对于山东，日本在继承德国地位一事上，并不想要得更多，相反，会更少。

日本想要在长江流域上得到采矿特权的说法并不属实，它也并不要求成为任何一种垄断者。在华南地区，除了一条牵涉特殊利益、正与大英帝国谈判协商的铁路项目以及关于汉冶萍公司的要求（日本也仅仅是想寻求稳固其长时间以来不断投资的利益）之外，日本并未提出任何会有损于其他国家公平机会或权利的要求。

对中国作出的最后声明——日本努力寻求妥协方案，已呈交最后通牒

（记者专稿，1915年5月8日刊登）我们从一个日本权威性渠道获悉，为了以妥协的方式为目前的情势寻找到某种善意的结果，日本进行了最后的努力，在给中国的最后声明中，日本提出从目前的谈判中完全撤去包括在原先提案的第五组中（除了有关福建的问题外）的所有问题，留待未来有合适时机时再作友好讨论。应当记得，在陷入目前的僵局之前，已经在福建问题上达成了妥协。

在整个谈判过程中，日本提议的第五组内容一直是落实解决的主要障碍。它牵涉到专家、武器、日本学校和医院的占地权以及华南地区的铁路特许使用权。

（本报记者，北京，5月6日，1915年5月8日刊登）今天下午，日置益博士从东京方面收到要呈送给中国政府的最后通牒的条款。然而，昨天和今天以来，非正式的会谈其实已经在外交部和日本公使馆之间展开，在这一过程中，中国人得到了一次改善他们在回复修订版要求时所表现出的态度的机会。据信，在今天晚间举行的会谈中，中国人已经暗示他们预备好作出让步了：

（1）关于第四条款（关于蒙古的要求，包括殖民权）。

（2）关于和满洲殖民权有关的两项条款的法律程序。

（3）仅限同意日本人将有权从中国公民处租赁土地，目的为建立学校和

医院。

（4）关于南昌至潮州府铁路，假设大英帝国放弃，将承认日本拥有特许使用权。

据推测，日置益博士将于今夜将以上提议用电报传送给本国政府。

万一日本的议项已经到了极限，中国政府有意将其个案呈交给各条约国。

在消息灵通的地区里，人们普遍有一种可能要达成妥协的感觉，而昨天启动非正式会谈已增加了这种希望。

中国接受了日本的要求——中方接受的是一份 修改过的方案，英国利益得到保障

我们接到日本大使馆的通知，他们已经收到了一封外务省大臣从东京发来的电报，声明中国已经作出答复，将接受日本的最后通告。

（本报记者，北京，5月7日，1915年5月10日刊登）今天下午，日本驻华公使日置益博士正式将日本的最后通牒呈交给外交总长。文件以日文写成，并附上了一份冗长的备忘录，对归罪中国试图对胶州湾的未来讨价还价作出了解释，而有关胶州湾在未来的情形，将由战后的安排作出决定。中国被指控漠视日本在转变青岛局势的过程中所付出的生命和财产的代价。而说到满洲和蒙古时，日本又指责中国固执地忽视了日本凭借清日战争和日俄战争的结果在当地取得的特殊地位。日本将"缺少诚信和坦率"这一类的字眼也强加在了中国的头上，并提出星期日晚间6点之前要中国完全接受日本在最后通牒中所提出的要求。如果中国不予服从，日本将采取措施强制执行。

事实上，中国必须要全盘承认日本修订后的所有要求，包括山东、满洲、蒙古、海岸与岛屿的不得让渡以及汉冶萍公司等所有事项。而有关其第五组要求，日本提出，关于福建的修订版要求应是双方互换通告的主题，但是，日本方面同意将有关其他四条的讨论推迟到以后进行。

必须立刻承认的是，因为在实质上从第五组要求中排除了这些条款，修订

之后，日本已经在很大程度上调整了它先前所提出的要求，也证明了自己并不想要强行将中国拖入一场并不均等的冲突之中。而从英国的角度来看，特别值得注意的是，日本已经停止逼迫中国接受那些会影响到英国利益的铁路要求。

中国方面也已经对向己方所提的要求采取了一种值得夸许的态度。很明显，一直存在着的紧张局势，在这一刻因为中国顺应了日本的愿望并确定了和平的解决方案而立刻宣告终结。

由参政院和内阁联合召开的会议将于明天一早在皇宫里举行，会议将决定应对最后通牒作出何种答复。

（**路透社，北京，5月9日**）今晨1点，中国已经作出回复，接受日本的最后通牒。

东方的平静

（**路透社，东京，5月9日，1915年5月10日刊登**）今天一早，从北京正式传来了中国接受日本最后通牒的消息，外务省立即向天皇、内阁成员、枢密院以及报界作了汇报。这一消息其实已在预料之中，所以并没有引起太多的兴奋感。

民众大体上对于政府的作法表示了认同。一场特别内阁会议于今天上午11点钟召开，大隈首相对等候着他的新闻记者们说：

"中国愿意接受日本的要求，使那些期盼着在东方和平解决问题的人们倍感愉悦和慰藉。"

北京方面的妥协——所落实的详细条款，胶州湾的未来

（记者专稿，1915年5月11日刊登）据信，日中两国之间因在北京所达成的最终和解而具结的条款如下：

一、山东

1. 中国同意日本与德国两国在"和平条约"中所作的所有安排，这些安排涉及德国将转让自己凭借条约、协议或其他方式在山东省所拥有的权利、利益及特许使用权。

2. 中国不得将山东省的任何地区或沿海任何地带并沿岸的各岛屿割让或租赁给其他列强。

3. 在德国放弃其有关芝罘—潍县铁路所有权的前提下，中国在修筑将芝罘或龙口与青岛—济南线相连接的铁路线的过程中，若需借贷任何必需的贷款，应利用日本的投资。

4. 中国需在山东省开放更多的贸易集市。

二、南满

1. 对关东（旅顺口和大连）及南满和安东—奉天铁路的租赁条款，将从各自的原合约生效时间起延长至99年。

2. 若是有必要建盖楼房，或是出于商业、工业及农业等方面的用途，日本国民可以在南满的区域内租赁或购买土地。

3. 日本国民可以自由地在南满的区域内进出、旅行或居住，并可从事商业、工业或其他各种职业。

4. 根据先前的规定，日本国民应在中国当地官员面前出示自己以正当方式取得的护照，也应在前述官员面前予以登记；同时，他们应遵守经日本领事馆批准、同意的中国警察法规，支付由日本领事馆批准、同意的中国官方各项税款。在民事和刑事诉讼案中，当日本国民或中国公民分别是被告人时，日本领事和中国官员应分别审定案件的判决，日本领事与中国官员双方都被许可派遣其授权代理人列席对方的审判并旁听全部过程。在涉及中日人民就土地方面的民事诉讼案中，案件应由日本领事和中国官员根据中国法律及当地习俗共同审理、定案。将来，等到上述地区的司法系统完全革新之后，所有涉及日本国民的民事、刑事诉讼案，应全部在中国的法庭上审定。

5. 中国应给予日本国民在南满区域的某些特定煤矿中工作的权利。

6. 在考虑筹措以当地税收和南满进口商品为担保的外国贷款时，中国应首先申请日本的资金。

7. 如果中国将来需要以外国资金来修筑南满的铁路，应首先联系日本资本家。

8. 如果中国将来在南满的管理、财政、军事或警察事务中需聘雇外国专家或教员，应首先咨询日本政府。

9. 两国政府同意，应对目前的有关吉林—长春铁路贷款的协定予以修改，以使得条款更有利于日本方面。

三、东内蒙

1. 日中两国国民在农业及辅助工业方面的联合企业应得到中国政府的承认。

2. 在考虑筹措以修建铁路为目的或以该地区当地税收为担保的外国担保时，中国应首先咨询日本方面。

3. 中国应在该区域中开放更多商业集市。

四、汉冶萍公司

中国将批准未来任何在本公司和代表这一联合企业的日本资本家之间所缔结的合约。中国应进一步保证，在未经有利益牵涉的日本资本家同意的情况下，中国不会没收该公司，也不会将其性质转为国有，不会允许该公司和日本以外的其他外国贷款签约。

五、福建问题

中国在互换的外交照会中声明，它不会授权其他任何列强在福建省沿海地区修筑船坞、煤矿、海军基地或任何其他军事机构，也不许以任何外资在上述的沿海地区修筑此类机构。

六、不得让渡海岸

此项要求已从合约中完全删除。但日本对中国所提议的将自发性宣布中国在这方面的意图感到很满意。

七、胶州湾

日本宣布，在目前的战争结束时，如果日本拥有胶州湾的自由转让权，会将其归还给中国，但必须在中国受制于以下所列的各项主要条件的情况下进行。

1.胶州湾完全开放为商业港口。

2.在当地建立一个由日本规划的日本租界。

3.如果列强要求，也同时建立一个一般性的国际租界。

4.日中两国政府间将签订一项有关转让德国公共建筑物与财产的协定。

战后的青岛

中日协定

（**本报记者，北京，8月6日，1915年8月9日刊登**）曾经一度被证明是非常棘手的青岛海关问题，今天已经凭借着日中两国间缔结的一项合约而圆满落幕。日本方面同意，一旦达成战后协定，将立即恢复中国海关大楼，并在中国人的控制下开展其业务，其情形与德国的运作方式相同，唯一的例外是，会在其中雇用日本官员而非德国人。其前提还包括，在占领期间接管的所有海关财产以及从开始征收税金时的所得岁入也将被一并归还，这与和德国签立的协定是一致的，比例较少的一部分税金则将上缴给当地政府。

总税务司已经进一步与日本公使达成相互的理解，将在海关服务中增加日本的代表权。目前，日本同意其新候选人应遵循普通的方式进入该服务业。

所有这些安排都使中国感到完全满意，作为日本希望与中国人重新建立友好关系的凭证，这些安排也让人感到饶有趣味。

恢复帝制的计划——袁世凯低调应对

（**本报记者，北京，8月23日，1915年8月25日刊登**）最近，北京的报界突然投入了一场有关共和与帝制优越性比较的真诚讨论之中。

这场活动是以某个倡导在中国恢复帝制的社团[1]所作的公告为开场的，该社团的领头人物们都是最近忙于起草一份永久约法的参政院成员。一位美国的宪政史教授[2]应邀对这一见解作了具体的论述，他认为，富丽的帝制华服比破陋的共和麻袍确实更适合于中国。一位新任外交官也仓促地赶到墨西哥，为共和政体的命运描摹了一幅可怕的画卷。

其余事件也指出，从这一见解中得到启发的一些宣传，也被设计成国家似

1　此处应指筹安会。这是由杨度、孙毓筠、严复、刘师培、李燮和、胡瑛等六人组成的一个政治团体。1915年8月，该团体公开发表宣言，并在报章上频频发表文章，支持民国总统袁世凯恢复帝制，实行君主立宪。其中，孙、李、胡、刘等四人均曾参加过同盟会。他们对外号称是学术团体，宣称其宗旨是"筹一国之治安"、"研究君主、民主国体何者适于中国"，实则是为袁世凯复辟帝制制造舆论。1916年6月袁世凯死后，国会要求严惩帝制祸首、筹安会的六位成员及后来的梁士诒、朱启钤、段芝贵、周自齐、张镇芳、雷震春、袁乃宽等"七凶"（此十三人合称"十三太保"）。

2　此处应指古德诺（Frank Johnson Goodnow，1859—1939）教授。古德诺是美国教育家及法学家，1912年10月，他接受卡内基国际和平基金会的推荐，任民国政府的宪法顾问。1913年3月，他到中国赴任。1913至1914年，他作为袁世凯政府的法律顾问，与日籍国际法专家、民国政府法律顾问有贺长雄帮助起草民国的新宪法。1915年8月20日，古德诺在《北京每日新闻》上发表了《共和与君主论》一文，文中表示，中国适合走君主立宪的道路。此文被支持袁世凯称帝者用来作为他们的某种理论依据。

乎已经准备好要接受袁世凯称帝或实际上已在准备他随后登基的事情了。

袁世凯本人对这些看法表达了强烈的反感，他记得自己所立下的诸般誓言，这些誓言让这些华而不实的假设都成了泡影。并且，他断言，自己甚至没有一个儿子适合在军队里担任哪怕是无须服役的官阶。就在昨天，他还因为说了下面这番话而受人褒奖，他说，如果短视者非要将如此不义之事强加在他头上，他就将被迫去国外的土地上寻求庇护。

各省还没有时间来表达自己的感受，但是，随着大多数重要的高级将领们最近来京访问，或许可以认为，来自军队的支持已经有了保障。某些省份肯定不会同意，而对建立共和充满了自信的革命党，也一定会对此充满了酸涩。然而，鉴于政府的军事实力，对此有所打算的那一步看起来并不太可能迈得出去。

外国人对此事则有不同看法，一些人认为，有些一定会到来的事情或许现在已经到来了。另有一些人则认为，任何看来会毁了目前平静状态的事情都有可能是一个错误。明显的是，今日的中国在行政管理上已经到了极度腐败的地步。改革的必然性因为其匮乏和腐败的不断加增而变得显而易见。灾难性的大洪水正在造成广泛的灾害，而灾难的造成在很大程度上应归因于行政上的疏忽和无能。由于对政府缺乏信任，国家资本都在条约港口聚集，国家的财政地位岌岌可危。

尽管前景如此堪忧，但是必须承认，自革命以来，目前的政府比任何时候都要强大。很大程度上，这一强大应该归因于外国在士气和财政两方面的支援，如果袁世凯把它当作个人发迹的资本，而他本人在这个国家中的所作所为又明显是阻滞、拖拉的话，许多外国人会感到非常失望的。

中国的帝制运动——总统任上的袁世凯

（路透社，北京，9月6日，1915年9月8日刊登）在一份由其本人发出、由副国务秘书传达至代行立法院之权的参政院的咨文中，袁世凯总统这样写道：

自从本人受人民之委托出任中华民国大总统一职，至今已有四年的时间。在这些充满了内忧外患的年月里，本人一直为自己能力不足以完成使命而感到深深的不安。本人带着焦虑与不安之心勉力工作，一直期待着有朝一日可解甲归田。但只要在其位一日，捍卫国家、护卫人民便是我本分与职责，无从推卸、逃避，而维护"民国"国体，也是本人的特殊使命。

最近以来，地方上有许多民众向参政院发出改变国体的吁请，这是与我大总统的身份无法相容的。但是，正因总统之位乃人民所授，故理当取决于人民之意愿。更有甚者，因为参政院乃独立之机构，不应受外界所干扰，故严格说来，本人不应在全国人民或参政院的面前表达自己的观点。然而，变更国体一事，对于行政权力会产生根本性的重要改变，身为行政长官，本人深感，即便是冒着被人误解本人动机的风险，也不能继续保持沉默。

以本人所见，国体之变更所包含的是国家各种关系的重大改变，这是一件理应作细致与慎重考虑的事情。如在仓促间决定，将会造成严重的障碍。本人有保全大局之重责，认为这一所提议的变更并不符国情。

至于民众之请愿，他们的目标自然又另当别论。若顾及全国大多数民众的意愿，无疑会寻找到良好、合宜的途径。再者，因为民国之宪法目前正在起草之中，国情亦正在其考虑之中。在经过仔细考虑与成熟探讨之后，将会策划出一套适宜、合用的法律。参政院之诸位同仁，本人特委请诸位考虑此事。

袁世凯的帝制梦——不合时宜的运动遭到了制止

（本报记者，北京，9月12日，1915年9月14日刊登）恢复帝制的运动获得了巨大的推动力。就在几天之前，中国人已经普遍认为，袁世凯将有可能在几周之内称帝。由来自地方、军队以及其他利益区域的高层掌权者所作的声援可以看出，一个尽快完成某一起政变的巨大阴谋正在酝酿之中。目前，在阵线上有了一些变化，内阁和总统本人突然对这次运动表示了不同意的意思，而参政院也拒绝就有关请愿活动进行讨论。

筹安会正在丧失自己存在的理由，目前，该组织正忙于搜寻有关世袭共和先例的历史记录，想借此来倡导任命袁世凯及其后代为世袭总统的论调。让外国人松了一口气的是，这场愚蠢的运动已经被制止了。事实上，这件事情本身并非不合理，而是选择推动它的时间点被人认为极不合时宜，现在，我们希望，这场运动的发展可以推延到不再有危险存在并且是风平浪静的某个时候。

政治上的任何改变都会扰乱已经存在着的平静，这一可能性已经由昨天发生在上海的一家新成立的帝制报社的炸弹事件而表露无遗。在现阶段，为了避免因革命而造成的麻烦，需要一个有可能会因此而导致外国干涉必要性的借口，对于政府方面来说，这或许会是一个无法令人谅解的错误。

中国的恢复帝制运动

来自日本的忠告

（**本报记者，北京，10月30日，1915年11月1日刊登**）日本临时代办在英国与俄国公使的陪伴之下，于昨晚致电外交部，并就有关恢复帝制的运动作了一番论述。

他说道，他是受其政府之委托，对此事提出一些忠告，并恳请外交总长能将其谈论的意见转达给总统。

他接着说，日本政府已经观察到这场运动在迅速发展之中，但同时也以极大的不安注意到了它所引发的有违期望的不利观点和看法。日本政府对此的意见是，反对该运动的暗流正渐渐呈现出具有危险性的比例，他想要追问的是，总统是否考虑过政府体制的"变革"在没有异常事件发生的情况下实现。临时代办特别指出，欧洲此刻正陷于严重的战乱之中，中国若是进行任何改变，哪怕这种改变再微小，但若是有造成内乱的可能，对中国来说都会是一件充满了危险的事情。在这种情形之下，日本政府恭敬地建议大总统暂时延缓已经在计划中的变革。他补充说，其政府并没有任何意愿想要对他们所公认的纯属别国内政的事情进行干涉。

英国和俄国代表也就此议题附会了他们的观点，他们补充了几个大意相同的要点。

外交总长在犹豫之中作了回答。他相信，政府完全控制了形势，没有什么麻烦可以让人担心。取得国家舆论的机制也已经在建立之中，局面已不再受控于政府，而是必须顺应人民的愿望，不管它被证明是一种什么样的愿望。

日本代表进行一次这样的交流，在此地被当作是一种有关时机的重要标志。目前的情势在日本和其他国家的人看来显得暧昧不明，在这样的情势下计划这样一种改变，也被认为是既无必要，又显得愚蠢，但是，可能会酿成严重后果的、积极反对这种改变的说法毕竟还不多见。

中国对恢复帝制作出决议，列强的劝告遭到拒绝

（**本报记者，北京，11月2日，1915年11月4日刊登**）中国用一种显得幼稚可笑的语言回复了日本、英国与俄国的劝告。

回顾帝制运动的历史，可以看出，一开始时，总统是表示不赞成的，但是，政府随后又被迫承认，赞成改变的民意在增长之中。政府声称能够完全掌控中国的情势，但是，它所作出的回复却又隐晦地提醒日本，就算是能够对付得了发生在自己疆域之内的革命，他们还是必须要依赖外国政府去控制那些附会在中国管辖权之外的革命。中国的回复对外国政府所提供的忠告表示了感谢之意，却勇敢地表示，因为上述原因，政府已决意要将这一改变继续下去。

中国方面认为，日本所提及的"危机正在酝酿之中"的消息是错误的，中国没有必要为此而采纳日本方面的提议，日本将对此作出何种反应，目前还有待观察。日本的政治家们在最近发表了他们的意见，认为改国体为帝制不太可能会激起严重的反对意见，并且，日本肯定也不会对其加以干涉，于是，中国政府不幸地受到这种言论的鼓舞而更积极地推动着帝制运动，全然不顾来自其他国家的警告。

列强纷纷将其正式建议保留至最后一刻，中国政府此刻若停止这场运动，必定有损其名声，也必定会使军队大失所望，毕竟，军队在支配着整个情势，政府为了换取军队的支持，不惜以荣誉和钱款相赠。

袁世凯称帝

来自地方上的多数决议案

（**本报记者，北京，11月5日，1915年11月6日刊登**）多数省份已经就恢复帝制及袁世凯称帝的问题进行了表决，结果并未显示出有何异议。

日本临时代办今天访问了外交总长，并就中国最近对日本、俄国和大英帝国的有关推迟改变政体的联合提议所作的答复提出了予以解释的要求。

中国政府声称，他们发现，若想要干预这一运动而又不会为此引发骚乱，是一件不可能的事，这一运动在过去的两年间不断发展，由于长时间以前就已经开始的、为制定永久约法而迈出的步伐，运动在现阶段中已经日臻成熟。政府宣称，尚未收到来自国家任何地区的、有关任何干扰性因素的报告。

中国的帝制问题

日本对正在考虑中的协约国所作的回复

（**本报特约记者，京都，11月14日，1915年11月17日刊登**）今天上午与石井菊次郎[1]男爵进行了一番交谈之后，我对协约国就中国政府正在考虑恢复帝制的劝告以及中国所作的答复有了一些了解。中国人已同意推迟恢复帝制，但并未提及延迟的时间长度，并且，也并未限定宣布帝制的时间。这就是说，12月31日之后，中国随时可能宣布开始恢复帝制，如果是这样，等于是没有作任何推迟。

日本的看法是，只要在中国存在着反对恢复帝制的证据，就不应该立刻推展变更国体的运动，其他国家想必也会赞成这种主张。而与此同时，日本人似乎又对中国的前景抱着一种毫无必要的忧虑，在中国，并没有人认为革命能制造出太大的麻烦。与此同时，中国的贸易，尤其是长江流域的贸易，却受到相当程度的抑制，这个事实纯粹是因为新的政治麻烦已经在中国人之间造成了商业经营上的停顿。很自然，日本的贸易受到其影响，日本当然有理由铲除造成

1　石井菊次郎（1866-1945），日本外交官、政治家，亲英美派，在第二次大隈内阁中出任外务大臣。在第一次世界大战前后的几十年间，石井极力谋求日本进行慎重的扩张以及同西方的合作，并在其主张上取得成效。

其损失的根源。

　　不幸的是，有利益牵涉的列强们应该在两个月前采取行动，而不是直到如今才提出已经太迟的忠告。对中国人来说，如果说这场运动目前已经无法停顿下来，确实是言过其实了，其原因是，一般而言，除了在军队与官僚的内心和钱囊里，这场运动几乎没有实质性地存在过。但是，列强应该明明白白地告诉中国需要它做些什么，以免不确定的气氛一直蔓延下去。尽管对总统府大失所望，但列强坚持要将恢复帝制推迟到战争结束、远东地区的诸多问题也得到解决之后，对于中国而言，这才可能是一件更具有同情心的事情。

上海爆发的事件——中国巡洋舰被扣押，炮击江南制造总局

（**本报记者，上海，12月6日，1915年12月7日刊登**）今晚，革命党人突然登上停靠在江南制造总局附近的2760吨位的中国巡洋舰"肇和"号，船员们立刻哗变。

巡洋舰向着江南制造总局开火，随后，另外两艘巡洋舰也予以回应，交火时间长约半小时。有几发炮弹落入了外国租界内，其中一发穿透了国际租界里的一间外国寄宿宿舍，另有一发则击溃了法租界内一所私人房屋的两间卧室。毁损程度相当大，但是并没有人员伤亡。

"肇和"号目前还落在革命党人的手中，其他的巡洋舰在继续运行之前则花了一整天的时间作休整，以免因为夜色笼罩而招致更多炮弹落在租界内。目前还不能确定事件的严重程度。许多互相矛盾的报道在到处流传，其中一份指出，南京方面已经宣布独立。

"肇和"号已被收复

（北京，12月6日）中国政府宣布，上海已经自杨将军处收到以下电文：

> 路透社消息，"肇和"号已被收复，地面上向着江南机器制造总局的进
> 攻已被击退。一切都已恢复平静。

依据来自上海的路透社消息，占领巡洋舰的行动与袭击江南制造总局相继
发生，这是由一小群叛乱分子从浦东沿岸发起的。然而，他们目前已被江南制
造总局的炮火驱散了。

中国的骚乱

发生在上海的严重骚乱，虽然很显然已经受到了控制，却仍然可被视为中国动乱的某种象征。它让人想起了上海警备地域司令官郑汝成海军上将于11月上旬被两名反对恢复帝制的革命党人暗杀的事情。

在清朝于1912年2月结束其长达267年的统治后，袁世凯当选为中华民国第一任大总统，自那时起，他便一直处于非常艰难的处境中。大约有100万名因为没有领到军饷而不愿完全听命的士兵们分布在全国各省，而其将官们的忠诚度也令人怀疑。劫掠和暴动的事情在各地盛行，但是政府却没有钱支付、解散这些武装并组织起一支正规的军队来。动乱渐渐地平息了下去，但是骚乱的可能性仍然存在，近来，立袁世凯为帝的决定，为煽动者挑起事端创造了显而易见的机会，无论他们身处国内还是国外，都想要蹚一番浑水、摸一把鱼。

袁世凯的宣告："共和将维持不变"

中国未来的财政局面

（记者专稿，1915年12月7日刊登）关于共和政体在中国继续存在下去的可能性，在袁世凯对纽约的周刊杂志《独立》所作的陈述中有所讨论。鉴于不断有报道指出，总统正意图推翻共和以立自己为帝，这篇陈述显得相当有趣。它是根据卡尔·冯·瑞斯林格先生（Mr. Carl von Resslinger）在几周前对袁世凯所作的采访写成，据编辑解释，这段陈述是在袁对于采访者事先预备好的问题所作答复的基础上完成的。以下的摘要涵盖了该篇陈述的要点。

共和并没有失败。它绝对会继续存在下去。帝制政府在中国已经灭亡了，而在美国，从某种意义上来说，帝制从未存在过。

我是中国的总统，并无任何欲望想要成为皇帝。即使在美国和英国的报界，我也被错解了。你们的报刊不能强加给官方和美国人民这样一种印象，不能凭着自己的论断来制造某种效应，我指的是你们说我赞成恢复帝制，说我想要当皇帝，但这些都是我的政敌而非朋友搞出来的事情。

有一些批评我的人，国内和海外都有，认为他们从我倡导恢复儒家思想的事情中看出我想要逆时代潮流而行。其实，重新倡导至圣先师所开创的民族信仰，并没有什么政治上的意思；除非将人民的道德和伦理标准紧密结合在一起可能会产生什么政治上的影响。的确，就在昨天，参政院还在劝我颁布一条法令，重新召开国民大会以实行新的宪法。倒退到帝制的问题可能会被再度提及，我认为，这一切会有一个诚意十足且完备严整的讨论过程，但是，保皇主义者成为社会主流的可能性可说是微乎其微。

日本所假定的要求，已经被那些不想看到两国之间存在和平远景的人邪恶地夸大了。在西方世界，报界广泛宣传，日本人正对中国全面实施和主张政治与商业上的特权，在这一点上，我希望你们的报刊可以写得清楚而明确，不要错误地引用我的话。日本并没有要贯彻侵略我们的政策。我们已经从日本那里取得了保证，胶州湾租界的德国人已经被大英帝国和日本撵走了，那里将由中日两国共同管理，并且，共同管理也只会进行到目前的战事告终以及欧洲国家的事务得到全面调整为止。

中国的广袤资源

有关日本想要加强对华中地区铁矿、汉口铁厂或满洲以外我国其他地区铁矿及铁厂控制的说法并不正确。我们也并未向日本或其他任何国家提供过陕西和山西矿产资源的特许使用权。这些资源可谓是全世界最为广袤、最为富饶的，它们属于中国人民，也将继续独一地为中国人民所拥有。没有一个政府，日本也好，其他的也罢，曾经被或是以后会被赋予中国自然资源的控制权。

最近几个月以来，我和中国的资本家们就建立中国自己的商业船运行业进行过多次会谈。我可以这么说，在中美两国间建立起一支或多支第一流船运航队的想法，目前正在我们当中能力最强的一批人的心里渐渐酝酿成熟。我们拥有能够充足地投资这些项目的资本家，我可以满怀信心地期待，如果我们采取购买船队的做法，不出一年（即使必须要自己建造这一船队，也不过在三年之内），纽约和旧金山的港口中将会出现飘扬着中国商贸旗帜的庞大船队。

"皇帝"袁世凯——袁世凯接受了中国的帝位

（本报记者，北京，12月12日，1915年12月14日刊登）参政院于昨天向袁世凯总统发出了请愿书，鉴于各省投票表决一致赞同恢复帝制并由大总统登基称帝的事实，敦促他接受中国的帝位。

袁世凯对顺从民意要求改变国体的必要性表示赞同，但是又说，鉴于自己在共和国就职大典上的宣誓，他一定要拒绝登基称帝的邀请，并敦促参政院另择人选。在等待期间，他会继续行使其目前的权责，以维持政府的行政管理。

参政院再度召集会议以商讨其回绝的答复，之后，第二度向袁发出请愿。在这一封请愿书中，参政院恳求道，大总统是能够胜任中国皇帝的唯一人选，如果他违反全国人民清晰、明确的愿望，就是在牺牲国家的利益。稍后，总统让步了，但还是坚持，目前不能有任何改变，在合适的时机到来时，再进行某些必不可缺的安排。他敦促所有总长们对其中各项细节务必仔细思考，以避免任何困难。昨晚，电文发至各省行政长官，告诉他们可以向人民通告，总统已经默许了全国人民对恢复帝制的期望。

首都的各大报纸今天均以套红字体印刷，以庆祝这一事件，而北京的老百姓们也表示大大地松了一口气，因为不稳定的阶段就要过去了。可以预期，全国将会积极恢复商业运作，而在过去的几个月间，商贸活动一直处于动荡不定的局面。尽管目前的各项报告均指出，一切都处于平稳的状态之中，预计不会有任何麻烦发生，但政府还是表示了信心，一旦有任何应运而生的骚乱活动，将会立刻予以平定。

值得注意的是，在星期五于北京举行的投票活动中，满人帝王之家中最为开明的溥伦亲王，在一篇充满了高度赞颂之意的发言中，提名表示希望袁世凯称帝。

袁世凯被人民拥戴——当皇帝是民意所向

（**本报记者，纽约，12月16日，1915年12月17日刊登**）就电文询问有关袁世凯对其被拥戴为帝而心有挂虑一事，美联社收到了以下回复：

（北京，12月14日）阁下的电文已被译为中文并面呈总统阅览。我接到总统指示，特代表他作出如下答复：

"中华民国的主权属于全体人民。考虑到历史性的原因以及民意所向，并出于企盼建立永久性和平的愿望，由人民代表召集而成的大会全体一致同意采纳帝制为国体。身为国家领袖，很自然地必须服从公众的意愿。临时立法机构也同时向我报告，指出各省及地区性的人民代表会议全体一致地推举我为皇帝。

"我虽然坚拒这一请求，却全然徒劳，我被迫屈从于人民的意愿，并已指示各部做好准备。必要性的准备工作已经就绪，我会被要求以深思熟虑的态度来进行这些准备工作。

"中美两国之间的关系一直以来都是最友好的，帝制将会更加巩固这一友谊，并将最大程度地促进两国间的工业与商贸发展。"

（签字）蔡廷幹　海军上将、总统府礼官

472

中国云南省发生骚乱，抗议恢复帝制

（本报记者，北京，12月27日，1915年12月29日刊登）云南省昨天宣布独立[1]。革命党试图稳固与其他省份合作的努力目前暂告失败。

政府陆续收到其他各省发来的宣誓效忠的声明，各省表示，将积极采取防备措施以对抗可能的骚乱。

（路透社，北京，12月27日）在12月23日向北京政府发去电文要求取消帝制并严惩有损国家福祉的推行帝制运动的领头人之后，云南都督昨天又发布声明，宣告该省独立。他说，袁世凯违背了他就任总统时所许下的誓言，并且没有遵守他应全力保卫共和的职责。

增派的大批北方军队正被调往南方。

1　1915年12月，袁世凯在北京宣布接受君主立宪制，并准备称帝。中华革命党及进步党等组织派人赴云南策动武装发动反北洋政府的内战，12月25日，唐继尧、蔡锷、李烈钧在昆明通电全国，宣布云南独立，成立云南都督府，并组织反北洋政府的讨袁护国军，分别由蔡锷、李烈钧、唐继尧任一、二、三军总司令，唐继尧兼任云南都督。

1916

云南的骚乱局面——德国人在云南所做的手脚，北京与督军的关系

（记者来稿，1916 年 1 月 3 日刊登）贵报北京记者在 12 月 27 日发出的一份电文中提道："云南省已于昨天宣布独立。"我的理解是，这仅仅意味着督军与其部下宣布了独立。对那些了解这一特殊省份的人们而言，这应该并不是指包括云南府、下关、腾越以及大理府、蒙自、思茅、永昌的富庶商人、各乡各镇的手艺人、至少构成大部分乡村人口的部落族群在内的一大批人都兴致勃勃地想要取消帝制、处死帝制运动的推行者或为了自身利益而重新回归到共和制度之下。

从去年的 5 月到 9 月，我曾在云南各地旅行，也曾在其省府所在地云南府停留。我甚至远途跋涉到缅甸的八莫，更参观了云南的各大主要城市，对当地中下等阶层的人民对政府和袁世凯本人的热忱与忠心留下了深刻的印象。对于这一点，我没有丝毫怀疑。在中国的欧洲人确实很容易被中国的舆论所误导，我自己对这一倾向也不会例外，但是，对我而言，云南所显示出的一切是确凿无疑的。某些经验卓著的传教士，例如在云南府和大理一带服事的中国内地会的那些传教士，可能会比那些对中国局势稍欠判断的人更加同意我的观点。那么，至多只能算是勇气可嘉的督军本人，是如何采取这样一个大胆的行动的呢？

"无辜的羔羊"

　　将德国的一个不明实体化身为每一种邪恶举动的起源，不免有失明智，但是，我们可能确实能看到德国人在这件事情中做了手脚。我认为，《字林西报》在六个月前就对这场危机表示了关注。让我们记住这样几点：一、云南省在并不久远的若干年以前就是一个独立的地区，其统治者是一个先前在大理府开店铺的回教徒，他在治理云南期间曾自封为"总统兵马大元帅"。二、自从该统治者垮台之后，回教徒们或者被处决，或者名誉扫地，但是仍维持着强大的实力，大到可以支配全省。三、德国人，主要是那些代表着"礼和洋行"及其他公司（欧战爆发之前在武器进口上的主要获利商们）的官员或"半官员"、领事、商人，在中国与回教徒们结下了友谊，而这些回教徒如果对现政权表示效忠，就总是会遭到其他人的漠视。四、云南府、蒙自还有其他地方的德国代理商，毫无妨碍地不断传阅着他们可以找到的所有德国以及土耳其得胜或占领某地的报告，而不管这些报告的内容真假如何，他们总是比其他人更容易得到这方面的消息。五、全省各地的中国官员们对于协约国有一种特殊的、深刻的积怨。在为首的列强中，唯有德国人表现得像是无辜的羔羊，不伤害可怜的云南人，并且仇视其他列强的方法与措施。

　　有鉴于此，直到欧洲爆发大战之前，德国人实际上一直掌握着云南省政府所能控制的各种合同。最近以来，随着其贪腐的程度越来越明显，政府发现自身陷于财政和其他的严重困难之中。北京派下了官员，对各方面都大加详查，并且三令五申省政府照章办理。然而，当地异乎寻常的挪用、亏空和其他违法行为却公然置这一切力图矫正的努力于不顾。那么，既然一场游戏似乎已开了场，还有什么能比顺其自然来得更容易呢？还有什么能比违抗北京、将全部赌注押在维持当地的独立上来得更容易呢？

可憎的官僚

　　除了喜马拉雅山谷之外，全亚洲就没有一个地方，在对付造反者或冒险犯难的团伙上比云南做得更好。身为一个旅行者，无论他是如何不先入为主，但只要他踏上阳壁的山峰之巅，或漫步在湄公河两岸与怒江峡谷的山口时，都会禁不住承认一点，只要一个心意坚决的首领带上两百条全副武装的汉子，便可以占领全省范围内的任何一座城市。或许，唯一的例外是云南府吧。对于土匪来说，这里是一个非常理想的地区，而土匪在云南又是比比皆是。甚至，在与缅甸接壤的中国边境线上，每一个掸族人和每一个克钦人都有可能会成为造反者，从他们手臂的姿势来看，似乎时刻在防范着每一个人。但是，他们想要对抗的人却并不是袁世凯，不管他是总统也好、皇帝也罢，当地的官僚、都督的部属才是他们憎恶和痛恨的人。不管在其他省份中情况如何，云南的都督就是本省的大老爷，其文职同僚便是他一手提拔的人物，当然也就是他的忠实下属。我并不需要通过尝试描摹这位都督的道德品格来使贵报读者们感到震惊与愤慨。在亲德的圈子之外，他只有少数几个朋友。在我居住于当地的两个月里，他的妻妾行列中又添了几名新成员，并且，他还第三次奢华铺张地厚葬其母，此人在这些事情上摆出的大排场，正是被得势者普遍认同与采纳的作派。

　　如果要谨慎地对中国的全局作一番预测的话，可以预期的是，云南的独立并不会迎来帝国的和平。邻省贵州与云南唇齿相依，而繁华、富庶的四川省更不会被强盗们长时间地弃之不顾。

中国试图阻止骚乱的蔓延，将云南与其他各省隔离开来

（**本报记者，上海，1月9日，1916年1月11日刊登**）云南的情形因为新闻审查制度而变得暧昧不明，出于政府利益的考量，其危险被尽可能地低估，官方所发布的消息并不完全可靠。

大批军队向着战略要点移动，标志着事件的爆发已经到了相当严重的地步，军队转移的目的是使云南陷入孤立状态，以防止事态向邻近省份继续蔓延。怀疑政府是否能成功地掌控整个局势还为时过早，但是若忽视了局势有向危险方向进一步发展的可能性，也是不明智的。

叛军领袖蔡锷[1]是云南省的前任督军，这是一位具有坚强性格的人物，在全省具有很大的影响力。可能全省所有的武装力量（人数约为3万）目前都听命于他。据信，有人向他承诺了提供充足的财力支援，并由他支配武器装备。在冬季的几个月里，云南省多山的地形为他提供了对抗进攻的安全性。在这种情形下，政府目前能做的只有将其隔离起来，再设法劝降。

1　蔡锷（1882-1916），字松坡，湖南邵阳县人，清末民初政治家、军事家。辛亥革命中，任职云南陆军第19镇第37协协统的蔡锷同云南省的革命派人士李根源、唐继尧举兵响应。11月，蔡锷被推戴为云南都督，他随即以清廉、果断的政治姿态，结束了云南省的混乱局面。民国后，蔡锷继续担任此职。1913年二次革命爆发时，蔡锷支持袁世凯，10月，他被袁召到北京，由唐继尧继任云南都督。1915年11月，反对袁世凯复辟帝制的蔡锷，在梁启超的帮助下逃离北京，回到云南。12月25日，唐继尧发表云南省独立宣言，同时与李烈钧、蔡锷组织了讨伐袁世凯的护国军。1916年11月8日，蔡锷病逝于日本。

与此同时，贵州省可能会转向投靠于他，而四川省的态度则不明朗，广东省一向持反袁的立场，也有云南省的军队驻防，而驻守的军队数量则令人起疑。

长江流域一带的政府军人数达25万左右，全都宣誓效忠于袁世凯，正焦急地等待着帝国所拨的款项；在他们的指挥官们已经得到袁世凯的封赏之后，不可能指望这些人会支持叛乱，因为那么一来，指挥官们的加官晋爵也就变得一文不名了。

强大的政府武装力量到达上海之后，当地的信心再次得以巩固，贸易市场重现一派生机。尽管如此，帝制的提案还是让新生活中多了革命性的元素，未来的情形在很大程度上取决于南方局势的进一步发展。

袁世凯定下登基大典的日期——骚乱可能会带来的影响

（**本报记者，北京，1月14日，1916年1月15日刊登**）袁世凯的登基大典已经确定在2月9日举行。德国与奥地利的大使们暗示，他们已经接到有关承认新帝国的指示。某些中立国随后可能也会跟进。

袁世凯对于云南的骚乱能够被限制在局部一事表现出信心，他预期，骚乱在帝国军队开始迎击叛乱分子的一个月之内就能被平息。他相信，登基大典会消除人们心中存留的不安定之感，使某些不满情绪无法继续散播开来。

而华南地区在私下传来报道则透着强烈的反袁情绪，主要原因是他没有真正贯彻任何改革措施；但是，如果他能立即致力于改善国家的状况，这些情绪看起来也不致出现巨大的爆发力。

有关中国恢复帝制的最新消息——将无限期地推迟恢复时日

（**路透社，东京，1月22日，1916年1月24日刊登**）日本政府接到本国驻北京外交公使日置益博士的电报通知，中国政府已经正式宣布推迟恢复帝制，鉴于中国国内风波不断，有必要改变原先的方案。目前，推迟并未设定时限。各省官员也都已经接到了有关通知。

（**本报记者，上海，1月22日**）帝制运动已经全面启动，它使用了一种最荒谬的借口，就是以表达全民的意愿来证明其合理性。只有有利益牵涉的官员才支持这场运动，而据我们所知，其中有不少人实际上在私下是持反对意见的。

袁的一些挚友因为不能同意这样的做法，也都已弃他而去。所有有头脑的中国人对恢复帝制根本是不屑一顾的，而许多外国人则指责总统的目的无非是为了满足其个人膨胀的权力欲望，当局则敦促他更多关注云南形势的进一步发展。

看起来，即便政府不得不为此损失一些威信，但推迟恢复帝制还是一条明确的路径。

中国的叛乱

（路透社，北京，1月23日，1916年1月24日刊登）除了广东有一些令人不安的情形（主要是因为当地有一帮趁局势之便骚扰该省的匪徒）之外，南方的其他各省似乎一派平静。

已经有几天时间没有收到有关云南的消息了。最后的报告指出，由于在后援上短缺，不安的情绪正在反叛者中间不断扩散。

然而，贵州的情形却似乎很严重。今天，据发自贵阳的一份电报指出，当地的民政官已经于昨日离开。所发布的公文则提到，他离开是为了巡视全省，因为在当前的紧要关头中要求请假回避，他已经因此被撤了职。

在贵州的某些地区里，厘金与盐税办公处已拒绝接受中国银行的汇票。

中国叛乱的起因

袁世凯的方针引发愤慨

　　（本报记者，北京，2月23日，1916年3月21日刊登）发生在中国的叛乱并不是断断续续爆发的，而是对国家政府核心人物的全面挑战。它的起因包括两方面：首要的一点是出于对袁世凯治国方略的不满；第二点，则是对他试图称帝所表现出来的愤怒。这两个缘由本身就足以解释叛乱的起因了，再加上外国人规劝袁世凯推迟帝制，也鼓动了反叛者们进一步实施他们的计划。但是，计划本身已经筹划了很长时间，至少从最早酝酿帝制活动时就已经开始了。据信，这一切都是从北京开始的，可见，其中并不具备革命党人的元素，反叛的迹象反而是出自到那一刻为止都一直支持着现政府的温和派人士，事实上，其中有些人直到最近都还在管理阶层中担当着要职。不少革命派人士则为这场运动火上浇油，一些同情满人的人士也随之附和；许多稳重的中国人对于倒退回帝制时代的密谋都不愿表示支持，他们拒绝参与其中的一切活动。

　　篇幅所限，无法详尽描述袁世凯的行为，但我们或许可以考虑一下其中一点，看一看它是否能说明武装叛乱的起因。如果袁世凯在某种程度上有错的话，那些在这样一个不幸的时间点上扯起谋反大旗的人们，也不能不在危害国家的事情上被定罪。也许，叛乱的真正目的不可能明讲，但是很显然，占领位于四川省省会成都的兵工厂，一定是它的主要目标之一。因此，当广西和湖南的示威行动被作为影响摇摆不定者的重要指标时，在四川省才能指望看到真正的反叛成功。

造反者的实力

造反者的武装一定是包括约3万名正规军队的士兵，加上许多来自各省的乌合之众，还有他们可以提供武器和粮饷的征募者。据信，这些人还拥有十三座具备现代远程射击能力的排炮。众所周知，他们还有资金和弹药，但是，具体数目有多少则无人能够确定。他们的领袖蔡锷是一个在日本受训过的军人，曾任职过两年的云南都督，他是一个很有特点的人物，在处理、掌控人员上相当成功。人们对于他手下的军官们则所知甚少。可以很可靠地假定，就造反者所拥有的资源而言，无论是人力、物资，还是金钱，都还不足以维持一场持久的战争。他们的成功几乎完全决定于在初始阶段取得的胜利，这样的胜利可能会将其他省份拉拢到他们一边。广西的情势明显是令人感到疑虑的，在湖南则怨声载道，而北方的军队一旦放松其戒备，四川可能也会立刻易帜。

金钱与人力

早些时候，北京政府并没有太把这场运动当一回事。现在，他们才意识到其严峻性，已经作好了将十万兵力部署在战场长达六个月的准备。为此，政府需要筹措300万英镑，其中的200万英镑或已有了着落，或将从目前的财政预算中拨取，另外的100万英镑则不得不向各省抽取，或是以贷款的方式取得。已经在四川部署了大约2万名实力非凡的士兵，其他军队则集中在其后方。向长江上的大峡谷地带调动兵力和装备的任务是异常艰巨的，不得不为此放慢速度。集中的地点在重庆，过了此地之后，地势对于兵力部署来说就会变得极其困难了。在没有道路的地区，不可能使用比山炮更为沉重的枪械，所有的运输都需要靠打点行装或是苦力背负来完成，而在大江大河上，并不需要这样的服务。

迄今为止，交战双方还只是发生小规模战斗。交火时，政府军应该能证明自己更具实力，但是盘踞在山区里的叛军，看起来不太可能会现身，这使得战役失去了可比性。效忠政府者想要找到叛军的身影并不是一件容易的事情。而目前想要对最终结果作出任何预测，都不太可能，和武装上的实力相比，那些摇摆不定的省份所最终选择的态度才是决定性的因素。

在武力对决之外，拿不定主意的省份还会朝着看起来胜券在握的一方倾斜。在中国，金钱就有这种压倒性的优势，为了政府的利益忙着促使双方媾和的各色人等，可能会在收买了足够的对手后，使其余那些不愿被收买的对手不战自灭。

中国的反叛浪潮正在扩散 —— 政府军陷入重重危机　各地对复辟帝制敌意丛生

（**本报记者，北京，3月16日，1916年3月21日刊登**）广西宣告独立的新闻今天通过电报传到了北京，标志着反叛局势有了重要的扩展。政府军近来在四川所取得的胜利，逼使叛军从长江上后撤，预示了反叛活动将提前被粉碎的可能，但是，局势的最新进展表示出，叛军一方在兵力上已有了可观的补给，使得近来刚刚攻破云南东南防线的政府军在安全性上重新陷入了危机。

因此，在政府重新夺回对四川的控制局面时，南方的局面又因为广西的行动以及它的姐妹省份广东局势的不利发展而变得复杂了，广东省的立场和态度历来是华南地区在政治上的一个决定性因素。因而，广西的背离立场本身并不是太重要的因素，事态的发展倒是取决于广东和湖南的态度，而在这两个省份里，反袁的浪潮要更加高涨。从军事的角度而言，政府直到现在都还能明确断言自己的优势，但是其军队目前正驻扎在四川一带，反叛的范围却已经延伸到更南端，因而镇压反叛的任务也变得更为艰巨了。

与此同时，在北京，尽管恢复帝制已经被正式推迟，但拥戴帝制者却仍在积极地活动着，并没有任何迹象可以说明这一主张已被完全放弃，而只要放弃了这一主张，反袁的声浪自然就会不攻自破。

中国的反叛行动

（社论，1916年3月22日刊登）在中国的若干省份里，为反对袁世凯总统当权而掀起的骚乱正愈演愈烈。自革命以来，中国从未有过完全平静的时候。1913至1914年，残忍无情的流窜土匪在"白狼"的领导下，在中原地带爆发了大规模的劫掠行动，好几个月间，各处都引起了一片恐慌。去年12月，一群叛匪通过一次软弱无力的行动，居然在上海夺取了一艘巡洋舰。今年早些时候，一群匪徒开始蹂躏山西以北的省份，但最终还是覆灭了。

目前的这一场骚乱，自遥远的云南省发端，却更加充满了野心，也令情势更为险恶。自上世纪70年代初期大叛乱开始，云南便以其多山多谷的地势，酿成了一次又一次的灾难。当年那场神秘的瘟疫蔓延，也是从云南开始的，继而在十年内席卷了大半个世界。发生在云南的这场骚乱行动，表面上是出于对总统个人野心的憎恶，是为了拒绝认可目前已被推迟的袁称帝复辟的计划。但很清楚，不论是事件刚发生时，还是目前的这一刻，这都不是一场真正起源于轻易就能被驯服的普罗大众的运动。云南除了有一个蔡锷之外，还有一个都督[1]，此

1　此处应指唐继尧。唐继尧（1883-1927），云南会泽人，滇军的创始人与领导者。1904年，唐继尧留学日本，就读于东京振武学校及日本陆军士官学校，期间加入同盟会。辛亥革命后，唐继尧被推为贵州都督，1913年10月，任云南都督。1915年12月，因不满袁世凯称帝，与蔡锷联合宣布云南独立，并发起护国战争。战争结束后，唐任云南督军兼省长。1917年，唐继尧支持孙中山发动的护法运动，次年被推举为护法军总裁之一，并任八省靖国联军总司令。1927年2月，唐继尧的部下龙云等人发动兵谏，迫使唐交出了云南政权。同年5月，唐继尧在昆明去世。

人满心想要为自己披上一层高尚的外衣，不惜以盛大的场面和可观的次数厚葬其母，想要以此方式来讨好很容易得到满足的当地民众。12月27日，在他的唆使下，云南的显要人物宣布独立。同时，一支人数约为3万人的叛军武装，徒步行进到富庶的邻省四川。他们穿过长江上游，其真正的目标是四川的省会成都，因为当地拥有一间非常重要的兵工厂。他们攻下了遂府，但袁大总统也在此刻表现出了自己的魄力和果敢，他派遣增援部队跨过艰险难行的长江峡谷，遂府于3月6日被收回，而叛军则被赶回到云南境内。

然而，云南开的先例却被证明有着传染效应。1月27日，邻省贵州也宣布独立了，接着，位于北部湾边境线上、影响力要大得多的广西也步其后尘。一支来自广西的军队已经从后侧赶上了叛军，但这支军队现在是否将会抛弃自己对政府的效忠，也还要拭目以待。广州及广东省沿海各地历来都对总统怀有敌意，据报道，这些地方的态度也是左右摇摆不定，但在决定选边站之前，可能会先观望事件的发展进程。

看起来，虽然总统还是不如他希望得到的那么多，但他的手里还是握着足够的资金来实施其军事部署。尽管当地的一位德国领事已经公布了一封信表示支持蔡锷，德国也在中国外围地区一直实施着某种程度的阴谋，但看起来，反叛主要还纯然是由于本国原因造成的。毫无疑问，总统仓促、草率地想要直接行使帝国的机能来反对列强曾劝告他的事情，他的这种做法与这场运动的蔓延有很大关联。而在另一方面，很清楚，即便总统犯了错或有时表现得优柔寡断，在中国还是找不出另外一个合适的人能把整个国家团结在一起。用他的统治来交换一帮妒火中烧的地方行政官员的控制，将意味着天下又要开始大乱了。因此，我们相信袁大总统会粉碎这场骚乱，也会证明他能维持自己的权力。中国的最大需要是在经济上寻求更好的发展。说实话，不久以前发生在中国人之间的动荡不定的局面，在很大程度上正是试着想用一碗饭来填饱两个胃的结果。

袁世凯宣布放弃帝制

（本报记者，北京，3月21日，1916年3月25日刊登）有理由相信，由总统授权的有关放弃帝制的提议，将会立刻公之于众。有关文件将由最新一任国务卿徐世昌签署，他重返日前被袁世凯拖延了进展的重要官职。其他因为反对帝制而辞职的重要政界人物也极有可能重新加入政府，这一切都将带来某种使双方互为妥协的希望，而这也定将缓和目前的局势。

与此同时，许多反叛的领军人物还是会无可调和地反对继续保留袁世凯所部署的要职，鉴于近来反叛形势的进一步发展，已经证明了这些要职的任期会很难确定。

袁世凯放弃帝制

高级官员们的怀疑态度

（**本报记者，上海，3月24日，1916年3月27日刊登**）不管北京方面如何想，在上海的领袖人物并不会期望袁世凯放弃帝制的声明会平息那些骚乱的领导者。

当地的中国人处于进退两难的困窘境地，尽管他们对袁并不表示同情，但还是害怕任何的取代者都将被证明不过是日本人手中的工具而已。令人侧目的是，身为颇有能力的南京方面参谋总长、且是袁世凯早年左膀右臂的冯国璋（曾因为袁不信任的态度而遭其疏远，袁的这一态度使他疏远了许多旧友），拒绝接受袁所授予的总司令的任命。据说，段祺瑞将让出这一职位。段曾在1913年的革命中出任袁政府的陆军总长一职，但在帝制的问题上，段则和袁起了争执。

广东方面的参谋总长龙济光的所作所为也令人焦虑，龙出身自云南省一个土司之家，曾在前清两广总督岑春煊的军中任职，而岑又是袁的死敌之一。在不与革命党为敌的事情上，龙济光有着三重原因。然而，在目前，他当然表现得很忠心，尽管一般人都认为他已经加入了革命党，但是革命党并不喜欢他的行事为人风格。

目睹各方情形的记者们都同意要对云南军队令人钦佩的行为大加赞赏，并强烈谴责北方派系那些被描绘成残暴、贪婪的所作所为。但是，这其中的部分缘由，可能是来自两方在方言上的差异，南方人很难能够理解北方人的话，因此，也造成了店家们的误解。

对于北京方面所引发战事的报道则应被慎重对待。云南的军人很明显是从四川撤下来的，但是，我确信，到目前为止，云南方面还没有哪一场小规模的战事值得记录下来。

袁的求和之举宣告失败

中国叛军们的愤怒

（**本报记者，上海，3月27日，1916年3月29日刊登**）原本希望借由袁世凯取消帝制终结革命的期望，现在正变得愈来愈渺茫。到目前为止，正如上海和南方的政治家们所担心的那样，事情可能会继续朝着相反的方向发展。他们相信，袁放弃帝制所带来的效应，有可能更会强化革命领袖们已经发了狂一般不惜一切代价要把他赶下台的决心。

今天，国民大会的37位原成员代表中国的17个省份与许多海外华人，致电北京的外交团体，谴责袁试图自立为帝的叛国罪行，他们誓言不将袁赶出中国决不罢休，并恳求友邦们以同情心发出各自的援助。更引人注目的则是唐绍仪的做法，唐曾是满人时代中最有能力的官员之一，但是最近几年来，他只是在上海忙自己的生意。他给袁世凯发去电报，指责对方已经违背了自己对宪法所立的誓言，丧失了国家对他的信任，并以其旧友的名义恳请他退位，以免发生进一步的流血事件。

与此同时，袁已经向在南京的总司令冯国璋发去电报，请他出面从中调解斡旋，却明确要求，共和党人必须放下武器，这是双方媾和的先决条件，但这一条件其实已经有效地剥夺了冯调停成功的机会。

前景令人深感不安。共和党领袖们的脾气是充满了危险的，而北京的派系纷争也已经到了令人绝望的地步。任何一方都没有资格得到同情，拿共和党人来说，他们当中有许多诚心诚意者，却也不乏像腐败堕落、自私自利的原江西都督李烈钧和脾气火爆、足以搞砸一切事情的原两广总督岑春煊这样的人物。看起来，任何一方都不可能将中国的真正利益作为自己的首要考量。

中国的新铁路——给予俄国的重要的特许使用权

（**本报记者，北京，3月29日，1916年3月31日刊登**）中国政府与俄华银行间的一项重要协议于昨天签署。

该协议提供修建一条自哈尔滨至海兰泡的铁路及一条自墨尔根至齐齐哈尔的铁路支线，总长为1000俄里（合600英里）。这些铁路线将贯通富饶、肥沃的流域，极大规模地促进当地的农业发展。

规划中的这条铁路线绝大部分沿袭了美国锦瑷铁路方案的相同路线，锦瑷铁路的合约由中国签署，却遭到了俄国和日本的阻挠。

目前的合约提供了一笔500万英镑的贷款，在战后欧洲的金融中心地带付诸实施。其条件包括了有关施工、账目等通常的保证条款。

这一新的协议可被视为1913年10月的一系列日本协议的某个开端，这些协议均和在蒙古东部及满洲南部修建铁路有关。

在可供航运的松花江上，哈尔滨是满洲铁路系统的一个重要枢纽。而这条铁路线又一路从直达海参崴的主干线牵连起奉天、北京和朝鲜等支线。

即将修建的这条自哈尔滨至海兰泡的新铁路长达400英里，将会把俄国在亚洲的阿穆尔州与中国北方直接贯通起来。

海兰泡位于黑龙江北边靠俄国的一侧，又通过一条短支线与阿穆尔铁路连接在一起。阿穆尔铁路自俄日战争时开始修建，它使俄国在自己的疆土上从莫斯科至海参崴一路贯通。

在新协议中提到了墨尔根，正标志着哈尔滨—海兰泡铁路所要贯通的方向。作为满洲北部少数几个值得考虑的城市之一，墨尔根正位于松花江流域发源处的河岸之上。它位于哈尔滨东北偏北约240英里处，在齐齐哈尔以北150英里处，是中国东方铁路线上的一站，并在俄国人的控制之下。

中国叛军正在逼近——袁世凯处境艰难

（**本报记者，上海，3月31日，1916年4月3日刊登**）袁世凯的情形正变得愈加不容乐观。广东也爆发了反叛，都督对中央政府的效忠正开始变得愈来愈有中立的色彩。至于其他省份，表面上虽仍表示效忠政府，实际上，就算没有秘密地表现出敌意，也至少维持中立的立场，以图斡旋于各方之间。

云南东部防线上的小股政府武装已经转投向反叛军队，而四川与湖南的军队则毫无动静或仅仅维持在防御状态。普遍认为，政府已经制定了新的方案，事情的发展趋势现在取决于反对派的力量，而不是取决于总统的行动。

声明放弃帝制已经远远不能使反袁人士感到满意了。他们要求总统和恢复帝制的带头鼓动者们下台，其策略甚至包括彻底反转因为革命而造成的局面。

有充分理由期望，袁世凯将要做出必要的妥协。据信，他的一些因为恢复帝制而从政府隐退的老朋友们会敦促他立即召开国会，并组成一个遵循立宪方针的政府。鉴于已做出这些让步，外国居民们强烈要求，南方的那些领袖们应该感到满意了，他们应立即停止摧毁现政权的行动。

在中国人中间，一些不安的氛围总是萦绕不去，但是，相比于原先导致敌意产生的政见不同，情形已经缓和了许多。反叛者的举动具有示范性的效应，但在政府军方面，则有更多的话题可说。外国人的利益并未受到什么影响，除了一些特别地区之外，贸易上仅有一些微不足道的减少。一般都相信，就局势而言，还是有可能找到解决之道的，不会再有进一步严重的骚乱发生。

袁世凯的困境：广东宣布独立

（本报记者，北京，4月7日，1916年4月8日刊登）一些省份在局势上的飞速发展，已经使得袁世凯的地位岌岌可危。

正如预料中的那样，广东目前已经宣布独立，四川的都督虽直到最近都还表现出坚定的态度，却也正开始单独和蔡锷私下寻求谈判。几乎不容置疑，整片华南地区都显示出要加入反袁行列的趋势。

与此同时，袁世凯还未做出可能会挽回局面的让步，一些重要的领袖人物，如副总统和陆军总长段祺瑞，都拒绝将自己归于袁的阵营。袁已经在实际上失去了国家所有重要公众人物的同情。大部分的北方军队则被困在四川境内，他们心灰意冷，对放弃帝制感到失望，与此同时，他们的对外联络也因为反叛军占领了长江沿岸的几个地区而受到波及。在湖南和湖北境内的其他大部北方分遣队还算完好无损，但在目前的局势之下，他们是否还会为了总统的利益而积极对抗也值得怀疑。

现政府垮台的趋势已经很明显了，这不由令人担心。所有冀望国家秩序不受干扰的人士，都担心国家会分裂成不同的军事阵营，这会造成行政管理上的混乱以及接踵而至的无秩序状态。然而，还是有一些理由令人相信，结果可能不会真的那么糟糕，因为现政府并非是由极端主义者所组成且属于革命党的那一个，它是一个反对向独裁统治回转的政府，其中有许多头脑冷静、有责任心的人士。这场运动当然将革命党再次领回了阵营，但是革命党在运动中并未占据重要地位，在新政府中也起不了太大的影响力。现阶段最主要的危险是，恢复帝制的拥护者们可能会采取某些愚蠢而孤注一掷的举动，为的是力保袁世凯的权力和地位。

不断迫近着中国的危机

袁世凯可能就此引退

（**本报记者，上海，4月18日，1916年4月21日刊登**）政府与其敌对者之间已经有了许多间接性的谈判，据信，这些谈判可能都会流于徒劳，原因是敌对人士坚持要袁世凯让出总统的席位。各省停止向中央政府缴纳款项，这可能很快就会使政府置身于财政危机之中，而应该拨给军队的粮饷也会因此落空。

在前后交迫的情势下，总统除了引退可能别无他法。目前，据信他已经准备好辞职并赞成由副总统取代，但是他要求得到对自己和支持者在生命和财产上的保证。他已经花费了200万块大洋的国家财富来预备宝座、皇冠、龙袍和其他恢复帝制所需的装备，南方的领袖们在这样的情形下，是否还愿意为其保留个人财产，则令人怀疑。

假设总统会因此而快速引退，并且也不会因此而造成地区性的骚乱，那么，寻找到一个和平性的过渡阶段还是有可能会实现的。

现阶段的不确定性和令人担心的事情，主要集中在已经被破坏的贸易和因此而引发的骚乱之上，各省和国家的联合政府应该抓紧时机，彼此坦诚地作彻底的沟通，以图找到使局势完全稳定的最好途径。多耽搁一天，各省的行政管理就会被多削弱一天，所有利益牵涉者也就会多面临一天的危机。

中国的新内阁

（路透社，北京，4月22日，1916年4月24日刊登）段祺瑞接受担任国务卿
一职，并将兼任陆军总长。在他的指挥下，新一届内阁正在诞生之中。袁世凯
已经同意将所有民事权利都交付给内阁处理。以下内阁成员几乎已经确定：

陆徵祥：外交总长

孙宝琦：财政总长

王揖唐：内务总长[1]

刘冠雄：海军总长

曹汝霖：交通总长[2]

1　王揖唐（1877-1948），安徽合肥人。民国成立后，王揖唐曾在袁世凯手下任大总统府军事
秘书、军事参议、军事顾问等职，他一直支持袁世凯，曾参与制定"民三约法"。袁世凯死后，王揖
唐投靠皖系，帮助徐树铮成立安福俱乐部并主导安福国会。1937年，王揖唐参加了王克敏组织的华
北临时政府。1940年汪精卫国民政府成立后，他又在其中任职。1948年9月，王揖唐以"为敌宣传战
功、叛国亲日"等罪名被国民政府枪决。

2　曹汝霖（1877-1966），生于上海，新交通系首领，亲日官员。1913年，曹汝霖被袁世凯指
派为第一届参议院议员，同年8月任外交部次长。1915年，曹汝霖在袁世凯的授命之下，代表民国
政府跟日本签署了损害中国主权的"二十一条"。1916年4月任交通总长，后兼署外交总长，并任交
通银行总理。1919年"五四运动"爆发时，出任交通总长的曹汝霖由于向日本出让部分中国权益，与
货币局总裁陆宗舆和驻日公使章宗祥一同被称为"卖国贼"。此后，曹汝霖转入实业界。1942年3月，
曹汝霖被任命为日伪华北政务委员会咨询委员，但他保持了民族气节，并未就任。1949年后，曹汝
霖在台湾、美国度过余生。

周自齐任北京中国银行总裁。

政府希望，由坚定的共和派人士段祺瑞担任国务卿，能够起到调停南方派系的作用。

中国的问题解决在望——期待一个符合宪法要求的政权

（**本报记者，北京，4月23日，1916年4月25日刊登**）从刚刚问世的一系列命令中，朝向解决中国所面临问题的重要一步已可看出端倪。这些命令包括任命段祺瑞出任国务卿与陆军总长，新一届内阁也将产生，其功能将从取代总统府掌管行政事务开始，一直延续到包括召开国会、任命宪政内阁等事项的明确方案在反对帝制的领袖者中间确定。等到由新内阁控制局面的想法最终得以落实时，我在4月18日的电文中所提出的事态发展便可望实现。

目前，在北京，对动乱时局的担心已几乎不存在了，尽管广东的情形还是相当不正常，但我们有充足的理由希望，一个过渡的局面即将产生，而政府的机制也并不会完全崩溃。

（原文注：本报记者在其18日的电文中写道，总统除了引退之外可能别无选择。目前，人们相信他已经预备好辞职，并将总统之位让与副总统，但是，他也要求对自己和其供养者的生命与财产安全作出保证。……至于南方的领袖们是否同意让其保留个人财产，目前还是一个无法确定的问题。）

南方已放弃袁世凯

广东方面提名新总统人选　有关调解的可能性

（**本报记者，北京，5月14日，1916年5月15日刊登**）迄今为止，领导人之间缺乏共识的情形一直阻挠着人们所期待的局面有进一步的发展。

然而，长江三督[1]目前已经在南京发起了一个联合会议，试图调停北方和南方，并讨论有关总统任职的问题。政府已经同意了这一提案，每一个所谓效忠政府的省份都将派出代表与会商讨。

会议有可能决定继续保留袁世凯的总统任职，直至合乎宪法规定地召集国会并选举出新的总统。

同时，四个参与骚乱的南方省份已在广东召集成立了一个临时政府，并宣布由副总统黎元洪将军出任总统。他们宣布，袁世凯已经因接受皇权而违犯了共和宪法，他已丧失了作为总统的资格。

1　1916年袁世凯去世后，直系军阀及江苏督军冯国璋、江西督军李纯、湖北督军王占元结成联盟，号称"长江三督"。后因冯国璋代理总统，李纯调任江苏督军，陈光远接任江西督军，与王占元仍称"长江三督"。当时，段祺瑞企图派兵赴湖南省讨伐南方政府，三人以"虎踞南方、不可一世"的气势共同加以阻止，使段祺瑞未达成其目的，三人对国政的态度备受瞩目。1920年直皖战争后，吴佩孚总领新直系，该年10月，李纯暴毙，江苏督军转由其部下齐燮元取代，"长江三督"于是成了直系吴佩孚悬控南方各省的筹码。

可能也会提及的是，黎元洪将军仍在北京政府的控制之下，并且不需要对这一系列事件负责。

广东方面主要由发动1911年革命的人物所组成，这些人都不可调和地持反袁立场。南京方面只要做出保留袁职权的决定，哪怕只是一个暂时性的结论，都很可能会遭到广东方面的反对。

财政状况的反应

迟迟无法做出决定性的安排，也导致极为不幸的财政状况再度发生，这一情形随着星期五内阁宣布两大政府银行的纸币暂时无法兑现并开始禁止银圆支付而达到了高潮。纸币被规定为法定货币，政府同时也规定了若拒绝接受纸币或变相性地违规将要受到的处罚。

这一命令势必会悲惨地使国家的商业整体彼此脱节，预料必将受到各阶层的一致反对。这些银行的资金方式受到了控制，纸币的流通传播受到了严重的非难。

外国的利益也一定会受到严重影响，和外债紧密关联的三大机构（海关、盐业和铁路）一定只能在接受纸币或被限制其银圆交易之间作出选择，而纸币因为国外汇款的需要而暂时间变得一文不名，限制银圆交易则极大地萎缩了收益。

目前，亟需一种能够同时解决政治和财政窘境的方案。行政管理很快就将支离破碎，而在一个新政府被确立、其指令受到全国一致性的认可之前，财政上的稳定性也将无法复原。

中国的政治僵局——贸易和财政状况窘迫，危机正在临近

（本报记者，北京，5月25日，1916年5月26日刊登）政治僵局仍在持续之中。除了划明各自表示拥护保留或立刻中止袁世凯的总统任职、或是在召开国会并选出继任者前暂时保留其职位之外，南京方面的会议竟是一无结果。

很显然，还必须召集另一个邀请骚乱省份代表与会的会议。真正的困难似乎集中在缺乏对继任总统的协定之上。与此同时，因为一致性要求袁世凯退位的决定尚未出炉，袁本人还是在留任。

一个月前组成的指导国事方针的所谓责任内阁，已经失去了其全部存在意义。几位内阁成员已经辞职，甚至总理本人也在求去，这是中国人礼貌性表达不满的方式。权力的控制再度集中在总统府内，然而，这种控制已经没有什么影响力了，许多在名义上表示效忠政府的省份，其实都已经在按照自己的意思行事。

盗匪的劫掠事件在不断增加。贸易则受到了诸多的限制，日常的财政处境也变得愈加窘迫。若是没有一种政治上的明确安排，社会局面就不会得到任何改善；而只要袁世凯继续留任，政治上也就不会有稳定的一刻；即便是稳定了，也并不意味着一切就将恢复到正常的状况。各派之间的差异是如此明显，以至于太多的困惑和混乱都在所难免。

与此同时，局势中也还是有一些令人看得到希望的元素。在那些尚未哗变

的省份中，似乎存在着一种值得赞赏的期许，而他们期许的，是袁的引退能够避免进一步的流血牺牲。除了贸易上的限制所造成的影响之外，外国的利益没有再被波及，并且，虽然一些省份正陷于反对政府控制的骚乱之中，在行政上却并未出现如1911年所发生的那种行政上的崩溃局面。事实上，这个国家还没有沦落到破裂的程度，虽然局势正朝着这一方向快速演进着。

中国的乱局

（社论，1916年5月27日刊登）本报北京记者在昨天出版的新闻稿中，为我们描述了一幅有关中国国内情形的令人沮丧的画卷。去年夏天，袁大总统似乎还身处一个极为强劲的地位。他一路平息了所有国内骚乱，也增强了国家在管理上的稳定性，甚至在民国的财政上，他也促成了少许改善。秋天里，当宣布自己称帝的意愿后，他在一定程度上损害了不错的发展前景。很快，一切就变得明朗了，他错误地估计了自己的实力及其国民的精神。他最亲密的同僚们反对他的计划，列强们也都众口一词地劝阻他放弃这一打算。袁大总统生活在相对而言与外界几乎隔绝的环境之中，在相当一段时间里，他似乎弄不明白自己所引发的敌意究竟有多大。在他继续为自己的登基做着奢华的准备工作时，各省一个接着一个地举起了反对他统治的大旗。当力量强大的南方各省纷纷否决其领导权时，他才不得不向无法回避的现实低头，放弃了他的帝王美梦。只是，他领悟得太迟了，祸根已经酿成，直到现在为止，他都无法再收回自己在去年冬天丢失的地盘。他重组了一个新内阁，宣布了自己降服于所有民间权力机构的意愿；然而，事实证明，内阁松散无力，名义上的国务掌控大权仍然落在总统的身上。他的政令在若干省份中根本不被人理睬，这些省份也已经停止向北京上缴税收。同时，一个新的"临时政府"在广州成立，但在长江流域及以北地区，这个政府却并未得到认可。

刚刚在南京召开的一次会议则揭示了各方各派在目标上的极大差异，但看

508

得出来，袁大总统仍然拥有着一群数目可观的跟随者。或许，有相当一部分军队还会随时听从他的命令。尽管贸易活动受到了限制，但外国的利益到目前为止还未受到波及，中国人对贸易的热情仍然远超过对政治僵局的关注。中国地大物博、人口众多，各地可供航行的水路交错纵横，即便内乱的情形再糟糕，也不可能毁了它的贸易。老百姓所求的，无非就是追寻自我召唤的便利。在上世纪50年代英国海军舰队攻打广州时，成群的小贩们还趁着炮击的间隙，划着小船过去兜售蔬菜和其他食物。本报记者指出，对于许多省份来说，人们最大的愿望就是避免进一步的流血牺牲。尽管袁大总统的地位已经受到了严重的动摇，而在很大程度上，这也应该归因于他自己的错误，但中国找不出另一个人，可以胜任袁的职位，并寻回国家的信心。广东的那些领袖们对于北京方面发挥的任何影响力都采取敌对的态度，但是他们自己又没有表现出治理整个国家的能力，况且，他们在海外一直不被人信任。这些人的趋势就是要搞分裂主义，而列强们最不愿意看到的事情，就是中国的分裂。就目前而言，尽管袁铸下了大错，也表现出轻率鲁莽的野心，但我们依旧倾向于相信一点，能够使中国恢复国家秩序的最大机会，还是掌握在袁大总统的手中。

袁世凯去世

中国的强势人物：中华民国大总统，几乎要成为"中华帝国"的皇帝

（记者专稿，1916年6月7日刊登）如我们在另一版面上宣告的那样，随着袁世凯的去世，中国失去了最后一位与慈禧皇太后的威望和权势相关的政治家，也失去了自皇太后离世后唯一一位可在各方面证明自己具备中国百姓所期待的统治者特质的领袖人物。因为他生命的突然终结，一时之间，中华民族找不出任何一位具备被认可特质的领导者，找不出任何一位可以凭借其名号唤起各省信心的人物。

袁证明了自己是纯粹的东方式权术和政治谋略的翘楚。他独立、安静、决策谨慎、手段精明，不给下属留太多的余地和机会，每当看到对手身上可能存在危险，他便会逐步削弱其实力。他温文有礼、高贵自重、一贯谦恭，在不到必须要祭出那致命性的一击时，他从不会让人察觉到自己那藏在丝绒袖管下的铁腕。他的勇气属于冷血型的那一种，总会将于己不利的局面转变为有利于自己的元素，并且不需要沦落到破釜沉舟的地步。没有人比他更了解钱财在中国政治和摆平人际关系中的决定性因素。对于下属，他有着慧眼识英雄的本领，并能激发出他们的自尊和忠诚。在中国的衙门中，这些特质可谓极为罕见。总而言之，他对于中国人的灵魂有着一种直觉性的理解，像老佛爷那样怀抱着一

种真正的同情心，这无疑为他的政治策略开辟了广阔的前景。

改革的支持者

袁世凯超越了和自己同一时代的人，或许，荣禄是唯一的例外。我们这么评论袁，是基于一个事实，他笃信中华文明所赖以建立的伦理学，渴望维护在伦理的基本传统中所不能割裂的连续性，从任何角度而言，他都是一位极有建设性的政治家。每一项令人向往的改革方案，立法、教育、整编军队、禁止鸦片等等，都得到过他真诚的拥护和支持。袁不仅是一位明智的政治家，在直隶总督的任期内，他还证明了自己是一位极具才干、精力旺盛的管理者。

对于国家无法实行自治，对于靠着现存的政治实体必将无法适应共和政体与制度，这位已故的政治家从来没有任何怀疑。他确定无疑地相信，实行帝制是使国家得以健全、完整的唯一途径。尽管如此，他还是从实际的角度出发，单枪匹马地和南方的派系争辩。随后，他以自己必然的德行，以东方式外交的传统手段，在共和政体中公开表明了自己的信仰，并且接受了总统的任职。此后，他坚定地遵守中国人的规范和传统，以自己在为慈禧太后和李鸿章服务的过程中所学到的充足的政治智慧来处理一切政务。他以自己的亲身实践，抵制了混乱中的"失控的民主制度"政策，以自己认为最适合中国人国情的独一的"仁厚独裁统治"方针，逐步重建起国家。对于国外的舆论而言，这种策略极具吸引力，即便它不是唯一的指望，也最大可能地将中国从袁本人早已清楚预见到的严重危机中扭转回来。

早年生涯

袁世凯于1859年9月16日出生于河南项城。常年以来，其家族在"报效国家"中都表现得极为出色。其叔祖父袁甲三在镇压太平天国的叛乱中声誉卓著，1864年去世时，身兼钦差大臣和漕运总督等职。早年，在取得有限的功名之后，袁世凯弃文投武（在当时，从军为世人所鄙夷），在二十岁的年纪，他出任淮军统领吴长庆[1]军部的"营务处会办"一职，之后统领山东东部的军务。1882年7月，他迎来了自己生平第一项声誉，当时，他参与了由李鸿章派遣的远征军，前往朝鲜协助朝鲜高宗平定了在其身边爆发的叛乱。1884年，袁世凯又接受了清国驻朝卫戍部队的命令击退了驻朝日军，并于次年被任命为清国驻朝的全权代表。此后，在连续九年的时间里，袁都是朝鲜事实上的统治者，柏卓安[2]爵士是他忠心且能力卓越的助手。

袁的独裁作风和不轻易妥协的态度，成为他在汉城和日本人周旋的重重困难中所必需的人格特质。1893年，汉城爆发了"东学党之乱"和紧随其后的一场有组织的平民武装暴动，清国再次应朝鲜高宗的请求而派兵援救，也正因如此，发生了"高升号"被击沉的事件，并第一次令人羞辱地暴露了清国军力薄弱的事实。袁世凯在英国水兵的掩护下，从汉城逃至海岸线边。

在重获和平之后，因受袁世凯建议的影响，李鸿章将5000新兵的兵力交付给他，由他在天津近旁的小站实验性地以西方的制度和技术进行训练，这就是中国现代军队的最初由来。即使他无法将一个国家的军事武装所必需具备的军纪和忠诚的精神完全灌输给他的军队，但袁始终以严格的军纪来掌管自己的武装，展现出靠着正规、有效的训练可以达到的成果。此后多年，事实一再证明了这一点。

在1898年的戊戌政变以及随后皇太后重掌大权、光绪皇帝屈辱被囚等一系列事件中，袁在军事上的声誉及其兵力成为一个非常重要的因素。按照袁自己的声明，他之所以没有能够在需要时出手相助皇帝和维新派人士，是因为由谭嗣同秘密捎来的皇帝诏书仅是一份以墨笔写成的副本，而非由皇帝本人以御笔朱漆拟就的原文。维新派人士单方面断言，皇帝自己直到临终时也声称，是袁向荣禄泄露了维新派的密谋。很自然，皇帝的兄弟和家人紧抓着这一论调不放，并照着这种说法行事，等到慈禧死后，摄政王早早地抓住时机，剥夺了袁的所

---

1 吴长庆（1834-1884），字筱轩，安徽庐江县人，清朝淮军将领。早年追随李鸿章镇压太平天国，官至浙江提督、山东军务帮办，兼掌登州防务。在登州时，吴长庆将袁世凯收入幕府，命其担任营务处会办。吴长庆称袁世凯为"能将"，其间屡次提拔他，是袁世凯早年的恩师。

2 柏卓安（Sir John McLeavy Brown，1835-1926），爱尔兰人。1864年来华，先后在驻华使馆及中国海关任职。1874年，他曾被任命为广州海关副总税务司。1893年，受中国海关总税务司赫德的委派，柏卓安开始担任朝鲜海关的主要负责人。直至1905年日俄战争以后，日本完全控制朝鲜，柏卓安才结束了朝鲜的海关事务，回到中国。

有职权，并将他极不光彩地扫地出门。他们认为，归根到底，袁应该早就知道维新派的计划；如果他愿意，也是能救得了皇帝的，但他宁愿孤注一掷地投靠老佛爷和自己的上司荣禄。

直隶总督

无论袁在戊戌政变中扮演了什么角色，在随后的"义和拳"运动中，他所表现出的充满勇气和睿智的爱国精神毕竟还是毋庸置疑的。他在阻止"仲夏之乱"向直隶东南方向继续扩散时所采取的行动、与两江总督以"东南互保"维护法制和社会秩序的策略，都确凿无疑地挽救了帝国和无数生命。之后，他在直隶总督（1901年11月）这一官职上被委以重任，受到了中外人士的一致拥戴，因为这是恢复稳定和进步的最佳保障。在这一个时刻要面对着各种异常困难的位置上，他展现出了最高级别的政治智慧，凭借着自己和联军的关系，成功地维护了清国的统治地位；与此同时，在天津的驻防地带，他为整个帝国展现了一种开明式治理的典范。在认识到教育和行政改革的必要性之后，他起用了一群在国外受过教育且能力卓越的广东籍人士，并持续向皇帝进言。在筹备宪政政府的过程中，他也采纳了一系列合理的自由政策。

1907年9月，他卸任直隶总督，赴北京调任外务部尚书，并成为军机大臣的一员。清国的对外关系从来没有像袁在外务部任上时那样得到合理、出色的处理。外国人对他相当信任和尊重，也使得外交事务的运作有了极大的便利；他的独立、公正和勇于承担责任的品性是清国政府在外交中注入的新的特色。然而，皇太后去世后，他被满人政治小集团的眼光短浅、荒唐愚蠢所拖累而遭到弃用；而对于那些认识他的集团成员，他却曾经抱以尊重和同情。在解职后，他带着在其政治生涯中所展现过的同样的处世哲学，回到故乡河南。

被选举为大总统

在1911年10月的革命危机中，袁再度被朝廷召回起用。11月1日，他被任命为内阁大臣，两周之后，又成为总理大臣。1912年2月15日，他被选举为中华民国临时大总统，继而又在1913年10月6日正式当选为大总统。四天之后，他声明中国会遵守所有已经签订的条约并承担起满人政权应承下的一切责任、义务。在1913年夏秋之际，由于江西都督的背叛而引发的骚乱在中国迅速蔓延，虽然骚乱得以控制，但由于政府没有乘胜追击，国内情势并不令人满意。

大总统废除了国民党（即民主反对党）并剥夺了其成员们的国会席位。随后，国会休会，一个临时性的中央政治会议作为替代机构成立并开始运作，直到重组为止。会议被指定对"临时约法"进行修正并已在1914年春季完成其使命。大总统被赋予更多权力；一个新的内阁成立，在对内阁成员的职责描述中，他们仅仅是各部委的负责人而已。看起来，袁世凯像是这一情势的主导者，中国的前景总的来说有了改善的可能。为了贯彻其政策，获得对军队的控制权，大总统又废止了军事长官制；为了铺平自己继续控制国家的道路，他又设立了归北京直接控制的新财政部。

恢复帝制

1915年夏末，恢复帝制政府的风声在北京四处弥漫，参政院通过了一项以投票表决特殊国体问题为前提的议案。到了11月，大多数的省份都投票赞成恢复帝制并由袁世凯出任皇帝。袁声称，他将其视为人民对改变政府的意愿的反映，必须要予以接受，他觉得，鉴于自己在民国大总统就职典礼上所作的誓言，他必须要谢绝称帝的邀请。紧接着，尽管列强们纷纷给予建言，他又宣布自己"被迫遵从人民的意愿"。其登基大典定在1916年2月9日，然而，各省对总统方针路线的不满随即再度爆发，并且发展到严重的地步，袁不得已做出了放弃帝制的声明。但这并未让南方派系感到满意，发动骚乱的省份在广东组成了临时政府，声称袁已经因接受称帝而丧失了其总统资格，并宣布由副总统黎元洪将军出任总统，但黎并未得到各界的广泛认可。

袁世凯去世

任命了新的临时总统

（**路透社，北京，6月6日，1916年6月7日刊登**）袁世凯于今晨11点钟与世长辞，他死于神经衰弱和尿毒症的并发。

在病中，袁接受了由三位法国医生和一位中国医生组成的医疗团队的诊疗。法国医生们在本月2日所发表的意见是，其情形并无危险性，然而，总统的病况却随之急转直下，毫无疑问，因为各种治疗手段并用，他的病情复杂化了，而法国医生们所给出的指示却一再被团队忽略。

总统去世的消息造成了一些不安，原因是害怕可能会在军队及较贫穷的社会阶层中爆发混乱的局面，而引发这种局面的因素也正不断出现，主要归因于社会上因为延期偿付而造成的拮据状况，特别是食物价格的不断提升。

今天下午，各国公使纷纷致电总理段祺瑞，英国驻华公使朱尔典爵士是英国的对外发言人。他向中国政府表达了对袁世凯之死的哀悼之情，并询问接下来会采取怎样的策略来继续日常行政及维持社会秩序。

总理答复说，已经采取任何可能的措施来保障一切秩序，期望通过任命黎元洪将军为临时大总统而再度唤回那些已宣布独立的省份对中央政府的拥戴。他也强调，革命已经造成了一些难以驾驭的因素的存在，这些因素有可能在一段时日内继续牵扯出一些麻烦来。

中国依然没有找到落实解决纷争的策略

（**本报记者，北京，6月21日，1916年6月23日刊登**）很明显，中国目前的状况非常棘手。袁世凯之死已经使全国上下大大地松了一口气，金融信心也在此时得到了很大程度的复原。然而，不幸的是，鉴于新总统与总理都欠缺进取心和主动权，再加上他们依然被那些坚持要推动灾难性帝制运动的要人们重重包围着，这一切都拖累了中国尽快找到它落实解决政治纷争的策略。独立的省份仍然处在独立状态之中，各省的财政税收也无法上缴到北京。

在中国的大部分地区里，蔓延着这样一种倾向，人们不信任以首都为核心、以袁世凯发展起来的军事力量支持的任何政权。在这样的情况下，一个公开的问题产生了，支援一个得不到全面承认的政府是否是一件明智的事情？还是不向它提供任何支援，只寄希望于不同派系有可能会被迫团结在一起。

中国海军总长的最后通牒

（**本报记者，上海，6月26日，1916年6月28日刊登**）目前人在上海并受到其所有官兵拥戴的中华民国海军上将暨海军总长李鼎新[1]，已向黎元洪总统发去最后通牒，大意是，除非组成一个新的内阁、排除所有帝制拥护者、重新启动旧有的国会并重新确立共和元年所制定但后来又由袁世凯于1914年以"中华民国约法"取而代之的"临时约法"，否则，海军将宣布独立。

旧国会的代表们如今悉数聚集在上海，看起来，他们明显收买了李鼎新。在机会和职位上均蹿升很快的唐绍仪，曾因受到袁世凯的荫庇而成为民国初创时期的总理，据信，他是这次活动的幕后人物。

曾在欧洲受训的李鼎新声誉卓著，在1913年"二次革命"期间，他在本地以高超的战术抵御了武装进攻，因而为人所熟知。中日甲午战争期间，他也曾在黄海海战中督战。

（**路透社，上海，6月27日**）归李鼎新海军上将掌管的本地巡洋舰分别是：海圻、海永、海深、赛琛号及另外4艘战艇，共同组成一支海军训练中队。在别

1　李鼎新（1861—1930），字承梅，福建侯官人，民国海军上将，曾任海军总长。民国后，李鼎新从参事一直升任到海军参谋长。二次革命爆发后，李鼎新奉袁世凯之命击败陈其美部，因而获加海军上将衔。袁世凯称帝后，李鼎新和其他海军将领多持异议。护国战争爆发后，李鼎新在上海率海军第一舰队加入护国军。1921年后，在北京政府内的派系斗争中，李鼎新成为直系的一员。第二次直奉战争后，直系败北，李鼎新因而从军政两界完全引退。

处，另有18条船舰和炮艇，但其态势则无从知晓。

（原文注：上文提及的后两艘战舰很有可能是海珠号和海琛号，在中国海军中并没有赛琛号。海圻号是一艘吨位达4300吨的巡洋舰，是中国所拥有的最大战船。它于1898年在英国的埃尔斯威克建成，可装载两门八英寸口径的大炮，速度可达24节。另外三艘则为吨位为2953吨的较小舰艇，于1897年至1898年间在斯泰汀制造。它们的速度达19.5节，每一艘均配备了三门5.9英寸口径的大炮。归李鼎新上将掌管的舰艇均是中国舰队的精华部分。）

中国再度召集国会，同时将任命新内阁

（**本报记者，北京，7月2日，1916年7月3日刊登**）袁世凯的葬礼筹备事宜已经扫清了先前可能会有的阻碍。在遗体仍旧停留在首都时，如此安排可能会有违礼仪。

于1913年被强行解散的国会，目前已被授权重新召集，"南京临时约法"的有效性也得到了恢复，而由袁世凯操纵的"中华民国约法"则被取消。

新内阁也已完成任命，其中包括了来自各党派的代表。代表了军事利益的总理，在批准这些步骤时显得颇为勉强，若非海军在上周所表明的态度，他可能还不会默许这一切的发生。尽管勉为其难，但无论如何，所有事情都尘埃落定了。成员人数尚不清楚的新内阁，将会被作为召开国会前的临时机构而得到批准，而国会的召开则会等到所有情形都得到厘清之后。

法国同意放宽盐业顺差的决定已被顺利地接纳了。政府所急需的金钱将会暂时帮上一些忙，虽然对于由恢复帝制活动以及其后果而引发的财政乱局而言，这些钱能够起到的作用相当渺小。已经发生了几起外债拖欠的事件，如果不尽快采取措施以解决财政僵局，其他的类似事件还会发生。然而，总的来说，相对于过去几个月而言，中国的前景已经少了令人忧虑不安的成分。

（**路透社，北京，6月30日**）段祺瑞再度被选为总理，并已成立如下内阁：

段祺瑞：陆军总长；

唐绍仪：外交总长；

程璧光[1]：海军总长；

张国淦[2]：农商总长；

张耀曾[3]：司法总长；

孙洪伊[4]：教育总长；

汪大燮：交通总长；

陈锦涛：财政总长；

许世英[5]：内务总长。

其中多数总长人选来自南方派系。

---

1 程璧光（1861-1918），字恒启，广东香山县人，清末民初海军将领，曾任北洋政府的海军总长。在孙中山发动护法运动后，程率舰队南下广州予以支持。1918年1月，程璧光在广州火车站遭到暗杀。

2 张国淦（1876-1959），字乾若，湖北蒲圻县人，清末及民国政治家、历史学家、方志学家、石经研究家。民国后，张国淦历任北洋政府总统府秘书长、内务部次长、农商总长、司法总长等职。1949年后，他曾担任过中国科学院近现代史研究所研究员。1959年病逝于北京。

3 张耀曾（1885-1938），字镕西，云南大理人，白族。民国政治家、法学家。1916年8月，任北京政府段祺瑞内阁的司法总长，后又分别被任命为李经羲、第二次唐绍仪内阁的司法总长，但均未就任。后赴西欧考察司法制度，归国后曾任法律讨论会会长、律师、国防参议会参议等职。

4 孙洪伊（1872-1936），字伯兰，直隶北仓人，清末民初政治人物。1909年加入同盟会，1917年9月的护法运动中，孙洪伊参加了护法军政府，被任命为内务部长。孙中山逝世后，孙洪伊逐渐脱离政治舞台。晚年持坚定的抗日立场，曾担任南京国民政府国难会议委员。

5 许世英（1873-1964），字静仁，安徽秋浦人，清末民初政治人物，曾任民国国务总理。1936年2月，他被任命为中国驻日本大使，在卢沟桥事变后，他不断地同日本进行交涉，直至南京陷落。之后，许世英还担任过国民政府的一些要职。1950年到台湾后，曾被任命为"总统府"资政。

中国海军与新内阁

海军方面反对军事主义者的态度

（**本报记者，上海，7月8日，1916年7月10日刊登**）《字林西报》刊登了海军上将李鼎新一份有关最近向北京方面所发出的海军最后通牒的重要声明。

上将称，海军目前处于完全独立行事的状态，没有与任何政治党派挂钩，也不会对总统释放任何敌意，但是，它决意要防止中国落入军事主义者和君主主义者的控制之下。上将暗示，这些人会继续控制着总统和总理。上将继续说，最近由北京方面作出的妥协只是一种盲目的行动。总而言之，在8月1日召开国会之前，海军将一直维持独立行事，目的是要仔细观察政治风向。

仍然滞留在上海的唐绍仪，则拒绝前往北京开始处理外交事务。

袁世凯的葬礼——采用中西合璧的形式
出殡队伍自总统府出发

（**本报记者，北京，6月28日，1916年7月29日刊登**）袁世凯所留下的一切都要被搬离北京了。他的遗物被保留在总统府到今日为止，之后，全部都将以合乎礼仪、场合的排场悉数运走，先移送到火车站，再搭车载去河南省，并随葬在先总统的私人墓地里。

在中国，还没有任何先例可供一位民国的领袖用来参考葬礼的进行方式，所以只能向美国求助一些建议。最终的结果是，将采取中西合璧的形式进行，既足以给世人留下深刻的印象，又不会尽显满人贵胄们近年来在京城操办此类事情时的奢华。在葬仪游行的行列中，还看得见一群喇嘛，与身穿卡其布制服的礼仪人员交错而行，喇嘛们沿路展示着古色古香的献祭礼仪，色彩艳丽的彩旗和三角旗、华丽气派的彩扇与阳伞都是在佛教盛典中常见的标记。一大群身穿礼服、头戴高帽的官员，走在由百余个大汗淋漓的轿夫们抬着的形貌可怖的暗红色灵柩台旁，形成了一种奇怪的对比，而摆放在灵柩台中的，正是袁的灵柩。

出殡的队伍有一英里长，它留给观者的印象，随着整个队列踏出的缓慢、庄重的步调而更为深刻。队列从三海一带出发，一路穿过高处那些雕梁画栋的庙宇所俯瞰着的秀美湖光和掩映在万树丛中的宝塔。从总统府前的弯曲小径一路贯穿到新华门外的宽阔马路，送葬的行列一直延伸到紫禁城的南端。队列由骑在马上的传令官带路，跟在后面的是一个营的倒背武器的步兵。排列在步兵营中的，还有陆军和海军的方阵。形状各异的彩旗、色彩明亮的大阳伞闪烁着东方色调的微光，在轻柔而持续的微风中，旗手们勉力前行，而彩旗和阳伞则在阳光下微微摇曳。其后走来的，则是一列身着蓝色袈裟的僧侣，成年的走在前头，年幼的跟在后面，以小调吹奏着怪异的旋律。

灵位牌匾

队列中有轿椅，有一副镀着金边、漆上朱红深漆的外国式样的担架，还有骑兵、僧人和扛着展示台的苦力们，台上铺满了已故总统的制服和装饰物，剩余处则堆满了食物、美酒一类的东西，他们走在一个小小的白色质地的平台前，平台上供着的，是已故者的灵位。跟在他们身后的，是一列神情哀戚、身着西式服装的官员；这些人的身后，则跟着身着天蓝色制服的军官。再后面便是外国使馆派出的全权代表的行列，他们与其随行人员均穿戴高帽金带。此外，还有哀悼的送葬者和一群围拢在一起的披麻戴孝者，和队列前方的那些明丽色彩相比，他们则透射出一股可怖的苍白。

他们藏身在一顶挡住了灼热日光的白色华盖底下徐徐前行，人群两侧均有人护卫着中间的行走者，他正是先总统体弱多病的长子，神情哀怨可怜，因为其父一命归西，长公子的远大抱负已不可实现。队列最后是灵柩台，是一个巨大的红色结构的东西，围绕在其四周的，是不少身披红色斗篷的人，他们丝毫不敢懈怠地努力扛着肩上的重物向前行走。灵柩台后面还跟着一群人，都是死者的妻妾和女儿们，她们全都衣着朴素地坐在低矮并覆盖着白布的轿椅上，其中几位更是泪眼婆娑。

紫禁城内

这一天，天空晴朗，当冗长的队列徐徐行过紫禁城入口前的天安门方地时，灿烂的阳光正折射出七彩的光线。就在此处，大理石桥跨越在护城河上，若站在对列以外几英尺的地方，便极有可能清楚看见队列中的一切。但是，看队列从人们眼皮底下穿行而过的速度，在它到达目的地前，轿子应该还有时间绕道而行登上城墙。从这得天独厚的一隅放眼望去，紫禁城和附近的景色会尽收眼底。金黄的屋檐排列齐整，因为顶上成片的绿叶雄壮威武的飘摇，在阳光下反射出更为明亮的光线。在宽阔的、以砖石铺成的广场上，自远处的城门一路绵延到紫禁城入口处的，都是出殡的队列。色彩模糊的长长缎带一路飘摇着，人们的目光会不由自主地紧随它移动，直到灵枢台出现，人们的视线才被吸引过去。那巨大的灵枢台仿佛一只平稳爬行在白色旗子上的形貌怪异的紫红色甲虫，在它的后方，则是紫禁城明黄和朱红交相辉映的宫墙。居中耸立在如隧道般入口处的，是雄伟的、金黄檐顶的宝塔，大理石的栏杆上尽是精美、雅致的花饰，仿佛围绕在女人胸襟上的一束细花边。而隐身在其后的，是弯曲的飞檐和起伏的树林刻画出的黄绿夹杂的美景。而在更远处，西山黧灰的轮廓那一刻正映照出地平线上的一抹深蓝。

中国的新开端——黎元洪重启第一届 国会，国家面临军事干预的风险

（**本报记者，北京，8月2日，1916年9月5日刊登**）今天，本人见证了中国历史已翻开了它新的一页。黎元洪重启国会，并当着众位代表的面表达了他将按照宪法条例恪尽职守的意愿。这些有可能会被证明是微不足道的事情，对于中国未来的发展进程可能并无多少影响。然而，从另一方面说，它们也有可能会成为一个真正的转折点，从这一刻开始，中国将有可能踏上现代化的道路。

今天，黎元洪亲自为众议院揭幕，典礼过后，他又简洁而非正式地表达了自己对宪法的拥护。站在内阁和国会会员中的他无法免俗地参与拍照留念等仪式。随后，他并没有礼仪性地退到后排，而是向一旁的官员们频频挥手，随意地穿过围观的人群，走向其专车等候着的门口。和袁世凯一样，他也没有身着制服，而是穿着普通的礼服大衣，头戴高帽。

说到此人，真可谓一言难尽。黎元洪出身寒微，当现任的海军总长在清日战争期间指挥着一艘巡洋舰时，他正在这艘军舰上担任着轮机师。革命爆发时，他是步兵营的协统，机缘巧合之下，发现自己被推上了最引人注目的位置。从此以后，黎的生平便广为人知了。他的实务经验确实有限，上天也从未赋予他太大的能力。但是，他自始至终地反对帝制运动，甚至因此而危及自己的生命。

在革命后发生的一连串事件中，他的性格总是会表露无遗。在武昌担任军政府的都督时，他曾经向一名来访的外国人展示了某一个衙门院落里的一摊鲜

血。他不无遗憾地说，此处正是半小时之前某某人被射杀之处。而这个"某某人"本是他部下中一个很有前途的年轻军官，却被黎发现有勒索强夺他人的行径，而这种行径向来被黎所禁止。因此，我们似乎可以看出，黎元洪并不是一个为自己筹算的人，他自己是一个诚实的人，同样也要求他人必须忠诚。如果中国有一百个这样的人，它的未来就会变得明朗许多，甚至可以说，哪怕只有五十个，或甚至仅有二十个这样的人的话，一切也都会变得不一样。

国会与将军们

相隔将近三年后重开的国会有着一个不太说得过去的记录。几乎可以说，它真正做成的事情并没有超过两件，一件是投票决定其会员的年薪增加为600英镑，另一件就是选举出袁世凯担任总统。

按照宪法的字面意义，扣除被袁世凯任意解散的时间，此届国会也已经在好久之前就到期了。实际上，它也并不具备宪政的实质性，其"化身转世"的目的，不过是为了和平的利益而对他人所提的要求做出某种妥协而已，妥协的对象是在全国上下吵得最凶的革命派，说得更具体一些，便是国民党。因此，在很大程度上，国会就是以实验的性质而存在的，它若有任何不"合理"的行为，便会立刻被解散。此外，还有另一个原因，也决定了它的实验性质。

目前，中国最有形有体的事物便是军事力量了，虽然现在有了一个国会和一个民主政体下的总统，但在这个宪政政权的所有表现中，却没有什么可以改变得了一个事实——整个情势都决定于控制大部队的将军们是否具有某种慈悲心。这些将军中的某些人，包括总理段祺瑞在内，相信都和各方政治力量达成了某种协议。他们愿意给国会一个机会，希望它可以将自己建立为一个有用的机构。可以这么认为，假如恢复后的国会没有表现出其效用与妥当性，他们便会立即将其解散，并在更多限制的基础上召集起另外一个来。相信这些令人难以捉摸的将军都有着爱国的动机，愿意为国家尽其全力。

但是，也有某些将军，他们的动机就不是那么明朗了，而在现阶段他们的行动中所表现出的，恰恰是爱国的对立面。因此，军事干预可能会引发灾难性的结果，因为无法预知它会走多远，或是有谁会被卷入其中。事实上，军事干预很可能会导致风向上的失控，并酿成难以描述的混乱局面。

中国目前确实处在这样一种情势的边缘之上，没有任何一种预防措施可以将其逆转。只有在政府与国会通力合作的情况下，混乱的势力才有可能被阻遏，政府与国会也才会在全国范围内为自己赢得权力。

一出中国式的喜剧

一群爱国者的随身行李

（**本报记者，北京，8月15日，1916年9月20日刊登**）在西方人的眼中，喜剧和悲剧在中国的结合会比世界上其他任何地方都来得紧密。过去几年中，整个中国都陷入了一片骚乱，在这期间，若将人民所承受的痛苦累加起来，早已超过了所能推测和理解的程度。然而，今日中国最为可笑的事情却是国会，而这居然是整个国家在经历了痛苦后所得到的主要结果之一。说得更清楚一些，一直以来，有关国会的事情都令人啼笑皆非，仿佛是一个由某些成员一手操弄的巨大骗局。

在遥远的云南，也就是将袁世凯彻底击垮的反帝制运动的诞生地，最近兴起了一群携手共赴首都的爱国人士。在这帮人中，有新任命的司法总长，有死而复活的七位国会成员，也有一位大方慷慨、在自由之战中率领过一个旅冲锋陷阵的将军，当然，还有以上这些名人的秘书和随从们。在他们的旅程中，有一段是经海路到达上海。途中，他们发了电报，表示即将到达，要求海关以通常接待高官的待遇接待他们。船到上海时，这群人的行李未经检查就经过了安检官员的面前，眼看就要随着主人们愉快地入住位于国际租界区的一家本地饭店了。

528

按说，所有行李随后即将要被快速分送到城市的各个遥远角落了。然而，就在此时，工部局的警察及时赶到，他们不仅拦下了最后四只皮箱，而且还逮捕了当班的经理。于是，这些绅士们开始愤怒地反对对他们的随身物品进行检查，并发誓说，皮箱里除了官方文件之外一无所有。但是，这位外国警察却不为所动，强行打开皮箱检查，结果，他发现这几只皮箱里装满了鸦片。警方还同时获得了其他证据，使他们能够顺藤摸瓜地找到寄往中国治安推事官邸的另外二十余箱鸦片。这些鸦片是在相邻的一间空屋里找到的，检查记录上也写着"官方文件"的字样。

这起案件现在就搁在上海联合法庭的面前。被搜获的鸦片价值在100万两白银左右（约合15万英镑），还有36箱仍在遗失之中，据信，其中藏有的鸦片价值约为150万两白银。将军和三位国会代表目前人在狱中，因为有案在身，已经被拒绝保释出狱。在他们其中一位的身上，搜出了一封要寄给友人的信函，里面居然有这样的天真坦白——"我们担心三件事情：一是如何赢回失去的面子；二是如何处理治安推事衙门里的那些鸦片；还有一件，剩下那些鸦片该怎么办？"目前，对这群人中另外几位的逮捕令也已经发出，在这些人中，当然不会包括已经力辩自己与此案并无牵连的司法总长，他说，他是带着一名随从和很少几件行李独自旅行的。但对司法总长不利的是，他那只经过海关安检的皮箱上分明标注着"张耀曾及代表们"的字样。他将要为自己澄清的是，他的名字是未经本人同意而被别人使用的。

这起案件在中国人当中引起了很大轰动。那些反对共和与国会的人们为此兴高采烈、喧嚷不停，轻蔑地指点着国会的本质。另一派的人则埋下头去闷声不响，一是因为他们的"脸面"已经被丢光了，二也是因为他们心中还藏着一个明显的疑虑——因为此事，他们这一派系的经费怕是蒙受了巨大的损失！

1917

茶壶里起风暴

中国的老西开事件

（本报记者，北京，11月15日，1917年1月3日刊登）在中国，小事情很容易就会被扩大。有一个实例，便是老西开事件[1]。老西开本是天津一处方圆约半平方英里的沼泽地，一旦天降暴雨，这里便会淤积起成堆的废物垃圾。想来，它对于中国并无甚价值可言。但是，因为法国人想要将此地划为其相邻租界的延

---

1 1913年8月，天津法租界工部局以保护在老西开兴建的天主教堂为理由，派巡捕进驻该地区，因此造成中法两国警察相互对峙的局面。僵局维持了一年之后，法国驻天津领事致函直隶交涉署，认为中国方面未答复法国领事的照会，对法租界在老西开设立巡捕、修筑道路也未提出异议，故表示中国方面已经默认老西开地区为法国推广租界。对此，直隶交涉署予以反驳。1915年9月，天津法租界工部局开始要求老西开地区的居民向租界当局纳税。同一时间里，天津的一批绅商成立了维持国权国土会。1916年10月，老西开天主教堂工程竣工，法租界工部局在近50亩的三角地带里安插法国国旗，设置界牌，表示此地已划入法租界。中国官方未对此作明确表态，并已准备向法国妥协，接受既成事实。10月21日，维持国权国土会发动数千人举行抗议示威，赴直隶省公署、交涉署和省议会请愿。从11月开始，法租界内的工厂工人、职员、女佣、人力车夫等群起罢工，总人数达1400余人，时间持续4个月，致使法租界陷入瘫痪状态。在华法国商人因此损失惨重，而法国本身正全力投入第一次世界大战，无力干预东方事务。1916年底，法国政府电令驻华公使尽快结束老西开事件。法国公使向中国政府提出暂时维持原状的要求，并请英国驻华公使朱尔典出面调停。但中国政府没有正式接受，双方也未达成任何协议。老西开问题遂继续成为两国之间的一宗悬案，在事实上仍长期维持中法共管的局面。

伸地带，突然之间，它便成了国家的无价之宝。省议会、省级官员、商会以及其他公共机构都忙着给中央政府发电报，要求政府对让渡这块弹丸之地的有关谈话作出解释。排定了一大串会议，代表们也自四面八方涌来，为的就是要保护老西开这块中国人的永久产业。

对现存外国租界进行扩展的原则早已经完全建立了，上海的法国人就曾对当地的法租界进行过一次扩展，天津的英租界也在近年来扩展过两次。在"老西开"这一案例中，扩展的事情其实在几个月之前就以书面形式向法国方面作出过承诺，法国人连划定边界的标志物都已经设立好了，甚至法国警察都已开始在此巡逻。转让的正式手续只好被推迟，只有这样，外界的反对声浪才可能消失。这一波反对声浪是由某些煽动者引发的结果，如果当权者态度强硬，本来可能早已被压下去了。但是，因为外交部里缺少一位能干的总长，当地官员们又是如此任性，转让一事于是被一直耽搁了下来。天津方面把法国人引到北京，北京又责怪天津的官员，直到某天一早，法国方面逮捕了九位正联手其法国同事和平地守卫着沼泽边界的中国警察。法国人只不过是占领了他们有理由归为己有的东西，而且这么做对他人也确实并无不公之处。值得注意的是，在中国各地，中国人都会蜂拥到外国的租界，他们所想要得到的，不过是能生活在外国的司法裁判权之下。在这一实例中，法国人已经同意，在老西开得以规划之后，法国会向可能会居住在这一地区里的中国居民提供这一特权。

英国人的思考

曾经是一件纯粹的地方性小事件，现在却引发了公众的热忱，"少年中国"投入极大的精力将这件事情扩大化。他们对法国人与法国代办的说辞根本不必在此重复。对中国来说要更具重要意义的郑家屯事件[1]，在外国人最近一次展开进犯行动后便被人遗忘了。与此同时，政府开始和法国公使馆进行谈判，却毫无进展，因为政府中没有人愿意承担起责任，来作出任何符合该事件权益的决定。在这一重要关头，朱尔典爵士应其盟友的要求，愿意斡旋此事，以期求得一个令双方都满意的解决方案。在他富有经验的操作之下，很快就作出了有关安排，借助此安排，老西开这一引起争辩的地区目前已由一个委员会负责管理，这一委员会由两位中国人和一位法国人组成，这位法国人平素则负责工部局的事务。如此一来，中国人算是不会丢"面子"了，因为在一个以中国人为多数的团体中，他们会拥有主控权；而对于法国人来说，由其国人来负责管理这一事件，便等于赋予他们想要得到的东西，说得更为具体一些，就是要求取回这片与其租界相邻的地界，并在那里寻求发展的机会。

这一简单的安排是经过内阁一步步的程序之后才批准的，在谈判的过程中，又有不同的看法产生。供交换所用的备忘录先行起草，双方则须从头至尾对每一个字都表示同意。交换签署文件的时间定在11月11日的下午三时。而与此同时，报界又谴责内阁总长们联合起来强迫中国人全数咽下法国的要求。甚至还有人模糊暧昧地引经据典，将希腊的遭遇和饱受磨难的中国类比。这么小题大做了好一阵子后，到了最后一刻，内阁大惊失色地通知英国公使馆，在国会批准这一安排之前，双方不可能在文件上签字作结。这种闻所未闻的程序激起了英国公使的强烈愤慨，他指出，在整个谈判的过程中，从未有人提及过"国会"这个词，因此，他也从未对参加谈判的人员有权对协议作出结论一事产生过任何怀疑。

1　郑家屯位于吉林、奉天（辽宁）两省的交接地带，具有相当重要的交通和战略地位。根据1905年《中日会议东三省事宜条约》的规定，日本虽然获得了在南满地区守备铁路的驻兵权，但郑家屯既不属于南满范围，也不是铁路附近的属地，日本原无在此驻兵的理由。1914年8月，对此地觊觎已久的日军以"保护居留的日本侨民"为理由悍然进驻。虽有关事件通过外交途径得以解决，但日本仍不顾中国政府的再三抗议，继续非法驻军。1916年7月，日本唆使宗社党，并加紧勾结蒙古人巴布扎布，伺机煽动所谓的"第二次满蒙独立运动"。除原先驻扎的后路巡防队外，中国军队的第27师、28师也为镇压巴布扎布的叛乱而进驻郑家屯。中日两军同驻一地，气氛尤为紧张。1916年8月13日，日军以一件小事为借口，杀入28师28团的团部，从而造成两国军队之间的冲突，并造成了不小的伤亡。1917年1月22日，两国政府代表伍廷芳、林权助在北京商定各条款，互换照会结案。其结论是，在中方让步接受并实行日方提出的五项要求后，日本必须撤出因事件发生而增派至郑家屯的全部军队。

这一事件非常典型地说明了中国人是如何管理他们的事务，又是如何得到信誉低下、出尔反尔的坏名声的。在目前的情况下，似乎可以公平地假定政府并无恶意要转变立场，但是，他们只是因为害怕惹出外国人的怨气才没有这么做。我们希望，老西开事件不会成为某种先例，也不会使得未来要和中国政府做生意变得困难重重。世界上没有任何一个国家，需要动用国会的批准来决定这一类鸡毛蒜皮的小事情，而中国的国会在相关查询上所提的要求，以及政府承认自我问题的勉强态度，都只能证明中国人在宪政系统的原则和处理上是多么无知可笑。

漂荡中的中国

地方与北京的关系，财政状况的前景

（本报记者，北京，1917年1月9日刊登）反帝制运动以及政府在袁死后的变迁在中国所引发的混乱局面当然相当严重，目前，还没有人能够说得清，局势将会朝着什么方向发展。然而，或许可以说，这一混乱局面并不像悲观者们所认为的那么糟糕。目前，没有人在手持武器反对中央，国内也没有任何一个派系在愤愤不平地与无论如何都摆不平的政府作对。目前局势的薄弱之处在于其消极的社会秩序，没有人在贯彻、执行某种明确的政策，也没有一个强人能够主导某种下一步所应该贯彻、执行的策略。简单地说，中国正在漫无目的的漂荡之中。

名义上，中国已经采纳了一种民主形式的政体，在如此治理的国家中，国会应该是一切国家行动的主要动力。但是在中国，国会完全没有能力来控制行政，政府的所有行动一定都要由行政自身来开始实施。因此，在中国说话算数的就是当时的政府，国会只不过是个笨重的附属品，之所以一直被容忍着存在下去，只是因为，它一旦被废止了，便会激起革命派的骚动与叛乱。袁世凯发现国会严重地妨碍了他的施政，但他错误地将其撤销，而没有认识到它代表了某种需要安抚、缓和的力量。政府目前所面临的主要问题之一，就是能够妥善

536

处理国家的事务，而又不必和对什么事情都搞不太懂但却总要插上一脚的国会争吵不休。一个拥有着得力人手的政府能够轻而易举地对付一个自作聪明的国会，但是，今天的中国所面临的麻烦却是，一个软弱无力的政府在疲于应付一个愚昧无知的国会。

各省的岁入

北京接踵而至的混乱也反映在地方上，各省自顾自地走着路，却不一定会和首都产生任何严重的分歧。那些对中国有所了解的人对它的最大期待和梦想，便是各省可以顾好自己家的事情，并且能按时上缴自己财政税收的一部分以供中央政府所用。今天，少数几个省份在它们自家的事情上面临着较为严重的困难，它们什么也给不了中央，却只会伸手向中央要财政支援。其他省份则必须安顿好那些还在忙着反帝制的军队，它们也存不下多余的钱给北京。那些应该向北京上缴税收的省份没有这么做，有许多不同的原因和理由，有些也非常合理。其中有一条，便是袁世凯从它们那里先行支取的部分尚未归还；还有一些省份则以该省的饥荒、洪涝灾害或是要对抗匪徒为托辞。一个强大的政府应该会快速重建起那些无法完成自己职责的省份的行政功能，但是，由于中国是由一连串独自漂荡着的个体所组成，名义上的最高政府所能管辖的范围，其实越不过北京的城墙外多远。

在其他情况下，这种事态可能会引发灾难，但是，中国是列强们的被保护者，即使列强自己在相互间充斥着可怕的冲突、倾轧，但它们那顶巨大的保护伞还是有希望保护中国免遭外来的危险。在现阶段，这种危险主要来自财政方面。向外国所借的国债当然以海关、铁路以及盐业作了担保，这些也全都呈现出一派喜人的势头，并且，它们的收入表现可能只会在极度政治混乱的情况下才会受到波及。然而，还是有不少没有得到担保的外债，弄得财政总长整天为之心烦意乱。这种外债对应着靠不住的借贷，或是得到了拖欠下去的许可，但这会给一个国家的信用带来极坏的影响。内债则几乎都是袁世凯狂热的帝制路线所带来的后果。反对复辟帝制的军队所造成的债务，至今依然在侵吞着地方上的财政收入；如果要避免和地方上生出新的麻烦，那么，这些债务就一定要清算、了结。为了开始实施帝制，并在稍后再进行巩固，袁清空了政府的银行，还将手伸向国家各部门的每一分钱。

若要重拾信心并平息经济上的波动，赔偿这一笔款项就势在必行。

国会的态度

目前最需要的，便是国会明智地承认行政部门所面临的困难，并且真心实意地不要再以政治争辩去为对方增加新的困难。而从行政的角度来看，也需要机智、圆滑地去把握国会，并且以直截了当的努力着手进行各项事务的管理。如果这些可能性都能达成，就不必对各省将再度走上正轨存有怀疑，而财政困难也将逐渐自我消弭。但不幸的是，目前所发生的事情却和所亟需的结果完全相反。国会愚蠢地阻挠着政府，而政府的某些成员又为个人的升官发财打着小算盘。才智和能力在各方面都严重短缺。

短期内的前景取决于财政状况。和地方上相比，一大笔外国贷款或许可以极大地强化中央政府。否则，联结着各省和首都的纽带或许会更加脆弱，那些倾向于走自己道路的省份将不受任何束缚，事实上，某些省份或许受到它们自身情形的牵制，在没有知会北京的情况下自己处理自己的问题。在类似这样的情形之下，中国国内的麻烦着实令人担忧，对于野心勃勃的军事领袖们来说，一个无助的中央政府无疑是一剂直接的兴奋剂，在这些军事领袖中间，有几位目前正控制着军队，而这些军队，又是靠苛捐杂税以及篡夺政府职能的方式支持的。从有利的角度看，中国现在有一位心存善意却常事与愿违的总统，虽然他缺乏经验，但没有被政治所玷污，并且还赢得了相当可观的信任度。在几个省份中，公仆们正令人满意地管理着当地的事务，他们不容许自己堕落为政客。我们对于时局的最大盼望，莫过于希望他们的影响力能够不断地散播出去，使动荡摇摆的邻省可以渐渐稳定。在他们中间，或许会有一两个、甚至更多的人，能够成就一番大事业，并且为中国供应它亟需的东西——人才。

中国对战争的看法　德国方面的宣传

（**本报记者，北京，1月10日，1917年1月18日刊登**）德国的宣传已经在无知国度的某些地区里取得了一些成功，但是，中国的普罗大众却对成败难料的事件表现出漠不关心的态度，很明显，他们不是亲德派。在生意圈里，大家都明白，在协约国欣欣向荣之际，德国的贸易却陷入了停滞。然而，在军事圈中，德国仍然有很高的威望。那些在实际上控制着政府的军事领袖们，似乎无法摆脱对德国很可能在战争中取胜的忧虑。过去一段时间以来，协约国的情形已经渐渐地在中国人的面前变得清晰起来。

德国人当然正预备着在战后大肆剥削中国，他们可以使用来自中国政府所付款项的大笔资金，为未来的事业提供优惠的条件。然而，对那些在商业定金的事情上互相竞争的对手来说，他们都面临着同样的机会。

虽然有一些德国人在南方的港口中受雇担任下级职位，但是，在中国机构中工作的德国人，总数却从1914年的199人下降为1916年的125人。

德国人已经在华北地区获得了对两份下三滥报纸的主控权，两份报纸在中国人中的发行量都非常低。德国人的劳埃德德华机构（Ost-Asiatische Lloyd Service）向北京的许多报纸专栏提供了千奇百怪的战争新闻。其中有许多是在当地捏造出来的，对于中国人来说，这些新闻也大都晦涩难解，尽管如此，这家机构还是频繁地散播了有害于协约国的谎言。

新的中日协定——双方在某种程度上表示满意

（**本报记者，北京，1月23日，1917年1月27日刊登**）有关郑家屯事件（曾导致中日两国军队在去年8月互起争端）的谈判已经拖延了好几个月，最近，该事件由中国外交部和日本公使馆以互换备忘录的形式作结，而这些文件很快也将会公之于世。以下内容为该备忘录的主旨：

奉天的督军将会向日方致歉；相关师部的指挥官将被训斥；直接牵连其中的军官们将会受到惩戒；遇袭的日本商人则会得到赔偿；并且，将在南满各地张贴告示，警告中国人对日本军队与侨民应持必要的礼貌态度。

在这些规定条文逐条使日方感到满意之后，日本军队将自郑家屯撤军。

日本人在单独的备忘录中也表达了他们的另一层企图，他们想要在中国的主要军事学校中任命日本教官，并想在东三省的中国军事总部里任命日本籍军事顾问。对于这项提议，中方的回复是：在目前，中方无法答应。

在第三份备忘录中，日本要求中国认可南满和东蒙地区现存的日本警察署，并宣布了他们想要根据需要在这些地区中建立更多警察署的意图。

中方在回应中拒绝对此表示认可，并对日方为达成自我企图所作的争辩给予回击，中方并否认日方有权利提出这样的要求。

因此，有关警察署的议题很可能在未来构成双方争论的焦点。

中国对德国提出的要求——威胁要与其断绝关系

（本报记者，北京，2月9日，1917年2月14日刊登）威尔逊[1]先生邀请中国与德国断绝关系一事已在本地激起了极大的兴奋。

一个由老年军人组成的代表团敦促国务总理务必克制而不要采取行动，因为他们害怕德国会在未来对中国予以报复。然而，革命党的军事领袖们和"少年中国"派却热切地拥戴着与之相反的路线，两方的拉锯战因为消息更为灵通的官员们所持的观点而转向了军人代表团这一边。这些官员们将目前的局势视为一种不太可能会再度回转的机遇，中国可以借此机会和其他持中立立场的列强联合起来，在和平会议上取得一席之地，那么，就会使采取与美国相似的行动而被迫卷入战争的可能性变得较为模糊了。

最终，政府批准了向德国递交一纸备忘录的决定，以警告德国，如果不对

1　威尔逊（Thomas Woodrow Wilson，1856-1924），美国第28任总统。在第一次世界大战的后期，亲自主导了对德交涉和协定停火。1919年，赴巴黎筹建国际联盟并拟定《凡尔赛和约》，因此获诺贝尔和平奖。

所提及的有关潜艇的部署进行修改的话，中国将断绝与德国的关系[1]。另一份备忘录则送达美国驻华公使处，指出中国已对德国的部署进行了有力的抗议，为了维护国际公法，在将来有必要时，将采取有关行动。这份备忘录只能解读为，如果德国不放弃它目前所持的立场，则中国会宣战。

1　1916年开始，由于英法两国在第一次世界大战中人口伤亡过大，因而在中国招募了数十万华工，但商定的招募前提是，不将华工投入军事行动，只让他们从事军事工业生产与后备支援。1916年底，德国参谋部承认，仅靠陆军将无法取胜，因此，从1917年2月1日起，德国宣布实行无限制潜艇战，开始任意袭击往返于协约国港口的交战国和中立国的所有船只。不久，德国便击沉了法国载运华工前往欧洲的"阿托斯"号轮船，溺死华工约500人。2月9日，北京政府向德国发出了抗议对方杀害无辜劳工的有关照会。美国驻华公使芮恩施也趁此机会，开始劝请中国对德断交。由于德国未就中国的照会给出明确、有诚意的答复，段祺瑞内阁遂于5月1日通过了参战案。

中国的真诚态度——道义上和物质上的因素

（**英国交换电讯社消息，巴黎，2月15日，1917年2月16日刊登**）日报上刊载了一篇对中国驻巴黎公使的专访。他在专访中说道：

在这场战争中，中国在物质上受到了极大的损失。德国所宣布的潜艇战争可能将导致中国承受更大的损失。

但是，另一个动机则是，我们相信，和美国联手向德国提出抗议是我们的责任。我们这么做，是出于道义和正义的原因；同时，也希望借此来迫使德国接受尊重国际公法的必要性。

我们与协约国保持着同情与友好的关系，它们是我们第一流的邻国，无论是以它们的领地来说（如英法两国），还是以其自身而言（如俄日两国）均是如此。你们可以完全相信我们做此决定的动机是严肃的，如果我们给德国的备忘录没有达到想要的目的，则本国将会毫不犹豫地与其断绝一切外交关系。

协约国主动给予中国的条件——中德两国关系破裂的可能性

（**本报记者，北京，2月28日，1917年3月3日刊登**）今天，协约国的公使们向中国政府呈上一份外交照会，对中国所采取的对德立场表示同情，并保证，将对有关战争期间暂时中止庚子赔款、在中国与德奥两国有效断绝关系的事件中修正关税这两件事情予以最优惠的考虑。

德国与美国关系的发展比预期中的有所延迟，而迄今为止，协约国也还没有对欢迎中国加入做出过任何集体性的表示，这些因素都造成中国在未来的动向上犹豫不决。而德国方面，则自不待言，一直在中国军队的官员中尽力建立起一个反对两国关系破裂的派别。

看起来，协约国公使们的及时行动达到了预期中的效果。

中国在对德宣战上的争议——府院关系面临破裂危机

（**本报记者，北京，3月4日，1917年3月6日刊登**）中国对德国的进一步态度引发了一场政治危机，它导致国务总理与其余几位内阁成员突然于今天下午起程前往天津。他们采取这一步，无异于提出辞职。

很显然，与政治领袖和政府的顾问们保持一致的内阁已经决定与德国断交，在实行该决定的过程中，内阁希望向各省官员们致电，以解释作此决定的原因与盘算的步骤，并指示对方接下来该如何应对。

但总统拒绝在电文上签字，并声明说，只有他才有特权宣战，因此，在取得国会的正式同意之前，他将不会采取任何行动。长时间以来，总统与总理间的关系一直处于某种僵局之中，而在这一意见上的严重分歧更促使双方关系绝对破裂。

国会两院的议长们都拜访了总统，并对总统直言相告，说他误解了人民的普遍希望。各方都付出了极大的努力来促成府院双方的和解。

据信，国会中的大多数成员都已经预备好要投票赞成"与德国断绝关系"。

中国与德国断绝外交关系，此决定
得到了国会的压倒性支持

（本报记者，北京，3月11日，1917年3月14日刊登）政治危机和与德国断交的问题同时得到了解决。总理离开首都一事终于使总统回过神来，两天之后，总理一行在确定其政策不再受到总统的阻挠后回到了北京。

国会两院目前以压倒性的多数票表达了对于政府的信任，结果是，两院已出台了一份报告，阐述了政府应该采取的步骤以及两院对于未来的意向。

据我们估计，驻京的德国公使会立刻取得其通行证回国。

为挽回局势，德国作了最后一搏，昨天，一份有关中国备忘录的回复被送至中国外交部。在该文件中，德国遗憾地表示无法改变其潜艇策略，但是特别注明将会尽其全力来保护中国人生命和财产的安全。

（路透社，北京，3月11日）参议院以158票对37票批准了政府的外交策略，其中包括与德国断绝外交关系的决定。

（英国交换电讯社，北京，3月12日）与德国断交很可能自今日开始生效。一项更进一步的决定很有可能会接踵而至，它将会宣布中国已断然决定与协约国联为一体。

中国与德国断交，德方船只遭到扣押

（路透社，华盛顿，3月14日，1917年3月15日刊登）中国政府已经与德国断绝了外交关系，并且取得了停靠在上海的德国商船的管有权。

根据目前正在中国海域的美国海军部门高级官员发来的消息，被扣押船只上的德国船员已经在看守之下被带上岸，而武装后的中国警卫们则被安置在这些船上。

德国照会的文本——德方历陈其清白及受到不公正的对待

（路透社，北京，3月12日，1917年3月15日刊登）星期六晚间，德国公使向中国政府当面呈递了德国对中国就其无限制潜艇冲突所提出抗议的答复。据信，这份回复已经在德国公使的手中停留了一段时日，也就是说，该文件的递送被有意地拖延了。

德国对中国在抗议中所提及的威胁表示吃惊，并陈明，尽管其他许多国家也向德国递交了抗议信，但中国是唯一对其施加威胁的国度。德国对此事甚感惊诧，因为中国在被封锁的领域中并无船运利益。

就中国公民的生命损失一说，德国指出，在此之前，中国从未就此事与德国进行过任何沟通。按照德国政府所收到的报告，这些损失都发生在交火地带之内，而这些地方都是中国人挖掘壕沟及修筑其他战争工事的区域。德国对中国进行如此雇佣提出了抗议，这一事实正体现了它对中国的友好态度，因此，德国愿意以如此雇佣并未构成任何威胁的假设来处理此事，并请中国修正其观点。

照会的结论是，德国的敌人们首先宣布封锁之事，并且坚持要将其完成，因此，德国很难再取消其封锁的政策。尽管如此，德国愿意与中国共同商讨出一个计划，来保护中国人的生命、财产、船运以及其他权益。德国愿意采取安抚的政策，因为一旦关系破裂，中国不仅会失去一位好朋友，更将陷入无法想象的困境。

路透社获悉，德国政府确信有关中国人在交火地带附近从事挖掘壕沟及修筑其他战争工事的说法并无事实根据。

另一方面，则有确定的消息指出，在过去几周之内，由于德国的行动，持续发生中国公民在公海上殒命的惨剧。德国自己非常清楚，战场上唯一雇佣的中国劳工都与通讯工程有关，而那些地带与危险区域相去甚远。

中国与德国断交——封锁后的后续事件

（路透社，北京，3月14日，1917年3月16日刊登）德国驻京公使已经取得了他的通行证。

在所附的一份说明性公文中，外交总长说明，一个月过去了，德国并未对中国所竭力抗争的潜艇冲突一事予以关注，这一冲突使众多的中国百姓丢了性命。3月10日，中国收到了来自德国的答复，虽然德国政府提出了愿意达成一项以保护中国人生命和财产安全为目标的计划，却又同时表示，取消封锁一事很难做到。因此，该回复并未达到抗议的目的，至此，中国唯有以极其遗憾的心情，认为一切努力均告无效。

故此，中国政府被迫与德国断绝外交关系。

除了为德国公使、公使馆工作人员及其家属们办理了通行证之外，外交总长也已指示各通商口岸的外交部专员们为德国的领事官员们办理相同的文件。

中国与它的"最后一步"——中国可能会推迟宣战

（ **本报记者，北京，3月14日，1917年3月17日刊登** ）随着德国官员在中国消失，德国对协约国雇佣中国劳力以及出口用于战争的商品的抗议也就不复有效。

然而，在中国向前迈进一步并以宣战来取消所有条约之前，它中断向德国赔款、采取对抗德国特许权和在华德国人的行动，却并不会行得通。

在首都，舆论的平衡性已严重趋向于"把事情做绝"的那一端，但是，政府方面还是有可能会推迟迈出最后一步，直到全国各省都对局势有更彻底的了解。

十年期限到期，鸦片交易宣告终结

（**记者专稿，1917年3月31日刊登**）目前，印度鸦片出口到中国已经被全面禁止了。依照英国政府和中国政府在1907年缔结、并在1911年再次确认的合约，交易终止的期限定为十年，这一期限在今天到期了。

在这一条约中，假设中国政府能自我实行鸦片削减、消费的安排，英王政府则同意将由印度出口到中国的鸦片逐年递减5100箱，直到十年期满时完全绝迹。

使用鸦片被中国政府认为是最尖锐的道德和经济问题之一，他们必须从一个国家的角度来面对这个问题。据估计，它代表中国每年将损失8亿5625万银两。1900年，中国人决定停止吸食毒品，与大英帝国所签订的合约也因此受到了真诚的欢迎。1906年9月20日，大清政府在全国范围内颁布了一道有关禁止鸦片消费和罂粟种植的诏书。这一全国性变革计划的最终一幕发生在去年的2月份，当时，中国政府与鸦片联盟缔结了一项合约，将在3月31日购买下授权之后的鸦片存货的剩余部分，以作药用。

中国的战争危机——面对严重的宪政 分歧　总理遭到免职

（本报记者，北京，5月22日，1917年5月25日刊登）战争的问题已经引发了一场非同寻常的危机，原先的议题也已经被北京的政治考量所混淆。最近以来，总理和国会之间的一长串政治歧见，被"少年中国"诠释成是总理为试图胁迫国会就范而进行的某种努力，这也使得双方的分歧达到了高潮。内阁在遭遇接二连三的免职和请辞之后，如今只剩下孤家寡人的总理了，而在内阁被重组之前，国会拒绝讨论由政府提出的任何问题。总理敦促总统解散国会，但是总统基于宪法的立场予以回绝。

支持总理的人，大都是各省的一些督军，他们纷纷云集首都，据推测是以此来恫吓国会。然而，总理对于以武力解决事端的做法感到犹豫不决，因为无论是解散国会，还是罢免以宪法为其立场的总统，都可能会在南方引起一场叛乱。

虽然议题的焦点是宣战的问题，但真正的分歧还在于究竟应该由武夫出身的总理还是由国会来定夺政策。据信，国会已经做好了充足的准备，在一个被认可的政府下来解决战争的问题，但是只要段祺瑞身为总理，这一切就行不通，因为只要中国参战，协约国所应允的巨大财政利益，就可能会大大提升这位让国会信不过的人所把持的权力。

而从宪法的角度来看，总理是完全错误的，他应该为此引咎辞职。有人担心会爆发政变，但是很明显，整体而言，这出戏码所引发的后果将有可能会危及国家，因此，人们也相信，一个明智、稳健的对策最终还是会占上风。

（5月23日）总统已经不畏艰险地免去了总理的职务，维持国家秩序的重任也交在了四位高级军官的手中。目前看来，我们没有理由怀疑这四位军官履行受托使命的能力。然而，总统的做法毕竟还是对北方军事力量形成了直接的挑战，局势会如何发展，我们将拭目以待。在最新的进展中，有一点令人稍感鼓舞与安心，军队派系中的一个重要分支似乎已准备好支持总统，而他们所采取的步骤也将与宪法相一致，并依据宪法的要求而进行。

作为临时措施，伍廷芳已经被任命为代理总理，一俟段祺瑞离开京城，伍廷芳便会代行其职权。

（路透社，上海，5月24日）昨天上午，在与总统发生了一场争吵之后，段祺瑞即被宣布解职。陆军副总长已经被升任为陆军总长，而北京和天津的军队也分别任命了新的指挥官。

段祺瑞宣称，他拒绝接受这一命令，并于昨晚已前往天津。

目前的尴尬局面，还有对于人在广州、穷兵黩武的龙济光和陆荣廷两位将军所部属行动的报道，都被认为是军事派和国会派为争夺权力而缠斗、厮杀的前奏，有人认为，这两派将很有可能会诉诸武力来解决争端。

中国的新总理——李鸿章的侄子受委任

（**本报记者，北京，5月28日，1917年5月30日刊登**）国会两院均通过了对李经羲[1]总理任职的提名。李经羲是李鸿章的侄子，也是一位和北方的军事领袖们过从甚密的旧时代官员。

在中国的政界中，北方的军队一直是一个无比重要的要素，"少年中国"也非常明智地了解其重要性。而另一方面，某些军事领袖们也一直紧抓着一个事实，若是遵守宪法的途径，就会获得切实的好处。因此，当老派和新派人士之间存在政治冲突时，两派中较明智、较有身份和地位的人士都会设法在争夺不休的利益之间建立起某种平衡。

对于新的内阁，保守派们无疑将会抵制一个令各方满意的方案出台，而在目前，这个方案已即将完成。但是，有迹象表明，宪法的观念已经稳固地树立在政界人士的心中，它预示着，此类社会运动将有可能获得广泛的支持。

1　李经羲（1857–1925），字仲轩，安徽合肥人，李鸿章三弟李鹤章之子，清末民初政治家。清末时，历任各地巡抚、总督，民国时期曾任国务总理。袁世凯称帝时，李经羲被其称为"嵩山四友"之一，成为其辅佐。但护国战争爆发后，李经羲却拒绝替袁世凯向蔡锷进行游说。1917年府院之争中，段祺瑞的国务总理之职被罢免，由李经羲继任。但张勋复辟后，李经羲内阁被迫辞职，成为北京政府正式内阁中最短命的一个。此后，李经羲逃往上海，从此离开政治舞台。

权力之争

（社论，1917年6月1日刊登）当中国的政治情势似乎渐渐摆脱了前几周的僵局时，又传来了新闻，几个省的督军已经宣布独立于中央政府，并向总统发去电文，要求解散国会。此事进展的程度和性质目前仍然晦暗不明，然而，似乎会波及河南、浙江、安徽，可能还有湖北和福建各省。正如我们于昨日发表的由本报记者所采写的消息所言，局势发展将主要取决于一些重要人物（诸如人在南京的副总统冯国璋、在徐州府的张勋等）的态度，这些人统领着重要的军队，迄今为止都一直被认为是总统的支持者。

此事爆发的前因是，总统黎元洪最终解除了违令犯上的总理段祺瑞之职，并提名由著名的前直隶总督、已故李鸿章的侄子李经羲取而代之。对于最近以来对段祺瑞颇怀敌意的中国国会而言，这一提名似乎是可以被接受的。新总理与他有着军人身份的前任所不同的是，他已经在民事行政机构中任职三十年，最重要的是，他还担任过几个省份的巡抚。然而，本报北京记者说，他与北方的军事领袖们也过从甚密。对于西方世界而言，这一改变中令人最感兴趣的地方，正如目前所报道的局势发展一样，可能会影响到中国对于战争的态度。过去一阵子以来，一般都期望中国能够站在协约国的一边向德国宣战。我们相信，中国一直优柔寡断的主要原因，正是各部门在明确决定国家大事时所惯有的、臭名昭著的迟缓和拖延态度。除此以外，可能还有一些更为明确的缘由。

大家可能都记得，当威尔逊总统与德国断绝外交往来时，他曾经邀请中国

556

也步美国的后尘。段祺瑞主张与德国断交，总统黎元洪却一直犹豫不决，直到国会两院以压倒性的投票表决诱导其最终表态。德国在中国水域的船只被掳获，除一两个人以外，德国公使和领事们也都离开了中国。再后来，宣战的问题再度爆发，段祺瑞主张武力干预，总统却再一次犹豫不决。黎元洪之所以会这样拿不定主意，有两方面的原因。如同事件目前所显示的那样，他无法确定各省的态度，也不愿意在未得到国会强力支持的情形下迈出任何一步。此外，还有一个或许更能成立的理由，对其政府而言，总统力主宣战的决定是宪法所赋予的特权，而段祺瑞却试图控制整个局面。大家都明白，国会已经做好充足的准备来批准宣战，但前提是，段祺瑞不能还占据着总理的席位。总理和国会两院之间的裂痕早已大到无法弥合。段祺瑞已经打发走了几位总长，还有几位自己辞职走人，国会已经完全对段失去了信任感，最终，段发现自己已身处在一个没有内阁作为后盾的"孤悬"的总理席位上。他仍在继续藐视着总统的权力，在一段时间里，如果他还可能得到北方军的支持，便会不断展现出其独裁者的性情。目前由于督军反对总统而引起的骚乱，是否是为了应合他或根本是由他所主导，随着事件的进展，很快就将见分晓。本报北京记者相信，南方派系将普遍支持国会；但是，他又加了一句，在邻近北京的地区中，那些军事领袖们对段的忠诚，一旦与所有北方派系的督军们的立场联合发力，将会形成严重的紧张状态。一切都清楚地表明，公然的权力之争已经爆发，而这一场争斗可能会影响到全中国目前的状况。

中国九省发生骚乱，持异议的督军们提出要求

（**路透社，北京，5月31日，1917年6月2日刊登**）作为因前任国务总理段祺瑞被解职而引发的结果，一些省份的督军们谴责总统和国会试图损坏认真负责的内阁系统。他们并声称，解除段祺瑞的职务是违法之事。除了安徽与山东两省之外，山西目前也已宣布独立，而奉天与湖北则是有条件地支持这场运动。其他省份的态度则还不明朗。

持异议的督军们要求解散国会并按照他们的观点重组内阁。北京的权力阶层将这场运动定性为"军国主义和立宪主义的一场大对抗"，目前，他们并不将它视作要将新总统和国会赶下台的一场示威运动。尽管如此，从这些省份所传来的报告都显示出，情况颇为危急。

又讯，除了以上提及的省份之外，河南与浙江也已经加入了造反者的行列。中国的报界则提到，福建已宣布独立，而奉天的督军也正仿效他们的做法。

中国的政变——临时政府成立

（上海，6月3日，路透社，1917年6月5日刊登）作为某次会议的结果，穷兵黩武的军界人士已经组成了一个临时政府，其成员包括：

徐世昌：曾担任过多项政府要职，将任全权领袖；

王士珍[1]：目前为代理总理，将担任总理；

曹汝霖：外交总长；

段芝贵[2]：陆军总长；

汤化龙：内政总长。

北京的宪兵队队长已经被要求严密监视黎元洪的一举一动。

北京的路透社记者发来电文说：从今以后，政府将完全被孤立，而军界已经对电报服务建立起一套严格的审查制度。

张勋将军则已于昨天抵达天津。

1　王士珍（1861-1930），字聘卿，直隶正定县人，清末民初军事将领。1914年，王士珍被授予陆军上将衔，参加了北洋政府。之后，历任陆军总长、参谋部总长。在府院之争中，王士珍支持黎元洪，反对对德国宣战。

2　段芝贵（1869-1925），字香岩，安徽合肥人，清末民初军事及政治人物。段芝贵毕业于北洋武备学堂、日本士官学校，曾在京津等地军警各处任职。辛亥革命后，曾任拱卫军司令、江西宣抚使兼第2军军长。后因镇压二次革命有功，晋升湖北都督。袁世凯死后，段芝贵投靠皖系。1917年张勋复辟之时，段芝贵因击败张勋所部而荣升为陆军总长，后再改任京畿卫戍司令。直皖战争后，因和直系作战败北，段芝贵逃入天津租界，从此从军政两界引退。

以下为电文中提及的主要代表人物的传记要点：

黎元洪：自袁世凯于去年去世后担任中国的总统；

张勋将军：一名具有相当影响力的旧时代军官。他在徐州府率领着重要军队，据信，直至上周为止，他仍站在支持总统的一边；

段祺瑞：国务总理，直至因促成目前的危机而遭到罢免。主张与德国断交，与总统和对其不信任的议会有着严重分歧；

徐世昌：已经担任过多项不同的政府要职。1911至1912年间为主要的参谋人物；他与其他三位政治家享有袁世凯"嵩山四友"的雅号；

王士珍：将军。1916年的主要参谋人物。

（**北京，6月2日，路透社**）民国总统黎元洪已经将声名狼藉的张勋将军召到北京商讨对策。这一步可谓意义重大，因为张勋自民国创立以来，一直盘踞着徐州府一带，而此地又是津浦铁路线上的一个重要的战略要点。张勋曾在若干场合中公然反抗政府，尽管尚未宣布独立，他却被认为是目前这场军事行动的煽动者。但是，也有人相信，他其实一直置身事外，因此，他或许能承担起调停者的角色，既达到其目标，又不至于引发战争。

中国军方的要求——总统所面临的难处

（**上海，6月6日，路透社，1917年6月7日刊登**）据上海《大陆报》北京记者报道，民国总统黎元洪试图请辞，但在最后一刻，他还是被副总统冯国璋所劝止。建议解散国会并已被解职的国务总理段祺瑞以及两广巡阅使陆荣廷[1]，都不把恢复满人王朝当作解决当前危机的出路与维持总统席位的方法。

安徽督军倪嗣冲将军已经声明："总统必须立刻解散国会，要么，他自己一定要走路。如果他对军队派系作出让步，或许还会被允许保全其席位；否则，徐世昌（新成立的临时政府领袖）将会被选为新总统。"倪嗣冲将军否认自己有想要恢复帝制的意图，但是他也作出了警告，如果张勋将军去北京，则不太可能会造就和平的局面，张勋只会推翻总统并恢复满人王朝。倪嗣冲不相信会有什么战争爆发，因为所有的北京军队，甚至是总统的保镖，都站在军队派系的一边。他预计，两个星期之内，所有风波都会平息。而一旦新国会选举之后，就会对德国宣战。

1　陆荣廷（1859-1928），广西武鸣县人，壮族，清末民初政治人物、军事将领，旧桂系首领。

中国的危机

（北京，6月11日，路透社，1917年6月20日刊登）总统正决定解散国会，但因为代理总理伍廷芳拒绝签署有关指令，其难度正在加大。伍廷芳认为，总统此举违背了临时宪法。被选举为国务总理的李经羲则表示拒绝接受这一委任，也婉拒签署该指令。伍廷芳已经请辞代理总理一职。

中国发动了政变 —— 满人皇帝复位并得到军方的支持

本报北京记者发布了一条消息，年幼的满人皇帝宣统在张勋的支持下宣布复位。自民国建立以来，声名狼藉的张勋一直占据着津浦线上的战略要地徐州府，而最近的军事行动，据说他也是煽动者。这次军事行动经过了几次反复后，以星期天一早的政变告终。

（**本报记者**，北京，7月1日，1917年7月3日刊登）今天凌晨三点，满人王朝静悄悄地宣布复位。张勋将军所部的几个营和禁卫军将紫禁城重重包围起来，宣统小皇帝则被宣告，其命运将发生改变。当地似乎看不到任何骚乱的迹象，街道上排满了军队，巡逻兵们则一直在来回巡视着一切动静。没有其他迹象表明该事件的倾向性。

（**路透社**，北京，7月1日）众所周知，一场恢复帝制的运动正在进行之中，据信，目前还不至于因此酝酿出一场政变来，但事发突然，已经在北京引发了轰动。有大事将要发生的首要标志是，街道上军队的人数多了起来，强壮的警卫遍布四周，其中主要是张勋将军的手下，四散在电报局和邮局的附近。这场运动的主要目的是要建立一个君主立宪的制度，很明显得到了北京所有军事派系和北方政府大多数人的支持。

在伦敦的重要华人聚居区里，人们认为，扶持年幼的前任皇帝宣统重新即位的做法，可能并不会造成什么严重的麻烦，即便华南地区强大的共和派系可能在一开始会拒绝承认其权威。

几天前打头阵率领自己的队伍北上进京的张勋将军，被认为是中国掌握实权的人物之一，正因如此，更有可能会保证满人达成他们的目标。另一方面，共和总统是一个缺乏强有力性格的人物，很有可能，他不太会（或者根本不会）反对张勋将军。

中国的改变不太可能会在任何方面改变其国际关系，因为帝王派系和共和派系有着同样的对外政策。

帝制及其倡导者的共和试验

（社论，1917年7月3日刊登）自从五岁的"天子"宣统宣布退位以来，"满人皇帝"的名衔已经黯然失色了五年有余，现在，世界上最古老的皇权又再度得以恢复了。从北京传来的新闻表明，最近这一场政变的始作俑者，以建立君主立宪制为自己的目标。

其实，早在去年，这一情形就已经可以从中国最有势力的共和主义者及首任总统袁世凯的尝试中初见端倪，当时他所做的，就是试图恢复帝制。在整整十二个月之前，袁在掌权四年后，被死亡中断了其政治生涯。尽管在他后期的生涯中，袁既不算是一个独裁者，也非暴君，但身为中国新式军队的创始人，他却意识到，军队是促使整个民国凝聚在一起的必要之物。长期以来，他之所以会和空谈、教条的广东人不断发生争执，正是因为他确信这些广东人的方针、目标不切实际；他认为，中国所需要的，是强硬的个人统治。

袁的继任者，也就是原中华民国副总统黎元洪将军，是新派人物中的一名优秀践行者。

恢复帝制运动的推手张勋，也是一位将军，却属于旧体系。当南京遭到革命武装的突袭时，他正在该城担任着最高统帅。满人退位后，他仍长期坚持自己的主张。本报北京记者记录下了事件发展的经过，上个月，在煽动起当前的这场运动之后，张勋先是诱使总统邀请其前往北京担任调停者的角色，然后又在天坛四周聚集起了一批孔武有力的保镖。之后，他现在所采取的行动不过是时间上的问题了。

中华大地上的新帝国——采取君主立宪制，公布第一批任命名单

（**本报记者，北京，7月1日，1917年7月4日刊登**）今天下午，在以旧式帝王风格所宣发的一份冗长的诏书中，皇帝提到了隆裕皇太后，赞许她为了人民的福祉以百倍的勇气交出了江山。但自从民国建立后，贿赂之风盛行，外债剧增，太后当年的仁慈意愿备受践踏。最近以来，皇帝接到了许多上疏，恳请他回朝当政，现在，他带着惊恐战栗的心情，再度君临天下，愿以拯救天下苍生为己任。

诏书保证，将建立一套君主立宪的制度，满人将不干预政治，承认外国的条约和贷款，废止民国后发行的印花税和其他苛捐杂税。诏书宣布，禁止成立政党，宽赦政治犯，而个人可选择是否蓄辫。

其余几份诏书则任命徐世昌与康有为分别担任随后将会成立的政界元老会的正副大臣，同时又提名了七位内阁议政大臣，也作了一些有关内阁的任命。

其中，最重要的任命可算是张勋任直隶总督兼北洋大臣了。张勋近来大量招兵买马，其军队的人数目前已超过了4万。很显然，他有意要脱离徐州府，并占据一个可以让他掌控首都的职位，进而再控制整个帝国的局面。

直到目前仍是民国副总统的冯国璋，则被任命为两江总督兼南洋大臣。

年幼的皇帝及其顾问们想要成立一个政界元老会的决定，想必是要借鉴上

世纪后半叶日本在开始实行宪政改革时所采取的方式。

这一新机构的指定大臣徐世昌是旧派体系中的一位厚道友善、八面玲珑的学者型人物，他曾经成功地出任过东三省总督、邮传部大臣、协理大臣，并在1911年担任过年幼皇帝的顾命大臣。他是袁世凯的结义兄弟，后曾在1915年出任过民国的国务卿一职。

指定的副大臣康有为则是众所周知的南方改革派人士，他曾于1898年鼓动过先皇帝光绪颁布了著名的改革诏书。在慈禧皇太后发动宫廷政变后，他逃出了中国，许多年来一直在国外居住，其中主要的暂居地是美国。

至于极为重要的直隶总督一职，由于其权力范畴涵盖了北京，而行政中心则是天津，复辟帝制的发动者张勋将军当仁不让地担任了这一要职。1901年，袁世凯开始在天津奠定中国现代军队的基础，天津因而变得声名卓著。

新任的外务部尚书

首都的警令

（北京，7月2日，路透社，1917年7月4日刊登）在再度启用的旧历宣统九年五月十三日当天，宣统皇帝颁布了以下任命名单：

梁敦彦：外务部尚书；

朱家宝[1]：民政部尚书；

雷震春[2]：陆军部尚书；

张镇芳[3]：度支部尚书；

王士珍将军仍留任参谋部大臣。

---

1 朱家宝（1860–1923），字经田，云南华宁县人，清末民初政治家。清末时曾先后任知县、知州、知府、道台、江苏按察使、吉林巡抚、安徽巡抚等职。1914年后，任直隶民政长、署直隶都督。张勋复辟时，任民政部尚书，复辟失败后逃亡日本。后于1918年10月返天津寓居。

2 雷震春（1864–1919），字朝彦，安徽宿州人，清末民初军事将领。清末时曾官至直隶陆军参谋处总办、陆军第三镇五协协统、奉天巡防营务处总办、署江北提督等。民国后任陆军第七师师长，参加镇压二次革命。1914年，积极支持袁世凯称帝。1917年，雷震春因参与张勋复辟而遭到逮捕，1918年被北洋政府释放。

3 张镇芳（1863–1933），河南项城人，袁世凯的表弟，清末民初政要、财阀。他支持袁世凯称帝，创办过盐业银行。袁世凯去世后，投靠张勋，因而在张勋复辟时被委以内阁议政大臣、度支部尚书等职。复辟失败后被逮捕，直到1920年才获释放。其后仍任盐业银行董事长。

政府各部的官方权力及名称即刻恢复。

尽管有一部分人对此感到紧张，但时局大体上还算平静。依照警令，龙旗已开始在全城各处悬挂。

根据稍晚时发自北京的电文，有迹象显示，南方对于新政权可能会有相当程度的反抗之意。

满人的回归

（社论，1917 年 7 月 5 日刊登）民国被推翻，满人王朝在名义上得以复辟，这件事和最近发生在俄国的事件形成了令人颇感好奇的对比。虽然二者有可以类比之处，譬如前沙皇是被囚禁在沙皇别墅中的阶下囚，而中国的儿皇帝在实质上也被限制在紫禁城中。但中国所发生的实质性改变，却来自一个事实——军事独裁者已经取代了共和政府最近以来软弱、无效的统治。

一时之间，从任何程度上而言，权力的主要核心都将是张勋将军，而他也已自任直隶总督。张勋是一位粗野却果决的高阶军官，在过去数年中，已经在军事上占据了令人好奇的一席之地。有人认为，他对满人的主张一直保持着某种程度的忠诚，但又似乎一直对自己的运气持小心翼翼的态度。在革命的早期阶段中，他为帝制拥护者们把守着南京；而奉命北上时，又在南京和北京半道上的徐州府铁道线旁建立了自己的据点。此后，他一直盘踞在那里，直到返回南京将孙文和他那些空谈主义的支持者们赶出中国。他帮助过袁大总统，但又以自己的名义拉起一支军队，以厉兵秣马的姿态掌控着其总部附近的大片地区，并照着自己的意愿大行其事。他手下有一支精简有力的部队，当他北上京城的消息传来时，很明显，民国的末日似乎也就近了。北京的公告或许是皇帝签署的，但张勋和他那身为战争掠夺者的军团将要控制整个局面。

若称这些进展是一种对帝制政府的复辟，还为时过早，因为目前再次出现的，只是形式，而非实质。我们还是会看到南方的人们将要说的变局。只要能保障他们在平和的状态下赚钱度日，大多数中国人对于他们生存在一个什么样的政府体系之下漠不关心，但是，共和在南方却总是比在北方更受到欢迎。对于北方的帝制拥护者们来说，这是一起"不可避免的偶然事件"。已故的袁大总统无疑已尽其所能去挽救王朝，那时候他还从没认真想过要黄袍加身。更有甚者，满人在诏书中表明，本朝停止执政，但这并不能算是完全的逊位。在复辟的可能性上，总有漏洞可钻。在目前所公布的新任尚书委任令上出现的名字大多数都是军人，相信这些人在骨子里都是帝制的拥护者。其中，最有趣的提名是康有为，这个著名的广东籍改革派人士在1898年几乎是说服了光绪皇帝颁布了一系列改革的诏令。如果康有为的目标没有遭到慈禧太后的阻挠，中国在过去二十年的历史将会重写。选择康有为出任设想中的政界元老会的副大臣，可能正是为了安抚南方派系。

满人复辟的功绩是，直到目前为止，尚未发生流血事件。在政变的结果变得更为清晰之前，政体改变的新方案还不能被太认真地看待。中国所真正需要的，是一个稳定、清廉、进步的政府，而这一需要，在失去信誉的满人王朝中不太可能会得以实现。但是，从另一个角度看，从本能上来说，中国人肯定不是共和主义者，在这片土地上，共和的脆弱结构一碰就会裂成碎片。一个傀儡皇帝再加一群军事冒险家，会不会改善中国的内在状况，这一点看来令人疑虑重重，我们担心，中国在未来可能将面临更多的麻烦。

中国的共和军队向北京开拔

（**英国交换电讯社，北京，7月4日，1917年7月6日刊登**）前国务总理段祺瑞与前民国副总统冯国璋，已经各自承担起指挥北南共和军的重任。

带着惩戒意味的远征军先头部队已经向北京开拔，首都的情势变得非常危急。

（**路透社，上海，7月5日**）民国的前副总统向各省督军以及公共机构发出了激动人心的呼吁，谴责张勋将军以及他的复辟行径，并号召全国上下恢复共和。

民国的前总统则安全地隐身于日本驻华公使馆内。

支持共和的运动正逐日变得声势浩大。

在由海军总长、重要军事领袖以及孙文和其他政界要人所召开的一次会议上，通过了一项决议，赞成将共和中央政府迁至上海。

共和主义者已邀请民国前总统立刻前来上海。如果他到了上海，整个局势将立刻变得更为严肃。

（**路透社，东京，7月2日**）仅有少量关于北京事件的消息传到东京。根据一名日本高级官员的说法，"日本仅仅是站在一个旁观者的立场上"。他又指出，中国人应该在不接受日本干涉（甚至建议）的情况下自己解决政治和管理事务。

满人王朝的复辟宣告终结，北京已被共和军包围

（**本报记者，北京，7月8日，1917年7月10日刊登**）在正规军微不足道且无太大实效的支援下，面对人数众多的共和军的团团包围，张勋部队实际上已经在不发一枪一弹的情况下退回到北京城内。共和军的部队正将京城围得水泄不通，短暂的复辟正迎来它极不体面的收场。

今天下午所颁布的一份诏书宣布，张勋已经从他所占据的所有高官席位上退下，将局势的掌控权暂时交在一位颇具影响力的北方军官员的手中。

在过去两三天里，中国人四处散播着巨大的惊慌与担忧，但是在北京城中，却并没有碰到什么麻烦，警察们自发地立誓严防交战与抢劫事件。被困在一角的张勋的无赖军队或许试图四处撒野，但是我觉得，即使他们这么做了，也构成不了什么严重的威胁，除非类似事件发生在一些受到高度限制的地区中。

京津之间的邮运和客运火车再度恢复营运，预计正常的交通很快也将得到全面恢复。

（**路透社，上海，7月8日**）国会议员们对前副总统，也就是目前的民国代理总统冯国璋极不信任。今天，他们邀请伍廷芳、程璧光前往南京，就两人身为外交总长和海军总长所各自负责的职权作出答复，并就有关"临时约法"的事情向他们询问冯国璋所持的态度。

国会议员们正尽其最大所能，想要将前总统黎元洪请到上海，并成立一个

合法政府。但是，他们又觉得，在黎元洪正式辞去大总统之职并支持冯国璋继任之前，他是不会被允许离开北京的。

与此同时，由于孙文到达了广州，人们预计他会为得到国会议员们的支持而再度振作精神。

局势因为一件事情而徒增了不少趣味，张勋将军威胁说，他会将去年在徐州府召开的第一次会议的议程和记录公之于众。他并且提及，冯国璋、段祺瑞、学者梁启超以及前国务卿徐世昌等人，都曾经允诺会支持年轻的满人皇帝宣统复位。

北京的僵局——悬赏拥护帝制将军的头颅

（路透社，北京，7月9日，1917年7月11日刊登）原本预期会在星期六颁布的退位诏书，到目前为止还未出现，很明显，一切都要推迟了，而其结果则取决于被民国总统黎元洪再度任命为国务总理的段祺瑞和政界元老会大臣、被邀请担任调停者角色的徐世昌之间的谈判结果。与此同时，所有事件也都陷入停滞。

张勋将军的部队目前仍然滞留在京城里，但已被共和军团团包围住。共和军为入城而迟疑不定，生怕因此而加重骚乱的局面。有关接受张勋将军和内阁请辞的诏书已经下发，北京军队的总指挥王士珍已经接管了控制权。

尽管其处境维艰，张勋将军显然还希望能重返徐州府。在天津发布的政府公告声明，将悬赏十万元捉拿张勋，死活不限。

（上海，7月9日，路透社）据《字林西报》报道，已经基本上可以判断出，张勋将军拿了德国人的钱。该报并称，如果帝制复辟成功，中国与德国将重新建立关系。无论如何，有人希望中国可以处于这样一种长久的混乱之中，如此一来，便可阻止宣战的事情发生。

德国在中国四处撒钱——一场反共和的阴谋

（**本报记者，上海，7月10日，1917年7月12日刊登**）张勋所一手操办的政变风波，在上海，也在其他各省中，成了共和主义热情高涨的一大诱因。

不幸的是，目前有证据显示，由德国人花钱煽动起来的反对前总理段祺瑞的阴谋依然存在。与此同时，据报道，广州方面对于他和前副总统冯国璋两个人都疑虑重重，广州方面说，只要这两人还把持着权力，共和的建立便毫无希望。但值得一提的是，有关记录却显示，这两位都是坚定不移的共和主义者。

同样不幸的是，伍廷芳在无意之中成了这起阴谋的帮手，他自称为外交总长，并试着在上海行使其职权。他极有可能是受了上海前国会代表的怂恿，而这些人的目的，就是想要在张勋事件发生之后从时局中渔利。

令人感到害怕的是，由于张勋的政变风波，共和派之间突然变得团结一致，但很有可能，这种团结将被证明并不会长久。人们应该最大程度地支持冯、段二人，他们无疑是两位最能保障和平重建中国时局的人物，而对于当前的中国来说，这一点又无疑是最为需要的。

北京的帝制拥护者投降，首都复归平静

（**本报记者，北京，7月12日，1917年7月16日刊登**）今天凌晨，重型火炮、机关枪和来福枪的交火拉开了序幕。张勋将军身陷四面楚歌之境，欲拼命一搏。

伦敦中国公使馆从北京外交部收悉以下电文，发报日期为星期四的晚间。

（**路透社，北京，7月12日**）今天凌晨，共和军向叛乱军队发起了进攻，全体叛军于午间投降。张勋已经潜入荷兰公使馆藏身。目前，首都已恢复平静。国务总理段祺瑞将于明日抵京。

英国公使馆中的弹壳

以下报告则是外交部从北京的英国代理公使处收悉的：

张勋将军已经拒绝了段祺瑞将军在本月10日所提出的条件，共和军遂决定向其军队和军营发起攻击。

外交团体接到通知，军队将尽其所能将交火区域拉至远的地方，并竭力保护外国人的生命不会受到损伤。炮击是从本月12日的清晨开始的。英国公使馆正处在攻击的军队和张勋住处之间的交火线上，但是事先已经向共和军的有关人员解释了所处方位以作防备。尽管交火自凌晨4点30分一直持续到下午3点30

分，期间有非常猛烈的交战，还有飞机空投下的炸弹，一些弹壳和不少子弹甚至落到了公使馆的围墙之内，但所幸此处并无伤亡发生。

11点钟时，张勋躲进了荷兰公使的住处，其妻子和家人则藏身于奥地利公使馆中。

截至消息发出时为止，尽管据称有其他国籍的人士因交战波及而受伤，却并无英国人的生命与财产发生损失的报告。

总统归来

（**路透社，北京，7月13日**）如果考虑到交战中所发射的枪弹数量以及所投入的兵力之巨，昨日的伤亡数字其实非常微小，总计不过10人阵亡、30人受伤。非参战人员反而承受了较多的痛苦，超过30人身亡，许多人被流弹所伤。两方的射击都非常狂暴，物质上的损伤却不大。

所有被捕获的张勋部下均被缴械。据信，将发给他们三个月的饷银并就地解散。总的说来，事态显得非常平静，但是电报以及火车服务则乱作一团。警察已经发出了最严厉的警告，但尚未有劫掠事件发生。

（**路透社，北京，7月14日**）总理段祺瑞于今天下午致电日本公使，感谢他向民国总理黎元洪所提供的保护。黎元洪随后已离开日本公使馆，并回到其私人住处。

中国的新共和内阁，段祺瑞再任总理

（路透社，北京，7月16日，1917年7月18日刊登）段祺瑞再度出任国务总理和陆军总长。汪大燮则被委任为外交总长。刘冠雄为海军总长，这是他在第一届共和内阁中就已经担任过的角色。其他的任命则尚未公布。

黎元洪已经宣布，他无意再回任总统一职，目前并已住进了法国人的医院。他的确是因为微恙而已经接受了一段时间的治疗，但是，目前他之所以这么做，似乎不是因为自己的疾病，而是因为刚刚发生在其住处的一起令人震惊的事故。早上5点钟左右，他的一名卫兵发了疯一般地手持一柄马刀四处狂奔，结果杀死了一名上校和两名士兵，砍伤了一名上尉。随后，这名卫兵又抓过一名遇难者的手枪连发数弹。

中国国民党赞成与德国交战

（**路透社，上海，7月18日，1917年7月19日刊登**）以孙文为主要成员之一的国民党，在上海发布了一份由党内最重要、最稳健的人士所共同签署的宣言，断然否认了签名者反对中国对德宣战。他们声明，事实恰好相反，宣战是他们的政治纲领中最与生俱来的一部分，目的是为了维护民主并摧毁武力统治。正是因为这一原因，而不是为了要反对段祺瑞的战争政策，国民党人声明，他们对总理段祺瑞持反对的态度，并将其描绘成是一个穷兵黩武者的典型。

中国的新主人

总理的坚实地位

（本报记者，北京，7月18日，1917年7月20日刊登）在发生于12日的冲突中，伤亡的总数目为25人死、45人受伤，其中包括参与冲突的部队、公使馆护卫、中国与外国的平民百姓。

目前，复辟的插曲已通过公报上刊登的一则皇帝的陈述而宣告结束，皇帝称，张勋所发的诏书假托其名，而他身为一个孩子，根本无力阻止这一切，但是，他目前已经和民国政府进行了交谈，以便中外人士皆可知晓，清室的名号是被人错用和假借的。

在某些重要人物的态度暧昧不明了一阵子之后，如今，一切都已随着冯国璋同意前来北京坐上总统宝座而烟消云散了。因此，冯将自动继任已经辞职的黎元洪。冯国璋已经在南京待了好一阵子，目的无非是在北方和南方之间寻求某种平衡，在很大程度上，他要为袁世凯恢复帝制的失败负起责任。组织军队挫败复辟的段祺瑞目前已再度出任国务总理和北方军事派系的领军人物，冯国璋愿意与他合作的事实，为新政府增添了不少筹码，也剥夺了南方派系变身为同盟者的可能性。

段祺瑞的内阁任命于今晨宣告结束，他任命了几位众所周知性格较为保守的开明人士。北方军的胜利入京使段祺瑞暂时成了一名独裁者。他赢得了冯国璋的忠心，又组建了一个稳健、中庸的内阁，这些都证明了他的意图至少不是极端保守的。在应付宪法和国会问题的过程中，他终必要赋予新政府一层宪政的色彩，而从这一方面来看，他极不可能让"少年中国"派感到满意。

但是，随着冯国璋的影响力北移，南方在暂时之间变得没有任何影响力了。在任何严重的反对势力形成之前，段祺瑞都还有机会建立起一个稳定、坚实的政府，并以妥善运用自己权力的方式，来证明这份权力非他莫属。

目前，中国不太可能会立即宣战。这已经拖延了好久的一步一旦迈出，必定将引起南方的强烈不满，而其中的原因多半是出于国内的政治因素，而非只是单纯地对加入协约国一事予以反对。

（**北京，7月18日，路透社**）汤化龙已经被任命为内务总长；梁启超则被任命为财政总长；林长民[1]被任命为司法总长；张国淦被任命为农商总长；曹汝霖被任命为交通总长；范源濂[2]被任命为教育总长。

总理段祺瑞将要求召回先前的国会，他声明，该国会是被非法解散的。

1　林长民（1876—1925），字宗孟，福建闽侯人，清末民初政治家、外交家、教育家、书法家。1912年孙中山当选为中华民国临时大总统后，林长民任内务部参事，并参加了"临时约法"的起草工作。1917年任段祺瑞内阁的司法总长，但在四个月后辞职。1923年，林长民曾任北京政府宪法起草委员会委员。该年9月，因反对直系军阀首领曹锟贿选总统，南下上海参与反直运动。1925年11月24日，林长民在奉系混战中被流弹所伤身亡。林长民的家族中有颇多名人，堂弟林觉民是"黄花岗七十二烈士"之一，女儿林徽因与女婿梁思成（梁启超之子）都是中国建筑学大师。

2　范源濂（1876—1927），字静生，湖南湘阴人，中国教育家。范源濂曾两次东渡日本求学。民国后，出任南京临时政府教育次长、总长、国民政府教育总长、北京师范大学校长等职。范源濂曾大力赞助和提倡中国的生物学研究。

华北与华南的分裂，在沪的国民党党员
向协约国寻求帮助

　　（**本报记者，上海，7月27日，1917年7月28日刊登**）前景可谓一片黯淡，北南双方已濒临完全决裂的境地。大体上说，双方曾不可避免地划长江为界，但孙文在发现被划入这一片区域中的政府太过强大后，已经前往广州，在那里，他正组织起一个南方和西南各省的联盟。一份发表于广东的声明拒绝承认北京及其制定的所有法规。

　　为了筹募金钱，广东重新挂起了完全垄断的赌博行业，每年约可回收600万元（约合60万英镑）的资金。

　　有人建议在广州重开国会，但是这个国会只会包括那些过激分子，多数的温和、稳健派人士都留在了北京。海军的一些重要单位则倒向广州一方，但是其中大多数仍然效忠于中央政府。

　　与此同时，在上海的国民党中不算太放肆、太过分的党员们发表了宣言，既为国会张目，也向段祺瑞发出了谴责之声。今天，他们向协约国发去了电报，企望能在与"军国主义野兽"的争斗中寻求到援助。然而，真正的问题比段祺瑞或其他个人都存在得更为长久，那就是：在北方和南方之间，哪一边才会冒出头来？究竟是北京要命令广州，还是广州会支配北京？答案着实令人费解。

（上海，7月27日，路透社）成都再次爆发了激烈的战斗，贵州和云南的军队为四川的控制权再起争端。据《字林西报》的记者报道，该城市大部分地区都陷入一片连绵的战火之中，人们争相奔跑、四处逃命。

中国的情势有所好转

英国侨民与共和

（本报记者，北京，8月2日，1917年8月4日刊登）冯国璋到达北京并担任大总统一职，标志着北京的情势已经有了绝对的好转。大总统和国务总理两人是目前在中国最具影响力的人物，看起来，假如他们团结合作，一些足以造成麻烦的南方省份就不太可能会联合起来反对新政府。总理的声明（已发表在周二的《泰晤士报》上）是对激进派宣言的强硬驳斥，声明断言共和已遭到背叛，总理誓将捍卫共和，承诺将为人民设立一个可以表达他们心声的机构。因此，"少年中国"所说的有关他们所维护的原则已几乎遭到违背的假设，不过是他们仓促、草率的单方面说法而已。

有关应付上海租界内政治难民们的问题，长时间以来一直在讨论之中，目前再次被"少年中国"提及。外国人几乎一致的看法是，如果租界再这样被政治阴谋的策划者们广泛地当成自己的一个大本营，对于中国政府来说，这是不公平的。未来在多大程度上对中国政府想要抓捕的人犯提供保护，则是北京的外交家们应该决定的事情。

而这并不是英国当局独自面对的事情。有关在华英国人并不看好中国的共和体制，害怕它会影响到英国在印度统治的安全问题，完全是胡说八道。在本地的英国人，无论是平民还是官员阶层，都渴望着中国能拥有一个像样的政府，他们的企业和生意可以因此而得到不断的扩展。在目前尚不成熟的情形之下，新政府所得到的外援，不过是除了单纯的无政府主义之外唯一可供选择的权宜之计而已。

中国与战争

（社论，1917年8月10日刊登）中国尚未正式向德国和奥匈帝国开战，但是，它已经公布了自己的决定，可以假设，其遵照国际规范所作的声明也将很快出炉。假如不是因为最近的这一场内乱，中国可能在三个多月之前就已经进入了战争状态。

北京的危机目前很明显已经进入了尾声。黎元洪最终拒绝续任总统，其职位已由冯国璋接替，而冯的入京履新也似乎有助于消弭弥漫在空气中的疑云。段祺瑞目前已经拥有了一个就任将近一个月的内阁，反对他续任国务总理的声浪也渐渐平息了下来。几天前，段发表了一份宣言，宣称自己将坚定地拥护共和。当然，他也向众人展现了在以自己为首平息最近叛乱的过程中所赢得的广泛同情。他进一步声明，在他看来，建立一个可以让人民表达其意愿的喉舌机构是一件责无旁贷的事情。然而，他也指出，这样一个"喉舌"一定要同政府配合协作，并适合于广大民众在目前的实际状况。很明显，他真正想要说的，是中国究竟应该拥有一个全议会的政府，还是某种由大众掌控的较不完全的政府形式。"少年中国"和广州的那帮死硬分子都是难以驾驭的派系，但是，在目前看来，北方和南方之间不太可能爆发进一步的尖锐冲突。据说，孙文已经去了广州，他威胁要在那里发起反抗，但是，他的影响力毕竟只是间歇性的，并且还可能在不断减弱中。正如我们一直以来所不断敦促的那样，西方列强所感兴趣的，是中国应该拥有一个稳定、持久的政府。假如冯国璋总统和段祺瑞能够克服分歧与纷争，使治理国家的过程恢复其应有的活力，他们的联合执政就将赢得协约国的赞同。

　　在新的国家行政机构所展现的一系列动作中，有一项是坚决地站在协约国的一方来反对德国。3月12日，因为德国并未就中国对其毫无限度的海军战争所提出的强烈抗议做出令人满意的答复，中国宣布与德国断绝外交关系。本月开始，段祺瑞与其同僚们全体一致地决定向德国宣战。据信，冯国璋总统已于8月2日对内阁的决定表示了同意。我们完全有理由相信，中国的各政治党派将会联合起来赞成宣战的决定。5月和6月间的麻烦并非是因为在宣战的策略上产生了什么严重的分歧，因为中国人有充分的理由憎恶德国和德国的方针。德国以占领胶州湾来作为中国人杀害其传教士所需赔偿的代价，中国对这件事是不会轻易忘怀的。在义和拳乱中，德国军队向惊恐万状的中国人和其他国家所施加的暴行，揭示的无非是引爆战争的趋势，这一趋势从匈牙利人近来随处征战的态势中可再度看出。德国人已经因为鼓动近来的骚乱、扶助名誉扫地的满人王朝尝试东山再起而在中国留下了昭彰的恶名。他们在中国并不受人待见，正如同在那些向他们大门紧闭的国度中不受待见一样。

　　我们非常满意地获悉，中国人的决心在日本得到了强有力的支持。当本野一郎[1]于6月在东京说到中国应该参战时，他提到，中国会有可能从为了"共同原因"而勉力一搏的列强那里"赢得尊严与同情"，他确实是表达出了一种将被各协约国普遍认同的看法。

　　1　本野一郎（1862–1918），日本明治、大正年间的政治家、外交家。1906年、1908年两度担任日本驻俄罗斯大使，日俄战争结束后，曾主导日本与俄国缔结了不平等条约。1916年10月，在寺内正毅内阁中担任外务大臣。

中国正式对德、奥宣战

（路透社，1917年8月15日刊登）中国正式向德国和奥地利宣战，声明书是于昨天上午10点钟发布的。

中国宣战是预期中的事情。自从2月1日德国宣布重新开始无情的水下战争后，中国和德国政府的关系就立刻变得紧张起来。当月初，驻京的美国公使曾邀请国务总理段祺瑞作出和威尔逊总统相似的决定。2月9日，中国向德国发出了外交照会，威胁对方若不修改其水下战争的策略，就将与其断绝外交往来。在未收到对方满意答复的情况下，中国于3月12日和德国断绝了外交关系。

据信，因为中国正深陷在国内的麻烦中，宣战一事料想会更快地发生。5月19日，中国国会的众议院通过了一项决议，宣称众议院不会阻止中国进入战争状态，但是，在当时仍然存在的宪法难题没有得到解决之前，会拒绝考虑这一问题。随后，便发生了总统黎元洪外逃以及由德国资助的满人王朝企图复辟的插曲。7月16日，段祺瑞再次任国务总理，随后不久，原副总统、赞成协约国主张的冯国璋继任总统。据称，8月3日，新的中国内阁全体一致地决定向德宣战。一两天之后，我们又收到进一步的通告，宣战对象中也包括奥匈帝国。

中国迅速采取行动，德华银行已被关闭

（**本报记者，北京，8月14日，1917年8月17日刊登**）中国步入战争状态并未给协约国一方增加任何军事实力，但它的价值却体现在使德国在远东地区的地位遭受到毁灭性的一击。天津和汉口的德国特许土地使用权回归了中国，对德国的大笔金融债务被取消，德国的治外法权也被废止。受雇于中国公共事务的近200名德国人也将被遣散，德国和奥地利的船运货物目前也在被扣押的状态之中，大约将有4万吨的货物被没收。

德国对这个有着广大资源和无尽潜在财富的国度所怀抱的商业抱负，究竟只是会暂时地受到影响，还是将在未来年日中被毫无指望地一再阻滞，这取决于德国人将来在中国受到的待遇。仅凭扣押并不会阻止德国的利益被转移到中立国（甚至是中国）。以协约国的立场来看，令人满意的结果只能靠着对德国利益进行全面清盘才能获得，就像大英帝国、法国以及它们的联邦和殖民地所做的那样。

在这一方面，良好的开端已经开启。今天一早，德华银行的所有营业部门都已经被贴上了封条，外国银行家们以及一名中国官员也已经接到指示，要求他们清算有关业务。

权力之争

协约国的策略

（记者专稿，1917 年 8 月 18 日刊登）在实质上，中国向德奥宣战，就像它与德国断绝外交关系、3 月份在上海扣押德国船只一样，只是一件与其内部策略有关的事情。有关寻找一个与协约国相同理由的问题，非常典型地卷入北京那些争权夺利的派系在处理国内事务时所展现出的直接差异中。首先，它与总统黎元洪及其总理段祺瑞之间的斗争有关；其次，也和张勋企图重建帝制的短命尝试有关；最后，它也牵涉督军们和自以为是的国会以及国民党中的"少年中国"现代派之间的不和。从一开始，这一切就都明白无误地表现出来。自从协约国首先提出向中国进行利益补偿的建议以供对方讨论开始，北京那几个颇有权力欲的人物便开始跃跃欲试，期待着以加入协约国来得到好处，但是，同样非常明显的，便是这一"远见卓识"也会刺激起各人的野心，从而平添派系之间的暴力冲突。

为了说明这一问题，我们应该能从那些扑朔迷离的排列组合以及其中无休无止的尔虞我诈中看出一些内在的实际意义。记住这一点非常重要，从满人朝代里存留下来的东西，在自诩为"共和"的年代中依然存在。权力争斗实质上就是"进"与"出"之间的斗争，绝不可能由任何政治机构的重新调整或换汤不换药的制度来决定。朝代可能会更替，帝国也会残败衰落，但是中国的政界要人们却依然故我。

与内阁作对的阴谋

张勋企图复辟帝制的愚蠢之举已经被证明是因祸得福，到目前为止，它让段祺瑞还能够不冷不热地重新执掌政府；对于冯国璋将军而言，则更不啻一种天降之福，使他可以顺利坐上总统的宝座。从任何一件事情中，都可以看出习惯性支配东方国家政治阴谋的特质，许多在3月间因为段祺瑞坚持要和德国断交而热心支持他反对黎大总统的人，现在又以内部策略为理由，以同等程度的热情来反对他，这些人为这幕大戏带出了一个很合乎逻辑的结论。

广东派系中那些惯于耍弄阴谋的煽动者、孙文、唐绍仪一类的政客，现在都拒绝承认中央政府的权威，这并非是出于政府有关加入协约国的政策，而是因为这些人所宣称的要顾念到共和理想的纯洁性以及国会程序的神圣性。在7月18日组阁的段祺瑞内阁的成员们本身就足以证明，段的政策并不反动、保守。他对于共和的衷心拥护（说明他并不拥护满人王朝）已经得到了清晰的证明。然而，孙文、唐绍仪以及海军总长程璧光却跑到广州，起誓要在南方和西南各省中组织联盟来反对中央政府，于是，欧洲的报界立刻再度提及"少年中国"要在北方和南方之间敲打出一道无底裂痕的威胁论调。那还是1913年左右的事情了，当那些心怀不满、试图为自己寻求一席之地的人去了广州之后，便纠集了一群乌合之众，发动了一场"讨袁战争"。

今天，真诚地渴望看到中国处在一个稳定政府之下的列强，将再度受到诱惑，重新犯下它们曾在1912年间所犯下的错误。当时，它们让自己接受了不要向袁世凯提供他所应得的道义和财政援助的"规劝"，而那些援助本来可能会帮助他重新树立起中央政府的权威地位。我们真心期望，协约国不会再一次被"少年中国"的所作所为中那些听来自然却有极端误导作用的表现所左右。我们这么说应该不会太过武断，直到目前为止，就中国人中那些整日辛勤劳作、目不识丁的一群人而言，在北方和南方之间，并不存在永久性的裂痕，也并没有根深蒂固的敌意。

南方的蛊惑者们

有一个南方的政党，基于一群永远躁动不安的广东人而成立，他们就像是中国的爱尔兰人一样，总是无法对权力阶层存着半点容忍心；同时，也因为对于"出局者"而言，广州已经成了阿杜拉姆[1]旁的一个避难洞穴。从这个角度而言，这一个将政治纲领以海绿色的共和主义作为其识别标志的南方政党，决不可能是毫无腐败的。而事实永远是，中国南方的农夫和人民与北方之间并不会存在着永久性的不和，也不会对中央政府存着一成不变的抱怨，更不会对那些卑劣政客的邪恶活动怀着同情心。

生产行业对中国的所求无非是其国境线内的和平、法律和秩序，还有从以自由为名的劫掠中得到片刻喘息。"愚民"们会欢迎任何一个政府，无论其图案和铭文如何，只要这个政府能够带给他们恩惠和利益。正因如此，他们带着深深的猜疑和惊恐，注视着这个将中国的国会沦为笑柄和嘲弄对象的"爱国者"阶层。然而，不幸的是，聒噪的新闻记者们和"少年中国"的职业蛊惑者们仍然在上海和香港等地发挥着他们的影响力，虽不具备任何成就和价值，却因此将他们所谓"北方压制南方"的耸人听闻的论调远远散播到海外。

尽管目前由段祺瑞组织起来的政府可能并不是理想的一届，但它无疑是眼目所及之处最能让人合理期待恢复法律和秩序的一届政府。但是，正如《泰晤士报》的上海记者于7月10日在发来的电文中所描述的那样，很明显，最先由德国花钱挑起的老一套反段阴谋仍然异常猖獗。广东的那些忠实于派系争斗恶习的领袖，现在又发出声明，只要段和冯掌握着权力，共和的建立便没有指望。《泰晤士报》的记者特别提及，"应该全力支持段和冯二人，他们无疑是最能带领中国和平地度过重建阶段的两个人物，而重建又是中国目前最需要做的事"。协约国一致确信，这一重建的工作，需要一个强悍、稳定而集中的政府才能完成，而协约国也需要展现出对这一确信的勇气，避免再次落入过去摇摆不定的软弱

1　阿杜拉姆：以色列中部的一个古城，其遗址在耶路撒冷西南24至36公里处。附近有个洞穴，是古时的避难处，《圣经》中曾多次提及此处，如雅各之子犹大在该地的行止、大卫在此处躲避扫罗等。此处引用此典故以作为"避难所"之意。

之中。

对政府的支持

事实上，北京政府的稳定基本上是偿债能力的问题。段的执政有着一个明显比其前任更为优越的起点。除了财政上的舒缓（这一点已经由银价的大幅提升和对盐税的有效管理而受益），段还有理由期待协约国将对中国的对德之举表现出感激之意，协约国应该会暂时中止或豁免庚子赔款，并且在海关进口关税上给予中国更多优惠。那么，财政上的稳定、协约国在反击亲德派的诡计和其他阴谋上所给予的支持，都保证了中央政府应该立于一个有利的地位之上，能逐渐恢复地方上的金融机制，而这一点将是国家的稳定所最终依靠的保证。然而，在开始时，为了顺利渡过眼前的难关，并在那些摇摆不定者的心中建立起信心，中国还是应该从协约国那里取得一笔贷款，而这件事应该立刻着手去做。

协约国给予中国的待遇——延迟庚子赔款的赔偿

（本报记者，北京，9月8日，1917年9月10日刊登）今天，协约国的公使们与中国政府就协约国倾向于给予中国的待遇进行了沟通，以作为对中国自发性地向核心列强宣战的褒奖。

其中最主要的优惠条件是，除了俄国之外，其他国家将推迟五年收取庚子赔款，俄国则按比例延迟收款，因为该国在庚子赔款中的份额是其他列强的两倍。协约国还提出，将会尽自己所能对目前的固定关税进行一轮修订，目标是使其生效为5%。

与此同时，公使们还提出了一份有关他们所需的清单，包括了他们相信值得由中国予以承担的一些措施，以确保更为有力地控制敌方在中国的人民和利益。

（路透社，上海，9月8日）孙文与广东省的省级官员们目前正处于相持不下的状态中。首要原因是，在未向国民党咨询的情况下，官员们已经对北京方面对德宣战的决定表示拥护；还有一个原因，则是出自对当地官职的委派和任命。

一个中国式的悖论——帝制拥护者挽救了共和

（**本报记者，北京，7月20日，邮寄文稿，1917年9月13日刊登**）从张勋危险、愚蠢的冒险行径以及某些相关的事件中，我们可以非常容易地洞察到中国式的政治和中国人的性格。北方军大举进入北京，并将张勋和他扶持的小皇帝赶下了舞台，有一件事情能从中得到确认，那便是人们的同情心属于帝制拥护者这一边。

中国的军队本来是满人们的奴仆，即使在不久之前，每一个军中的官员都还在期待着身为一介武夫所渴望得到的升迁机会和每一项世俗的荣誉。到了共和制度大行其道之时，常规军眼睁睁地看着许多地方军队应运而生，而自己在国家中的地位却日渐衰微。革命将贫穷带进了政府，一部分原因是管理上的不善，也有一部分原因是大量涌现出了耗尽国家资源的武装力量。老兵们发现新兵们成了他们的竞争对象，而他们又为旧王朝扼腕叹息，毕竟，在那个朝代中，他们曾更为兴旺、富足，也曾拥有过一种更不错的形象。当袁世凯称帝时，除了两个特别显眼的特例以外，北方军的领袖们全被兴高采烈地收买了过来。他们满心希望，栖身在一个位高权重的皇帝之下，他们可以再一次做回自己。对世人来说，实际上是北方军将袁世凯拱上了皇位，并为他卖命打仗，正如我们所知，每一个中国士兵都是为其主子卖命打仗的。

等到袁世凯踏进一条前后都走不通的死胡同后，共和又得以重新建立了，北方军大失所望，不满的情绪再度滋生。袁的帝制试验和南方的反对势力更进一步地消耗着政府的资源，使得拖欠发饷成了军中预算的一大特色。声誉和升迁的机会远少于从前，共和政权的单调乏味却一次又一次地提醒着人们过去时代的荣耀和繁盛。正如全中国人所共知的那样，民国的情形每况愈下。北方军派系的领袖段祺瑞成了国务总理，按说，他应该是大权在握，却一直受到国会与总统的排挤和阻挠。很明显，危机正步步迫近，如果政府要避免陷入永久性僵局，其性质就一定要改变。在这种情形之下，将小皇帝重新树起来的想法便开始在许多人的脑中酝酿而生。在这些人的心目中，并没有应该让满人重新回来执政的念头。但是，立一个用来装饰局面的皇帝，找一个旧官僚来充任摄政王，再由一个经提名而成的参政院来发挥国会的功用，而聚合起来的政府却是仰仗着北方军的势力，让这样一个整体发挥最大功效，是一件皆大欢喜的事情，并且，将它变成现实也不会太难。

张勋与不满情绪

毫无疑问，去冬今春以来，这样一幅画面曾反复出现在多数北方军领袖和旧官员的脑海之中。对他们而言，国会不过是一个斗嘴的机器，满足了当权者的个人利益，却严重妨碍了国家的前途。他们承认宪法的价值，但是又觉得，如果能够按照他们的理念，将宪法重新包装以满足情形所需，那么，好事会变得更好。在袁世凯死后的这一年里，大人物们来来去去，但集结地却通常都在徐州府，也就是围着张勋转的军队称霸一方的地方。各种常规的和临时起意的会议在此召开，一部分原因是其地利，还有一部分原因则是，张勋是一个旧秩序的坚定拥护者，对那些谈论着可借重立帝王来改变时局的人总是报以同情的态度。所有常去徐州府的人都是袁世凯下赌注恢复帝制的忠诚支持者。他们是独裁者，也是性情中人，对共和体制极度不满。在他们中间，谈论的话题常常是，解决今日时局难处的最好方法可能是以武力取代国会的主张，再继之以重立小皇帝。"少年中国"和他们可能会影响到的那部分南方人士对此极度怨愤，也是可以理解的，但是，人们总觉得，"少年中国"已经证明他们难以胜任对时局的掌控，因此也做不了什么事来撼动那一层坚实的北方联合体。一小部分消息灵通人士对试图为华南地区可能发生更多反叛行动而开脱的看法深表怀疑，但是他们毕竟是少数。北方军的领袖们在行动中有一个最大的难处，便是他们缺乏一致性的目标和见解。他们属于在中国被统称为"北洋派"的一个非正式团体，但是这个派系又被他们自己切割成不同的许多块。张勋属于该派系，却又游离其外，因为他拥有一支个人实力和影响力都占上风的特殊军队。

这就是预料中的政治危机在北京爆发时的情形。总统免了国务总理段祺瑞的职，督军们立刻发动了反叛行动。他们的军队威胁到了首都，然后，张勋出面充当调解人的角色，随身带了几千人马进京。他要求解散国会，总统唯有屈服于军事武装。之后，张勋又寻求一条摆平局面的解决之道，成功地引诱了一部分督军们向总统道歉，承诺会撤回其军队。但是，他最初提议恢复满人皇权的主张却受到了极度冷遇，而现在，他想要成立一个代表制内阁的所有努力也已宣告失败。他的计划一条也没有取得成功，理由充分而正当。北洋的领袖们非常乐意接受他在徐州府的好客之道与同情之心，但是他们不想让他出现在自己的地盘上（即首都）。因为他是一个局外人，如果他能恢复得了满人皇朝，他可能会成为摄政王，并且在这片地盘上拥有至高无上的权力。如果他能在北京落实得了宪法，他可能会成为这个时代的风云人物，还有可能成为下一任的总统，甚至在时机成熟时，他还有可能当皇帝。北洋派的其他领袖们当然会不惜一切代价地拉下张勋，并排斥其一切作为。

一种粗鲁无礼的觉醒

在此关头，并非政客的张勋可能并没有意识到他的对立势力已经发展到怎样的程度，在死寂的深夜里，他突然将哭着鼻子的宣统抱到了皇帝的宝座上，以既成事实和全世界来个大对抗。他兴高采烈地把市面上的那些大人物任命为高官，在全然不顾接受者感受的情况下，便将大把的恩惠撒向他们。这应该是一场最冒失放肆的美梦了吧。三天之内，那些首要的造梦者体会到了巨大的快意，这是他们之间迄今为止所能得到的最大快意了，而皇家却没有包括在内。一时之间，举国上下为此消息而大为震惊，接着，便吵吵闹闹地要让不走运的张勋喋血京城。凭借着自己在中国所特有的敏捷果敢和决策能力，段祺瑞从他退出政坛的天津出发，前往最靠近自己的北方军兵营，打响了一场反击张勋的战役。不到一周，三四万人从两面夹击了京城。一支军队由袁世凯称帝时对其忠贞不贰的段芝贵领军，另一支则由指挥袁的军队平息了云南叛乱的曹锟[1]率领。不过是一年之前，这两位都还是狂热的帝制拥护者，现在却摇身一变，成了共和的斗士！先前的帝制拥护者们纷纷发表宣言，如潮水般淹没了整个报界，将张勋谴责为一个篡位者、民国的叛徒！

当这场闹剧接近尾声时，张勋已经毫不夸张地被逼到了北京的某个角落，他只能向外国公使们求助，以一纸不无悲情的信函求得谅解。他申辩自己所做的一切完全是出于赤诚之心，重立皇帝的目的是要终结折磨着国家的政治阴谋，也正因如此，他有足够的理由期待从那些此刻恨不能将他粉身碎骨的人那里得到援助。他"被迫和那些曾与自己立过誓言的同僚们交战"，因为有人已经为他的人头定了价钱，并且声称"地球上每一个文明之邦都会不留余地地将其击垮"。他甚至被告知，自己必定要"像盗匪或罪犯那样被赶尽杀绝"。没有一个对此地某些圈子所盛行的想法颇为了解的人曾有过片刻的怀疑，想一想张勋是不是有什么理由相信恢复满人王朝其实是北洋派系所打的如意算盘。张勋捅出娄子的地方并不在于推动了满人王朝的复辟，而是他理所当然地以为，自己这么做会受到众人的拥戴，或甚至在一时之间还会被广为接受。中国的政治和原则并没有什么关系，不过是满足私利的途径而已。

对政府的忠贞

和张勋与其帝制及共和的对手所上演的一场喜剧交相辉映的，则是两个重要官员王将军与江将军的故事。当故事刚刚拉开序幕时，他们一个是参谋部总长，另一个则是警备司令。两个人都是传统型的军人，从气质秉性到隶属关系都和北方军的派系脱不了干系。在总统免去总理职务从而一举维护了宪法的尊严并提升了国会的地位时，可以理所当然地假设，总统这么做会引发他们的反

1　曹锟（1862-1938），字仲珊，天津大沽口人，民国政治及军事人物，直系领导人之一，1923年靠贿选当选为民国第五任大总统。1924年10月，第二次直奉战争爆发，冯玉祥等人发动北京政变，软禁了曹锟，直到1926年4月后才将其释放。卢沟桥事变后，日军曾试图说服曹锟出面组织亲日政府，但遭其拒绝。

感。毫无疑问，实际情形也确实如此。然而，他们还是温文尔雅地浮到了顶端，王士珍成了参谋部的总长，江朝宗[1]则成了维持首都秩序的京津警备副司令。无可否认，他们都是支持政变的一方。当督军们因为政变起而造反并且纷纷表态时，总统大受惊吓，随之决定解散国会，因而转变了整个形势。但是，他却没有能够扭转王将军和江将军。一个成了代理总理，另一个则成了陆军总长。尽管在这二人的内心深处，一定对张勋充满了切肤之恨，但张勋入京时，他们还是以极高的荣誉规格接待了他。等到张勋玩了皇帝的把戏，并且将面包从北洋派的嘴里挖走以后，王将军和江将军还是继续浮在表面上，他们两人一个当了参谋部大臣，享有在紫禁城中骑高头大马招摇过市的特权，另一个则成了溥仪的指挥官兼直隶入市税稽征处的总管——这可是首都的一大肥缺啊。在北京之役中，王将军身染微恙，但是江将军以外交官与和事佬的身份活跃在前线。

如今，老总理再度回巢，政府也再一次运作正常，王将军与江将军也官复原职，其政治家风范的声誉也高过了天。

---

1 江朝宗（1861-1943），原名雨丞，安徽旌德县人，清末民初政治人物。曾为袁世凯的心腹，1915年12月袁世凯宣布恢复帝制后，江朝宗是其"登极大典筹备处"的成员之一。1917年5月，王士珍、江朝宗（及陈光远）分别任京津警备正副司令，府院之争后，黎元洪请张勋入京调停，张勋的条件是解散国会，但因代理国务总理伍廷芳不肯副署此条件，黎元洪遂委任江朝宗代理国务总理以成全此事，但仅仅12天后，他便被解除该职务。在张勋复辟的过程中，江朝宗的立场与态度曾摇摆不定。1921年后，他支持过吴佩孚的直系，以图东山再起，但并未成功。"七七事变"后，江朝宗以日军为后盾，担任过北平维持会长兼特别市市长。汪精卫政权成立后，他任华北政务委员会委员。

日中问题——日美间有关"门户开放"政策的协定

（记者专稿，1917年11月7日刊登）美国国务卿蓝辛[1]与日本对美任务的领头人石井菊次郎已经互换了外交照会[2]。美国政府承认日本在华拥有特殊利益，双方政府都作出声明，他们将在该国中坚持"门户开放"的原则。

照会签署之前，双方已经就其文本先行和英国进行了沟通。以下为蓝辛致石井的照会文本，所标注的成文日期和地点为"11月2日，华盛顿"。

在此，本人荣幸地就贵方在最近的交谈中向我方提及的有关协定表达我方的理解，此次交谈涉及我们双方政府在中华民国共同利益的问题。

为阻止恶意报告的不时传播，我方相信，再度发表一份阐述你我双方

1　蓝辛（Robert Lansing，1864-1928），美国法学家、律师、政治家，曾于1915至1920年间任美国国务卿。1917年，蓝辛担心中国在对德关系的问题上会激怒日本，所以不赞成在中美合作的框架下鼓励中国参战，与当时的美国驻华公使芮恩施发生严重的外交策略分歧。1919年，在巴黎和会上，蓝辛认为大战已经结束，应当停止绥靖日本，所以支持将德国在华权益归还给中国，而不是转交日本。

2　此处即指"蓝辛—石井协定"。1917年11月2日，美国国务卿蓝辛与日本外务大臣石井菊次郎签订并互换外交照会。协定中，双方重申在中国尊重"门户开放"、"机会均等"及维持中国政权及领土完整等多项原则。但同时，美国也承认，由于日本"在地理上"靠近中国，在中国享有"特殊利益"。该协定曾被认为是美日关系中的里程碑，但由于换文内容含糊，有可能出现不同的解读方式，所以，此协定实际上并未发挥重大作用。最终，该协定于1922年被废除并由华盛顿会议中达成的九国公约取代。

政府在中国问题上的愿望和意图的公共声明是极为明智的。

美日政府承认，领土和疆域的毗邻在国家之间会营造出特殊的关系，因此，美国政府承认日本在华拥有特殊利益，特别是在那些其领地毗邻之处。

然而，中国的领土主权仍将保持完好无损，美利坚合众国政府在经过和大日本帝国政府的多方、多次确认后，完全有信心指出，尽管其地理位置赋予日本这些特殊利益，但日本并无任何意愿对其他国家的贸易加以不公正的区别对待，也无任何意图漠视中国在此之前在各条约中赋予其他列强的商业权利。

美国与日本政府否认他们有以任何方式对中国的独立和领土完整进行阴谋策划的企图，并且要进一步声明，他们一直都秉持着所谓"门户开放"的原则，也一直信守在中国的商贸和工业上机会均等的信条。

此外，美日双方共同声明，他们反对任何政府攫取可能会影响到中国独立及领土完整的特殊权益，也反对对任何国家的人民可以完全享受中国商贸和工业平等机会的否认。

本人非常荣幸地恳请阁下确认你我双方在合约中对于此事的理解。

同一天，石井菊次郎也以如下照会复函蓝辛：

本人不胜荣幸地向阁下确认，已收到贵方于今日所发出的照会，并完全了解阁下对于我们在近日的交谈中所涉及的有关本政府在中华民国所持利益的理解。

本人荣幸地在此代表我方政府，向贵方确认对该问题所列出的如下条款的理解：

为阻止恶意报告的不时传播，我方相信，再度发表一份阐述你我双方政府在中国问题上的愿望和意图的公共声明是极为明智的。

美日政府承认，领土和疆域的毗邻在国家之间会营造出特殊的关系，因此，美国政府承认日本在华拥有特殊利益，特别是在其领地毗邻之处。

然而，中国的领土主权仍将保持完好无损，美利坚合众国政府在经过和大日本帝国政府的多方、多次确认后，完全有信心指出，尽管其地理位置赋予日本这些特殊利益，但日本并无任何意愿对其他国家的贸易加以不公正的区别对待，也无任何意图漠视中国在此之前在各条约中赋予其他列强的商业权利。

美国与日本政府否认他们有以任何方式对中国的独立和领土完整进行阴谋策划的任何企图，并且要进一步声明，他们一直都秉持着所谓"门户开放"的原则，也一直信守在中国的商贸和工业上机会均等的信条。

此外，美日双方共同声明，他们反对任何政府攫取可能会影响到中国独立及领土完整的特殊权益，也反对对任何国家的人民可以完全享受中国商贸和工业平等机会的否认。

日本驻华公使已经向中国外交部通知了有关蓝辛和石井菊次郎互换外交照会的事宜。

中国总理请辞，张勋被迫流亡

（**本报记者，北京，11月16日，1917年11月19日刊登**）总理已经请辞，随后很有可能会牵涉到全体内阁的总请辞。

"中国的拿破仑"张勋因其所犯的罪过被流放到印度洋中的留尼汪岛上，而那里也已经成了没落君主们［诸如达荷美（贝宁旧称）的国王以及马达加斯加的皇后］寄居的家园。自从其主导的复辟活动遭到颠覆之后，张勋一直藏身于荷兰驻华公使馆中。由于中国政局诡谲，人们普遍忧虑，唯恐他出逃，并会再一次搅乱远东地区的和平。

一向对没落名人们态度友好的法国人，为他在留尼汪岛预备了一处配备护卫措施的避难地，直到战争终结。若没有中国政府的特别许可，张勋将不得回到中国。

（**路透社，北京，11月17日**）在与总统会晤之后，内阁已经撤回了其总请辞，会晤中决定，继续对湖南的叛乱行动进行镇压。

中国的财政问题

银价提升的效应

（本报记者，北京，9月26日，邮寄文稿，1917年11月23日刊登）银价的提高以及由此引发的交易回升，使得中国政府的财政地位发生了根本性的变化。目前的银圆价格实际上已经达到了战前平均水平的两倍，因此，外债沉重的中国现在只需拿出以前所需金钱的一半来还债。与此同时，盐税的收入也好过以往的任何时候，贸易虽然因受战争的拖累而受限重重，海关的关税收入还是维持在其卓越的水准之上。其财政地位可由如下的事实得以阐释，海关收入在过去为每年100万英镑左右，并不足以承担庚子赔款以及其他所要偿付的债务；而如今，仅此一项便可支撑起所有这些债务以及善后大借款（2500万英镑）的所有利息，到7月底为止，政府实际上已经有了额外的200万英镑盈余可资使用。

对列强的宣战再度提升了政府的地位，因为庚子赔款中原本需支付德奥的部分被一并取消，而对所有德国贷款的利息支付也将在战争期间暂时停止。协约国为了承认中国已进入战备状态，除了同意修正关税以达到5%的有效值之外，还提出了延迟五年偿付庚子赔款的优惠条件（俄国并为此牺牲了一项按照比例计算得出的分摊款项）。考虑到所有这些因素，在直到战争结束时，与战前相比，中国政府今后会有多达5000万元的净增收入，或者，以目前的兑换比率来计算，它每年的净增收入将高达1000万英镑。

在银价大大提升之前，中国实际上只能以海关、盐税或是铁路的收入来还债，而这些来源多多少少控制在外国人的手中，政府必须要对它们不断做出新的安排来承担起仍然亏欠的部分。短期债务和国库券一类的债务数目已经上升到了一个极其可怕的数字。深谋远虑的人们普遍想尽早清算这些未偿债款，而对关心此事的列强而言，如果他们没有提出由自己争取到手的这些宝贵的特许使用权所结出的成果应该被首先用来清偿所有的逾期债务，那么，他们也没有尽到自己的责任。

一个绝佳的机会

中国人却似乎并没有意识到，他们现在正拥有着一个独特的机会，无须进一步缔结毫无成果的外债，便可拥有一个新的财政开端。最近，他们又从日本借了100万英镑，条款的内容诚然是相当优越，但是论及兑换比率，一旦银价回落到先前的市场水平，就会证明其代价将非常昂贵。现在，他们又向国际借款团的银行提议再借2000万英镑用于货币改革以及清偿贬值的纸币之用。这两项目标都极为出色，也都值得花钱投资，但是很明显，他们该花的是中国人自己的钱，而不是外国人的，也就是说，今天以5.5元兑1英镑的比率借来的钱，未来可能会以11元兑1英镑的价格偿还。事实上，在接下来的两年左右的时间里，中国将会有很大机会以足够的盈余资金还清未偿债款、清偿贬值纸币、使银币标准化，而不需要从海外借一分钱，当然，这是在出于政治考量的前提下提出的。然而，国家可谓危机四伏，当缺少一个稳定政府时，内部的派性纷争便是其祸根。国家的岁入耗费在无用军队的维护之上，这些军队无用到甚至连自己辖区内放火打劫的事情都无法制止。许多省份保留着数以万计的士兵，其唯一目的便是为那些野心勃勃的军事首领们自私的个人需要而服务。中国恐怕很快要面临这样的危险，短时间内迅速累积起来的资金，只会唤起政治和军事领袖们彼此间的嫉妒和阴谋，最终将导致层出不穷的无谓争斗，而金钱也将很快被挥霍殆尽。

1918

日中两国间的友谊

日本外长的坦率言论

[路透社，东京，1月22日（有延误），1918年1月26日刊登]日本外长本野一郎在两院发表演说时特别说明，对于过去不久发生在中国的事件，日本政府无意干涉中国的内部政治纷争，或是在不同的派系间选边站。日本政府希望同一个稳定的中国政府维持良好的关系，而不愿涉及其党派或派系问题。这样的一个稳定政府，只要其态度和政策与该国的利益相吻合，就会一直赢得支持与承认。自从日本政府作出此声明后，便一直谨慎地沿着所制定的方针而行。

他说："现在，我们能够大大地向自己表示一番祝贺，在对华关系上，我们因为谨慎行事而收获了相当可观的改善。有一件事我需要特别提及，那就是我们的邻邦在1917年8月向德国宣战的事。德国不断增强的实力，对于远东地区的安全而言，构成了极大的威胁。所有在太平洋沿岸拥有巨大利益的列强，都认识到了其危险。正因如此，日本强迫德国从青岛撤出。中国意识到其利益与我们的利益是吻合的，现在，我希望和大家一起，为中国决定义无反顾地加入协约国阵营的明智之举，表示我们最为诚挚的祝贺。

"中国政府已经提出了增加关税、暂停支付赔偿金并修改某些条约要件的表示。因此，日本同所有有利益牵涉的列强一起，希望向中国展现出同情的态度，接受其合理的要求，同意这些请求。因为增加关税的问题需要仔细的规章和条例，目前正在上海召集所有有利益牵涉的列强的代表举行一次会议，来讨论有关细节。政府会尽快传递讨论的结果。"

谈到战争，外长又说："日本从一开始就坚持1914年9月5日的'伦敦宣言'，该宣言迫使签署文件的各国列强只在共同的基础上进行媾和，而对其敌人所提出的条件，则会互相商量。不仅是日本直到今天还未收到协约国中的任何列强有关和平条件的提议，而且，我们也不相信开始谈判的时机已经确实到来。目前，日本将继续尽其所能全力配合。"

中国的洪涝——14000平方英里的土地淹没在水中，赤贫者已达百万人之多

[本报记者，北京，11月10日（昨天收到的邮寄文稿），1918年1月30日刊登] 直隶是一个多山的省份，冲积平原从山脚一直延伸到海边。山区里一下暴雨，便意味着大水要冲刷过平原，而水势则因山里植被稀少而愈发凶猛。河道的保护一直以来都被忽略，所以，直隶省一直以来都为洪涝灾害所苦；而中国的政府管理也是一如既往，从未制定出认真的方案来根治隐患。今年夏天，这里的洪涝更是超出了以往的任何经验，造成许多毁坏，更有甚者，还波及外国人的财产。到处都听得见采取行动的呼求，如果外国人发挥其足够大的影响力，政府就可能会被迫深入调查、研究此事。

所有自该省的西北、西部及西南方向汇流而来的河流，最终都会不幸地在天津汇集。有一些会在京津之间的沼泽地带中断，没有流到海洋的出水口。但它们最终汇入到海河中，这是仅有的一条经过外国公司的精心维护而状况极佳的河道，目的是为了维护天津港的便利条件，而海河又是所有河流汇入大海的唯一通路。但是，在河流远未并入海河之前，损害便已经形成了。河流自山间流下，每每遇到失修之处，便接二连三地被阻挡物激起更大的冲力。今年夏天，水量异常惊人，在十几条河流的河岸旁，造成了几百处破损。结果便是，直隶平原上14000平方英里的土地形成了一个深达数英尺的堰塞湖。这个湖的水面又高出海平面20英尺以上，但因为海河不足以承载所有水量，其他河道

612

不是淤塞，就是被有利益牵涉的团体所阻挡，于是，这个堰塞湖就这么无休止地存在下去了。

房屋毁坏、庄稼歉收

洪涝地区的居民达数百万之众。灾难给他们带来的惨重损失，可通过几个数字看出。据官方估计，大约有82000庄户人家，从包含几户住家的小村庄到有几千所房屋的大村落，全部遭到损坏，价值为1亿元（合2000万英镑）的庄稼颗粒无收。长时间以来已经习惯于小面积淹水的人们，为这一次洪水上升到史无前例的高度而感到震惊，并且根本无从逃离受灾之地。他们眼看着自己的棚舍在水中坍塌，储存的食物、家具、衣服以及所拥有的一切财产都淹没在水中而毁于一旦。究竟有多少老人儿童溺毙于水中，或是死于精疲力竭、饥馑困苦的凄惨光景，根本就没有人知道。

即使是这般可怕的景象，也不足以对压垮灾民的苦难作出一个充分的描述。灾民的储备和庄稼被损毁，他们既缺衣少食，又毫无办法找到吃穿之物。灾民对未来也没有盼头，因为大部分的田地在下一年中还是会被淹，收种都是无从指望的事情。在来年中，某些地区甚至可以肯定会被再度淹没。数百万人的寒衣已被大水毁损殆尽，而在一两周之内，寒冷即将袭来，最低温度通常都会直逼零度以下，有时甚至更低。大部分人所用的生火木头都是夏天庄稼采收后所剩余的枯根，但是，今年根本就没有收成，因此，连用来生火的枯根也都没有了。

天津的租界

平原上的洪涝是司空见惯的事情，1912年所发生的水灾将天津周围的乡村全数淹没。依靠通常的渗透、蒸发和排水手段，这些积水在两年后都没有消失。因此，拥有良好排水、防水系统的天津外国租界从一开始就以冷静的态度来看待今年这场灾害，对于过去曾保护过他们的堤坝是否应付得了今年的灾情，租界居民并没有什么怀疑。但是，对整个堤坝系统的忽略，再加上河床的恶化，已逐渐上升到一个程度，一旦发生特殊的情形，便会引发一场灾难。夏天的久旱威胁到了庄稼的收割，紧接着便是一场饥馑。还没来得及抢救庄稼，大雨又来了，雨势既猛烈又突然，造成了大面积的淹水。然后，山洪暴发，淹没的水位升得更高。接着，南来的大运河又携带着更多南方河流在内陆所积聚起来的水量，汇入了已经形成的巨大堰塞湖中，最终使洪水漫过堤坝，倒灌入租界之中。

几小时之内，水位上升了好几英尺，外国人们被迫离开了他们的住处。从前汽车和马车习惯前往的地方，现在全数都淹没在水中，除了几个地点之外，其他地方的行动工具都需仰仗小船。在洪水冲入租界之前，邻近地区的村民和本地的居民已经蜂拥到租界里向外国人寻求避难之地，令人倍感遗憾地将他们无法挽救的财产带来此地。数以千计的不幸者们被迫再次迁徙，许多人只能放弃他们先前还能勉强保存的家什。中国人和外国人的情形一样凄惨。在这里，我们必须要引以为傲地提及一件事情，虽然租界对中国人的规矩定得非常严格，但在此紧迫关头，租界也尽了一切所能来安置他们并提供食物。

外国的紧急行动

外国人很快投入了行动。几天之后，法国和英国的租界内就挖了壕沟并抽干了水。英租界只花了不到1万英镑的钱便排空了不少于1亿8千万加仑的水量。在日本的租界内，有些地点甚至涌入了深达10英尺的水，需要修建一条长距离的筑堤，所有防护措施都更难安排，但是，日本人在等待着从别处找来的大功率蒸汽泵的同时，还使用了几百个中国式的链泵和一台日本式的桨状装置来排水。目前，所有租界地区都已经露出了干地，原本淹在水中的建筑物在霜冻到来时可能会造成严重的毁坏，但这一情形现在已被彻底扭转。

然而，中国人所面对的问题还是没有解决。14000平方英尺的巨大堰塞湖虽然面积稍稍缩小了一些，却还是存在于那里，并且不断冲刷着隔离天津的堤围。数以百万计的赤贫难民四散在地势极低的地面上，几百英里的平原上一片死寂，算是为难民提供了一个逃避四处漫溢的水患的去处。各慈善机构异常忙碌，外国人也尽自己所能提供一些有限的帮助，而中国人所做的，却是一些与其人数和财富相比简直是微不足道的事情。政府借了50万英镑的钱用于水灾救援，人们所能指望的，不过是这些钱可以由一些安全的人来经手。解决难民的饮食问题，不让他们在寒冬中受冻挨饿，成了一个大问题。而让积水从土地上早日退去，并制定出防止灾难再次席卷而来的有效措施，则成了另一个问题，也是更大的问题。外国工程师们正计划着一个保护自然资源的方案，如果中国政府能够被彻底地激发起来，或许，这一方案还可能起到一些成效。

鼠疫在中国蔓延，官方已采取了预防措施

（本报记者，北京，1月31日，1918年2月2日刊登）一场自内蒙古地区爆发的肺鼠疫已经出现在了山西省的北部，上个月曾引起了一片恐慌，外交代表们纷纷要求中国政府采取必要的预防措施。绥远至北京的铁路交通曾暂时中断，但是，由于大同府以东地区并未出现任何鼠疫征兆，曾受到限制的货运交通于今天在张家口和北京之间再度重启。

然而，今天我却听说，鼠疫已经经晋北的商业通道，通过不常被使用的关口进入了直隶地区。在距离保定府西南50英里处的一个小村庄，已经通报了30起病例，人们因此担心，鼠疫会传播到该省人口稠密的中心地带。很不幸的是，政府在采取预防措施上一直动作迟缓，但是，这些措施目前已经在广泛的进行之中。

在攻击人类的疾病中，肺鼠疫是为人所熟知的最为致命的传染病。1911年，在华北爆发的一次大流行中，它就曾夺走过六万多条人命，却没有一条患病后痊愈的记录。另一方面，相比于淋巴腺肿，有关肺炎的变体极易得到控制，所以，我们完全有理由相信，目前的疫情爆发是可能被控制住的，特别是随着春天的来临，气温会逐渐升高，其传染性也会逐渐消失。

中国对哥萨克人持友善态度，布尔什维克受到警告

（**路透社，北京，3月9日，1918年3月12日刊登**）从哈尔滨发来的一份电报，提及对抗布尔什维克的哥萨克领袖谢苗诺夫[1]将军在迫不得已之下退守到邻近满洲车站（俄华边境的车站，也是中国东部铁路的起点）的一个地方，但其手下的兵力仍然相当强大。中国官员已经警告了布尔什维克的领袖，任何侵占中国领土的行为都会被视作为引发战争的动作。谢苗诺夫将军的兵力被视为代表俄国临时政府的军队，这一政府是得到中国承认的。

哥萨克已经在布拉戈维申斯克（海兰泡）逮捕了布尔什维克的一些领袖们，并解除了布尔什维克军队的武装。

（**路透社，上海，3月9日**）在伊尔库茨克的布尔什维克领导人向位于满洲边

1　谢苗诺夫（1890–1946），俄国外贝加尔省人，1917至1920年间贝加尔湖地区的白俄领袖、白卫军中将。谢苗诺夫在"一战"中成为一名哥萨克军官，十月革命之后，谢苗诺夫发动反抗苏维埃的战争，战败后逃到中国。1918年4月，他在中东铁路沿线招募义勇军，在满洲里成立了"外贝加尔地方临时政府"。8月，在捷克斯洛伐克军团的帮助下，攻占赤塔，然后将临时政府迁往该地。1919年3月，谢苗诺夫在赤塔召开大蒙古大会，并在日本的支持下，企图占领中东铁路。1920年1月，他还成立了"俄国东部边区政府"。1920年11月，苏维埃红军等武装迫使谢苗诺夫的部队撤出了贝加尔湖地区，其部队最终在1921年9月被迫放弃占据的全部俄国领土。之后，谢苗诺夫辗转于中国东北地区、日本、美国。1945年9月，谢苗诺夫在中国大连被苏联红军俘获。1946年8月30日被执行死刑。

境车站的中国官员发去电报，强调他们对中国并无不友善的意图，他们所做的一切，只是为了要追击叛匪谢苗诺夫。而中国官员则回复，中国与俄国的关系并未受到任何影响，他们无法视谢苗诺夫将军为叛匪。

内乱阻碍中国在远东地区的协作

（本报记者，北京，3月24日，1918年3月26日刊登）作为北方军在湖南取得一系列胜利的结果，总统已经同意了军方派系的要求，重新任命段祺瑞为国务总理。多数内阁成员仍将保留，但是财政总长却似乎归广东省籍的帝制拥护者梁士诒或由他所提名的一位人选所得。

除非军方派系在其政策中做出一种清楚的修正，否则迄今为止北方与南方之间一直存在着的失和状态就注定会延续下去；并且，就算北方在不断获取优势，还是远远无法将其意念强加于南方。一大群军人在全国各地来回游荡，他们抑制着贸易自由，广泛地阻碍着商业的发展，而降低这种可能性的前景可谓微乎其微。然而，若其中一方取得胜利，也意味着中央政府的权力在某种程度上得到了恢复。

中国显然有相当的必要性在东三省部署军队，以准备好在任何行动中配合制止德国在远东地区继续延伸其影响力。虽然在这一主题上的合作问题已经在中国和日本的讨论之中，但在中国又起内乱的情形下，无法就此做出一个明确的安排。

反对谢苗诺夫的布尔什维克武装正在慢慢消失之中，部分原因是其主要成员均为年轻的哥萨克，他们被谢苗诺夫的宣传所影响；也有一部分原因是布尔什维克的资金已所剩无几。谢苗诺夫目前已经得到了所必要的装备，预计不久之后就要占领卡里姆斯卡亚。个人间的妒忌心理和政见不同仍然在阻碍着当地俄国组织间的合作，但是这方面的情形已在改善之中。

中日关系

（**路透社，北京，4月2日，1918年4月3日刊登**）中国方面已经宣布了如下的内阁任命：陆军总长段芝贵；教育总长傅增湘[1]；司法总长朱深[2]。

内阁其余人选的组成仍维持不变。然而，交通总长曹汝霖兼任财政总长。他被描述成亲日派，任命他担任财务总长，与他对日本前大藏大臣阪谷芳郎[3]子爵的拜访颇有关联。阪谷的名字总是和财务顾问联系在一起，而他的身边总是围绕着一大群办事人员，也引起别人的许多揣测。

1　傅增湘（1872-1949），字叔和，四川江安县人，中国近代学者、教育家、藏书家。1917年12月，任王士珍临时内阁教育总长，此后还在第三次段祺瑞内阁、钱能训内阁中担任教育总长。翌年10月，被大总统徐世昌聘为总统府顾问。五四运动期间，他因反对罢免蔡元培而辞职。后来，傅增湘还相继在故宫博物院、清华大学研究院任职或任教。抗战爆发后，他以隐居的方式，继续从事学术活动与藏书整理工作。

2　朱深（1879-1943），字博渊，直隶永清县人，民国政治家、检察官。1918至1920年间，他曾任第三次段祺瑞内阁司法总长、龚心湛临时内阁、靳云鹏临时内阁司法总长兼署内务总长、萨镇冰临时内阁司法总长等。1937至1943年间，朱深曾参加过亲日的华北临时政府和汪精卫的南京国民政府，并任多项不同职务。

3　阪谷芳郎（1863-1941），曾任日本大藏大臣、东京市长、贵族院议员。阪谷芳郎历经明治、大正、昭和三朝，始终处于金融界的领导地位。他还是一个典型的对华扩张主义者，曾多次强调对朝鲜和中国进行经济渗透的必要性。同时，他还主张，在日本对外经济扩张中，必须建立起和军队参谋本部相同的金融机构，统一募集资金来开办公司、收购中国的矿山和铁路。

中国的货币改革——日方已提议建立金本位货币制度

（**本报记者，北京，4月6日，1918年4月11日刊登**）正在本地研究货币改革中财政情形的阪谷芳郎男爵已经发表了他的意见，中国一定要依循日本的先例，采纳金本位的货币制度，并在国际借款团的银行中累积金储备以作为新制度的开端。各国政府在原则上同意向中国借款以进行货币改革，而在目前的情况下，日本是唯一能便利地对这一过程进行投资的国家，所以，货币改革的管理和监督之责将会交在日本的手中。阪谷芳郎已经被委以和此事有关的重任，身为顾问，据推测，他将拥有其执行权，在对中国进行访问并研究其进行条件之后，阪谷男爵将会决定是否接下这一委任状。

借贷约2000万元的提议目前正在讨论之中。然而，阪谷男爵却强调了中国因为没有收益而想要停止借贷的愿望，并且，作为开端，中国希望其财政支出可以与其岁入持平。在现阶段管理混乱、效果不彰的前提下，后一项愿望几乎不可能达成，而鉴于不利的交易情形，目前为了任何目的而向国外借钱，都无异于自杀之举。货币改革的需要虽是如此迫切，但中国国内处于乱局，对外又有战争，急于实现这一目标，实际上并不明智、慎重。

因为在对新特别关税的基准进行估价时，各方存在着不同意见，关税调整委员会的工作已经暂停。在经过其各自政府的同意后，十四位代表已经在某一个基准值上达成了共识，愿意以此给予中国一个公正的结果。然而，日本代表却提出了一个对日本商业有利的较低基准值，这一基准值可能会为中国带来较少的收益。

中国的肺鼠疫

传染途径未确定，死亡人数剧增

（**本报记者，北京，邮寄文稿，1918年4月12日刊登**）去年12月中旬，内蒙古靠近晋北边界的传教士向北京发送了紧急消息，提到当地爆发了似乎是肺鼠疫的疫情。中国对此充满了恐惧，因为1910年到1911年的那个冬天，中国就曾经有过一次肺鼠疫大爆发的痛苦经验。那一次，中国北方的满洲和其他地区死了约6万人。在首都外国人聚集的圈子里，大家都活灵活现地想象着相同规模的疫情会再次爆发，外交团体即刻派出代表前往中国政府问询。外国和本国的医生们已经前往疫情爆发的地点，并确认了人们的担心，这一次所爆发的确实还是在所有疾病中最为致命的肺鼠疫。在医疗记录中，还未发现一例痊愈的个案。所有感染此病的病人，都会在症状出现不久后丧命。

肺鼠疫会影响到肺部和呼吸道，到了后期，会造成呼吸上的极大困难。病人会咳得非常严重，咳嗽又将他们的飞沫和痰散播到四周。似乎已经可以确定的是，感染的唯一途径正是这样的传播方式，杆菌本身是无害的，除非它们在呼吸道中找到宿主。鼠疫便是由老鼠和跳蚤经这样的方式携带、扩散，而这又很难用制定法律的方式来有效控制。其实，预防各种肺炎很简单，因为所要做的，仅仅是防护好自己的面部，不要沾染到病人的任何飞沫和唾液。妥善戴好面具的医生和助手们便可以不受传染地处理病例了。也正因如此，预防的主要手段便是需要将来自感染区域的人们进行隔离，受到感染的个案应该完全避免与外界接触，再由已经得到妥善防护的助手们进行治疗。

预防的目的

尽管有过1910至1911年间的教训，中国人却并没有立刻采取必要的措施。停止北京到绥远的交通运输、建立医疗站和隔离站的建议都遭到了反对，因为一旦这么做了，一天之内就会损失3000英镑的收入。在蒙古商贸路线上靠近丰镇铁路末端的那一头，地方当局不想暂停骆驼队的来往，因为这样的往来交易会为当地带来每天好几百元的收益。等到最后，几位外交公使总算是等到了总统的答复，总统应允将会采取所有的必要措施。自此开始，预防措施才得以广泛建立，鼠疫的传播也变得极其有限了。其危险性在于，它还是有可能会被传播到华北人口稠密的中心地带，然后再渐渐平息下来，就像满洲一带曾经发生过的那样会毁灭成千上万人的生命。幸运的是，这种事情还没有发生过，部分原因正是由于这一类措施的实行，还有一部分原因，则是我们所看到过的那种感染还未具备可传播性。

在商贸线路的边缘地带首先发生的鼠疫疫情，出现于向着蒙古延伸的黄河转弯处的最北端。沿着黄河岸边来自甘肃和中国西部的贸易，沿途经过 Patzebolong[1]、包头镇、Sarchi，直到丰镇，这里是山西铁路的起头处，在长城的正北方。据天主教传教士们报告，在丰镇以及邻近的村庄中已经出现了上百个病例，三位忠心接待病人的神父也死于此病。从包头镇开始，疫情向东传播至 Kweihuating，那里是这些地区的主要贸易集散地。此后，疫情又传到丰镇和大同，但是在去往张家口的铁道线上，疫情没有再进一步扩展。从 Kweihuating 开始，疫情也向南穿过长城到达索平（Soping），再从那里传播至晋北的许多地方，却没有延伸到正太铁路的终点——太原府，正太铁路的最东端与全国最大的铁路干线——京汉铁路相连接。山西在长城以南的大部分关口都设有把关的警卫，但是，为了躲避限制，来往的交通运输和贸易会找寻那些很少有人使用的路线，

1　经多方查证，无从确定其中文对应名称，故此处直接以原英文称谓代之，下同。——译者注

结果，传染的重灾区便落在直隶省的一个叫作平山县的小镇，而那里位于北京的西南方向，与京城相距150英里。在这里，鼠疫距离正太和京汉两条铁路仅有数英里之遥，但是，拜这两条铁路的官员们所采取的出色的防护措施所赐，尽管在其中一条铁路所经过的一个小镇中，已经发现了数例类似疫情，但在这两条线路上，至今尚未出现过一个病例。向北两百英里之外，离开了主干道的交通往来已经将疫情带到了距离北京不足100英里的直隶小城宣化府。因此，直隶已经有人感到大为恐慌，但幸运的是，疫情并未真正传播开来。

疫情的起源仍未可知

关于传染的源头，我们还是完全不知其因，或许可以假设，它可能是由寄居在蒙古平原上的土拨鼠或其他啮齿类动物传播开来的，就像当年满洲的疫情是由在西伯利亚的贝加尔湖地区所发现的一种叫作塔哈干的小动物传播开来的一样。因为缺少数据，我们不可能说出蒙古商贸通道上的死亡人数，但是很有可能，它仍未严重到一个相当的程度，因为这些地区毕竟是人烟稀少之地。据绥远地区的行政官报告，在该地区内，直到2月的第一周为止，死亡人数为1500例，我们完全可以这么说，这个数据低估了疫情的严重程度。山西长城以南地区传来的报告，则指出在一片大范围里的许多地点，总计死亡人数为平均每天一百人。而在山西的铁路起点站丰镇，死亡人数至今已达120人。这里的感染源是由一群士兵带入的，而这些士兵又是奉了一位妨碍执行预防措施的当地官员之命。在从 Kweihuating 来到此地的路上，已经有两名士兵死于鼠疫，还有一位在他们到达丰镇的当晚也宣告不治，自此以后，在他们之中每天都有两到三位死去，直到最后整队士兵的生命一个接着一个地消失。在平山县，三周之内已经有超过百例的死亡个案，可能在这一地区中（其他感染地区也是如此），死亡的人数远远超过官方报道的数字。在像北京、天津这样的大城市里，我们绝对不能说，已经不用担心疫情的蔓延，但是，从医学的角度来看，我们可以确信，随着冬霜消退、大地回春，鼠疫也会渐渐自然消亡。与此同时，可以肯定的是，在蒙古高原和晋北一带地势较高的地区，寒冬停留的时间却会比在直隶的大平原地区长得多。

中国的内战 ——敌意四起、战乱频仍

（**本报记者，北京，4月14日，1918年4月20日刊登**）原本期望尽早摆平政治形势的可能性已经遽然消失了，记录这一事件真是一件令人失望的事情。军人派系中的极端分子不断向政府施加压力，要政府认清征服南方的必要性。而南方的武装在湖南遭到挫败后，在对手力量稍稍薄弱的地区再次发动新的军事行动。南方军进入到长江一带，在宜昌地区对政府军构成了威胁，广东西部的一位政府军将领则陷入了重重围困之中。

在这样的情况下，政府虽然倾向于谈判，却被迫在四面八方引发了许多敌意。在湖北与湖南的平原地带被打败了的南方军，已经退守到山区。在山里，他们会比拥有较少机动纵队的北方军更有优势。

中国的对外贸易并未受到内讧的太大影响，而对内贸易的波及面也只限于卷入内讧的地区。真正要紧的，是军队打仗时四周老百姓必须要忍受的难以言表的苦楚，与此同时，国家的岁入也因为个别人的野心而化为云烟。

与日本合作的问题目前仍摆在首位，一支日本小型军队也已经到达。谈判正在展开之中，但是，日本干预、介入的问题本身仍不明朗。

困扰重重的中国——南方派系要求恢复国会

（本报记者，上海，4月17日，1918年4月22日刊登）国会的前议员们在广州集结，并在孙文的领导下组成了某种"政府中的政府"。最近，他们发表了一篇冗长的宣言，很明显是想努力争取到外国的支持。尽管北方军在湖南已取得了胜利，他们还是号称已控制了长江以南的半个中国，并声言，安徽与陕西也将很快加入他们的行列。他们还补充说，尽管深刻意识到中国在欧战中对协约国所应付的责任，但在他们稳固根基、一举粉碎北方穷兵黩武者之前，还不可能去履行这种责任。

随后，有人立刻承认了这一宣言背后的惊人实情，其要点可概括如下。"少年中国"意识到靠自我之力无法统治中国，而采纳长者们的经验也实属必要，并且，没有人会比旧国会自己的议员们更能深刻意识到国会的不完美之处。然而，作为改革国会的前提，旧国会坚持要进行全体复职。

虽在政治上表现无能，国会却是在各省督军之间造成利益分割与各方不和的真正原因。

一般情形下，这些国会的前议员们总是会构成一种令人尴尬、难堪的元素，虽然事实上站不住脚，却总是会以宪法为依据来占某些人的便宜。这一元素总是会很方便地为南方的事情鸣冤叫屈，而在其表面之下，却又能掩盖住这些议员们自己的真正目的。只要南方坚持全面恢复旧国会，所有有关谈判的商榷都会归于无用。

与此同时，我已经得到了有关消息，日本对旷日持久的争吵已经越来越感到不耐烦，并急着要从中干预，但日本人又害怕，他们这么做会引发把中国人赶入德国人股掌之间的危险。

中国报界要求采取紧急的联合行动，保卫西伯利亚

（本报记者，上海，4月26日，1918年5月2日刊登）《字林西报》发表了一系列文章，急迫地要求协约国在西伯利亚采取果断行动，以防止那里被德国化。文章表示，虽然德奥战俘所带来的军事威胁或许有所夸大，但由他们所引发的经济渗透的危险不能被忽视，因为他们中有许多人已经在远东地区积累了多年的商务经验。

德国人最近作出的不容分辩的命令和报告，是其部署计划的一个清晰的表示。德国人认为，俄国应该防止集中营中的政治宣传，而它给予俄国政府的贷款则是以北方铁路和西伯利亚铁路作为担保的。

所有得到的情报都显示出，西伯利亚的忠诚者们都正热切地渴望协约国给予援助，若是没有这样的援助，他们根本无力抵抗"红军"的进攻。在海参崴登陆的少数英国和日本海军根本起不了作用，他们只会激怒布尔什维克人，却对忠诚者们毫无帮助。

《字林西报》建议，如果向西伯利亚派遣一支强有力的军队去镇压动乱，并辅佐忠诚者们得以成立一个负得起责任的政府，控制远及乌拉尔地区的大半个国家，就可能会激发整个俄国的忠诚者们去尝试新的努力，并因此对德国投下重重的一击。西伯利亚已经不乏被德国化的印记了，除非协约国丢开它致命的优柔寡断的特性，否则，就一定会失去西伯利亚。

《字林西报》相信，如果协约国可以作为其坚强的后盾，并投入合宜的兵力，

那么，日本可能已预备好采取行动，并且，我们也可以相信，它将会有效地完成其任务。而中国的合作也是必不可缺的，如果中国能够团结各派并结束内战，它所起到的反作用力会大有助益。

中国的乱象——孙文辞职

（本报记者，上海，5月21日，1918年5月27日刊登）《字林西报》就一封孙文辞去所谓中国西南宪政军政府大元帅的信函发表了精辟的论点。在此信中，孙文强调了一个事实，不论在南方还是北方，军队领袖们在最高权力上的你争我夺都是一样的猖獗，"南与北如一丘之貉"。并且，因为他"力竭声嘶，而莫由取信"最终宣告无效，从今以后，他将会只以个人的身份，仅限于为国家的福祉而工作。

报纸对孙文这一辞职动作所作的评论是，它是中国政党腐败的最有力的证据。身为一个积极的、有建设性的政治家，孙文从未博得尊重，但他个人的正直诚实和爱国情操是毋庸置疑的。他失去了信心，实际上就表示全体国民也失去了信心。这一情形在驻各省记者的来信中得到了充分的印证，他们所发来的消息，提到的全都是单调、乏味又琐碎的战事和劫掠。

如果北方和南方之间的问题能够被清楚地厘清，那么，最终解决争端或许还存着一丝希望，但是，每一方在甜言蜜语的包裹之下，都隐藏着阴谋和纷争，像"中央集权化"这一类的构想总是会快速地消解于一系列细小的领地之间，这些领地的主人们或多或少都掠夺成性，而人民所遭受到的痛苦却是一样深重。

错综复杂的中国时局 —— 领导人之间
猜忌不断、妒意丛生

（**本报记者，北京，邮寄文稿，**1918年5月30日刊登）数月以来，中国的旁观者们总是在等待着某一个似乎一直就要到来的政治决定。但是，就如硬撑着的垂死茎叶一般，中国的局势虽在不断发展，但现阶段的终了却始终遥不可及。在目前的局势中，个人的妒忌心可谓是一大特色。袁世凯一死，黎元洪便自动升格为总统。段祺瑞成了首都的国务总理，冯国璋则被选为副总统。北京的局势随即迅速转变为一侧是总理、另一侧是总统和国会的争执状态。段有北方军作其后盾；黎元洪和国会则没有任何武力上的支援，他们所能依靠的唯有宪法。国会愚蠢不堪，总统也非明智者。最终，北京陷入了一派僵局之中，谁也不肯给对方让一条路。在这一关头，总统打发走了总理，于是，一帮特别从各省拉来的北方派系的督军们提出了各种要求，并以在北京附近进行武力示威来强调他们的存在。总统软弱无力地解散了国会，召唤张勋前来调停。这次亮相虽让他轻而易举地复辟了满人王朝，但随即又如昙花一现般地鞠躬下台。

副总统与总理

身为副总统的冯国璋一路看着张勋自南京开拔，张勋是这个包括上海和长江沿岸其他重要城市的富庶省份的督军。被国会选举为副总统的冯国璋，一直满心期待着可以坐上更高的席位。他同情国会对于宪法的抱负，不同意督军们的行动。而督军的策略则是重新起草宪法，再将国会缩减为一个顾问团，继而将他们的权力集中到行政方面来。这一策略若是取得成功，会把段祺瑞变成这块土地上的头号大人物，也为他在下一届选举中被任命为大总统铺平了道路。冯国璋作为老派人物的一员，很自然会同意督军的策略，但是若明确支持这一策略，却又会帮段祺瑞得到他本来想留给自己的总统席位。因此，冯为情势所迫，对宪法派系采取了一种怀柔的态度，目的只是为了取得他们对他自己作为总统候选人的支持。

于是，整个状况现在就变成是这两人在嫉妒心上的对抗了。回京之后，段祺瑞要做的事便是调和所有的不同政见与改革政府。其方式之一便是下令开展选举、召集国会，为他推翻满清复辟的行动获取宪法的认可。但是，他从一开始就说得很清楚，他的动机是出于胁迫南方、修正宪法，并按照北方督军所要求的路线来设立政府。

与此同时，黎元洪辞去了总统之职，于是，其衣钵便自动落在了冯国璋的手上。冯于是不得不赶来北京走马上任。现在，问题又变成是，这两位明星级人物有无可能和好如初并携手为国家的利益而服务？身后有一大群北方军队撑腰的他们，让人毫不怀疑他们有驾驭南方、建立任何一种他们想要的政府的本领。但不幸的是，他们从来都不可能在某一条政策上彼此认同，因为其中一个想要的东西，总是不见得会适合另一个的计划。段的胁迫策略一旦成功，冯便无处可去。而如果冯落实宪法的策略被采纳，段又会被晾在一边。

中国与战争

现在，外国势力的影响力便成为一大要素。危机爆发之前，令协约国感到着急的是，正和德国断绝关系的中国，应该采取合乎情理的步骤来宣战。段祺瑞已经预备好按照外界所希望的那样去做了，但是，国会拒绝通过必要的决议，这并非是因为多数议员反对战争，而是因为实际上已没有内阁助阵的段想要强迫他们咽下这一决议。当段恢复权力之后，协约国的公使们与其重修旧好，并且做出了财政上的重要让步（推迟庚子赔款、重新调整关税等），作为合作的基础，双方的共识便是中国将会进入战争状态。本野子爵曾经表态说，日本会支持段的政府，几笔来自日本的战争贷款约定也会在同时缔结。协约国作出了向段提供贷款的承诺，却并未确定他会沿着宪法的路线行事。外国的支持和贷款使段可以为所欲为。

一开始，段先除去了湖南省的督军——一位宪法拥护者，再将自己人安插进去，并有军队作为后台。这是他向南方各省发起进攻的第一步，当督军们胁迫总统在北京解散国会时，这些南方的省份曾经宣布过独立。广东和广西的回应在湖南推动了一场叛乱，而云南则对四川发动了攻击。不久之后，北方和南方的军队便在湖南、四川与广东北部展开了正面交锋。三支北方军队遭遇了惨败。广东的军队于汕头一带受到重创，而原本是政府固守之地的福建也岌岌可危。在湖南，北方军落荒而逃，省会被南方军占领。段祺瑞再度辞职，但仍在幕后掌控着局面，在重组的内阁中，大多数人也都倾向于他的政策。时局因此而变得更加混乱不堪，北方军在长时间占领了湘鄂交界处的瑶冲之后，再次在南方军的进攻之下遭遇了溃败。同时，北方军也在四川被击垮，该省自此之后便落入了南方派系的手中。

北方和南方之间的拉锯战

对这些事件可以作如下解释，与南方作战并非是由北洋派系全体发动，不过是由皖系一支独自策划。以冯国璋为首的直系，对于内战是极力反对的。但是，北方军的相当兵力都受段的盟友所指挥，段又有外国人的支持和金钱供给，所以尽管反对声浪不断，段祺瑞还是能将其政策不断地推进下去。直系主要是以长江沿岸各省（包括江苏、江西和湖北）的督军们为代表，这些人都倡导落实和平协议，拒绝和南方作战。正因为他们的节制和总统的策略，段的军队才在战场上失利。但直系在北京几乎没有什么实权，而段的一方却始终能逼总统草草就范，批准那些总统个人本不同意、而后又偷偷想要加以阻挠的方案。

南方派系目前正在几处据点拉开某种坚强的军事阵线，这并非是因为他们有多少实力，而是得益于北方阵营的分裂态势。依照过去几个月的局势发展，合乎逻辑的结果很可能是，直系与南方建立起某种友善的关系，再发展为一个联合政府。很显然，冯国璋与其盟友同意南方按照"临时约法"的条款来召集国会这一想法。但是，直系的三心二意却处处阻挠了和平会谈的进行，而一手把持政府财政来源的北方督军们，却仍在继续挥霍他们的军事力量，命令他们的军队不停地与南方交战。

中国的烟草专卖权——日本大财团提出的条件

（本报记者，北京，5月31日，1918年6月7日刊登）对酒业和烟草专卖权的整顿于最近拉开了帷幕，一些相关的次要外国贷款已经部分或全部投保。相对而言，酒业的专卖权还不是那么重要，但是烟草的生产基本上遍及每一个省份，对于中国来说，这是仅次于丝绸和茶叶的最大行业。

目前，由烟草专卖权所生成的岁入主要由各省吸纳，但是在经过正在筹措、将按照曾经成功执行过盐税整顿的路线而进行的烟草整顿之后，这些岁入最终将会进入国库。藏身在提案之后的是一个由日本银行组成的财团，该财团愿意提供一笔5000万到1亿日圆（约合500万至1000万英镑）的贷款。根据他们的计划，可能会委任一名日本籍的地区检察官员来监督各省的相关管理，所有收入将会先支付给在中国的日本银行，日本银行在抽取用于贷款分期偿还的利息之后，再由该财团将结余部分转入中国的国库。该计划包括成立一家工业银行，而该银行又将在对于专卖权的管理中扮演重要的角色。在上海、汉口以及其他两个中心城市里，可能也会设立一些大工厂。

对于烟草专卖权的有效整顿无疑将会为财政收入带来一次巨大的改观，虽然它可能会减少地方上的岁入，对中央政府却是助益良多。该整顿方案与盐税整顿的不同之处在于，盐只在某些地点加工生产，仅需要雇用不到十位的外国检察官员便能控制整个局面，而烟草的种植则颇为广泛，可能会因此而需要雇用大批的日本检察官员。

提案的一个遗憾之处是，贷款中仅有一部分会有效地运用在整顿之中，而其中的大部分又必须交在政府的手里。日本公使馆否认了正在协商中的提案已获官方批准的说法，但是，因为相关财团并未和日本的官方组织有什么联系，所以公使馆也不一定会及时获悉有关进展的最新消息。

中国与日本的合作形态

（**本报记者，北京，5月30日，1918年6月8日刊登**）中日两国互换的外交照会文本今天在此地发布。按照照会的补充件，日本宣布，任何驻扎在中国境内的日本军队将会于战争结束后撤走。

到目前为止，公布的文件还算令人感到宽慰，但是它并未满足中国对两大强国的军事代表最近缔结协定的要求。中国人想要确认，除非在实际上进行了合作，否则，协定的条件应该不具备法律效力；当合作终止后，这些条件应该被归为无效、宣告作废。

中国害怕的是，在陆军、海军、警察、兵工厂、布料和矿业等各方面引入的某种程度的外国控制权，会被人无端利用，这些控制权一旦有了发端，即使合作尚未进行或合作结束以后，它们依旧会继续存在。显然，鉴于中国军队进步迟缓，其供给和组织效率低下，对于以上这些判断，一定要做出某些安排。合作的外国军队应该有权确保中国军队在各方面都得以良好地建造。中国的观点则是，这其中有太多的机密，已经远远超出了普通的军事紧急状况所要求的程度。

中国币值改革的关键问题在于缺乏一种精确的标准

（本报记者，北京，6月5日，1918年6月12日刊登）阪谷芳郎在结束对中国各地的访问后已经回到北京，不久将启程返回日本。

他的观点是，假如中国真有改革的诚意，其货币改革是可以进行的。这种说法被解读为，如果赋予他所必需的权力，阪谷芳郎愿意承担起托付给他的使命。据信，中国方面已经确定地向他提出了一个出任财政顾问的条件，却并未赋予其执行权，也就是说，中国并不急于在单个列强国的指引之下进行币值改革。

然而，列强都同意改革的必要性，如果列强联合起来向其施加压力，中国可能不太会制造出什么麻烦。这个国家会因为这项改革而受益良多，除了钱币交易商和因为缺乏一套精确系统而从中渔利的官员之外，中国将无人会受到损失。

阪谷芳郎男爵是日本1906至1908年的财务大臣。他于今年4月访问中国，目的是研究中国的财政状况，他主张中国应进行币制改革。他所表达的意见是，中国应采纳金本位制度，作为起始，中国应该立即着手进行黄金储备。据说，列强已经在原则上同意为达此目的而向中国贷款，但是，在现阶段，日本是唯一能方便地对此目的进行投资的强国，因此，有人认为，币值改革的监管工作应该落在日本的手中。目前，日本已经作出借款2000万元的提案，但尚未有任何进展，也没有为达此目的而进行任何工作。中国的金融体系基本上是一片混乱，譬如，目前的货币单位是"两"，却完全没有设立任何银两钱币；而"两"又被同时作为重量的度量单位，但其度量标准在全国各地又是大相径庭。据统计，全国各地有不少于77种关于"两"的度量标准。

为西伯利亚而战——中国国境线上的
缠斗，追踪谢苗诺夫上校

（本报记者，北京，6月20日，1918年6月25日刊登）来自西伯利亚西部的
最新消息宣告，布尔什维克已在当地遭到了整体性的瓦解，从乌拉尔到距离伊
尔库茨克不出一站之内的铁路全线，实际上已经落入了捷克斯洛伐克人的手中。
自伊尔库茨克向西，电报通讯已经中断，但是有理由相信，在那里，某种形态
的政府已靠着捷克斯洛伐克人的帮助而得以建立。在伊尔库茨克，从6月13日
开始，红军与白军两方之间一直缠斗不止，目前仍未有任何决定性的结果。很
明显，布尔什维克无法维持他们在西西伯利亚的有利地位，因为他们所依靠的
德奥武装战犯已经被转移到外贝加尔一带去对抗谢苗诺夫上校了。

这些战犯由德国将军陶博（Taube）指挥，人数在五千至一万五千之间，他
们一直对谢苗诺夫上校紧追不放，使其不得不退至满洲一带。鉴于内部纷争，
大多数哥萨克已经弃他而去，其武装目前仅包括一千名西伯利亚人、四千名征
募来的中国人以及一小队俄国官员。

与此同时，一支力量可观的、几乎全数由德奥战犯所组成的布尔什维克武
装，却已开到中国的国境线上，以图追击谢苗诺夫上校，中国领土有可能已遭
到其侵犯。对于这种直接的进犯，有外国舆论撑腰的哈尔滨委员会正极力鼓噪，
要求协约国对此予以干预。这一委员会已经在各公司、工部局、商团等组织机
构间召开了会议，以讨论应该介入干预的时机和情形。

中国和在华的德国人 —— 中国已取消 将德国人驱逐出境的政策

（**本报记者，上海，6月18日，1918年6月25日刊登**）取消将中国境内的德国人驱逐出境的安排，已经引起了深深的失望，而当来自本国的指示将这些德国人滞留在此地时，递解的任务实际上已经接近尾声。

《字林西报》从德国战争暴行的冗长清单中援引了一些特殊事例，指出我们的中国盟友所做的让步，并非是因为害怕，而是出于他们的人道感受，也是为了此刻落在德国人手中的中国同胞着想。尽管如此，背离先前的决定将给协约国的声望所造成的伤害并不会因此而被掩盖。该报敦促中国政府应该至少软禁德国人，在中国目前内战不断、混乱一片的情形下，中国政府却根本无暇顾及他们。

中国政府要将敌方国民驱逐出中国的决定，是6月8日在该国宣布的。据报道，6月17日，中国驻日本公使馆秘书苏博士被任命为将7000名德国男女驱逐至澳大利亚的事务处主管，他也已起程前往北京。与此同时，德国外交部的克雷格博士（Dr. Kriege）却在德国国会大厦宣布，政府已经"采取最有力的措施来对抗这样的蓄意行径，并且已经威胁要施以最严厉的报复手段"。几天之后，《德意志报》在发表的一份通讯稿中要求，如果在华的德国人被递解至澳大利亚，德国应该采取报复行动，将被占领的法国领地的3万名居民囚禁在德国。瑞凡罗伯爵（Count Reventlow）还为此要求另加提议，此报复手段应该用在英国囚犯的身上，他还说："我们还会有别的法子来对付他们。"

某些省份正开会讨论中国的政治形势

（**本报记者，上海，6月18日，有延误，1918年6月25日刊登**）当北京正在预备参议院的选举时，一个由所有省议会代表参加的会议也要在南京召开，讨论的主题是国家整体性的政治形势。已经有超过70位代表到会。

一个将会特别引起大会关注的主题是有关鸦片的交易问题，该议题将会激起不断加增的怨愤情绪，特别针对的对象则是总统。据信，他本人恪守靠鸦片交易才能大获其利的信条。

南京的会议实际上并不掌握实权，坦白地说，它就是一个反政府的组织，或许会在不同的省份中唤起民意中极积的部分。第一次会议于今日召开，但是，据报道，民政官正试图阻止会议的继续进行。

中国的鸦片交易——民众的反对声浪异常强烈

（本报记者，北京，6月19日，1918年6月25日刊登）中国的舆论界被所公布的鸦片交易搅起了一场轩然大波，部分原因是，其巨大的利润似乎都集聚在购买其股份的私人财团手中，国家却没有从中得到什么好处；还有一部分原因是，这一交易所产生的效应将会形成一个鸦片垄断组织，这个精心筹划的组织又会击垮中国在十年前推行的有关禁止鸦片的全盘政策。

显然，在将印度的鸦片存货假充为药品的骗局之下，得到政府默许的财团绞尽脑汁在想着鸦片交易的事情，一方面是关于如何从国外继续进口，另一方面是有关本国的产品，在一些省份中，鸦片的种植又在大规模地展开了。

到目前为止，内阁尚未批准有关协定，民意的鼓噪之声或许最终会导致协定的取消。

《泰晤士报》于6月15日宣布，中国政府购买了存放在上海的印度鸦片存货，"众所皆知，其目的正是为了转卖给北京操作行业垄断的有关组织"。

日本在中国所取得铁矿开采特许权

（**本报记者，上海，6月20日，1918年6月25日刊登**）日本宣布，已经差不多取得了南京附近的凤凰山所蕴藏的巨大铁矿资源的全部开发和输出权，或者说，至少准备要如此进行。过去几年间，日本人处心积虑地想要得到这片铁矿的控制权。还在袁世凯当政的时候，大仓先生的公司就借给一个中国财团10万英镑，想要用于这里的开发，但是，农商部坚拒批准这一安排，原因是，凤凰山是长江流域的一个重要部分，对中国而言，将其矿产资源紧紧握在自己手中至关重要。

为了打消农商部的顾虑，内阁通过了一个方案，将其控制权转交给陆军部，于是，在和日本人签订的有关条款中，这一控制权很快也就落在了日本人的手中。据鉴定，凤凰山的铁矿石最适宜于制造军火，因为其中所含的硫磺成分极低。这是自汉冶萍工矿之后，日本人在中国所取得的一项最重要的特许使用权。

据路透社的一份电文指出，凤凰山铁矿估计蕴藏着多达5000万吨的铁矿石。

中国在上海举行关税调整会议

（**本报记者，北京，7月1日，1918年7月2日刊登**）关于关税调整会议的事项已经停摆了好久，有关公使馆最近才接手此事。在亮出了不少外交上你来我往的招式后，公使馆同意以1912年至1916年的价格作为权衡新定关税的基准。昨天，中国政府已经释出信号，同意接受这一方案，在上海举行的关税调整会议，目前终于能够投入在这一方案上的冗繁、复杂的应用程序了。

该会议被责成在三个月之内完成所有工作，因此，一旦工作完成，中国便可以享受到它带来的好处。新的关税应该会给中国带来公平的结果，因为用于裁决其新标准的，是它在两年半和平时期与两年半战争时期的平均值。

事实上，中国在此事上并没有得到公正的待遇，因为对它作出的承诺，是从去年9月开始实行新的关税。这个时间距离新关税最终得以实行，已经过去了一年有余。

中国的财务转移——国家资源被用于抵押，
不计后果四处借贷

（本报记者，北京，6月28日，1918年7月4日刊登）在东方的国度中，没有一个国家的金融史，在其转移的速度和莽撞程度上，能够与中国相比。过去几个月间，中国的大量国有资源已经被用来作为借贷的抵押品。

为了取得从满洲境内的吉林到朝鲜境内的遂宁的铁路修建特许权，有关日本财团已于上周支付了1000万日圆（合100万英镑）的预付金，对于如何花这笔钱，日本方面什么条件也没有提出。国际借款团的日本分部也将立即向中国支付1000万日圆（合100万英镑）预付金中的三分之一，从表面上看，这笔钱将会用于中国的币值改革。江苏境内的一个重要矿田刚刚被锁定在这一交易之中，它就是得到这1000万日圆现金。

就在昨天，报界还报道说，一笔数额为2000万日圆（合200万英镑）的现金将预付给中国作为两年内一大笔国内贷款债券的保证金。一个月之前，中国的电报系统已经被拿来做了2000万日圆的抵押；烟草的专卖权也成了讨价还价的资本，中国人期望能够从中换取一大笔贷款；还有一笔洽谈中的贷款，则拿地税作为保证金。

从小范围来讲，有些交易做得还是挺出色的，譬如，前清皇宫湖里的那些鱼就卖出了价钱，在那些鱼中，不乏近百岁的鱼瑞；砍下帝皇陵寝神道两旁的古树也不失为一例。另据一家当地报纸报道，连天坛都要被拿来做抵押，以图盖一座生产矿泉水的工厂。

上述每一项交易的进行过程，无论是业已结束，还是会很快完成，所换来的现款，都正要或将会耗费在最无益处的军费开支上，即或不然，也都会落入那些毫无道德操守的人的钱囊之中。有关鸦片的交易，因为在中国报界那一边没有事先花钱买通，便传出了一些很尖锐的评论。从各方面都必须承认，从政府手中夺走资本的那些财团所期望的，不过是建立起一个常规性的垄断组织，以便在将来可以在全国范围内操弄鸦片的事情，他们才不会去管最近和大英帝国所订立的条约中提及的义务和交易。

四国列强给予中国的贷款 —— 中国正为战争做准备

（**本报记者，华盛顿，7月30日，1918年8月1日刊登**）联邦政府透露了有关再度启动的中国贷款项目的更多细节。美国、法国、大英帝国和日本可能将会参与其中。

联邦政府对于总统于1913年的决定发生逆转一事所作的解释，其实和当时正在考虑之中的贷款并无什么关联。受到美国的影响，中国大规模地步入战争的状态。而对于中国想要做好准备以便更有效地投入战争一事，美国可谓乐见其成，特别是目前，战争的边界线已经向中国渐渐靠拢。很清楚，为了对中国的声援作出补偿，联邦政府将会期待美国也参与到贷款的事情中，以尽一个总管的职分。

与其他国家的银行家们的商谈，目前正在进行之中。

中国的国民大会

（本报记者，上海，7月29日，1918年8月1日刊登）中国报界对于成群进京的新国民大会的成员们进行了全面的报道。这些成员和他们的随身仆从们都拿到了免费的火车票，首都方面也竭尽全力要盛情款待他们。

据报道，安福俱乐部[1]（也就是段祺瑞的追随者和拥护者们）在选举中赢得了多数席位，但最近的报道却指出，近来，安福系中又出现了意见分歧。而另一方面，交通系的人数虽在少数，但其领军者却是袁世凯当年的左右手、被尊为中国最富有也最精明的人物梁士诒。梁士诒的才干当然不在袁世凯之下，目前，他正在广州，试图说服那里的旧国会和北京的新国会在选举徐世昌出任大总统的事情上彼此妥协，而徐世昌本人曾出任过前清时期的军机大臣并授太保衔。梁士诒还建议，随后，两个国会俱告解散，而广东方面的权益将保证得到尊重。

1　安福俱乐部是成立于1918年3月的民初政治组织，其名称由来有两种说法，一说是因其场所设在北京宣武门内安福胡同梁式堂的住宅而得名，另一说则认为，是因为其成员多为安徽、福建两省人士。安福俱乐部也被称为安福系，由皖系军阀段祺瑞的亲信徐树铮筹划组织，下设干事部、评议会、政务研究会等部门，部门下又分不同功用的课别，课下再附设股。该组织实际上是一个议会政党，制度完备，凡重大议案均需经过决议，才能作为其正式议案。凡安福系议员，也需在国会参众两院中保持一致的主张。它之所以不以政党名义行事，是因为在袁世凯解散了国民党后，政党名称被很多人忌讳。安福俱乐部最为人所知的一件事是操纵了第二届国会议员的选举，故该届国会被称作安福国会。1920年7月，直皖战争爆发，直系取胜后控制了北京政府，并导致段祺瑞辞职。8月，安福国会解散，安福俱乐部也随之解体。

再由徐世昌任命一个新的机构来起草宪法。

如今的时机对于和谈来说显然是有利的，争战因为酷暑而正处于暂停阶段，而最为重要的几位督军也看不出继续花钱打仗能有什么好的前景。

法国向中国提出抗议

（**本报记者，北京，8月7日，1918年8月10日刊登**）法国公使馆就中国政府接受教廷大使一事提出了抗议。我们希望协约国能在此事上声援法国。法国带头反对此事的缘由是，这项任命违背了1858年由法国人签署的、对中国境内的天主教教堂予以保护的有关规定。此外还有一点，此事表现出中国政府对梵蒂冈的同情，而众所周知，梵蒂冈所扮演的角色常是敌人多过于盟友。在战争期间，中国接受由梵蒂冈所委派的官员，显示出了对协约国的不友善态度。

中国外交部尚未对此事作出任何回应，但中国显然身陷窘境之中，因为教廷大使的任命，正是为了回应最近对中国驻马德里公使的任命，该公使同时也出任了驻梵蒂冈的代表。

中国政府解释说，目前尚未决定是否会接受维也纳会议所提出的"教廷大使的级别高过于全权代表"的规定，而这一规定的提出，正是在罗马方面不断的敦促之下进行的。

法国的抗议奏效，中国拒绝承认教廷大使

（**本报记者，北京，8月8日，1918年8月13日刊登**）中国政府已知会梵蒂冈方面，无法接受来自马尼拉的派特里蒙席（Monsignor Petrelli）出任教廷大使。派特里蒙席是德国外交部部长冯·辛慈（Admiral von Hintze）上将的友人。为防止事态有任何严重的发展，已经为此采取了有关措施。

中国正准备推动金本位制，日本包下800万英镑的贷款额

（**本报记者，北京，8月11日，1918年8月14日刊登**）中国认为日本在中国贷款操作的高潮已经到来，昨天，总统颁发政令设立了货币局并授权发行金圆券。

规定指出，这么做"是本着促进国际贸易的精神，并预备采用一套金本位的货币制度"。货币局将指派一家或几家银行发行金圆券，在能够铸造金币之前，金圆券可以"通过指定银行汇至国外"。而金币铸造完后，这些金圆券也可以用作兑换。指定的银行将会以"从中国或外国贸易港口的交易银行"存入的本国黄金货币、金条或"外国金币"来维持黄金储备。

这些规定是唯一用来预备实现从日本所贷的八千万日圆金圆券（合800万英镑）的方式，这笔钱将会保留在日本，作为在中国发行二亿四千万日圆金圆券（合2400万英镑）的储备。在金本位的钱币铸造出来之前，这笔储备的钱无法兑换。在得悉完整的细节之前，外国官方希望能对此保留意见。

敌对状态中的中国各派系

协约国出面调停的可能性

（**本报记者，上海，8月21日，1918年8月28日刊登**）过去几周以来，长江沿岸和华北之间的贸易有了明显的复苏迹象，上海布匹拍卖市场的交易人数和价格都令人鼓舞。然而，这些表现更可能是酷暑天气暂时阻挡了双方的敌意，而不是在政治情势上有了什么特殊的改善。在北京主导局势的派系，仍在一意孤行地四处撒网捞钱，并想以此来征服南方。有思考能力的中国人对段祺瑞政府的鲁莽急进、对他将某些最有价值的国家财富典当后换取几文小钱的做法，愈发感到失望。人们讥讽新国会已沦为政府的某种工具，其选举的性质要么是赤裸裸的贿选，要么就是出于官方的强行授意。

在这样的形势下，人们的注意力多被伍廷芳博士有关明确西南各省联盟的地位、呼吁得到外国列强同情的宣言所吸引。伍廷芳认为，目前在广州重新召集而到达两院法定人数的国会，是被北方的军国主义者在1917年非法解散的，若是原国会不重新得以建立，和平就是不可能实现的事情。目前的广州国会不过是在遵循与从前相似的路线，但当然经过了精心的规划，同时也从北京政府的不足中吸取了新的动力。不过，这份宣言的重要意义还在于，它指出了某种可最终延伸到南方地区和西南地区的对于时局的真正理解。这份宣言由伍廷芳、岑春煊（著名的前任四川总督，一个能力与威望都不容质疑者）、海军第一舰队司令林葆怿海军上将、两广巡阅使陆荣廷、云南督军唐继尧、孙文和唐绍仪等共同签署。这七人俱为新成立的西南联盟与国会组织的联合行政长官。

　　陆荣廷和唐继尧的合作显得尤为重要，因为这些具备足够军事实力的领袖，一直以来都更倾向于坚持自己的路线和主张，他们对前国会的利用，不过是打着立宪主义的幌子来掩饰其个人野心。孙文的介入也值得关注，人们应该对他最近才宣布要与所有党派中断来往的说辞记忆犹新，有人认为，他如果真的那么做了，对任何一方都没有好处。对北方而言，想要战胜这一联盟很明显是不可能的事情，这一联盟实际上包括了长江以南和四川的所有地区。在经过了好一阵子的犹豫、踌躇之后，南方派系已经彻底结盟。

　　问题是，协约国政府是不是应该经由其外交公使来作调停的工作。有一个明显的事实是，他们无法对南方表示认同。而当他们联想到北方派系显而易见的管理不善（在此，我们不想使用更严厉的形容词了）时，对他们而言，眼下几乎立刻就要义不容辞地向北京方面提出一个强烈的暗示——他们已经无法忍受双方将一场自杀性的内战继续下去。

　　中国的报纸对目前正在湖南指挥北方军第三师的吴佩孚将军的呼吁给予了卓越的评价，吴佩孚军纪严明，他在命令下属与江苏督军李纯共商谈判大计的事情上赢得了极高的口碑。但是，类似的努力以前也曾经有过，令人担忧的是，若是没有来自外界的善意帮助，中国将无法成功解决目前的分歧。

中国看不到和平的指望

（**本报记者，北京，8月23日，1918年8月28日刊登**）拥护帝制的运动早已日渐式微，而国务总理段祺瑞与重燃复选总统希望的冯国璋之间的宿怨却仍在不断滋生[1]。据信，立法委员们可能会渐渐失去勇气，选择藏身在外国租界之中。政界基本上已经被表面化了的争吵所占据，使人看不到和平的希望，也看不出达成永久性结论的可能性。长江各省小集团的势力却在增长之中。曹锟的部队正不断向南推进，表面上是要重启战事，但很可能是为了避免北方的军国主义政策遭遇到进一步的挫败，而这一挫败的趋势，已经因为目前人在南方的最强有力的北方将领吴佩孚的反叛而加剧了。

1　冯国璋任总统后，与国务总理段祺瑞在对付西南军阀和广东护法军政府的策略上多有矛盾。段祺瑞主张武力统一，想借此扩充皖系的势力，而冯国璋主张和平统一，想借此讨好西南军阀，并保护直系的利益。1917年8月到1918年8月，直皖之间冲突不断，皖系甚至与奉系联手对付冯国璋。1918年8月12日，安福国会开幕，段祺瑞声明要辞职，迫使冯国璋也声明不参加总统竞选。9月4日，安福国会选举徐世昌为新任大总统，徐世昌则提名钱能训组阁。冯国璋、段祺瑞同时下野。但是，直皖之间由第二次府院之争所引发的派系纠纷并没有因此而得以化解，反而愈演愈烈，最终演变为1920年的直皖战争。

中国的货币方案

（**本报记者，北京，8月23日，1918年8月28日刊登**）目前已经确定，各国公使馆已准备要支持银行组织对中国货币改革方案的反对意见，据信，这一方案与未来的一笔高达8000万日圆（合800万英镑）的贷款有关。在经过日本公使馆的首肯之后，横滨正金银行也已加入其他银行的抗议行列，因此，可以确定，日本公使馆也将会支持银行组织的决定。

两个中国国会——南方派系对总统选举提出抗议

（**本报记者，北京，9月3日，1918年9月10日刊登**）广州国会已经以电文的形式发出警告，将不会承认由非法的北京国会选举出的任何总统（徐世昌已经当选为总统）。

普遍的看法是，长江流域的各省督军们将举行示威行动，向北京方面提出抗议，这一看法正在北方的军事派系中搅动起令人不安的气氛。大多数人都认为，维持和平、重建一个良好的政府，唯有依靠长江各省的联盟。

（**路透社，北京，9月4日**）经425张选票选出的新总统徐世昌，是受旧式文化熏陶的代表人物，甚至在南方也广受欢迎。他为温和派点燃了希望，代表了军国主义者、极端保守派以及进步人士之间的某种妥协，这些派系都希望，在这样一位柔顺、殷勤的总统之下，政府可以借助任命内阁而维系住力量上的优势。然而，选这位袁世凯一生的挚友为总统，也揭示了中国人极具典型性的愿望，那就是给中国最伟大的政治家一些补偿性荣誉，对于袁世凯的离世，中国人的哀悼之意虽来得慢了一些，却依然深刻。

中国的权力之争——广州政府夺取了海关

（本报记者，北京，9月4日，有延误，1918年9月14日刊登）尽管南方派系提出警告，他们对民国总统的选举将不予承认，长江各省的督军们也有可能向北京发出示威抗议，但今天徐世昌被选举为大总统一事还是获得通过。选举过程中并无任何意外发生，但副总统之争料想会有一些波澜。

所谓的"广州政府"官方人士已经通知广州的海关专员，他们要接管广州海关，如果有必要，还会付诸武力。总税务司已经为此向"广州政府"发出了明智、合理的建议信，目标是尽力避开麻烦。但是，如果这么做还是会被对方忽视，列强则必须对南方采取绝对的行动，以保护他们的条约权利。这种目光短浅的行径将使南方丧失外国人所可能有的同情心。在上一次革命期间，海关丝毫未受到侵犯与亵渎。这一新的政策真的是令人咂舌，从中可以看出，南方一定也意识到了他们所必须为此承担的后果。

（9月5日）原定于今日举行的副总统选举，因为与会者不足法定人数而未进行。一些人缺席参加选举，是为了强行造成延期的结果，这成了拖延填补政府空缺计划的一部分，目标是先摆平与南方间的交易，也等待一个合适的备选人物出现。目前，督军曹锟和张作霖都正垂涎着这一职位，但也只是出于他们的个人目的，无非是为了能够执掌大部队而争取资格。南方的党人们声明，这个席位应该留给他们，因为总统席位已经被北方占据了。

从福建传来的坏消息，也正搞得政府心神不安。预计那些主要的市镇会很快被攻陷下来。如果南方党乘胜直追，而长江各省的督军们又会按照预计的那样举行示威抗议，那么，北京政府将会陷于进退两难的窘境，会被迫接受那些条件。然而，南方的党人们已经在威胁夺下海关的事情上遭到了沉重的一击。如果他们真的那么做了，列强无疑会采取最强烈的手段进行干预，甚至可能会完全封锁广州。那些看出外国人因为不满北京政府近来的昏庸政策而逐渐将其同情心向南方倾斜的南方党人们，现在对于南方的领袖们所采取的自杀行径已经感到无比绝望。

中国正趋向和平

南方派系提出的要求

（本报记者，北京，9月9日，有延误，1918年9月17日刊登）广州当局表明，他们将会取消自己接管海关的威胁，这一声明让公使馆松了一大口气，他们也并不希望被迫对南方采取严厉的行动，因而导致他们一直遵守到现在的中立立场毁于一旦。然而，南方急需用钱，其拥护者们声称，他们所打的是一场和协约国在欧洲颇为相似的仗，是一场"自决之战"。他们所说的海关关税目前都上缴到了北方，并用在镇压南方的行动上，然而，他们是有权分得其中至少一部分的，因为这些关税收入都来自由他们所控制的地盘。

徐世昌宣称，他并不愿意出任总统一职，之所以还是决定接下，是因为必须遵守法律的约束力，他也愿意尽力借代表会议找到解决内部冲突的办法。因为南方要求提名副总统人选，或许解决的办法正可以从这一点出发。但是，南方会要求解散目前的北京国会。预计将对此提议推波助澜的长江各省督军们，在过去一周内却表现得出奇安静。可是，南方军在福建省所取得的胜利没有帮到北方，除非北方展现出接纳南方要求的意愿，否则，极有可能，需要由中国人以外的另一组织来出面维持和平局面。到目前为止，似乎还没有什么中国人能够拥有足够的影响力，将各派拉到一起。

（路透社，上海，9月11日）按照中国报界的说法，英国公使朱尔典爵士已经接洽了外交部，愿意由英美两国提供帮助，在南北双方之间展开斡旋。据说，这一意愿已经在本月10日由内阁进行了讨论，但尚未得出任何结论。

中国的内战需要各方进行调停斡旋

（本报记者，北京，9月11日，有延误，1918年9月18日刊登）在身负重任的中国人中，有一种感受正变得愈加强烈。他们觉得，协约国应该为摆平中国的内部争斗而采取一种坚定的立场。如果协约国方面不采取某些断然的行动，交战就会不断升级，而将大把金钱花在国家建设、管理之外的事情上的做法必须被制止。

为了保护外国人的利益，必须发出警告，军队也必须解散。只要军事统治仍然四处盛行，就不可能建立起一个稳定的宪政政府。交战已经进入僵持不下的阶段，士兵和匪徒们在国家中都表现得异常猖獗，商业和贸易也全面脱节。除非采取联合行动来进行保护，否则，这些祸害必定会给协约国的利益带来巨大的灾难。只要不再提供资金（这一点很容易就可以做到），争战和冲突就会很快停止下来，一个有秩序的政府也就能得以建立，并且，这个政府能立即投入组织并协同完成协约国的战争。

（9月12日）总统徐世昌已经向各省发出了另外一轮的电报，号召那些有管理经验的人士前来协助解决目前正冲击着国家的巨大困难。在他所列举的难处中，最主要的一些包括制宪尚未完成、国库的亏空、内部的倾轧以及土匪盗贼在中国各地的猖獗，还有一点，便是欧战结束之后，中国将会成为激烈的商业竞争的中心。

除非他能向南方提出明确的特许权，否则，徐世昌的恳请和呼吁也只会徒劳无功。南方的首领将是被政府的军事系统（此系统深得北方督军们的钟爱）所摒弃的人物。据报道，伍廷芳已经给一位支持徐世昌的友人发去电报，敦促对方立刻制定出一套明确的措施来解除双方的敌意，他建议同时解散两个国会，根据原先的选举法选举出新的一届来。如果一切成真，这一提议倒是体现了某种彼此尽早妥协的希望。万一无法解决双方的争端，他建议，应该由所负责的阵营提出仲裁和公断，假设不可能这么做，那么，协约国应联合起来采取措施，帮助中国人摆脱乱局、恢复国家秩序。

和俄国的相比，中国所面临的任务可谓相当简单。对于大批有思考能力、承认中国身为协约国一员所应该履行的职责的中国人而言，任何朝着这一方向努力的合理化建议都会受到热切的期待和欢迎。中国对协约国是如此重要，因此，他们不能无限度地拖延采取有关行动。最重要的是，如果他们特别允许某一个强国身兼调停者的角色，就会使更大麻烦加速到来，而某些阵营对于沿着这一路线采取行动则显得极为热心。总之，一定要采取联合性的行动，要么就什么都不要去做。

日本向中国投放更多贷款，拟定大规模的铁路方案

（**本报记者，北京，9月19日，有延误，1918年9月27日刊登**）由日本银行和中国政府在进一步的谈判中提及的更多重要贷款项目，预计几天之内便能缔结。这些项目包括在山东省和内蒙古修建铁路，另外还各有一笔贷款用于军事目的和政治性用途。谈判中的山东省境内的铁路网包括两段原先划拨给德国的路段，一条从青岛附近的高密到江苏省的徐州，另一条则从黄河以北靠近绥远的地方直到直隶省境内京汉铁路线上的邢台。贷款的数目目前尚未透露，但据报道，利息已定为8%。贷款得以成立的一个条件是中国同意在山东建立日本民事管理中心。

正在谈判中的满洲和内蒙古的五条铁路中，有一条是从洮南至热河（或从热河至北京）。据报道，日方已经预付了600万日圆（合60万英镑）的与此贷款相关的预付金，其利息也是8%，条件之一是日方强行规定该地区的采矿权归日本人所有。军事贷款为400万日圆（合40万英镑），利息同样也是8%，所附条件则是中国军队将接受日本军官所主持的军事操练，同时，两国最近签订的中日军事协定的有关范围也将被拓展。

政治性贷款的数目为200万日圆（合20万英镑），利息还是8%，保证金则是烟草税。据说，和最近发生在几笔贷款上的情形一样，日本公使馆也尚未得到这些谈判的消息。

中国，派系斗争的牺牲品——南方派系向总统宣战

（本报记者，北京，10月6日，1918年10月16日刊登）广州政府已经正式向当选的总统徐世昌宣战，以期更为断然地表明他们对徐世昌接受由北京的伪国会所经手的选举结果的抗议。先前由南方的领导人向徐世昌发去的反对其当选的抗议信并未得到理会，事实上，徐世昌曾经在一段日子前发表过声明，在国内建立起和平的局面之前，他不会就任总统一职。其实，南方对于徐世昌本人并不反对，如果双方现存的对有关国会状态的认知差异能够得到解决的话，南方很可能也会推举徐世昌担任大总统。

依据现状来看，除非协约国瞅准时机不再借钱给中国以助长其不负责任的派系斗争，否则目前并没有什么机会能够停止一切纷争。北方的军事小集团唯独靠不断地借钱才能维持下去，他们对于维护"远东地区的和平"并没有任何贡献。而另一方面，这种情形也在一直拖延着某种局面，如果不予以阻止，将会毁了中国以及靠财政和商业纽带与中国维系着的所有西方利益。

先前报道过的、为修建满洲和山东铁路所借的贷款协约已签字生效，从东京方面传来的消息已经对此作了确认。日本公使馆只承认了这些，但据其他可靠的消息来源透露，上周二还签署了一笔高达1亿日圆（合1000万英镑）、用于在中国建立中日联合钢铁工厂的贷款。所有人都知道，在目前阶段，铁路修建还无法开工，但是，合同的签署会促成有利益牵涉的银行发行相当数量的款项以供军事派系之用。

长江各省的督军们在原是北方军事派系一员的李纯将军的带领之下，仍在徒劳无功地抗议着北京方面的灾难性政策，为了对这一时期的恶劣情形作一次系统性的论述，他们正安排在南京召开一次由各省代表参加的大会，在会上，预计各方将为了自身利益而向协约国提出上诉的可行性展开辩论。

因无法继任总理而心情大为郁闷的段祺瑞放出话来，在完成总统就职大典后，他将从政坛引退，但是，身为所谓的"参战部"领导人，他的目标其实是想要获得某种自行决定权。这让他可以重组一支表面上是为协约国服务的军队，但实际上，等到平复中国"乱局"的时机成熟时，这支军队将会为其个人所用。这个"参战部"目前还没有为协约国做成任何事情。实际上，靠着外国贷款而不断壮大的军事小集团们，不仅对欧战不闻不问，甚至也没有时间和意愿去阻止德国特工们的活动及拘禁敌方的国民。今天，有关拘禁的规定已经公布，但是，这些规定所针对的，主要还是集中营里的中国人所面临的各种情况。

和平会议召开之前，在协约国为解决国内纷争而进行的努力中，考虑让中国人接受盎格鲁撒克逊式领导的想法仍在继续。除军事派系以外的各方都热情欢迎整顿各自阵营的提议，以期使各派团结在一起，使受到困扰的国家能够摆脱乱象，唯有如此，稳定的宪政政府和井然有序的国家管理体系才能建立起来。

日本愿意豁免中国的庚子赔款

（本报记者，东京，10月6日，1918年10月16日刊登）《东京每日新闻》在一份发自北京的电报中，宣称日本政府已经知会中国驻东京的外交公使，从此以后，为了促进国家之间的友好关系，中国将会从偿付庚子赔款的痛苦中解脱。

（本报记者，北京，10月7日）中国政府正在等待着日本豁免庚子赔款的传言有进一步的发展，但到目前为止，尚未有任何来自官方的说法。然而，日本公使馆声称，日本在原则上已经同意了豁免之说，但尚未决定其目的是为了教育，还是为了工业。目前，有关方面已经作出了一项重要的声明，中国的教育所需虽然巨大，但工业成长所需更为重要，很多在国外完成学业后回国的工程科与工业科学生无法在中国找到他们受过相关训练的职位。

中国的政治腐败——买卖选票的现象

（本报记者，北京，10月10日，有延误，1918年10月21日刊登）今天，没有任何记者受邀参加中国举行的总统就职大典，据报道，按照典礼章程，大典已经宣告结束。

（10月9日）选举曹锟将军为副总统的努力宣告失败，原因仅仅是，尽管不少反对者面对着诸多金钱上的诱惑，却仍然尽力逃避参加选举。据可靠的消息透露，选举方以支票付款的方式，在那些愿意前往投票的人身上花了80万元（合8万英镑）。但是，当选举看起来不可能如愿完成时，银行很快接到了指示，拒绝兑付这些支票。16日，选举方进行了另一次尝试，只是，受雇来的投票人明确提出要求，只有在收到2000元现金后，他们才会出席，而一旦选举圆满达到预期要求，他们要求每人再追加1000元。

这种买卖选票的勾当是在光天化日之下进行的，在这片土地上位高权重的人们，就是用这种方式从所谓的国会中取得他们所要的一切，而这个被外国列强像承认其政府般承认过的国会，事实上已沦为军事派系的喉舌。

众所周知，总统主张内部和平，如果协约国政府在祝贺他当选时，也能让他就自己对时局发表一些意见，他的立场无疑会更加清晰，也更可能战胜那些嗜血成性的顾问。少了这种道义和精神上的支持，他很可能会堕入孤立无援的境地之中。

然而，和平的希望来自广州，据报道，那里的军事领袖们已经表示，并不同意国会对真正恢复其运作的坚持，因为一旦这么做了，便排除了制定出一个妥协方案的可能性，浪费了时间后，结果只会对北方的穷兵黩武者们有利；而与此同时，这些军人也更有机会任意挥霍国家的财产。稍微见多识广的中国人都认为，假如总统能够提出合理的条件，广州的军政府将会任由国会委员们去玩自己的那些花招。

　　然而，长江各省的督军们还是要对付的。几天以前，这一组织的领袖告诉《泰晤士报》记者，他们会一直撑到段祺瑞完全失势，撑到督军的统治权宣告终止，撑到保证会成立宪政政府，撑到有人代表协约国发出全面行动的誓言。

　　（路透社，北京，10月10日）段祺瑞已经被解除了总理之职，钱能训[1]（或是现任司法总长朱深）被任命为代理总理。

　　1　钱能训（1869-1924），字干丞，浙江嘉善县人，清末民初政治人物。清末时曾任刑部主事、监察御史、民政部尚书、东三省左右参赞、顺天府府尹等职。民国后，钱能训曾出任过熊希龄内阁内务部次长、政事堂右丞、平政院院长、张勋复辟期间的农工部左侍郎、王士珍内阁内务总长、代理国务总理、第三次段祺瑞内阁内务总长等职。1918年12月，钱能训正式任国务总理。

马可尼电台引进中国，已签订有关合同

（本报记者，北京，10月10日，有延误，1918年10月21日刊登）昨天，中国政府和马可尼无线公司签订了有关合同，马可尼公司将向中国提供三座无线电基地台，每一座都具有25千瓦容量。

这是英国的无线电公司第一次在中国落脚。过去，德国人曾建起几座无线电基地台，但是这些基地台并不具备什么特色，也从未用于商业用途。而马可尼的基地台将建造在民国的偏远地区，譬如喀什、乌鲁木齐以及兰州，并会投入商业用途，建于西安的小型基地台则作为辅助之用。基地台建成之后，这些地区将会和北京以及中国的其他地方保持远距离通讯。

这些基地台在功率和发射范围上都将远超民国的其他电台。作为横跨陆地的纯商业用电报线路，其发射路径的长度超过了世界上其他任何地方。基地台的建造并没有和任何一笔贷款挂钩，在一名英国工程师的督导之下，中方将为建造所需制订必要的计划。

（本报记者，上海，10月14日）在上海的协约国共同体有着某种强烈的意愿，那就是道格拉斯·黑格爵士的报告可以通过无线电报的方式传到中国。法国拥有一套良好的无线系统，借助于这套系统，他们可以每日收到寄自华盛顿和里昂的报道。只需将马可尼系统和这套法国系统联结起来，一切就可大功告成。

中国的银禁运——有关更多贷款的传言

（本报记者，北京，10月9日，有延误，1918年10月21日刊登）日本曾对中国有关银禁运的提议表示反对，现在，这一反对意见据说已成为条件性的了。今天，在外交使团的一次会议上，这一议题被再次拿来讨论，除日本公使以外，其他公使均表示已作好准备，要满足中国的愿望。日本代表们提出了一长串的条件，这些条件暗示日本想要随时按照自己的意愿来宣布禁运令的无效。这些尚未公开的条件，已经提交给在上海的各国银行家们考虑。

空气中再度充满了传言，一笔巨额的贷款将按照预期进行签署。而这笔贷款也会连带性地将铁路和邮政服务的岁入以及盐税的岁余统统交付借贷者的手中。

对中国的盘剥

花费在军事冒险上的贷款

（**本报记者，北京，10月15日，有延误，1918年10月22日刊登**）过去几个月间，为了发行中国的金圆券，日本进行了持续不懈的努力，还为此向中国提供了一笔数额巨大的贷款，这一笔贷款和1911年的"货币贷款协议"以及1913年的"善后贷款"均有冲突。财政总长一直试图将银行家组织和公使馆的消极态度解释为对金圆券贷款或不靠贷款而发行金圆券的默许。我们已经正式向中国政府指出，若作任何此类的发行，都会遭到我们的严正反对。

即使发行是以某种被称为工业贷款的名目来作掩护，或者甚至不以明确的贷款作为担保，它还是会对中国的利益构成一种严峻的威胁。它会使已经混乱不堪的货币情形变得更令人困惑，也会造成某国的商业地位比其他所有国家更为优越的状况。这一笔款项只会在日本贸易的条款中才有转让、通行的条件，也可能把东京拱为所有金交易的商业中心。去年以来，这不过是对中国持续不断的财政、工商业的盘剥上的另一个动作而已。为了支持一个穷兵黩武的中国军事政府，日本已经投放了数目近2000万日圆（合200万英镑）的贷款，他们阻挠了南北之间和平的建构，蹂躏了中国的大片土地，并以在北京使用双重外交代表的方式，在绝对机密的情况下，组织、安排了这一切。

为了防止破产的军事派系造成分崩离析的局面，今天，与这些贷款相关的最新一笔预付金也已支付了。这不过是一笔更为庞大的贷款的预付金罢了，目的正如先前所报道的那样，是为了让日本可以在满洲、蒙古和山东修建铁路。如果在这些铁路的修建上，日本可以采取公平的态度，愿意以透明的手段处理一切相关事务，那么，他们听到的抱怨大概就会少许多。然而，过去的经验证明，这些铁路只会用于政治性和优先商业性的目的，只会营造某种权力的地带，而其中，唯有把持着权力的国家才会有贸易的存在。

中国的无政府状态——外界主张由协约国出面调停

（本报记者，上海，10月17日，有延误，1918年10月25日刊登）中国各地几乎都在报道今年好得出奇的收成，而与此相对应的，却是各地悲惨的乱象以及四处出没的盗匪。其中，山东、河南、山西以及安徽各省的情形尤其糟糕。很难说，老百姓所遭的罪，更多是来自强盗土匪，还是来自士兵，这些士兵本应该镇压非法的亡命之徒，结果却是将枪支弹药卖给了他们。

重建一个有序政府的唯一机会，便落在了协约国的列强身上，它们需要以一种不可拒绝的方式，在南北之间作调停的工作。广州最近刚向北京宣战，目前又宣布了想要立自己为中华民国"正统政府"的意愿，他们甚至还要选出自己的大总统，而黎元洪将军正有幸要担此殊荣。在北京那一帮人的围困之下，很明显，总统徐世昌毫无实权可言，而他身边的那一群人，则毫不羞耻地继续大借外债，以填补永无止境的军事支出。

应该说，所有层次较高的政治家们都会接受列强的调停，以此来为中国的乱局松绑。鉴于南北双方都忙着要为自己"挽回面子"，毫无可能让他们做出自愿性的让步，这些政治家们一定能意识到，这么做无异于自杀。

中国的军国主义重轭　总统的苟安态度

（本报记者，北京，10月16日，1918年10月26日刊登）由于国会与会不足法定人数，军事派系想要选举自己人担任副总统的第三次尝试宣告失败。在缺席的国会议员中，有很大一部分启程前往天津，参加了另一个组建和平联盟的会议。在目前的状况中，最让人寄予希望的动向，也是现今事态最引人注目的发展，便是这次公然反抗军事派系的行动，它由原财政总长周自齐和原内政总长朱启钤一手所指挥。这两人都是以梁士诒为首的集团中的成员，而身为参议院现任议长的梁士诒，又曾经是全中国权倾一时的人物。无论在袁世凯得势还是失势之时，这几位都是他坚定的支持者。但是，袁时代的那些旧军事党羽的地位如今已经没落了，他们带给国家重重苦难，贪婪地攫取国家的财产来换取金钱，重重地撼动了国家的根基。这一切可耻的行径，不仅使他们成为穷兵黩武政策的强硬对手，也成了靠国外财政来主控国内局面的倡导者，而借钱也就变成唯一能够压制督军、保全国家的方法。

为了与这些人对抗，军国主义者们现在要站成一排了。他们要么被迫一举扫除这些对手，要么提出和平的要求。后一种可能性并不大，尽管威尔逊总统在向徐世昌恭祝就职的电文中曾就此提出过明确的警告，但让这种动荡局面持续下去，对军国主义者们个人而言还是有益处的。威尔逊总统强调了令人备感震惊的内部纷争的问题，敦促中国应尽力弥合派系之间的差异，以使得国家为了能够在将来实现其最高理想而不懈奋斗的过程中，完成与其友邦进行合作的

676

意愿，也能使中国重新建立起民族的团结和统一，在世界之林中找到自己的正确方位。遗憾的是，中国却对这种及时的警告充耳不闻。就在今天，大英帝国、法国与俄国还被迫对财政部在推出金圆券一事上歪曲这些国家的态度提出了抗议。威尔逊总统也差不多到了要作出声明不再管这些事情的时候了。中国已经被凶险的罗网套住，唯一似乎可行的逃脱方式，便是由协约国出面帮助人民来推翻军事政权，这一政权既置国家的福祉于不顾，也公然藐视协约国的利益。

（10月17日）就职之后，总统又举办了一个令人难置可否的庆典仪式，这让期待总统会祭出一些新鲜举措的人们深感失望，人们已经腻烦了那种无用、陈词滥调却又越不过北京城四围高墙的政令，明白这样的政令远远终止不了中国人自相残杀的内战。民政官员们被总统力劝"应该试着了解民间疾苦，并照此安抚民心"，各省的军事要人也被他告诫要意识到盗匪猖獗所招致的威胁，"不良因素应该被大力抑止，人民才可安居乐业；对于不法分子，应给予严正警告，唯此方能展示本人护卫民众的决心和意愿"。但吊诡的是，"必须"一词在全文中却连一次也没有出现过。总统的身边当然围满了军人的代表们，这些人固然使理念无法付诸实践，但总统的苟安态度也让人民的内心充满了绝望。

山东与福建两省的部分民众强烈反对由北京方面签订的、分别与铁路和矿山有关的日本贷款，此事已经被记录在案。要求取消条约的请愿已经被呈递到首都，却被搁置在了一旁。在与最近的贷款相关的事情上，政府对来自某些国会议员的质询也一直是漫不经心地应付着，他们的回复是，这些贷款都会由审计部门进行检查，与国会并不相干。最近那些影响深远的财政交易事件，一件也没有递送到国会进行讨论；而那些目前正在商讨中的交易，在正式签署之前，也不可能让人民看到。

中国被放任在目无法纪的状态中，外界
再建议由美国出面调停

（本报记者，上海，10月22日，1918年10月29日刊登）我的一位交往多年的朋友，曾对中国政治进行过一次非常细致的研究，在私下也和中国各党派的领袖们非常熟悉。最近，他刚刚自广州返回，他去广州的目的，是调查中国政治的整个形势，探究在北方和南方之间寻求和平的可能。虽然无法听取缺席的陆荣廷所发表的意见，但他说，包括云南督军唐继尧在内的其他南方领导人们，已经准备好接受由美国出面所进行的调停，而长江各省的督军们也毫无疑问地会赞成他的意见。

我的朋友为我描述了一幅各派要员分崩离析的惊人图景。每个地区都拥兵自重、自成一统，土匪盗贼猖獗，广州的军令只要一出了城，连维持到五英里以外的效力都没有。呼吁和平的运动正在中国各地普及，一个为积极推行这一运动而成立的新团体已在北京成立。某种与这一运动相关的感受可谓与日俱增，人们普遍认为，唯有调停才是会影响北方督军们的方法，而所有的实权其实也把握在这些督军的手中。中国所得到的警告则是，假如它还不设法调整其国内各派间的差异，就不会被允许参与和平会议，这一点也更加刺激了中国人想要尽快解决各派争端的欲望。外界普遍认为，美国是最适于进行调停工作的国家，在到底由一国出面调停还是由各国联合干预的选项上，后者显然存着不便之处。

德国在中国的影响力 —— 德华银行尚未清盘，需尽快采取联合行动

（**本报记者，上海，10月23日，有延误，1918年10月30日刊登**）除非协约国各政府尽快采取行动，对德国在中国商业系统的核心——德华银行进行强制性清盘，否则，在战后为对付德国贸易的复原所付出的努力终将归于徒劳。事实是，到目前为止，各方并未对任何德国银行进行过清盘，也没有德国公司被要求清偿透支的债务，甚至连支付利息也没有被要求过，也就是说，如果明天即宣布和平的话，德国的每一间银行和公司都能立刻重操旧业。

德华银行于1917年8月14日宣战后立刻由中国接管，其后，一位资历颇深的专家兼银行业务顾问帕塞瑞（Signor Passeri）先生，受委派和上海中国银行的经理宋汉章[1]一起担任清盘负责人。我们并无理由认为宋先生对协约国心存歹意，但问题是，他并无实权，或是害怕违抗来自北京的旨意，因为这一原因，两位清盘负责人从一开始就受到了刻意的阻挠。当时，有关清盘的规定已经起草完成，有理由相信，这些规定是在分别位于北京和上海的德国银行负责人考尔蒂斯（Cordes）与费吉（Figge）的协助下起草完成的。规定第三条这样写道："所有敌国公民的要

1　宋汉章（1872-1968），浙江余姚县人，生于福建建宁县。中国近代杰出金融家、中国银行奠基人之一。1908年中国银行创立时，宋汉章任上海中国银行首任经理。1930年，他创办中国保险公司，并兼任董事长。1935年，任中国银行总行常务董事兼总经理，后改任董事长。同时，他还曾担任过上海总商会会长、上海银行公会首任会长及中国银行董事等职。

求和义务不会被包括在清盘的程序之中，但是，持有德华银行货币存款的敌国公民，可以被允许每日从存款中领取他们日常生活所需的数额。"

这句话不仅意味着所有在华的德国家庭可以继续过着奢华的生活，连那些大多是重重抵押给银行的德国商用住房，也可以被完好无损地保存下去。举例来说，位于汉口的迪德里希森（Diederichsen）公司，持有的透支数额甚至超过其资产的两倍有余，但是，并没有人可以做任何事情来强制其偿还欠款，当帕塞瑞先生采取行动，在上海联合法庭上得到有关恢复透支额利息的判决后，他却遭遇到来自北京的强烈不满，德国人费尽气力，想要让其打道回府，只是，他们的这一招后来被挡回去了。现在，德国人又发动了第二次行动想要摆脱他，结果究竟如何，将取决于协约国政府采取行动来挫败德国人傲慢无礼行径的果决程度。

如果手头有空的话，中国完全有可能在一个月之内终结所有的德国银行事务，关闭每一间在华的德国公司，但是，德国人自然是不会让对方空出手来的。中国在名义上重新掌握了控制权后，该银行的资产是2600万银两。在这笔数目中，已经被清盘的不到300万两，而这300万两中的九成又来自协约国、中国或是中立国的国民所立的借项。除了按月付给德国家庭的补助之外，该银行还要定期向在日本的德国囚犯们付款。费吉也一直住在银行附近的宽敞公寓里，领着固定的月薪（每月2000银两）和津贴，另有生火、照明等补贴，以现在的汇率来看，其总收入至少高达每年9000英镑。五位部门主管也同样是领取全额薪水，再加上一位中国买办及其全部职员从旁打点。

如果协约国使出毁灭性手段，或只是站在其对立面的话，德国在中国的影响力和贸易状况要想维持这种受到北京默许的状态，将纯粹是无稽之谈。现在已经到了中国政府对此表示明确立场的时候了，因为疏于对德华银行进行清盘，已经在本地被引发了愤慨之意，我们有理由相信，三间协约国的银行（英国、法国和俄国的银行）将会拒绝为中国的盐税支付更多的盈余，一直到这一有损信誉与尊严的状况得到全面改善。

中国的派系之争　和平运动的发展

（**本报记者，北京，10月22日，1918年10月30日刊登**）巩固国内和平的运动正呈现出散播之势。湖南境内的南北双方军队已经同意停止交火。北京政府则被警告说不要再派遣任何军队，而此事与联合商会向总统发出的中止交战的请愿可谓不谋而合。到目前为止，总统尚未明确提出他的策略。然而，据信，段祺瑞（前国务总理、督办参战事务处督办）目前已经承认，有鉴于欧洲的实际情况，若在中国国内继续维持敌对的状态，将会有害于国家和民族的利益。在这一点上赢取了段祺瑞的正面态度，便扫除了通往和平之路的主要障碍。

目无法纪的中国——盗匪得到奖赏，受害者却身陷囹圄

（记者专稿，1918年10月31日刊登）我们从某一个可靠的消息来源收到一封信函，写信者是一位目前正在与西藏交界的中国最大省份——四川任职的英国人。以下就是这封信的摘要。

该省无法无天的状况众所周知，并无须要我再浪费笔墨描述发生在这里的事件，毫无疑问，与中国其他地区相比，这里的情形也糟不到哪里去。但是，目无法纪、不公正以及当权者之间的同流合污，都是目前发生在这一特定地区里的事件高潮，它们都使人义愤填膺。如果不对此加以禁止，不起诉省里的那些位高权重的无赖同类，那么，一定会引爆另一场革命。

在这些地区中，盗匪们一直都顺应着自己的意愿行事，没有人敢出声加以反对。长期以来，他们四处绑架那些无助的男女老幼，不仅是有钱人家的，甚至连穷人也不放过。他们向这些受害者的家属勒索赎金，对方若不就范，盗匪们就以重刑或处死来折磨受害者，许多情况下，即使受害者家属倾家荡产，也无法偿付盗匪们所勒索的赎金。久而久之，面对着这一类事件，我们的心肠也变得刚硬起来。最近以来，本地当局已经在采取措施，将这些盗匪征募到受他们控制的军队之中；当局还为此派遣特使"欢迎"他们到城里来，为他们配发崭新的军服，给他们的首领安排了大有前途的官职，还提供了一连串其他的诱饵。受到这些待遇的人原本都只是双手

因抢劫杀人而沾满了鲜血的匪徒，但我们甚至对此也已经习以为常。因为犯罪的多样性，任何抗议都会变得毫无效力。

尽管令人难以置信，但在欢迎这些双手沾满鲜血、心肠刚硬狠毒的凶残盗匪进城时，当局甚至还允许和鼓励他们拖着那些饱受其凶刑的受害者一路同行。这些受害者是他们掳来勒索赎金的，只是赎金还未支付，所以受害者仍未恢复人身自由。城里已为这些匪徒预备了住房，在不远处，居然还有专为囚禁的乡人，即那些男女老幼、被匪徒从家乡抓来勒索赎金的受害者，所预备的囚房。

有关那一天所发生事件的真相是，这些匪徒们是以士兵的身份被"欢迎"入城的。路上，他们杀害了几名无辜者，只因这些无辜者抱怨，自己被残忍地要求为这些"士兵"背负重荷，但以他们的年纪和体力来说，实在无法长时间负荷。结果，其中一个人被当场枪杀，另一个人的手臂被砍下了一半，最后躺在路边因流血过多而死。虽然路人皆知这一事件，但它却被当局刻意忽略了。对那些从乡野间被抓来城里的凄惨囚徒而言，这些残忍的行径正是由当局一手造成的，而衙门则睁一只眼闭一只眼地在私下里照办。凶手们受到欢迎，趾高气扬地走马上任，无辜而又守法的乡民们却像囚犯一般被捕获，连那些以惩罚恶人为职责的人都对此不闻不问。

德国人的中国友人们

德华银行仍未清盘

（**本报记者**，上海，11月7日，有延误，1918年11月14日刊登）尽管总统在10月29日所发的政令中慷慨激昂地描述了中国所做的所有支援协约国的事情，但是，如果循着某一个非常简单的方向来看待某一个事实，也就是有关上海德华银行的清盘问题，我们就会知道，直到目前为止，中国还是什么都没有做。和平声明中写明了每一间德国公司都可以立刻重新开张。如果中国政府对这个问题真的很在乎，它只需在电文中写明一个词——"清盘"。但是很明显，在京的德国友人们的主要目标，就是要赢取时间，希望在什么都还来不及做之前恢复和平的局面。

对于大多数中国人而言，英国的信誉因为最近所取得的胜利而得到极大的增强。毫无疑问，目前，英国的贸易在中国拥有着某种前所未有的机遇，但是，只要战争一停止，德国的银行和企业便能够重获完全的营运自由，那么，期待英国在贸易上有长足的收获就不过是一句空谈。

（**晚间最新消息**）今天，收到了来自北京的指示，有关德华银行的经理和五位部门主管的安置，已经从先前对银行所做的安排中删除。然而，有关他们薪水和清盘的事项，却还是连一句都未提及。

中国对德国战败的反应

（**本报记者，北京，11月13日，1918年11月19日刊登**）尽管中国的官员们表达了他们最具礼节性的恭贺之意，但协约国在缔结停战协定时所表现出的狂热激情，目前尚未引发中国官员的任何兴奋情绪。然而，老百姓却开始彻底地意识到，德国已经被打败了，这是一种与协约国利益完全不同的收获。预计，中国人很可能会参加一些为庆祝胜利而举行的庆典或仪式。

法国的士兵正忙着拆除德国人强迫中国人为庚子年间被杀的德国驻华公使克林德[1]公爵所立的大理石纪念碑[2]。中国人很自然地对此举表示了默认，因为这块纪念碑一直都是中国人耻辱的某种象征。大批民众围观了拆除的全过程。

所有商号目前仍在暂时的营业中断中。

---

1 克林德（Clemens Freiherr von Ketteler，1853–1900），德国驻华公使。在1900年的义和团事变期间，身为德国驻华公使的克林德在北京西总布胡同的西口被清军神机营霆字枪队八队章京（武官）恩海枪杀。这一轰动事件成为八国联军侵入北京城的导火索之一。

2 此处指"克林德碑"。西方列强在与清政府签订的《辛丑条约》第一款中规定，派遣亲王赴德就克林德被杀一事向德国皇帝道歉，并在克林德被杀地点建一座纪念碑。此碑于1901年6月开工，1903年1月完成。1918年11月11日，第一次世界大战结束，中国由于参加协约国集团而成为战胜国，德国则成为战败国，克林德碑也因此于1918年11月13日被拆毁。1919年，此纪念碑的散件被运至中央公园（现中山公园）重新组装竖立，原有文字被铲除，另外镌刻了由钱能训题写的"公理战胜"四字，因此被改称为"公理战胜坊"。1952年，又改名为"保卫和平坊"。

中国的胜利日 —— 北京多姿多彩的庆典仪式

（**本报记者，北京，11月28日，1918年12月3日刊登**）由官方举办的一连三天的胜利庆典，今天在北京开幕。在场面浩大、整齐划一的方阵中，中国和协约国的军队列队从紫禁城前颇具历史意义的皇宫门前走过。六千名士兵参加了列队仪式，他们身着不同的军服，手举各国的国旗，在灿烂阳光的辉映之下，场面蔚为壮观。

总统徐世昌在进入主门时受到了民众的欢呼，他迈步穿过由正规旗手们高举着的协约国各国国旗所覆盖的拱桥，然后又沿着大理石台阶拾级而上进入皇宫，在那里，他接受了协约国颁发的徽章。

总统以精美的言辞发表了一段谈话，对协约国在与强敌所进行的正义之战中取得胜利表示了恭贺之意，并希望中国人和协约国各国代表的合作能够不断地延续下去。紧接着，总统在前朝皇帝更换朝袍的房间里接受了以鲜花装点的外交公文，与此同时，飞机从天空投下了照明弹。一列中国军队的分队和协约国的分队一起走入公使馆的区域，在规定中，该地区向来禁止外人进入，但今天，他们却在此揭开了历史性的、向着未来出发的一幕。这次庆典活动在中国历史上无疑是非常独特的一次。紫禁城向数千名中外观礼者完全开放。

丁恩爵士对中国的贡献　中国盐业的不断发展

（本报记者，上海，11月29日，1918年12月3日刊登）在离开中国之前，丁恩爵士正于上海逗留。毫不夸张地说，他在这个国家里完成了最辉煌、最有价值的工作。

自从他踏上中国的土地并根据1913年4月28日"善后大借款"的有关条文承担起整顿盐税的工作至今，已过去了五年半的时间。由他所创设的盐务管理系统所取得的成功，不仅满足了贷款的每一份所需，也使每一年度的盈余迅速成为中国政府的一大经济支柱。在丁恩爵士参与之前，并没有人知道北京方面在盐业税收上的详情。据谢立山爵士最接近实际数字的估计，该数目大约是2600万银两，即约3500万英镑。在丁恩爵士完成其第三年任职后，这个数字上升到了7200万英镑，在供给贷款所需后，仍有一笔5200万英镑的盈余可留存在政府的国库中。但是，即使面对国内各派的纷争以及西南各省对盐税岁入的扣押，目前的盐业税收值也已达1亿英镑，若是做更为周全的衡量和估价，这个数字可能还会高出不少。

这一成就的价值，因为丁恩爵士所必须要克服的重重困难而更显宝贵。开始时，北京方面在税收的控制和收取上所采取的机制存在着无可救药的欠缺。用丁恩爵士自己的话来说，他连作记录时要用的墨水和纸张都很难找到。丁恩爵士游走于中国各地，即使各地都存在着长久以来的利益纠葛，但他还是一步步地成功拆解了垄断的专权，整合了所有的系统，在盐业原出产地设定了某种单一的税率，之后便允许这些盐被运送至各地而无须另外的赋税。雇用46名外国人进行盐务管理还不算是他最为出色的成就，令人更为称奇的是，他将许多地区的业务完全交在中国人的手中，却并未在管理上造成任何程度的损害，这完全推翻了不可能指望由未受严格控制的中国人诚实管理公共基金的传统观念。

丁恩爵士特别强调中国人在没有受到太多干预的情况下管理自己事务的能力。他的成功，在很大程度上取决于他对中国人无时无刻不表现出的信任感和同情心。一位重要的中国官员最近曾说，只有三名外国人真正让中国人铭记在心，他们是赫德爵士、戈登将军和丁恩爵士，我们完全可以放心地再加上一句，没有其他人曾经像丁恩爵士那样令中国人充满了自尊。

现在，他已经卸下了这一官位和职责。但若需要商讨远东地区的事务，其实此刻正是应该将他派往和谈会议担任英方主要代表的绝佳时机。只是，像这样不可或缺的重要任命，是不能由旁人过分催促的。在过去四年中，当列强的注意力必须要被转移开时，发生过的许多事情对外国和中国的利益都造成了伤害。中国的贸易要在未来得到拓展，中国广袤的资源要得到开发，就一定要在广博和宽泛的路线上对这些事情加以修正，中国的门户也要继续敞开，这一点不仅要从字面上去加以理解，同样也要在实质上去深究其意。若是将一切事情都交给中国人自己处理，中国的代表们不仅无法准确行事，更将完全受到外界的左右。

在和谈会议上，若是有一个掌握着第一手知识，并能够准确而冷静地陈述事实的人，那将是一件具有无可替代的意义的大事。我们有理由相信，正有一位像华盛顿那样的人物，为了这一需要而存在。在为中国的权利而争辩时，时局其实已经选择了这样一个人来做其主要的代言者。

中国慎重考虑协约国的建议，南北双方将进行协商

（**本报记者，北京，12月4日，有延误，1918年12月16日刊登**）由协约国在星期一给出的建议已经取得了优异的成果。昨天，总统将督军和内阁召集到总统府，一并考虑从各国公使处收到的备忘录。一封来自广州护法军政府、由岑春煊签署的电文，建议南北双方所进行的和谈会议应该循1911年的先例在上海举行。总统的召集会议同意附和南方在上海召开会议的建议，但不会在细节上遵循1911年的先例。

为了打消外交官们的疑虑，督军们被下令各自返回自己的岗位。召集一个正式的内阁、选举副总统、裁撤军队数量等事宜，也将一并延迟进行。

鸦片大焚毁

（本报记者，北京，12月4日，有延误，1918年12月16日刊登）总统发布了一项政令，命令内政部和财政部查明囤积在上海的鸦片数量，并在海关的监管之下储存相同的数量。目前，中国政府正等待着定下一个日期，要当着政府代表和地方官员的面，在公开场合焚烧这些鸦片[1]。

1　1919年1月17日，上海开始进行"虎门销烟"后的第二次大规模焚毁鸦片行动。1918年8月27日，江海关奉命将政府同鸦片联合营业所达成协议后收购来的鸦片交给禁烟特派员，计大土1027箱、小土194箱。不久，政府派部员邵福瀛、汪振家来沪商议焚毁办法，为免失误，特别在浦东勘探旧有土窑，并另添造三座。焚毁分两次进行，焚毁前的开验过程则由专业人士按照标准程序进行，全部工作到1月27日才告结束。但即便如此，过程中的传言仍颇多，中外报刊议论纷纷，有指以假土抽换真土达六百箱之多，也有传言称土窑均为假底，不过是为了遮人耳目等，一时间使当局难以招架。不管如何，曾经流毒百余年、蔓延全国、残害数亿人民、消耗中国大量白银的公开鸦片贸易，到此宣告了历史性的终结。

中国栽种了更多鸦片

（**路透社，上海，12月6日，1918年12月18日刊登**）《字林西报》专门刊载了一份由西塞尔爵士撰写的声明，说明政府对中国各地种植鸦片的情形并未掌握明确的资讯。"政府一定是非常缺乏消息来源。"该报纸这样认为，并且继续援引从贵州、广西、云南、安徽、陕西、山西以及四川等地的记者所发来的报告。这些报告都来自第一手的现场观察，在这些地方，无论是鸦片的种植，还是毒品的交易，都在一个相当广泛的范围中盛行，并且没有受到任何制约。该报还回顾了1912年曾广为散播的预言，即一旦中国能够成功地摆脱印度所产的鸦片，它就会以自己的名义开始种植罂粟。中国政府曾发布了一个广为散播的决定，即焚毁所剩余的印度鸦片，而这些鸦片的数量与国内种植的产量相比，不过是沧海一粟。该报认为，政府这么做，不过是典型的北京式的"欲盖弥彰"。

1919

鸦片走私问题 —— 在搜查船中查获鸦片

（**本报记者**，上海，1918年12月30日，1919年1月4日刊登）在中国海关税收局的巡洋舰上，查获了一批价值高达16000英镑的印度鸦片。巧的是，海关总税务司安格联爵士与夫人在结束了对南方港口的访问之后，正是搭乘此船返沪的。很明显，中国船员以为，在棘手的调查中，总税务司所搭乘的船只一定是安全的。

这些鸦片的价值显示出，这些船员只不过是一个更大集团的中介者。鸦片走私的严重程度现在已经到了不可原谅的地步。几乎每一艘来自华南和海参崴的船上，都能找到一些鸦片，偶尔，其数目还会大到令人吃惊的程度。

最近曝光的消息显示出，自从大英帝国不再向中国出口印度鸦片之后，日本人便开始大规模地经营起大烟的生意来，他们会将大烟从神户转运到大连和青岛一带。按照保守估计，在1918年的头九个月时间里，青岛的军方靠鸦片税款净赚了200万英镑之巨。朝鲜也是大量栽种鸦片的地方，最近还为此在台湾、日本建立了烟草工厂，将吗啡大量出口到中国，原则上，这些产品是经日本的邮局转寄入境，而海关对此则无权插手。

与此同时，在中国的众多省份，鸦片的种植情形也在突飞猛进的递增之中。在贵州，省议会已经厚颜无耻地揭下了面具，正式允许在该省种植鸦片，目的是堵住为了从云南买进鸦片而向其支付的大量白银。

将德国人驱逐出中国 —— 满载德国人的船只向欧洲航行

（**本报记者，上海，2月16日，1919年2月18日刊登**）中国政府现在已经采取了明确的措施来遣送敌国的公民。继宣布成立遣返与扣押司之后，也已经安排了两条船只（"诺尔号"与"诺瓦拉号"）运送第一批敌国公民返回欧洲，沿途由英国炮艇一路护送。

已经基本完成的遣返方案允许少数六十岁以上、疾病缠身或是需要医疗照顾（仍由荷兰领事馆负责）的人士可以例外不被遣返，而这些人士需由协约国的公使们做担保。中国境内的敌国财产则一律扣押，敌国的商业机构也正在清盘当中，遣返的费用则从其收益中支取。据信，最后的结余将是未来协商的主题。

德国克林德纪念碑已不复存在——北京在和平之夜所采取的行动

（**记者专稿，1919年2月25日刊登**）中国已经鼓足了勇气铲除了北京的克林德纪念碑，这块纪念碑的设立，是德国对中国在庚子拳乱中杀害德国公使克林德而进行惩罚的一个部分。

人们会记得，1901年由十一国列强和中国所共同签署的合约，坚持要中国政府对德国公使克林德被杀一事道歉。当时，克林德是乘轿经过靠近总布胡同入口处时被义和拳民杀害的。按照合约的规定，中国政府要承担起在东单北大街上建一座与街道同宽的跨街三拱牌楼（通道）的工作，并在铭文上以中文、德文和拉丁文撰写。这是1901年7月间发生的事情了。后来，纪念碑按时建成，并且成了北京城的一处地标，取名为"石头牌楼"。

在欧战休止协定签署的当晚，一群狂热分子便袭击了这座牌楼。他们在某种程度上毁损了其外表，但由于其地基坚固，他们无法将其拆毁。第二天的下午，又有人带着机械器具前来，再度尝试将其拆毁。当时，中国的警察对其采取了纵容的态度，将人流车流引离开，免得有人可能因此而受伤，但牌楼仍是屹立不倒。当晚，有人看到中国的工匠们在牌楼旁搭起了脚手架，并获悉政府已经决定要将其完全拆除，并迁至中央公园，以纪念碑的形式来纪念"公理战胜"。政府共花去四周的时间完成这一工作，而当初为了要建成它，中国一共花了约40万银两的代价。中国政府改变了起初的想法，决定另择一处居中的地带，建立一座新的纪念碑。

中国的和谈会议——目标是粉碎军国主义

（本报记者，上海，2月21日，有延误，1919年3月1日刊登）中国的国内和谈会议[1]于昨天在此地开幕，整个会谈进程都在私下里进行。北方与南方主要代表们的发言随后公布，显示出两方在军事控制的问题上有可能会达成共识，这一点实际上就是整个和谈的中心点。

南方的主要代表唐绍仪说："南方的最大希望不在其他，只在于粉碎军国主义的支配权，并在宪法的基础上建立和平的局面。"他抱怨说，若是没有外国的援助，军事派系根本没有足够的金钱来购买武器、进行财政大冒险。

1　中国南北和平谈判发生在1919年2月20日至5月13日期间，是北京政府与南方军政府之间进行的一次和平谈判，为了有别于1911年年底至1912年年初的南北和谈，又称为第二次南北和谈。1917年，张勋复辟后赶走总统黎元洪并废弃国会和临时约法。段祺瑞再造共和后，另立新国会。孙中山、陆荣廷、唐继尧等在广州召开国会非常会议，成立护法军政府，中国出现了南北两个中央政府对峙的局面。1918年5月，桂系军阀拥戴岑春煊并排挤孙中山，控制了南方政府。8月，北京新国会召开。9月，徐世昌经选举成为大总统。11月，"一战"结束，徐世昌主张南北休战以举行议和。在各列强驻广州领事馆的调停下，广州护法军政府表示同意。此时，孙中山已离开广州，护法军政府被陆荣廷、唐继尧等西南实力派军阀所控制，而北方政府则被控制在段祺瑞的手中。谈判的事项涉及：南方代表要求撤换陕西督军陈树藩及湖南督军张敬尧、恢复旧国会、裁废参战军；北方主张新旧国会合并、共同修改"国会组织法"并重新选举；朱启钤和唐绍仪联名通电要求中国代表拒绝在巴黎和会上签字，请求北京政府释放"五四"运动中的被捕学生。5月13日，南方议和代表因提出的要求被北方拒绝而全体辞职，随后，北方代表也辞职，和谈终止，南北方政府的对峙形势继续存在。

而北方的主要代表张謇则同意，他们应该顺应世界潮流来对付军国主义者的问题，但是，在尝试消除军事危险的同时，他们不应该对人民造成更多的困扰。

前瞻中国，中国总统满怀信心

（**本报记者，北京，2月25日，有延误，1919年3月8日刊登**）中华民国总统于今天接见了受邀造访的外国记者，并就中国的事件进行了坦率的谈话。他承认，政府在欧战的过程中经历了极大的困难，但是他希望，在和平条约签署过后，国内会恢复和平的局面，他也可以重整国家的财政，而解散军队或可带来财政状况的某种改善。

总统说，他会格外关注中国的工业发展。在解散军队的问题上，他预期不会有太大的麻烦；而对于南北双方在上海和谈会议上达成的结论，他也并不认为在执行上会遭遇太大的障碍，因为所有人都渴盼着和平，然而，在有关执行的细节上，或许仍会面临一些小小的困难。在中国工业的发展上，他欢迎外国的参与。总统最后又补充说，他对于中国代表们在巴黎和会[1]上的作为感到很满意。

1　1919年1月，"一战"的胜利方协约国集团为了解决战争所造成的问题并奠定战后的和平，召开了由集团中的大国所操纵的巴黎和会。和会签订了处置战败国德国的《凡尔赛和约》，同时分别同其盟国奥地利、匈牙利、土耳其等国签订了一系列和约，借此确立了"一战"后由美、英、法等主要战胜国主导的国际政治格局，通过领土分配、赔款、遏制某些国家等手段重塑各国的地位。与此同时，也企图通过筹建一个国际联盟来建立理想的国际外交规范。参加巴黎和会的各国代表有一千余人，其中全权代表70人。中国代表团有五位全权代表，分别是担任团长的外交总长陆徵祥、驻美公使顾维钧、南方政府代表王正廷、驻英公使施肇基、驻比利时公使魏宸组。在巴黎和会上，中国要求索回德国强占的山东半岛主权、取消帝国主义的在华特权、取消日本强迫中国承认的"二十一条"等，但提案被否决。巴黎和会引发了中国人民的大规模抗议行动，"五四运动"随之爆发，中国代表团也最终没有在《凡尔赛和约》上签字。

上海的和谈会议——日本拒绝向中国继续提供战争物质

（路透社，东京，3月5日，有延误，1919年3月11日刊登）北京驻京公使小幡酉吉[1]已经通知中国政府，日本政府考虑，若依照惯例继续向中国提供武器和弹药，将会有损于日本的外交形象，因此，日本政府已经决定，在上海和谈会议结束之前，日本将会中断向中国运送武器弹药。

在中国向德国宣战之后，日本已将贷款全额以中国政府代表的名义汇入了日本银行。因为受限于法律规定，日本政府不能回绝支付从这一贷款所划拨的支票金额，如果在南北双方达成兼具调停和联合性质的和平共识之前，中国政府不从此笔贷款中提取任何数额的现金，那么，日本政府将会感到由衷的欣慰。

1　小幡酉吉（1873-1947），日本外交官、驻华公使。1898年10月，刚进入日本外务省的小幡酉吉被任命为驻天津领事。此后，他历任驻新加坡领事、奥匈帝国和英国大使馆的参赞。1905年，他再度被调到中国，相继担任芝罘总领事、天津总领事等。1918年至1923年间，小幡酉吉任驻华公使，1922年曾负责山东问题的对华谈判及处理"二十一条"的悬案等。1929年11月，时任驻华公使的佐分利贞男猝死，他又被日本外相提名继任驻华公使，但被民国外长王正廷拒绝，理由是他长期从事侵华活动，对中国人民极不友好。此外，小幡酉吉还曾任驻土耳其特命全权大使、驻德国大使、驻拉脱维亚大使等职。

中国面临更多麻烦，存在着重启内战的危险

（**本报记者，北京，3月3日，有延误，1919年3月13日刊登**）因为北方和谈代表团的请辞，中国又将面临某种严重的局面。有人害怕，戏剧性的事件正在酝酿之中。

从表面上看，北京一派平静，但是总统面临着极艰难的处境。如果他支持上海和谈会议，那就意味着他把战书丢给了军事派系，和谈会议的商议过程也将因此而陷入僵局。

据官方推算，中国军队的人数在150万人左右，但是，若是没有提供足够的资金，这些人员也无法被调动起来。南方派系对于国民自卫军由段祺瑞指挥感到疑虑重重，北方派系却急于牢牢把握住这一指挥权。

苏维埃在中国

（本报记者，北京，3月5日，有延误，1919年3月19日刊登）政府从一份显示来自彼得格勒的报告中得到警示。该报告指出，一个强有力的中国工人组织已在俄国成立，其目标是鼓吹革命并建立中国的苏维埃。

政府正在逐一检查此类活动。

中国的和平前景

（**本报记者，北京，3月5日，有延误，1919年3月19日刊登**）一位与总统过从甚密的官员对于国内和谈会议的结果表示了乐观的看法，尽管目前和谈陷入僵局，但这位官员特别指出，代表之间一直保持着热情友好的关系，并且仍在继续着非正式的会晤。

他说，军事问题是整个局势的症结所在，他补充说，包括南方代表在内的军事主义者并无主张解散军队的计划，因此，他们要对会议在考虑一般性解散问题时所导致的延迟负责，而总统已经一再强调过这一问题。军队的解散一定要进行得彻底、完全，和谈会议也一定要针对这一问题的决定策划出合理、有效的方案。

德国从中国所掳获的战利品将归还中国

（**无线电台，1919年3月19日刊登**）以下消息是从德国政府的无线电台中获取的：德国政府已决定将1900年从北京运往德国的天文仪器归还给中国。运送方式则将进行公开讨论。

（原文注）这些仪器由14世纪的中国工匠以黄铜加工制造而成，价值连城。庚子年间，在义和拳袭击了公使馆后，联军对北京进行了一场大劫掠，在此过程中，它们被德国人偷走。这一场在1900年8月14日由各国联军共同进行的大劫掠，使得北京的对外交通中断了长达三个月之久。

曾有人建议将这些仪器均分后摊派给组成联军的各列强国家。英美两国的官方对此提出了反对意见，他们建议，这一仪器应该被留在北京。众说纷纭、各执己见，某些列强国家对于英美的提议强烈反对，以德国为最。德国人坚持要分得属于他们的一份，并且将其带至柏林。法国人也拿走了几样。后来，在法国政府的命令之下，法国人将他们取走的部分陆续还给了北京。

山东的租界

中国的怨愤情绪

（本报记者，北京经上海，5月2日，有延误，1919年5月12日刊登）山东问题[1]已经彻底唤醒了当地的中国人，并在其情形被完全了解之后，势必会在全国范围内掀起一场大规模的骚动。

本地得到的消息虽缺少细节，但有一点似乎很清楚，协约国列强和美国已经知会中国，依照战争开始之初两国间所缔结的条约要求，中国要自己去和日本直接谈判以解决山东的未来问题。这样的解决方式恰恰是中国人极力规避的，因为他们一向坚持认为，这一条约是日本人强加给他们的。

1　1919年，中国作为"一战"的战胜国之一，却被日本政府要求割让山东领土的部分主权，从而导致山东问题的爆发。1914年8月13日，日本对德国宣战，并于11月7日全部占领德国胶州湾租借地。次年1月，日本向中国提出了"二十一条"，5月9日，北洋政府被迫接纳了其中的大部分要求。1917年8月14日，段祺瑞控制下的北京政府对德宣战，成为一战的参战国。1918年初，日本向北京政府提供了大量借款，协助组建、装备了中国的参战军队，并用于安福国会的贿选开支，这笔借款的中方经办人为时任财政总长的曹汝霖。1918年9月，驻日公使章宗祥与日本外务大臣后藤新平交换了《中日参战借款合同》，山东问题的换文（即"中日密约"）即为借款的交换条件之一，其中，日方要求：将胶济铁路沿线的日军全部调集到青岛（只在济南保留一支部队）；胶济铁路沿线的警备由日本人指挥的巡警队代替；胶济铁路将由中日两国联合经营。北京政府在换文中，对日方的提议"表示同意"。这一换文日后成为日本在巴黎和会上强占山东的借口。

最近透露出消息，在战争期间，协约国列强同意支持日本对于山东的要求，这已经在中国引发了一片惊愕与懊丧的情绪，现在，美国似乎也弃中国而去，懊丧也就慢慢演变成了深深的怨恨。如果中国人知道，在未来，他们需要向国联提出申诉时（因为国联的主要组成国已经承诺会按照日本的观点来支持解决山东问题），心里必定将非常不满。实际上，中国现在就想让别国注意到山东问题，他们完全明白，如果他们所要求的保护在国联设立前不能得到认可的话，自己将会永远失去在山东的地位。

山东问题虽然像欧洲近期的那些等待着解决方案的问题一样不足挂齿，但实际上，它却是落在远东地区的亟待解决的大事之一。按照日本的意愿所做的决定几乎等于将山东拱手让给日本，如此一来，再加上相关的德国铁路特许使用权，中国南北交通的控制权便会完全落在日本的手中。一条铁路将会向西延伸到京汉线上的一条干道，而另一条则会向西南蜿蜒，并与津浦线上的另一条干道相交汇。

一旦被一个与中国如此相近的强国所控制，这些计划中的铁路线的战略意义就会变得无比巨大，它们所传递出去的商业价值，就会像日本在满洲所利用的机会一样难以估量。一方面，以欧洲作为其军事力量基地的德国，要在中国的一个如此居中的位置上建立起势力；另一方面，与中国如此邻近的一个强国，野心勃勃地想要在中国占据其优势地位，也想要得到这样的特权。一个强国将一柄楔子插入了一个商业潜力不可估量的国家里，势必会在将来惹来列强的"众怒"。

（**路透社**，北京，5月7日）中国已经授意在巴黎出席和谈会议的中国和谈代表们，不要在将德国原先在山东的权利转让给日本的有关文件上签字。

706

向中国贷款的新国际借款团已正式成立

（路透社，巴黎，5月12日，1919年5月13日刊登）以贷款方式为中国融资的新国际借款团今天已正式成立，其成员包括法国、英国、美国与日本的银行家们，而比利时则已预约，有可能会在将来某时参与其中。

广州的城墙

一个对比悬殊的城市

（华南记者专稿，1919年5月14日刊登）长城依旧巍然挺立，但中国各城市的城墙却在坍塌崩溃之中。这些城墙虽将四处游走的匪帮拦阻在外，但在新型的大炮面前却变得毫无用途。英国人在中国的先驱——英勇的约翰·威代尔船长（Captain John Weddell），于1634年在广州附近用他的枪支使中国的大炮哑然无声，但他并未去碰触广州城的城墙。现在，广东人自己却正忙着要推翻它，好使轿车、有轨电车可以在中国这个最大的城市有一条绕城车道。当其他城市的居民们听到了内燃机的轰鸣时，这群长寿者也同样会拆毁、推倒他们的城墙。

在广州城的城墙以内，居民超过一百万。据说，这个城市现在已经拥有了一部轿车。对于同样大小、又有直达入海的汽船鱼贯而入的任何城市而言，这肯定都算是一项"纪录"了。但是，不久之后，当城市的高墙消失殆尽时，一条宽达百尺的马路将令靠车轮行动的交通工具能绕着广州城跑动起来。除非完全进行重建，否则，这条马路并不能穿过城市中间。说到通衢之事，广州是蛮特别的地方。商铺之间，仅可容一顶轿子行走，只在几处地方，一顶轿子才可越过另一顶而行。城墙之外，住着众多的人口，成千上万的家庭都住在河上的小船之中。但是，内燃机正在改变着广州的水路交通。一直以来，汽船都比汽跑得更快，中国的水路交通和威尼斯的情形可谓极其相似。

一艘广东人制造的汽船

几乎所有沿着东亚海岸线奔走的游客，都会参观这个叫作"广州"的奇异城市。这是一个中国旧传统和欧洲新主张对比鲜明的城市。在河上时，人们可以看到由十几个人推动的木制船尾轮的游船，这些人手中的工作看起来既繁重又乏味。让悬挂在船尾的浆轮转动起来的，除了人的肌肉，就不再有其他的推动力了。但有一艘喷着蒸汽的汽船，显然是由使用原油的某种新型内燃机驱动着，轻而易举地就把其他的船只丢下了好大一截。令人备感惊奇的是，这艘船和它大约有130马力的四轮引擎居然是在广东制造的。制造过程并没有讲究什么科学性，设计得也不能算是巧夺天工，造出它来的中国工匠们也得不到什么好处。因为欠缺专利权的控制，这些引擎的设计和制造都是相互仿效的，抄来抄去，源头却都是英美等国的产品。一切就是那么简单、直接，因为中国没有专利法，也没有版权一说。但这些无所不在的改变还是令人称奇，因为这些工作的完成，并没有欧洲人从旁监督或提出任何建议。引擎的质量和外观都乏善可陈，但它运转良好。

今天，广州依然是远东人口最多的城市。或许，它的重要性也不言而喻，想来，它肯定是印度以东最不眠不休的城市了。那些喋血中国的叛乱分子通常都是从广州起步的。太平军的动荡所制造的伤亡，比世界大战还要惨重，在中国，人命总是最廉价的东西。在"天子"的年代里，广州是煽动叛乱的中心，也是阴谋酝酿之地。直到如今，它还处于一场和北京作对的骚动之中。

这个城市一直以来都以其能工巧匠而著称。作为一个工程师，本人非常乐意为广东工匠们的机械才能奉上赞美之词，他们堪称是盎格鲁撒克逊人之后最能"让轮子转得起来"的人了。一般而言，亚洲人在笔杆上的功夫要比在锉刀和车床上的本领强上许多，但是，广东人通常都非常注重实干主义，为了求生存，他们不懈努力，这也训练出他们极富建设性的特点。有朝一日，当成千上万的汽车跑在现在尚不存在的中国大马路上时，当飞机如同今天中国海岸线上的汽船一般普及时，相信那些司机和技工都会是广东人。

中国人的愤怒情绪掀起大规模的抵制日本的行动

（**本报记者，上海，5月14日，1919年5月20日刊登**）对巴黎和会做出的有关山东的决定引发了人民强烈的愤慨之情，这种情绪目前正在全中国蔓延。随之而起的，是中国各大城市所掀起的抗议高潮，中国人试图组织起一场大规模的抵制日本的行动。据报道，这场运动现在已经波及南京、无锡、汉口、杭州、苏州、常州和其他城市。

中国人计划要对日本的钞票、货物和航运统统采取抵制的措施。中国的报纸已经开始拒绝刊登日本的广告，零售商店也对展示日本的货品感到非常勉强。

中国的和谈会议则再次陷入了僵局。南方的代表们要求取消总统于1917年6月13日所发的解散国会的政令。北方对此表示拒绝，这导致南方的主要代表唐绍仪已经表达了辞职的想法。

中国的无线通讯——已经签署了马可尼合约

（本报记者，北京，5月25日，有延误，1919年6月3日刊登）依据去年八月所缔结的无线电话协议的有关条款，马可尼公司的一位代表昨天与中国政府签署了一项合约。由此，双方同意成立一个名为"中国国立无线电公司"的机构，并各出资一半投入总额为七十万英镑的资本，目的是设立有关工厂，主要工厂可能会设在上海，而负责维护、管理已经安装或即将安装的无线设备的辅助厂房，则可能设在北京或天津。政府将会向该公司颁发一张特别的许可证，以确保其业务上的成功。

中国的整体电报系统一直处于某种恶劣、动荡的情形之中。对国家而言，管理上的奢侈、浪费，在业务上造成了持续性的损失。在这样的情况下，马可尼公司的介入会为中国无线通讯的发展打开一个新的局面。

中国对金钱的需求——军事冒险所带来的恶果

（本报记者，北京，5月30日，有延误，1919年6月9日刊登）中国政府在财政上所面临的巨大困境，无论怎么形容都不嫌夸大。

向外国的有关资源申请预付款项已经是一件经常发生的事情了，而为了在国内筹款所进行的各种手忙脚乱的方案，也屡屡有人提出。从今年的预算可以推算出，中国政府正面临着一笔高达2亿元（合2000万英镑）的赤字，与北京收到的、每年平均不超过1亿元（合1000万英镑）的岁入相比，这真的是个令人称奇的天文数字。

最新的提案是用一笔以地税作担保的国内贷款来填补赤字的金额。但是，连想都不用想，这样一笔交易是不可能会成功的，因为对于人民而言，政府此时的信用比任何时候都低。

造成这种麻烦的原因其实很容易解释。自革命伊始，军国主义的邪恶之灵就已经开始存在了，但自从政府在两年之内为了各种目的（有些确有奏效）向日本方面借了3亿日圆（合3000万英镑）左右的贷款之后，这种邪灵便无限膨胀。大笔的金钱花在了毫无建树的军事冒险之上，后果便像是弗兰肯斯坦钻入了北方军的躯壳中，这个作法自毙的怪物操纵着整个国家，而各方无论如何都无法将其消灭。

自从日本政府于去年12月宣布之后，日本便就此停止了资助。但是到了此时，这个怪物已经被喂出了无法满足的胃口，急迫、持续地向四下要求供给更多金钱。北方军拖欠付款的问题相当严重，政府的问题则是如何寻找有限的资金及面对军队的哗变。为此，直隶境内的士兵们已经制造了不少麻烦，而端午节到来之前，政府也无法给北京的警察和士兵们支饷。

军队的很大一部分由职业强盗所组成，由这些人掀起的大规模哗变不断制造出悲剧，尤其对人在中国的手无寸铁的外国人而言，其后果更是不堪设想。最近以来，在地方上发生了好几起严重虐待英国侨民的案例，政府在保护他们不受骚扰的事情上几乎是束手无策。

由山东问题所引发的骚动正在持续，抵制日本人和日本货物的行动也在迅速展开。山东正在成为沸腾的焦点，人们应该记住的是，这是中国最有生机的省份之一。义和拳运动在此地发端，满洲的一切巨大发展也都由山东人促成，就连运到法国去的所有苦力都是从山东征募来的，北方军的多数士兵也来自山东和邻近地区。而未来，这些地区将被日本人以从德国那里继承来的特许使用权的名义修建的铁路横穿而过。

中国的前景变得异常复杂，一场影响深远的麻烦无从避免，或早或晚都将来临，它到底是因过度征兵而起，还是来自山东省内的复杂纠纷？或是因为两者互相产生的作用力而起？政府内部不可能给出答案，但如果弃之不理，局面就一定会每况愈下。

在全面性的崩溃之外，仅有另外一种可能，这种可能将会刺激外国人为了保护其生命和财产而发动武装干预，那会是一场由所有有利益牵扯的列强进行的共同行动。这些行动的范畴，唯有在现场进行调查研究才能决定。本地人士都对能否在局势的严重程度上说服自己的政府感到绝望。

中国人与山东——一个被彻底唤醒的国家，中日贸易受到威胁

（本报记者，北京经上海，6月7日，1919年6月14日刊登）自革命以来，山东问题所搅动起的风波已经超过了其他所有事件。全国的公共机构都在向政府请愿，也向巴黎和会的代表们发去电文，并敦促外国公使们采取行动。外国商会、传教士团体以及其他外国人的社团或联盟都在不断地向他们的公使们发去写下他们主张、看法的时局解析，他们普遍认为，如果在山东问题上不能确保得到一个公正的解决方案，那么，严重的麻烦便会随时爆发。

上万名中等学校以上的学生在北京举行了示威游行，全国各地纷纷起而效之，各地的教育工作都陷入停顿。北京的学生行动引起了政府的干预，有上千名学生为了得到他们最满意的答案而被押入了警局（随后已被释放）。某些学生所遭受到的非人道待遇，在各地都激发起同侪的义愤，也使政府遭受到不少非难，人们纷纷谴责政府为了迎合日本人而不惜以敦促政府实施国家策略的爱国学生作为代价。

更为严重的则是已被各地商团普遍采纳和仿效的抵制策略，如果持续下去的话，它会造成中日贸易的全面停顿。上海和其他各地的商铺大量关闭，这正是民众普遍心存不满的强烈信号，标志着人民对亲日政府深切的不满，也表现出他们对巴黎和会上有关山东问题决议的强烈失望。

与此同时，尚有几起不当利用日本人和损毁日本财物的案例，这些则很有

可能会引起日本政府的强烈警告。然而，北京政府根本无力控制首都地区以外的沸腾民意，事态一定会有进一步的发展。日本人不可避免地会陷于某种困难的处境，他们为了保护自己的国民而采取的任何干预行动，也定然会加剧中国人反对他们的声浪。

我们无法预测事态的动向，但是，山东问题加上政府的财政困境，再辅之以上海和平协商的暂停，给中国的未来蒙上了极大的不确定性。外国公使们刚刚敦促中国政府重启上海的和平会谈，并且希望，无论出现何种情况，都不会再度引发彼此间的敌意。

中国的排外情绪——中国向协约国发出变相的最后通牒

　　（本报记者，上海，6月9日，1919年6月14日刊登）罢工、罢市、罢课的热潮仍在以不断增强的力度继续着。除了所有商铺、集市的关门歇业之外，汽车司机和码头工人们也准备要开始罢工，本土的银行家们宣布将暂停任何商业活动，而供应外国租界所需的自来水厂的中国员工们对罢工的威胁，也只是因为学生们自己进行了干预才得以避免。

　　上海的各种示威活动蕴含着一种不断增强的排外声调，情形和1911年革命之前的时候非常相似，这场运动可以被视作对协约国的变相的最后通牒。事实上，学生们说，如果协约国表示同情，则万事大吉；否则，他们就会在等级上区别看待中国人与日本人。

　　学生们今天发表的宣言回顾了中国在战前和战争期间的有关情形，强调了取消日本"二十一条"的要求，并要求协约国对"青岛和德国在山东的权利应该立即交还给中国"作出有效的保证。宣言以呼吁协约国的友谊作结，并指出，远东地区的军国主义不仅威胁到中国，也将威胁到协约国，学生们声称，他们是在为协约国而战，也为自己的祖国而战。

　　上海本城已经宣布了军事管制令，今天之后，沪宁铁路将无法保证铁路运输的服务。

日本战舰抵穗

（路透社，东京，6月11日，1919年6月14日刊登）来自中国的劝言提供了一条信息，中国的反日运动真的已经呈现出风起云涌之势，在上海、汉口与广州等地更是如此。日本的战舰已经急急忙忙地开到了广州。而中国各港口的航运则因为抵制运动而差不多完全停顿了下来。

亲日派请辞

（路透社，北京，6月9日，1919年6月14日刊登）政府已经决定接受交通总长曹汝霖、农商总长章宗祥和中国驻日公使陆宗舆[1]的请辞，目前的反日运动主要是指向这三人。他们都以极端亲日而著称，接受他们的请辞将有可能产生平息骚乱的效应。

1　陆宗舆（1876-1941），字润生，浙江海宁县人，清末民初官员、新交通系重要人物。民国后，陆宗舆任总统府财政顾问、参议院议员。1913年12月，陆任中国驻日本全权公使，赴日本就任。1915年1月，当大隈重信内阁向袁世凯提出"二十一条"时，外交部次长曹汝霖在北京同日本驻华公使日置益交涉，而陆宗舆则奉命在东京同日本外相加藤高明会谈，5月25日，袁世凯最终接受了日方的要求。1917年1月，曹汝霖就任交通银行总理，为交涉西原借款，陆宗舆再与日本首相寺内正毅进行了会谈。之后，根据日方的要求，陆宗舆与接任他的中国驻日公使章宗祥促请段祺瑞对德国宣战。1919年的"五四运动"中，陆宗舆、曹汝霖、章宗祥被指为"卖国贼"。1925年，陆宗舆曾在段祺瑞政府的临时参政院任参政。1940年3月，陆宗舆出任汪精卫政权的行政院顾问。

日本方面对混乱局面的看法——仍重申与北京的友好关系

（**路透社，1919年6月14日刊登**）伦敦收到的来自日本外务省的电文显示，日本政府并不认为中国目前的情形太过严重。骚乱只是一群不学无术者所做的事情，而中国政府也已经采取了有力的措施予以镇压。

真实的情形是，中日两国政府正致力于达成完全的和谐一致，就归还胶州湾一事所进行的意见交换也已在酝酿之中。中国政府已经接到了日本方面的通知，一旦签署了和平条约，日本就将向中国归还原先租借给德国并于战争期间被日本占领的所有领土。

目前的骚乱不仅源自巴黎和会的决议，主要还是出于中国南北双方差异的结果。当前的日本政府在原敬首相的带领之下，已经非常谨慎小心地避免向华北或华南的任何一方施以援手。在前任的寺内正毅[1]内阁以及大隈重信政府的领导之下，日本曾经较为公开地支持过这些派系的诉求，譬如寺内正毅政府时期的北方派系被认为是中国唯一的强有力政府的根本所在；而大隈重信政府时期的南方派系，则因为其推动的宪政运动合理且民主而得到日本方面的支持。直到今年年初，日本还在向北方派系输送着军需品和金钱。

1　寺内正毅（1852-1919），日本军事家、政治家，在第一次世界大战期间任第18届日本内阁总理大臣、陆军元帅。1910至1916年间，任朝鲜总督府第一任总督，"日韩合并条约"的实行者。1917年，寺内正毅屡次派心腹西原龟三向段祺瑞政权提供借款，企图以此来扩大日本在华权益。

然而，日本现政府却开始推行一条新的政策，决定完全停止向任何一方提供援助。这就是今天的状况，但是，北方派系对日本停止提供援助仍然存在着某种程度的恼恨心态，南方派系也反对日本不援助任何一方的新政策。这种心态能解释目前中国各地的普遍观点。在和平条约真正签署之前，日本无法归还领土，因为日本虽然作为战胜国占据着这里，但它仍然是德国的领地。

　　日本向中国港口派遣战舰，绝不能被解读成与中国相争的举动，它只是日本为了保护本国侨民而必须采取的预防措施。至于山东，人们会观察到，是日本人以流血牺牲为代价而将德国人赶出了胶州湾，中国虽然身为协约国之一，但直到战争末期才投入，并且没有采取过任何积极的行动来应战。

　　与此同时，必须重申，中日两国的关系是最为友好的，一旦和平条约签署，日本就将履行其所有承诺。

中国的危机——内阁与总统请辞

（**路透社，北京，6月10日，1919年6月16日刊登**）大权在握的亲日派军国主义者团体"安福俱乐部"昨天宣布，它不主张中国签署和平条约。"安福俱乐部"在众议院中占据着多数席位，这一宣告也带来了人们所预期的结果，今天一早，内阁全体成员已经向总统递交了辞呈，而到了今晚，总统也向国会递交了他本人的辞呈。

总统徐世昌解释道，在巴黎的所有中国代表都催促着签署和平条约，而某些协约国的外交公使们也指出，中国若是一味坚持，最终将会一无所获。他本人并不赞成在对山东问题毫无保留的条件下签字，因此，他认为最好的办法只有辞职。

"安福俱乐部"目前所希望的是，确保选举前任国务总理段祺瑞为总统。在许多圈子里，人们都害怕这将意味着军国主义的复辟，人们也几乎可以肯定，全国范围内的革命将一触即发。

中国的立场取决于国会的决定，而这一决定目前仍不明朗。

总统的请辞遭拒，北京城局促不安气氛弥漫

（路透社，北京，6月12日，有延误，1919年6月18日刊登）国会于今晨举行了投票表决，决议认为，接受总统的辞职是不合法的事情。

尽管对三位亲日派官员予以解职使得华北地区的反日运动稍有平息，但因为又风传军事主义者正酝酿着一场反政府的政变，北京城里还是弥漫着局促不安的气氛。

正如《泰晤士报》于周一所宣布的那样，中华民国总统徐世昌于本月10日宣布，鉴于掌握实权的亲日军事派团体安福俱乐部公布了不主张中国签署和平协议的通告，他将于当晚向国会请辞。徐世昌指出，除非日本对山东所提的要求得到修改，否则，他也不主张中国签署和平协议。安福俱乐部掌控着中国国会众议院的多数席位。

被解职的官员分别是交通总长曹汝霖、农商总长章宗祥和中国驻日公使陆宗舆，三人都是亲日派人士。

中国爆发严重的罢工潮，恐酿成排外示威游行

（本报记者，北京，6月10日，有延误，1919年6月19日刊登）中国的情势正处于急速恶化之中。与抵制运动相比较，事件已在继续升级之中，表面上，它特别指向三名主要背负与日本贷款交易之责的官员；但总的来说，是针对整个军事主义政府。

大商业中心里的所有商铺差不多都已关闭，生意基本上已陷入停摆的状态。各行各业的员工们都还在罢工，我们还接到了铁路、邮局和电报都将即刻停止营运的威胁。对政府的抗议行动已经远远超出了学生的范围，它已经由影响力更为强大的商业元素接手并继续发扬光大，这些元素已经被过去两年来的自杀性财政政策完全激怒了，它们一直期待着和平会在现政府的垮台后到来。

巴黎和会上有关山东问题的决议，不仅激起了中国国内的反日浪潮，更使中国对协约国增添了苦涩与愤懑之情。其实，轻微的排外表现已经存在了，排外情绪爆发的可能性也一直都有，除了仇日因素以外，这些排外情绪也有可能不无危险地继续扩展下去。时局中的这一层因素，加上一支巨大、难以驾驭同时因财政乱局而被一直拖欠着薪饷的军队，使人们对未来充满了焦虑感。据报道，日本人正准备在海岸线与河港上大力展示自己的海军实力，以作为对中国未善待自己国家侨民的警示。这种武力展示无疑会在选定的地点上产生一种安定时局的效应，但也可能会更加激怒那些海上兵力所无法企及的人。日本人是否能靠着武力介入

的威胁而自救，目前还存在疑问。

　　与此同时，令人憎恶的交通总长曹汝霖的请辞已经被接受了，即使这么做了，也难以满足老百姓的要求，我们预料，将会看到更多的请辞。

大权在握的中国军事主义者——内阁重组正在进行之中

（**本报记者，北京，6月13日，1919年6月23日刊登**）对政府的示威游行已经起到了预期的效果。商业中心的店铺正在重新开张。与此同时，曾提出辞职的总统，已经被人劝阻不要采取这种令人感到为难的做法。然而，内阁的全体请辞还是被接受了，重组工作目前正在进行之中。我们被承诺的新政府，事实上和过去也不会有什么不同，它呈现在我们面前的，只不过是一群新的军人派系候选人。

北京的整个形势就是一出闹剧。总统也好，内阁也罢，还有那个由军事主义者集结而成的毫无宪政色彩的所谓国会，全在军事派系的掌握之中，所做的一切也完全受到"安福俱乐部"的独裁操控，这个"俱乐部"的为首者，正是前任国务总理、最主要的军事主义分子段祺瑞。至于示威游行是否继续，尚有待观察，因为学生们仍在呼吁惩处、开除三个臭名昭著的亲日官员，而军事派系中的一个派别，也正在利用大张旗鼓的示威运动，来达到剥夺其对手的政治权力的目的。

抵制日货的行动仍在继续发展、壮大之中，很明显，其鼓动者也尽其全力防止虐待日本人和毁损日本人财产的事情发生。在北京，有人广发传单，想要将人们的注意力从日本身上转移开去，更是制造各种罪名指控英国。然而，这些人只在中国人中间引起了微不足道的注意力。

中日问题

（社论，1919年7月9日刊登）巴黎和会拒绝承担起重新修正1915年中日条约的工作，它已经导致中国拒绝在凡尔赛和平条约上签字，这真的是一件令人万分遗憾的事情[1]。我们并不打算讨论关于这些条约的许多有争议问题的是非曲直。正如在另一专栏中刊载的有关中国时局的概述，此事所引发的结果，更多是对于未来的忧惧，而非真正的对于时下局势的不满。中国抱怨的是，它所被迫签署的条约在措辞上非常不严密并且充满了弹性，这给日本留下了可任其摆布的空间，日本应该会被诱惑着利用其强权将这些空间发挥到极致。尽管巴黎和会在其权限上并无法过问这些事情，但中国在过去与除了日本以外的其他列强的外交经验或许可以成为这些疑虑的借口。

但是，对我们而言，中国的处理方式并没有表现在明确拒绝与协约国一起签署德国的和平条约一事上，反而是表现在以抵制日货、游行示威等形式抗议

1　1919年，中国作为"一战"的战胜国之一，派代表团参加了巴黎和会。会上，日本政府要求以战胜国的身份接管战败国德国在中国山东的一切权益。中国代表团成员顾维钧为此在《山东问题说帖》中历陈中国不能放弃山东，从而扭转了舆论形势。然而，由于意大利退出和会，英、法、美三国害怕日本的退出威胁会导致和会流产，于是依照日本的要求，将德国在山东的权益割让给日本。在顾维钧的主持下，中国代表团拒绝在《凡尔赛和约》上签字，山东问题成了悬案。直到1922年的华盛顿会议，山东问题才因美国的调停而有了解决的办法，日本将胶济铁路租借地归还中国并从山东撤军，青岛海关并入中国海关，胶济铁路及其财产移交中国，中国则开放当地作为商埠，并给予当地的日本侨民一些局部性的权益。

某些中国政治家时所迸发出的如此万众一心的情绪之中，因为对日本和日本人有着特别的了解，这些中国政治家们全心想要改善中日之间的关系。在中国的反日行动中，没有一样能够赢得列强的同情，而以它目前孤立无援（主要是因为其自身的缺点而造成）的处境来说，中国本可以单独有效地依赖于列强所释放的善意。

另一方面，在当前的关头，靠着它成熟的智慧，我们的日本盟国却为自己在对付中国的事情上赢得了绝佳的机会，它可以一展其真正的、宽宏大量的政治家的气度。我们相信，日本首相、第一位以平民身份被委此重任的原敬先生已经完全意识到，单单是一个友善的中国，就能为日本不断增长中的工业能源、为一个人口逐年递增百万以上的国家成长的中企业提供必需的出口。日本外务大臣内田康哉在北京是广为人知的人物，在那里的几年中，他代表其祖国取得了引人注目的外交成功；自此之后，他还出任过驻华盛顿大使，一定非常了解美国在远东问题上的态度。当威尔逊总统没有在巴黎更强烈地支持中国之后，中国人无疑已对他失望透顶。中国人可能想都不会去想，各协约国列强，尤其是多年以来和日本关系特别密切的大英帝国，会赞成他们去反对一个在战争中表现尤为积极的盟友。但是，中国人对得到来自美国的支持却似乎充满了信心。论及美国豁免中国的庚子赔款，条件是只要中国花钱将年轻学子们送到美国求学时，大概没有人会比美国更"好心有好报"了。从此以后，年轻的中国学子前往美国的中学和大学求学，便成了一种稳定的风潮，单单是去年一年，求学人数便达到1700人，这些人在美国为他们自己和他们的祖国广结友朋，回到中国后，心里对这个善待自己祖国的国家充满了深深的信任感。在代表中国政府出席巴黎和会的五位代表中，有三位毕业于美国的大学。若是算上与中国代表团相关的诸多专家们，这一比例还要大。

在美国的许多地方，已经响起了总统的反对者们所描述的"总统在巴黎和会上抛弃了中国"的抗议声。我们完全可以有把握地假设，如果有一种更具一般性质的政治考量阻止了威尔逊先生在巴黎对中国代表团施以援手，美国的政策却从来没有，并且也不太可能会偏离于它一贯坚定秉持的目标，即保护中国的所有合法愿望和利益。与公开支持中国在正式修正中日条约上所提的要求相比，美国还有其他的、以日本的合法要求与利益为前提的调解方式。只要自发地以某种慷慨、调和的精神，在条约的某些更具争议、更晦涩模糊的条款上说清楚其意图和目的（在巴黎和会上，当中国代表将它作为自己的权利提出来时，日本认为自己有正当理由对此有所保留），日本便能立刻减轻中国的焦虑感。如果有人敦促，中国政府不愿妥协的态度会让日本更难迈出这一步时，日本只需提醒自己，它在远东的地位已是如此坚实，因而根本无须为其尊严再作任何坚持。只要故作一番姿态，最终消除它所抱怨的在那些比中国更强大的地区中所遭受到的怀疑、妒忌，日本在世界上的地位就会变得更加强大。

然而，如果这仅仅是某种完美的策略，那么，必须记住的是，国联的主要作用之一，正是许可在以公平精神诠释中日条约的过程中防止一切可能问题的产生。我们并不愿意相信，中国是故意坚持它的这一方针，由这一方针所带来的最不幸的结果之一，便是中国脱离国联成员身份，因为国联的公约正是它所拒绝签署的条约的一部分。

中国与《凡尔赛和约》 中日间的协定及修正的希望

（**记者专稿，1919年7月9日刊登**）直到1917年8月之前，中国都未真正投入战争，并且，它对于战争的实际参与，更多地是以许多非直接的方式体现出其价值（譬如主要局限于向法国提供了大量卓有效率的劳动力），尽管如此，但中国仍然希望（并且是公开宣称自己因为受到了确定无疑的鼓舞而希望），自己的合作能够至少换来某种对1915年所签订的、将繁重义务强加于中国身上的中日条约的修正。人们会记得，1898年，作为对两名德国传教士于中国被杀的赔偿条件，德国从中国窃取了胶州湾，随后，又从北京腐败虚弱的统治者手中攫取了一系列重要的特许使用权，他们在山东修铁路、挖矿山、发展其他工业。在其他强国各怀不同目的的默许之下，山东逐渐沦为德国影响力占主导地位的范围。1914年，日本加入了协约国，不过几周之内，德国在山东的优势地位便被连根拔起，它在远东的统辖权因而宣告破裂。但是，另一个问题又随之产生。

1915年的条约

日本是在什么样的条件下允许中国因为德国权力被消除而受益？这是中国在过去从未试图要抵抗、在战争中也并未参与将其摧毁的权力。为了摆平这些条件，北京和东京之间展开了一系列的谈判。因为谈判的进展太缓慢，日本政府通过制定一系列要求而强迫中国加快步伐，当时，中国除了顺从之外别无他法。在1915年的条约中，日本最终同意恢复中国在青岛的主权，但是，除了提出各种条件以保证日本收回中国向德国交出的权利，日本还插入了大量的其他条款，以巩固日本在满洲和中国其他地区的利益，这些条款在过去曾屡次在两国之间引起充满怨忿的辩论。

召开巴黎和会的消息一经宣布，中国政府即派遣一支代表团前往并提出如下请求：到目前为止，鉴于1915年中日条约的精神及许多实际条款可能与威尔逊总统所提的"十四点和平原则"以及协约国政治家们在讲话中提及的"新世界秩序"原则相抵触，故应该要对这一条约予以重新考虑及作出修正。中国代表们甚至辩解说，从中国宣布对德宣战的那一刻起，不仅是中国原先向德国勉强让步的所有权利不再算数，就连1915年条约中所提及的"将这些权利归还给日本"这一说也是如此。不幸的是，对中国而言，这一狡辩遭到了事实的反驳，就在去年，在中国对德宣战了一段日子以后，中国政府还曾与日本签署了进一步的协议，使得包含在1915年条约中的、有关转让德国权利的部分条款生效。此外，日本在这些条约上还坚持着一个立场，即对签署两方而言，它们具有不可取消、必须遵守的法律约束力。或许在某种程度上，巴黎和会受到了日本全权代表在其他棘手问题上所采取的安抚态度的影响，因而作出了不对此条约加以干涉的决议。

中国人的申诉

尽管中国人指称，他们基本上是在遭到胁迫的情况下签署这些条约的，他们的申诉更基于对未来充满了担忧和恐惧，而不是要发牢骚或倾诉委屈。姑且举一两个实例就够了。有一个条款是，日本答应将原先租借给德国人的胶州湾归还给中国人，但在其独有的司法审判权之下，日本仍保留其权利在由日本政府指定的某个地点建立一个"租界"或"殖民地"。中国人认为，这一个条款有着明显的伸缩空间，无疑包含着会将胶州湾中最具重要战略意义的、最有经济效益的地点（包括海关、港口、码头和铁路终点站等）割让给日本的可能性。此外，该条约不仅将曾被德国独享的、在山东省境内修建的铁路的使用特权转让给了日本，并且规定，在修建另一条将该铁路与芝罘或龙口串联起来的铁路线时，日本资金具备优先使用权。

除了这些以外，还有将其他延伸出去的，将旅顺、大连、南满地区与安奉铁路等租借给日本的有关条款，中国人从中也读出了日本的别有用心，日本人想要以山东的腹地作为起点，直达南满的最远端，以控制中国北方的整片铁路系统。中国人对条约中其他可能具有暗示意味的条款也报以同样的不信任态度，譬如，依照这些条款，中国人势必要在内蒙古的东部开放一系列商业"港口"，并在该地区的铁路修建中首先考虑向日本的资本家们寻求财政支援。在远东地区，"港口"这一术语同样可适用于内陆地区，无论这些地区距离大海有多么遥远，都要为了国外的贸易活动而开放。对于中国人而言，其他的诸多条款也都意味着日本想要无限期地维持其外国领事管辖权，并在关税问题上限制中国的行动自由。中国人认为，这是令人无法容忍的对其主权的剥削与缩减。

很显然，因为巴黎和会谢绝调查这些要点，中国也特别因为无法完全收回德国的权利及其在中国境内的领土等原因而拒绝在凡尔赛和约上签字。

中国拒绝在有关山东问题的文件上签字，全民表示赞同

（**本报记者，北京，7月6日，1919年7月12日刊登**）不用说，中国根本就没有举行任何庆祝和平的活动，因为全国上下都正在为山东问题的决议而义愤填膺。然而，人民同时也感到了巨大的欢欣鼓舞，因为参加巴黎和会的代表团拒绝在决定命运的文件上签字，这些代表们会被当作民族英雄而名垂青史。

本地的外国舆论界普遍认为，中国很明智地抓住了一个时机，让全世界都注意到了它对日本的愤愤不平。中国人并没有对与德国另立和平之约的可能性感到畏缩与气馁，他们自始至终都以引人注目的宽容态度对待着德国人，之所以进行了清算德华银行等行动，只是因为他们受到了协约国的压力。除了德华银行之外，多数的德国财产仍然未被清盘，并正等待着它们的物主尽早归来认领。

同样不该被忘记的还有德国人这一边，自他们入侵山东以及在庚子年救援远征时作出了令人厌恶的行径以来，他们对待中国人的态度还算是保持了某种刻意的节制。最近一段时间以来，他们从未利用自己在山东的优势和地位，摆出让中国人惧怕其统治的嘴脸。更有甚者，正是德国人以"浦口协定"为依据，主动从中国的立场出发，极大地放宽了铁路建设借贷的有关条款。因此，中国人更会记得德国人的好处，尤其是他们在经营山东时的表现，这和日本在该省及中国其他地方的态度相比，形成了令人赞赏的鲜明对比。

与此同时，抵制日本的群情激愤已经开始降低了，尽管如此，抵制运动还是在安静、顽强地继续着，人们都同意，在任何时刻，它还是有可能会再次变

成席卷中国大地的热烈话题。中国的大多数高年级教育机构在通常的暑假到来前一个月时便已结业，从那时开始，学生们便忙着在各省中鼓吹反日运动。他们也鼓动着自己家乡的工厂树立起一种新观念，不要以为一定需要从日本购置所需物品。

内阁重组则毫无进展，原因在于，虽然军事主义者们在首都地位超群，但他们也意识到，强迫自己站上全国最紧要的位置并非明智之举。然而，在目前的情况下，任何一个不具备控制元素的内阁都没有什么意义。

在北京出版的一份日本报纸正在竭力渲染对国际借款团的焦虑和不安之感，它极力主张一种观点，若与日本渴望在山东获得的权利相比，国际借款团一直想要获得的财政控制权对中国人的主权其实更具颠覆性。中国政府的财政情形极端窘迫，从长远来看，终究逃脱不了某种不妙的结局。

中国的穷兵黩武者计划远征蒙古，反日情绪高涨

（**本报记者，北京，7月17日，1919年7月23日刊登**）中国局势依然未见改善之处。内阁重组之事迟迟不见动静，因为军事主义者既想要占着所有好处，又不想在目前的普遍情绪中过于坚持自己的主张。奉天督军与吉林督军之间的较量，威胁到了满洲地区，在那里引发了敌意，而广东的南方军事主义者们又反对启用经验丰富的老手、省长一职的热门人选伍廷芳。南北双方在坚持上的差异，也不见有任何缓和迹象。随处可见的景象是，民众的利益被个人和派系的阴谋诡计所牺牲，卷入其中的个人或派系，没有一人或一派是以国家的安危为己任。

与此同时，由三方参与的《恰克图公约》（中俄蒙协约）所酝酿筹备的一个极不公正的方案正被中国撕毁，蒙古的独立性已经受到威胁。军队、机动运输、飞机以及物资都云集在张家口一带，所有的准备工作都是为一个师的兵力向乌尔加挺进而进行的。这些准备工作的借口则是，布尔什维克、谢苗诺夫和其他人都正在威胁入侵蒙古，而俄国目前已无力维持局面，所以中国必须承担起保护蒙古的重任。难以想象中国究竟是不是有乘人之危的企图，但这就是它现在想要玩弄的把戏，类似的事情，中国在1910年对西藏也做过。

已经饱受过一大群如蝗虫般蜂拥而至的武装者欺凌的中国，目前却征募了更多的兵力，最近，它还十分有把握地以紧急需求更多战争物资的理由，请求协约国的列强解除武器进口的禁运令。无须多言，蒙古人已经对局势的发展大

大提高了警觉心，他们只是不知道该走向何处。

　　山东也持续成为人们议论的中心话题，人们的感受并未因为抵制运动目前表现稍不明确而有丝毫减弱。在抗议的集会上，民众对日本在山东的问题仍表现出一种可以尽情表达的愤恨之情。中国人在山东问题上的呐喊声，并非出于日本从德国那里继承下来的实际特权，而是因为日本人将其作为自己的特殊待遇大加利用。

山东的未来——日本宣布了对山东的政策

（**记者专稿，1919年8月6日刊登**）日本驻伦敦大使馆通知我们，日本外务大臣内田康哉子爵已于周六作出了如下声明：

尽管日本代表团于5月5日在巴黎作出了正式声明，而本人也在5月17日接受报界代表的采访时对这份声明表示完全的赞同，但日本在山东问题上的政策却似乎并没有在海外得到全面的理解与欣赏。

人们会记得，在日本政府于1914年8月15日向德国政府所发出的最后通牒中，已要求德国政府在1914年9月15日之前无条件、无补偿地向帝国当局交出胶州湾的整个租借地区，帝国的设想是在将其修复后最终交还给中国。这一要求的有关条款从未引发中国方面或协约国其他成员以及参与的列强的反对。

为了在同一路线上继续遵循这一政策，目前，日本要求将"应无条件、无补偿地向其交出胶州湾租借地区"这一条作为和平的必要条件之一。与此同时，日本将忠实地遵守在1915年向中国所作出的保证，愿意将牵涉的整个地区修复后归还中国，当《凡尔赛和约》一经日本正式批准生效后，日本就会立刻与北京政府就使其承诺生效的必要安排进入谈判的阶段。日本没有任何意愿保留或要求会影响到中国在山东省主权的权利。

出现在牧野伸显子爵5月5日所作声明中的条款的意义在于，日本的政策是将山东半岛的主权完全交还给中国，自己仅保留中国曾给予德国的经济特权，关于这一点，我们一定要让所有人有完全的了解。在日本与中国作出有关归还胶州湾的安排时，目前守卫这一地区及胶济铁路的日本驻军也将会全部撤走。胶济铁路会以中日联合企业的方式进行操作，对两国人民会一视同仁，不会存在任何歧视问题。

日本政府并且构思在青岛建立一个一般性外国租界（非独一性的日本租界）的方案，依据1915年与中国签订的协议，日本有权提出这一要求。

蒙古的焦虑——正在争取得到国联的保护

（本报记者，北京，6月12日，有延误，1919年8月11日刊登）在世界悄无声息的荒僻之处，有一个备受战争影响的地方，它叫作蒙古[1]。直到革命爆发、满人王朝步入历史之前，这一大片荒地的寄居者们还对中国表示着效忠、拥戴之意。满人倒台之后，蒙古人宣布自己从此独立。

俄国也在此时渐渐对中国人那穿透力极强的力量感到忧虑，因为他们殖民化的地带既延伸到北满地区，也到达了蒙古。在与中国争论的过程中，俄国选择站在蒙古的一边，签署了有关承认蒙古独立的协议，并顺带为自己在这片土

---

1 1911年，蒙古摆脱了清政府的统治，宣布独立，但并未获得任何一国的承认。1915年，中俄签订了《恰克图条约》，将蒙古作为一个在中国统治下的、具有特殊自治权的省份（清政府与俄国也曾在1727年签订过一份《恰克图界约》，那份界约主要是为了划分两国在今蒙古国地区的北部边界，并规定了两国的通商关系）。1917年，俄国爆发十月革命，布尔什维克废弃了《恰克图条约》，北京政府也取消了蒙古的自治。1920至1921年，蒙古沦为俄国内战的战场，1921年以后，更成为苏俄各种势力互相抗衡的缓冲地带。在1924年5月31日签订的《北京协议》中，苏联承认蒙古是中国领土的一部分，回归到《恰克图条约》的立场。根据国际法规定，1915年至1945年间，蒙古是中国领土的一个部分，但由于当时受内战及日本侵略的影响，中国只能暂时搁置蒙古问题。1941年，苏联与日本在莫斯科签订了《互不侵犯条约》，同意外蒙古与新疆为苏联特别利益区，东北与内蒙古则为日本特别利益区。在1943年的中美高峰会上，美国主张，蒙古不应该是中国的一部分。而到了1945年雅尔塔会议时，美、英、苏等国则承认了蒙古存在的事实，并要求中国也予以同意。根据维斯法利亚原则，外蒙古在1945年年底被正式承认为独立国家。中国的国民政府则在1946年1月首度承认外蒙古的国家地位。

地上巩固商业利益与其他便利。

中国的革命恰在俄国设想的关键时刻来到，蒙古人因此而被鼓动着在俄国的支持下出面反对中国，俄国总算是称心如意了。在经过两年徒劳无功地尝试再度占领蒙古后，中国认输了，并且于1915年签署了由三方共同介入的《恰克图条约》，蒙古就此重新取得了在条约中受到俄国承认的权利，俄国也相应地保留了一切它从蒙古那里得到的好处，而在承认俄蒙协定的前提下，中国也被给予了某几条模棱两可的"权利"，算是保住了一些面子，但已经没有实权来操纵蒙古。然而，这份条约却让中国保留了对于内蒙古（位于蒙古高原的南坡和东坡上的一条狭长的地带）的控制权。

俄国的崩溃

然而，俄国的崩溃却又使蒙古的情形产生了彻底的改变。蒙古不再拥有一个强有力的保护者，中国人也急于重新取得他们曾经拥有的支配地位。他们以布尔什维克将入侵蒙古为借口，一直在边界线上增添着小股兵力，在《恰克图条约》的有关条款中，这是他们身为蒙古的官方代理者所被允许的事情。这些兵力的集结使得蒙古长期面临着中国可能会率兵穿过戈壁沙漠的威胁，中国人表面上会以保卫前线免受布尔什维克入侵为借口，实际上却是意图占领乌尔加，进而控制蒙古全境。

蒙古不知道它的未来究竟会是怎样的景况，竭力想争取国联的保护。蒙古人为他们的独立感到焦虑，急于得到新机构的认可，以保障其国家主权。

蒙古的一个糟糕的开端是从向俄国借贷400万卢布（合40万英镑）开始的，它借贷是为了在一个坚实的基础上建立起自己的金融体系。一部分的钱后来花在购买武器之上，更大一笔数目的钱却去了华沙，为的是支付1万幅活佛的黄铜画像。然而，蒙古的财政状况还算是令人满意地得到了自我解决，新政府在从中国进口到蒙古的货品上征收的税额是5%，由此省下了不少钱来偿还向俄国借贷的外债。除此之外，政府的运作也还算是成功，主要原因是根本没有太多需要经营的事务。因为蒙古一贯奉行族长制度，每个部落都是自给自足、自我管理，省却了不少在国防、警察、司法及其他事务上的开销，基本上不存在着公共事务一说。

并未出现财政上的堕落腐败

与预想的情形相反，蒙古政府并没有出现通常会导致堕落腐败情形的财政状况，他们节俭地管理着自己微薄的收益，由国家去做自我调节和管理。因此，今日的蒙古是自由、和平、繁荣的，只要不受到外界的侵扰，它也似乎可以一直这样保持下去。

蒙古族是游牧民族，牧民只会在很少几个诸如乌尔加、乌里雅苏台、科布多这样的主要城镇定居。因此，国家的主要财富都集中在马、骆驼、羊和牛群上，在广袤无垠的戈壁滩上，这些动物的移动速度都非常缓慢，就像美索不达米亚上游的阿拉伯民族与他们的羊群和牛群一样。然而，"沙漠"一词其实是个误称，就如戈壁滩其实就像一张巨大的地毯，在春季和初夏里，这里铺满了茂盛的青草和美丽的鲜花。黄沙只分布在有限的地带里，在优良的牧野中，沙漠只会以一条狭长的黄色地带出现。牧场的数量却是难以计数，对散布四方的部落而言，它们远远超出了供应生活所需。在正常的年代里，大量动物会被出口到俄国与中国，皮革与毛皮的贸易正逐年稳定上升。蒙古人在交易中所需的主要物品是砖茶、布匹与器具。

自从俄国瓦解之后，卢布已经从流通中消失不见了，蒙古缺少了现金的支撑。许多商业只能靠以物易物，但中国的银圆从此时开始填充了卢布所留下的空缺。实际上，所有贸易和金融都落在了中国人的手中，而中国人在才智上公认比蒙古人更为优越，也因此，中国人很自然地便成了让他们头脑简单的客户心存疑虑的对象。过去几年中，两三家位于张家口的外国商号在生意上一直很红火，特别是自从与俄国的纽带关系变得薄弱之后更是如此。这些商号将内地的煤油、蜡烛、烟草以及种类越来越多的制造商品输入到蒙古境内。

商家们的最大难处是运输，交通工具总是既缓慢又昂贵。从张家口到乌尔加的车队要走上一个月，而这段距离若以最近出现的汽车来跑，两天就足够了。目前，已有两家中国汽车公司自张家口运送乘客前往乌尔加。这些公司的车辆折损快得惊人，但公司也在不断地购置更多的车辆。他们吸引了所有可以运送的乘客。

所有人都在呼唤着铁路在蒙古的诞生，俄国首先提出要在西伯利亚铁路线上修建一条连接张家口和乌兰乌德的支线。这样一条线路将可能会立刻促进蒙古的商业，使欧洲和北京之间的旅程至少减少两天。从各方面来看，修建这条支线都是众人期盼的事情，不应该被拖延下去。俄国暂时还不能独自承担起这样一个项目，而此项目更适合于有企划意识的国际借款团来规划，他们能够找得到资金建设这条铁路，并且能赋予其某种与政治无涉的特点。

蒙古目前的情形令人很满意，这个国家也为商业机构提供了一片优异的场所。在它的北方地区里，煤炭的储量异常丰富；冲积层中的金子也数量可观。还有一种说法，在北方国境线区域的山谷与毗连的西伯利亚阿尔泰省都已经勘探出了丰富的矿产资源，应该在采矿上投入尽可能多的努力。只要其独立受到尊重，蒙古人完全准备好了欢迎国外的工商企业。

中国的混乱局势——山东实施军事管制

（本报记者，北京，8月28日，昨日收件，1919年9月4日刊登）北京的学生们再一次开始了敌对的行动。昨天，有数百位学生参与集会，以支持希望就山东的议题向总统提出陈述意见的代表们。

根据政府的指示，山东的省会已经开始采取军事管制的措施，在军管令的掩护之下，督军已经处决了几个为首者并逮捕了一些学生，这引起了普遍的不满。目前的学生示威运动则打着取消军管、惩戒督军的旗号。昨晚，有800名学生在总统府的门前过夜，今天，内阁通过了一项决议，命令未来要在全国范围内，以武力粉碎所有的学生示威运动。

虽然抵制日货的运动在某些地方稍稍降温，但仍然在如火如荼地进行。据计算，与去年同期相比，7月份上海与天津的日本商品进口总额减少了七成左右。

中国的内部事务几乎陷入停摆状态，等待着在山东问题上能有一些决议出台。在北方，军事派系仍然占据着支配地位，但鉴于全社会目前的普遍情绪，他们仍不愿以自己的提名人重组内阁。

取代辞职前任的新任代表，已经被任命以北方派系的名义参加上海的南北和平会议，尽管南方的军事主义者似乎愿意接纳他，但他遭到了立宪主义者众口一词的回绝。在如此情势之下，有关南北之间的和解似乎看不到即刻的前景。最近以来的新闻甚至认为，集结在广东的南方派系甚至有可能会发动一场敌对行动。

财政状况也似乎落入了最坏的光景之中。政府已经以八折的折扣将过去发行但卖不出去的债券如数处理，为的是勉力一搏，多回笼一些资金。好几笔国外贷款的申请都被打了回票，而一笔计划中的、针对下一拨善后大借款的2400万元预付金（合480万英镑），则尚未得到国际借款团的任何回复。

人在湖南的北方军指挥官发来电报称，如果没有钱，根本不可能养得活自己的军队，为此，他敦促政府即刻汇款支付拖欠已久的军饷。为了回应政府有关供应所需资金的命令，督军提出了对该省居民强制性地挨家挨户收取捐献的方案，但是，他也质疑，这样的权益之计是否真的能供应足够的需要。他警告政府，即使这一方案被采纳，他也不能保证命令是否会得到执行。

日本对山东的占有权

将有条件地将其归还给中国

（本报记者，纽约，9月4日，1919年9月5日刊登）"那些参加了巴黎和会的人都不会怀疑一点，日本将在尽可能早的时刻自山东撤出。"代表日本参加和会的松岗洋右[1]先生这么说，此刻，他正在返回日本的路途上在纽约稍作停留。

松岗洋右先生说，如果日本政府在几个月之内与中国就归还山东半岛的问题开启谈判的话，他并不会因此而感到吃惊。

他也说道："但是，如果外部世界能停止对日本进行彻头彻尾的威胁，不再对其施加任何压力的话，日本在兑现承诺上必定会更有便利，也会更加快步伐。日本人也是人，他们也有自己的民族自豪感，他们的民族自尊应该受到尊重。"

松岗洋右先生就有关交还的条款澄清说："全世界差不多都知道了这些条款。"一旦中国在租借的领土上恢复了其主权，按照规定，这一领土应该向国际贸易开放，那么，日本也就应该被允许在山东建立一个国际性的租界。日本将

---

1 松岗洋右（1880-1946），日本外交官、政治家。他曾极力主张"满蒙是日本的生命线"，无时不为日本的侵略和扩张呐喊、辩护。他曾处理过日本退出"国际联盟"、缔结"日德意三国联盟"及"日苏中立条约"等日本外交中的重要事件。战败后，松岗洋右成为甲级战犯，并在远东国际军事审判的公审中病死。

会自青岛和铁路区域撤走其全部军队，而山东的铁路将由中国和日本的联营公司共同经营。最终，日本还将撤走它沿着铁道线安置的警力，并将该地区的警备任务交付给中国方面。

霍乱肆虐着中国，欧洲人中已有少数死亡个案

（**本报记者，北京，9月7日，1919年9月9日刊登**）霍乱的传播程度在京津地区并不算是非常严重，仅有四位外国人未抵挡得住病魔的侵袭。在那些传染上霍乱后又恢复健康的人中，有一位是西班牙传教士路易斯牧师（Senor Luis Pastor）。

在河南省的几个城市中，每一个城市都有约500起死亡个案，而华北的累积死亡人数想必是相当可观的。

满洲受病魔肆虐的程度非常严重，尤其是在哈尔滨地区，三周之内，这里已有四千人死于霍乱。在这些人中，大约250人是俄国人，也有约50名日本人，其余的受害者则都是中国人。在哈尔滨的医院接受盐水注射的患者中，仅有14%死亡。在该城市中，死亡率目前正随着炎热的气候而快速下降，此病的传播周期预计是一到二周。

中国对德国人开放，贸易机会有所增加

（**本报记者，北京，9月16日，有延误，1919年9月20日刊登**）总统的一份文件简要地列举了中国如何为了维护国际法而进入战争状态，以及之后如何身为协约国之一而继续遵从同样的政策。但是，因为不满于与山东问题有关的三项条款中所具体体现的条件，中国拒绝了签署有关的和平条约。

然而，人们应该记得的是，文件中的其他条款是中国可以接受的，就像其他强国可以接受一样。并且，随着德国与它们之间的战争目前已经告终，很自然，中国与其他协约国的立场相同，也与德国保持着相同的关系。内阁照此作了表决，总统宣布，德国与中国之间的战争状态已经终结。"我们大家都要注意到这一点。"

这份文件未经与外国公使馆沟通便发布了出去，政府对德国公民的意图和打算却并未提及。所有对他们的活动以及和中国人关系的限制，可能都会被删除，而那些被驱逐出境的德国人也可以自由返回中国。然而，因为两国之间缺少条约，德国人在中国的身份和地位与先前相比，也会产生奇怪的对照，因为德国人已经不再能享受到治外法权，尽管中国的法律是完全东方式的，其管理方式看在西方人的眼里也显得极为怪诞荒谬，但还是必须受到中国法理的约束。更有甚者，德国的进口物品也不能再以5%的从价税入关，而是必须要按照为非条约国家进口商品所特别预备的标准而支付30%至100%的关税。

这一异常情形将引发的后果是，如果德国人愿意接纳新的条件，他们便能带着极大的恩惠返回中国。中国人急着恢复关税上的自主权，也急着摆脱治外法权的约束，作为能够为其他国家提供优惠条件的一个范例，他们可能会毋庸置疑地妥善处理对待外人的态度。说回德国人可能会有的结果，特别是如果他们能够制定出一些有利于中国的商业条约，他们便能比从前更为容易地在中国打开商业上的局面。

领不到军饷的中国军队，令人担心会出现哗变和抢劫行为

（**本报记者，北京，9月16日，有延误，1919年9月22日刊登**）中国有许多领不到军饷的军队，他们的一举一动都正在引起人们与日俱增的焦虑感。发生在湖南的一起小型暴乱事件虽然被成功地镇压了下去，但是，士兵之间所互相传递着的不满情绪却席卷而来，有更多大事发生在所难免。我们有理由相信，军方的当权者会千方百计掩盖这方面令人不悦的消息，但是，各省的所有指挥官们正在向政府发起连番进攻，气急败坏地要求政府发下只够糊口的军饷，从这一事实便可看出，情势已经变得相当严重了。

一支盗匪武装正打算洗劫直隶省周围的各个村落，却不见任何绳之以法的行动得以落实，因为督军自己都承认，根本没有钱指挥得动军队。

与此同时，政府已经不能再借外债了，只好继续以国内债券的灾难性交易做自我投资，三个月的财政部票据所附载的利息高达18%，再加上93%的折损率，使得每年签发的整个索价最终落在46%左右。其他的一些短期贷款则每年升值约30%至40%。财政部并未提供资金来保障总统的住用所需，人们认为，总统为此要付上所借的20%的个人债券。

消息灵通的中国人担心大事不妙，大规模的军队哗变或将很快发生。据信，军事当权者一直都在向少数最优异的军队支付着军饷，为的是要保障，危机爆发时，至少这些人会效忠自己，并可被随时召来摧毁哗变者们。保障正常的军队遣散，可省下一笔总额不下于1000万英镑的逾期欠款，对于时局或有助益，

再加上目前似乎也不太可能借到大笔国外贷款，在有效范围内的遣散应该不成问题。

此间所普遍表达的看法是，在那些过剩的军队自我分化、消解之前，人们似乎看不到摆脱他们的希望。对于各省的民众来说，这一类的解决办法意味着将有一连串可怕的后续事件发生，而靠抢劫为生并有武器傍身的人数也将会疯长。也有一些中国人并不那么悲观，他们相信，近年来极大地自我充实、强化的督军们，在迫不得已的情况下，会放弃自己的一大笔不义之财，来暂时保障自己军队的秩序。情形或许会是这样，但是，一般人都还是相信，整个局势正处于千钧一发之际。

捍卫西伯利亚铁路——中国对抗日本人的控制权

（**本报记者，北京，9月22日，1919年9月25日刊登**）远东的局势似乎因为西伯利亚的新动向而变得更让人心神不宁。

据信，一旦恢复了交通运输，目前从伊尔库茨克向西正在保卫铁路的捷克武装力量就将全面撤军。而若要维持这条纵横千里的铁路线的交通，就一定要有人来保卫它不会受到布尔什维克游击队的骚扰，在贝加尔湖以西的边远蛮荒林区，仍有为数众多的游击队员在出没。如果捷克撤军，一定要有其他部队前来守卫，否则，交通一定会不可避免地受到牵制。作为海军上将高尔察克[1]政府的驻地，鄂木斯克可能会就此变得不堪一击，而这里盛产的谷物、黄油、牛群等不能带走的特产，也可能会被布尔什维克占为己有。

在这一情势之下，唯一可行的军队便是日本人了，但是值得注意的是，日本人其实一直躲在他们身后，故意拖延时间想要控制铁路，这是他们在西伯利亚采取进一步行动的必要条件。与西方的直接交通线路包括俄国拥有的、跨越满洲北部的中国东方铁路。中国的军队目前正在这条洲际铁路的北满洲区域里

1　高尔察克（1874-1920），俄国军事家、海军名将、北极探险家。高尔察克于1894年毕业于圣彼得堡海军学校。日俄战争中，他曾在旅顺口作战。第一次世界大战期间，高尔察克在波罗的海舰队屡立战功，于1916年升任黑海舰队司令，1917年晋升为海军上将。十月革命后，高尔察克在外国武装的支持下建立起独裁政权，成为协约国第一次武装干涉苏俄时的白卫军总头目。他与布尔什维克领导下的红军对抗，一度占领了西伯利亚、乌拉尔及伏尔加河等地区。1919年底，高尔察克被红军击败后被捕，1920年在伊尔库茨克被处决。

严密守卫着，并且，19年之后，中国也将有权利买下它。因此，中国需要死死地抓住其阵地不放，今年春天，当协约国就保卫西伯利亚铁路系统不同区域的问题展开讨论时，中国成功地击退了日本想要在其领土内控制区域铁路的意图。

中国人现在很担心协约国会邀请日本人来取代捷克人在西西伯利亚的地位，因为这样一来，中国会被迫将中国东方铁路的控制权转让给日本。在中国人看来，日本在西伯利亚长期占据一席之地的希望并不大，但它对东方铁路的临时占领倒有可能会永久化，概括说来，这样会有损于中国在北满洲的主权。

对于保证中国人临时撤出对中国东方铁路的占有权，协约国并不忽视其后果。如果它真的发生了，引起的不安局面足可比照山东问题所引发的后果。

英国劳工部乱象重生，英国对华贸易面临窘境

（**本报记者，北京，10月1日，有延误，1919年10月6日刊登**）本国的经济情形正引起此间英国商业圈的许多担忧。

过去几日之内，英国的公司陆续接到来自英国的电文警告，运往中国的货物无论是运送日期还是发售状况都无法保证，在连合同价格都强制被调整的情形下，很明显，和大英帝国做生意正变成是几乎不可能的事情。

就在最近，一批由政府订购、摆放在英国工程公司门前的价值为300万英镑的运输工具，如果报价维持几乎不变的话，这笔生意很可能就会成交了。但是，美国的公司在更为优惠的商业条款之外，还开出了仅有一半的价钱，因此，一部分的订购现在已经归于美国人。

一家原先在中国运转极为成功的重要的德国电子公司，在战争期间曾被迫停止运作，如今已经招募了大批的中国雇员，要在中国重新开始运营。据信，他们准备要以目前对英国的竞争者来说根本不可能具备的条件来做生意。

在战前的几年中，英国在中国的商贸状况展现了极大的扩展，我们所生产货品的销售范围几乎可以说毫无界限。英国制造商在中国赢得了普遍的认可，假如给予他们同等条件，他们会广受欢迎。然而，我们在中国这个就其潜力而言堪称是世界最大市场的黄金时机正在慢慢消失，如果本国的劳工部不加快达成合理协议的话，我们最终将不可避免地失去一切机会。

危机正威胁着中国——军事主义者的权力不可撼动

（**本报记者，上海，10月7日，有延误，1919年10月11日刊登**）王揖唐接任了上海南北和平会谈的北方主要代表。过去三周以来，他在上海一直徒劳地试图延续的和谈，已经将问题引向了危机。或许，这么说毫不为过，中国的全盘命运都悬在了未来几周内的议题之上。

五天以前，南方的主要和谈代表唐绍仪向广州政府辞职并交还其公印，他公开说，广州和北京的军事主义者在其背后举行秘密谈判，从道理上说，这一切已经使他目前的和谈代表身份不再有效了。这和民间普遍确信真正的会谈是在北方与南方的将军与督军之间进行的说法不谋而合，因此，王揖唐的任务仅仅是说服立宪主义者接受各种听来冠冕堂皇却空洞、毫无意义的让步动作，督军们的真实权力其实早已被确认过了。

当然，从长远来看，今日中国的问题显然不能在北方和南方之间界定，而是要在代表中国各界民意的立宪主义者与南北双方的军事主义者之间解决。因此，很明显，不管王揖唐是否能够成功地经营好会谈，只要接下来督军们的权力有可能被削弱，会谈的结果都将是生死攸关的。

为中国投资——美国向中国贷款

（本报记者，北京，10月31日，有延误，1919年11月7日刊登）北京因为芝加哥洲际商业银行（Chicago Continental and Commercial Bank）的一则新闻而变得兴奋异常，该银行曾在1916年向中国借贷了500万元（合100万英镑）的头期款，目前，该银行与中国又完成了签署追加2500万元（合500万英镑）贷款协议的初步谈判。

此间尚未收到任何与此笔贷款的条款有关的讯息，但是，原先考虑中的担保则是中国烟酒专卖权的岁入，因为这一部门是在美国人的指点下进行整顿的，正如盐业在英国人的指点下进行了整顿一样。任何为设立另一种新的担保而进行的交易，对中国显然都有好处。

美国人原先因为要促成南北的统一而引人注目，他们将这一条作为向北京政府提供财政支持的基本条件。因此，可以这么认为，这些条件是为了防止这些贷款完全被花费在无谓的军事冒险上而设立的，因此，设计它们只是为了从整体上保障中国的利益。

这笔交易的利益围绕着这样一个事实：因为在组成新国际借款团的事情以及美国政府所给出的明确建议上有所拖延，美国现在一直都在单枪匹马地行动，并在中国最需要援助的关头向其伸出了援手。与此同时，日本也一直在敦促其旧国际借款团中的伙伴们同意支付一笔重要的预付款，为的是要预防从过去一阵子以来一直具有威胁性的财政崩盘。但是，这一招并没有成功，英法政府很显然想要游离在这个圈子以外，一直到所有有利益牵涉的列强都同意由新国际借款团出面执行的金融政策为止。新国际借款团目前尚未成立，因为日本一直拒绝加入，除非满洲和蒙古能被排除在其操控范围以外。在日本的官方圈子里，有一条未经证实的声明，假如旧国际借款团不能在此紧要关头援助中国，日本将被迫独立地这么做，以预防有害其国家利益的危机爆发。

现在，美国要独自来展开营救行动了，研究一下日本究竟会继续坚持自己的方针还是接受劝说调整其条件并同意加入新国际借款团，这会是一件极富趣味的事情。在很大程度上，中国的未来取决于外国列强是否会决定单独行动并维持其势力范围内的政策，或是列强是否会声明放弃其政治野心，联合起来用对所有利益牵涉国家都平等互利的机会来促进经济的发展。

在西伯利亚的阴谋与武装——谢苗诺夫的抱负

（本报记者，北京，11月4日，有延误，1919年11月11日刊登）来自西伯利亚的报告指出，哥萨克领袖谢苗诺夫将军在恰克图与乌兰乌德间拥有着4000名兵力，并且还在蒙古征募着志愿者。在西伯利亚，人们普遍相信，他正思考着向乌尔加挺进。蒙古政府对这一说法当然感到担心与害怕。

而在此地，人们则相信，蒙古与中国之间已经准备了某项协定，只等着蒙古方面的头目（呼图克图，即"活佛"）的最后定夺。据信，在这一协定中，蒙古会宣布放弃独立并接受中国在行政上对它的领导权。而在另一方面，中国也会同意削减它在蒙古的军队人数，并向蒙古政府与亲王们支付大笔的特殊津贴，津贴的总数将高达80万元（合5万英镑）。然而，几位地位更为显赫、重要的亲王应该会反对目前这种令他们不胜烦扰的现状。

与此同时，抵达乌尔加的中国军队所表现出的傲慢行径，已经引起了当地人的反感，据报道，活佛对焚烧自己的船只感到非常不情愿。在蒙古人和中国人之间有任何麻烦产生时，中国人其实都会处在困难的境地中，那里距离他们在内蒙古的大本营有八百英里之遥，即使拥有着通讯手段，也不能保障可以得到蒙古骑兵的保护。

前有布尔什维克的紧逼，后又受到反动阴谋策划者持续不断的威胁，鄂木斯克政府的处境也极其脆弱，而一切均与蒙古的局势脱不了干系，只要西伯利亚一有任何有关谢苗诺夫权力加强的传言，就有可能使整个局势产生新的发展。

很自然，鄂木斯克政府是赞成《恰克图条约》的，而谢苗诺夫尽管表面上领导着一场"大蒙古国运动"，事实上，人们都认为他正计划着借此成立一个独立的西伯利亚，而他自己，将会是这片独立之地上的主人。

《恰克图条约》于1915年由俄中两国缔结。根据此条约，外蒙古宣称自己是有自治权的国家，但同时又隶属于中国的宗主权之下。

中国的军事重担

需要削减二成的军队

（本报记者，北京，11月25日，有延误，1919年12月4日刊登）在中国总统的一份诏书中，提到了中国军队的人数已经失控，而其全面破坏军队休养生息的做法也正在危及整个国家。所有地方与军事高层人物都赞成一个观点——必须裁撤军队。如果裁定的裁军规模能够达到20%，国家每年就能节省下2000万元。

这是向正确的方向迈出的一步，但还不足以使国家摆脱其沉重的负荷。据信，美国方面的贷款手续尚未完成，所以还很难看出解散25万军人的资金将从何而来，而这些人的军饷已经被拖欠了好几个月。

在某种认真的规模上解散军队，需要投入一笔极大的资金，在新国际借款团介入之前，这笔钱的出处还不知在何处。

中日间的紧张局势——北京已受控在军事主义者的手中

（本报记者，北京，12月3日，有延误，1919年12月13日刊登）拖延了好久的内阁重组终于安排妥当，新的任命名单将于今晚登报公布。其中，仅有外交总长陆徵祥与海军总长萨镇冰二人为中国以外的人士所了解。大多数内阁成员都是纯粹的军事主义者候选人，他们能够被委以重任，只能说明军界的势力比以往更加强大。

总的说来，最近发生在蒙古的政变使中国感到满意。军事主义者认为，若论及实力的话，通过新的内阁，他们将会比从前更能对政府进行直接的控制。

另一方面，坦率地说，大多数人均为亲日派的军事主义者，他们发现他们自己正落入进退两难的困境之中，因为整个中国都正在为福州事件感到震怒。这个事件本身并不是什么大事，却是造成日本人和中国人在华南地区关系紧张的症结所在。在这一事件中，很难决定谁应该受到谴责，但是，很清楚的是，日本警察既然出现在他们既无条约、又无其他权利的场所，那么，他们就要对本来可能不会发生的事件的最终发生负起责任。民间持续不断的喧嚣声迫使政府要求日本对此予以补偿。

抵制日本人的行动因而再度变得异常活跃，今天在上海，学生阶层可谓群情激昂、人声鼎沸，可以预料，又会有什么新的麻烦事儿要发生了。

（原文注：11月18日，中国人与日本人在福州爆发了一场骚乱事件，双方都将事件的责任归于对方。日本人说，事件发生的几周前，在福州的日本商人已经遭到了一系列的联合抵制与敌意行动。按照日方的说法，11月18日当天，在日本货物卸载下船的过程中，遭到了介入事件的中国人的扣押，并且，两名苦力也受到了虐待。被事件吸引到现场的台湾人与日本人则受到了袭击，其中还有几人受了伤。日本政府随后派遣一艘轻型巡洋舰与两艘驱逐舰前往福州保护日本侨民。

但中国人对该起事件的说法，则否认日方的卸货过程受到中方任何形式的阻挠，苦力也没有受到所谓的虐待。中国人宣称，在守卫日本领事馆的卫戍部队的庇护下，日本步枪手和台湾人毫无理由地袭击了一群中国学生。）

中国当如何自立？

推动其发展的力量与糟糕政府带来的不利条件

（**本报北京记者专稿，1919年12月18日刊登**）时而被卷入来自外界的风暴，时而又在自己的国家内刮起一阵暴风，自久远年代前直到如今，中国一直都处于这样的状态之中。它就像是一只巨大的蜂巢，一大群如工蜂般忙碌的人民在其中从未停歇地劳作着。然而，他们却永远只能活在饥馑的边缘地带，辛苦劳作带给他们的，仅仅勉强够生活所用，此外，他们便再无其他收成。只要停歇一天，他们就会在生存的挣扎中落于人后。当然，中国也有富裕者和中产阶层，也有一些不需要靠着苦苦挣扎才能勉强糊口的地区，但是，大多数中国人仍是工头逼迫下的苦工，是不停劳作只为换取温饱的劳动力。

在中国，有那么多现实的层面不被西方人所了解，要想为西方的读者们清晰明了地描述这个国家，是一件相当困难的事情。这是一片在西方人看来没有政府的土地，但国家还是能靠着自身运转。在这片土地上，政府几乎没有为人民做过什么，而人民却并不会群起而反之。在中国的境内，总有一些地方会发生饥荒，数以千万计的人死于贫困饥饿，即便并非远隔千里之处可能就藏着足以让人生存的资源。这个国家缺少一种管理机制，政府无法将缓解灾情之道带给那些苦难中的人。

洪涝灾害蹂躏着各省，所谓河道的维护、管理不过是徒有虚名，那些财产受到损失、生存之道被剥夺的人也得不到任何形式的补偿。成群的劫匪出没在那些弊政连连、经济压力巨大的地区里，他们经年累月地骚扰着整个乡村地区，来去自如，丝毫不会受到阻拦。荒谬可笑的政治斗争放松了对一大群士兵的管制，这些军人们如蝗虫一般地大肆侵吞着眼前的一切。瘟疫来袭时，没有任何东西可以阻挡它在百姓中令人生畏的毁灭性传播，老百姓既不懂科学知识，也没有医疗机构的保护。中国就像是一个巨大的史前怪兽，在过去荒无人迹的路上摸索前行，它从头到脚都像是寄生虫一般，漫无目的、绊手绊脚、毫无意识地一路走来。

然而，在另一方面，世上也无一处可与中国相比拟。提起这个国家，总会令人想起它的浩大无垠，想起那些未经开采的财富、山川湖泊的壮美、精美绝伦的艺术、辉煌矗立的宫殿庙宇乃至陵墓中宏伟庄严的建筑。提起这个国家，也总会让人想起长久以来默默承受着一切苦难的中国人民所特有的勤劳、忍耐、他们所特有的遵纪守法的本色和极端的无知，还有其政治和行政机构中极度低下的效率，官员阶层的愚笨、短视、缺乏爱国情操、无情且贪婪。

在中国人的身上，蕴含着人类中某些最美好的品质，尽管从整体而言，这个国家贫弱无助、腐败丛生，不久前还因为人民的优柔怯懦而濒临分裂的境地。自革命以来，若非外国列强的介入和影响，它可能已经完全崩溃了，但是，由于列强在中国拥有着巨大的既得利益，它们警觉地抑制了中国滑向崩溃瓦解的趋势。

渺小的少数派

当你在欧洲见到那些对中国利益有管理监督之责或参与其外交使团、出席和谈会议的受过高等教育、才智出众的人，当你看到他们在言谈、思考之间表现得就像是一个普通的文明种族的代表者时，你会很自然地产生一种倾向，会对我们在上文所描述的那一幅中国画卷表现出不屑之意。一场革命将这个国家转变成一个当代的伟大共和国，转变成在禁止鸦片栽种上的非凡业绩，转变成中国债券在世界金融市场上的坚挺，转变成承受得住战争所需的巨大贸易，也转变成代表着进步与发展的种种其他印记。然而，只有我们这些现在正居住在中国土地上的人，才深知这些景象必须被打上极大的折扣。

那些你在欧洲见到的中国人，只不过是从极小范围内学习过国外知识、见识过国外事物的人中再精挑细选出来的代表而已。可能有五千个中国人在国外学习过，甚至也可能有一万人吧。可能还有五万个中国人在中国本土（多数通过外国人的传教士学校或学院）学到过一些现代知识的皮毛，或许，我们也可将这一人数提升到十万吧。但是，不管确切的人数是多少，事实是，他们只能代表极少数的一部分中国人。正是这一小群人，一小群能把话讲清楚的人，发动了革命，革命的推动者并非是字面意义上的"人民"。

至于革命的结果呢，它推翻了满人的帝制，以共和取而代之，但这也引发了彻底的混乱，军权的僭取者们就此独霸一方，彻底独立在所谓的中央政府之外，他们腐败、专制，完全无视人民的福祉。老百姓在国家的大事上连说一句话的份儿都没有。中央政府由一小帮穷兵黩武者所组成，在过去几年间，他们一直在国家的信用与资源上许诺，为的是得到根本没有公开过数目的金钱。这些钱都被浪费在荒谬可笑的军事事业上，而这些事业全都遭遇了丢尽脸面的失败。一大帮高官倒是发了财，数以百万计的人却在声名狼藉、无所事事的光景中耗尽他们的生命。北方和南方之间争斗不断，整个事件都令人同情。

中国的债券价值之所以居高不下，原因其实很简单。在国际市场上，中国的每一笔收益都是有保障的，这不仅是因为中国政府的信用，更是出于控制在外国人手中的特殊担保物。海关税以及盐税全部都掌握在外国人的手中，而外国人既会自己分派其中的利息，也会借此向海外支付分期偿付的款项，最后留给中国政府的，仅仅是一些盈余或顺差。以外国贷款为基础的所有铁路，也多多少少处在外国人的控制之下，外国人为自己留下了足够多的收益，来保证支付国外的支出费用。而对于国外市场而言，根本就不存在仅以中国的信用作为担保这么一回事儿。

真正的信用

我们会注意到，某些贷款的价值之所以相对较高，是因为其服务有一位出色的外国官员作为保障，而这位官员能够抓得住受外国控制的资金。

贸易，或者说对外贸易，之所以显出一片繁荣兴旺的势头，仅仅是因为所有这些贸易活动都是经由通商口岸完成的，而大多数的贸易港口又都在海岸线和河道上，因此，在那里，贸易活动可以充分享受外国军舰的保护。按照条约，中国一定会顾及到外国商品向着内陆地区的进口以及外国人从内陆地区购买了中国产品后再自海岸线上进行出口。实际上，构成海关岁入的整个贸易都是与国外相关的，其实施和经营都与中国人无甚关系。在这个过程中，哪怕是一点点的阻碍和干扰都会激起外国人的抗议，如果有必要，他们随后连武装战舰都会出动。

中国的一个反常现象是，在外国贸易未曾中断时，中国人或许却忙着投入战争行动。在上海，这样的情形最常出现，即使子弹在外国租界的上空来回穿梭时，情况依然如此。在这样的情形下，若是没有外国人在场，每一种形式的活动都有可能会无可救药地全面停顿下来。在远离通商口岸的那些省份里，战争总是会造成一派可怕的混乱景象，在那里，无论是生命还是财产，都没有任何的担保可言，各种商业活动都会完全陷入停滞。过去三年以来，在大多数省份里，这种状况总是会多多少少地出现，它对国内贸易造成的影响是灾难性的。外国贸易显得欣欣向荣，并不是因为中国正处于和平与发展的阶段，而是因为在包围着通商口岸的那些地带里有着肥沃的土地，因此，光是这些被限定的地区就足以维持那样的状态了。

想象一下，若是中国不再受到致命内战的伤害，若是它废除了极不公正的厘金制度，若是铁路和公路的修建可以应商业发展的需要不再受到束缚，唯有如此，我们才可能说，中国的商业正在走向繁荣。然而，照现状来看，中国的企业无可救药地受到官员阶层穷奢极欲的扼杀，现存的法令带来的是管理经营上的不善，军事上的无谓争斗以及政府无法行使正常机能都使其状况雪上加霜。如果环境可以更为有利的话，中国的贸易的确可以有更大的发展空间。

缺乏战斗精神的战士

我们要带着善意说一句，若是将中国和其灾难性的政治形势联系起来看，其实，中国的现状并不像它可能会有的那般糟糕。其中的原因在于，从整体来看，中国人有一种内在的温和性格。就算是我们听说了那么多有关中国人穷兵黩武的事情，但即便是士兵，也会对战争恨之入骨。确实，在中国有超过一百万人是武装起来的，但这个国家并没有发生过什么真正的战争。交战中的部队各据一方、彼此观望，偶尔才会进行一些散漫、杂乱的零星战斗，唯有当其中一方恰好发现自己身处绝对的优势时，才会起而杀戮对方。许多所谓的"战役"，其实不过是一场喧宾夺主的"战事"，一方的指挥官若受了贿赂，会任其对手表现得仿佛得胜了一般。在这样的场合中，根本就看不到纯粹性的尚武精神，而之所以会如此，又仅仅是因为每一个被卷入其中的人都不愿意伤到自己的一根寒毛。

这样的情形正是中国革命并未取得任何成就的根本原因。革命者们从来就不曾有胃口真正投入其中，来一场轰轰烈烈、清清楚楚的大革命。另一方面，出于完全一样的原因，尽管革命者们掌控着所谓训练精良的军队，但他们也从来不能将其对手赶出战场。中国人对于北方和南方之间的缠斗根本没有兴趣，除了少数一些热衷者之外，卷入其中的军队纯粹就是雇佣兵而已。除了取胜可能会得到的奖赏以及借机烧杀抢掠得到一些好处之外，这些部队对于两方的冲突再也提不起一点精神来。

事实上，从政治意义来看，自革命以来，中国其实是令人伤感地倒退了。相比满人统治的年代，国家的状况变差了很多。这当然是革命通常会带来的结果，然而，从本地（其他地区也是如此）令人赞赏的发展来看，我们一定要对未来满怀希望，因为中国显然是在快速地改变着。中国人已经被上进心驱动着而勇往直前的看法或许并不正确，因为中国人并不像西方人那样，会被某种要求进步的全民需求所驱使。但我们还是看得到，传统的桎梏正从中国人的身上解除。对于铁路、电车轨道和其他外国器具的迷信式的反对几乎已经消失殆尽了，就连附近的乡村小镇，都已经盖起了电动照明的工厂，这主要还得感谢德国的企业。中国人开始意识到，烧煤比烧柴要更经济实惠，矿山机械的价值现在已众所周知。

聪明的商人们已经察觉到，棉花和面粉的加工厂会产生巨大的利润，而外国产的水泵要比它们那老掉牙的原始器械有效得多。蒸汽和马达发动的汽艇在广袤无垠的河道和运河系统中被到处使用。用不了多少时间，从现代文明中诞生的各种机械仪器就会被广泛地采纳、应用。人们读报的频率在增加，对于现代教育的需求也提升了许多。在某些中心地带，监狱管理也有了显著的改善，体育运动在学院和学校中变得非常流行，卫生保健的需求虽然增长较为缓慢，但肯定也会有不断的突破。或许，我们要遗憾地说一句，在这些发展的后面，权宜之计的想法其实要比国家对进步、发展的渴求来得更多，但毕竟，人们的观念正在开放，无论好歹，他们都正在翻开现代文明的崭新一页。

十年之前，在北京的外国人会乘着轿舆外出用餐，那时，最常见的交通工具是一种令人倍感厌恶、没有弹力的手推车，这种车是专为扛得住那些极为糟糕的马路和街道而造的。而今天，在首都已经有一千辆汽车了，城里铺设了五十英里长的路况良好的马路，另有一百英里马路则一直延伸到城外。到处都在规划着改善的方案，即便在西部的遥远城市也是如此。至于为了加快发展而需要的外国供应品以及船运事业，只要恢复到战前的状况即可满足需求。

穷兵黩武者所带来的梦魇

地平线上弥漫着的乌云，正是这个国家不幸的政治状况。这一切都要归因于穷兵黩武者们所造成的梦魇，还有旧时代官员仍在强有力地掌控国家的无情现实。人们都不认为"少年中国"会更适合于治理国家，因为他们和那些旧式的同道中人一样，既腐败又自私；而比起后者，他们甚至更缺乏治理国家的经验。然而，不管怎样，在这两个群体里，总还是有既有能力又有爱国心的官员们，他们中的某些人正从事着值得人们注目的工作，在一片无能力、不胜任的荒漠中开垦出了绿洲。

虽然官僚主义曾经严重地阻滞、牵绊过外国对中国的影响力，但目前，它已经是中国发展的一大要素。每一个稍稍在国外旅行过或是在家里学习过外国事物的人，都会察觉、领悟到外来方法的效用。革命动摇了人心，使他们能更加容易地摆脱自己的偏见。他们仍然被辛勤做工所捆绑，也仍然极其温和而平静，但是，在曾经因为受到官员鼓动而群起反对国外创新理念的整片乡村里，官员们如今不再想着反对变革，人们的情绪也不会再被新事物的引入搅得天翻地覆。无理的偏见一旦被消除，如今已几乎完全不见踪影，中国正甩开令全世界为之震惊的步伐向前迈进。

正如过去几年的经历所显示的那样，杂乱无章的国情是发展的一大障碍。在这一紧要关头，就消除那些令人倍感棘手的元素而言，外国对这个国家施加明智而审慎的压力会非常有用。目前，最大的希望就在于，列强能够联合起来，将某种坚决而又善意的策略施加在这一大国的身上。

颠三倒四的中国——中西文明的对比与反差

（**本报上海记者专稿，1919年12月20日刊登**）在太多事情上，中国人的想法、做法都与西方人的截然相反，冥冥中，似乎有某种神秘的影响力在发挥着作用，即使连大自然也受到了它的影响。在中国，草叶在炎夏中呈现出一片碧绿，在冬雨中却是一派枯黄；而在我们国家的花园里，却是在秋季播下来年春天的种子。

在中国，男人们身穿长衫，女人们却穿着裤子。在遇见友人时，中国人自己拱手作揖，却不和友人握手。在炎热的盛夏，他们不去遮挡自己的颈背，却会盖住自己的前额。回到家中，他们斟上一杯热茶给自己提神，茶碟搁在杯子上面而不是底下。他们不喜欢新孵的鸡蛋，而是中意藏了好几年的旧货。他们畅饮的是烫过的热酒，而不是冰镇的冷饮。他们的书是从底页开始读起，一页页地向前翻，每一行自上至下排列，却又从右侧向左边移动。

划船时，最典型的中国方式是"摇橹"，在船尾摇动着一把长长的船桨使船前移，但更多时候，则是使用两把船桨或尾桨。在这一点上，我们又看到了不同的方式，欧洲人划船时，是坐着向后拖拽船桨，中国人却是站立着推动它们。如果中国人坐下来划船，他会向后背靠船尾，并以脚用力推动船桨的长柄。

在中国，当然不会有人不知道诛杀仇敌的事。但是，复仇的最高境界，或者说让敌人饱尝最深耻辱的方式，却是你在他的门阶前自戕。

这样的例子在中国人的日常生活中可谓数不胜数，从这些例子中可以看出，中国人的思维方式与西方人的恰好完全相反。还不曾有一个西方人，会比一个中国人拥有更深切的正义感、荣誉心，也不会比一个中国人对得更多也错得更多。

　　中国人以他们的重重矛盾和偶尔发狂的方式，或许也会发出像夏洛克一般的呐喊："你们要是用刀剑刺我们，我们难道不会流血吗？你们要是搔我们的痒，我们难道不会笑出声来吗？你们要是下毒谋害我们，我们难道不会被毒死吗？那么，你们要是欺侮了我们，我们难道就不该复仇吗？"[1]这正是西方世界在对待中国人时常常会忘了提醒自己的道理。

　　1　此处引述的原文出自莎士比亚名剧《威尼斯商人》中夏洛克的独白。该剧是至今所知最早在中国演出的莎士比亚戏剧（首演于1913年）。

为中国融资的新合约——来自四国列强以外的贷款

（本报记者，北京，12月12日，有延误，1919年12月22日刊登）在芝加哥签署的美国贷款合约有了一些饶有趣味的进展，我在10月31日的电文中已经对此作了报道。在那笔交易中，盐余被抵押成第二项担保，这是一个被证明是令中国政府无法接受的条件，因为它和"善后贷款"合约的某些条款相抵触，在那些条款中，国际借款团被赋予了在交易中优先以盐余作抵押的权利。于是，"芝加哥洲际商业银行"采取了一种较受欢迎的做法：鉴于美国货币市场的不利情形，该银行已经撤回了这一安排。

与此同时，美国政府正与其他有利益牵涉的列强讨论有关发起500万英镑的联合临时性贷款的问题，既可解了中国的燃眉之急，又不会损害组成新国际借款团的有关计划。在当前的关头，"太平洋发展公司"违反了规则，签署了据说和芝加哥银行基本上如出一辙的合约，唯一的不同是将盐余排除在担保之外。在这份合约中，550万元（合110万英镑）已经作为两年期的国库券发售了，发行价格为91元，利息则为6%，以未经保证的烟酒专卖权的岁余作为担保。该合约预期将为中国带来额外的贷款，使贷款总额达到3000万元（合600万英镑），这一笔钱想必会取决于烟酒专卖权能否得到有效整顿，而整顿的工作将由美国的副总税务司承担，他在权力上完全等同于英国负责盐税的总税务司。

新合约在并未参考美国政府意见的情况下签字生效，"太平洋发展公司"也并不想要在新国际借款团中代表美国成为银行组织的一员。其重要意义在于，它说明美国的资本家们不以政治考量为出发点，他们已经预备好了要把钱投向中国。

然而，和中国进行单独交易，是与推动新国际借款团发起人的政策背道而驰的。单独的借贷会导致国际间的竞争，也因此会促成一个有害的系统，在该系统之下，同一个国家会被切割成不同的势力范围。对于中国未来的独立和福祉而言，没有什么会比尽快组成国际借款团更加重要。这是一个国际间的合作组织，目的是为了保护中国，也使整个国家能够公平地向所有外来企业打开国门。

中国成立了一家新的银行，由美中双方共同投资

（本报记者，北京，12月13日，有延误，1919年12月22日刊登）"中国商业与工业银行"（Commercial and Industrial Bank of China）刚刚在本地宣告成立，这是一家中美合作的银行企业，其资本高达1000万元（合200万英镑），其中，一半资本已经全部结清，而中美双方同是出资者。前任国务总理钱能训出任该银行总裁，徐恩远与前英美烟草公司汤玛仕先生（Mr. J. A. Thomas）则出任副总裁。

这家新银行的业务范围包括外币兑换和一般性的银行业务，将特别着重于投资在中国的外国工业企业。总经理和许多办事人员都将由英国人担任，董事会成员则中美人士参半，因此，在中国人出任总裁的情况下，多数理事也将会是中国人。该银行将执中国的商业许可证进行各项业务，并将处理差不多就要转归美国整顿、管理的烟酒专卖权的资金。外国分摊的资金部分已经由著名的美国银行家们投入。而中国方面的股东则包括总统徐世昌、前总统黎元洪与冯国璋、令人胆寒的张勋将军及其他中国要人。

关于这家新银行，还有一个有趣的特点，它的成立是一件真正意义上的中外合作的大事，资金中由中方分摊的部分是真正现成的金钱，而不是常见的一纸公文而已。此外，该企业也受制于中国的司法制度，因此，除非得到中国方面的许可，否则，它并不会受到其他国家的控制。

在中外合作的联合工业企业中，蕴含着中国经济发展的远大希望。作为在这一正确方向上迈出的一步，这家新银行的诞生令人备感鼓舞。